PETER MAY
Chinesisches Feuer

Buch

In den frühen Morgenstunden werden in Peking drei tote Männer entdeckt: ein erstochener Drogendealer, ein Wanderarbeiter aus Shanghai mit gebrochenem Genick und ein bis zur Unkenntlichkeit verbrannter Leichnam. Es scheint einen geheimnisvollen Zusammenhang zwischen den Toten zu geben. Der erfolgreiche Pekinger Hauptkommissar Li Yan und die amerikanische Expertin für forensische Pathologie Margaret Campbell werden mit der Aufklärung der mysteriösen Todesfälle beauftragt. Margaret gelingt es, die Identität der verkohlten Leiche herauszufinden: Der Tote war ein renommierter Wissenschaftler der Biotechnologie. Warum musste er sterben, und warum wollte man unbedingt seine Identität verheimlichen? Den beiden Ermittlern wird klar, dass es sich hier nicht um private Rache handelt, denn ihre Nachforschungen führen sie zu einem gefährlichen Geheimprojekt, das bis in die höchsten politischen Etagen reicht. Der chinesische Vorzeigekommissar und die unkonventionelle Amerikanerin müssen ihre unterschiedlichen Arbeitsauffassungen und ihre kulturellen Vorurteile überwinden, die nicht nur beruflich für viel Spannung sorgen, um diesen Fall zu lösen.

Autor

Peter May war als Journalist tätig, bevor er Drehbuchautor wurde, drei erfolgreiche TV-Serien für das britische Fernsehen schuf und mehrere Romane schrieb. Für seinen Roman »Chinesisches Feuer« unternahm Peter May umfangreiche Studien in China, für die er auch den Zugang zu chinesischen Polizeikreisen erhielt. Peter May lebt abwechselnd in Schottland und Frankreich.

Ein weiterer Roman mit dem Ermittlerpaar Li Yan und Margaret Campbell ist bei Blanvalet in Vorbereitung.

PETER MAY
Chinesisches Feuer

Roman

Aus dem Englischen
von Christoph Göhler

BLANVALET

Die Originalausgabe erschien 1999 unter dem Titel
»The Firemaker«
bei Hodder and Stoughton

Umwelthinweis:
Alle bedruckten Materialien dieses Taschenbuches sind
chlorfrei und umweltschonend.

Blanvalet Taschenbücher erscheinen im
Wilhelm Goldmann Verlag, München,
einem Unternehmen der Verlagsgruppe Random House GmbH.

Deutsche Erstausgabe Januar 2002
Copyright © der Originalausgabe 1999
by Peter May
Copyright © der deutschsprachigen Ausgabe 2002
by Wilhelm Goldmann Verlag, München, in der Verlagsgruppe
Random House GmbH
Umschlaggestaltung: Design Team München
Umschlagfoto: Premium/NGS/Gipstein
Satz: Uhl+Massopust, Aalen
Druck: Elsnerdruck, Berlin
Verlagsnummer: 35706
Redaktion: Alexander Groß
AL · Heidrun Nawrot
Made in Germany
ISBN 3-442-35706-3

3 5 7 9 10 8 6 4 2

Für meine Eltern

Irret euch nicht, Gott lässt sich nicht spotten! Denn was irgendein Mensch sät, das wird er auch ernten.

Galater 6:7

Das Lachen der Kinder perlt durch die frühmorgendliche Stille wie Totengeläut. Glattes, dunkles Haar, zum Bubikopf geschnitten, hüpft über den rosa und weiß gerüschten Blusen der Mädchen, die auf den staubigen Pfaden des Ritan-Parks durch das grüne Halbdunkel der Pekinger Morgendämmerung rennen. In ihren dunklen asiatischen Augen brennt das Feuer der Jugend. Welche Lebendigkeit und Unschuld, nur einen Atemzug entfernt von der ersten Begegnung mit dem Tod und dem Makel der Sterblichkeit, der ihr Leben für alle Zeit beflecken wird.

Ihre Mutter hatte das Kindermädchen, ein lethargisches Landei, gebeten, vor dem Kindergarten mit den Zwillingen in den Park zu gehen. Ein besonderes Vergnügen in der morgendlichen Kühle, bevor die Sonne aufgehen und alle Farben und Konturen aus dem Tag bleichen würde.

Ein alter Mann in Mao-Anzug und mit weißen Handschuhen macht unter den Bäumen T'ai Chi, elegant und wie in Zeitlupe, mit ausgestreckten Armen, ein Bein langsam anhebend und eine Beherrschung über seinen Körper ausübend, wie er sie über sein Leben nie gehabt hat. Die Mädchen haben kaum einen Blick für ihn übrig, sie werden von den eigenartigen Lauten angezogen, die hinter der nächsten Ecke hervorschallen. Atemlos und aufgeregt laufen sie los, ohne auf die Rufe des Kindermädchens zu achten, das ihnen befiehlt zu warten. Vorbei an der Gruppe von Menschen, die sich versammelt hat, um zwischen den Bäumen aufgespannte Gedichtblätter zu studieren; danach vorbei an der Bank mit den beiden grauhaarigen alten Damen in Filzpantoffeln und grauen Strickjacken, die angesichts dieser so ungezügelt zur Schau gestellten Lebensfreude die Köpfe schütteln. Selbst wenn man ihnen zu ihrer Zeit erlaubt hätte zu rennen, hätten die eng geschnürten, blutigen Füße dem Treiben ein schnelles Ende bereitet.

Die Geräusche, die sie anlocken wie Sirenengesänge, werden lauter, als die Kinder in ein großes, gepflastertes und von einer hohen Mauer umgebenes Rund treten. Wie angewurzelt bleiben sie stehen, um fassungslos und mit offenen Mündern zu starren. Dutzende von Paaren – junge, in mittlerem Alter, ältere; Beamte, Arbeiter, Armee-Offiziere – schlurfen in einer bizarren Umarmung über den Platz. Alle Köpfe sind konzentriert den Stufen eines antiken Opferaltars in der Mitte des Platzes zugewandt. Am oberen Ende der Treppe, wo einst Blut vergossen und der Sonne als Opfer dargeboten wurde, führt ein junges, schwarz gekleidetes Paar selbstbewusst die Schritte des Cha-Cha-Cha vor, im Takt der aus einem alten Grammophon quäkenden Musik.

Aus den Mienen der Tanzenden strahlt eine solche Freude, dass die Kinder kurze Zeit wie verzaubert stehen bleiben und der fremdartigen Melodie, den fremdartigen Rhythmen der Musik lauschen. Schließlich holt das Kindermädchen sie ein, mit glühendem Gesicht und völlig außer Atem. Auch sie erstarrt und glotzt entgeistert die Tanzenden an. Die große Stadt ist ein so bizarrer, unergründlicher Ort. Niemals könnte sie hier heimisch werden. Am anderen Ende des Platzes sieht sie Männer in einem langsamen, andächtigen Ritual kriegerischer Bewegungen lange Schwerter mit silbernen Klingen schwingen und die Luft in der grotesken Parodie einer mittelalterlichen Schlacht zerschneiden. Die Tänzer schenken ihnen keine Beachtung, doch das Kindermädchen bekommt Angst und scheucht die unwilligen Kinder den nächsten Weg entlang, fort von den Menschen und dem Lärm.

Doch schon kommt die nächste Ablenkung. Rauch, der durch die Blätter dringt und sich wie dichter, blauer Nebel über sie senkt. Ein eigenartiger Geruch, denkt das Kindermädchen, fast wie Fleisch über offenem Feuer. Und dann sieht sie im grünen Halbdunkel ein Feuer flackern und wird auf einmal von einer schrecklichen Vorahnung ergriffen. Die Kinder sind vorausgerannt, einen staubigen Pfad zwischen den Bäumen hinauf, und hören nicht auf ihre Rufe, stehen zu bleiben. Sie eilt ihnen hinterher, vorbei an dem schattigen Pavillon, der links von ihr halb über dem See hängt. Der klagende Ruf einer einsaitigen Violine erreicht sie, während sie zwischen den Bäumen hindurch die Kuppe des Hügels erklimmt und den Kindern auf eine Lichtung folgt, in deren Mitte Flammen aus einer zusammengesunkenen Masse schlagen. Sie spürt die Hitze im Gesicht, schattet die Augen gegen das helle Licht ab und versucht auszumachen, was da so hell brennt. In der Mitte des Haufens bewegt sich etwas. Etwas merkwürdig Menschliches. Der Schrei, den das Mädchen direkt neben ihr ausstößt, schärft plötzlich den Blick des Kindermädchens, und sie erkennt, was sich dort bewegt hat: Eine verkohlte schwarze Hand hat sich nach ihr ausgestreckt.

1. KAPITEL

I

Montagnachmittag

Die Welt kippte zur Seite, und die Sonne blinkte ihr wieder ins Gesicht, aus einem zersplitterten Mosaik gleißend, das an die Scherben eines zerborstenen Spiegels erinnerte. Ihr Körper sagte ihr, dass es zwei Uhr morgens war und sie eigentlich schlafen sollte. Ihr Gehirn informierte sie, dass es mitten am Nachmittag war und in nächster Zeit an Schlaf wohl nicht zu denken war. Schlaf. Während der einundzwanzigstündigen Reise war er ihr trotz aller Bemühungen, ihn zu umarmen, erfolgreich entschlüpft. Allerdings hatte in den vergangenen Wochen auch der Schlaf kein Entkommen geboten. Sie wusste nicht, was schlimmer war – die Reue und die Vorwürfe im Wachzustand oder die unaufhörlichen Albträume. Die mildtätige Gleichgültigkeit, die sich nach den zu Beginn des Fluges dankbar geschluckten Wodka Tonics über sie gesenkt hatte, war längst verflogen und hatte nichts als einen trockenen Mund und Kopfschmerzen hinterlassen, die irgendwo knapp unter der Bewusstseinsgrenze schwammen. Sie blickte auf die Einreise-Erklärung, die sie vorhin ausgefüllt hatte und immer noch fest umklammert hielt...

WILLKOMMEN IN CHINA
FÜR EIN BESSERES UND GESÜNDERES MORGEN

Durch das Feld unter »Mitgeführte Waren« hatte sie einen Strich gezogen. Sie führte nichts mit sich außer einem gebrochenen Herzen und einem vergeudeten Leben – und soweit sie wusste, war keines von beidem ansteckend, infektiös oder im Blut nachweisbar.

Wieder kippte die Welt seitwärts, und nun erkannte sie, dass es sich bei dem gleißenden Licht-Mosaik in Wahrheit um ein Muster aus Wasserflächen handelte, die in ungleichmäßige Quadrate und Rechtecke unterteilt waren. Das Spiegelbild einer fünftausend Jahre alten Kultur. Grüne Keime, die durch das brackige Wasser ans Licht drängten, um eine Milliarde hungrige Mäuler zu füttern. Hinter dem Dunstschleier, hoch im Norden, erstreckten sich die staubigen Weiten der Wüste Gobi.

Eine Stewardess ging durch die Kabine und nebelte die Luft mit Desinfektionsmittel aus einer Sprühdose ein. Eine chinesische Vorschrift, erklärte sie ihnen. Und der Kapitän verkündete, dass sie in knapp fünfzehn Minuten auf dem Beijing Capital Airport landen würden. Die Temperaturen am Boden betrugen schwüle 35 Grad Celsius. Für sie, die zeit ihres Lebens in Fahrenheit gerechnet hatte, 96 Grad. Einer der zahllosen Unterschiede, an die sie sich während der nächsten sechs Wochen würde gewöhnen müssen. Sie schloss die Augen und wappnete sich für die Landung. Warum hatte sie sich unter allen Fluchtmöglichkeiten, die ihr zur Auswahl gestanden hatten, ausgerechnet für das Flugzeug entschieden? Sie hasste das Fliegen.

Der übervolle Shuttlebus, in dem es nach dem Schweiß der seit über zwanzig Stunden nicht gewaschenen Leiber stank, kam mit einem Ruck vor dem Terminal zu stehen und spie die Fahrgäste in den siedend heißen Nachmittag. Sie hastete schnell ins Gebäude, den Schutz einer Klimaanlage suchend. Es gab keine. Wenn überhaupt, war es drinnen noch heißer als draußen, und die Luft war stickig und kaum zu atmen. Anblicke, Geräusche und Gerüche Chinas stürzten auf sie ein. Alles war voller Menschen, so als wären alle Flüge des Tages gleichzeitig eingetroffen, und die Fluggäste kämpften in den langen Schlangen vor den Schaltern der Einwanderungsbehörde um einen Platz. Selbst hier, in der internationalen Transithalle, zog Margaret komische Blicke aus fremdartigen asiatischen Gesichtern auf sich, die *sie* als fremdartiges Gesicht in ihrer Mitte betrachteten. Und das war sie wirklich. Blonde Locken, die mit Haarklammern aus ihrem Gesicht gehalten wurden und ihr über die Schultern fielen. Elfenbeinblasse Haut und strahlend blaue Augen. Der Kontrast zu den durchwegs schwarzhaarigen, dunkeläugigen Han-Chinesen hätte nicht auffallender sein können. Sie merkte, wie sie allmählich in Stress geriet, und atmete tief durch.

»Maggot Cambo! Maggot Cambo!« Eine schrille Stimme durchdrang das allgemeine Gemurmel. Sie sah auf und erblickte eine gedrungene, uniformierte Frau mittleren Alters, die sich rücksichtslos durch die langsam vorrückenden Fluggäste drängelte und einen Karton hochhielt, auf dem in ungelenken Großbuchstaben MAGRET CAMPELL zu lesen war. Margaret brauchte einen Moment, um den Namen, den sie dort las, und den ausgerufenen, mit sich selbst in Verbindung zu bringen.

»Äh... Suchen Sie vielleicht nach mir?«, rief sie über den Lärm hinweg und dachte dabei, wie dämlich das klang. Natürlich suchte sie nach ihr. Die gedrungene Frau fuhr herum und sah sie zornig durch die dicke Hornbrille an.

»Doctah Maggot Cambo?«

»Margaret«, korrigierte Margaret. »Campbell.«

»Okay, Sie geben mir Pass.«

Margaret kramte den blauen Reisepass mit dem eingeprägten Adler aus ihrer Tasche, übergab ihn aber nur widerwillig. »Und Sie sind...?«

»Wachtmeisterin Li Li Peng.« Sie sprach es aus wie *Lily Ping*. Und sie reckte sich dabei, um die drei Sterne ihres Hauptwachtmeisterranges auf den Epauletten ihres khakigrünen, kurzärmligen Hemdes zur Geltung zu bringen. Die schief sitzende grüne Schirmmütze mit dem gelben Band und dem rot-gold-blauen Emblem des Ministeriums für Öffentliche Sicherheit war ihr ein bisschen zu groß und drückte ihren glatt geschnittenen Pony über den Brillenrand. »*Waiban* hat mir aufgetragen, Sie abzuholen.«

»*Waiban*?«

»Büro für Äußere Angelegenheiten in ihrem *Danwei*.«

Margaret hatte das untrügliche Gefühl, dass ihr diese Begriffe eigentlich etwas sagen sollten. Bestimmt stand irgendwas darüber in dem Stapel von Vorbereitungsmaterial, den man ihr geschickt hatte. »*Danwei?*«

Lily war ihr Befremden anzumerken. »Ihre Arbeiteinheit – in Universität.«

»Ach so. Richtig.« Margaret glaubte, schon zu viel Ahnungslosigkeit an den Tag gelegt zu haben, und überreichte der Frau den Reisepass.

Lily warf einen kurzen Blick darauf. »Okay. Ich kümmern mich um Einwanderung und wir holen die Koffer.«

Ein dunkelgrauer BMW wartete mit laufendem Motor direkt vor dem Eingang zum Terminal. Der Kofferraumdeckel klappte auf, und ein zaundürres Mädchen in Uniform sprang aus dem Auto, um Margarets Gepäck einzuladen. Die beiden Koffer waren fast so groß wie das Mädchen, und sie schaffte es nur mit Mühe, sie vom Gepäckkarren zu heben. Margaret wollte ihr zur Hand gehen, wurde aber augenblicklich von Lily auf den Rücksitz verfrachtet. »Fahrerin lädt Koffer ein. Sie machen Tür zu für Klimaanlage.« Sie verlieh ihren Worten Nachdruck, indem sie die Tür energisch zuschlug. Margaret atmete die fast eisige Luft ein und ließ sich in den Sitz zurücksinken. Wellen der Erschöpfung überschwemmten sie. Sie sehnte sich nur noch nach einem Bett.

Lily rutschte vorn auf den Beifahrersitz. »Okay, wir fahren jetzt nach Hauptquartier von Peking städtische Polizei und holen Mistah Wade ab. Ihm tut Leid, weil er nicht hier ist, um Sie abzuholen, aber er hat dort zu tun. Danach wir fahren nach Volksuniversität der Öffentlichen Sicherheit und Sie treffen Professah Jiang. Okay? Und heute Abend wir haben Bankett.« Margaret hätte um ein Haar aufgestöhnt. Die Aussicht auf ein Bett rückte in weite, nebelhafte Ferne. Ihr kam die viel zitierte Stelle aus Frosts Gedicht in den Sinn: »*Und Meilen Wegs noch bis zum Schlaf.*« Dann stutzte sie und spulte im Geist Lilys Worte noch einmal ab. Hatte sie *Bankett* gesagt?

Der BMW raste über die Flughafen-Autobahn, an allen Mautstationen vorbei, und erreichte schon bald die Außenbezirke der Stadt. Gebannt verfolgte Margaret durch die dunkel getönten Seitenscheiben, wie die Stadt um sie herum in die Höhe wuchs. Wolkenkratzer mit Büros, neue Hotels, Einkaufszentren, Hochhäuser mit Apartments. Überall wurden in den schmalen *Hutongs* die traditionellen einstöckigen, mit Schindeln gedeckten Höfe, *Siheyuan* genannt, abgerissen, um Platz für den Aufstieg eines »Entwicklungslandes« zu einem Land der »Ersten Welt« zu schaffen. Was immer Margaret auch erwartet hatte – und sie wusste nicht genau, welche Erwartungen sie eigentlich gehabt hatte –, dies war es jedenfalls nicht. Das einzig »Chinesische«, das sie überhaupt noch sah, waren die verzierten, verschnörkelten Dachtraufen oben an den Wolkenkratzern. Verschwunden waren die riesenhaften Schriftplakate, auf denen die Genossen zu größeren Anstrengungen aufgefordert wurden, dem Mutterland zuliebe. Deren Platz hatten überdimensionale Werbetafeln für Sharp, Fuji oder Volvo eingenommen. Inzwischen war

Kapitalismus angesagt. Sie schossen an einem McDonald's vorbei, einem verschwommenen rot-gelben Farbklecks. Ihre geistigen Bilder von Straßen voller Radfahrer in uniformen Mao-Anzügen verwehten in den Wolken von Kohlenmonoxid, in die Luft geblasen von Bussen, Lastwagen, Taxis und Privatautos, die alle sechs Spuren der Dritten Ringstraße verstopften, auf der sie die östlichen Ausläufer der Stadt umfuhren. Genau wie in Chicago, dachte sie. Ausgesprochen »Erste Welt«. Bis auf die Fahrradspuren.

Als sie am Peking-Hotel und dem Wangfujing-Boulevard vorbei auf das Stadtzentrum zufuhren, wechselte die Fahrerin auf die äußerste Spur. In der Ferne konnte Margaret das hohe, verzierte Tor zur Verbotenen Stadt erkennen, wo das gigantische Mao-Porträt auf den Tiananmen-Platz herabschaute. Das Himmlische Tor. Es bildete, konnte man meinen, die Kulisse für absolut jeden CNN-Bericht aus Peking. Ein riesiges China-Klischee. Margaret erinnerte sich an die Fernsehbilder, die gezeigt hatten, wie Maos Porträt 1989 von den für mehr Demokratie demonstrierenden Studenten mit roter Farbe übermalt worden war. Sie war damals selbst noch Studentin der Medizin gewesen und ebenso entsetzt wie empört über die blutigen Ereignisse jenes Frühlings. Nun, zehn Jahre später, war sie hier. Sie fragte sich, wie viel sich inzwischen verändert hatte. Oder ob sich überhaupt etwas verändert hatte.

Unter einem Hupkonzert schwenkte ihr Wagen unvermittelt nach links, und sie rollten ganz unerwartet in eine belaubte Seitenstraße mit einem breiten, begrünten Mittelstreifen und Robinien zu beiden Seiten, die ein schattiges Dach formten. Die eleganten Gebäude im viktorianischen oder Kolonialstil auf beiden Straßenseiten hätten im Villenviertel jeder beliebigen europäischen Stadt stehen können. Lily drehte sich in ihrem Sitz zur Seite und deutete auf eine hohe Mauer zu ihrer Rechten.

»Da drin Ministerium für Öffentliche Sicherheit. War früher britisches Botschaftsgelände, bevor chinesische Regierung sie vertrieben hat. Hier altes Gesandtschaftsviertel.«

Ein Stück weiter bogen sie hinter einigen älteren Wohnblocks, die nicht einmal entfernt europäisch wirkten, ein weiteres Mal links ab, in die Dongjiaominxiang, eine schmalere Straße, in der das Laubdach die Sonne fast völlig abschirmte. An den schattigsten Stellen auf dem Gehweg hatten ein paar Fahrradmechaniker ihre Werkstätten aufgebaut. Autos und Fahrräder verstopften die Straße. Auf der rechten Seite öffnete sich ein Tor zu einem ausladenden weißen Gebäude in modernem Stil, das sich oberhalb einer von zwei Löwen bewachten Treppe erhob. Hoch über dem Eingang hing ein riesiges, rot-goldenes Emblem. »Oberster Gerichtshof von China«, erläuterte Lily, doch Margaret hatte kaum Zeit, einen Blick darauf zu werfen, denn plötzlich scherte der Wagen nach links aus und kam mit quietschenden Bremsen zum Stehen. Man hörte einen dumpfen Schlag und ein Scheppern. Die Fahrerin warf mit einem ungläubigen Schnaufen die Hände hoch und sprang aus dem Auto.

Margaret beugte sich vor, um mitzubekommen, was draußen vor sich ging. Sie hatten eben durch einen geschwungenen Torbogen auf ein weitläufiges Gelände biegen wollen und waren dabei mit einem Fahrradfahrer zusammengestoßen. Margaret hörte die Fahrerin mit schriller Stimme auf den Radfahrer einreden, der sich, offenbar unverletzt, eben wieder aufrappelte. Erst als er aufgestanden war, erkannte sie, dass es sich um einen etwa dreißigjährigen Polizisten handelte, dessen penibel gebügelte Uniform nun verknittert und staubfleckig war. Aus einer hässlichen Schürfwunde am Ellbogen rann Blut an seinem Unterarm herab. Er baute sich zu voller Größe auf und blickte grimmig auf die winzige Fahrerin herab, die schlagartig mit ihrem Gekreische aufhörte und unter seinem Blick dahinzuwelken schien. Sie bückte sich beschämt, um seine Schirmmütze aufzuheben und reichte sie ihm wie eine Friedensgabe. Er riss sie ihr aus den Fingern, doch ihm stand der Sinn keineswegs nach Frieden. Stattdessen überschüttete er, hatte Margaret den Eindruck, das immer kleiner werdende, dünne Mädchen mit einem Schwall von Flüchen. Auf dem Vordersitz gab Lily ein eigenartiges Grunzgeräusch von sich und kletterte hastig aus dem Wagen. Auch Margaret fand, dass es an der Zeit war, sich einzumischen, und öffnete die Tür im Fond.

Während Margaret ausstieg, hob Lily bereits das Fahrrad auf und schien sich dem Klang nach tausendmal zu entschuldigen. Daraufhin schien der Polizist seinen Zorn auf sie zu richten. Wieder spritzte er Gift. Margaret stellte sich dazu. »Was gibt es denn für Probleme, Lily? Hat dieser Typ etwas gegen Frauen am Steuer?« Alle drei verstummten gleichzeitig und sahen sie verwundert an.

Der junge Polizist musterte sie kühl. »Amerikanerin?«

»Ganz recht.«

Und in einwandfreiem Englisch: »Warum kümmern Sie sich nicht um Ihren eigenen Kram?« Er bebte fast vor Zorn. »Sie haben hinten gesessen und können unmöglich gesehen haben, was passiert ist.«

Margaret merkte, wie sich tief in ihrem Inneren ihr aufbrausendes keltisches Temperament zu regen begann. »Ach ja? Und wenn Sie mich auf dem Rücksitz nicht so angeglotzt hätten, dann hätten Sie vielleicht besser aufgepasst, wohin Sie fahren.«

Lily war entsetzt. »Doctah Cambo!«

Einen Moment starrte der junge Polizist Margaret nur an. Dann entriss er Lily das Fahrrad, bürstete seine Schirmmütze ab und presste sie energisch auf seinen kurz geschorenen Kopf, bevor er sich umdrehte und das Rad in Richtung eines europäisch anmutenden Gebäudes aus rotem Backstein davonschob.

Vollkommen aufgelöst schüttelte Lily den Kopf. »Das ist ganz schlimm zu sagen, Doctah Cambo.«

»Was denn?« Margaret wusste absolut nicht, was die Chinesin meinte.

»Wegen Ihnen hat er *Mianzi* verloren.«

»Was verloren?«

»Gesicht. Wegen Ihnen hat er Gesicht verloren.«

Margaret begriff nicht. »Gesicht?«

»Chinesen haben Problem mit Gesicht.«

»Bei dem Gesicht wundert mich das nicht! Und was ist mit Ihnen? Ihrem… *Mianzi*? Sie hätten sich das doch nicht gefallen lassen müssen. Ich meine, Sie haben einen höheren Rang als er, Herrgott noch mal!«

»Höhere Rang?« Lily sah sie erstaunt an. »Nein.«

»Also, er hatte bloß zwei Sterne…« Sie tätschelte ihre Schulter. »…Und Sie haben drei.«

Lily schüttelte den Kopf. »Drei Stern, *ein* Streifen. Er hat *drei* Streifen. Er ist Erster Hauptkommissar Li, Sektion Eins, städtische Polizei Peking.«

Margaret war sprachlos. »Ein Kommissar? In Uniform?«

»Uniform nicht normal.« Lily sah sie mit tiefem Ernst an. »Er muss nach se-ehr wichtige Treffen gehen.«

II

Li stürmte durch die Eingangstür des Backsteinbaus, in dem sich immer noch die Direktion der Pekinger Kriminalpolizei befand, und eilte sofort auf die Toilette. Das Blut auf seinem Unterarm verklebte bereits mit dem Staub von dem Gehweg. Er hielt den Arm unter den Wasserhahn und sprang fluchend zurück, als dunkle Wasserflecken sein hellgrünes Hemd besprenkelten. Er sah sich im Spiegel über dem Waschbecken an. Er war schmutzig und zerzaust, mit Wasser bespritzt, blutete am Ellbogen und hatte quer über der Stirn einen Dreckstreifen. Doch damit nicht genug, auch seine Würde war schwer angekratzt – und er hatte gerade in Gegenwart zweier chinesischer Frauen vor einer Fremden das Gesicht verloren. »*Yangguizi!*« Er spie das Wort in den Spiegel. *Ausländische Teufelin!* Nachdem er zwei Stunden über dem Bügelbrett seines Onkels geschwitzt hatte, um jede Falte und Lasche seines Hemdes und seiner Hose in Fasson zu bringen; nach einer ungemütlichen Stunde auf dem Stuhl des Friseurs heute Morgen, wo ihm das Haar auf zentimeterkurze Stoppeln abgeschoren worden war; nach fünfzehn Minuten unter der kalten Dusche, um den Schweiß und Staub des Tages abzuwaschen, hätte er vor dem wichtigsten Gespräch seiner beruflichen Laufbahn eigentlich tadellos aussehen und sich tadellos fühlen müssen. Stattdessen sah er grässlich aus – und fühlte sich auch so.

Er spritzte Wasser in sein Gesicht und tupfte mit ein paar Papierhandtüchern das Blut auf seinem Arm trocken. Allmählich verpuffte der Zorn über den Zwischenfall am Tor, und er spürte wieder die Schmetterlinge, die schon den ganzen Vormittag über in seiner Brust geflattert hatten.

Als die Stelle des Stellvertretenden Sektionsvorstehers frei geworden war, hatten seine Kollegen automatisch angenommen, dass Li den Job bekommen würde. Obwohl er erst einunddreißig Jahre alt war, zählte er zu den erfahrensten Kommissaren der Sektion Eins. Seit er die Universität für Öffentliche Sicherheit als Jahrgangsbester abgeschlossen hatte, hatte er eine Rekordzahl von Morden und bewaffneten Überfällen aufgeklärt. Li hatte durchaus das Gefühl gehabt, dem Posten gewachsen zu sein, doch seine Position erlaubte es nicht, sich selbst darum zu bewerben. Die Entscheidung über seine Eignung oder Nichteignung wurde in der Beförderungs-Abteilung gefällt, und das letzte Wort hatte der Polizeichef. Alle komfortablen Annahmen, jemand aus den eigenen Reihen solle die Stelle bekommen, waren jedoch über den Haufen geworfen worden, als Gerüchte aufkamen, dass ein Hauptkommissar von der Kripo Shanghai für den Posten empfohlen worden sei. Den Wahrheitsgehalt dieses Gerüchtes zu überprüfen, hatte sich als unmöglich erwiesen, und aufgrund der langen bürokratischen Prozedur vermochte Li nicht einmal zu sagen, ob man ihn überhaupt in Betracht zog. Bis man ihn zu einem Gespräch mit dem Leiter der Kriminalpolizei, Polizeirat Hu Yisheng, gebeten hatte. Und selbst jetzt hatte er keine Ahnung, was ihn erwartete. Sein unmittelbarer Vorgesetzter in der Sektion Eins, Chen Anming, hatte angespannt und grimmig gewirkt. Li befürchtete das Schlimmste. Er atmete tief durch, rückte seine Mütze gerade, zupfte an seinem Hemd und trat aus der Toilette.

Polizeirat Hu Yisheng saß in Hemdsärmeln hinter seinem Schreibtisch in einem Ledersessel mit hoher Lehne, über die er sorgsam sein Sakko gehängt hatte. In seinem Rücken ein Regal mit Glasfront, gefüllt mit Reihen gebundener Bücher, außerdem eine rote chinesische Flagge, die schlaff in der Hitze hing, sowie verschiedene gerahmte Fotos und Urkunden an der Wand. Tief über seinen Schreibtisch gebeugt, malte er mit bedächtigen Bewegungen gedrungene, saubere Schriftzeichen in ein großes aufgeschlagenes Notizbuch. Sein Spiegelbild blickte von der auf Hochglanz polierten Tischplatte zu ihm auf. Ohne aufzusehen, bedeutete er Li mit einer Hand, Platz zu nehmen. Li senkte seine Hand langsam aus dem unbeobachteten Salut und ließ sich nervös dem Polizeirat gegenüber auf der Kante eines Sessels nieder. Die Stille wurde nur von dem leisen Surren eines Ventilators durchbrochen, der am einen Ende des Schreibtisches ein paar Papiere zum Rascheln brachte – und von dem schweren Schaben des Füllhalters in der Hand des Polizeirats. Li räusperte sich unruhig, und der Polizeirat sah kurz zu ihm auf, vielleicht weil er Ungeduld vermutete. Dann widmete er sich wieder seinem Notizbuch. Auf gar keinen Fall, beschloss Li, durfte er sich noch einmal räuspern. Und praktisch im selben Moment schien sich Schleim in seiner Kehle zu sammeln, sodass er versucht war, sie frei zu husten. Wie eine juckende Stelle, an der man sich nicht kratzen darf. Er schluckte.

Nach einer scheinbaren Ewigkeit schraubte der Polizeirat endlich die Kappe auf seinen Füllhalter und klappte das Buch zu. Er faltete die Hände auf der Schreibtischfläche und betrachtete Li beinahe gedankenverloren.

»Und«, sagte er. »Wie geht es Ihrem Onkel?«

»Sehr gut, Herr Polizeirat. Er lässt Sie grüßen.«

Der Polizeirat lächelte, und aus seinem Lächeln sprach aufrichtige Zuneigung. »Ein wirklich großer Mann«, stellte er fest. »Er musste während der Zerschlagung der Vier Alten Schlimmeres erleiden als die meisten Menschen, wissen Sie?«

»Ich weiß.« Li nickte. Er hatte das schon so oft zu hören bekommen.

»Er hat mich inspiriert, nachdem die Kulturrevolution vorüber war. Er war ohne jede Bitterkeit, müssen Sie wissen. Trotz allem, was geschehen war, hat der alte Yifu immer nur nach vorn geblickt. ›Es hat keinen Sinn, sich darüber den Kopf zu zerbrechen, was hätte sein können‹, hat er oft zu mir gesagt. ›Wir sollten glücklich sein, einen zerbrochenen Spiegel wieder zusammengesetzt zu haben.‹ Es war der Geist von Männern wie Ihrem Onkel, der dieses Land wieder nach vorn gebracht hat.«

Li zeigte mit einem Lächeln die erwartete Zustimmung und merkte, wie ihn plötzlich eine unangenehme Vorahnung beschlich.

»Leider macht das die Sache sehr schwierig«, fuhr der Polizeirat fort. »Für Sie – und uns. Sie verstehen natürlich, dass es Politik der Partei ist, Vetternwirtschaft in all ihren heimtückischen Formen zu unterbinden.«

Jetzt war Li klar, dass er den Job nicht bekommen hatte. Er liebte seinen Onkel Yifu über alles. Er war der netteste, klügste, weiseste Mann, den Li kannte. Aber er war auch eine Legende in der Pekinger Polizei. Selbst fünf Jahre nach seiner Pensionierung. Und Legenden werfen lange Schatten.

»Ihnen erwächst daraus die Pflicht, besser zu sein als alle anderen, und uns diejenige, Ihre Akte kritischer zu studieren als alle anderen.« Der Polizeirat sank zurück und atmete tief und langsam durch die Nase ein. »Zum Glück sind wir beide recht gut in unserem Beruf, wie?« Ein Funkeln in seinem Blick. »Ab morgen um acht Uhr früh bekleiden Sie den Rang eines Ersten Hauptkommissars und haben die Position des Stellvertretenden Sektionsvorstehers in der Sektion Eins inne.« Plötzlich breitete sich ein Grinsen auf seinem Gesicht aus, und er streckte noch im Aufstehen dem fassungslosen Li die Hand hin. »Herzlichen Glückwunsch.«

III

Der Wagen stand mit laufendem Motor im einschläfernden Schatten eines Baumes gleich neben dem Hintereingang am gegenüberliegenden Ende des Geländes mit dem Backsteingebäude, in dessen Tür Kommissar Li vor über fünfzehn Minuten verschwunden war.

»Mistah Wade jetzt da.«

Falls Margaret auf dem Rücksitz leise zu schnarchen begonnen hatte, dann ließ Lily sich nicht anmerken, etwas gehört zu haben. Sie beugte sich herüber und öffnete die Tür. Bob Wade glitt neben Margaret auf den Rücksitz. Er war unglaublich groß und dünn und musste sich fast wie ein Taschenmesser zusammenklappen, damit er in das Auto passte.

»Hallo, alle miteinander, tut mir Leid, dass Sie warten mussten.« Er drückte enthusiastisch Margarets Hand. »Hallo. Sie sind bestimmt Dr. Campbell.«

»Margaret«, sagte sie.

»Okay, Margaret. Bob Wade. Jesus, da draußen ist es vielleicht heiß.« Er zückte ein schmierig aussehendes Taschentuch und wischte die Schweißperlen ab, die sich auf seiner hohen, fliehenden Stirn zu bilden begannen. »Und Lily hat sich gut um Sie gekümmert?«

»Natürlich.« Margaret nickte bedächtig. »Sie ist ein echter Schatz.«

Lily warf ihr einen verstohlenen Blick von der Seite zu, und auch Bob war Margarets spitzer Tonfall nicht entgangen. Er beugte sich zur Fahrerin vor. »Wie wär's, wenn wir jetzt zur Universität rüberflitzen, Shimei? Wir sind ein bisschen spät dran.«

Shimei jagte den Motor hoch und setzte rückwärts auf das Gelände, um dann in Richtung Tor umzudrehen. Als sie unter dem Bogen des Haupttores durchfuhren, sah Margaret Kommissar Li aus dem Backsteingebäude treten. Seine Haltung hatte sich vollkommen verändert – seine Schritte wirkten frischer, und auf seinem Gesicht lag ein Lächeln. Er sah ihren Wagen nicht einmal. Er hatte die Schultern durchgestreckt, und Margaret fiel auf, dass er für einen Chinesen ziemlich groß war, etwa einen Meter achtzig. Er zog die Mütze über seinen kurzen Soldatenhaarschnitt. Der Schirm legte einen Schatten über sein hochwangiges, kantiges Gesicht, und sie dachte, als sie ihn davongehen sah, wie ausgesprochen unattraktiv er doch war.

»Sie sind bestimmt ziemlich müde.« Sie wandte sich zur Seite und merkte, dass Bob sie aufmerksam ansah. Er war schätzungsweise um die fünfundfünfzig – so alt, wie sie sich im Moment fühlte.

Sie nickte. »Ich bin seit ungefähr zweiundzwanzig Stunden auf den Beinen. Es war ein verflucht langer Tag. Nur dass es jetzt schon morgen ist und ich den halben Tag noch vor mir habe.«

Er grinste. »Ja, ich weiß. Bis weit über dem Pazifik jagt man der Sonne hinterher, und dann springt man plötzlich einen Tag nach vorne.« Er beugte sich zu ihr herüber und senkte die Stimme. »Was ist mit Lily passiert?«

»Ach...« Margaret wollte die Geschichte nicht wieder aufwärmen. »Nur ein kleines Missverständnis.«

»Seien Sie ihr nicht böse. Sie ist nicht *ganz* schlecht. Hunde, die bellen, beißen nicht. Sie müssen wissen, während der Kulturrevolution war sie Rotgardistin. Eine echt altmodische Genossin. Nur dass ihre Art von Kommunismus nicht mehr gefragt ist, darum ist sie jetzt ganz unten gelandet. Sie wird es nie weiter bringen als bis zur Drei-Sterne-Wachtmeisterin.«

Über die Kulturrevolution hatte Margaret sich seit ewigen Zeiten schlau machen wollen. Sie hatte so viel darüber gehört und wusste doch nicht genau, was damals passiert war – außer dass es für China eine schlimme Zeit gewesen war. Doch sie beschloss, dass sie Bob ihre Unwissenheit lieber nicht offenbaren wollte.

»Und was hat Sie nach China verschlagen?«, fragte er.

Die Wahrheit stand für Margaret nicht zur Debatte. Sie zuckte ausweichend mit den Achseln. »Ach, wissen Sie... ich habe mich schon immer für das Land interessiert. Rätselhafter Osten und so weiter. Ich habe an der University of Illinois, Chicago, Vorlesungen gehalten, und da kam dieser Typ vom *Office of International Criminal Justice*...«

»Dick Goldman.«

»Ja, genau der. Er hat mir erzählt, sie suchten jemanden,

der für sechs Wochen nach Peking an die Volksuniversität für Öffentliche Sicherheit geht und dort Vorlesungen über forensische Pathologie hält, und er hat gefragt, ob ich Interesse hätte. Ich dachte, ach zum Teufel, das ist bestimmt besser, als für das Büro des Leichenbeschauers in Cook County Feuerwehrautos hinterherzujagen. Im Juni gibt es in Chicago jede Menge Brände.«

Bob lächelte. »Sie werden merken, dass hier einiges anders läuft als in Chicago. Ich bin jetzt seit beinahe zwei Jahren hier und versuche immer noch, Fotokopien von meinen Vorlesungsunterlagen machen zu lassen.«

»Das ist nicht Ihr Ernst.«

»Haben Sie schon einmal von den drei Gs gehört?« Sie schüttelte den Kopf. »Also, sie stehen für die drei Dinge, die man unbedingt braucht, um in diesem Land zu überleben. Als da wären Geduld, Geduld und nochmals Geduld. Die Chinesen haben eine ganz eigene Art, die Dinge anzugehen. Ich sage damit nicht, dass ihre Art schlechter oder besser ist als unsere. Sie ist einfach anders. Und sie haben eine komplett andere Weltsicht.«

»In welcher Beziehung?«

»Nun, zum Beispiel denkt man, wenn man hier ankommt: Ich bin amerikanischer Staatsbürger. Ich lebe in der reichsten und mächtigsten Nation der Erde. Und man meint, dass man darum den Menschen hier haushoch überlegen ist. Doch selbst der einfachste Bauer, der jeden Tag fünfzehn Stunden auf seinem Reisfeld steht, wird auf einen herabschauen. Wieso? Weil man kein Chinese ist, im Gegensatz zu ihm. Weil er ein Bürger des Mittleren Königreiches ist. So nennen die Menschen hier China. Und zwar, weil ihr Land selbstverständlich der Mittelpunkt der Welt ist und weil alles außerhalb dieser Grenzen unbedeutend und minderwertig ist und obendrein von *Yangguizi* bewohnt wird – ausländischen Teufeln wie Ihnen und mir.«

Sie schnaubte. »Das ist doch pure Arroganz.«

Bob zog eine Braue hoch. »Wirklich? Die Chinesen haben schon vor über dreitausend Jahren Seide gewebt. Sie haben schon achtzehnhundert Jahre lang Eisen geschmiedet, bevor die Europäer auf den Trichter gekommen sind. Sie haben das Papier erfunden und schon jahrhundertelang Bücher gedruckt, bevor Gutenberg seine Druckerpresse erfand. Verglichen damit sind wir Amerikaner nur ein Pickel auf dem Angesicht der Erde.«

Margaret fragte sich, wie oft er diese kleine Predigt schon vor den diversen amerikanischen Dozenten auf Besuch gehalten hatte. Wahrscheinlich wollte er damit erreichen, dass er gelehrter wirkte und China beeindruckender. Und das gelang ihm.

»Der größte Unterschied überhaupt – in kultureller Hinsicht?«

Sie gab ihre Unwissenheit mit einem Achselzucken zu erkennen.

»Die Chinesen konzentrieren sich auf die Gruppe und belohnen Leistungen der Gruppe, nicht die des Individuums. Sie sind Mannschaftsspieler. Vom Individuum wird erwartet, dass es die Interessen der Mannschaft über seine eigenen stellt. Das hat in einem Land mit 1,2 Milliarden Einwohnern einiges zu heißen. Und es erklärt wahrscheinlich auch, warum sie seit über fünftausend Jahren da sind.«

Margaret hatte genug von seinen kulturgeschichtlichen Vorträgen. »Und was geschieht jetzt?«

Schlagartig wurde Bob schroff und nüchtern. »Okay. Wir schauen uns Ihr Zimmer an der Universität an, stellen Sie allen Leuten vor, denen Sie vorgestellt werden müssen, und danach können Sie sich zurückziehen und für das Bankett frisch machen.«

Ihr fielen Lilys Worte von vorhin wieder ein. »Für ein Bankett?«

»Ganz recht, im berühmten Quanjude-Pekingenten-Restaurant. Das ist der traditionelle Empfang. Haben Sie vom OICJ keine Unterlagen bekommen?«

»Doch, natürlich.« Margaret wollte nur ungern zugeben, dass sie die Unterlagen nicht gelesen hatte. Sie hatte sie lesen *wollen*. Falls sie lange genug wach blieb, würde sie das noch heute Abend nachholen.

»Bei diesen Dingen gibt es hier eine sehr genaue Etikette. Was man zu tun und zu lassen hat. Chinesen können da ziemlich empfindlich sein, wenn Sie mich verstehen. Aber keine Angst, ich bleibe in Ihrer Nähe und passe auf Sie auf.«

Margaret wusste nicht, ob sie diese Aussicht erleichterte oder eher erschreckte. Bob, dachte sie, konnte eine ziemliche Plage sein.

Mittlerweile waren sie auf einer weiteren sechsspurigen Schnellstraße unterwegs, die durch eine Schlucht zwischen modernen Hochhäusern verlief. Die Sonne senkte sich dem Horizont zu und blendete sie durch den Staub und die Insekten auf der Windschutzscheibe. Vor ihnen stieg die Fahrbahn auf einer elegant geschwungenen Überführung aus dem Dunst auf. Doch im letzten Moment bogen sie rechts in eine von Radfahrern verstopfte Seitenstraße und dann noch einmal nach rechts auf eine Art Baustelle ab.

»Da wären wir«, sagte Bob.

»Im Ernst?« Margaret sah sich entsetzt um.

Sie rumpelten über einen von Schlaglöchern übersäten Hof, eine riesige Staubwolke hinter sich herschleppend, und bogen schließlich in ein Tor ein, vor dem ein Polizist in Habachtstellung der sengenden Hitze trotzte. Er salutierte, als sie vorbeifuhren. Niemand machte sich die Mühe, den Gruß zu erwidern. Dann fuhren sie plötzlich auf einer privaten Allee an einem großen Allwetter-Sportplatz entlang, der hinter einem Zaun zu ihrer Linken lag. Schließlich kam das Auto vor einem hohen weißen Bau mit verschnörkelter Dachtraufe und verzierten braunen Säulen zum Stehen.

Margaret stieg steif aus dem Fond aus und wurde von der Hitze beinahe umgehauen. In der kühlen, klosterhaft frischen Luft des BMW hatte sie vollkommen vergessen, wie heiß es draußen war.

Bob deutete auf ein zwanzigstöckiges Gebäude hinter dem Verwaltungsbau. »Da wohnen die Angestellten.«

»Was?« Margaret traute ihren Augen kaum. »Wie viele Angestellte gibt es denn?«

»Ach, an die tausend.« Er führte sie durch die Doppeltür und dann die dunklen Marmortreppen im kühlen Hausinneren hinauf.

»Und wie viele Studenten?«

»Ungefähr dreitausend.«

Margaret schnappte nach Luft. Ein Verhältnis von eins zu drei zwischen Lehrenden und Studenten gab es nirgendwo in den Vereinigten Staaten.

»Das hier ist so was wie die Elite-Universität für die chinesische Polizei. Hier entlang.« Damit traten sie in einen langen, unauffälligen Gang.

Margaret hatte nicht damit gerechnet, dass die Universität so klein war. Inzwischen bedauerte sie zutiefst, ihre Unterlagen nicht gelesen zu haben.

»Natürlich«, fuhr Bob fort, der seinen Wissensvorsprung sichtlich genoss, »werden Sie sich besonders für die pathologische und kriminaltechnische Abteilung interessieren. Beide befinden sich am anderen Ende des Sportplatzes. Im Zentrum für forensische Beweissicherung. Dort haben sie auch ziemlich modernes Zeugs wie zum Beispiel einen brandneuen Block mit allen modernen Labortestmöglichkeiten – DNA, was Sie wollen. Proben aus ganz China werden dorthin geschickt. Ob Sie's glauben oder nicht, sie nehmen dort sogar Ohrabdrücke – Sie wissen schon, wie

Fingerabdrücke, nur mit den Ohren. Aber ganz unter uns, ich kann mir nicht vorstellen, dass viele Täter einen Ohrabdruck am Tatort hinterlassen, es sei denn, sie haben jemanden mit ihrem Hörgerät niedergeschlagen.« Er lachte über seinen Scherz. Margaret hatte ihm gar nicht zugehört. Sein Lächeln erlosch. »Natürlich ist das nicht mein Gebiet.«

»Was *ist* Ihr Gebiet?«

»Software für Täterprofile. Ich helfe den Chinesen, ein System zu erstellen, das mindestens so gut sein wird wie alles, womit das FBI aufwarten kann. Hier herein.« Er öffnete die Tür zu einem winzigen Kabuff von höchstens zweieinhalb auf zweieinhalb Metern mit einem einzigen winzigen Fenster auf Deckenhöhe. In der Mitte des Zimmers standen zwei Tische Stirn an Stirn, außerdem gab es drei stapelbare Stühle aus Plastik und einen einsamen Aktenschrank. Auf einem der Schreibtische standen seitlich drei Pappkartons. »Das sind Sie.«

Margaret sah ihn begriffsstutzig an. »Was bin ich?«

»Ihr Büro. Und Sie können sich glücklich schätzen. Raum ist hier äußerst gefragt.«

Sie wollte schon zum Besten geben, was sie von Bobs Definition des Begriffes »glücklich« hielt, doch der Eintritt zweier Männer mittleren Alters und einer Frau, der Uniform nach alles höhere Polizeibeamte, ließ sie verstummen. Alle drei verbeugten sich lächelnd, Margaret verbeugte sich lächelnd zurück und sah Bob dann fragend und Hilfe suchend an.

»Dies sind Ihre Kollegen im hiesigen Universitätsinstitut für Kriminalistik.« Er rasselte etwas auf Chinesisch herunter, und alle verbeugten sich und lächelten erneut. Margaret verbeugte sich und lächelte ebenfalls. »Professor Tian und Professor Bai und die entzückende Dr. Mu«, stellte Bob der Reihe nach vor. Alle drei reichten ihr die Hand, und dann zückte einer nach dem anderen mit tiefernster Miene eine Visitenkarte und streckte sie Margaret hin, die Ecke zwischen Daumen und Zeigefinger haltend und die englische Übersetzung des jeweiligen Namens ihr zugewandt. Sie nahm die Karten an sich und kramte in ihrer Tasche nach ihren eigenen Visitenkarten, die sie der Reihe nach austeilte.

»*Ni han*«, sagte sie die einzigen chinesischen Worte, die sie kannte.

»Man erwartet von Ihnen, dass Sie die Karten ebenso überreichen, wie sie Ihnen überreicht wurden«, sagte Bob.

»Wirklich?« Es war ihr peinlich, doch nun war es zu spät, um noch etwas daran zu ändern.

»Haben Sie Ihre Unterlagen nicht studiert?«

»Verzeihen Sie, das habe ich vergessen.«

Sie lächelte sie wieder an, und alle drei lächelten zurück, dann hoben sie jeweils einen Karton vom Schreibtisch und verschwanden.

Margaret sah sich verzagt um. »Das ist unmöglich, Bob. Ich kann in diesem Raum keine sechs Wochen arbeiten.«

»Was stimmt nicht damit?«

»Was nicht damit stimmt? Das ist wie im Gefängnis hier. Innerhalb einer Woche werde ich mit dem Kopf gegen die Wände rennen.«

»Also, das würde ich Professor Tian, Professor Bai und Dr. Mu gegenüber lieber nicht erwähnen.«

»Wieso?«

»Weil ich nicht glaube, dass sie besonders viel Mitleid hätten. Wahrscheinlich mögen sie Sie jetzt schon nicht besonders.«

Margaret traute ihren Ohren nicht. »Wieso sollen sie mich nicht mögen? Sie haben mich eben erst kennen gelernt.«

»Nun, zum einen…«, Bob ließ sich auf einer Schreibtischkante nieder, »…verdienen Sie wahrscheinlich in einer Woche mehr als jeder von ihnen in einem ganzen Jahr. Und zum anderen... hat man die drei gerade aus ihrem Büro geworfen, um Platz für Sie zu schaffen.«

Margaret klappte der Kiefer herunter.

»Wie dem auch sei...«, Bob erhob sich, »...es ist Zeit, dass Sie Professor Jiang kennen lernen. Er wartet bestimmt schon auf Sie.«

Professor Jiang war ein rundlicher Mann von Ende fünfzig, der aussah, als hätte er sich extra für dieses Treffen herausgeputzt. Auf seinem Kopf wuchs dichtes, exzellent geschnittenes Haar, das in attraktiven Strähnen ergraute, und seine Uniform entsprach dem Rang eines Oberpolizeirats. Seine dunkle Hornbrille wirkte ein bisschen zu groß für sein Gesicht. Als Margaret von Bob in den Empfangsraum geleitet wurde, erhob er sich erwartungsvoll. Hier war es kühl, die Jalousien waren herabgelassen worden, um die Sonne in Schach zu halten, zwei Reihen von weichen, tiefen Sesseln standen an den gegenüberliegenden Seiten des Raumes hinter einem jeweils noch tieferen Tisch an der Wand, und vor jedem Sessel wartete eine Flasche mit kaltem Wasser. Außer dem Professor erhoben sich zu ihrer Begrüßung noch ein jüngerer Mann in Uniform und ein hübsches Mädchen von Anfang zwanzig in einem schlichten cremefarbenen Kleid. Bob stellte alle einander vor. Erst auf Chinesisch, dann auf Englisch.

»Margaret, das ist Professor Jiang, Direktor des Instituts für Kriminalistik – Ihr Institutsleiter.« Sie reichten sich die Hände und tauschten ein förmliches Lächeln aus. »Und dies ist sein Assistent, Mr. Cao Min. Er ist Absolvent der Universität und hat eine ganze Weile draußen in der wirklichen Welt gearbeitet. Ein echter Detective.« Mr. Cao schüttelte mit ernster Miene ihre Hand. »Und, äh, das ist Veronica.« Bob lachte kurz in sich hinein. »Viele chinesische Mädchen geben sich englische Namen. Wenn ich es mir recht überlege, weiß ich eigentlich gar nicht, wie Sie wirklich heißen, Veronica.«

»Veronica schon gut«, antwortete Veronica und schüttelte dabei lieblich lächelnd Margarets Hand. Sie war außergewöhnlich dünn, und ihre kindliche Hand verschwand praktisch völlig in Margarets. »Ich übersetze für Sie.«

Alle nahmen Platz, Professor Jiang, Mr. Cao und Bob auf der einen Seite des Zimmers, Margaret ihnen gegenüber auf der anderen. Veronica saß auf neutralem Territorium auf einem Stuhl am Fenster. Margaret kam sich vor wie bei einem Vorstellungsgespräch und wartete, ein gequältes Lächeln auf dem Gesicht, ab, was wohl als Nächstes geschehen würde. Nach einer kurzen Atempause hatte Professor Jiang sich gesammelt, beugte sich vor und sprach Margaret direkt an, allerdings auf Chinesisch. Sie fand es befremdlich und irritierend, kein Wort zu verstehen und dennoch verpflichtet zu sein, irgendwie Augenkontakt zu halten und voller Interesse zuzuhören. Professor Jiangs Stimme war leise, sein Tonfall fast hypnotisch, und Margaret ertappte sich dabei, wie sie sich vor und zurück zu wiegen begann. Plötzlich verspürte sie den übermächtigen Wunsch zu schlafen. Sie blinzelte angestrengt. Der Professor sprach scheinbar eine Ewigkeit, bevor er mit einem schmalen Lächeln endete und sich in Erwartung ihrer Antwort zurücklehnte.

Margaret sah Veronica um Aufklärung bittend an. Veronica dachte lange nach. Dann sagte sie: »Äh ... Professor Jiang sagt, er begrüßt Sie an chinesischer Volksuniversität für Öffentliche Sicherheit. Sehr erfreut, dass Sie hier sind.« Margaret wartete auf mehr, doch Veronica war offensichtlich am Ende, und alle Augen waren nun auf Margaret gerichtet, weil man auf ihre Erwiderung wartete. Sie lächelte und sah dem Professor wieder fest in die Augen.

»Äh ... Es ist mir eine sehr große Ehre, Professor, dass man mich eingeladen hat, an der Volksuniversität für Öffentliche

Sicherheit Vorlesungen zu halten. Ich hoffe nur, dass ich Ihren Erwartungen gerecht werden und Ihren Studenten einige neue Dinge beibringen kann.« Sie bemerkte, wie Bob ihr quer durch den Raum aufmunternd zuzwinkerte, und verspürte nicht zum ersten Mal an diesem Tag den Drang, ihm eins in die selbstgefällige Fresse zu hauen.

Professor Jiang beugte sich wieder vor und hauchte eine Ewigkeit lang sein Mandarin durch den Raum.

»Professor Jiang sagt, er sicher, dass Sie Studenten viel beibringen.«

Der Professor wartete gespannt auf Margarets Erwiderung. Sie wusste nicht, was sie noch sagen sollte, darum nickte sie mit einem Lächeln. Was die richtige Reaktion zu sein schien, denn der Professor grinste breit und nickte zurück. Eine Viertelminute nickten und grinsten sie sich wortlos an, dann setzte sich Mr. Cao plötzlich auf und sagte mit amerikanischem Westküsten-Akzent: »Wir beide werden uns morgen Vormittag zusammensetzen und Ihren Lehrplan durchgehen. Falls Sie irgendwelche audiovisuellen Geräte benötigen oder Zugang zu den pathologischen Labors brauchen, kann ich das arrangieren.«

Margaret war beinahe überwältigt vor Erleichterung, sich endlich wieder in schlichtem Englisch verständigen zu können. »Großartig«, sagte sie. »Ich habe einen ganzen Haufen Dias mitgebracht, und wenn es sich arrangieren ließe, Sie wissen schon, dann wäre es wirklich toll, wenn wir die Studenten an einer echten Autopsie teilnehmen lassen könnten.«

»Das können wir morgen besprechen«, sagte Mr. Cao und gab, indem er sich erhob, für alle anderen das Zeichen aufzustehen. Während Margaret erneut allen die Hand reichte, klopfte jemand an die Tür, und Lily trat ein. Sie grüßte Professor Jiang mit einem knappen Kopfnicken.

»Wir Sie bringen jetzt zu Ihr Apartment, Doctah Cambo.«

»Ins Hotel«, verbesserte Margaret.

»Apartment«, beharrte Lily. »Gleich hier in Nähe. Wir haben Apartment für unverheiratete Gastdozent.«

»Nein, nein. Ich wohne im Freundschaftshotel. Ich wollte kein Apartment. Das habe ich schon in Chicago geklärt. Das Zimmer ist bereits gebucht.«

Lilys Gesicht lief purpurrot an. »Volksuniversität für Öffentliche Sicherheit kann Hotel nicht bezahlen. Wir haben Apartment für Gastdozent.«

Knapp vierundzwanzig Stunden ohne Schlaf zerrten spürbar an Margarets Nerven. »Hören Sie, ich habe das Hotel bereits gebucht, und ich zahle es selbst. Das war Teil der Vereinbarung. Okay?«

Mit fassungsloser Miene bemühte sich Professor Jiang, die gereizte Atmosphäre zwischen den beiden Frauen zu deuten. Bob mischte sich eilig ein und ratterte lächelnd etwas auf Chinesisch, um Lilys aufgeplustertes Gefieder so weit wie möglich zu glätten. Dann wandte er sich, immer noch lächelnd, an Margaret. »Nur ein kleines Missverständnis. Wir werden das regeln.«

Lily wirkte kein bisschen besänftigt. Sie sah Margaret wutentbrannt an, machte auf dem Absatz kehrt und marschierte aus dem Raum. Bob lächelte ihr nickend hinterher und redete kurz beschwichtigend auf Professor Jiang ein, bevor er Margaret eilig auf den Gang schob.

»Herr im Himmel, Margaret, was sollte das denn werden?«

Margaret war außer sich vor Entrüstung. »Was habe ich jetzt schon wieder angestellt? Das Hotel ist gebucht. Wir hatten das so vereinbart. Ich hatte keine Lust, mein Bett zu machen und mir was kochen zu müssen, wenn ich abends heimkomme.«

Er zog sie vom Konferenzraum weg. »Ja, aber das weiß Lily nicht. Man widerspricht den Menschen hier nicht, Margaret.«

»Ich habe schon verstanden. Meinetwegen hat sie ihr *Mianzi* verloren.«

»Ach, Sie haben Ihre Unterlagen also doch gelesen.« Margaret widerstand der Versuchung, ihn eines Besseren zu belehren. »Die Sache ist die, Margaret, die Chinesen kennen tausend Möglichkeiten, Nein zu sagen, ohne jemals Nein zu sagen. Und Sie müssen sich einige davon aneignen, sonst werden Ihnen die sechs Wochen hier wie sechs Jahre vorkommen.«

Margaret seufzte theatralisch. »Und was *hätte* ich sagen sollen?«

»Sie hätten sagen sollen, wie dankbar Sie der Universität für die angebotene Unterkunft sind, aber dass Sie bedauerlicherweise bereits ein Zimmer im Freundschaftshotel gebucht hätten.« Bob hielt sie am oberen Treppenabsatz auf. »Ich habe Ihnen doch erklärt, dass man hier die Dinge anders handhabt. Und wenn Sie irgendwas erreichen möchten, dann werden Sie sich allmählich ein kleines *Guanxi* anlegen müssen.«

»Was zum Teufel ist ›*Guantschi*‹?«

»Das, was die gesamte Gesellschaft am Laufen hält. Eine Art von Netzwerk – wenn du meinen Rücken kratzt, kratze ich deinen. Ich tue dir einen Gefallen, also tust du mir auch einen. Und Sie tun den Menschen keinen Gefallen, wenn sie Ihretwegen das Gesicht verlieren.«

Margaret ließ den Kopf sinken und sah für Bob schlagartig ganz klein und ganz zerbrechlich aus. Augenblicklich bereute er seine ruppige Zurechtweisung.

»Ach, hören Sie... es tut mir Leid. Sie hatten einen langen Tag...«

»Zwei lange Tage«, korrigierte sie ihn mit einem leichten Anflug von Bockigkeit in der Stimme.

»Und vermutlich kommt Ihnen alles hier reichlich bizarr vor.«

»Ja.« Jetzt musste sie gegen den unerklärlichen Drang ankämpfen, in Tränen auszubrechen, und registrierte unvermittelt, dass ihr Fuß wie besessen auf die oberste Stufe klopfte. Auch Bob hatte das bemerkt. Plötzlich klang er besänftigend.

»Passen Sie auf, Lily wird sie ins Freundschaft bringen. Duschen Sie, ziehen Sie sich um, vielleicht können Sie sogar ein Stündchen Schlaf rausschinden, und lassen Sie danach das Bankett einfach über sich ergehen. Genießen Sie es. Das Essen ist hervorragend. Und was den Rest betrifft... da passe ich schon auf Sie auf, okay?«

Sie warf ihm einen Blick zu, der fast an Dankbarkeit grenzte, und ihre Mundwinkel hoben sich zu einem spröden Lächeln. »Klar. Danke.«

Doch sein Trost hielt nur so lange vor, wie sie brauchten, um zum Auto und zu Lily Pings finsterem Gesicht zurückzukehren, dann sank Margaret wieder das Herz in die Hose.

IV

Der junge Wachposten nickte Li zu, als er das im Joint Venture betriebene Jingtan-Hotel durch den rückwärtigen Belegschaftseingang am Jianguomennei-Boulevard betrat. Li schlüpfte durch den Hintereingang in die Küche im Erdgeschoss und hielt nach Yongli Ausschau. Doch der war nirgendwo zu entdecken. Nur die Souschefs hackten Gemüse und bereiteten Marinaden zu, entbeinten Hühner und begossen Ente vor dem Braten mit Saft.

Li hielt eine Kellnerin auf. »Wo ist Ma Yongli?«

Sie nickte zur Tür hin. »Vorne.«

Li trat an die Tür, zog sie einen Spalt weit auf und schielte hinaus. Hinter einer verzierten Theke mit chinesischem Baldachin stand Yongli an einer Wärmeplatte mit Gasring. Der weiße Kochkittel schien seine große, massige Gestalt noch zu unterstreichen, und das runde Gesicht sah tiefernst unter der weißen Kochmütze hervor. Er schaute auf die frühen Gäste im rund um die Uhr geöffneten Café China, doch in Gedanken war er ganz woanders. Er hatte an diesem Abend im Gastraum Dienst, wo er vor den Augen der Gäste ausgewählte Gerichte von der Tageskarte zubereitete. Doch noch waren kaum Gäste da, die größere Gerichte bestellten, darum hatte er, zumindest im Moment, Muße, seine Gedanken wandern zu lassen. Li beobachtete ihn einen Augenblick lang liebevoll, dann pfiff er kurz und scharf durch die Vorderzähne. Yonglis Kopf fuhr herum, und sein Gesicht hellte sich auf, als er Li entdeckte. Nachdem er sich hastig überzeugt hatte, dass nirgendwo ein Vorgesetzter zu sehen war, eilte er an die Tür, wo er Li mit unwiderstehlicher Kraft in die Küche zurückschob. »Und? Und? Komm, sag schon. Wie ist es gelaufen?«

Das Lächeln wich aus Lis Gesicht, er senkte den Kopf und zuckte mit den Achseln. »Der Polizeirat hat gesagt, es sei Politik der Partei, ›Vetternwirtschaft in all ihren heimtückischen Formen zu unterbinden‹.«

Yonglis Miene wurde starr. »Ach, komm schon, du willst mich verscheißern, stimmt's?«

Li behielt die Trauermiene bei. »Genau das hat er gesagt.« Er hielt inne, und ein Grinsen breitete sich auf seinem Gesicht aus. »Aber den Job habe ich trotzdem bekommen.«

»Du Mistkerl!« Yongli wollte ihn packen, doch Li wich mit einem einfältigen Grinsen zurück.

»Hey!«, rief Yongli in die Küche hinein. Alle Köpfe fuhren hoch. »Der Große Li ist befördert worden!« Damit packte er zwei Schöpflöffel aus Edelstahl und begann an den herabhängenden Töpfen und Pfannen entlang einen Trommelwirbel zu schlagen. Seine Kollegen brachen in Jubel aus und applaudierten spontan. Li errötete und schüttelte, immer noch idiotisch grinsend, den Kopf. Yongli hatte das Ende der Topfreihe erreicht. »Wenn ihr also das nächste Mal von der Polizei geschnappt werdet«, rief er aus, »dann könnt ihr sagen: ›Moment, wisst ihr nicht, wer ich bin? Ich bin ein Kumpel vom Großen Li Yan‹. Und sie werden euch schneller wieder loslassen als ein Stück glühende Kohle.« Er strahlte seinen Freund mit einem riesigen, funkelnden, irrsinnig wirkenden Grinsen an, stolzierte den Gang herunter auf ihn zu und nahm Lis Gesicht in seine riesigen Hände, um einen dicken feuchten Schmatz auf Lis Stirn zu drücken. »Herzlichen Glückwunsch, Kumpel.« Und die beiden umarmten sich unter dem erneuten Beifall der Küchen-Mannschaft.

Schon seit ihrem ersten Tag an der Volksuniversität für Öffentliche Sicherheit vor fünfzehn Jahren waren sie die engsten Freunde. Zwei verwandte Seelen, die einander augenblicklich erkannt hatten. Zwei große, verrückte Jungs, damals wie heute. Es hatte Li das Herz gebrochen, als Yongli das Studium kurz vor dem Abschluss hingeworfen hatte. Seine Leistungen hatten sich kontinuierlich verschlechtert, und zwar proportional zu seiner Jagd auf Frauen, seinen Besuchen in den Karaokebars und einem Lebensstil, den er sich nicht leisten konnte. Dies war der herausstechende Unterschied zwischen den beiden. Li nahm seinen Beruf ernster als sein Vergnügen. Während für Yongli nichts wichtiger war als das Vergnügen. Darum hatte er die Gelegenheit beim Schopf gepackt, sich in einem chinesisch-amerikanischen Joint Venture zum Koch ausbilden zu lassen.

»Der Verdienst ist fantastisch«, hatte er Li erklärt. Und verglichen mit dem Existenzminimum, mit dem ein chinesischer Student auskommen musste, war er das. Auch nach seiner Beförderung würde Li deutlich weniger verdienen als sein Freund. Yonglis Ausbildung umfasste unter anderem Englischunterricht, dazu sechs Monate in einem Schweizer

Hotel – wo ihm beigebracht worden war, europäisches Essen zuzubereiten und zu servieren –, sowie drei Monate in den Vereinigten Staaten, wo er herausgefunden hatte, wie die Amerikaner am liebsten ihr Steak essen. Dort hatte er auch gelernt, seinen hedonistischen Neigungen hemmungslos nachzugeben, weshalb er mit einem Riesenappetit auf alles Amerikanische und einer um zehn Zentimeter erweiterten Taille heimgekehrt war. In vieler Hinsicht hatten sich Li und Yongli auseinander entwickelt: Ihre Lebenswege hatten ganz unterschiedliche Richtungen genommen, und ihre Freundschaft beruhte inzwischen eher auf der gemeinsamen Vergangenheit als auf der Gegenwart. Doch ihre gegenseitige Zuneigung kam immer noch von Herzen.

»So.« Yongli zog seine Mütze vom Kopf und warf sie einem der anderen Köche zu, der sie geschickt auffing. »Dann gehen wir beide heute Abend feiern.«

»Aber du arbeitest doch.«

Yongli zwinkerte. »Ich habe einen Notfallplan ausgearbeitet – für den Fall, dass du mit einer guten Nachricht kommst. Die Jungs warten nur auf meinen Anruf, und ein Tisch im Quanjude ist schon bestellt.«

»Die Jungs?«

»Die alte Truppe. So wie früher.« Ein Gedanke verdüsterte für eine Sekunde sein Lächeln. »Und ohne Lotus. Ich kenne deine Vorbehalte.«

Li protestierte. »Hör mal, Yongli, ich habe doch keine Vorbehalte, ich –«

Yongli schnitt ihm das Wort ab. »Nicht heute Nacht, Kumpel. Okay?«

Die plötzlich aufgetretene Spannung hatte sich augenblicklich in Luft aufgelöst. Ein Unbeteiligter hätte sie kaum wahrgenommen. Yongli grinste wieder und meinte liebevoll: »Wir werden dich abfüllen.«

V

Zu Margarets Überraschung war die Bar menschenleer bis auf einen halb kahlen Mann mittleren Alters, der in einer Ecke an einem großen Scotch nippte und planlos in den Seiten der *International Herald Tribune* blätterte. Nachdem Margaret geduscht und frische Sachen angezogen und ein wenig von dem unerwarteten Luxus des Freundschaftshotels aufgesogen hatte, fühlte sie sich wieder halbwegs menschlich. Der weitläufige Granitbau, der in den Fünfzigern errichtet worden war, um russische »Experten« zu beherbergen, war ein Relikt aus den Tagen der argwöhnischen Zusammenarbeit zwischen Chinesen und dem stalinistischen Russland und prunkte allenthalben mit poliertem Messing und weißen Marmordrachen unter geschwungenen, grün gedeckten Dachtraufen auf rostroten Säulen. Sie hatte sich für ein luftiges Sommerkleid aus Baumwolle entschieden und die Haare geföhnt, die jetzt in goldenen Naturlocken auf ihre Schultern fielen. Vor dem Verlassen des Zimmers hatte sie im Spiegel ihr Gesicht gemustert – blasse, sommersprossige Haut –, um einen Hauch Make-up aufzutragen, und dabei die ersten winzigen Fältchen rund um ihre Augen wie auch die tiefen Schatten darunter bemerkt. Und im selben Moment waren ihr mit einem schmerzhaften Stich die Ereignisse der vergangenen achtzehn Monate in den Sinn gekommen, die sich so verheerend auf ihr Leben ausgewirkt hatten. Sie war so müde und fühlte sich so verloren und orientierungslos in China, dass sie ihr tatsächlich das erste Mal aus dem Bewusstsein geraten waren. Jetzt meldete sich die Erinnerung mit dem beißenden Geschmack einer halbverdauten, vor Stunden verzehrten Mahlzeit zurück. Sie brauchte dringend etwas zu trinken.

Eine Kellnerin lümmelte auf der Gästeseite der Theke, und

dahinter warteten zwei junge Männer. Ihr Gespräch, worum es sich auch gedreht haben mochte, brach bei Margarets Eintritt abrupt ab, und sobald sie sich auf einen der hohen Barhocker gewuchtet hatte, drückte ihr die Kellnerin die Getränkekarte in die Hand. Margaret reichte sie ihr zurück, ohne sie aufgeschlagen zu haben. »Wodka Tonic mit Eis und Zitrone.«

Der Mann in der Ecke blickte auf und ließ beim Klang ihrer Stimme erstmals etwas wie Interesse erkennen. Er faltete die Zeitung zusammen, kippte sein Glas hinunter und kam an die Bar. Er war klein, kaum größer als Margaret, und stämmig. Margaret drehte sich um, als sie ihn kommen hörte, und erblickte einen Mann, in dessen allmählich kollabierendem Gesicht der schwach ausgeprägte Unterkiefer zusätzlich von einem Doppelkinn entstellt wurde und dessen fleischige Wangen von tiefen Furchen durchzogen waren, die ihrerseits von verquollenen, wässrig wirkenden und blutunterlaufenen Augen ausgingen. Was von seinem drahtigen, widerspenstigen Haar noch geblieben war, war fast durchweg ergraut und mit einem stark duftenden Öl, das Margarets Geruchssinn beleidigte, an den Kopf gekleistert. Als er Margaret ein unsympathisches Lächeln schenkte, konnte sie unter dem Gestank seines Haaröls den Alkohol in seinem Atem riechen. »Setzen Sie das auf meine Rechnung«, befahl er mit unverkennbar weichem kalifornischem Akzent.

»Ich zahle selbst«, lehnte Margaret kühl ab.

»Nein, ich bestehe darauf.« Er sah kurz auf einen der Barkeeper. »Und machen Sie mir noch einen Scotch.« Dann richtete er den Blick wieder auf Margaret. »Mal was anderes, hier eine Stimme aus der alten Heimat zu hören.«

»Wirklich? Und ich dachte, hier trifft sich das internationale Publikum.« Das hatte sie wenigstens gelesen, und das war einer der Gründe gewesen, weshalb sie dieses Hotel ausgesucht hatte. Nachdem die Beziehungen zwischen Russland und China abgekühlt und die russischen »Experten« abgereist waren, war das Freundschaftshotel erst zu einem Hafen für »Experten« aus aller Herren Länder und später zu einem Treffpunkt für Amerikaner im Exil geworden, die lieber englisch als chinesisch sprachen.

»Früher mal«, antwortete er mit einem Anflug von Verbitterung. »Aber Sie wissen ja, wie das ist. Mal ist der eine Schuppen dran, dann der andere. Und die Schönen ziehen immer mit um.« Jetzt hörte Margaret den wachsenden Groll in seiner Stimme. »Trotzdem kann ich nicht behaupten, dass ich sie vermisse. Selbst die Ästhetik kann irgendwann ermüden werden, meinen Sie nicht auch?« Doch er interessierte sich nicht wirklich für ihre Meinung. Ohne innezuhalten fuhr er fort: »Eigentlich braucht ein Mann nicht mehr als einen gesicherten Whiskyvorrat. Außerdem kann hier drin ein einsamer Zecher von seinem stillen Winkel aus allemal das lächerliche Spektakel der chinesischen *Nouveaux riches* beobachten, die auf Teufel komm raus ihren Status beweisen wollen. Ich heiße übrigens McCord. J.D. McCord.« Er streckte ihr die Hand hin, und sie fühlte sich verpflichtet, sie zu ergreifen. Sie hatte einen schwachen, feuchten Händedruck erwartet. Stattdessen packte er ihre Finger ein bisschen zu fest, und seine kühle, trockene Berührung hatte beinahe etwas Reptilienhaftes. »Und Sie sind?«

»Margaret Campbell.« Seine Höflichkeit ließ ihr keine Wahl. Und der auf seine Rechnung servierte Wodka Tonic nahm ihr die Möglichkeit zur sofortigen Flucht.

»Also, Margaret Campbell, was führt Sie nach Peking?«

Es half alles nichts. Sie trank einen großen Schluck Wodka und spürte augenblicklich die Wirkung. »Ich bin für sechs Wochen Gastdozentin an der Volksuniversität für Öffentliche Sicherheit.«

»Ach wirklich?« McCord wirkte beeindruckt. »Und was ist Ihr Fachgebiet?«

»Forensische Pathologie.«

»Jeesus! Sie meinen, Sie verdienen Ihren Lebensunterhalt damit, Menschen aufzuschneiden?«

»Nur wenn sie tot sind.«

Er grinste. »Dann droht mir ja vorerst keine Gefahr.« Einen boshaften, sehnsüchtigen Moment lang sah sie vor ihrem inneren Auge, wie sie mit der Kreissäge seinen Schädel öffnete und sein verrottetes, alkoholisiertes Gehirn in eine glänzende Edelstahlschüssel klatschte. Er bekam seinen Scotch und nahm einen tiefen Schluck. »Und... Sind Sie eben erst angekommen?« Sie nickte und inhalierte einen weiteren Mund voll Wodka. »Dann brauchen Sie bestimmt jemanden, der Ihnen zeigt, wo's lang geht.«

»Jemanden wie Sie?«

»Klar. Ich bin seit fast sechs Jahren hier. Ich kenne mich aus.«

»Sie wohnen seit sechs Jahren *hier*?« Sie konnte kaum glauben, dass jemand so lange in einem Hotel wohnte.

»Quatsch, nein, ich wohne nicht im Freundschaft. Hierher komme ich nur zum Trinken. Meine Firma hat mich im Jingtan am anderen Ende der Stadt einquartiert. Der verdammte Kasten ist voll mit Japsen. Ich kann die einfach nicht verputzen. Aber dort bin ich erst seit zwei Jahren. Davor war ich im Süden.« Er schüttelte den Kopf, als durchlebte er in Gedanken etwas Grauenhaftes. »Als ich hier ankam, habe ich geglaubt, ich sei gestorben und im Himmel gelandet.« Er streckte hastig die Hände vor. »Aber lassen Sie das Skalpell stecken. Ich bin nicht wirklich tot. Das war bloß eine Metapher.«

»Ein Gleichnis«, verbesserte sie.

»Egal.« Er leerte sein Glas. »So. Kann ich Sie zum Essen einladen?«

»Leider nicht.«

Er grinste ungeniert. »Hey, ich hab nichts dagegen, wenn eine Frau sich ziert. Ich jage gern.«

Margaret trank ihren Wodka aus, dessen zu Kopf steigende Wärme sie kühn werden ließ. »Ich ziere mich nicht. Ich bin einfach nicht zu haben.«

»Gilt das für heute Abend? Oder für immer?«

»Für beides.«

Ihre Antwort gab ihm kurz zu kauen, dann schob er sein leeres Glas dem Barkeeper zu. »Vollmachen. Wollen Sie noch einen?« Sie schüttelte den Kopf. »Und wo essen Sie heute Abend – wenn Sie mir die dreiste Frage erlauben?«

»Sie geht zu Bankett.« Lily war unbemerkt in die Bar getreten. »Und wir spät«, wandte sie sich an Margaret. Ausnahmsweise war Margaret beinahe erleichtert, sie zu sehen.

»Bankett, wie? Quanjude-Pekingente vielleicht?«

Margaret war fassungslos. »Woher wissen Sie das?«

»Weil hier einfach jeder, vom Präsidenten der Vereinigten Staaten bis zu einer einfachen forensischen Pathologin, in den Genuss der Pekingente kommt. Lassen Sie sich's schmecken.« Er hob sein Glas und nahm einen tiefen Zug, während Margaret von Lily ins Foyer geschoben wurde.

»Sie kennen ihn?«, fragte sie missbilligend.

»Nein, ich kenne ihn nicht. Ich bin ihm eben erst begegnet. Wer ist das?«

»McCord. Jeder in Peking kennt McCord. Er arbeitet für chinesisch Regierung, hat *Guanxi*, große Verbindung. Und er bezahlt gern chinesisch Mädchen für ...« Sie verstummte. Plötzlich, ganz uncharakteristisch verlegen: »Für ... Sachen, die kein anderer ihm mag geben.«

»Prostituierte? Er nimmt sich Prostituierte?« Margaret war angeekelt.

Lily kniff die Lippen zusammen. »Und wir können ihm nichts machen.«

VI

Das Quanjude-Pekingenten-Restaurant befand sich in der Qianmen Dajie südlich des Tiananmen-Platzes. Die Qianmen Dajie lag in einem belebten Geschäftsviertel, wo auch abends noch unzählige Läden aller Art geöffnet hatten. Jetzt, am frühen Abend, drängten sich hier die Einkaufenden und die Arbeiter, die auf dem Heimweg schnell in einem der unzähligen westlichen oder chinesischen Schnellimbisse einkehrten, um dort zu essen oder ihr Abendessen mitzunehmen. Von der Hauptstraße ging ein Gewirr von *Hutongs* ab, gesteckt voll mit Marktständen und Imbissbuden, an denen rote Laternen hingen, während an jeder Ladenfront chinesische Schriftzeichen in Neon erstrahlten. Ihr BMW schob sich langsam durch den Verkehr, an dem Schnellrestaurant des Quanjude vorbei – dessen Spezialität »Enten-Burger« waren –, und bog in eine Durchfahrt ein, wo in Glas gerahmte, plakatgroße Fotos internationaler Spitzenpolitiker hingen, die sich mit gebratener Ente voll stopften. Auf dem Parkplatz wurden sie von Bob erwartet, der nervös unter einer Laterne stand und auf die Uhr schaute. Sobald Margaret aus dem Fond des BMW geklettert war, nahm er sie am Arm und führte sie mit schnellen Schritten durch die Drehtür ins Restaurant.

»Sie kommen zu spät«, zischte er.

»Also, das ist wohl kaum meine Schuld. Der Wagen holt mich ab, der Wagen setzt mich ab.«

»Schon gut, schon gut.« Er sah sich unsicher um. Das Erdgeschoss des Restaurants war gesteckt voll, Dutzende von Tischen erstreckten sich ins Endlose, und überall wurden auf Servierwagen dampfende gebratene Enten an die Tische gerollt, um dort von Köchen mit hohen Kochmützen tranchiert zu werden. »Also, passen Sie auf, bevor wir nach oben gehen – es gibt da noch ein paar Sachen, die Sie wissen sollten.«

»Das glaube ich gern.« Sie war zwar immer noch müde, doch im Moment spürte sie ein Zwischenhoch, und auch der Wodka tat seine Wirkung.

Er ignorierte ihren Tonfall und lenkte sie von der Tür weg. »Sie werden rechts vom Gastgeber sitzen – in Ihrem Fall Professor Jiang. Setzen Sie sich erst, wenn er Ihnen gezeigt hat, wo Sie sitzen sollen. Dann wird er einen Toast ausbringen, mit dem er Sie in Peking willkommen heißt. Sie erwidern das mit einem Toast, in dem Sie Ihrem Gastgeber für seine Großzügigkeit danken.« Margaret kam sich vor wie ein ungezogenes Kind, das für sein schlechtes Benehmen ausgeschimpft wird und nun Instruktionen erhält, wie es einen weiteren *Fauxpas* vermeidet. Ihre Augen wanderten zu einem Panoramafenster mit Blick zu den Küchen, wo in riesigen Holzöfen tropfende Enten zum Rösten aufgehängt waren. »Das Essen besteht normalerweise aus vier Gängen. Die ersten paar Male lassen Sie sich von ihm servieren, dann erklären Sie ihm, dass Sie von nun an selbst zurechtkommen werden. Sie *können* doch mit Stäbchen essen, oder?«

Sie seufzte. »Ja.«

»Gut. Also, wenn Sie sich etwas vom großen Teller nehmen, dann drehen Sie Ihre Stäbchen um. Ach ja, und man findet es unpassend, wenn Frauen zu viel trinken. Also nippen Sie bei den Toasts nur an Ihrem Glas und lassen den Rest stehen, okay?«

Margaret nickte, aber sie hörte ihm nicht wirklich zu. Sie schaute in einen großen, an der Wand hängenden Glaskasten, in dem ein mit Autogramm versehenes Foto von George Bush zu sehen war, der den Mund voller Ente hatte. Als man ihn um das Autogramm gebeten hatte, hatte er offensichtlich schnell seinen Namen hingeschmiert und erst im Nachhinein erkannt, dass es nett wäre, einen höflichen Kommentar über das Restaurant anzufügen. »Ein köstliches Mahl. Vielen Dank«, hatte er geschrieben. Inspiriert wie eh und je, dachte Margaret.

»Noch etwas. Sprechen Sie nicht über die Arbeit, solange niemand sonst das Thema aufbringt. Und seien Sie nicht überrascht, wenn man Ihnen ... also, persönliche Fragen stellt.«

Sie runzelte erstaunt die Stirn. »Was für persönliche Fragen?«

»Ach, wie viel Sie verdienen oder wie viel Sie für Ihre Wohnung in Chicago bezahlen.«

»Das geht sie einen feuchten Dreck an!«

»Herr im Himmel, Margaret, das sollten Sie lieber nicht sagen. Wenn Sie eine Frage auf gar keinen Fall beantworten möchten, dann versuchen Sie, einen Scherz zu machen. Sagen Sie zum Beispiel ... ›Ich habe meinem Vater versprochen, das geheim zu halten.‹«

»Da werden sie sich bestimmt ausschütten vor Lachen.«

Inzwischen hatte sie das eigentümliche Gefühl zu schweben. Alles hatte eine eigenartig unwirkliche Ausstrahlung.

»Lassen Sie uns lieber hochgehen.«

Als er sie zur Treppe führte, fiel Margaret eine Gruppe von sieben oder acht jungen Männern auf, die mit großen Halbliterngläsern Bier um einen Tisch herumsaßen, an dem zwei Enten gleichzeitig tranchiert wurden. Aus den Zigarettenrauchwolken über dem Tisch stieg fröhliches, ausgelassenes Gelächter auf. Zu ihrem Erstaunen meinte Margaret eines der Gesichter am Tisch wiederzuerkennen. Ein hässliches, kantiges Gesicht mit kurz geschorenen Haaren. Sie fing den Blick des Mannes auf, und ihr fiel alles wieder ein. Es war der cholerische Radfahrer, mit dem sie am Nachmittag zusammengestoßen waren. Zu ihrer Verblüffung winkte er ihr lächelnd zu. Bob winkte zurück, und sie begriff, dass das Winken nicht ihr gegolten hatte. »Sie kennen ihn?«, fragte sie, während sie die Treppe hochstiegen.

»Natürlich. Er hat auf der Universität studiert. Lange vor meiner Zeit. Aber er schaut ab und zu vorbei, um eine Gastvorlesung zu halten. Li Yan. Einer der klugen, aufstrebenden Kommissare in der Sektion Eins.«

»Sektion Eins? Was ist das?«

»Ach, eine Art Dezernat für Kapitalverbrechen. Es gehört zur städtischen Polizei, beschäftigt sich aber mit den großen Geschichten – Morde, bewaffnete Raubüberfälle, solche Sachen.« Er hielt inne. »Kennen Sie ihn etwa auch?«

»Nein. Eigentlich nicht. Er ist uns sozusagen über den Weg gelaufen, als wir Sie vorhin abgeholt haben.« Sie sah vom oberen Treppenabsatz nach unten, doch Li Yan war in eine Anekdote vertieft, die der große, rundgesichtige Mann neben ihm zum Besten gab. Lachen brandete von ihrem Tisch auf.

Die obere Etage des Restaurants war als Galerie mit Blick auf den Gastraum unten angelegt. Längliche grüne Lampions hingen wie Tränen von der hohen Decke. Am anderen Ende warteten ihre Gastgeber an einem großen runden Tisch auf sie. Die Professoren Jiang, Tian und Bai, Dr. Mu und Mr. Cao mit ihren jeweiligen Lebensgefährten und dazu Veronica, die dasselbe Kleid trug wie am Nachmittag. Sie durchliefen die förmliche und ermüdende Prozedur, alle einander vorzustellen und wieder vorzustellen. Dr. Mus Mann wirkte mit seinem langen schwarzen Haar, das im Nacken über seinen Kragen fiel, und dem dünnen, spitz zulaufenden Bart in dieser Ansammlung von ordentlich frisierten, glatt rasierten Gesichtern irgendwie fehl am Platz. Er schenkte Margaret ein warmherziges Lächeln und zückte eine Packung Zigaretten, um ihr eine anzubieten.

»Ich rauche nicht, danke«, erklärte sie ihm.

Er zuckte mit den Achseln. »Stört es Sie, wenn ich rauche?«

Bob wirkte angespannt. Margaret lächelte. »Es ist Ihre Beerdigung.«

»Verzeihung?«

»Ich habe schon genug Raucherlungen gesehen.«

Er wirkte leicht verwirrt, steckte sich seine Zigarette aber trotzdem an. Professor Jiang ergriff das Wort, und Veronica übersetzte. »Professor Jiang meint, wir sollen uns setzen.«

Der Professor blieb hinter seinem Stuhl stehen und deutete für Margaret auf den Stuhl zu seiner Rechten. Sie setzte sich, er setzte sich, dann setzten sich die Übrigen. Bislang lief alles nach Plan. Eine Kellnerin erschien und servierte jedem ein kleines Porzellanschälchen mit einem klaren, giftig riechenden Schnaps. »*Mai tai*«, erklärte ihr Bob von der anderen Seite des Tisches. »Wird aus Sorghum gebrannt. Das Zeug hat hundertzwanzig Prozent, also nehmen Sie sich in Acht.«

Professor Jiang erhob seine Schale und brachte einen langatmigen Toast aus, den Veronica lakonisch wie stets übersetzte: »Willkommen in Peking, willkommen an der Volksuniversität für Öffentliche Sicherheit.« Alle erhoben die Tassen und murmelten: »*Gan bei*«, dann nippten sie an dem Gesöff, das mindestens so übel schmeckte, wie es roch. Margaret musste ihre gesamte Beherrschung aufbringen, um auch nur einen Tropfen über die Lippen zu bringen, und spürte, wie sich die Flüssigkeit anschließend durch ihre Speiseröhre brannte. Dann fiel ihr ein, dass sie nun an der Reihe war, darum erklärte sie allen, wie geehrt sie sich fühle, hier zu sein, und dass sie einen Toast auf die Großzügigkeit ihres Gastgebers Professor Jiang ausbringen wolle. Veronica übersetzte, Professor Jiang nickte sichtlich zufrieden, und alle erhoben wieder die Tassen. »*Gan bei.*« Diesmal, beobachtete sie, leerten die Männer ihre Schalen in einem Zug, während die Frauen kaum die Lippen benetzten. Ach zum Teufel, dachte sie, es war bestimmt leichter, das verdammte Zeug in einem Zug wegzukippen, als nur daran zu nippen und es immer wieder aufs Neue zu schmecken. Sie legte den

Kopf in den Nacken, schüttete den Schnaps hinunter und knallte die Schale auf den Tisch. Im ersten Moment meinte sie, in Ohnmacht zu fallen. Dann meinte sie zu ersticken. Ihre Lungen versagten ihr den Dienst. Alle Augen waren auf sie gerichtet, ihr Gesicht war, davon war sie überzeugt, puterrot, bis es ihr endlich gelang, keuchend nach Luft zu schnappen und zu lächeln, als wäre das ganz normal. Die Versuchung, dem Schmerz, der sich durch ihre Speiseröhre bis in den Magen brannte, Ausdruck zu verleihen, war beinahe unwiderstehlich. Dr. Mus Mann grinste boshaft und klatschte. »Bravo«, sagte er. »Ihre Beerdigung.« Was sie zum Lachen brachte. Und alle am Tisch lachten mit. Bis auf Bob, dessen zornigen Blick sie geflissentlich mied.

Jetzt, nachdem der Schmerz nachgelassen hatte, flößte ihr der *Mai tai* in Verbindung mit dem Wodka, in Verbindung mit den vierundzwanzig Stunden ohne Schlaf ein unbestreitbar euphorisches Gefühl ein. Als die Getränke bestellt werden sollten, entschied sie sich für ein Bier, und dann folgte das Essen, bei dem der Höhepunkt im Tranchieren von drei Enten bestand, die stückweise in *Hoi Sin* getunkt wurden, bevor man das Fleisch zusammen mit Streifen von Frühlingszwiebeln, Gurken und klein gehacktem frischem Knoblauch in hauchdünne Pfannkuchen wickelte. Es war unbeschreiblich köstlich.

Man hatte sie höflich nach ihrer Reise und ihrem Hotel befragt. Sie erkundigte sich nach den verschiedenen Familien und ihren Wohnungen. Je mehr Bier und Wein getrunken wurde, desto weniger förmlich wurde das Gespräch, und umso persönlicher wurden infolgedessen die Fragen. Mr. Cao beugte sich über den Tisch und sagte: »Forensische Pathologen werden in den USA recht gut bezahlt, glaube ich.«

Veronica übersetzte das für die Übrigen, und Margaret erwiderte: »Alles ist relativ, Mr. Cao. Bestimmt erscheint das für chinesische Maßstäbe so. Aber Sie dürfen nicht vergessen, dass die Lebenshaltungskosten in den Vereinigten Staaten um ein Vielfaches höher sind.«

Mr. Cao nickte. »Und wie viel verdienen Sie, Dr. Campbell?« Bobs Warnung zum Trotz überraschte Margaret die direkte und persönliche Frage.

Dr. Mu machte eine Bemerkung, und alle am Tisch lachten. Veronica übersetzte: »Dr. Mu sagt, wenn der Wein hereinkommt, kommt die Wahrheit heraus.«

Meinetwegen, dachte Margaret, wenn sie es unbedingt wissen wollen... »Ich verdiene etwa fünfundachtzigtausend Dollar im Jahr«, sagte sie.

Sie konnte beinahe hören, wie es in der eintretenden Stille in allen Köpfen zu arbeiten begann. Die Augen wurden immer größer, die Kiefer klappten herunter, und es konnte kein Zweifel daran bestehen, dass sie aufrichtig entsetzt über den unvorstellbaren Reichtum der *Yangguizi* waren, für deren Essen sie hier zahlten. Margaret wünschte, sie hätte geantwortet, dass sie ihrem Vater versprochen habe, das nicht zu verraten.

Eine würzige Consommé wurde aufgetragen, die aus den Karkassen ihrer Enten gekocht worden war, und dann erschien eine riesige Platte mit gebratenem Reis. Margaret leerte ihr Bier und nahm sich eben etwas Reis, als Dr. Mus Mann fragte: »Sie sind also forensische Pathologin, Dr. Campbell?«

»Ganz recht.«

»Und haben Sie irgendein, äh, spezielles Feld, äh, ein besonderes Fachgebiet?«

»Sicher. Verbrennungsopfer.« Sie sah reihum in die gespannten Gesichter. Sie warteten auf eine ausführlichere Antwort. »Menschen, die im Feuer sterben. Ich war damals zwar noch in der Ausbildung, doch ich habe einem der Pathologen assistiert, der nach Waco, Texas, gerufen wurde, um dort Leichen zu identifizieren – Sie wissen schon, die vielen Toten nach dem Brand. Damals wurde mein Interesse geweckt, schätze ich. Komisch, aber die ersten Male, wenn man eine Autopsie an einem Verbrennungsopfer vornimmt, verfolgt einen tagelang der Gestank nach verbranntem Fleisch. Jetzt bemerke ich ihn nicht einmal mehr.« Sie schob sich eine Ladung Reis in den Mund und registrierte dann, dass alle anderen am Tisch ihre Stäbchen abgelegt hatten.

Veronica, die übersetzt hatte, war totenbleich geworden. Sie erhob sich hastig. »Verzeihung«, sagte sie und eilte in Richtung Toilette davon.

»Könnte ich noch ein Bier bekommen?«, fragte Margaret die Bedienung.

»Und ich kriege einen großen Scotch.« Alle Köpfe drehten sich zu McCord um, der sich vom Nebentisch einen Stuhl heranzog und ihn zwischen ihre zwängte. Er schwankte sichtbar und war knallrot im Gesicht. »Hab mir schon gedacht, dass ich Sie hier treffen würde.« Er grinste Margaret lüstern an und ließ sich auf den Sitz fallen. »Ihr Leutchen nehmt es mir doch nicht krumm, wenn ich mich auf einen Die-schess-tief dazusetze?«

Die Mienen rund um den Tisch versteinerten. Mr. Cao beugte sich herüber und flüsterte Professor Jiang etwas ins Ohr, der seinen Zorn mit einem knappen Nicken im Zaum hielt. Bob sah Margaret lange und kritisch an. Sie zog die Schultern hoch. McCord beugte sich zu ihr herüber. »Also, Margaret Campbell... wie hat Ihnen die Pekingente geschmeckt?«

Mr. Cao umrundete den Tisch und beugte sich herab, um McCord etwas ins Ohr zu flüstern, womit er einen entrüsteten Aufschrei provozierte. »Verdammt noch mal! Das finde ich aber gar nicht gastfreundlich!«

Bob stand auf und packte ihn am Arm. »Ich glaube, Sie haben etwas zu viel getrunken, Dr. McCord.«

McCord wand den Arm aus seinem Griff. »Woher zum Teufel wollen Sie wissen, wie viel ich getrunken habe?«

Margaret zupfte an Bobs Ärmel. »Wer ist er?«, flüsterte sie.

»Ich dachte, das wüssten Sie«, entgegnete er kühl. »Er scheint Sie jedenfalls zu kennen.«

Sie schüttelte den Kopf. »Er hat versucht, mich im Hotel anzubaggern.«

»Ich werde Ihnen sagen, wer ich bin.« McCord steckte seine Schnauze zwischen ihre Köpfe. »Ich bin der Mann, der dieses gottverdammte Land ernährt.«

Mr. Cao sah hilflos zu Professor Jiang hinüber, der ihm zunickte und ihm bedeutete, sich zu setzen. Bob erläuterte: »Dr. McCord war verantwortlich für die Entwicklung des chinesischen Superreises. Wahrscheinlich haben Sie schon davon gehört. Er wurde vor ungefähr drei Jahren erstmals in großem Maßstab angebaut. Seither ist die Produktion um... wie viel... fünfzig Prozent gestiegen?«

»Um einhundert«, korrigierte ihn McCord. »Unzerstörbar, müssen sie wissen. Resistent gegen Krankheiten, Herbizide, Insekten. Was immer sie wollen. Und ich habe ihn dazu gemacht.«

»Und er schmeckt zweifellos so gut wie eh und je.« Margaret konnte ihre Skepsis nicht verhehlen.

»Sagen Sie es mir. Sie essen gerade davon.« Grinsend sah McCord, wie Margarets Blick auf die Schüssel mit Reis vor ihr fiel:

»Vielleicht sollten Sie dann auch was davon essen – das saugt den Alkohol auf.«

Er lachte. »Ich rühr das Zeug nicht an.«

Die Bedienung brachte seinen Whisky und Margarets Bier. Während sie zuschaute, wie er seinen Drink durstig hinunterkippte, schälte sich durch die Müdigkeit und den Alkoholschleier eine vage, verblasste Erinnerung heraus, an der

viele andere Dinge hingen, die sie lieber vergessen hätte.
»McCord«, sagte sie. »Dr. James McCord.«
»Derselbe.«
»Sind Sie nicht rausgeschmissen worden... wo war das noch... vom Boyce-Thompson-Institut der Cornell-Universität? Vor ungefähr sechs Jahren?«

McCords Antlitz verdüsterte sich. »Diese blöden Schweine!«

»Weil Sie ohne Genehmigung der Umweltschutzbehörde einen Feldversuch mit genetisch veränderten Pflanzen gestartet haben. Etwas in der Art, nicht wahr?«

McCord donnerte die geballte Faust auf den Tisch, dass alle zusammenzuckten. »Diese beschissenen Bestimmungen! Die haben unsere Leute inzwischen so eingeengt, dass sie keinen Finger mehr rühren können. Papierkriege, Bürokratie, dieser ganze Scheiß braucht inzwischen so verflucht lange, dass das Zeug schon auf der ganzen Welt angebaut wird, bevor wir auch nur einen Feldversuch genehmigt bekommen.« Er griff nach einer Reisschüssel. »Das da. *Wir* hätten das anbauen können. Oder Weizen. Oder Mais. Den Planeten ernähren. Stattdessen muss erst ein Dritte-Welt-Land wie China kommen, das noch Visionen hat.«

Die Chinesen an ihrem Tisch, die Englisch sprachen, verübelten ihm sichtlich, dass er ihr Land als »Dritte-Welt-Land« bezeichnete.

»Also haben die Chinesen Ihre Forschungen finanziert?« Margarets Neugier war geweckt.

»Ach Quatsch. Sie haben sie bloß möglich gemacht. Das Geld hat meine Firma aufgebracht, Grogan Industries. Gutes altmodisches Hochrisiko-Kapital. Sie haben den Handel mit China abgeschlossen. Eigenartige Bettgenossen, wie? Aber Mann, sie haben beide einen Volltreffer gelandet.«

»Wieso?«

»Das liegt doch auf der Hand, oder? Die Chinesen bilden

ein Viertel der Weltbevölkerung. Und zum ersten Mal in ihrer Geschichte können sie ihr Volk selbst ernähren. Scheiße, sie bauen inzwischen so viel Reis an, dass sie das Zeug sogar exportieren.«

»Und Grogan Industries?«

»Hält das Patent auf meine gesamte Arbeit. Nächstes Jahr werden sie meinen Reis überall in Ostasien und Indien auf den Markt bringen.«

Margaret hatte von Grogan Industries gehört, einem multinationalen Biotech-Konzern mit Stammsitz in den USA, der in dem anrüchigen Ruf stand, den pharmazeutischen Markt in der Dritten Welt skrupellos auszubeuten.

»Und bestimmt bekommen ihn die ärmsten Länder – die ihn am dringendsten bräuchten – zuallerletzt. Denn ich wette, dass Ihr Verfahren nicht eben billig ist, nicht wahr, Dr. McCord?«

»Hey!« Er warf abwehrend die Hände hoch. »Das ist nicht meine Schuld. Wir Wissenschaftler arbeiten einzig und allein zum Wohle der Menschheit.« Er grinste. »Meistens jedenfalls. Aber Geld regiert eben die Welt.«

»Ja, und mit Geld und Lobbyarbeit überzeugen Sie die Politiker und Regierungen, die Arbeit von Menschen wie Ihnen nicht durch vernünftige Beschränkungen zu kontrollieren.« Margarets Leidenschaft wurzelte in jahrelangen Streits und Diskussionen und erwachte nun in einem Wirbel schmerzhafter Erinnerungen zu neuem Leben.

Ihre Vehemenz traf McCord völlig unvorbereitet. Die Übrigen am Tisch saßen fasziniert und schweigend dabei; ihr anfängliches Missfallen war angesichts dieses Spektakels zweier *Yangguizi* in offener Schlacht inzwischen einer unverhohlenen Neugier gewichen. Als die verdutzte Veronica an den Tisch zurückkehrte, schlich Bob unauffällig davon.

»Vernünftige Beschränkungen? Was soll daran denn vernünftig sein?«

»Vernünftig ist daran, dass sie arrogante Wissenschaftler mit einem Allmachtswahn davon abhalten, genetisch veränderte Lebewesen auf die Umwelt loszulassen, ohne dass jemand die leiseste Ahnung hat, welche langfristigen Auswirkungen das haben könnte.«

»Ich würde meinen, die Auswirkungen sind unübersehbar. Lang- wie kurzfristig. Ein Haufen hungriger Menschen bekommt etwas zu essen.«

»Aber zu welchem Preis? Wie haben Sie diesen ›Superreis‹ denn entwickelt, Dr. McCord? Indem Sie insektizide, fungizide und antivirale Gene eingeschleust haben?«

Ihre Fachkenntnis überraschte ihn. Dann fiel es ihm wieder ein. »Natürlich, Sie sind ja Ärztin, nicht wahr? Also, es freut mich, dass Sie sich so dafür interessieren.« Er entspannte sich wieder. »Natürlich ist mir klar, dass die Genetik nicht Ihr Terrain ist, darum möchte ich Ihnen die Sache erklären – in für Sie verständlichen Worten.« Er machte eine Faust und streckte den kleinen Finger aus. »Stellen Sie sich vor, mein kleiner Finger wäre ein Virus«, setzte er an. Dann lächelte er lüstern. »Oder vielleicht ist es für Sie einfacher, wenn Sie sich vorstellen, das Virus wäre etwas, das Ihnen vertrauter ist – zum Beispiel ein Penis.« Veronica errötete, und Mr. Cao wie auch Dr. Wus Mann starrten betreten auf den Tisch.

»Nein, bleiben wir lieber bei Ihrem kleinen Finger«, widersprach Margaret, »Ihr Penis ist wahrscheinlich auch nicht größer.«

Er grinste. »Was noch nachzuprüfen bliebe. Mein kleiner Finger stellt also einen Penis dar, der ein Virus darstellt, das ich in den Reis einschleusen möchte. Okay? Jetzt stellen Sie sich vor, ich würde ein Kondom über meinen Penis ziehen.« Er fuhr mit Daumen und Zeigefinger an seinem kleinen Finger entlang. »Dieses Kondom entspricht der Protein-Schutzhülle für mein Virus. Denn was ist ein Virus schließlich anderes als ein Gen mit einer Protein-Schutzhülle?«

Margaret nickte. »So weit, so gut.«

McCord fuhr fort: »An diese Hülle hefte ich nun die Genfragmente an, die ich in den Reis einschleusen möchte – das Zeugs, das ihn resistent gegen Krankheiten und Insekten macht. Wir führen das Virus also in den Reis ein, so wie einen Penis in eine Vagina. Nur dass der Gummi, sobald er drin ist, abgeht und meine Genfragmente genau an der richtigen Stelle landen, so wie das Sperma im Ei.« Selbstzufrieden lehnte er sich zurück und leerte sein Glas.

Margaret war erbost. »Um die Sache auf den Punkt zu bringen – Sie haben also die gesamte chinesische Reisernte mit einem Virus infiziert.«

McCord nickte selig. »Genau. Nur dass es ein harmloses Pflanzenvirus ist. Zum Teufel, wir fressen diese Dinger die ganze Zeit. Und ein Virus ist *wirklich* der beste Überträger für die Gene. Denn Sie wissen ja, ein Virus hat nur ein Ziel im Leben, nämlich sich zu vermehren. Also trägt es die Gene in alle Zellen weiter und Bingo! Schon haben wir Mutter Natur ein wenig unter die Arme gegriffen.«

Margaret schüttelte den Kopf. »Ich kann einfach nicht glauben, dass Sie diesen Mist tatsächlich auf den Markt gebracht haben, dass Sie allen Ernstes glauben, Sie könnten sich mit ›Mutter Natur‹ messen. Herr im Himmel, McCord, Sie pfuschen an den Ergebnissen einer Evolution von mehreren Milliarden Jahren herum! Sie können unmöglich wissen, was für ein Monster Sie da auf die Welt losgelassen haben.«

»Dr. McCord!«, dröhnte eine freundliche Stimme, und eine feiste Hand klatschte auf seine Schulter.

Margaret schaute auf und sah zu ihrer Verblüffung Bob neben Li Yan und Lis lautem Freund vom Tisch unten stehen. Es war dieser Freund, der McCord mit einer solchen Bonhomie begrüßte. McCord blickte verdutzt zu ihm auf.

»Was... Wer sind Sie, verdammt noch mal?«

»Ma Yongli. Chefkoch im Jingtan. Kennen Sie mich nicht?

Ein guter Freund von Lotus. Sie wartet im Hotel auf Sie.« Er zwinkerte grinsend.

»Wirklich? Das habe ich nicht gewusst.«

»Sie sagt, Sie wären mit ihr verabredet.«

»Im Ernst? Scheiße, daran kann ich mich gar nicht erinnern.«

Yongli hob ihn halb von seinem Stuhl. »Kommen Sie. Wir besorgen Ihnen ein Taxi. Sie wollen Lotus doch nicht warten lassen, oder?«

»Scheiße, nein.«

Damit führte Yongli ihn zur Treppe. Bob schüttelte Lis Hand. »Vielen Dank, Li Yan. Ich bin Ihnen sehr dankbar.«

Li lächelte. »Es war mir ein Vergnügen.« Er grüßte Professor Jiang mit einem Kopfnicken, und die beiden wechselten ein paar Worte. Dann nickte er den Übrigen am Tisch zu, bis sein Blick auf Margaret fiel. Die unmissverständliche Verachtung, die aus seinen Augen sprach, brannte sich in ihr Innerstes, bis sie verlegen errötete und den Blick senkte. Sie wünschte sich von ganzem Herzen, sie wäre nie nach China gekommen. Als sie wieder aufsah, war er verschwunden. Am Tisch begannen alle durcheinander zu reden, und Bob zog einen Stuhl neben ihren.

»Nicht gerade ein viel versprechender Anfang«, urteilte er mit zusammengebissenen Zähnen.

»Ich habe ihn nicht eingeladen«, wehrte sie sich.

»Sie hätten ihm auch nicht den offenen Krieg erklären müssen.«

»Hätte ich auch nicht, wenn irgendwer hier den Mumm aufgebracht hätte, ihn zum Teufel zu schicken.«

»Das konnten wir nicht!« Um ein Haar wäre Bob laut geworden. Er ertappte sich dabei und senkte die Stimme wieder. »McCord hat gute Verbindungen in dieser Stadt. Sein Reisprojekt hat die Unterstützung von Pang Xiaosheng, dem ehemaligen Landwirtschaftsminister und jetzigen Mitglied des Politbüros – und Nationalhelden. Pang war es, der die Parteiführung überzeugt hat, mit Grogan Industries ins Geschäft zu kommen, und Pang hat sich dafür feiern lassen. Bei den Buchmachern gilt er als Favorit für das Amt des Führers der Volksrepublik.« Bob hielt inne und holte wütend Luft. »Mit solchen Leuten legt man sich nicht an, Margaret.«

Als Li und Yongli den mittlerweile halb bewusstlosen McCord durch die Passage zwischen Restaurant und Straße schleiften, war es draußen bereits dunkel geworden. Der schläfrige Chauffeur einer auf dem Parkplatz wartenden *Trishaw* hob hoffnungsvoll den Kopf, bevor er die Situation erfasste und auf seiner Fahrradriksha in den Halbschlaf zurücksank. Der Verkehr hatte kein bisschen abgenommen, und die vom Schein der Neonlichter und Fahrzeuge erhellte Straße war immer noch dicht befahren. Li winkte einem Taxi mit Klimaanlage, doch es war besetzt und zog vorbei. Er drehte sich um und flüsterte Yongli zu: »Er wird ganz schön enttäuscht sein, wenn er merkt, dass Lotus nicht auf ihn wartet.«

Yongli zuckte mit den Achseln. »Ich rufe sie an. Sie wird sich um ihn kümmern.«

Li sah seinen Freund vollkommen verständnislos an. »Du würdest sie bitten, das zu tun?«

»Warum nicht? Der Kerl ist betrunken. Der stellt bestimmt nichts mehr an. Sie ist schon früher mit ihm fertig geworden.«

Li schüttelte den Kopf. Ihm war klar, dass er die Beziehung seines Freundes zu Lotus nie verstehen würde. Er winkte ein weiteres Taxi heran, doch plötzlich hielt ein schwarzer Volvo mit abgedunkelten Scheiben am Bordstein an und versperrte die Zufahrt. Der Taxifahrer drückte zornig auf die Hupe, beschloss aber, sich nicht mit dem Fahrer des Volvo anzulegen, und raste wütend und mit quietschenden Reifen davon. Ein großer Chauffeur in Uniform stieg aus und zog McCords Arm aus Yonglis Griff. »Dr. McCord fährt mit mir«, sagte er.

»Zurück ins Hotel?« Die aus heiterem Himmel aufgetauchte Limousine mit Chauffeur brachte Yongli vollkommen aus dem Konzept.

»Nein. Er wird anderswo erwartet.« Der Chauffeur öffnete die hintere Tür und schubste McCord ohne große Umstände hinein.

»Moment mal, ich bin mit Lotus verabredet«, protestierte McCord, dem plötzlich aufging, dass man ihm einen Strich durch die Rechnung machte. Die Tür wurde ihm vor der Nase zugeknallt, und er verschwand hinter den getönten Fensterscheiben. Der Chauffeur glitt zurück hinter das Steuer, und der Wagen reihte sich in den Verkehr ein.

»Ein Regierungsauto«, sagte Yongli nachdenklich. »Ich frage mich, wohin sie ihn bringen.«

Li wusste, dass es klüger war, das gar nicht erst zu fragen.

2. KAPITEL

I

Dienstagmorgen

Busse und Fahrräder kämpften um einen Platz in dem Chaos aus Menschen und Blech, das die schmale Verkehrsarterie namens Chaoyangmen-Nanxiaojie verstopfte. Die Straße verlief von Norden nach Süden und durchschnitt dabei das östliche Stadtzentrum. Wenn Li darauf in Richtung Norden radelte, gelangte er direkt ins Herz des Bezirks Dongcheng, wo die städtische Polizei Peking die neue Einsatzzentrale der Sektion Eins eingerichtet hatte. Das letzte Stück vor der Kreuzung mit dem Donghzimennei-Boulevard lag im tiefen Schatten vornüber gebeugter Laubbäume und bot erfrischende Kühle nach der frühmorgendlichen Hitze. Die letzten paar hundert Meter schaukelte Li gemächlich dahin, um die Erholung zu genießen, dann stieg er an der Ecke zum Dongzhimennei ab. Mei Yuan begrüßte ihn wie gewöhnlich: »Hallo, haben Sie gegessen?«

Und er antwortete wie stets: »Ja, ich habe gegessen.« Woraufhin sie ihm Frühstück zu machen begann. Die vertrauliche Begrüßung, die die Pekinger rituell austauschten, hatte wenig mit Essen und umso mehr mit Freundschaft zu tun.

Li parkte sein Fahrrad, lehnte sich an die Mauer und schaute Mei Yuan bei der Arbeit zu. Sie hatte ein rundes, faltenloses Gesicht mit wunderschönen mandelförmigen Augen, aus denen der Schalk blitzte. Ihr dunkles Haar, das nur an den Schläfen eine Spur von Grau erkennen ließ, war zu einem festen Knoten zurückgebunden und in ein grünes Tuch gehüllt. Wenn sie lächelte, was oft vorkam, wurden die Grübchen in ihren Wangen zu tiefen Furchen. Im Augenblick konzentrierte sie sich ganz und gar darauf, auf der Herdplatte in der Mitte des nachgebildeten Häuschens hinten auf ihrem dreirädrigen Fahrrad sein *Jian Bing* zuzubereiten. Das Satteldach aus rosa lackiertem Wellblech war mit winzigen verschnörkelten Dachtraufen verziert und über gläsernen Schiebefenstern befestigt, die Mei Yuans Gaskocher und ihre Kochutensilien abschirmten. Sie spritzte eine Schöpfkelle voll wässrigem Teig auf die Kochplatte, der sich brutzelnd ausbreitete und verfestigte. Dann wendete sie den Pfannkuchen und schlug ein Ei auf die Oberfläche, das sie dünn verstrich. Nachdem sie die Masse mit *Hoi Sin* und etwas Chili gewürzt hatte, besprenkelte sie das Ganze mit Frühlingszwiebeln und klatschte schließlich einen Berg tiefgefrorenes geschlagenes Eiweiß in die Mitte. Danach faltete sie den Pfannkuchen zu einem Viertel zusammen, schlug ihn in braunes Papier und reichte ihn Li im Austausch gegen zwei Yuan. Zufrieden beobachtete sie, wie er den dampfenden pikanten Pfannkuchen verschlang. »Fantastisch«, sagte er und wischte sich ein paar Tropfen *Hoi Sin* aus dem Mundwinkel. »Wenn ich nicht mit meinem Onkel zusammenwohnen müsste, würde ich Sie heiraten.«

Ihr Lachen kam von Herzen. »Ich bin alt genug, um Ihre Mutter zu sein.«

»Aber meine Mutter hat mir nie solche *Jian Bing* gemacht wie Sie.«

In Wahrheit hatte seine Mutter überhaupt nie *Jian Bing* gemacht. Und wenn die Welt einen anderen Lauf genommen hätte, dann hätte auch Mei Yuan keine zu verkaufen brauchen. In einer anderen Epoche hätte sie es vielleicht zur Universitätsdozentin oder zur hohen Beamtin gebracht. Li neigte den Kopf leicht zur Seite, um den Titel des Buches zu erkennen, das sie hinten unter ihren Sattel geklemmt hatte. Descartes' *Meditationen*. Er blickte auf ihre kleinen, plumpen und von zahllosen winzigen Brandnarben bedeckten Hände und spürte tief im Herzen den Schmerz, den ihr das Leben bereitet hatte. Eine ganze Generation unter dem Fluch der zwölf irrsinnigen Jahre, die man Kulturrevolution genannt hatte. Und doch war, falls Mei Yuan irgendetwas bereute, davon nichts in ihrem Grübchenlächeln und den schalkhaften Augen zu erkennen.

Ihr war nicht entgangen, dass er ihr Buch bemerkt hatte. »Wenn ich fertig bin, leihe ich es Ihnen. Ein außerordentlicher Mann.« Sie lächelte. »*Ich denke, also bin ich.*« Bestimmt hatte sie lange sparen müssen, um das Buch zu kaufen, darum war ihr Angebot, es ihm zu leihen, ein außergewöhnlich großzügiger Akt, der tiefes Vertrauen bewies.

»Danke«, sagte er. »Das würde mir gefallen. Und ich werde es ganz bestimmt zurückgeben, sobald ich es gelesen habe.« Er biss von seinem *Jian Bing* ab. »Und? Wissen Sie die Antwort?«

Sie grinste. »Die dritte Person in der Schlange muss seine Gemahlin gewesen sein. Sie haben mir weiszumachen versucht, es sei ein Mann.«

»Nein, nein. Ich habe Ihnen überhaupt nichts weiszumachen versucht. Sie haben *angenommen*, es sei ein Mann. Erst als Sie von dieser Annahme abgekommen sind, haben Sie erkannt, wer sie ist.«

Immer noch lächelnd, schüttelte sie den Kopf. »Nicht besonders raffiniert. Aber effektiv.«

»Und was haben Sie für mich?« Er schluckte den letzten Happen *Jian Bing* hinunter und warf das Papier in den Mülleimer.

»Zwei Männer«, sagte sie. »Und daran gibt es nichts zu deuteln.« Ihre Augen funkelten. »Einer ist der Hüter jedes einzelnen Buches auf dieser Welt, wodurch er Zugriff auf alles Wissen hat. Wissen ist Macht, darum ist er ein sehr mächtiger Mann. Der andere besitzt nur zwei Holzstäbe. Trotzdem ist er dadurch mächtiger als der andere. Warum?«

Li drehte und wendete die Frage in seinem Kopf, doch ihm wollte auf die Schnelle keine Antwort einfallen. »Das wird bis morgen warten müssen.«

Sie nickte. »Natürlich.«

Er zwinkerte ihr zu und warf einen Blick auf die Taschenuhr, die er in einem Lederbeutel an seinem Gürtel hängen hatte. »Ich muss los. *Zai jian.*« Er klappte mit dem Fuß den Radständer zurück. Voller Zuneigung sah sie der großen Gestalt in dem kurzärmligen weißen Hemd und den dunklen Hosen nach, die sich in den Verkehr stürzte, um die geschäftige Dongzhimennei zu überqueren. Irgendwo in diesem Land, stellte sie sich gern vor, lebte der Sohn, von dem sie vor beinahe dreißig Jahren getrennt worden war, als die Roten Garden sie in ein Arbeitslager verschleppt hatten. Inzwischen wäre er in Lis Alter. Und sie hoffte inständig, dass ihr Sohn so gut geraten wäre wie er.

Li radelte den sanften Hang zur Ecke Beixinqiao Santiao hoch, wo diskret hinter abschirmenden Laubbäumen das quadratische, vier Stockwerke hohe und mit einem Flachdach abschließende Backsteingebäude stand, in dem die Sektion Eins untergebracht war. Bis er an dem traditionellen rotierenden Zeichen eines Barbiers vorbeikam und ihm der muffige Geruch von nassem Haar und das Schnippeln der Friseurscheren entgegenschlug, drehte und wendete er Mei Yuans Rätsel in seinem Kopf. Zwei Stäbe. Essstäbchen? Nein, wieso sollten die dem Mann Macht verleihen? Waren es vielleicht feste Stöcke, mit denen er den anderen zu Tode prügeln konnte? Warum sollte er dann zwei brauchen? Die Konzentration auf diese Frage lenkte ihn von den Selbstzweifeln ab, die wie Schmetterlinge in seinem Bauch flatterten und seinen ersten Tag als Stellvertretender Sektionsvorsteher überschatteten. Ein uniformierter Beamter kam gerade die Treppe vor dem Eingang zur Sektion Eins herab. Er winkte Li zu. »Ich habe die gute Nachricht schon gehört, Li Yan. Herzlichen Glückwunsch.«

Li grinste. »Meine Ahnen haben wohl über mich gewacht.« Es war wichtig, selbstbewusst aufzutreten und die Sache gleichzeitig nicht allzu ernst zu nehmen.

Er trat ein, wandte sich nach rechts und stieg die Treppe in den vierten Stock hoch. Alle, die ihm unterwegs begegneten – eine Sekretärin, ein weiterer Beamter in Uniform, eine neue Kommissarin –, beglückwünschten ihn. Allmählich wurde die Sache fast peinlich. Als er in das Büro der Kriminalbeamten trat, waren nur zwei seiner Kollegen anwesend, Qu und Gao. Beide waren schon länger als er bei der Sektion Eins und nun seine Untergebenen. Qu zwinkerte. »Morgen, Chef.« Das Wort »Chef« betonte er ausgesprochen ironisch, doch die Ironie klang eher freundlich als neidisch. Li war bei seinen Kollegen beliebt.

»Holen Sie Ihr Zeug ab?«, fragte Gao. »Sie können es wohl nicht erwarten, in das neue Büro zu ziehen, wie?«

Erst jetzt ging Li auf, dass er bis zu diesem Moment keinen einzigen Gedanken daran verschwendet hatte. Instinktiv hatte er sich an seinen alten Schreibtisch setzen wollen. Er warf einen fast sehnsüchtigen Blick darauf und ließ die Augen dann durch den voll gestopften Raum wandern, in dem dicht an dicht Schreibtische und Aktenschränke standen und die Wände mit Memos, Plakaten und Fotos von vergangenen und aktuellen Tatorten gepflastert waren.

»Machen Sie sich deswegen keine Gedanken«, sagte Qu. »Eins von den Mädchen wird Ihr Zeug in eine Kiste packen und rüberbringen. Der Chef will Sie sprechen.«

Chen Anming, der Sektionsvorsteher, erhob sich hinter seinem Schreibtisch, als Li in sein Büro trat, und reichte ihm die Hand. »Gute Arbeit, Li Yan. Sie haben es verdient.«

»Danke, Chef. Das habe ich den anderen auch schon erklärt.«

Aber Chen lächelte nicht. Er sank zerstreut auf seinen Stuhl zurück und wühlte in einem Stapel von Papieren auf seinem Schreibtisch. Er war ein magerer, silberhaariger Mann Ende fünfzig und stammte aus der Provinz Hunan. Nach jahrelangem Kettenrauchen hatte sich das Haar über der rechten Schläfe gelblich verfärbt. Seine Miene war stets finster, und es galt als offenes Geheimnis, dass die Mädchen aus der Schreibabteilung einige Zeit Buch darüber geführt hatten, an wie vielen Tagen im Monat er lächelte. »Sie können sich gleich in die Arbeit stürzen. Drei verdächtige Todesfälle heute Nacht. Zwei davon sehen nach Mord aus, bei dem dritten könnte es sich um Selbstmord handeln. Ein verkohlter Leichnam im Ritan-Park. Hat noch gebrannt, als man ihn entdeckt hat. Ein Benzinkanister gleich daneben. Sieht aus, als hätte sich die Person selbst übergossen, unter die Bäume gehockt und sich angezündet. Bizarre Sache. Qian Yi ist schon dort. Zu den Fällen mit Mordverdacht habe ich Wu und Zhao losgeschickt. Schauen Sie sich den Selbstmord mal an, nur für alle Fälle. Dann besprechen Sie sich mit den beiden anderen und lassen mich wissen, was Sie davon halten.«

Mehrere hundert Schaulustige hatten sich unter den Weiden am Seeufer versammelt. Die Kunde hatte sich wie ein Lauffeuer durch die Marktstraßen in der Nähe verbreitet, und das Gerücht von einem Toten im Park versprach Dramatik; eine Art Straßentheater, etwas, das die monotone Gleichförmigkeit des Alltags durchbrach. Beinahe sechzig uniformierte Beamte waren herbeigerufen worden, um die Menge zurückzudrängen. Mehrere Polizisten in Zivil hatten sich unter die Neugierigen gemischt und lauschten dem Klatsch und den Spekulationen, in der Hoffnung, ein noch so winziges Informationsbröckchen aufzuschnappen, das sich als nützlich erweisen könnte. Von jenseits der Wasserfläche, wo die Menschen dicht gedrängt im Schatten des Pavillons standen, stieg über dem Raunen der Stimmen der jammernde Gesang einer einsaitigen Violine wie eine Totenklage auf. Der Rest des Parks war menschenleer.

Im Schritttempo rangierte Li den dunkelblauen Jeep mit Martinshorn und rotierendem roten Licht auf dem Dach durch die Menge. Die Menschen gaben nur widerwillig den Weg frei. Neugierige Gesichter starrten durch die Seitenfenster herein, doch davon bekam er kaum etwas mit. Er hatte sein Selbstvertrauen wiedergefunden. Hier bewegte er sich auf vertrautem Gebiet, dies hier war etwas, das er beherrschte. Schließlich bog er am Nordufer des Sees auf das Gelände, das die uniformierte Polizei frei geräumt und mit Absperrungen markiert hatte. Mehrere Fahrzeuge, darunter ein Krankenwagen und der Einsatzwagen der Spurensicherung, waren bereits dort abgestellt. Als er aus dem Jeep stieg, deutete ein Beamter in Uniform einen staubigen Weg entlang, der eine mit Bäumen bestandene Anhöhe hinaufführte. Auf der Hügelkuppe stieg Li über die gekalkte Linie, mit der man den möglichen Tatort abgegrenzt hatte, und roch zum ersten Mal verbranntes menschliches Fleisch. Der Gestank würde ihm noch stundenlang in der Nase hängen. Er zog die Oberlippe zurück und biss die Zähne fest zusammen, um sich nicht übergeben zu müssen. Der oder die Tote kauerte immer noch in der Mitte der Lichtung, eine steife, schwarze Gestalt, die entfernt an einen Menschen erinnerte. Trotzdem hatte der Leichnam etwas eigenartig Nicht-Menschliches an sich, so als wäre er die abstrakte Schöpfung eines Bildhauers, der nur die groben Umrisse aus Ebenholz herausgemeißelt hatte. Die Kleider des Opfers lagen als verkohlte Überreste im Umkreis. Die Blätter der am nächsten stehenden Bäume waren von der Hitze angesengt worden. Man hatte

Scheinwerfer aufgestellt, und der Leichnam wurde aus den verschiedensten Positionen fotografiert. Zwei Beamte der Spurensicherung durchkämmten mit Gummihandschuhen die Umgebung nach möglichen Spuren, die etwas Licht auf den Ablauf der Ereignisse vor gut einer Stunde werfen könnten. Ein Arzt aus der pathologischen Abteilung des kriminaltechnischen Dienstes in der Pao Jü Hutong, Dr. Wang Xing, stand, ebenfalls mit weißen Handschuhen, auf der gegenüberliegenden Seite der Lichtung und unterhielt sich mit Kommissar Qian. Qian bemerkte Lis Eintreffen, löste sich von dem Arzt und kam vorsichtig um die Lichtung herum auf Li zu. Er schüttelte Lis Hand. »Herzlichen Glückwunsch zur Beförderung, Chef.«

Li reagierte mit einem knappen Nicken. »Was sagt er?«

Qian zuckte mit den Achseln. »Also, mit Sicherheit kann er bis jetzt nur sagen, dass es sich um einen Mann handelt. Falls er einen Ausweis bei sich hatte, dann ist der verbrannt.«

»Todesursache?«

»Alles weist auf Verbrennen hin, aber solange sie ihn nicht auf dem Obduktionstisch haben, können sie das nicht mit Bestimmtheit sagen. Der Arzt meint, eine Autopsie an einem Leichnam in diesem Zustand sei ziemlich kompliziert. Wahrscheinlich werden sie ihn an die Pathologie der Universität überstellen müssen. Die Identifikation könnte schwierig werden. Bis jetzt haben wir nichts weiter gefunden als die Überreste eines Zippo-Feuerzeugs, einen verkohlten Siegelring und eine Gürtelschnalle. Nichts davon weist auffällige Merkmale auf.«

»Der Benzinkanister?«

»Ist ein ganz gewöhnlicher Kanister. Sie überprüfen ihn auf Fingerabdrücke. Keine Anzeichen für einen Kampf, aber andererseits wären die auch schwer festzustellen. Der Boden ist hier wie gebacken. Es hat seit Wochen nicht geregnet. Ach ja, und das hier haben wir gefunden…«

Er zog einen transparenten Plastikbeutel zur Beweissicherung aus seiner Tasche und hielt ihn vor Li hin, sodass der den Zigarettenstummel darin sehen konnte. »Sieht so aus, als hätte er sich eine letzte Zigarette gegönnt, bevor er sich mit Benzin übergossen und angesteckt hat.«

Li nahm den Beutel und untersuchte den Stummel genauer. Er war ausgetreten worden, noch bevor er bis zum Filter abgebrannt war, und der Markenname war immer noch deutlich zu erkennen. *Marlboro.* »Wie kommt es, dass der Stummel nicht mit verbrannt ist?«

»Er lag nicht neben dem Leichnam. Die Spurensicherung hat ihn da drüben gefunden.« Er deutete auf den westlichen Rand der Lichtung.

Li überlegte einen Moment. »Hat ihn irgendwer herkommen sehen?«

Qian machte einen Schmollmund und stieß die Luft zischend zwischen den Lippen aus. »Gemeldet hat sich jedenfalls noch niemand. Wir versuchen, die Namen von allen zu ermitteln, die seit heute Morgen sechs Uhr im Park waren. Viele davon kommen jeden Tag. Vielleicht hat jemand einen Mann mit einem Kanister bemerkt, allerdings können wir ihnen kaum eine Beschreibung anbieten. Mit der Kartenverkäuferin habe ich schon gesprochen, doch die kann sich an nichts erinnern. Bis wir wissen, wer er ist, und vielleicht ein Foto bekommen...« Er zuckte mit den Achseln.

»Was ist mit den Leuten, die den Leichnam gefunden haben?«

»Ein Kindermädchen – ein Bauernmädchen aus der Provinz Shanxi – und zwei Kinder. Sie sitzen da drüben im Krankenwagen. Das Kindermädchen war in schlechterer Verfassung als die Kinder. Ich glaube, die Sanitäter haben ihr ein Beruhigungsmittel gegeben.«

Als Li in den Krankenwagen kletterte, erkannte er überrascht, dass die Mädchen Zwillinge waren. Hübsche Mädchen, noch unverdorben und weit entfernt vom Erwachsenwerden und dem Verlust der Unschuld – vielleicht auch ahnungslos, wie glücklich sie sich schätzen konnten. Seit der Einführung der Ein-Kind-Politik, mit der die Bevölkerungsexplosion unter Kontrolle gebracht werden sollte, hatten nur die allerwenigsten Kinder Geschwister. Und eine ganze Generation würde nie die Freuden einer weitläufigen Familie mit Onkeln und Tanten kennen lernen. Niemand konnte vorhersehen, welche langfristigen Auswirkungen das auf eine Gesellschaft haben würde, die ganz und gar auf die traditionelle Familie ausgerichtet war. Doch die Chinesen sahen, wenn auch widerwillig, ein, dass die Alternative noch schlimmer war – ein immer schnelleres Bevölkerungswachstum, das unausweichlich zu Hungersnöten und wirtschaftlichem Chaos führen musste.

Die Mädchen betrachteten ihn ernst und mit einer befremdlichen äußeren Ruhe, unter der sich das Trauma des eben Gesehenen verbarg. Ihre Babysitterin hingegen schluchzte immer noch leise vor sich hin, ein nasses Taschentuch vor den Mund gepresst, an dem sie Trost suchend nuckelte.

»Hallo.« Li setzte sich ihnen gegenüber und sprach die beiden Zwillinge an. »Habt ihr zwei vorhin auch die Tänzer gesehen?« Sie nickten eifrig. »Und die Kerle mit den Schwertern? Die machen mir echt Angst.« Die Mädchen kicherten. »Kommt ihr jeden Tag in den Park?«

»Nein«, antwortete das eine Mädchen.

»Nur manchmal«, ergänzte das andere. »Meistens mit unserer Mami.«

Qian beobachtete Li von der Tür aus und dachte bei sich, dass er ausgezeichnet mit Kindern umzugehen verstand. Sanft und freundlich. Und sie reagierten auf ihn.

»Aber heute wart ihr mit eurem Kindermädchen da?« Wieder nickten beide. »Habt ihr auf dem Weg da draußen irgendwen gesehen, bevor ihr hochgelaufen seid zu dem Feuer?« Diesmal schüttelten sie ernst die Köpfe. »Keiner, der irgendwo weggelaufen ist, vielleicht am Seeufer entlang?« Wieder Kopfschütteln. »Brave Mädchen. Das habt ihr ganz toll gemacht. Aber ich glaube, ihr wollt nicht mehr hier rumsitzen müssen, oder?«

»Nein«, antworteten sie im Chor.

»Mein Freund hier...«, er nickte zu Qian hin, »...bringt euch zu einem Polizisten, der euch ein Eis kauft und dann nach Hause zu eurer Mama fährt. In Ordnung?«

Die Gesichter strahlten. »Au ja.«

»Können wir auch Erdbeer kriegen?«

»Welche Sorte ihr wollt, mein Engel.« Er fuhr ihnen durchs Haar, und beide hüpften aus dem Wagen, um sich von Qian wegbringen zu lassen. Er wandte sich an das Kindermädchen. »Also gut... entspannen Sie sich erst mal.« Er rutschte an ihre Seite und nahm ihre Hand. Es war eine kleine, fleischige Hand, die harte Arbeit gewohnt war. Er spürte die Hornhaut auf den Handballen. Wahrscheinlich war sie höchstens sechzehn oder siebzehn. »Ich weiß, dass das nicht einfach für Sie ist. Weil Sie so etwas noch nie gesehen haben.« Er sprach ganz leise und spürte, wie ihr Körper unter einem Schluchzen erbebte. »Aber wir brauchen dringend Ihre Hilfe, und ich weiß, dass Sie uns nach besten Kräften helfen möchten.« Sie nickte eifrig. »Lassen Sie sich also Zeit und erzählen Sie mir, was passiert ist.«

»Es war der Rauch.« Ihr Atem stockte. »Die Kinder sind losgelaufen, weil sie sehen wollten, was da brennt. Ich habe ihnen nachgerufen, sie sollen stehen bleiben, aber sie waren einfach zu aufgeregt.«

»Also sind Sie ihnen den Weg hinauf gefolgt.«

»Ja.«

»Und der Leichnam hat noch gebrannt?«

Bei der Erinnerung füllten sich ihre Augen wieder mit Tränen. »Er hat noch gelebt. Er hat die Hand nach mir ausgestreckt, als ob er Hilfe suchen würde.«

Als Li zu Wang, ihrem Pathologen, stieß, kauerte der gerade am Seeufer. Er hatte die weißen Handschuhe abgelegt und gönnte sich eine Zigarettenpause. Li ging neben ihm in die Hocke und bekam eine Zigarette angeboten. Wortlos nahm er sie entgegen, und der Pathologe gab ihm Feuer. »Und? Was glauben Sie?«, fragte Li. Er inhalierte tief und stieß den Rauch durch die Nase wieder aus, um den Gestank nach verbranntem Fleisch zu überdecken.

»Ich glaube, manchmal mag ich meinen Beruf nicht besonders.« Er sah Li grimmig an. »Es sieht nach einem abartigen rituellen Suizid aus. Bei oberflächlicher Untersuchung sind keine Blutspuren oder Verletzungen zu erkennen, die vor dem Verbrennen entstanden sind. Solange die Autopsie keine anderen Ergebnisse bringt, können Sie wohl davon ausgehen, dass er verbrannt ist.«

»Eine Zeugin sagt, er hätte noch gelebt, als sie ihn entdeckt hat.« *Er hat die Hand ausgestreckt, als ob er Hilfe suchen würde.* Die Deutung des Kindermädchens haftete Li als grauenhaftes, unauslöschliches Bild im Gehirn.

»Womit wir den Zeitpunkt des Todes ziemlich genau bestimmt hätten«, erklärte Wang. »Wir bringen ihn in die Pao Jü Hutong, und ich nehme eine vorläufige Untersuchung vor. Danach sollte ich ein bisschen mehr über ihn sagen können. Falls Sie aber eine volle Autopsie wollen...«

»Will ich...«

»Dann werden Sie ihn ans Universitätszentrum für forensische Beweissicherung schicken müssen.« Er stand auf. »Aber erst mal sollten wir ihn schleunigst in den Kühlschrank stecken – damit er nicht noch weiter verkocht.«

Nachdem der Leichnam weggebracht worden und der Krankenwagen zusammen mit den verschiedenen Polizeiautos abgefahren war, begann sich die Menge zu zerstreuen und widerwillig in ihren geschäftigen Alltagstrott zurückzukehren. Li hingegen blieb noch am Tatort. Er umrundete den See und stieg auf den Aussichtsfelsen am gegenüberliegenden Ufer, von wo aus er auf den Pavillon hinunterschauen konnte, der inzwischen vollkommen verlassen war, abgesehen von einem alten Mann, der auf seiner Violine schabte, und einer Frau, die vielleicht seine Ehefrau war und eine unruhige, sehnsüchtige Melodie dazu sang. Links von ihm befand sich der Pfad, der unter den Bäumen den Hügel hinauf zu der Lichtung führte, wo der Leichnam gefunden worden war. Immer noch setzte ihm das Bild zu, das dieses Bauernmädchen aus Shanxi in seinem Geist heraufbeschworen hatte und das eine aus der brennenden Masse gestreckte Hand zeigte. *Als ob er Hilfe suchen würde.* Was für eine grauenvolle Art zu sterben. Li versuchte sich auszumalen, wie der Mann langsam durch den Park spaziert war (denn wenn er noch Zeit gehabt hatte, eine letzte Zigarette zu rauchen, war er bestimmt nicht in Eile gewesen), vorbei an den morgendlichen Tänzern, den T'ai-Chi-Schülern, den schwatzenden alten Damen auf den Parkbänken, in der Hand einen Benzinkanister und im Herzen eine feste Absicht. Was für grässliche Gründe mochten einen Menschen zu einer solchen Verzweiflungstat treiben? Li stellte sich vor, wie der Mann seine letzte Zigarette anzündete und sie im Stehen fast bis zum Filter rauchte. Li steckte sich ebenfalls eine Zigarette an, starrte auf das stille grüne Wasser des Sees hinab, in dem sich die Weiden am Ufer spiegelten, und überlegte, warum niemand den Mann auf seinem langsamen Spaziergang durch den Park bemerkt hatte. Waren die Menschen wirklich so in ihre geistigen und körperlichen Übungen vertieft gewesen, dass sie keinen Blick für ihn übrig gehabt hatten?

Tief in den Eingeweiden des mehrstöckigen Gebäudes gleich hinter der Pao Jü Hutong, wo sich das Zentrum des kriminaltechnischen Dienstes befand, nahm Dr. Wang eine vorläufige und oberflächliche Untersuchung der Leiche vor. Der verkohlte Leichnam lag seitlich und in seiner kauernden Körperhaltung fixiert auf dem Untersuchungstisch wie ein umgekippter Buddha. Die eingeschrumpften Muskeln zwangen die Arme hoch, weshalb er mit seinen geballten Fäusten aussah wie ein Boxer ohne Handschuhe. Li schaute aus einiger Entfernung zu und hörte das Quietschen von Wangs Turnschuhen von den gekachelten Wänden widerhallen, wenn der Pathologe um den Untersuchungstisch herumging. Und immer noch war da dieser grässliche Gestank. Wang trug eine Gesichtsmaske und arbeitete sich zügig, aber gründlich einmal rund um den Körper vor, wobei er immer wieder Maß nahm und sich Notizen machte. Einige Zeit brachte er damit zu, den durch die kontrahierten Muskeln zugepressten Mund zu öffnen, aus dem zwischen den geschwärzten Lippen eine verkohlte Zunge herausspitzte, und ihn dann zu untersuchen. Danach nickte er seinem Assistenten zu, der den Leichnam in eine schwere Plastikfolie wickelte, ihn mit einer Nylonschnur sicherte und ihn anschließend auf einem Rollwagen fortbrachte, damit er verpackt und quer durch die Stadt in die pathologischen Labors des Zentrums für forensische Beweissicherung verfrachtet werden konnte, das sich auf dem Gelände der Volksuniversität für Öffentliche Sicherheit befand. Li folgte Wang in dessen Büro, und beide zündeten sich eine Zigarette an. Wang ließ sich auf seinen Stuhl fallen und atmete tief durch.

»Sie erhalten das schriftliche Ergebnis der vorläufigen Untersuchung so schnell wie möglich. Aber das Opfer war männlich und etwa fünfzig Jahre alt. An dem, was äußerlich noch erkennbar ist, lassen sich keine physischen Auffälligkciten feststellen. Abgesehen von den Zähnen. Er hat sich ziemlich teure, professionelle Reparaturen geleistet.«

Li stutzte. Das war ungewöhnlich. In China beschränkten sich die Zahnärzte meist auf das Notwendigste, und qualifizierte professionelle Arbeiten gab es nur gegen viel Geld.

Als hätte er seine Gedanken gelesen, sagte Wang: »Dieser Mann war kein einfacher Arbeiter. Ihm haben nicht bloß ein, zwei Yuan gefehlt. Ein Mann in gehobener Position, würde ich sagen. Fast mit Sicherheit ein Mitglied der Partei. Sobald Sie irgendeinen Hinweis darauf haben, wer es sein könnte, werden wir ihn anhand der Zähne in Windeseile identifizieren können.«

II

Es war erst zehn Uhr morgens, doch die Hitze war bereits erschlagend. Ein heißer Wind blies den Staub durch die Straßen und wehte ihn auf Blätter, Gras, Autos und Gebäude. Und auf die Menschen. Der Staub setzte sich in ihren Augen, in den Mündern und Lungen ab und brachte sie zum Husten und Spucken.

Obwohl alle Fenster weit geöffnet waren, fand Li sein neues Büro eng und stickig. Seine persönlichen Habseligkeiten waren in zwei Kartons auf seinem Schreibtisch abgestellt worden. Aus dem Zimmer selbst hatte man alles entfernt, was an den vorigen Nutzer erinnerte, und nur vernarbte Wände ohne ihre auf Papier gebannte Geschichte hinterlassen. Einzig und allein die Zigaretten-Brandflecken an der Schreibtischkante waren von Lis Vorgänger geblieben. Sogar Lis Erinnerung an ihn verblasste bereits: ein farbloser Pedant, der immer verschlossen wie eine geballte Faust und dadurch undurchschaubar gewirkt hatte. Auch nach langjähriger Zusammenarbeit hatten seine Kollegen kaum etwas über sein

Privatleben gewusst. Eine Frau, eine Tochter an der Sun-Yat-Sen-Universität in Guangzhou, Herzprobleme. In den letzten Monaten war sein Gesicht grau wie Fensterkitt geworden. Li angelte einen Aschenbecher aus einem der Kartons und zündete seine letzte Zigarette an. Er schaute aus dem Fenster auf die Bäume vor der *All Chinese Federation of Returned Overseas Chinese* mit ihren goldgeprägten Schriftzeichen und den entsprechenden englischen Buchstaben auf dem blassbraunen Marmor und fragte sich, welche geheimen Gedanken wohl jenem Mann durch den Kopf gegangen waren, der vor ihm hier gestanden und durch dieselben Bäume auf dieselben Gebäude geblickt hatte. Hatte er einst ebensolche Hoffnungen und Erwartungen an die Zukunft gehabt wie Li? Welche grausamen Wendungen des Schicksals hatten ihn derart desillusioniert und ihn zu einem so grauen, geheimnistuerischen Menschen gemacht, der seine letzten Wochen in diesem Büro abgesessen hatte, wo er doch daheim bei seiner Familie hätte sein sollen? Ein Klopfen riss Li aus seinen Gedanken. Mu streckte den Kopf ins Büro. »Man wartet auf Sie, Chef.« Und Li spürte ein ängstliches Flattern. *Man wartet auf Sie.* Jetzt, wo er ihr Chef war, würden seine Kollegen mehr von ihm erwarten. Manchmal überschätzte man vor Ehrgeiz die eigenen Fähigkeiten. Nachdem sein Ehrgeiz befriedigt war, würde er nun seine Fähigkeiten beweisen müssen, und zwar nicht nur den Menschen gegenüber, die neue Erwartungen an ihn stellten, sondern auch sich selbst gegenüber. Er ließ einen Stift in seine Hemdtasche gleiten und holte aus einer der Schachteln auf seinem Schreibtisch ein frisches Notizbuch.

Etwa zehn Beamte saßen rund um den großen Tisch des Konferenzraums im obersten Stock. Und beinahe alle rauchten, weshalb dichte Rauchschwaden in der Luft waberten, die von dem träge rotierenden Deckenventilator nach unten gedrückt wurden. Papiere und Notizblöcke und rapide voller werdende Aschenbecher übersäten den Tisch. Als Li ins

Zimmer trat, brandete kurz ein spontaner Applaus auf. Er grinste errötend, hob abwehrend die Hand und bat um Ruhe. Dann zog er sich einen Stuhl heran und sah rundum in die gespannten Gesichter. »Hat jemand eine Zigarette für mich?«, fragte er. Etwa zehn Zigaretten wurden ihm über den Tisch zugeschoben. Lächelnd schüttelte er den Kopf. »Kriecher.« Er zündete eine an und inhalierte tief. »Also gut«, sagte er. »Ich war eben im Ritan-Park. Wir haben bereits vorläufige Berichte von Kommissar Qian und dem Pathologen Wang. Es handelt sich fast sicher um einen Suizid, allerdings ist der Leichnam so stark verbrannt, dass es schwierig werden könnte, ihn zu identifizieren. Und es könnte einige Zeit dauern. Wir werden die eingehenden Vermisstenmeldungen mit unseren Erkenntnissen abgleichen müssen. Laut Wang ist das Opfer ein etwa fünfzig Jahre alter Mann, der sich ein paar ziemlich teure Zahnreparaturen geleistet hat. Kommissar Qian wird alle Bemühungen, ihn so schnell wie möglich zu identifizieren, abstimmen. Wir können den Fall nicht abschließen, bevor wir wissen, wer er ist und, falls das möglich ist, warum er sich umgebracht hat. Und wir brauchen Zeugen, irgendwen, der ihn möglicherweise auf seinem Weg durch den Park beobachtet hat. Gibt es an dieser Front schon einen Erfolg zu vermelden, Qian Yi?«

Qian schüttelte den Kopf. »Noch nicht. Wir sammeln immer noch die Namen aller Besucher, die sich in der Nähe aufgehalten haben, aber bis jetzt hat sich nichts ergeben.«

»Hat sonst noch jemand irgendeinen Vorschlag?« Keiner. »Also gut. Dann wenden wir uns vorerst dem Erstochenen im Bezirk Haidan zu. Kommissar Wu war am Tatort.« Er sah Wu mit hochgezogenen Brauen an.

Wu lehnte sich auf seinem Stuhl zur Seite und kaute nachdenklich auf einem Stück Kaugummi herum, das schon längst jeden Geschmack verloren hatte. Wu war ein magerer

Mann in den Vierzigern, der das lichte Haar streng zurückkämmte und einen dünnen Schnurrbart trug, mit dem er seine vorstehenden Vorderzähne zu verbergen trachtete. Sein Teint war ungewöhnlich dunkel, und er hatte meist eine Sonnenbrille auf, und zwar bei jedem Wetter. Im Moment baumelte sie zwischen Daumen und Zeigefinger seiner linken Hand, während in seiner Rechten eine Zigarette glühte. Wie fast immer trug er Blue Jeans, weiße Turnschuhe und eine kurze Jacke aus blauem Jeansstoff. Wu war auf sein Image bedacht. Er war gern Polizist, und Li hatte den Verdacht, dass er sein Erscheinungsbild an den verdeckten Ermittlern orientierte, die er in amerikanischen Filmen gesehen hatte. »Es handelt sich ganz klar um Mord«, sagte Wu. »Daran gibt es keinen Zweifel. Das Opfer heißt Mao Mao. Und ist uns bekannt. Ein kleiner Drogendealer Mitte zwanzig. Hat als Jugendlicher wegen Diebstahls und Rowdytums gesessen. Erziehung durch Arbeit. Nur dass ihn die Arbeit, ganz egal welche, kein bisschen erzogen hat.«

»War es ein Kampf?«, fragte Li.

Wu neigte zweifelnd den Kopf zur Seite. »Also, ihm wurde genau ins Herz gestochen, zwischen den unteren Rippen hindurch. Aber wir haben keine Hinweise auf einen Kampf gefunden, keine blauen Flecken oder Schnitte auf Händen oder Gesicht. Der Pathologe meint, er sei vielleicht von hinten angegriffen worden. Die Autopsie müsste das klarstellen. Sieht so aus, als handle es sich um eine Art Bandenmord. Er lag mit dem Gesicht nach unten auf einem Stück Brachland nahe einer Straße, der Kunminghu Nanlu. Ein Fabrikarbeiter auf dem Weg zur Arbeit hat ihn heute Morgen gefunden. Der Boden da draußen ist wie Beton. Keine Fußabdrücke im Dreck oder im Blut. Um genau zu sein, wir haben überhaupt nichts, womit wir wirklich arbeiten können. Die Spurensicherung nimmt gerade Fingernagel- und Faserproben, aber ich habe ein unangenehmes Gefühl bei der Sache, Li Yan. Ich glaube, sie werden rein gar nichts finden. Um genau zu sein, haben wir am Tatort nichts außer einem Zigarettenstummel entdeckt, und der steht wahrscheinlich in keiner Verbindung mit unserem Fall.«

Plötzlich meldete sich Lis Instinkt, und sein Interesse erwachte. »Nur einen? Ich meine, es lagen da nicht noch mehr herum?«

»Keine, die wir gefunden hätten.«

»Und welche Marke?«

»Eine amerikanische. Marlboro, glaube ich. Wieso?«

Kommissar Zhao meldete sich: »Eigenartig. Bei der Leiche am Di'anmen haben wir auch den Stummel einer Marlboro gefunden.«

Qian beugte sich über den Tisch: »Der Stummel im Ritan-Park war ebenfalls eine Marlboro, nicht wahr, Chef?«

Li nickte bedächtig, jetzt hundertprozentig bei der Sache. Ein bemerkenswerter Zufall, wenn es denn einer war. Aber er war zu klug, um voreilig Schlussfolgerungen zu ziehen. Rund um den Tisch wurde murmelnd spekuliert. Er bat Zhao, alle Erkenntnisse über die Leiche vom Di'anmen zusammenzufassen.

Zhao war der Benjamin der Sektion, ein gut aussehender Mann von etwa fünfundzwanzig Jahren. Was ihm an Ausstrahlung fehlte, machte er durch seinen Fleiß, seine Ausdauer und seine Detailversessenheit wett. In diesen Konferenzen fühlte er sich immer unsicher, weil er Schwierigkeiten hatte, seine Gedanken vor einer Gruppe zusammenhängend auszudrücken. Es fiel ihm wesentlich leichter, mit einem einzelnen Menschen umzugehen. Seine Wangen färbten sich hochrot, als er zu sprechen begann: »Er hatte einen Ausweis bei sich, darum wissen wir, dass wir es mit einem Bauarbeiter aus Shanghai zu tun haben. Wahrscheinlich ein Wanderarbeiter. Vielleicht ist er eben erst in Peking eingetroffen, um Arbeit zu suchen, aber wir wissen nichts von einer hiesigen

Adresse oder von irgendwelchen Bekannten. Ich habe bereits ein Fax an die Öffentliche Sicherheit in Shanghai geschickt, damit sie uns genauere Angaben über ihn schicken.«

»Todesursache?«

»Genickbruch.«

»Und er ist bestimmt nicht verunglückt? Ein Unfall ist ausgeschlossen?«

»Ja. Wir haben keinerlei Hinweise auf irgendeine Verletzung. Man hat ihn in einem *Hutong* in einem *Siheyuan* gefunden, das zum Abriss vorgesehen ist und vor etwa einem Monat geräumt wurde. Aber der Tatort ist so sauber, dass ich davon ausgehe, er wurde anderswo getötet und dort nur abgeladen.«

»Wieso glauben Sie, der Zigarettenstummel hätte was damit zu tun?«

»Er war ganz frisch. Es war der einzige weit und breit, und er lag etwa einen Meter von der Leiche entfernt.«

Li zündete sich die nächste Zigarette an, lehnte sich auf seinem Stuhl zurück und blies nachdenklich den Rauch in die Flügel des Deckenventilators.

»Glauben *Sie* denn an eine Verbindung?« Gespannt beobachtete der Sektionsvorsteher seinen neuen Stellvertreter. Doch Li ließ sich nicht zu einer Äußerung hinreißen – noch nicht. Er stand am Fenster und rauchte eine Zigarette seines Vorgesetzten. Als er Chen darum gebeten hatte, hatte der eine Braue hochgezogen und steif geantwortet: »Wissen Sie, Li, jemand in Ihrer Position sollte wirklich anfangen, seine Zigaretten selbst zu kaufen.« Jetzt musterte er seinen Untergebenen mit professionellem Interesse. Zwar war an Lis Ausstrahlung und seiner Erfolgsbilanz nichts zu beanstanden, doch er hatte etwas Stürmisches an sich, einen Hang zur Ungeduld, der, so hoffte Chen, sich im Lauf der Jahre noch abmildern würde. Bislang deutete allerdings nichts darauf hin. Vielleicht würde die Verantwortung sein stürmisches Wesen etwas dämpfen. Solange sie nur nicht seinen scharfen Instinkt abstumpfte.

»Entscheidend ist«, meinte Li ernst, »dass wir keinen Grund haben anzunehmen, bei dem Mann im Ritan-Park könnte kein Selbstmord vorliegen. Wenn sich herausstellen sollte, dass der Todeszeitpunkt der beiden Mordopfer vor seinem liegt und dass er Marlboro-Zigaretten rauchte, dann wäre es denkbar – nur denkbar –, dass er die beiden anderen getötet und sich anschließend selbst entleibt hat.« Doch es gelang ihm nicht, noch länger ernst zu schauen, und ein schalkhaftes Lächeln stahl sich auf seine Lippen.

Chen lachte. Es war nicht nur ein Lächeln. Sondern ein tiefes, kehliges Raucherlachen. Li wünschte, die Mädchen in der Schreibstube könnten es sehen. »Der erste Tag im neuen Job«, sagte Chen, immer noch glucksend. »Ein Selbstmord und zwei Morde, und Sie haben alle drei bereits gelöst.«

Lis Lächeln wurde ernsthafter. »Ich wünschte, es wäre so leicht. Aber irgendwas stimmt nicht an der Sache, Chef. Diese beiden Morde. An beiden Tatorten haben wir nicht das kleinste Beweisstück gefunden. Bis auf die Zigarettenstummel. Kann jemand, der offenbar so darauf bedacht ist, keine Spuren zu hinterlassen, wirklich so unvorsichtig sein, einen einzigen Zigarettenstummel zu vergessen?«

»Vielleicht waren der oder die Mörder gar nicht so geschickt im Vertuschen ihrer Spuren. Vielleicht hatten sie einfach Glück.«

»Hmmm.« Das konnte Li nicht überzeugen. »Irgendwie kommt mir das komisch vor. Wenn es *tatsächlich* eine Verbindung gibt, dann ist das... na ja, wirklich seltsam.« Er seufzte und schnippte die Asche aus dem offenen Fenster. »Als Erstes müssen wir die Identität des Toten aus dem Park ermitteln, allerdings könnte es einige Zeit dauern, bis wir den Leichnam mit einer Vermisstenmeldung in Übereinstimmung gebracht haben. Und der städtische Pathologe ist nicht daran interessiert, die Autopsie vorzunehmen. Er meint, Verbrennungsopfer seien nicht sein Fachgebiet. Ich persönlich habe das Gefühl, er will sich bloß drücken.«

»Wer nimmt die Autopsie dann vor?«

»Sie haben den Leichnam an das Zentrum für forensische Beweissicherung der Volksuniversität für Öffentliche Sicherheit überstellt.«

Chen schien einen Moment lang nachzudenken, dann durchwühlte er einen Stapel von Papieren in dem überquellenden Aktenkorb auf seinem Schreibtisch. Schließlich zog er ein Blatt heraus, ein Rundschreiben der Visumabteilung des Büros für Öffentliche Sicherheit, und las es aufmerksam durch. Schließlich sah er Li an. »Die Dozentin für forensische Pathologie aus Chicago, die mein Seminar in Kriminalistik geleitet hat, als ich vergangenes Jahr an der UIC war? Ist zufällig zurzeit in Peking – um Vorlesungen an der Volksuniversität für Öffentliche Sicherheit zu halten.«

Li zuckte mit den Achseln, da er keine Verbindung sah. »Und?«

»Die gute Frau Doktor ist auf Verbrennungsopfer spezialisiert.«

III

Margarets Albtraum hatte früh eingesetzt. Angefangen hatte er gegen zwei Uhr morgens mit einem Kater. Nach dem Bankett war sie in einen todesähnlichen Tiefschlaf gefallen, hatte aber nur etwa vier Stunden lang Ruhe finden können. Um zwei Uhr war sie unvermittelt und mit Kopfschmerzen von den Ausmaßen des Lake Michigan aufgewacht. Daheim in Chicago war es jetzt früher Nachmittag. Sie schluckte ein paar Kopfschmerztabletten und versuchte, wieder einzuschlafen. Doch zwei Stunden später saß sie, während vor ihrem geistigen Auge unaufhörlich Bilder von Michaels Gesicht bei ihrer letzten Begegnung auftauchten, in Anziehsachen auf ihrem Bett und schaute sich auf dem Satellitenkanal *Star Movies* Kung-Fu-Filme aus Hongkong an. Davor hatte sie eine Stunde lang die immer gleichen Nachrichten auf CNN verfolgt und war inzwischen so weit, dass sie den Fernseher aus dem Fenster schmeißen wollte. Wie war es möglich, fragte sie sich, so todmüde zu sein und doch nicht schlafen zu können? Falls man sich so fühlte, wenn man unter Schlaflosigkeit litt, dann hoffte sie inständig, von diesem Leiden bis an ihr Lebensende verschont zu bleiben. Kurz nach fünf ging sie schließlich in das rund um die Uhr geöffnete Café und spülte mit einem abgestandenen schwarzen Kaffee die nächste Ladung Schmerztabletten hinunter, und um sechs fühlte sich ihr Hirn wie Watte an und ihr Körper wie durch den Fleischwolf gedreht.

Mittlerweile war es an der Zeit, ihr gemietetes Fahrrad abzuholen und sich auf die lange und gefahrvolle Fahrt zur Universität für Öffentliche Sicherheit zu machen. Welche Befürchtungen sie auch gehegt haben mochte, als sie tags zuvor den Pekinger Verkehr beobachtet hatte, sie waren nichts, verglichen mit der Wirklichkeit. Auf den Straßen herrschte das reine und absolute Chaos. Und falls sie gehofft hatte, den Stoßverkehr umgehen zu können, indem sie so früh losfuhr, hatte sie sich erneut getäuscht. Ganz Peking, so schien es, war bereits unterwegs. Und ganz offenkundig hatte hier niemand Vorfahrt – weder an Kreuzungen noch an irgendwelchen Ampeln oder beim Spurwechsel. Hier galt das Überleben des Frechsten. Man fuhr einfach los und hoffte, dass der auf einen zudonnernde Bus ausweichen würde, ohne einen über den Haufen zu fahren. Merkwürdigerweise klappte das ganz gut. Und in der schweißverklebten Stunde, die Margaret brauchte, um zur Universität zu gelangen, erlernte sie die goldene Regel der Pekinger Radfahrer – dass es keine Regeln gab. Erwarte das Unerwartete, dann kann dich nichts überraschen. Und all dem Gehupe (ihr ging bald auf, dass die Autofahrer damit nur auf sich oder auf ein bevorstehendes Manöver aufmerksam machen wollten) und den unerwarteten Spurwechseln zum Trotz wirkten alle auf der Straße bemerkenswert gleichmütig. Das Phänomen des Straßenkollers war in China noch unbekannt. Margaret hatte den Verdacht, dass die Autofahrer, die vor kurzem ebenfalls noch Radfahrer gewesen waren und geduldig um eine günstige Position auf der Fahrradspur gekämpft hatten, nicht automatisch davon ausgingen, Vorfahrt zu haben, nur weil sie hinter dem Steuer eines Autos, eines Busses oder Lastwagens saßen. Es waren Chinesen, die sich in jener alle Zeiten überdauernden typisch chinesischen Eigenschaft übten – der Geduld.

Als sie die Universität schließlich gegen sieben Uhr erreichte, plärrte laute, martialische Musik aus den Lautsprechern überall auf dem Campus. Bob stöberte Margaret in ihrem Büro auf, wo sie bei geschlossenem Fenster die Ellbogen auf den Tisch gestützt hatte und die Finger gegen ihre Schläfen presste.

»Ein kleiner Kater?«, fragte er. Sein Tonfall ließ sie scharf aufblicken, doch seine Miene ließ nichts von dem Sarkasmus erkennen, den sie in seiner Stimme vernommen hatte.

»Was ist das für ein gottverdammter Krach?«

»An Ihrer Stelle würde ich den Chinesen gegenüber lieber nicht von ›gottverdammtem Krach‹ sprechen«, antwortete er. »Das ist die chinesische Nationalhymne. Sie wird jeden Morgen abgespielt.«

»Dann bin ich heilfroh, dass ich mich geweigert habe, hier zu wohnen«, erwiderte sie.

»Haben Sie es schon mit Kopfschmerztabletten probiert?«, fragte er.

Sie sah ihn zornig an. »Ich habe gerade Pharma-Aktien geordert.« Sie beugte sich zur Seite und wuchtete ihren Rucksack auf den Schreibtisch. »Hören Sie, Sie haben gestern erzählt, Sie hätten Ihre Unterlagen auch nach zwei Jahren noch nicht kopiert bekommen. Ich hoffe doch, das war ein Scherz?«

Er zuckte mit den Achseln. »Also... gewissermaßen. Es war eine Art von Metapher, um zu illustrieren, dass die Dinge hier nicht immer so laufen, wie man es gern hätte. Um die Wahrheit zu sagen, man hat meine Unterlagen schließlich kopiert. Irgendwann.«

»Gut.« Sie zog ein Buch aus ihrem Rucksack. »Ich möchte nämlich die Beschreibung einer Autopsie kopieren lassen.« Sie ließ das Buch auf den Schreibtisch fallen. Bob drehte es zu sich herum. *BEWEIS ABGELEHNT. Die wahre Geschichte der polizeilichen Ermittlungen im Fall O.J. Simpson.* »Ich nehme an, man hat in China von O.J. Simpson gehört?«

»O ja«, bestätigte Bob. »Sie haben den Fall ausführlich studiert. Man verwendet ihn als Demonstrationsbeispiel für die Schwäche des amerikanischen Rechtssystems.« Sie schoss ihm einen weiteren Blick zu, um festzustellen, ob er witzig sein wollte. »Vielleicht liegen sie da gar nicht so falsch«, ergänzte er.

Sie giftete ihn augenblicklich an: »In diesem Fall hat keineswegs das Rechtssystem versagt, sondern die Polizei, die schlampig gearbeitet hat, und eine unfähige Staatsanwaltschaft. Sie hatten die Beweislast. Sie haben versagt. Lieber sollen zehn Schuldige freikommen, als dass ein Unschuldiger zu Unrecht verurteilt wird. Die Unschuldsvermutung ist immer noch das allerwichtigste Prinzip.«

»Tja, also die Chinesen haben diesen Grundsatz erst vor kurzem in ihr Rechtssystem aufgenommen. Ich glaube, so richtig haben sie sich noch nicht an den Gedanken gewöhnt.«

»Was?« Margaret sah ihn entsetzt an.

»Eines haben Sie immer noch nicht erfasst, Margaret.« Bob saß schon wieder auf seinem hohen Ross. »Nämlich dass die amerikanische und die chinesische Gesellschaft in kultureller wie historischer Hinsicht Lichtjahre voneinander entfernt sind. Man kann nicht einfach hier reinplatzen und amerikanische Wertvorstellungen auf die chinesische Gesellschaft übertragen wollen. Oder umgekehrt. Die Chinesen haben schon immer, schon seit den Tagen von Konfuzius, betont, dass der Einzelne seine persönlichen Ziele zurückstellen muss, und zwar zum Wohl der gesellschaftlichen Harmonie. Die Rechte der Allgemeinheit haben Vorrang gegenüber den Rechten des Individuums. ›Einen herausstehenden Nagel muss man einschlagen.‹ Diesen Gedanken und dessen Umsetzung gab es schon dreitausend Jahre, bevor die Kommunisten die Bildfläche betraten.«

»Und was ist mit den Rechten des Individuums vor dem Gesetz?«

»Der Angeklagte hat in der chinesischen Verfassung eine ganze Menge Rechte. Das Problem ist, dass in China alle Rechte des Individuums an seine Verantwortung gegenüber der Gesellschaft gekoppelt sind. Es gibt keine Rechte ohne Pflichten. Das führt ganz automatisch zu Konflikten.«

Trotz ihrer wachsenden Abneigung gegen Bob merkte Margaret, wie ihr Interesse geweckt wurde. »Inwiefern? Können Sie mir dafür ein Beispiel geben?«

»Okay.« Bob schwenkte die Hand locker in Richtung Decke. »Dem chinesischen Gesetz nach hat ein Angeklagter das Recht, sich zu verteidigen. Zugleich hat er allerdings die Pflicht, mit der Polizei und dem Gericht zusammenzuarbeiten, was die Aufdeckung der Wahrheit angeht. Man könnte meinen, das Recht auf Verteidigung würde automatisch das Recht nach sich ziehen, während eines Verhörs zu schweigen oder sich zu schützen, was jedem Amerikaner durch den fünften Verfassungszusatz zugebilligt wird. Nur ist in China der Angeklagte verpflichtet – gegenüber dem Staat, der Gesellschaft –, alle Fragen nach bestem Wissen und Gewissen zu beantworten, auch wenn er sich dadurch selbst belastet.«

»Das ist doch verrückt!«

»Wirklich?« Bob ließ sich auf der Ecke ihres Schreibtisches nieder. »Ich meine, wir Amerikaner sind so auf den Schutz der Rechte des Individuums fixiert, dass wir manchmal die Rechte der Allgemeinheit vergessen. Die Chinesen bemühen sich wenigstens, beidem gerecht zu werden.« Er schüttelte seufzend den Kopf. »Das eigentliche Problem bei den Chinesen ist, dass die Rechte des Angeklagten zwar den Schutz der Verfassung genießen, in der Praxis aber oft nicht beachtet oder ganz klar missachtet werden. Immerhin gibt es in diesem Land eine Menge kluger Köpfe, die das nach Kräften zu ändern versuchen. Und nicht ohne Erfolg. Die Lage bessert sich *wirklich*.«

Auf Bobs Belehrung folgte ihr Treffen mit Mr. Cao. Er war ausgesprochen höflich und lächelte ausdauernd, während er ihr gleichzeitig eröffnete, dass das Institut normalerweise Zugang zu einem 35mm-Diaprojektor hätte, der allerdings momentan nicht zur Verfügung stünde. In diesem Fall, erklärte sie ihm ebenso beharrlich lächelnd, seien ihre Vorlesungen notwendigerweise von begrenztem Nutzen, da sie samt und sonders auf der visuellen Präsentation authentischen Materials beruhten. Vielleicht könne er ja in Erfahrung bringen, ob sie einen Diaprojektor *leihen* könnten. Er bezweifelte, dass das möglich sein würde, versprach aber, sich darum zu kümmern. Und ja, stimmte er ihr zu, es wäre tatsächlich eine ausgezeichnete Idee, wenn es sich erreichen ließe, dass ihre Studenten an einer echten Autopsie teilnehmen könnten. Bedauerlicherweise sei das, so glaube er, nur sehr schwer zu arrangieren. Er erklärte ihr, dass er für sie drei Vorlesungen pro Woche angesetzt habe, woraufhin sie traurig den Kopf schüttelte und antwortete, dass sie bedauerlicherweise nur Material für zwölf Vorlesungen mitgebracht habe. Wenn er ihnen allerdings die Möglichkeit einer eigenen Autopsie verschaffen könnte, würde sie die verbleibenden sechs Stunden bestimmt problemlos *ausfüllen* können. Sie wechselten noch ein paar Worte unter eisigem Lächeln. Er versprach zu sehen, was er für sie tun könne.

Danach folgte eine kurze, relativ ruhige Pause, bevor sich der Albtraum mit Lilys Ankunft fortsetzte. Um kurz nach neun streckte sie ihr grimmiges Gesicht in Margarets Büro. »Haben Sie alles, was brauchen?« Diese Frage war ein Fehler.

»Um ehrlich zu sein, nein«, antwortete Margaret. »Ich habe keinen Diaprojektor, und das bedeutet, dass der größte Teil meines Anschauungsmaterials unbrauchbar ist. Ich kann keinen Kopierer finden...«

»Sie wollen etwas Fotokopie?« Sie streckte die Hand aus. »Ich mache für Sie.«

»Oh.« Margaret stutzte. Das war neu. Kooperation. »Natürlich.« Sie nahm das Buch über O.J. Simpson in die Hand. »Ich brauche etwa zwanzig Kopien.« Lily entriss ihr das Buch und war schon halb aus der Tür, ehe Margaret ihr nachrufen konnte: »Seite 108 bis 111.« Dann eilte sie an die Tür und rief den Gang hinunter: »Noch vor zehn Uhr. Um zehn Uhr beginnt die Vorlesung.«

»Sicher«, antwortete Lily, ohne sich umzudrehen, und war gleich darauf in den Tiefen des Gebäudes verschwunden.

Um Viertel vor zehn machte Margaret sich auf die Suche nach ihr und erspähte sie zufällig zehn Minuten später, wie sie quer über das Gelände zum Auditorium ging. Margaret setzte ihr nach und spürte, wie das Gleißen und Brennen der Sonne vom Asphalt zurückgeworfen wurde. »Lily, wo sind meine Kopien? Die Vorlesung beginnt in fünf Minuten.«

»Oh, Fotokopie brauchen Zeit. Mädchen jetzt zu tun«,

antwortete Lily und marschierte dabei weiter in Richtung Auditorium.

Margaret hetzte ihr hinterher. »Das ist zu spät. Ich brauche sie sofort. Und ich brauche das Buch.«

»Heute Nachmittag«, verkündete Lily, ohne auch nur langsamer zu werden.

Margaret blieb stehen und ballte die Fäuste. »Also gut. Dann mache ich es eben selbst. Wo ist der Kopierer?«

»Sie brauchen nicht selbst machen. Dafür ist Sekretärin da.« Damit verschwand Lily im Auditorium. Wie vom Schlag getroffen blieb Margaret stehen, spürte die Sonne, die wie mit Knüppeln auf sie einprügelte, und den fast unwiderstehlichen Drang, aus Leibeskräften loszubrüllen.

Das Stundensignal ihrer Armbanduhr rief ihr auf ekelhafte Weise ins Gedächtnis, dass sie eigentlich woanders sein sollte. Sie eilte in ihr Büro zurück, um ihre Materialien zusammenzuraffen, und rannte dann quer über den Campus auf den roten Backsteinbau zu, in dem sich die Vorlesungsräume befanden. Sie brauchte weitere volle fünf Minuten, um *ihren* Vorlesungsraum zu finden. Fünfzehn Studenten, genauer gesagt zwölf Studenten und drei Studentinnen, saßen bereits geduldig und in gespannter Stille auf ihren Plätzen, als die Pathologin mit knallrotem Gesicht und verschwitzt zu ihrer Antrittsvorlesung hereinplatzte.

Ihre Bemühungen, die Fassung zu bewahren, bestanden aus einem tiefen Luftholen und einem breiten Lächeln, das auf ausdruckslose Mienen traf. »Hallo.« Ihr Selbstbewusstsein verflüchtigte sich in null Komma nichts. »Mein Name ist Dr. Margaret Campbell. Ich bin forensische Pathologin am gerichtsmedizinischen Institut von Cook County in Chicago, Illinois. Und *eigentlich* hatte ich vorgehabt, mit Ihnen während der nächsten sechs Wochen zwölf echte Mordfälle aus den Vereinigten Staaten durchzuarbeiten. Bedauerlicherweise besteht ein Großteil meines Materials aus visuellen

Darstellungen, also Dias. Und leider scheint es der Universität nicht möglich zu sein, mir einen Diaprojektor zur Verfügung...« Ihre Stimme wurde dünner, denn hinten im Raum sah sie auf einem Tisch einen 35mm-Projektor stehen – gerade als sich die meisten Studenten umdrehten und darauf schauten. »Aha«, sagte sie. »Sieht so aus, als hätte man doch noch einen auftreiben können.« Eine angespannte Pause. »Wenn man mir das mitgeteilt hätte, dann hätte ich meine Dias auch mitgebracht.« Ihre Wangenmuskeln begannen zu schmerzen, weil sie, so schien es ihr, seit Stunden ein Lächeln auf ihrem Gesicht kleben hatte. »Ich werde sie schnell mal holen. Bin gleich wieder da.«

Dies, schoss es ihr durch den Kopf, während sie zu ihrem Büro zurückraste, hätten die Chinesen wohl als extremen Gesichtsverlust bezeichnet. Aber davon würde sie sich nicht aus dem Konzept bringen lassen. Das waren ganz normale Startschwierigkeiten, die sie ganz ruhig und gelassen überwinden würde. Im Gang stieß sie fast mit Bob zusammen. Er lächelte fröhlich.

»Ach, ich habe gehört, dass Mr. Cao doch noch einen Diaprojektor aufgetrieben hat.«

»Das hätte er mir verdammt noch mal auch sagen können!«, blaffte sie und knallte die Tür zu ihrem Büro zu.

Als sie später in der abgedunkelten Düsternis des Vorlesungssaales saß und ihre Dias von den Brandopfern aus Waco durchlaufen ließ, kam ihr der Gedanke, dass Bob – und mit ihm wahrscheinlich jeder andere an der Universität – sich fragen musste, was für eine prämenstruelle Wahnsinnige das OICJ da auf sie losgelassen hatte. Aus den unergründlichen Tiefen der Depression, die sich über sie gesenkt hatte, vernahm sie eine tröstende Stimme, dass sie eines Tages über all das lächeln würde. Im Augenblick konnte sie sich das allerdings kaum vorstellen.

Als sie die Jalousien wieder aufzog, erkannte sie, dass die

fünfzehn Gesichter im Unterrichtsraum auffallend blass geworden waren. Eines der Mädchen entschuldigte sich augenblicklich und stürzte mit der Hand vor dem Mund in Richtung Toilette. Margaret lächelte grimmig. »Das sind nur Fotos. Falls jemand unter Ihnen tatsächlich Polizist werden möchte, wird er noch viel Schlimmeres zu sehen bekommen.« Danach bat sie um Diskussionsbeiträge. Doch kein einziger Student hatte eine Frage oder eine Meinung zu den Bildern. Sobald die Studenten am Ende der Stunde schweigend in einer langen Schlange den Raum verließen, ließ Margaret sich auf ihren Stuhl plumpsen und stieß einen tiefen und von Herzen kommenden Seufzer der Erleichterung aus. Auf ein Klopfen hin schaute sie zur Tür. Als sie Bob dort stehen sah, sank ihr das Herz in die Hose.

»Wie war's?«

»Fragen Sie lieber nicht.«

Er grinste. »Nehmen Sie's nicht persönlich. Das geht allen anfangs so.«

»Wie meinen Sie das?« Sie setzte sich auf.

»Also, lassen Sie mich raten. Alle haben vollkommen teilnahmslos gewirkt, keiner wollte auf Ihre Fragen antworten und noch weniger eine Frage stellen oder eine Anmerkung zu einem Punkt machen?« Sie nickte dumpf. »Chinesische Studenten wissen mit dem interaktiven Unterricht, den wir in den Staaten praktizieren, nichts anzufangen. Hier lässt man sich eher belehren.«

Ich weiß, wie sie sich dabei fühlen, dachte Margaret gehässig.

Ohne ihr immer stärker werdendes Bedürfnis, ihm einen Turnschuh ins Maul zu stopfen, zu bemerken, fuhr Bob fort: »Die Stimme des Lehrers ist die Stimme der Autorität. Die meisten Studenten glauben, auf jede Frage gebe es nur eine richtige Antwort. Darum lernen sie einfach nur auswendig. Sie sind es nicht gewöhnt zu diskutieren, zu debattieren oder ihre Ansicht zu äußern. Aber Sie werden bestimmt noch mit ihnen warm werden.«

Margaret suchte in seiner Miene nach jenem Sarkasmus, den sie schon wieder in seiner Stimme hörte. Auch diesmal war nichts davon zu erkennen.

»Jedenfalls«, sagte er, »sollten Sie gleich rübergehen in die Verwaltung. In Ihrem Büro wartet ein alter Freund auf Sie.«

Der Sektionsvorsteher Chen Anming erhob sich von einem der Plastikstühle in Margarets Büro und schenkte ihr sein seltenes und von Herzen kommendes Lächeln. »Dr. Campbell. Es ist mir ein großes Vergnügen, Sie wiederzusehen.« Er drückte enthusiastisch ihre Hand.

Margaret hätte ihn bestimmt nicht ohne weiteres wiedererkannt, wenn nicht die gelbe Nikotin-Strähne in seinem Haar gewesen wäre und Bob ihr nicht erklärt hätte, mit wem sie es zu tun hatte. »Mr. Chen.« Sie nickte ihm zu. »Das Vergnügen ist ganz meinerseits.«

»Vielleicht erinnern Sie sich nicht an mich?«, meinte er.

Sie hatte ihn nur ganz vage in Erinnerung. So viele Studenten auf den zahllosen Kurz-Seminaren in den vergangenen drei Jahren. »Natürlich erinnere ich mich ganz ausgezeichnet an Sie.« Dann fiel es ihr plötzlich wieder ein – ein auf einer Schriftrolle montiertes Gemälde, das an der Wand ihres Arbeitszimmers zu Hause hing. Er hatte es ihr an seinem letzten Tag in einem beinahe feierlichen Akt überreicht. Sie betrachtete es oft und gern, vor allem weil es nichts mit ihr und Michael zu tun hatte, sondern nur mit ihr allein. Ein alter Mann mit einem listigen Lächeln und einem borstigen Bart, der auf dem Boden kauerte und in einer Hand ein Paar Sandalen baumeln ließ. »Sie haben mir das Bild von dem chinesischen Gespenst geschenkt.«

»Eigentlich ist es kein Gespenst. Sondern ein guter chinesischer Geist.«

»Ich weiß beim besten Willen nicht mehr, wie er heißt.«

»*Zhong Kui*. Er ist eine Sagengestalt.«

So viele Stunden hatte sie in seiner Gesellschaft verbracht, und erst jetzt erfuhr sie, wie er hieß. »Als Sie mir das Bild geschenkt haben, habe ich nicht geahnt, wie viel Vergnügen es mir bereiten würde.« Sie dachte an die langen düsteren Nächte zurück, als sie niemanden außer diesen Geist in ihrem Heim ertragen konnte und in denen *Zhong Kuis* Lächeln das einzige zu sein schien, was sie bei Sinnen bleiben ließ. Kaum zu glauben, dass sie jetzt unter so ungewöhnlichen Umständen erneut Bekanntschaft mit ihrem Wohltäter schloss. Und sie wurde rot vor Scham, weil sie beinahe vergessen hatte, wer er war und wie das Bild in ihren Besitz gelangt war. »Bestimmt habe ich mich damals bei Ihnen bedankt. Aber ich freue mich sehr, Ihnen noch einmal danken zu können, und diesmal mit jener Einsicht, die man erst im Lauf der Zeit gewinnt.«

»Verzeihen Sie, Doktor.« Plötzlich schien ihm die Situation peinlich zu sein. »Ich weiß, dass Sie gerade erst angekommen sind und bestimmt sehr viel zu tun haben...« Er zögerte. »Ich habe mich gefragt... ob ich Sie vielleicht um einen ganz besonderen persönlichen Gefallen bitten könnte?«

»Natürlich.« Sie hatte keine Ahnung, was er von ihr wollen könnte. »Jederzeit.«

»Dies ist keine offizielle Anfrage, müssen Sie wissen. Nur eine persönliche Bitte«, betonte er noch einmal, und Margaret dämmerte, dass sie in diesem Moment erlebte, was *Guanxi* bedeutete. Er hatte ihr in Chicago ein Geschenk überreicht. Jetzt wollte er im Gegenzug etwas von ihr.

»Wir beschäftigen uns mit einem mutmaßlichen Suizid, aber es gibt Probleme bei der Identifikation. Das Opfer hat sich angezündet, und die Autopsie wird, glaube ich, nicht ganz einfach sein. Der Tote ist fast bis zur Unkenntlichkeit verbrannt.«

»Und Sie möchten, dass ich die Autopsie vornehme«, erkannte sie. »Aber natürlich. Das mache ich doch gern.«

Augenblicklich entspannte er sich und strahlte sie wieder an. Sie hingegen überlegte bereits, wie sie diese Bitte zu ihrem Vorteil nutzen könnte. *Sie werden sich allmählich ein kleines* Guanxi *anlegen müssen*, hatte Bob ihr geraten. Ganz unerwartet bot sich hier eine Gelegenheit für ihre Studenten, einer Autopsie beizuwohnen – ohne dass sie Mr. Caos Hilfe in Anspruch nehmen müsste. Vielleicht nicht bei dem Verbrennungsopfer. Aber dieser Leichnam würde ihr ganz bestimmt etwas *Guanxi* für später einbringen.

Mr. Chen nahm sie am Arm und führte sie hinaus auf den Gang. »Ich freue mich ja so, dass Sie mir diesen Gefallen erweisen wollen«, sagte er.

Sie war überrascht. »Was, soll ich ihn jetzt gleich untersuchen?«

»Nein, nein. Ich möchte, dass Sie mitkommen und meinen Stellvertreter kennen lernen. Er ist bei Professor Jiang. Ich habe Professor Jiang natürlich bereits um Erlaubnis gebeten, Sie fragen zu dürfen.«

Und der Professor, dachte Margaret, war wahrscheinlich nur zu froh, sie eine Weile vom Hals zu haben. In der Tat hatte sie, als sie klopften, eintraten und Professor Jiang sich hinter seinem Schreibtisch erhob, das Gefühl, dass es seinem Lächeln etwas an Wärme mangelte. Er sah Chen an. »Und?«

»Dr. Campbell ist natürlich einverstanden.«

Jiang wirkte erleichtert, während Chen sich einem jüngeren Mann zuwandte, der am Fenster saß, »Mein Stellvertreter Li Yan«, sagte er. »Er bearbeitet den Fall.« Und als Li aufstand, erkannte Margaret, wer er war.

Li hastete seinem Chef hinterher, während dieser mit langen Schritten über das Universitätsgelände zu ihrem Wagen eilte, den sie im Schatten einiger Bäume abgestellt hatten. Chen kochte vor Zorn. »Was soll das heißen, ›nicht notwendig‹?«, bellte er.

Li gab sich Mühe, ganz vernünftig zu klingen. »Dem Pathologen im Zentrum für forensische Beweissicherung wird das gar nicht gefallen. Er verliert das Gesicht, wenn wir uns an irgendeine Amerikanerin wenden.«

»Als ich den Vorschlag gemacht habe, waren Sie noch anderer Ansicht.«

»Da wusste ich noch nicht, wer sie ist.«

»Und was genau haben Sie gegen diese Frau? Sie ist eine anerkannte Expertin auf ihrem Gebiet.«

»Das ist mir klar, Chef. Es ist nur so, dass…«

Doch Chen schnitt ihm das Wort ab. »Und meinen Sie vielleicht, *ich* würde nicht das Gesicht verlieren, wenn ich jetzt plötzlich kehrtmache und ihr erkläre, dass wir uns anders entschieden haben? Das kommt gar nicht in Frage. Ich habe sie gebeten. Sie ist einverstanden. Und damit Schluss.« Er kletterte auf den Fahrersitz, knallte die Tür zu, ließ den Motor an und raste mit quietschenden Reifen davon.

IV

Der Himmel verschwand in einem alles verwischenden Gemisch aus Dunst und Staub. Das diffuse Gleißen der Sonne reflektierte von allen Oberflächen, und die Welt wirkte ausgebleicht wie ein überbelichtetes Foto. Margaret setzte die Sonnenbrille auf, um die Konturen zurückzubringen, und beeilte sich, mit Lily auf dem langen Marsch Schritt zu halten, der sie vom Verwaltungsblock aus an den Sportplätzen vorbei bis zu dem gedrungenen vierstöckigen Betonbau am anderen Ende des Geländes führte, wo sich das Zentrum für forensische Beweissicherung befand. Zum ersten Mal seit ihrer Ankunft in China fühlte sie sich obenauf, wobei der

Blick in das Gesicht des stellvertretenden Sektionsvorstehers Li, als sie mit Mr. Chen in Professor Jiangs Büro getreten war, entscheidend zu ihrem Höhenflug beigetragen hatte. Die gereizte Überheblichkeit, die Li tags zuvor zur Schau gestellt hatte, war erst fassungslosem Erstaunen und dann absoluter Bestürzung gewichen. Flüchtig und mit distanziertem Blick hatte er ihre Hand geschüttelt. Gesagt hatte er so gut wie gar nichts. Genug, aber kein Wort mehr, um die Höflichkeit zu wahren. Und jetzt wartete er bestimmt schon ungeduldig im Autopsiesaal auf sie, wo sich der Gestank nach Desinfektionsmittel und Formaldehyd in seine Nase brannte. Die beiden Gerüche stellten das Parfüm ihres Berufsstandes dar, ein olfaktorischer Sinnesreiz, den Margaret so oft erlebte, dass sie ihn gar nicht mehr bewusst wahrnahm – höchstens als etwas Vertrautes, fast Tröstendes. Aber auf Li würde er anders wirken, davon war sie überzeugt.

Im Autopsiesaal gab es fünf Metalltische mit Ablaufrinnen und perfekt platzierten Behältern für das Blut und alle anderen Körperflüssigkeiten, die während einer Obduktion austraten. Li stand steif neben der Tür und sprach mit einem Pathologen im weißen Kittel. Sobald Margaret mit Lily eintrat, drehten sich beide zu ihnen um.

»Dr. Campbell, Professor Xie.« Damit war Lis Vorstellung beendet. Weder aus dem Blick noch aus dem Händedruck sprach Wärme, als Professor Xie ihre Hand schüttelte. Margaret begriff sofort, dass der Professor das Gesicht verloren hatte, weil man ihn gezwungen hatte, die zweite Geige zu spielen, und das nicht nur neben einer Amerikanerin, sondern noch dazu einer Frau. Allmählich, merkte sie, begann ihr die chinesische Psychologie vertraut zu werden. Sie beschloss, ihm die Ängste vorerst noch nicht zu nehmen. Stattdessen wandte sie sich an Lily.

»Sie können gerne gehen, wenn Sie möchten, Lily.«

»Nein, ich bleibe hier, falls Sie brauchen was, Doctah Cambo.« Um nichts in der Welt wollte Lily sich die Begegnung zwischen Margaret und Li entgehen lassen, vor allem nach dem Vorfall gestern Nachmittag.

»Das trifft sich«, erwiderte Margaret giftig, »denn ich bräuchte *tatsächlich* ein paar Fotokopien.«

»Schon erledigt, Doctah«, erwiderte Lily völlig unbeeindruckt.

Margaret wandte sich an Li. »Also – Sie haben keine Ahnung, um wen es sich bei dem Opfer handelt?«, fragte sie.

»Nein«, antwortete Li. »Wir werden in der nächsten Zeit erst einmal die Vermisstenmeldungen auf die zahnärztlichen Befunde hin abgleichen müssen. Das könnte ein paar Wochen dauern.«

»Wochen?« Das erstaunte sie.

Er deutete ihren Tonfall als Kritik. »Zeit ist unwesentlich. Das Ergebnis zählt.«

»In den Vereinigten Staaten zählt beides.«

»Ja, aber wir Chinesen sind stolz darauf, alle Dinge gründlich zu machen.«

Sie biss sich auf die Zunge. Immerhin hatte sie keine Munition, um zurückzufeuern. Während die Chinesen sehr wohl die berühmtesten amerikanischen Kriminalfälle untersuchten, interessierten sich die Amerikaner kein bisschen für die Verbrechen, die in China Schlagzeilen machten.

»Ich habe einmal an einem Mordfall mitgearbeitet, in dem wir über zwei Jahre lang ermitteln mussten«, fuhr Li fort, um seinen Argumenten Nachdruck zu verleihen. »Man hatte eine ganze Familie in ihrem Heim abgeschlachtet. Mutter, Vater, Großvater und Kind. Jemand war gewaltsam ins Haus eingedrungen, allem Anschein nach handelte es sich um einen fehlgeschlagenen nächtlichen Einbruch. Alles war voller Blut. Es gab Fußabdrücke und Fingerabdrücke im Blut. Aber unser landesweites Fingerabdruck-Register ist noch recht begrenzt. Wir mussten fast dreitausend Wanderarbeiter ausfindig machen und befragen, die sich damals in der Gegend aufgehalten hatten.«

Margaret unterbrach ihn: »Woher haben Sie gewusst, dass es ein Wanderarbeiter war?«

»In China«, antwortete Li, »respektieren die Menschen die Polizei. Sie wissen, dass es ihre Pflicht ist, der Polizei zu helfen. Wenn sie Arbeit haben, dann sorgt der *Danwei* für ihre Wohnung, für die ärztliche Versorgung. Irgendwer im Straßenkomitee weiß immer, wer gerade zu Hause oder nicht zu Hause ist. Wir können auf ein ganzes Netz von Informationen über das Leben und Treiben der Menschen zurückgreifen. Wir bezeichnen das als ›Massenlinie‹. Die Massenlinie ist der wichtigste Grund dafür, dass in China die Verbrechensrate so niedrig ist. Kein Mensch begeht ein Verbrechen, wenn er weiß, dass er erwischt wird. Und wer erwischt wird, der verliert alles – seine Arbeit, die Wohnung, das Recht auf medizinische Versorgung, die Rente …« Er schüttelte den Kopf und bohrte die Fußspitze in den Boden. »Alle sind der Meinung, dass die wirtschaftlichen Reformen in China richtig sind. Wie Deng Xiaoping sagte: ›Reich zu sein, ist wunderbar.‹ Aber dabei ist die eiserne Reisschale zerbrochen …«

»Die eiserne Reisschale?«

Er schien sich über die Unterbrechung zu ärgern. »Der lebenslange Arbeitsplatz. Wir bezeichnen das als ›eiserne Reisschale‹. Jetzt, wo die Reisschale zerbrochen ist, gibt es immer mehr Menschen ohne einen festen Arbeitsplatz. Viele von ihnen gehen auf Wanderung. Sie ziehen durchs Land und suchen Arbeit. Wir nennen sie die ›vagabundierende Bevölkerung‹. Und je mehr die vagabundierende Bevölkerung anwächst, desto höher steigt die Verbrechensrate.«

Margaret nickte, denn sie begriff, wie sich derart fundamentale gesellschaftliche Veränderungen auf die Kriminalität auswirken konnten. »Sie haben also Ihre dreitausend Wanderarbeiter ausfindig gemacht.«

»Und dabei haben wir herausgefunden, dass elf davon verschwunden waren. Wir mussten sie alle einzeln aufspüren und nacheinander von der Liste der Verdächtigen streichen. Bis wir schließlich unseren Mann gefunden haben.«

»Zwei Jahre?«

»Zwei Jahre.«

Margaret schüttelte verwundert den Kopf. »In den Staaten hätten wir weder das Geld noch die Leute, einen einzigen Fall über so lange Zeit hinweg zu verfolgen. Und außerdem«, sie grinste, »hätte es in der Zwischenzeit ein paar hundert weitere Morde gegeben.«

»Ich weiß«, antwortete Li ernst, und Margaret fragte sich, ob sich hinter seiner ausdruckslosen Miene blanker Sarkasmus verbarg. Doch wenn dem so war, dann ließ er es sich nicht anmerken.

Professor Xie blickte vielsagend auf seine Uhr und seufzte vernehmlich.

»Also gut«, sagte Li. »Wollen Sie sich die Leiche anschauen?«

»Gibt es irgendwelche Habseligkeiten?«

»Wollen Sie nicht erst die Leiche sehen?« Li schien überrascht zu sein.

»Nein. Manchmal lässt sich durch das, was ein Mensch angezogen hat oder bei sich trägt, eine Menge aussagen.«

Professor Xie wandte sich an einen der dabeistehenden Assistenten, der loseilte und kurz darauf die Plastiktüte mit den wenigen Gegenständen, die das Flammeninferno überstanden hatten, herbeibrachte. Er kippte den Inhalt auf einen der Tische, und alle drängten sich heran, um einen Blick auf die Sachen zu erhaschen, wobei Lily sich zwischen zwei Assistenten hindurchzwängte, um auch etwas zu sehen. Falls sie irgendetwas Makabres erwartet hatte, dann mussten die verkohlte Gürtelschnalle, das Zippo-Feuerzeug und der Siegelring sie enttäuschen.

Margaret nahm die Gürtelschnalle hoch und untersuchte sie genauer. Es war eine schlichte Schlaufe mit langer, dünner Zunge. Vollkommen unauffällig. Sie ließ sie klappernd auf den Metalltisch zurückfallen und griff stattdessen nach dem Feuerzeug, das sie geschickt in den Händen hin und her wendete, bevor sie den Deckel zurückklappte. Im Inneren befand sich nur noch ein schwarzer Klumpen, die Mechanik war mit der Außenhülle verschmolzen, Baumwolle und Docht waren in den Flammen zu Asche verbrannt. Sie bat um Gummihandschuhe, einen Baumwolllappen und Reinigungsflüssigkeit. Gereizt gab Professor Xie die Bitte an einen Assistenten weiter, der ihr eilig nachkam.

Margaret untersuchte das Feuerzeug genauer, und Li nutzte die Gelegenheit, um sie heimlich in Augenschein zu nehmen. Sie war lässig gekleidet, in Turnschuhe und Jeans, und hatte das weiße T-Shirt über dem Gürtel in die Hose gestopft. Staunend begutachtete er Farbe und Form ihres Haars, das sich in goldenen Locken unter den grauen Haarklammern hervorringelte. Doch eigentlich zogen ihn die Augen in ihren Bann. Ihm waren schon viele blauäugige Westler begegnet, doch ihre Augen waren wirklich bemerkenswert blau, so als leuchteten sie von innen her. Ihre Blicke trafen sich flüchtig, und er sah verlegen zu Boden. Als er wieder aufschaute, schien sie immer noch ganz in die Untersuchung des Feuerzeugs versunken zu sein, an dessen verkokelter Hülle sie mit eleganten weißen Fingern kratzte. Der Blick auf ihre Hände lenkte seine Aufmerksamkeit auf ihre Sommersprossen. Unter dem Gespinst feiner, daunenweicher blonder Haare waren ihre nackten Unterarme von Pünktchen übersät. Erst jetzt fielen ihm die Sprenkel quer über ihrer Nase und auf ihrer Stirn auf. Sie trug kaum oder kein Make-up, nur einen Anflug von Braun auf den Lidern und einen dünnen roten Strich auf ihren Lippen. Sein Blick senkte sich langsam, der glatten Linie ihres Halses folgend, und dann bemerkte er, dass sie keinen BH trug und sich ihre Brüste an die kühle Baumwolle ihres T-Shirts schmiegten. Zu seiner Überraschung und zu seinem ausgesprochenen Verdruss spürte er, wie sich tief in seinen Lenden ein winziges Knötchen der Begierde zu bilden begann.

Der Assistent kehrte zurück. Margaret streifte die Gummihandschuhe über, tränkte das Tuch mit Reinigungsflüssigkeit und rieb das Feuerzeug damit ab, bis sie ganz langsam die verkohlte Schicht auf der Bodenseite gelöst hatte. »Da unten sind irgendwelche Buchstaben eingraviert.« Sie kramte eine Halbmond-Lesebrille aus ihrer Handtasche und entzifferte mit zusammengekniffenen Augen die Lettern, die zu ihrer Enttäuschung nur die Worte *Zippo Registered Trademark* und darunter *Bradford PA, Made in USA* ergaben. »Also, das bringt uns nicht weiter.« Noch während sie das sagte, überlegte sie, zu wem sie eigentlich sprach. Sie schaute unsicher auf und widmete sich dann wieder dem Feuerzeug, dessen übrige Oberflächen sie schnell mit dem getränkten Tuch abwischte. »Da ist noch was.« Weitere, noch schwächere Buchstaben erschienen, als sich die Kohleschicht um den unteren Rand des Klappdeckels löste. Sie musste ihn zum Licht hindrehen, um die Worte *Solid Brass* auszumachen. Sie ließ das Feuerzeug klappernd auf den Tisch fallen und nahm den Ring in die Hand. »Ein Siegelring«, erkannte sie und rieb mit dem Tuch daran herum. »Oben scheint irgendein flacher, gravierter Halbedelstein eingesetzt zu sein.« Doch so fest sie an dem Stein auch rubbelte, er blieb schwarz, obwohl an der Metallfassung bereits schmutzigsilberne Flecken zu Tage traten. »Könnte auch Ebenholz sein.« Sie hielt ihn hoch, damit er das Licht besser einfing, und kniff die Augen hinter der Lesebrille zusammen. »Es ist eine Art Symbol darauf, kombiniert mit einigen Buchstaben.«

Als sie ihn im Licht hin und her wendete und die Gravur plötzlich im Relief erschien, erkannte sie schlagartig, worum es sich handelte, und ihr Herz machte einen Satz. Sie untersuchte den Ring genauer. Die Hitze hatte ihn zwar deformiert, aber nicht völlig geschmolzen. Vielleicht hatte die Hand mit dem Ring auf dem Boden gelegen und war dadurch einigermaßen vor den nach oben züngelnden Flammen geschützt gewesen. Sie betrachtete die Innenseite des Rings, rieb ein paar Sekunden lang mit dem Tuch darauf herum und musterte ihn erneut mit zusammengekniffenen Augen. Dann setzte sie die Brille ab. Sie warf einen Blick auf ihre Uhr und rechnete kurz im Kopf nach. »Verdammt.« Als sie aufschaute, sah eine Reihe von Gesichtern sie mit erzwungener Geduld an. »Gibt es hier ein Telefon, von dem aus ich in den Vereinigten Staaten anrufen kann?«

Li sah zu Professor Xie, der das nickend bestätigte. »In meinem Büro.«

Während ihres Telefonats konnte Margaret durch eine große Glasscheibe sehen, wie die anderen im Vorzimmer warteten. Professor Xie war ein kleiner, fast weiblich wirkender Mann Anfang vierzig. Er hatte ein dunkles Gesicht, und sein nachtschwarzes Haar war von dem bemerkenswert tiefen Haaransatz in der Mitte seiner Stirn aus straff nach hinten gekämmt. Er hockte auf einer Schreibtischecke und schien in irgendwelche düsteren Gedanken vertieft.

Auch Li sah aus, als mache ihm irgendetwas zu schaffen. Er rauchte, wie sie angeekelt feststellte. Lily plapperte auf ihn ein, doch es war unübersehbar, dass er ihr nicht zuhörte. Margaret betrachtete ihn aufmerksam, sah aber keinen Anlass, ihre Einschätzung von gestern zu revidieren. Er war hässlich, ruppig und launisch. *Und* Raucher. Das Tuten an ihrem Ohr endete abrupt, als jemand am anderen Ende der Leitung an den Apparat ging.

»Dreiundzwanzigster Bezirk«, sagte eine Frauenstimme.

»Detective Hersh, bitte.«

Li schaute an seinem Spiegelbild im Fenster vorbei und sah Margaret dahinter im Schatten sitzen. Sie hatte eine Weile fröhlich geplaudert und locker dabei gelacht. Offenbar war am anderen Ende ein guter Bekannter. Und jetzt schien sie zu warten, wobei sie mit dem Stift auf die polierte Tischplatte des penibel aufgeräumten Schreibtisches von Professor Xie klopfte. Er hatte nicht die leiseste Idee, was sie mit ihrem Anruf bezweckte oder was sie in dem Ring gesehen hatte. Sie hatte ihn immer noch bei sich, und während sie am Telefon wartete, untersuchte sie ihn immer wieder, wobei sie in ihrer Zappeligkeit ausgesprochen mädchenhaft wirkte. Er bemerkte den Ehering an ihrem Finger und wurde unwillkürlich neugierig auf den Mann, der sie geheiratet hatte.

Li konnte sich nicht vorstellen, dass er jemals heiraten würde. Die wenigen Beziehungen, die er an der Universität gehabt hatte, hatten zu nichts geführt, und seit er zur Sektion Eins gekommen war, fehlte ihm einfach die Zeit dafür. Immer noch peinigten ihn die Erinnerungen an das halb vergessene pubertäre Gefummel mit den jungen Mädchen in seiner Heimatstadt Wanxian in der Provinz Sichuan. Er war ein hässlicher Junge gewesen, zu groß für sein Alter und unbeholfen. Die erfahreneren Mädchen hatten sich über ihn lustig gemacht, hatten ihn geneckt und gefoppt.

Nur ein Mädchen, ein schüchternes Mädchen, hatte es gegeben, das anders war als die Übrigen. Genau wie er war sie keine Schönheit gewesen, aber genau wie er war sie sanftmütig, in körperlicher wie geistiger Hinsicht, und stark im Charakter. Gemeinsam waren sie während der langen, dunklen Sommerabende am Kanal entlang spaziert, bis er nach Peking aufgebrochen war, um an der Volksuniversität für Öffentliche Sicherheit zu studieren. Sie war dagegen gewesen, dass er Polizist wurde. Er sei zu Besserem geboren, hatte sie ihm erklärt. Er sei eine empfindsame Seele, er hätte bei den abgestumpften Kriminellen in den Städten nichts verloren. Seine Familie bedränge ihn, behauptete sie, weil sein Onkel ein berühmter Polizist in der Hauptstadt sei. Doch Li wusste, dass dies nicht der Grund war, wenigstens nicht der einzige. In ihm brodelte wie auf kleiner Flamme ein unauslöschlicher Zorn. Zorn über die Ungerechtigkeiten im Leben, über die Ungleichheit, den Triumph des Bösen über das Gute.

Einmal während seiner Schulzeit war dieser Zorn übergekocht. Ein Rabauke, der größte Junge seines Jahrgangs, hatte gnadenlos auf einem kleinen Buben herumgehackt, einem weichen Knaben mit deformierter Hand, für die er sich auf geradezu herzzerreißende Weise schämte. Unter den Schikanen des Rowdys wurde der Kleine fast hysterisch vor Scham und Verlegenheit. Eine Menge hatte sich angesammelt, wie sich Menschenmengen eben so ansammeln, eingeschüchtert, neugierig und froh, nicht selbst das Opfer zu sein. Li hatte den Kreis der Jungen durchbrochen und dem Rabauken befohlen aufzuhören. Der Junge war es nicht gewohnt, dass sich ihm jemand entgegenstellte. Mit wildem Blick war er herumgefahren und hatte wissen wollen, für wen Li sich eigentlich hielt. Li hatte geantwortet: »Ich bin Li Yan. Und wenn du den Jungen nicht in Ruhe lässt, schlage ich dir den Schädel ein.« Was durchaus ernst gemeint war. Der Rabauke hatte Lis Blick angesehen, dass es ihm ernst war. Dummerweise war er in seiner Schwäche gefangen. Er konnte nicht klein beigeben, ohne sein Gesicht zu verlieren. Folglich musste Li ihm den Schädel spalten. Der Junge lag beinahe zwei Wochen im Krankenhaus, während Li Besuch vom Jugend-Polizeibeamten bekam und um ein Haar von der Schule geworfen worden wäre. Doch niemand quälte je wieder den Buben mit der entstellten Hand, wenigstens nicht, solange Li in der Nähe war. Und Li hatte nie wieder kämpfen müssen.

Darum wusste er, dass das Mädchen sich täuschte. Er war nicht zu Besserem geboren. Er war dazu geboren, Polizist zu werden, und für Li war dies das Beste, was er sich vorstellen konnte. Er hatte nie bereut, nach Peking gekommen zu sein, und als er das letzte Mal von jenem Mädchen gehört hatte, das ihn einst am Kanal begleitet hatte, hatte man ihm erzählt, dass sie mit dem Rabauken verheiratet war, dessen Schädel er gespalten hatte. Er hatte gelächelt, denn der Rabauke war schwach, und sie war stark und würde ihn nach ihren Wünschen formen können.

Margaret, fiel ihm jetzt auf, kritzelte inzwischen in ein Notizbuch, was ihr durch den Äther mitgeteilt wurde. Sie nickte lächelnd, legte den Hörer auf und riss die Seite aus ihrem Notizbuch, ehe sie zu ihnen herauskam. Mit einem Glänzen in den Augen überreichte sie Li die Seite. »Chao Heng«, sagte sie. »So heißt Ihr armer Anonymer da draußen.« Sie deutete mit dem Daumen in Richtung Autopsiesaal. »Mit etwa neunundneunzigprozentiger Sicherheit.«

Li schaute auf den Zettel. Darauf hatte sie geschrieben: *Chao Heng, Abschluss in mikrobieller Genetik, University of Wisconsin, 1972.*

Er sah erstaunt auf. Professor Xie fragte: »Woher wollen Sie das wissen?«

Sie hielt den Ring hoch. »In den Vereinigten Staaten gibt es unter den Studienabgängern die Tradition, sich aus diesem besonderen Anlass einen Ring anfertigen zu lassen, der das Wappen ihrer Universität trägt. In diesem Fall handelt es sich um das der Universität von Wisconsin.« Sie reichte Professor Xie den Ring. »Sie können im Stein das eingeprägte Wappen erkennen. Selbst wenn dort nicht *University of Wisconsin* stehen würde, hätte ich das Wappen erkannt, weil...« Li bemerkte, wie eine Wolke einem Katarakt gleich ihre Augen verschleierte und die Haut um die Lider dunkler wurde. »Weil jemand, den ich sehr gut kannte, dort seinen Abschluss gemacht hat.« Sie hatte sich gefangen und war jetzt wieder ganz bei der Sache. »Wichtig ist, dass diese Ringe oft auf der Innenseite graviert sind. Ein Name, ein Datum, Initialen. In diesem Fall, wenn Sie genau hinschauen, die Initialen C.H. und die Jahreszahl 1972.«

Professor Xie musterte die Gravur und reichte den Ring dann an Li weiter.

»Wir haben Glück gehabt, dass der Ring nicht ganz geschmolzen ist.« Sie zuckte mit den Achseln. »Das Schicksal hat es gut mit uns gemeint. Jedenfalls ist es drüben jetzt halb elf Uhr nachts, darum konnte ich nicht in der Universität anrufen. Also habe ich das Zweitbeste getan, nämlich mit einem Freund bei der Polizei von Chicago gesprochen. Er ist ins Internet gegangen, wo er das Verzeichnis aller Absolventen der Universität aufgerufen und die Initialen aller Studenten überprüft hat, die 1972 abgeschlossen haben. Es gibt nur einen einzigen chinesischen Namen mit den Initialen C.H.: Chao Heng. Absolvent in mikrobieller Genetik.«

Li ballte die Faust um den Ring, und als er sie ansah, lag in seinen Augen ein Glanz, aus dem möglicherweise ein Anflug von Bewunderung sprach. Sie spürte, wie sie geschmeichelt errötete. Ihr fiel ein Satz ein, den sie vor langer Zeit irgendwo gelesen hatte. Sie wusste, dass es ein chinesischer Satz war. »Frauen tragen die Hälfte des Himmels.« Sie zuckte mit den Achseln, als wäre das nichts Besonderes.

Li zog eine Braue hoch, und sie sah den Schalk aus seinen dunklen Augen blitzen. »Aha«, sagte er. »Sie zitieren Mao Zedong.« Sie nickte. Der hatte das also gesagt. »Natürlich«, fuhr Li fort, »meinte er damit die niedrigere Hälfte des Himmels.«

Einen Augenblick standen sie einander erstarrt gegenüber, dann strahlte ein Grinsen in seinem Gesicht auf. Es war auf unwiderstehliche Weise ansteckend, und sie merkte, wie sie sein Lächeln erwiderte, obwohl sie ihm am liebsten eine runtergehauen hätte. Sie wandte sich an Professor Xie. »Professor, wenn Sie gestatten, würde ich sehr gerne bei der Autopsie assistieren. Bestimmt könnte ich von einem erfahrenen Pathologen wie Ihnen viel lernen.« Nachdem sie ihre Fähigkeiten unter Beweis gestellt hatte, bereitete es ihr keine Magenschmerzen, Professor Xies *Mianzi* wiederherzustellen.

Er reagierte augenblicklich mit einer kleinen, würdevollen Verbeugung. »Es ist mir ein Vergnügen«, sagte er.

V

»Auf über neunzig Prozent des Körpers finden sich ausgedehnte Gewebeschädigungen aufgrund von Hitzeeinwirkung, Verbrennungen vierten oder dritten Grades. Teile der Kopfhaut und praktisch die gesamte Kopfbehaarung sind abgesengt, abgesehen von einem kleinen Bereich auf der linken Seite des Kopfes, wo sich angesengte, feste, gerade schwarze Haare von durchschnittlich drei Zentimetern Länge finden. Die Gesichtszüge sind nicht mehr auszumachen. Die Nase ist absent, ebenso das rechte Ohr. Das linke Ohr ist eingeschrumpft und verkohlt. Die Augen sind nicht zu erkennen. Die Zähne sind teilweise verkohlt, aber in ausgezeichnetem Zustand, es gibt mehrere Amalgamfüllungen und Porzellankronen. Maxilla und Mandibula werden für zukünftige dentale Vergleiche zurückbehalten. Haut und Weichteile der rechten Wange sind verbrannt, und an der rechten Zygoma ist eine verkohlte Bruchstelle zu erkennen. Die Zunge steht leicht heraus; die Spitze ist verkohlt, und rund um den Mund finden sich kleine Spuren von weißem Schaum. Gesichtsbehaarung kann nicht festgestellt werden.«

Da man Lilys Proteste, sie würde hier nicht länger gebraucht, ignoriert hatte, stand sie nun zitternd hinten im Autopsiesaal neben Li und wagte kaum, zu Margaret hinzusehen, die eben eine erste vorläufige Untersuchung des Leichnams vornahm. Margaret maß und wog ab und diktierte ihre Befunde in das Mikrofon, das zu ihrer großen Erleichterung von der Decke herabhing. Das Protokoll der gesamten Prozedur würde später für den Obduktionsbericht transskribiert werden.

Sie und Professor Xie waren zuvor verschwunden, um sich umzuziehen, und in mehrere Lagen Kleidung gehüllt zurückgekehrt; grüne Chirurgen-Anzüge unter Plastikschürzen, die wiederum unter langärmligen Baumwollkitteln steckten. Beide trugen Schutzhüllen aus Plastik über den Schuhen und Duschkappen auf dem Kopf. Li hatte sich im Stillen gefragt, wie Margaret wohl in einem so makabren Beruf gelandet war, während er zugleich mit unwillkürlicher Faszination beobachtete, wie sie erst ihre Handschuhe überstreifte und dann Ärmelschoner aus Kunststoff über die Unterarme schob, um die freie Lücke zwischen Ärmel und Handschuh zu schließen. Über die linke, nicht schneidende Hand hatte sie einen zweiten Handschuh aus Eisengeflecht gezogen und über alles ein zweites Paar Latex-Handschuhe. Die postmortale Verstümmelung eines menschlichen Wesens war ein schmutziges Geschäft.

Noch während beide Chirurgen Gesichtsmasken anlegten und ihre Schutzbrillen aufsetzten, hatten zwei Assistenten Chao Hengs verkohlten Leichnam auf einer Bahre hereingeschoben und ihn anschließend auf den Obduktionstisch gewuchtet. Lily hatte hörbar nach Luft geschnappt. Chao Hengs Oberkörper war immer noch in der Verteidigungsstellung eines Boxers erstarrt, fast als wollte er sich gegen jeden Versuch, ihn aufzuschneiden, zur Wehr setzen. In der kühlen Luft im Autopsiesaal breitete sich augenblicklich ein an verbranntes Grillfleisch erinnernder Gestank aus, ein hinterhältiges Aroma, das über das allzu sensitive Medium der Geruchsnerven bis in die Tiefen der Seele vordrang.

Die Assistenten hatten rund um die Tische und darunter den Boden abgedeckt, um den feinen Kohlestaub aufzufangen, der sich nach Margarets Prophezeiung überall absetzen und im ganzen Raum verteilt werden würde, wenn sie erst hin und her gingen, um die inneren Organe für eine spätere mikroskopische Untersuchung zu sezieren. Obwohl Professor Xie formal die Obduktion leitete, verließ er sich, nun da sein *Mianzi* wiederhergestellt war, auf Margarets größere Erfahrung und bat sie, die Autopsie durchzuführen, während er ihr assistieren würde.

Als sie nun die Füße des Leichnams untersuchte, entdeckte und löste sie ein Stück schwarzes, steifes Material vom linken Fuß. »*Dorsal und an der Sohle des linken Fußes sowie an der Sohle des rechten Fußes finden sich verkohlte Überreste dessen, was Lederschuhe und Teile der Socken gewesen zu sein scheinen. Nichts davon weist Merkmale auf, die eine Identifikation ermöglichen würden, abgesehen davon, dass der linke Schuh dem Anschein nach aus Leder bestanden hat. Die Haut am Dorsum des linken Fußes ist dunkelrot und blasig, und im Bereich der Vena saphena und des Venenbogens sind Einstiche in der Haut auszumachen.*«

Margaret fasste nach oben, schaltete das Mikrophon aus und wandte sich an Li. »Sieht so aus, als könnte unser Mann ein Junkie gewesen sein. Es ist nicht ungewöhnlich, dass sie sich in den Fußrücken spritzen, damit man die Einstiche nicht sieht. Wir können das nachprüfen, indem wir in den Lungenkapillaren nach Spuren von Narkotika suchen. Ein Bluttest wird zeigen, was er gespritzt hat. Wahrscheinlich Heroin.«

»Werden Sie genug Blut und Material für eine Blutprobe finden? Ich meine, ist nicht alles geronnen?« Li war anzuhören, wie sehr ihn seine eigene Frage ekelte.

»Dicht unter der Oberfläche schon. Normalerweise würden wir die Augenflüssigkeit und Blut aus den femoralen Venen in den Oberschenkeln entnehmen, aber das ist *garantiert* gekocht und geronnen. Weiter innen sind die Blutgefäße aber besser geschützt und höchstwahrscheinlich noch intakt. Abgesehen von dem Brandbeschleuniger, mit dem der Körper in Brand gesetzt wurde, gab es nicht viel, um das Feuer in Gang zu halten. Ich glaube also nicht, dass er besonders lang gebrannt hat.«

Die Assistenten drehten die Leiche herum, und Margaret schaltete das Mikrofon wieder ein. »*Am Rücken weist der Rumpf bei äußerlicher Inspektion symmetrische Konturen auf. Die Wirbelsäule ist ohne Asymmetrien. Die Rückenhaut zeigt Verkohlungen, und über dem Latissimus dorsi bilateralis findet sich eine Vielzahl von Stellen mit aufgeplatzter Haut. Am Rücken ist makroskopisch kein Trauma zu erkennen, das auf die Einwirkung von stumpfer oder spitzer Gewalt hinweisen würde.*«

Nachdem die Autopsie-Assistenten den Leichnam wieder auf den Rücken gewendet hatten, schoben sie ein etwa fünfzehn Zentimeter dickes Gummipolster unter den Körper, etwa in Höhe der mittleren Rippen, damit die Brusthöhle besser zugänglich war, und dann nahm Margaret den ersten Y-förmigen Einschnitt vor, wobei sie jeweils an einer Schulter ansetzte, die beiden Schnitte knapp unterhalb des Brustbeins zusammenführte und dann am Nabel vorbei bis zum Schambein weiter schnitt. Sie schälte die Haut und Muskulatur über dem Brustkorb zurück, um die Brusthöhle freizulegen.

»*Die Bindegewebsstruktur an den thorakalen und abdominalen Wänden zeigt diffuse Austrocknungen und Verklebungen mit geplatzter Haut. Alle Organe sind vollständig vorhanden und in regelrechter Position.*«

Professor Xie durchtrennte die Rippen mit einem Gerät, das an eine Gartenschere erinnerte. Das Knacken der Knochen hallte Ekel erregend von den eisigen Kacheln wider. Als er fertig war, wurde das Brustbein abgelöst, um an das Herz heranzukommen. Margaret schnitt den Brustbeutel auf, wobei das herausfließende Blut von den Assistenten aufgefangen und zur Überprüfung in die Toxikologie gebracht wurde. Professor Xie ließ eine Hand in die Aushöhlung gleiten und hob das Herz an, woraufhin Margaret die wichtigsten Blutgefäße durchtrennte, bevor der Professor das Organ entnahm, damit es später gewogen und seziert werden konnte.

Systematisch arbeiteten sie sich durch den ganzen Leib vor, entnahmen dabei die Lungen, den Magen – der wie ein schleimiger, mit Flüssigkeit gefüllter Beutel aussah und dessen stinkender Inhalt zum Zweck einer späteren Untersuchung ausgeleert werden musste –, die Leber, die Milz, die Bauchspeicheldrüse, die Nieren; alles wurde gewogen, überall wurden Blut und Flüssigkeiten zur späteren Untersuchung zurückbehalten.

»Der Magen enthält 125 Gramm an graubraunen, pastigen, halb verdauten Nahrungsrückständen. Medikamentenüberreste sind bei visueller Prüfung nicht zu erkennen. Äthanolgeruch wird nicht festgestellt.«

Schnell und behände legte Margaret nun die Gedärme frei und fing an, mit dem Ende des Duodenums beginnend, den gesamten Darm herauszuziehen, eine Armlänge nach der anderen und immer zu sich her, wobei sie mit dem Skalpell die Schlingen von der Fettdecke löste, mit der sie verklebt waren. Nachdem der gesamte Darm in eine gerade Linie gebracht war, schnitt sie ihn der Länge nach auf, indem sie die Darmwand über die halb geöffnete Schere zog, so als würde sie ein Stück Weihnachtspapier durchtrennen. Der Gestank war beinahe unerträglich. Li und Lily wichen unwillkürlich zurück, so flach wie möglich und ausschließlich durch den Mund atmend. *»Dünn- und Dickdarm werden auf gesamter Länge eröffnet und sind bei makroskopischer Betrach-*

tung unauffällig.« Die Gedärme wurden in einem mit Plastik überzogenen Edelstahl-Eimer entsorgt.

Für eine toxikologische Prüfung wurden Urinproben aus der Blase gezogen, dann untersuchte Margaret Prostata und Hoden, wobei sie von beidem eine Probe nahm, ehe sie die Überreste in den Eimer warf.

Jetzt wandte sie sich dem Hals zu und zog das Hautdreieck oberhalb des Y-förmigen Schnitts über das Gesicht zurück. *»Knochige und knorpelige Strukturen des Halses sind intakt und weisen keine Anzeichen für ein Trauma auf. An der Halsmuskulatur findet sich eine ausgeprägte Hitzefixierung, aber es sind keine nachweisbaren Blutungen in den Muskelsträngen oder den Weichteilen erkennbar.«*

Daraufhin konzentrierte man sich auf den Kopf, wobei unter dem Hals ein Kopfpolster positioniert wurde, um ihn vom Tisch anzuheben. Am Hinterkopf wurde ein bogenförmiger Schnitt ausgeführt, der von einem Ohr zum anderen reichte, danach wurde die Haut über das Gesicht geklappt, um den Schädel freizulegen. Mit einer Handkreissäge durchtrennte einer der Assistenten die Schädelkappe, die anschließend mit einem schmatzenden Geräusch, wie wenn ein Fuß aus dem Schlamm gezogen wird, abgenommen werden sollte, um das Gehirn freizulegen. Margaret hatte die Übrigen ermahnt, Abstand zu halten, solange die Säge durch den Knochen schnitt. »Versuchen Sie, dieses Zeug nicht einzuatmen«, erklärte sie. »Es riecht irgendwie rauchig-süß, aber neuesten Theorien zufolge könnte es HIV- und andere Viren übertragen.«

Sie untersuchte den Schädel. *»Eine Betrachtung der Kopfhaut zeigt ein subgaleales Hämatom auf einer Fläche von 2 auf 3,2 Zentimeter über dem linken Scheitelbein mit einer möglichen Prellung in etwa derselben Ausdehnung in der Kopfschwarte – mit Sicherheit ist Letzteres aufgrund der Hitzeeinwirkung nicht zu bestimmen. Es findet sich eine kleine subdurale Blutung unterhalb des Gebiets der subga-*

lealen Blutung. Nach Ablösung der Dura mater ist eine unregelmäßige Fraktur von 2,6 Zentimetern Länge deutlich sichtbar. An der Bruchstelle finden sich weder Verkohlungen noch Aufwerfungen.«

Danach konzentrierte sie sich darauf, das Gehirn aus dem Schädel zu lösen, indem sie es sanft zu sich herzog und beim Ziehen die verschlungene Oberfläche untersuchte. »*Die Meningen sind leicht getrocknet, aber dünn und durchscheinend. Am linken Scheitelbein findet sich eine kleine Prellung mit einer geringfügigen Blutung.*« Sie knipste das Hirn unterhalb des Nachhirns ab, und es plumpste ihr in die Hand, wo sie es nachdenklich wog. Lily presste die Hand auf den Mund und floh aus dem Raum.

Margaret atmete tief aus und entspannte sich kurz. »Also, abgesehen davon, dass wir die Organe in Scheiben schneiden, können wir im Moment kaum noch was tun. Es wird eine Weile dauern, die permanenten Paraffinpräparate für die mikroskopische Untersuchung vorzubereiten...«

Professor Xie unterbrach sie: »Wenn Sie es wünschen, könnten wir in ungefähr fünfzehn Minuten gefrorene Organproben untersuchen.«

»Sie haben einen Kryostat hier?« Sie konnte ihre Überraschung nicht verhehlen.

Er lächelte. »Dies ist ein modernes Institut, Frau Doktor. Wir hinken den Amerikanern nicht *so weit* hinterher.«

Der Kryostat hatte etwa die Größe einer kleinen Waschmaschine, eine Kurbel an der rechten Seite und ein Fenster oben, durch das man in das eisige Innere schauen konnte, wo konstant minus 22 Grad Celsius herrschten. Margaret ließ Professor Xie liebend gern sein Können demonstrieren und verfolgte, wie er Proben des Lungengewebes und der Haut vom linken Fuß zum Gefrieren vorbereitete. Er presste Tropfen einer geleeartigen Trägermasse in Metallzwingen, die als Haltevorrichtung für das Gewebe dienen würden.

Danach wurden die Gewebeproben auf den Zwingen platziert, die wiederum in ein Gestell im Arbeitsbereich des Kryostats gesetzt wurden. Mit dem Geschick langer Erfahrung drückte der Professor ein Kälteeisen auf die Gewebeproben, um sie zu plätten und einzufrieren.

Li hatte im Lauf der Jahre schon viele Autopsien beobachtet, doch diese Prozedur war ihm neu. Fasziniert beobachtete er, wie der Professor nur wenige Minuten später das gefrorene Lungengewebe aus dem Kühlfach holte und mitsamt den Zwingen zur Schneidevorrichtung gab. Er presste das Gewebe mit aller Kraft gegen die Schneide, drehte an der Kurbel, zog die Probe über die Klinge, die unbestreitbar aussah wie die einer Wurstschneidemaschine, und trennte eine hauchdünne, höchstens wenige Mikrometer dicke Scheibe ab, die auf der Oberfläche einer gläsernen Mikroskop-Platte mit Raumtemperatur landete. Die Probe schmolz augenblicklich. Der Professor betupfte sie mit Hämatoxylin und Eosin und reichte sie dann an Margaret weiter, die sie unter dem Mikroskop untersuchte.

»Die mikroskopische Untersuchung mehrerer Bereiche der Lunge zeigt Granulomata und vielkernige Riesenzellen, die polarisierbares Material enthalten.«

Die Prozedur wurde mit den von Einstichen gezeichneten Hautproben vom linken Fuß wiederholt. Margaret schob die Brille in die Stirn. »Das Gleiche«, stellte sie fest.

»Und das bedeutet?«, fragte Li.

»Heroinabhängige zermahlen oft auch andere Betäubungsmittel aller Art und injizieren das Pulver so, wie sie Heroin injizieren. Partikel der Pillenmasse verfangen sich in den winzigen Lungenkapillaren und dem umgebenden Lungengewebe. Wo diese Partikel hängen bleiben, sind sie von entzündlichen Zellen umgeben. In der Lunge dieses Mannes ist dies ebenso deutlich zu erkennen wie rund um die Einstichstellen in seinem Fuß.«

»Und was sagt uns das?«

»Nichts, nur dass er wahrscheinlich heroinabhängig war.«

»Und die Todesursache?«

»Wie wir alle gedacht haben. Extensive äußere thermische Verletzungen. Er ist verbrannt.«

»Sie haben etwas von einer Prellung, von Blutungen und einer Fraktur des Schädels gesagt... Was hatte das zu bedeuten?«

»Das bedeutet, dass ihm jemand einen stumpfen Gegenstand über den Schädel geschlagen hat. Nicht fest genug, um ihn zu töten, aber mit ziemlicher Sicherheit hat der Schlag sein Bewusstsein getrübt, oder er hat es ganz verloren.«

Li war verblüfft. »Und die Verletzung könnte kein Unfall oder selbst zugefügt sein?«

Sie meinte abwertend: »O nein, das glaube ich nicht. Mit einer solchen Verletzung wäre er bestimmt nicht in der Verfassung gewesen, herumzuspazieren und sich Feuer unter dem Hintern zu machen. Und soweit ich gehört habe, hat man ihn in der Lotus-Position aufgefunden. Er ist also auch nicht umgekippt und hat sich irgendwo den Kopf aufgeschlagen, nachdem er in Flammen aufgegangen ist. Ich glaube, man hat ihm einen Schlag auf den Kopf versetzt und ihm dann ein Betäubungsmittel verabreicht.« Sie hielt inne. »Sagt Ihnen der Begriff ›Special K‹ etwas?« Li runzelte die Stirn; er konnte eindeutig nichts damit anfangen. Sie lächelte. »So heißt das Zeug jedenfalls auf der Straße. Eine Droge namens Ketamin. In den Vereinigten Staaten hat man sie früher als Anästhetikum eingesetzt. Das Mittel hatte allerdings ziemlich eklige halluzinogene Nebenwirkungen. Ich nehme stark an, in den Ergebnissen der Blutuntersuchung wird stehen, dass man ihm entweder Ketamin oder eine ausgesprochen hohe Dosis Heroin injiziert hat. Auf diese Weise war er weniger widerspenstig und viel handsamer.«

»Wollen Sie damit sagen, er hat sich nicht selbst umgebracht?« Li war fassungslos.

»Suizid? Nein, gewiss nicht. Dieser Mann wurde ermordet.«

3. KAPITEL

I

Dienstagnachmittag

Sie standen im Freien und blinzelten gegen die Sonne an – ein vollkommen anderes Licht als das der grellen Scheinwerfer, die das unterirdische Halbdunkel des Autopsiesaals erhellten. Margaret setzte ihre Sonnenbrille auf. Lily war nach ihrer überstürzten Flucht auf die Toilette noch nicht wieder aufgetaucht, darum standen Li und Margaret unschlüssig beieinander, ohne zu wissen, wie sie ihre gemeinsame Arbeit zum Abschluss bringen sollten. Beide waren eigenartig zögerlich, sich zu verabschieden. Die gemeinsam erlebte, ebenso traumatische wie erhellende Erfahrung, einen anderen Menschen zu sezieren, wirkte in gewisser Weise verbindend, da es allen Beteiligten die eigene Sterblichkeit intensiv vor Augen führte.

Margaret sah die Straße hinauf und hinunter. »Haben Sie Ihren Wagen vor der Verwaltung stehen lassen?«

»Nein, der Chef ist damit zurückgefahren. Ich nehme den Bus.«

»Den Bus?« Margaret traute ihren Ohren nicht. »Das Budget der Polizei müsste doch eine Taxifahrt erlauben.«

Er zuckte mit den Achseln. »Mir macht es nichts aus, mit dem Bus zu fahren.«

»In dieser Hitze? Ich habe die Busse in der Stadt gesehen. Die sind bis obenhin voll gepackt. Da finden Sie höchstens einen Stehplatz. Wie weit müssen Sie denn fahren?«

»Bis ans andere Ende von Peking.«

Lily tauchte, wesentlich blasser als zuvor, wieder auf. Die intensive Erfahrung der eigenen Sterblichkeit hatte sich bei ihr dadurch bemerkbar gemacht, dass sie ihren Magen geleert hatte. »Lily«, sagte Margaret barsch, »ich muss zusammen mit dem Stellvertretenden Sektionsvorsteher Li zur Sektion Eins fahren.« Sie wedelte abwehrend mit der Hand. »Papierkram erledigen.« Sie hielt inne. »Ich brauche Sie also nicht mehr.«

»Das nicht möglich, Doctah Cambo.« Lily plusterte sich entrüstet auf. »Wie Sie kommen zurück nach Universität? Ich hole Auto und bringe Sie.«

»Das habe ich mir gedacht.« Margaret lächelte Lily zuckersüß nach, die in Richtung Verwaltungsgebäude davonmarschierte, um ihr Auto zu holen. »Kann ich Sie mitnehmen?«

Li schenkte ihr ein sprödes Lächeln, denn er hatte nur zu gut mitbekommen, wie sie Lily eben manipuliert hatte. »Das ist wirklich nicht nötig.«

»Oh, ich bestehe darauf. Ich habe heute keine Vorlesungen mehr, und es würde mich sehr reizen, die Einsatzzentrale des Polizeidezernats für Kapitalverbrechen in Peking kennen zu lernen. Bestimmt hätte Sektionsvorsteher Chen nichts dagegen einzuwenden.«

Während der endlosen Fahrt quer durch die Stadt hatte Margaret reichlich Zeit, ihre impulsive Einladung zu bereuen. Lily saß vorne bei der Fahrerin, und Margaret saß hinten neben Li, in beklommenem Schweigen und jeder in seine Ecke gepresst, sodass auf dem Platz zwischen ihnen problemlos eine dritte Person hätte sitzen können. Nach dem Adrenalinrausch am Morgen verzehrten sich ihr Körper und ihr Geist wieder nach Schlaf, und sie merkte, dass sie immer öfter blinzeln musste, um wach zu bleiben. Eigentlich, ging ihr auf, hätte sie in ihr Hotel zurückfahren und den restlichen Tag verschlafen sollen. Schließlich war es daheim Zeit zum Schlafengehen. Doch andererseits, redete sie sich ein, würde ihre innere Uhr sich in diesem Fall nie an die Pekinger Zeit angleichen.

Li bedauerte aus ganz anderen Gründen, Margarets Angebot angenommen zu haben. Nun würde er sie mit in sein Büro nehmen müssen. Schon jetzt konnte er die feixenden Gesichter vor sich sehen und die geflüsterten Kommentare auf seine Kosten hören. Und ihm war klar, dass er es nicht schaffen würde, seine Verlegenheit zu überspielen. Dazu errötete er zu leicht. Trotzdem bewies es die wachsende Zwiespältigkeit, die er ihr gegenüber empfand, dass er sich beinahe auf die Gelegenheit freute, ihr seinen Status und seine Autorität zu demonstrieren.

Sie näherten sich der Sektion Eins aus dem Westen über die Beixinqiao Santiao und kamen dabei an der Hausnummer fünf vorbei, einem eindrucksvollen Bau mit farbenfrohen Mosaikmustern an der Fassade und traditionell geschwungenen Dachtraufen. Die marmornen Torpfosten wurden von den allgegenwärtigen Löwen bewacht. »Was ist das für ein Gebäude?«, fragte Margaret, als es an ihrem Fenster vorüberglitt.

»Hotel für Überseechinesen«, antwortete Li.

Margaret zog die Stirn in Falten. »Heißt das, sie haben ihre eigenen Hotels?«

»Manche Überseechinesen glauben, sie seien besser als wir armen Festländer«, bestätigte Li. »Sie glauben, ihr Geld würde sie zu etwas Besonderem machen.« Seiner Meinung nach wurde den Überseechinesen, die zum Teil schon in der zweiten oder dritten Generation im Ausland lebten und von so unterschiedlichen Orten wie Singapur oder den Vereinten Staaten heimkehrten, um ihre armen Verwandten mit Geld und Geschenken zu überhäufen, zu viel Ehrerbietung entgegengebracht. Natürlich hatten sie viele Jahre lang einen wichtigen Beitrag zur chinesischen Wirtschaft geleistet, indem sie ihren Verwandten in China Geld geschickt hatten. Aber die Zeiten hatten sich geändert. Und zwar so grundlegend, dass viele dieser Exilchinesen aufgrund der rasanten Veränderungen im ökonomischen und politischen Klima endgültig heimkehrten. China selbst war ein Land der unbegrenzten Möglichkeiten geworden, ein Ort, an dem man Geld verdienen konnte.

Als sie an der mit roten Ziegeln gedeckten Fassade des Arche-Noah-Restaurants zu ihrer Rechten vorbeikamen, starrte Li angestrengt durch die Schaufenster, in der Hoffnung, dass einige seiner Kollegen zu dieser Tageszeit ein schnelles Mittagessen einnahmen – und damit weniger über seine erzwungene Zusammenarbeit mit der *Yangguizi* kichern konnten. Doch das Restaurant war wie leer gefegt. Er seufzte.

Hätte Margaret erwartet, das Hauptquartier der Sektion Eins sei in einem eindrucksvollen Prachtbau untergebracht, dann hätte sie das unauffällig hinter den Bäumen kauernde, unscheinbare Backsteingebäude bestimmt enttäuscht. Von der Straße aus deutete nicht das Geringste darauf hin, dass sich hier das Pekinger Nervenzentrum des Kampfes gegen das Kapitalverbrechen befand. Nur ein gut informierter und genau beobachtender Passant hätte bemerkt, dass die Nummernschilder der vielen unauffälligen Autos, die auf der Straße parkten, mit jenem chinesischen Schriftzeichen begannen, das für das Wort *Hauptstadt* stand, und dass diesem Schriftzeichen immer eine Null folgte – das Kennzeichen aller Pekinger Polizeiautos. Li führte Margaret, der Lily folgte, durch einen Seiteneingang ins Haus und ins oberste Stockwerk hinauf. Zu seinem großen Verdruss war das Büro für die Kriminalbeamten voller Kommissare, die mit Stäbchen in ihren mitgebrachten Reis- und Nudelmahlzeiten wühlten und auf deren Schreibtischen Krüge mit grünem Tee standen. Bei seinem Eintritt breitete sich eine undefinierbare, erwartungsvolle Aura im Raum aus, in der sämtliche Gespräche verstummten, und zwar noch bevor Margaret in der offenen Tür erschien. Ihr Auftritt schien die bereits angespannte Atmosphäre zusätzlich aufzuheizen. Lis Kollegen setzten sich verlegen auf und rätselten ganz offenkundig, wer sie wohl war und warum sie hier war. Doch Li war fest entschlossen, cool zu bleiben.

»Qian«, sagte er, »wir haben unser Opfer identifizieren können. Der Mann heißt Chao Heng und hat 1972 an der Universität von Wisconsin einen Abschluss in...«, er warf einen Blick auf den Zettel in seiner Hand, »...mikrobieller Genetik gemacht. Was immer das auch sein mag. Als Nächstes müssen wir uns seine Adresse besorgen und so viel wie möglich über ihn herausfinden. In Ordnung?«

Qian saß beinahe in Habachtstellung. »Ich bin schon dran, Chef.« Damit griff er nach dem Hörer. Doch er zögerte kurz, bevor er zu wählen begann, weil er wie alle anderen im Raum nicht verpassen wollte, wie Li die Tür zu seinem Büro öffnete. Vereinzelt war ein leises, unterdrücktes Kichern zu hören, als Li wie angewurzelt stehen blieb und auf die bizarre Gestalt eines Alten mit langen, fransigen weißen Haaren und einem ebenso langen silbernen Bart starrte. Der Alte trug einen schwarzen Anzug, der eindeutig an einen Pyjama erinnerte, und saß im Schneidersitz auf Lis Schreibtisch. Margaret streckte den Kopf hinter Li hervor, um festzustellen, was wohl solche Heiterkeit erregte.

»Was zum Teufel...« Li sah den Alten fassungslos an und hörte nur zu deutlich das kaum mehr unterdrückte Gelächter in seinem Rücken. Lily war ebenfalls ins Zimmer getreten und starrte den Alten mit offenem Mund an.

»Wer ist das?«, fragte Margaret schließlich, verblüfft über die bizarre Szene, die sich vor ihren Augen abspielte.

»Keine Ahnung«, sagte Li. Und auf Chinesisch zu dem Alten: »Möchten Sie mir vielleicht erklären, was Sie in meinem Büro machen?«

Das Lachen aus dem Vorraum wurde lauter, als der Alte aus tiefer Kontemplation erwachte und Li das weise, tiefernste Gesicht zuwandte. »Schlechtes *Fengshui*«, sagte er. »Se-ehr schlechtes *Fengshui*.«

»*Fengshui*?«, wiederholte Margaret, die den Begriff wiedererkannt hatte. »Das kenne ich.«

Li drehte sich erstaunt zu ihr um. »Wirklich?«

»Klar. Das ist das neueste Hobby aller Mittelklasse-Amerikaner, die mit ihrer Zeit nichts Besseres anzufangen wissen. Eine Freundin hat mich mal zu einem Vortrag mitgeschleift. Die Balance von Yin und Yang und der Fluss des *Ch'i* und all so was. Die Spiritualität von Architektur und Inneneinrichtung.« Sie hielt inne. »Wer ist dieser Kerl?«

»Ganz offensichtlich ein *Fengshui*-Experte«, antwortete Li mit zusammengebissenen Zähnen.

»Und… er gehört mit zu Ihrem Job, wie?«

Li sah Margaret wütend an, wurde aber gleich darauf durch das mittlerweile offene Gelächter seiner Kollegen abgelenkt. Er richtete seinen Zornesblick auf die Männer, womit er das Gelächter ein wenig dämpfte, dann wandte er sich wieder dem *Fengshui*-Mann zu. »Was machen Sie in meinem Büro?«, wiederholte er, obwohl er die Antwort bereits wusste.

Als der *Fengshui*-Mann seine Vermutung bestätigte, verließ ihn jeder Mut: »Ihr Onkel Yifu hat mich gebeten, Ihr *Fengshui* zu richten. Er macht sich Gedanken wegen Ihres Büros. Und er hat Recht damit. Se-ehr schlechtes *Fengshui*.«

Kommissar Wu schob sich respektvoll mit einem ernsten Nicken an Margaret vorbei und tauchte an Lis Schulter auf. Er schob die Sonnenbrille in die Stirn. »Der Chef möchte Sie sprechen, Chef.«

»Was?«

»Sobald Sie zurück sind, hat er gesagt. Ich könnte mir vorstellen, dass er sich Sorgen um Ihr... *Fengshui* macht.« Dann konnte er seine ernste Miene nicht länger aufrechterhalten.

Lis Lippen pressten sich zu einem entschlossenen Strich zusammen. »Entschuldigen Sie mich«, sagte er zu Margaret und drängte sich an ihr vorbei in den Gang.

Am anderen Ende des Ganges klopfte er an eine Tür und betrat Chens Büro. Als Chen von seinem Schreibtisch aufsah, verdüsterte sich sein Gesicht. »Schließen Sie die Tür«, befahl er knapp. »Was tut dieser Mann in Ihrem Büro?«

»Es ist ein *Fengshui*-Mann«, erwiderte Li ohne jede Hoffnung.

»Ich weiß, was er ist.« Chen musste sich beherrschen, um nicht zu schreien. »Was *tut* er hier?«

Li seufzte. »Mein Onkel Yifu hat ihn geschickt.«

Chen ließ sich in seinen Sessel zurückfallen und stöhnte frustriert auf. »Das hätte ich mir eigentlich denken können.«

»Bitte entschuldigen Sie, Chef, ich hatte wirklich keine Ahnung...«

»Sie wissen, dass die Ausübung von *Fengshui* in öffentlichen Einrichtungen nicht gutgeheißen wird. Schmeißen Sie ihn raus. Sofort.«

»Ja, Chef.« Li wandte sich zur Tür um, blieb aber stehen, eine Hand am Türknauf. Dann drehte er sich noch einmal um. »Ach übrigens. Der Selbstmord im Park. Ist ein Mord.«

Als er wieder im Dienstraum der Kommissare ankam, schien Margaret in ein angeregtes Gespräch mit der gesamten Belegschaft vertieft, wobei Lily ihr als Dolmetscherin diente. Li schloss für einen Augenblick die Augen und wünschte sich sehnlichst, woanders zu sein. »Hey, Chef«, empfing ihn Wu, »die Lady ist absolut fit. Lily erzählt uns gerade, wie sie die Leiche aus dem Park identifiziert hat.«

Margaret hockte auf einem der Schreibtische und wirbelte

zur Tür herum. »Das sind ja wirklich nette Jungs, die da für Sie arbeiten, Stellvertretender Sektionsvorsteher Li.«

»Li Yan«, korrigierte Li. »Ich heiße Li Yan.« Und er spürte, wie ihm das Blut in die Wangen stieg, bis er rot war bis unter die Haarwurzeln. Er fragte sich, ob dieser Tag überhaupt noch schlimmer werden konnte, und eilte in sein Büro. Der *Fengshui*-Mann stand in der Mitte des Zimmers und machte sich Notizen. »Verzeihen Sie, aber Sie müssen jetzt gehen«, sagte Li.

Der Alte nickte weise. »Ich weiß«, sagte er. »Ich werde hierüber noch reichlich nachdenken müssen.« Er deutete auf den Aktenschrank an der Wand neben der Tür. »Dieser Schrank sollte nicht dort stehen. Er verhindert, dass sich die Tür ganz öffnen lässt. Die Tür muss sich bis ganz zur Wand öffnen. In dem freien Platz hinter einer Tür sammelt sich negatives *Chi*, außerdem kann man nicht den gesamten Raum überblicken, wenn man eintritt.« Er schüttelte den Kopf und drehte sich zum Fenster um. »Das Fenster ist blockiert. Das engt den Blick ein. Und verbaut viele Möglichkeiten.« Er klopfte auf den Tisch. »Sind Sie Rechts- oder Linkshänder?«

Li seufzte. »Rechtshänder. Warum?«

»Dann müssen wir den Schreibtisch umstellen. Das Licht darf nicht von der Seite mit der schreibenden Hand einfallen. Und es fehlt hier drinnen an Wasser und frischem Grün.« Er deutete auf die abgestorbenen Pflanzen, die in vergammelten Töpfen auf dem Fensterbrett standen. Sie hatten einst Lis Vorgänger gehört, doch seit seinem Tod hatte sie niemand mehr gegossen. »Das ist ganz schlechtes *Fengshui*. Und wir sollten uns etwas wegen der Farbe der Wände überlegen...«

Li nahm ihn sanft am Arm. »Die Farbe der Wände gefällt mir ganz ausgezeichnet. Jetzt müssen Sie aber wirklich gehen.«

»Morgen komme ich mit meinem Plan zurück.«

»Ach, machen Sie sich deswegen keine Gedanken. Ich spreche heute Abend mit meinem Onkel darüber.«

»Ihr Onkel ist ein sehr guter Freund von mir. Ich stehe tief in seiner Schuld.«

»Bestimmt.«

Als Li ihn in den Gang führte, blickte der Alte ein letztes Mal zurück. »Schlechtes *Fengshui*«, wiederholte er. »Se-ehr schlechtes *Fengshui*.«

Li trat wieder in das große Büro, wo ihn alle, Margaret eingeschlossen, mit einem mühsam verkniffenen Grinsen erwarteten.

»Wie dem auch sei«, sagte Margaret, »ich glaube, es ist allmählich Zeit, dass Sie mich zum Essen einladen, meinen Sie nicht auch?«

»Sie hat ihm gerade gesagt, er muss sie zum Essen einladen«, übersetzte Lily eilig den Übrigen, und alle warteten gespannt, wie Li wohl reagieren würde. Er saß in der Falle. Sie hatte seinem Chef eben einen großen Gefallen erwiesen und dadurch indirekt auch ihm. Die Etikette des *Guanxi* erforderte es, dass er den Gefallen erwiderte. Und ein Mittagessen war ein ausgesprochen kleiner Preis dafür. Nur dass ihn seine Kollegen das kaum so schnell vergessen lassen würden. Er fummelte die Taschenuhr aus dem kleinen Lederbeutel, der an seinem Gürtel baumelte, und warf einen Blick darauf.

»Ich habe nicht viel Zeit, und es ist schon spät«, meinte er hilflos.

Lily flüsterte die Übersetzung. »Ach, kommen Sie, Chef«, sagte Wu. »Sie können der Dame doch wenigstens ein Mittagessen spendieren.«

Das brauchte Margaret sich nicht übersetzen zu lassen. »Irgendwas Schnelles. Ein Hamburger reicht vollkommen.«

Li wusste, dass ihm jeder Fluchtweg versperrt war, und in seinem Kopf begann sich ein winziger, hinterhältiger Gedanke zu formen. »Also gut. Ich wüsste da schon was.«

»Ich sage der Fahrerin, sie soll Auto bringen.« Lily war bereits auf dem Weg zur Tür.

»Das wird nicht nötig sein«, erwiderte Li schnell. »Ich nehme einen von unseren Wagen. Wir treffen uns in einer Stunde hier.« Dann hielt er Margaret die Tür auf.

Lily sah ihn finster an, da es ihr gar nicht gefiel, von diesem Ausflug ausgeschlossen zu werden, doch es stand ihr nicht zu, ihm zu widersprechen.

»*Bye-bye*«, rief Wu ihnen auf Englisch nach.

Margaret blieb in der Tür stehen und mühte sich ab, die fast verblasste Erinnerung an jene eine Stunde im Flugzeug wieder aufleben zu lassen, die sie mit einem Sprachführer verbracht hatte. »*Zai jian*«, antwortete sie schließlich, womit sie Gelächter und Beifall auslöste und die übrigen Beamten in einen Chor von »*Bye-byes*« ausbrechen ließ.

II

Auf der Straße führte Li sie zu einem dunkelblauen Pekinger Jeep, und sie fuhren auf dem Dongzhimennei-Boulevard in Richtung Südwesten. Die ersten Minuten saßen sie schweigend nebeneinander, während er sich ganz und gar auf den tumultartigen Verkehr zu konzentrieren schien. Schließlich sah Margaret ihn an und meinte: »Lily hat mir übersetzt, Ihre Kollegen hätten erzählt, dass Ihr Onkel den *Fengshui*-Mann geschickt hat.«

»Ja.« Li hatte keine Lust, sich über dieses Thema auszulassen, doch Margaret ließ nicht locker.

»Es wird heutzutage also nicht überall in China praktiziert? *Fengshui*?«

Li zuckte mit den Achseln. »Vielleicht. Aber nicht offiziell. Ich verstehe nicht viel davon.«

»Wie schade. Denn schließlich haben die Chinesen es erfunden. Das Seminar, an dem ich teilgenommen habe, wurde von einer amerikanischen Chinesin geleitet. Sie hat uns erklärt, die Grundlagen beruhten ursprünglich auf der uralten chinesischen Religion des Taoismus.«

»Was weiß eine amerikanische Chinesin schon über den Taoismus?« Li kochte vor Wut.

»Offenbar mehr als Sie.«

Li verlieh seinem Ärger Ausdruck, indem er grimmig einen Radfahrer anhupte. »Der Taoismus«, begann er, »wird von dem Wort *Tao* abgeleitet und bedeutet eigentlich ›der Weg‹. Er lehrt, dass jeder Mensch in der natürlichen Ordnung der Dinge einen Platz für sich finden muss, der sich nicht störend auf den Ablauf des Ganzen auswirkt. Wenn wir unseren zugewiesenen Platz in der Welt annehmen, achten wir aufmerksamer auf die Konsequenzen unserer Taten, denn auf jede Aktion folgt eine Reaktion, und alles, was wir tun, wirkt sich irgendwie auf unsere Umwelt aus.«

Margaret war nicht nur überrascht über diese unvermittelte und unerwartete Erläuterung einer jahrhundertealten Philosophie, sie zog auch zum ersten Mal die Verbindung zu dem, was Bob ihr zu erklären versucht hatte; über die chinesische Gesellschaft und die Art, wie sich dieses Verständnis im Rechtssystem niederschlug; dass das Individuum sich den Interessen des großen Ganzen unterzuordnen hatte; die Erkenntnis, dass kein Mensch allein auf dieser Welt lebt, dass wir alle voneinander abhängig sind.

Fast als hätte er ihre Gedanken gelesen, fuhr Li fort: »Natürlich ist das keine ausschließlich chinesische Philosophie. Sie drückt sich auch in vielen westlichen Gedanken aus. ›Kein Mensch ist eine Insel ganz für sich allein; jeder Mensch ist ein Stück des Kontinents, ein Teil des Festlandes…‹«

Wie von selbst fielen Margaret die Zeilen aus ihrem Englischunterricht wieder ein. »›Der Tod eines jeden Menschen macht mich geringer, denn ich bin mit der ganzen Menschheit verbunden; darum schick nie jemand aus zu fragen, wem die Stunde schlägt; denn sie schlägt dir.‹«

»Natürlich hat John Donne das im England des siebzehnten Jahrhunderts geschrieben«, sagte Li. »Aber trotzdem wurde er zweifellos von viel älteren chinesischen Gedanken inspiriert.«

Margaret konnte ihre Verblüffung kaum verhehlen. »An der Volksuniversität hat man Ihnen bestimmt nichts über John Donne beigebracht.«

Li lachte angesichts dieser Vorstellung. »Nein.«

»In der Schule?«

Er schüttelte den Kopf. »Es war mein Onkel Yifu. Er hat an der amerikanischen Universität in Peking studiert, bevor 1949 die Kommunisten an die Macht kamen. Man hat ihm angeboten, ein Aufbaustudium in Cambridge, in England, anzuschließen. Aber er wollte lieber hier bleiben und helfen, das neue China aufzubauen.« Ein kaum wahrnehmbarer Schatten huschte über sein Gesicht. »Man könnte sagen, mein Onkel ist der Fleisch gewordene Taoismus.«

»Und wie hat er geholfen, ›das neue China‹ aufzubauen?« Margaret war skeptisch.

Aber das fiel Li nicht auf. In Gedanken war er an einem anderen Ort, in einer anderen Zeit. »Er wurde Polizist.«

»Was?«

»Man hielt ihn für einen ›Intellektuellen‹. Und damals war das kein Kompliment. Freidenker waren gefährlich. Er meldete sich also freiwillig zur Polizei und ging nach Tibet.«

Margaret stieß die Luft zwischen den zusammengepressten Lippen aus. »Das nenne ich einen Karrieresprung. Vom Aufbaustudenten in Cambridge zum Wachtmeister in Tibet.«

Li sah die Sache philosophisch. »So war damals eben der Lauf der Welt. Er und seine Frau wanderten von ihrer Heimat in Sichuan nach Tibet.«

»Wanderten!« Margaret konnte es kaum glauben.

»Damals gab es nur wenige Straßen über die Berge zum Dach der Welt. Sie waren drei Monate unterwegs.«

Das kam Margaret unglaublich vor. Das Einzige, was ihr als Vergleich einfiel, war der wagemutige Zug durch die Vereinigten Staaten nach Westen, den die Pioniere Anfang des neunzehnten Jahrhunderts angetreten hatten. Dies hier lag allerdings nicht einmal fünfzig Jahre zurück.

»1960 hat man ihn nach Peking zurückgeholt«, fuhr Li fort. »Als er sich vor fünf Jahren zur Ruhe gesetzt hat, hatte er es bis zum Polizeirat gebracht und war Chef der Stadtpolizei Peking. Ich lebe mit ihm in einer Wohnung, seit ich an die Volksuniversität für Öffentliche Sicherheit gekommen bin.«

Er hätte gern gewusst, ob Margaret daraus ersehen konnte, wie schwer es für ihn gewesen war, in die Fußstapfen eines so berühmten Onkels zu treten. Fußstapfen, die stets zu groß und deren Schritte viel zu lang für ihn gewesen waren. Falls es ihm durch irgendein Wunder gelingen sollte, sie eines Tages auszufüllen und mit ähnlichen Schritten voranzumarschieren, dann würde man ihm bestimmt vorhalten, er hätte die Schuhe seines Onkels überlassen bekommen. Er konnte einfach nicht gewinnen.

Inzwischen fuhren sie auf der nördlichen Xidan Beidajie nach Süden, wo Li kurz vor der Kreuzung mit dem Boulevard Xichang'an Jie den Wagen am Bordstein vor einem farbenfrohen Restaurant mit rot-grün gestreiften Wänden und gelben Markisen abstellte. Ein erhöhter doppelseitiger Eingang führte unter einem grün gedeckten, geschwungenen Vordach hinauf in ein Selbstbedienungsrestaurant im Erdgeschoss. Auf der Straße, wo unter den Bäumen dicht an dicht und Reihe um Reihe Fahrräder geparkt waren, boten fliegende Händler alle nur erdenklichen Waren an: Gesichtsmasken mit ausfahrenden und wieder einrollenden Schnurrbärten; Nylonstrümpfe, die niemals reißen oder Laufmaschen bekommen würden, nicht mal, wenn man sie mit einer Nadel traktierte. Eine alte Frau hockte hinter einer Waage, auf der man sich für eine Hand voll *Jiao* wiegen lassen konnte. Die fliegenden Händler zogen haufenweise Kunden an, die sich allerdings gerne ablenken ließen, um die blondhaarige, blauäugige *Yangguizi* zu begutachten, die da mit einem jungen Chinesen aus dem Auto stieg. Margaret machte der Aufruhr verlegen, und sie spürte nicht zum ersten Mal, dass die Chinesen keinerlei Scheu hatten, sie mit großen Augen anzustarren.

»*Tianfu Douhua Zhuang*«, sagte Li.

»Verzeihung?«

Er ließ sie die Stufen hinauf vorangehen. »So heißt das Restaurant. *Tianfu* bedeutet ›Land des Überflusses‹, womit meine Heimatprovinz Sichuan gemeint ist. *Douhua Zhuang* bedeutet ›Tofu-Dorf‹. Das Essen ist ganz ausgezeichnet.«

Im Erdgeschoss drängten sich die späten Mittagsgäste an großen Gemeinschaftstischen. An allen Wänden waren unter Glasvitrinen Schüsseln mit vorgekochten Gerichten aufgereiht, während an der Tür die Kunden Schlange standen, um eine Portion Nudeln mitzunehmen. Li nickte zur Treppe hin. »Im ersten Stock gibt es ein richtiges Restaurant mit einer größeren Speisekarte, aber wir sind zu spät dran, um noch Mittag zu essen. Hier gibt es eigentlich nur kleine Gerichte, aber die sind sehr gut. Okay?«

»Na klar.« Margaret kam sich angesichts der fremdartigen Atmosphäre ein wenig verloren vor. »Aber Sie suchen was für mich aus. Mir sagt das alles nichts.«

»Gut. Mögen Sie Nudeln?« Sie nickte, und er holte ihnen jeweils eine Schüssel mit Nudeln. Dann spazierten sie an den Vitrinen vorbei, wo Li die unterschiedlichsten Gerichte auswählte: gekochten Tofu mit Soße, Won-tons, Fleischspieße, eingelegtes Gemüse, süße Klöße. Alles schwamm in würzigen Soßen. Li besorgte ihnen je ein Bier, zahlte und führte sie dann an zwei freie Plätze an der Ecke eines dicht besetzten Tisches. Die Gespräche um sie herum kamen kurzzeitig zum Erliegen, neugierige Gesichter glotzten sie an, doch gleich darauf setzte das allgemeine Geplapper wieder ein, und Li und Margaret blieben zu ihrer Erleichterung sich selbst überlassen.

»Und...« Margaret wollte zu gern das Gespräch von vorhin wieder aufgreifen. »Wohnen Sie immer noch bei Ihrem Onkel und Ihrer Tante?«

»Nein. Nur bei meinem Onkel. Meine Tante ist gestorben, bevor ich nach Peking kam. Ich habe sie kaum gekannt. Mein Onkel hat ihren Verlust nie wirklich verwunden.«

Margaret beobachtete Li aufmerksam und nahm sich von den Schüsseln, aus denen er sich selbst eben bedient hatte. Das Essen schmeckte ausgezeichnet, doch schon nach wenigen Augenblicken hatte sich das milde Brennen in ihrem Mund in eine alles verzehrende Hitze verwandelt. Sie schnappte nach Luft. »Mein Gott, ist das scharf!« Sie griff nach ihrem Bier und leerte fast das halbe Glas in einem einzigen Zug. Doch dann sah sie auf und entdeckte das heimliche Lächeln, das um Lis Lippen spielte.

»In Sichuan«, erklärte er, »wird immer scharf gekocht. Es schmeckt gut, ja?«

Inzwischen spürte sie Hitzewallungen, ihr Gesicht war mit Sicherheit knallrot, und der Schweiß stand ihr auf der Stirn. Ihre Augen wurden schmal. »Sie haben mich absichtlich hierher geschleift, nicht wahr? Sie *wollten*, dass ich mir den Mund verbrenne.«

Lis Überheblichkeit erboste sie noch mehr. »Dies ist die Küche meiner Heimat«, verkündete er. »Ich dachte, es würde Ihnen gefallen, sie einmal zu probieren. Mir war nicht klar, dass Ihr zarter amerikanischer Gaumen so... empfindlich reagieren würde.«

Sie sah ihn wutentbrannt an. »Sie sind durch und durch ein Schwein, Li Yan, wissen Sie das?«

Er spürte einen freudigen Schauer, nicht nur, weil er seinen Namen von ihren Lippen hörte, sondern auch, weil sie ihn nicht vergessen hatte. Sie nahm den nächsten Schluck Bier, und er bekam Mitleid mit ihr. »Nein, nein.« Er nahm ihr das Glas ab. »Trinken hilft nichts.« Er holte einen Zuckerbeutel aus der Tasche und reichte ihn ihr. »Das hier hilft.«

»Zucker.«

»Genau. Damit hört das Brennen auf.«

Immer noch misstrauisch, öffnete sie das Säckchen und leerte den Inhalt in ihren Mund. Wie durch ein Wunder löste sich mit dem Zucker auch der Brand in Süße auf. »Tatsächlich«, bestätigte sie überrascht.

Li lächelte. »Scharf und süß. Auch hier findet man das Gleichgewicht der Gegensätze. Yin und Yang. Wie beim *Fengshui*.«

»Ich dachte, Sie hätten keine Ahnung von *Fengshui*«, erwiderte Margaret misstrauisch.

»Ich kenne mich nicht in der Praxis aus. Aber ich begreife die Prinzipien.« Er stopfte sich noch mehr scharfe Speisen in den Mund.

»Wie können Sie das nur essen?«, fragte Margaret. »Brennt es bei Ihnen denn nicht?«

»Ich bin daran gewöhnt. Wenn Sie jetzt weiteressen, werden Sie feststellen, dass es längst nicht mehr so stark brennt und dass Sie wesentlich mehr schmecken können. Und nehmen Sie bei jedem Bissen ein paar Nudeln dazu.«

Zaghaft befolgte sie seinen Rat, und zu ihrer Verblüffung kam ihr das Essen plötzlich nicht mehr so scharf vor wie zuvor. Trotzdem aß sie nun entschieden vorsichtiger und trank immer wieder einen Schluck Bier. »Wo haben Sie eigentlich so gut Englisch gelernt? In der Schule?«

»Nein. In der Schule hatten wir kein Englisch. Mir hat mein Onkel Yifu beigebracht, Englisch zu sprechen. Er hat immer gesagt, es gibt nur zwei Sprachen auf der Welt, die sich zu sprechen lohnen. Die erste ist Chinesisch, die zweite Englisch.«

Unwillkürlich fiel Margaret auf, wie warm sein Blick wurde, wenn er von seinem Onkel sprach, und sie erkannte beinahe erschrocken, dass sie sein Gesicht nicht länger als chinesisch oder irgendwie andersartig wahrnahm. Inzwischen war es ihr einfach vertraut, ein bekanntes Gesicht, ein Gesicht, das ihr nicht einmal mehr hässlich vorkam, weil die Augen eine attraktive, düstere Tiefe hatten.

»Er hat mich jeden Tag zehn Worte lernen lassen«, erzählte Li, »und ein Verb dazu. Und er hat mich abgefragt und mit mir geübt. Im Yuyuantan-Park gibt es einen Platz, der ›englisches Eck‹ genannt wird. Dort kommen Englisch sprechende Chinesen zusammen, um miteinander zu reden und zu üben. Jeden Sonntagmorgen hat Onkel Yifu mich dorthin geschleift, und wir haben Englisch geredet, bis mir der Kopf geschwirrt hat. Manchmal kam auch ein englischer oder amerikanischer Tourist vorbei, der bei seinem Aufenthalt in der Stadt zufällig vom ›englischen Eck‹ gehört hatte, und unterhielt sich mit uns. Das war dann immer etwas ganz Besonderes, weil wir dann nach Alltagsausdrücken und Slang und Flüchen fragen konnten, die in keinem Buch stehen. Onkel Yifu sagt immer, dass man eine Gesellschaft erst dann richtig versteht, wenn man weiß, welche Worte sie zum Fluchen missbraucht.«

Margaret lächelte, weil sie dem kaum widersprechen konnte. »Ihr Onkel hätte Lehrer werden sollen.«

»Ich glaube, das hätte ihm gefallen. Onkel Yifu hatte nie eigene Kinder, darum hat er all das, was ein Vater seinem Sohn weitergeben würde, an mich weitergegeben.« Li hob die Nudelschale bis knapp unter die Lippen und schaufelte die Nudeln in atemberaubendem Tempo mit den Stäbchen in seinen Mund. »Aber ich habe nicht nur von meinem Onkel Englisch gelernt. Nach der Übergabe habe ich sechs Monate in Hongkong gelebt und dort mit einem sehr erfahrenen englischen Kollegen zusammengearbeitet, der sich entschlossen hatte, im Land zu bleiben. Das hat meinem Englisch sehr gut getan. Und anschließend wurde ich für drei Monate in die Vereinigten Staaten geschickt, um an der Universität von Illinois in Chicago einen Lehrgang über Verbrechensaufklärung zu absolvieren.«

»Das ist nicht Ihr Ernst!« Margaret schüttelte ungläubig den Kopf. »Diesen Lehrgang habe ich auch gemacht.«

»Aber Sie sind forensische Pathologin.«

»Natürlich, das ist mein Fachgebiet, aber ich habe mich bei der Chicagoer Polizei zusätzlich im Schießen ausbilden lassen. Ich war gar keine schlechte Schützin. Und das Seminar über Verbrechensaufklärung habe ich belegt, weil... na ja, weil es nie schaden kann, den Horizont zu erweitern. Im Jahr darauf habe ich in dem gleichen Kurs in Teilzeit ein Seminar über forensische Medizin geleitet. Dort habe ich auch Ihren Chef kennen gelernt. Erstaunlich, dass wir uns nicht schon früher über den Weg gelaufen sind.«

Li nickte nachdenklich. »Ihr Arbeitgeber hat Ihnen diesen Kurs bezahlt?«

»Ach Quatsch.« Margaret musste über die Vorstellung lächeln. »Ich habe mir drei Monate unbezahlten Urlaub genommen. Damals konnte ich mir so was leisten. Ich hatte einen gut verdienenden Ehemann.«

»Ah.« Nicht einmal sich selbst hätte Li erklären können, warum es ihn enttäuschte, dass sie ihre Ehe wieder ins Gespräch brachte. Sein Blick zuckte nach unten zu dem Ring an ihrem Ringfinger. »Haben Sie vor langer Zeit geheiratet?«

»Vor allem aus Blödheit«, antwortete sie mit einer Bitterkeit, die er an ihr zuvor weder gesehen noch gehört hatte. »Und zwar mit vierundzwanzig. Wir waren sieben Jahre verheiratet. Wahrscheinlich habe ich einen Spiegel zerbrochen.«

»Verzeihung? Sie haben einen Spiegel zerbrochen?« Li verstand sie nicht.

»Im Westen gibt es da einen dummen Aberglauben. Man sagt, wenn man einen Spiegel zerbricht, hat man sieben Jahre lang Pech. Jedenfalls bin ich jetzt nicht mehr verheiratet, meine Pechsträhne ist also hoffentlich vorbei.«

Unerklärlicherweise war Li erleichtert. Aber immer noch neugierig. »Was hat er gemacht, Ihr Ehemann?«

»Ach, er hat an der Roosevelt-Universität in Chicago Vorlesungen über Genetik gehalten. Es war seine große Leidenschaft. Habe ich wenigstens geglaubt.« Li hörte ihr die tiefe Verletzung an, die sie mit Ironie zu kaschieren versuchte. »Er hat immer gepredigt, die Genetik könnte entweder unsere Erlösung oder unser Sündenfall sein. Wir müssten die richtigen Entscheidungen fällen.«

»Im ganzen Leben geht es darum, die richtigen Entscheidungen zu fällen.«

»Und manche unter uns scheinen ständig die falschen zu treffen.« Plötzlich merkte sie, dass sie zu weit gegangen war, und ihr Blick senkte sich verlegen. »Verzeihung, ich wollte Sie nicht mit meinem schäbigen Privatleben belästigen.« Sie versuchte, die Situation mit einem Lachen aufzulockern. »Bestimmt würde Sie viel mehr interessieren, wie ich zur Expertin für Knusperchen wurde.«

»Für was?«

Sie lachte. »So hat der Pathologe, mit dem ich früher zusammenarbeitete, seine Brandopfer immer bezeichnet. Knusperchen. Pervers, nicht wahr?« Li konnte ihr da nur zustimmen. »Wahrscheinlich ist diese Art von Humor ein Selbstschutzmechanismus. Wir leben in einer ziemlich perversen Welt, und das ist unsere ziemlich perverse Art, damit fertig zu werden.«

»Und wie *wurden* Sie zur Expertin für ... ›Knusperchen‹?« Der ekelhafte Ausdruck schien den Geruch aus dem Autopsiesaal heraufzubeschwören, und Li rümpfte angewidert die Nase.

Margaret lächelte über seine feinfühlige Reaktion. »Also, ich schätze, mein Interesse ist erwacht, als ich einem Pathologen in Waco assistieren musste. Und während meiner Tätigkeit am medizinischen Zentrum der UIC habe ich eine ganze Menge mitbekommen – an Verletzungsopfern und Brandopfern von Autounfällen, Hausbränden, Flugzeugabstürzen; ich hatte sogar ein paar Fälle von Selbstverbrennung, wie Sie es ursprünglich bei dem Kerl im Park angenommen hatten. Als ich dann schließlich eine Stelle als Gerichtsmedizinerin im Büro des Leichenbeschauers von Cook County bekam, habe ich dieses Fachgebiet einfach irgendwie weiter vertieft. Ich kann nicht behaupten, dass ich irgendwann einen besonderen Ehrgeiz dazu entwickelt hätte. Aber andererseits landen nicht alle von uns dort, wo sie ursprünglich hinwollten, oder?« Sie sah ihn an. »Wollten Sie immer Polizist werden?«

»Ja«, sagte er.

Sie lachte. »Gespräch beendet.«

»Warum wollten Sie nach China?«, fragte er, und es war, als hätte er durch diese Frage einen Schalter umgelegt und irgendwo in ihr ein Licht ausgeknipst. Sie verlor ihre Lebhaftigkeit, und ihre Augen trübten sich ein.

»Ach ...« Sie zuckte mit den Achseln. »Das hat sich ganz zufällig ergeben, als ich mir gerade nichts sehnlicher gewünscht habe, als aus Chicago wegzukommen. Es hätte nicht unbedingt China sein müssen. Mir war eigentlich egal wohin.«

Sein sechster Sinn sagte ihm, dass er sich auf vermintes

Gebiet vorgewagt hatte und dass es ebenso nutzlos wie Unheil bringend war, diesen speziellen Pfad noch weiter zu beschreiten. Er ließ die Uhr aus dem Beutel an seinem Gürtel gleiten und warf einen Blick darauf.

»Darf ich mal sehen?« Sie beugte sich über den Tisch und streckte die Hand aus. Er hielt ihr die Uhr hin, bis die Kette ganz gespannt war. Es war eine schlichte, sechseckige Uhr in einer schweren zinnfarbenen Fassung. »Sehr ungewöhnlich«, befand sie. »Haben Sie die aus den Staaten?«

»Aus Hongkong.« Er ließ sie zurück in den Beutel rutschen. »Ich muss jetzt aber wirklich zurück ins Büro.«

»Natürlich.« Sie spülte die letzten Nudeln mit dem letzten Bier hinunter, und dann traten sie wieder in die Nachmittagssonne, die so gnadenlos vom ausgebleichten Himmel herunterschien. »Mein Mund brennt immer noch«, sagte sie.

Er nahm sie am Arm und führte sie auf dem Gehweg nach Süden. »Die Chinesen sind ein sehr praktisches Volk«, sagte er. »Darum finden Sie überall, wo es ein Sichuan-Restaurant gibt, wenige Häuser weiter auch eine Eisdiele.« Damit blieben sie vor einem kleinen Geschäft mit Glasfront stehen, vor dessen Tür Plastikstreifen in allen Farben flatterten. Darüber war in weißen Buchstaben auf blauem Grund zu lesen: *Charley's Ice Cream Parlour* und darunter *Sino-America Joint Venture*.

Margaret lachte. »Ich fasse es einfach nicht!«

Li sagte: »Extra, um die Gaumen überempfindlicher Amerikanerinnen zu kühlen.«

Sie warf ihm einen tadelnden Blick zu, und er grinste. Sie traten ein und wählten aus den unzähligen, in einer Tiefkühlvitrine präsentierten Geschmacksrichtungen jeweils mehrere Kugeln aus, bevor sie zum Auto und zur Klimaanlage zurückrannten, damit das Eis nicht schmolz.

III

Auf der Rückfahrt passierte irgendwas. Ohne einen Anlass, ohne dass man den Finger darauf legen konnte. Eine winzig kleine Verschiebung in dem unbeschreiblich komplexen Gefüge zwischenmenschlicher Beziehungen. Wie bei einem Radio, dessen Sendereinstellung ein bisschen verrutscht ist und das statt der zuvor angenehmen Musik nur noch ein kratziges, nervtötendes Rauschen von sich gibt. Lange bevor sie die Sektion Eins erreichten, hatten sie ihr Eis aufgegessen, und die Kälte im Mund schien die zwischenmenschliche Wärme während des Mittagessens abgekühlt zu haben. Margaret begann sich zu fragen, ob sie sich diese Wärme am Ende nur eingebildet hatte. Vielleicht war es das scharfe Essen gewesen. Denn jetzt erschien ihr Li distanziert und zu keiner Unterhaltung aufgelegt. Bei den wenigen Gelegenheiten, wenn sie seinen Blick auffing, wirkten seine Augen kalt, und sein Verhalten war zwar höflich, aber förmlich. Wo war der Mann geblieben, der ihr so liebevoll von seinem Onkel erzählt hatte, von den Sonntagsausflügen in den Park zum »englischen Eck«, von dem schon als Kind empfundenen, alles überdauernden Ehrgeiz, Polizist zu werden? Die Verwandlung während der kurzen Fahrt vom Restaurant ins Büro war ebenso unbegreiflich wie komplett. Plötzlich war er wieder der angesäuerte, abweisende, hässliche Polizeibeamte, mit dem sie es am Vortag und heute Morgen zu tun gehabt hatte. Margarets sparsame Bemühungen, ein Gespräch anzufangen, lösten allenfalls einsilbige Antworten aus. Hatte sie irgendetwas Falsches gesagt oder getan? Sie merkte, wie sie sich ärgerte und wütend wurde.

Li war wütend auf sich selbst. Er hätte sie auf keinen Fall zum Mittagessen einladen dürfen. Nur aus Schwäche hatte er diesen Fehltritt begangen, dessen Konsequenzen ihm erst jetzt, auf der Rückfahrt zum Büro, aufgingen. Da waren nicht nur die Frotzeleien, mit denen ihn seine Kollegen aufziehen würden. Die wären zwar peinlich genug, doch damit konnte er umgehen. Womit er bestimmt nicht umgehen konnte, wäre irgendeine Art von Beziehung zu dieser Frau. Dessen ungeachtet hatte er sich während des gemeinsamen Essens für kurze Zeit gestattet, jener unverständlichen Anziehungskraft nachzugeben, die sie auf ihn ausübte. Wobei er sein Schutzschild gesenkt und viel mehr von sich enthüllt hatte, als er je gewollt hatte. Das war doch lächerlich! Selbst jetzt, wo er den Jeep durch den chaotischen Nachmittagsverkehr lenkte, wollte ihm einfach nicht in den Kopf, was er an ihr eigentlich attraktiv fand. Sie war Amerikanerin, eine *Yangguizi* mit schnellem Mundwerk. Sie war arrogant, überheblich und entstammte einer Kultur ohne jeden Tiefgang, die so weit von seiner entfernt war wie überhaupt nur möglich. Er schaute kurz zu ihr hinüber und sah sie steif und abweisend auf dem Beifahrerplatz sitzen. Beim Essen war sie ihm zeitweise fast menschlich erschienen, hatte sie doch etwas von einer tiefen Verletzung erkennen lassen. Vielleicht, dachte er, erklärte das, warum sie auf der Rückfahrt wieder so verschlossen war. Auch sie hatte zu viel enthüllt und bereute das nun.

Lily Ping war stinksauer auf die beiden. Sie hatten bereits mehr als vierzig Minuten Verspätung. Natürlich würde sie nichts sagen. Nicht in Lis Gegenwart. Sie hockte dumpf brütend wie eine tiefschwarze Gewitterwolke in ihrer Ecke im großen Büro und wartete darauf, dass sie zurückkehrten. Ihr Zorn war allerdings weniger auf die Verspätung als auf die Tatsache zurückzuführen, dass man sie vom Mittagessen ausgeschlossen hatte. Sie hätte nur zu gern gewusst, wie es gelaufen war und mit ihr die übrigen Beamten im Raum. Allerdings hatten die in der Zwischenzeit andere Dinge zu tun, um sich abzulenken. Eine Prozession von Pekinger Ganoven war durch das Büro geschleust worden – unrasierte Gestalten in verdreckten T-Shirts und mit Baseballkappen, Hochstapler in billigen Anzügen und mit gegeltem Haar –, die anschließend den Gang hinunter zum Verhörraum geführt wurden. Zuhälter und mutmaßliche kleine Drogendealer, die möglicherweise den Mann gekannt oder mit ihm in Verbindung gestanden hatten, den man am Morgen erstochen auf dem Stück Brache im Westen aufgefunden hatte. Die Telefone hatten keine Sekunde Ruhe gegeben. Kommissar Qian hatte bestimmt zwanzig Anrufe entgegengenommen und irgendwann einen Polizeikurier losgeschickt, der aus der Innenstadt Zahnarztunterlagen abholen und sie ins Zentrum für forensische Beweissicherung bringen sollte. Ein Fax aus dem Zentrum hatte ziemlichen Wirbel ausgelöst, aber niemand hatte Lily aufgeklärt, was darin stand. Die leise geführten Gespräche blieben kryptisch.

Sie sah gerade erneut auf ihre Uhr, als Li und Margaret endlich wieder auftauchten. Ein paar Köpfe hoben sich und musterten die beiden neugierig, doch im Moment hatten wichtigere Dinge Vorrang. Die vorwitzigen Kommentare würde man sich für später aufheben. Lilys Verärgerung steigerte sich ins Unermessliche, als weder Li noch Margaret ihr irgendwelche Beachtung schenkten, sondern an ihr vorbei in Lis Büro verschwanden. Keiner von beiden lächelte, und sie brachten eine eigenartige, gespannte Atmosphäre in den Raum. Qian folgte den beiden auf dem Fuß. Li war bereits am Telefon.

»Wir sind da, Chef. Jederzeit.« Er legte auf und wandte sich an Margaret. »Der Chef kommt gleich vorbei. Er möchte sich bedanken.«

»Wirklich.« Margarets Stimme war tonlos.

Qian reichte Li das Fax aus dem Zentrum. »Die zahnärztlichen Unterlagen belegen die Identität des Opfers, Boss. Er hieß Chao Heng, genau wie Sie angenommen haben. Offenbar war er wissenschaftlicher Berater des Landwirtschaftsministers, ist aber vor sechs Monaten wegen gesundheitlicher Probleme in den Ruhestand gegangen. Er hat in einem Apartment im Bezirk Chongwen gewohnt.«

Li überflog den Bericht aus dem Zentrum und sah dann Margaret an. »Sie hatten in jeder Hinsicht Recht«, sagte er. »Was die Identität und was die Betäubungsmittel betrifft.« Er schwenkte das Fax. »Das sind die Testergebnisse aus dem Zentrum. Sie haben eine beträchtliche Dosis Ketamin in seinem Blut festgestellt.«

Margaret nickte dumpf. Hätte sie sich weiter mit dem Fall befassen dürfen, wäre ihr Interesse ausgeprägter gewesen. So aber fühlte sie sich leer und deprimiert. Andere würden das Verbrechen aufklären, das sie entdeckt hatte. Sie hatte nichts mehr beizutragen, das heißt, zumindest würde man sie nicht mehr darum bitten. Lis plötzlicher Stimmungsumschwung hatte sich heftiger auf sie ausgewirkt, als sie sich hätte vorstellen können. Sie war erst seit vierundzwanzig Stunden in China, doch dieser eine Tag kam ihr wie ein ganzes Leben vor, und sie wollte am liebsten wieder heim.

Während sie geistesabwesend an ihm vorbei und aus dem Fenster schaute, riskierte Li mehrere verstohlene Blicke in ihre Richtung. Er merkte, wie wütend ihn ihr offenkundiges Desinteresse machte. Allem Anschein nach war sie vollauf damit zufrieden, für ein paar Stunden hereinzuschneien, mit ihrem Wissen anzugeben und danach wieder abzudampfen. Seinetwegen konnte sie sich zum Teufel scheren! Er gab Qian das Fax zurück. »Vielen Dank. Wir besprechen das gleich.«

Qian ging hinaus und kam dabei an Sektionsvorsteher Chen vorbei, der eben ins Büro trat. Chen drückte warmherzig Margarets Hand. »Dr. Campbell, ich bin Ihnen so dankbar für Ihre Hilfe. Sie haben uns einen unschätzbaren Dienst erwiesen, nicht wahr, Li Yan?«

Li nickte, ohne eine Miene zu verziehen. »Das hat sie.«

»Und mein Stellvertreter hat sich gut um Sie gekümmert?«, erkundigte sich Chen bei Margaret.

»Oh, ganz ausgezeichnet«, antwortete Margaret. »Er hat mich zum Mittagessen in ein Sichuan-Restaurant ausgeführt. Mein Mund brennt immer noch.«

»Es war mir ein Vergnügen«, kommentierte Li.

Zur Verblüffung der übrigen Kriminalbeamten, die ihn durch die offene Tür hören konnten, begann Chen herzhaft zu lachen. Gefolgt von der griesgrämigen Lily, führte er Margaret nach draußen und in den Gang. »Kommen Sie, ich bringe Sie zu Ihrem Wagen. Und ich werde Professor Jiang noch heute Nachmittag anrufen, um ihm persönlich zu danken, dass er Sie an uns ausgeliehen hat.«

Margaret schaute kurz über die Schulter zurück und sah, dass Li bereits in eine Diskussion mit seinen Untergebenen vertieft war. Aller Wahrscheinlichkeit nach würde sie ihn nie wiedersehen.

Als sie sich wieder umgedreht hatte, um sich den Gang entlang führen zu lassen, sah Li zur Tür, wo für einen Sekundenbruchteil ihr Rücken zu sehen war, bevor sie verschwand. Offenbar, dachte er, war er ihr nicht einmal einen letzten Blick wert.

Die nächsten paar mürrischen Taugenichtse wurden zur Aufnahme ihrer Personalien hereingeschleift, ehe sie zur Zeugenvernehmung gebracht wurden. »Wir haben heute Vormittag mehr als fünfzehn Aussagen aufgenommen«, erklärte Wu. »Von jeder und jedem, der Mao Mao gekannt hat. Dem Abschaum der Erde. Drogendealer, Zuhälter, Nutten.« Li kehrte in sein Büro zurück, dicht hinter ihm Wu. »Er war kein besonders netter Kerl, Li Yan. Niemand weint ihm eine Träne nach. Nicht mal seine Familie. Man sollte annehmen, dass eine Mutter um ihren Sohn trauern würde. Aber als wir ihr die Nachricht überbracht haben, hat sie nur ausgespuckt und gesagt: ›Na dann auf Nimmerwiedersehen.‹«

Von seinem Fenster konnte Li nach unten auf die Straße sehen. Durch das Laubwerk hindurch beobachtete er, wie Margaret in den BMW stieg. *Na dann auf Nimmerwiedersehen*. Die Worte, die Mao Maos Mutter ihrem Sohn nachgeschickt hatte, hallten in seinen Gedanken wider. Doch kurz bevor Margaret die Tür schloss, blickte sie noch einmal nach oben. Verdammt! Sie hatte ihn am Fenster gesehen. Hastig trat er einen Schritt zurück und verfluchte sich im selben Moment dafür. Das war doch absurd! Er richtete seine Aufmerksamkeit wieder auf Wu, der immer noch redete. »Er hatte ganz eindeutig mit Drogen zu tun, aber er war keiner aus dem Goldenen Kreis, bloß eine Fliege, die vom Dung angezogen wird.«

Als Goldener Kreis wurde ein Ring von Drogenhändlern bezeichnet, der die Nabe des Drogenhandels in Peking bildete, jene Männer, die sich nie die Hände schmutzig machten, die immer ein Alibi hatten, die nie Prügel bezogen. Sie waren die eigentlichen Gewinner dieses Geschäfts von Tod gegen Gold.

»Natürlich«, schloss Wu, »weiß niemand irgendwas.« Er machte eine Pause. »Und wissen Sie was, Boss? Mit der Zeit entwickelt man einen Instinkt für solche Sachen. Ich glaube nicht, dass sie lügen.«

Li nickte nachdenklich. »Oft wissen sie an der Spitze besser darüber Bescheid, was unten abläuft, als umgekehrt. Suchen Sie mir die Akte über die Nadel raus. Legen Sie sie auf meinen Schreibtisch. Ich werde heute Abend mal einen Blick reinwerfen.« Die Nadel war der allgemein gebräuchliche Spitzname für jenen Mann, der, wie jeder wusste, hinter dem Löwenanteil des Heroins auf der Straße steckte. Aber etwas zu wissen hieß noch lange nicht, dass man es auch nachweisen konnte. Die Nadel war umgeben von einer Verschwörung des Schweigens, einem in China fast unbekannten Phänomen. Die Massenlinie konnte die ihn umgebende Aura von Furcht nicht durchdringen.

»Klar, Boss. Und ich besorge die Aussagen, sobald sie getippt sind.« Wu war schon auf dem Rückweg zu seinem Schreibtisch.

Li rief ihm von der Tür aus nach: »Ach übrigens... hat er geraucht? Mao Mao.«

Wu sah ihn belämmert an. Ihm war klar, dass Li ihn kalt erwischt hatte. »Keine Ahnung, Boss.«

»Dann prüfen Sie das schleunigst nach.« Li winkte Zhao zu sich ins Büro. Es war brütend heiß. Er versuchte, das Fenster weiter zu öffnen, aber der *Fengshui*-Mann hatte Recht gehabt, es klemmte wahrhaftig und unwiderruflich. Ob es nun den Blick einengte oder nicht, jedenfalls beschränkte es den Sauerstoff-Fluss. »Irgendwas Neues über den Wanderarbeiter?«, fragte Li.

»Ja, wir haben aus Shanghai eine Bestätigung seiner Identität erhalten.« Zhao schaute gewissenhaft in seinem Notizbuch nach. »Guo Jingbo, fünfunddreißig Jahre, geschieden. Keine Vorstrafen. Keine bekannten Verbindungen zu irgendeinem Verbrechen. Er war Hilfsarbeiter auf dem Bau. Bis vor ungefähr sechs Wochen hat er auf einer Baustelle in Shanghai gearbeitet und dann seinen Freunden erklärt, dass er nach Peking gehen würde, um Arbeit zu suchen. Aber er hat sich erst vor vier Wochen bei der Öffentlichen Sicherheit gemeldet, uns fehlen also zwei Wochen dazwischen.«

»Und hat er welche gefunden?«

»Was gefunden?« Zhao sah ihn verwundert an.

»Arbeit«, fuhr Li ihn gereizt an.

»Offenbar hat er nicht allzu eifrig gesucht«, antwortete Zhao. »Wir haben keine Unterlagen, dass er sich irgendwo beworben hätte.«

»Hat er jemanden in Peking gekannt?«

»Niemanden, von dem wir wissen. Er hat in einer Pension im Norden der Innenstadt gewohnt. Keine Unterkunft, in der man länger bleiben möchte. Also tun es die meisten Menschen auch nicht. Niemand wusste wirklich, wer er war oder was er so getrieben hat.«

»Hat er geraucht?«

Zhao nickte. »Nikotinflecken an den Fingern, Streichhölzer und ein halb leeres Päckchen Zigaretten in der Tasche.«

»Marke?«

»Einheimisch.«

Li schnaubte. In allen drei Fällen gab es nicht einen einzigen Anhaltspunkt, an dem sie ansetzen konnten. Er seufzte. »Dann sollten wir wohl anfangen, alle Wanderarbeiter zusammenzutreiben, die sich in den letzten sechs Wochen in der Stadt angemeldet haben.«

Zhao wirkte ausgesprochen selbstzufrieden. »Wir sind schon dabei, Boss.« Dann bewölkte sich seine Miene. »Alle zu vernehmen könnte aber einige Zeit dauern.«

»Wieso?«

»Es sind mehr als fünfzehnhundert.«

»Was hängen Sie dann noch hier rum?« Li deutete mit dem Daumen zur Tür. »An die Arbeit.«

Kaum war Zhao hinausgegangen, streckte Wu den Kopf herein. »Ich habe eben mit ein paar von Mao Maos Kumpanen gesprochen. Er hat nicht geraucht. Es war also nicht sein Zigarettenstummel.«

Li nickte. »Danke.« Er stand auf, machte die Tür zu und ließ sich anschließend wieder in den hölzernen Wippstuhl fallen, den er zusammen mit dem Büro geerbt hatte. Der Stuhl stöhnte auf, als wollte er gegen die Belastung protestieren, und der Kippmechanismus quietschte. Wahrscheinlich war er seit dem Kauf kein einziges Mal geölt worden. Li legte die Hände wie zum Gebet aneinander, hielt die Fingerspitzen knapp unter die Nasenspitze und lehnte sich mit geschlossenen Augen zurück. Das erste Bild, das ihm in den Sinn kam, war das von Margaret, die ihn im Sichuan-Imbiss über den Tisch hinweg anlachte. Er blinzelte sie zornig weg und sah sich gleich darauf am Rand der Lichtung im Ritan-Park stehen, wo er auf die kokelnde Gestalt schaute, die im Schneidersitz unter den Bäumen hockte. Er besaß die Fähigkeit, seine Gedanken dreidimensional zu visualisieren, wobei Worte und Bilder gleichberechtigt nebeneinander existierten. Das erste jener Worte, eine Frage, trieb langsam in sein Blickfeld: »Warum?« Alles war so ausgefeilt und betont auffällig arrangiert worden. Ein wie auf öffentlicher Bühne inszenierter Mord, der zumindest oberflächlich wie eine rituelle Selbstopferung wirken sollte. Li versetzte sich an die Stelle des Mörders und sah sich vor dieselben Schwierigkeiten gestellt, denen sich auch der Mörder gegenüber gesehen hatte. Irgendwo an einem abgeschiedenen Ort, möglicherweise in der Wohnung des Opfers, hatte der Mörder Chao Heng niedergeschlagen, und zwar so fest, dass dieser das Bewusstsein verloren hatte, aber nicht gestorben war. Daraufhin hatte er Chao Heng ruhig gestellt, indem er ihm Ketamin in den Fuß gespritzt hatte. Falls das alles in Chaos Wohnung geschehen war, dann hatte der Mörder einen Weg finden müssen, den Körper ungesehen in den Park zu transportieren, wo das Finale in Szene gesetzt werden sollte. Dazu musste es dunkel gewesen sein. Und er hätte sein Opfer noch vor Tagesanbruch, lange vor Öffnung des Parks, dorthin schaffen müssen. Danach musste er in aller Stille mit dem halb bewusstlosen Chao auf der Lichtung gewesen sein, bis die ersten morgendlichen Besucher den Park bevölkerten. Die Lichtung war zwar abgeschirmt, doch das Risiko, entdeckt zu werden, war definitiv hoch gewesen. Ein anderes Bild drängte sich in Lis Gedanken. Der Zigarettenstummel. Falls der Mörder Raucher war und zwei oder drei Stunden im Park gesessen hatte, bis die Tore endlich geöffnet wurden, warum hatten sie dann nur einen einzigen Stummel gefunden? Hätte er nicht mindestens vier oder fünf Zigaretten geraucht, vielleicht sogar noch mehr angesichts der stressbeladenen Situation? Li schob den Zigarettenstummel beiseite, neben das »Warum?« Schließlich hatte der Mörder den immer noch benommenen und widerstandslosen Chao in die Lotusposition gebracht, ihn mit Benzin überschüttet und angezündet. Die Gefahr, entdeckt zu werden, musste in diesem Moment am allergrößten gewesen sein. Danach musste er sich zwischen den Bäumen zurückgezogen haben, weg von dem Pfad, über den die Kinder wenige Augenblicke später angerannt kamen, um ihre grausige Entdeckung zu machen. Der Mörder war also noch im Park gewesen, als sein Opfer entdeckt wurde. *Irgendjemand* musste ihn gesehen haben. Ein Zeuge. Wie bei einem gedanklichen Computerspiel stellte Li das Wort »Zeuge« neben das »Warum?« und den »Zigarettenstummel« und zog dann das »Warum?« zurück ins Zentrum der Aufmerksamkeit. Warum? Warum sollte jemand solche Mühen und Gefahren auf sich nehmen, um einen Suizid vorzutäuschen? Und wie konnte jemand, der mit einer derartigen Umsicht arbeitete, so sorglos sein, einen Zigarettenstummel am Tatort zu hinterlassen? Er schob den »Zigarettenstummel« in die Mitte neben das »Warum?« und ließ den Blick zu dem »Zeugen« am Rand hinüberwandern. Ganz gleich, wie vorsichtig der Mörder gewesen war, jemand *musste* ihn gesehen haben.

Er schlug die Augen auf und rief: »Qian!«

Gleich darauf erschien Qian in der Tür. »Chef?«

»Wie weit sind Sie mit der Aufstellung der regelmäßigen Parkbesucher?«

»Es geht voran.«

»Dann sehen Sie zu, dass es schneller vorangeht. Und fangen Sie so bald wie möglich mit den Vernehmungen an. Irgendjemand hat den Mörder gesehen. Er war noch im Park, als die Kinder den brennenden Leichnam entdeckt haben. Die Leute sollen sich erinnern, solange ihre Erinnerungen noch frisch sind. Setzen Sie so viele Männer dran, wie sie erübrigen können.«

Qian erwiderte: »Ist praktisch schon erledigt.« Er verschwand wieder im Büro der Kriminalbeamten.

Li rief ihm nach: »War schon jemand in Chaos Wohnung?«

»Nur die Kollegen in Uniform, um die Türen zu versiegeln.« Qian warf einen Blick auf die Uhr. »Die Spurensicherung müsste in einer halben Stunde dort sein.«

Li sprang auf. »Okay, sobald Sie die Vernehmungen angeleiert haben, fahren Sie mich rüber. Ich will mir die Sache mal ansehen.«

Qian nickte und verschwand. Li schob die Hände in die Taschen und schlenderte ans Fenster. Schon jetzt schienen Stunden vergangen zu sein, seit Margaret dort unten in ihr Auto gestiegen war. Sie kam ihm inzwischen weit entfernt und unbedeutend vor. Er konzentrierte sich wieder auf das Bild in seinem Kopf. Das »Warum?« war die Antwort, aber keine Hilfe auf der Suche nach dem Täter. Der Zigarettenstummel machte ihm am meisten zu schaffen. Dieser Stummel und die Stummel an den beiden anderen Tatorten. Plötzlich kam ihm ein Gedanke, und er ging ans Telefon. Er wählte hastig und wartete ungeduldig. Am anderen Ende ging jemand an den Apparat. »Dr. Wang? Könnten Sie etwas für mich tun...«

IV

Chao Heng hatte im Südosten der Innenstadt in einer Wohnung knapp abseits der Xihuashi-Straße im Bezirk Chongwen gewohnt. Es war ein relativ neues Hochhaus, das sich hinter hohen Mauern auf einem abgeschlossenen Grundstück erhob. Vor jeder Wohnung ragten wie winzige Wintergärten eingeglaste Balkons heraus, die auf unterschiedlichste Weisen genutzt wurden, um Gemüse oder Topfpflanzen zu züchten oder auch um Wäsche und Bettzeug zu trocknen. Die Hausmauern waren bis zum zwölften Stock hinauf perforiert mit fest eingepassten Klimaanlagen, die kühle Luft durch die Wohnungen bliesen und warme Luft in die ohnehin schon glühend heiße Atmosphäre draußen pusteten. Qian parkte den Jeep auf dem Grundstück neben dem Streifenwagen und dem Lieferwagen der Spurensicherung, die schon vor ihnen eingetroffen war. Alte Frauen hockten im Schatten riesiger Sonnenschirme und beobachteten sie neugierig aus trüben Augen. Ein paar Kinder kickten in der prallen Sonne einen Ball herum, und ihr Geschrei hallte von den Wänden der Hochhäuser wider, die sich um sie herum erhoben wie die Wände einer geheimnisvollen Schlucht. Im Schatten einer Baumreihe waren Dutzende von Fahrrädern geparkt, doch andere Fahrzeuge waren auf dem Gelände nicht zu sehen.

Die staubige Eingangshalle wirkte düster nach der gleißenden Sonne, deren grellweißes Licht draußen von allen Oberflächen zurückprallte. Die Tür zum Aufzug stand offen. Der Aufzugführer, ein dürrer Mann mit runzliger brauner Haut und nur mit alten Shorts und einem schmierigen Unterhemd bekleidet, saß in der Kabine auf einem kleinen Hocker und paffte billige Zigaretten, die einen ätzenden Gestank verbreiteten. Zu seinen Füßen türmte sich ein Haufen von Stummeln und Asche. Die Luft vibrierte vom Summen der Fliegen und dem fernen Lärm der draußen spielenden Kinder. Auch im Haus war es heiß und stickig. Als Li und Qian auf ihn zukamen, spuckte der Aufzugführer auf den Boden und stand auf. »Zu wem wollen Sie?«

Li zauberte das kastanienbraune Etui mit dem Polizeiausweis hervor und zeigte dem Mann sein Foto. »Städtische Polizei Peking, Kriminalpolizei.«

»Ach so. Sie wollen in Chao Hengs Wohnung.« Er trat zur Seite, um sie in den Lift zu lassen. »Ein paar von Ihren Leuten sind schon oben.« Damit schloss er die Tür und drückte auf den Knopf für den fünften Stock.

Unter widerwilligem Stöhnen begann der Lift seinen gemächlichen Aufstieg. »Benutzen alle den Aufzug?«, fragte Li.

Der Alte zog die Schultern hoch. »Nicht immer. Nachts, wenn der Lift abgeschaltet ist, nehmen die Leute ihre Torschlüssel.«

»Und an allen Treppen sind Tore?«, fragte Li. Der Liftführer nickte. »Und was machen die Besucher?«

»Die müssen den Lift nehmen.«

»Und wenn der Lift abgeschaltet ist?«

»Zu der Zeit kommen keine Besucher.«

»Aber wenn doch?«

Der Alte zog wieder die Schultern hoch. »Dann müsste der, den sie besuchen, wissen, dass sie kommen, damit er die Treppe runtergeht und das Tor aufschließt, um sie reinzulassen.«

»Sie bekommen also so ziemlich jeden zu Gesicht, der hier ein und aus geht.«

»Genau.«

Li und Qian tauschten einen Blick. Folglich war es gut möglich, dass dieser Mann den Mörder gesehen hatte. Li fragte: »Wie ist das mit Chao Heng? Hat er in letzter Zeit oft Besuch bekommen?«

Die Lippen des Alten verzogen sich angeekelt. »Chao Heng hat dauernd Besuch bekommen. Von jungen Burschen und *Yangguizi*.«

»Jungen Burschen?« Qian begriff nicht. »Was für junge Burschen?«

»Junge Burschen!«, wiederholte der Alte, als wäre Qian taub. »Fünfzehn, sechzehn, siebzehn ... Solche Männer sollte man einsperren.« Qian wirkte schockiert.

Li ließ nicht locker: »Und von Ausländern, haben Sie gesagt. Was für Ausländer?«

»Amerikaner, glaube ich. Keiner von denen hat Chinesisch gesprochen.«

»Hatte er auch andere chinesische Besucher?«

»Ach, ein paar stinkreich aussehende Kerle in dicken Autos. Chao war eine große Nummer im Landwirtschaftsministerium.«

Der Lift kam scheppernd im fünften Stock zum Stehen. Li sagte: »Und gestern Abend? Hatte er gestern Abend auch Besuch?«

Der Alte öffnete die Tür und schüttelte den Kopf. »Schon seit ein, zwei Wochen nicht mehr.«

»Dann muss er gestern irgendwann ausgegangen sein.«

»Nicht solange ich im Dienst war.« Der Alte ließ sich nicht beirren. »Er hat seit einem Monat kaum mehr den Fuß vor die Tür gesetzt. Chao Heng war kein guter Mensch.«

Li und Qian traten aus dem Lift. Li sagte: »Wir möchten, dass Sie zu uns ins Kommissariat kommen, um eine ausführliche Aussage zu machen. Haben Sie jemanden, der in der Zwischenzeit für Sie einspringen kann?«

»Sicher. Das Straßenkomitee wird das arrangieren.«

Vor der Tür zu Chao Hengs Wohnung stand ein uniformierter Polizeibeamter. Drinnen suchten zwei Beamte der Spurensicherung mit weißen Handschuhen und Plastikgamaschen an den Füßen die Wohnung Zentimeter für Zentimeter ab. Die Klimaanlage war abgeschaltet, darum verschlug ihnen die Hitze den Atem. Aus einer Tüte an der Wohnungstür nahmen Li und Qian je ein Paar Handschuhe und Gamaschen und streiften beides über. Die Männer von der Spurensicherung begrüßten sie mit einem Nicken, und einer sagte: »Nichts berühren, wenn es nicht unbedingt notwendig ist.«

Für chinesische Verhältnisse war es eine sehr große Wohnung für einen allein stehenden Mann. Vom Flur aus gingen zwei Schlafzimmer, ein Bad, eine Kochnische mit Essecke und ein Wohnzimmer ab, von dem aus man auf den verglasten Balkon gelangte. Dass man Chao Heng eine solche Wohnung zugewiesen hatte, bewies seinen Status.

Li und Qian wanderten von Zimmer zu Zimmer, alles inspizierend und nach irgendeinem Anhaltspunkt suchend. Li schnüffelte. Über dem muffigen Geruch von abgestandenem Zigarettenrauch lag ein höherer, schärferer und eigentümlich antiseptischer Duft wie nach Desinfektionsmitteln oder Medizin. Er war nicht angenehm. In der Küche erstickten alle anderen Gerüche unter dem Gestank nach verfaultem Essen, der aus einem lange nicht geleerten Mülleimer aufstieg. In der Spüle lagen schmutzige Teller, die Arbeitsflächen waren verdreckt und übersät mit Resten, die bei der Essenszubereitung abgefallen waren. Ein Aschenbecher quoll beinahe über. Li hob einen der Zigarettenstummel an und suchte nach dem Markennamen. Marlboro. Er ließ ihn wieder fallen. In dem kleinen Kühlschrank fand sich praktisch nichts Essbares. Abgesehen von einem Päckchen Tofu standen nur sechs Flaschen Bier und eine Flasche mit kalifornischem Rotwein darin. Ungewöhnlich. Vielleicht ein Geschenk. Oder ein Mitbringsel von einer Reise ins Ausland. Li las das Etikett. *Ernst and Julio Gallo, Cabernet Sauvignon*. Chao Heng verstand offenbar nicht allzu viel von Wein, sonst hätte er eine Flasche Rotwein nicht im Kühlschrank aufbewahrt. Es war also unwahrscheinlich, dass er ihn selbst gekauft hatte. In einem Hängeschrank stapelten sich getrocknete Nahrungsmittel und Dosen: Nudeln, Pilze, getrocknetes Obst und Dosenobst, Dosengemüse, ein großes Glas mit Mehl, kleinere Gläser mit gestampften Lotussamen sowie süßer Paste für Dim Sum.

Auf der Arbeitsfläche darunter ein Dosenöffner und mehrere leere Dosen, die Lychees in Sirup, Bohnensprossen und Wasserkastanien enthalten hatten.

»Ein Vegetarier?«, schlug Qian vor.

»Möglich.« Li ließ den Blick über die verschiedenen Gläser, Dosen und abgepackten Lebensmittel im Schrank wandern. Es schien jedenfalls weder Fleisch noch Fleischprodukte darin zu geben. Und es fehlte noch etwas, etwas, das gerade deshalb ins Auge fiel, weil es fehlte. Aber er brauchte ein paar Sekunden, um zu erkennen, was es war. »Auch kein Reis«, sagte er.

»Vielleicht ist er ihm ausgegangen«, sagte Qian.

»Vielleicht.«

Sie gingen weiter ins Bad. Wie in der Küche herrschte auch hier das Chaos. Auf der Ablage über dem Waschbecken hatten sich alte Tuben mit Zahnpasta, Cremes und Salben angesammelt. Der Spiegel war mit Seife und Rasierschaum besprenkelt. Ein blutbefleckter Sicherheitsrasierer, der offenbar keineswegs sicher gewesen war, ruhte im Waschbecken knapp unterhalb des uralten Schmutzrandes. Über dem Rand der Badewanne, in der sich ebenfalls ein Dreckring gebildet hatte, hingen benutzte Handtücher. Li streifte einen Handschuh ab und befühlte das Handtuch. Es war immer noch ein bisschen feucht.

Qian öffnete ein kleines Medizinschränkchen an der Wand, aus dem Schachteln und Plastikbehälter auf den Boden purzelten. Er bückte sich, um sie aufzuheben und der Reihe nach zurückzustellen. Li sah ihm über die Schulter zu. Es waren irgendwelche medizinischen Mittel, Handelsverpackungen westlicher Medikamente mit seltsamen und exotischen Bezeichnungen: *Epivir, AZT, Crixivan;* außerdem gab es ein ganzes Sortiment an traditionellen chinesischen Kräuterheilmitteln. »Entweder war er Gesundheitsfanatiker oder Hypochonder«, stellte Qian fest.

»Oder krank«, erklärte Li, »wie der Aufzugführer gesagt hat.«

Qian schloss die Schranktür, und sie gingen weiter ins erste Schlafzimmer, wo einer der Beamten von der Spurensicherung Chao Hengs Spritzbesteck gefunden hatte. Es bestand aus einer Injektionsspritze, einem Metalllöffel, einem Stück Nylonschnur, einem Säckchen mit weißem Pulver. Alles zusammen lag in einer fleckigen und verbeulten Metalldose, der die Zeit und die vielen Reisen deutlich anzusehen waren. Es war bezeichnend, dachte Li, dass Chao die Dose nicht bei sich gehabt hatte, als sie ihn gefunden hatten.

An allen Wänden waren Spiegel, darunter einer gegenüber dem Fußende des Bettes, der vom Boden bis zur Decke reichte. Das Bett war nicht gemacht, und auf einer Kommode häuften sich Gläser mit Cremes und Puder, Lippenstifte, Eyeliner, Parfüms, Lotionen und Mittelchen aller Art. Qian musterte sie angewidert. »Wie im Schlafzimmer einer Hure«, urteilte er. Und fast wie um seine Worte zu belegen, öffnete er gleich darauf einen Schrank und blickte auf Morgenmäntel aus schwarzer und roter Seide, die mit Drachen und Schmetterlingen bestickt waren. In den Schubladen häuften sich Seidenpyjamas, außerdem exotische Herrenunterwäsche mit Riemen und Tangas. Es gab Strumpfhalter und Seidenstrümpfe, Frauenschuhe und eine kurze Lederpeitsche mit drei Schwänzen. »Dieser Typ war wirklich krank.« Qian sah sich im Zimmer um. »Weiß der Himmel, was sich hier bei dieser Prozession von jungen Knaben alles abgespielt hat.«

Sie überließen es dem Kollegen von der Spurensicherung, die Oberflächen auf Fingerabdrücke zu untersuchen, und betraten das zweite Schlafzimmer. Verglichen mit dem ersten wirkte es ordentlich und aufgeräumt. Das Bett war mit frischen Laken bezogen. Es sah nicht so aus, als hätte in letzter Zeit jemand darin geschlafen. Im Schrank hingen in mehreren Reihen dunkle Anzüge und gebügelte weiße Hemden. Darunter standen gewichste braune und schwarze Schuhe in Reih und Glied auf einem Gestell. Im anderen Schlafzimmer hatten sie eben einen Blick auf Chao Hengs privates Gesicht geworfen. Hier sahen sie das Gesicht, das er der Öffentlichkeit darbot. Zwei verschiedene Gesichter, zwei verschiedene Menschen. Li fragte sich, welches und ob eines davon den wahren Chao Heng zeigte. Und wie viele Menschen, wenn überhaupt, dieses Gesicht kannten...

Vielleicht zeigte sich in Chaos Wohnzimmer ein drittes Gesicht. Hier betraten sie einen gemütlichen, stilsicher eingerichteten Raum, geschmackvoll ausgestattet mit traditionell lackierten chinesischen Möbeln, von denen viele antik waren; es gab niedrige Tische mit Einlegearbeiten aus Perlmutt, handbemalte Wandschirme, die den Raum unterteilten, bestickte Überwürfe aus Seide, mit denen die tiefen Sofas überzogen waren. Drei Wände waren mit originalen Schriftrollen-Malereien behangen, die vierte war mit einem vom Boden bis zur Decke reichenden Regal voll gestellt, das unter der Last seiner Bücher ächzte. Bücher jeder Art auf Chinesisch und Englisch. Romanklassiker in beiden Sprachen: von Cao Xueqins *Ein Traum von roten Häusern* und Ling Lis *Sohn des Himmels* bis zu Scotts *Redgauntlet* und Steinbecks *Früchte des Zorns*. Dazu eine wahre Bibliothek von naturwissenschaftlichen Fachbüchern: *DNA-infizierende Substanzen bei Pflanzen, Risiko-Abschätzung in der Biogenetik, Pflanzen-Virologie, Genomisches Imprinting*. Schließlich Bücher über Gesundheit: *Lexikalisches Wörterbuch der traditionellen chinesischen Medizin, Chinesische Akupunktur und Moxibustion, Akupunktur gegen Drogenmissbrauch*.

Qian pfiff erstaunt durch die Zähne. »Kann ein einziger Mensch in seinem Leben so viele Bücher lesen?«

Li zog irgendeines davon heraus, *Gentransfer in die Um-*

welt, und untersuchte den Rücken. »Chao Heng anscheinend schon«, antwortete er und schob das Buch zurück ins Regal.

In der Zimmerecke gegenüber stand ein beleuchtetes Aquarium, wo knallbunte Tropenfische Zickzackbahnen durch eine liebevoll nachgebaute Meereslandschaft zogen und wo aus einer Sauerstoffpumpe ununterbrochen Luftblasen an die Oberfläche blubberten. Dosen mit Fischfutter standen aufgestapelt auf einem kleinen Tisch daneben. Li nahm eine in die Hand. Sie war halb voll. Er sprenkelte etwas Fischfutter auf die Wasseroberfläche und beobachtete, wie die Fische träge nach den langsam zum Boden herabschaukelnden Flocken schnappten. Dann trat er nach draußen auf den verglasten Balkon. Er zeigte nach Norden und war darum nicht heißer als der Rest des Hauses. Es gab zwei gemütliche Sessel und einen niedrigen Tisch mit einer einsamen, leeren Bierflasche, einem Aschenbecher mit knapp zehn Zigarettenstummeln und einem Päckchen Marlboro. Li nahm sich das Päckchen. Es waren immer noch mindestens zehn Zigaretten darin. Er legte es auf den Tisch zurück. So wie das Licht auf die Flasche fiel, konnte er überall auf dem dunklen Glas verschmierte fettige Fingerabdrücke erkennen. Merkwürdig, dachte er, wie Tote physische Spuren hinterlassen, auch wenn sie selbst längst nicht mehr da sind. In dieser Wohnung würde alles, was Chao Heng berührt hatte, Spuren der öligen Absonderungen aus seinen Fingern tragen. Abdrücke, die nur ihm allein gehörten. Oder Haare, die sich im Sieb von Waschbecken und Badewanne verfangen hatten, die an Kämmen oder Bürsten hingen. Der feine Staub seiner toten Haut, die er im Verlauf vieler Jahre abgeschuppt hatte, würde wie verborgener Schnee zwischen den Fasern von Teppich und Bett lagern und hatte sich in allen nie abgestaubten winzigen Furchen abgesetzt. Sein Geruch würde noch lange aus dem Gewebe der Kleidungsstücke in seinen Schränken atmen. Seine Persönlichkeit spiegelte sich in all ihren unterschiedlichen Facetten in seinem Lebensstil, seinen Kleidern, seinen Möbeln und seiner Lektüre wider. All dies waren Hinweise, nicht unbedingt auf den Mörder, aber auf den Menschen Chao Heng. Und den Menschen zu kennen, war unverzichtbar, wenn man seinen Mörder kennen lernen wollte.

Vom Balkon aus blickte Li auf das Gelände unten. Er konnte die drei Polizeiautos und das Straßentor in der hohen Mauer erkennen. Er schloss die Augen und stellte sich vor, wie der Mörder Chao Hengs schlaffen, über die Schulter gelegten Leib von der Tür des Gebäudes bis zum nächsten parkenden Auto schleppte. Es waren ungefähr fünf Meter. Er machte die Augen wieder auf und prüfte die Straßenbeleuchtung. Es gab nur wenige, vereinzelte Laternen, und die Bäume warfen wahrscheinlich einen dichten Schatten. Allerdings gab es mit Sicherheit ein Licht über dem Haupteingang, das diese fünf Meter erhellen würde, wodurch sie zum riskantesten Streckenabschnitt auf dem Weg von der Wohnung zum Park wurden. Und das, nachdem der Mörder Chao fünf Stockwerke hinuntergetragen und das Gitter zum Treppenhaus erst auf- und hinter sich wieder abgeschlossen hatte. Der Täter war offenbar nicht nur zu allem entschlossen, er war auch stark und durchtrainiert.

»Qian«, rief er.

Qian kam auf den Balkon. »Ja, Chef?«

»Gehen Sie mal runter und prüfen Sie, ob das Licht über dem Eingang funktioniert. Und schauen Sie auch gleich nach, ob das Gitter unten an der Treppe abgeschlossen ist.«

Qian zögerte kurz, als wartete er auf eine nähere Erklärung, doch als keine kam, nickte er und sagte: »Klar doch«, um gleich darauf die Wohnung zu verlassen.

Li blieb lange stehen, in seine Gedanken vertieft und mit den verschiedensten Szenen vor Augen. Schließlich schlenderte er zurück ins Wohnzimmer, wo sein Blick erneut auf das Bücherregal fiel. Während seine Augen über die Reihen bunter Einbände wanderten, fiel ihm plötzlich Mei Yuans Rätsel wieder ein: *Zwei Männer. Einer ist der Hüter jedes einzelnen Buches auf dieser Welt, wodurch er Zugriff auf alles Wissen hat. Wissen ist Macht, darum ist er ein sehr mächtiger Mann. Der andere besitzt nur zwei Holzstäbe. Trotzdem ist er dadurch mächtiger als der andere. Warum?* Plötzlich wusste Li warum. Er lächelte. Wie passend, dachte er. Wie eigenartig. Vielleicht hatte Mei Yuan ja hellseherische Kräfte.

Ein winziges, rot blinkendes Lämpchen am anderen Ende des Zimmers erregte seine Aufmerksamkeit. Er trat an den kleinen Wandschrank mit dem eingepassten Regalfach. Ganz hinten in dem Fach stand eine Mini-Hifi-Anlage mit Tuner, Kassettendeck und CD-Player. Li ging in die Hocke und betrachtete die Reihe roter und grüner Lämpchen sowie die digital angezeigte Ziffer »9«. »War einer von Ihnen an der Anlage?«, rief er den Männern von der Spurensicherung zu.

»Nein«, rief der Erste zurück.

»Ich auch nicht«, folgte gleich darauf der Zweite.

Li sah auf, als Qian, etwas außer Atem, eintrat. »Das Licht hat jemand geklaut, Chef. Jedenfalls ist keine Birne in der Fassung, und der alte Knabe im Lift behauptet, als er gestern Abend Schluss gemacht hat, sei noch alles in bester Ordnung gewesen. Ach ja, und das Gitter ist abgeschlossen.«

Li nickte. »Kennen Sie sich mit Hifi-Anlagen aus?«

»Ich weiß bessere Sachen, für die ich mein Geld ausgebe. Außerdem hätte ich sowieso nie Zeit, Musik zu hören. Wieso?«

»Chao hat seine eingeschaltet gelassen. Um genau zu sein, er hat die CD auf Pause gedrückt. Das Licht blinkt immer noch. Wollen Sie hören, was er sich angehört hat, als ihn sein Mörder besuchen kam?«

»Woher wollen Sie wissen, dass sein Mörder hier war?« Qian war neugierig.

»Es handelt sich dabei um eine begründete Vermutung«, korrigierte Li und drückte auf »Play«. Schlagartig war der Raum erfüllt vom Klang fremder, exotischer Musik. Er stand auf und nahm eine leere CD-Hülle oben vom Schrank. »Eine westliche Oper«, erklärte er. Und nachdem er den Titel gelesen hatte: »*Samson und Dalila*. Von Saint-Saëns.« Er holte das Begleitheft heraus. »Stück Nummer 9. ›Mon cœur s'ouvre à ta voix‹.« Und las weiter: »Samson, der von den Philistern versklavte Recke der Hebräer, weiß, dass er den Betörungen der Versucherin Dalila widerstehen sollte. Doch als sie ihn mit diesem Liebeslied verführt, schmilzt seine Standhaftigkeit dahin. Er gibt sich ihr ganz und gar hin, wodurch er es Dalila möglich macht, das Geheimnis seiner Kraft zu entdecken und ihm das Haar abzuschneiden, sodass er all seine Macht verliert.«

Hatte sich Chao Heng der Versuchung durch seine Drogen oder seiner Leidenschaft für junge Knaben hingegeben, sodass er den Händen seines Mörders machtlos ausgeliefert war? Die Stimme der Sopranistin erhob sich in einem sinnlichen Crescendo.

»Und?« Qian wurde ungeduldig. Er musste gegen die Musik anschreien. »Worauf beruht diese begründete Vermutung?«

»Auf einer ganzen Reihe von Dingen«, antwortete Li. »Zuerst einmal darauf, dass Chao Heng gestern Abend fast sicher zu Hause war.«

»Woher wollen Sie das wissen?«

»Das Badetuch über der Wanne ist immer noch feucht. Er hat die Fische gefüttert, wahrscheinlich recht spät, denn sie sind immer noch nicht besonders hungrig. Er hat seine Zigaretten auf dem Balkontisch und sein Spritzbesteck im Schlafzimmer gelassen. Und weder ein Raucher noch ein

Junkie würde ohne diese Dinge aus dem Haus gehen. Nicht freiwillig. Er ist nicht mit dem Lift nach unten gefahren. Bei seiner Leiche hat man keinen Schlüssel gefunden, wie hätte er also das Treppengitter abschließen sollen?«

Li durchquerte erneut den Raum und trat auf den Balkon. »Ich glaube, er hat hier gesessen, sich angehört, wie Dalila Samson verführt, und dazu eine Flasche Bier aus dem Kühlschrank getrunken. Wahrscheinlich hat er eine ganze Weile draußen gesessen, den Zigarettenstummeln im Aschenbecher nach zu urteilen und danach, wie weit die CD durchgelaufen ist. Es war spät, der Lift war schon längst geschlossen, vielleicht ein, zwei Uhr morgens, und das ganze Haus hat längst geschlafen. Er hat nach einem Auto unten Ausschau gehalten. Vielleicht nach einer Heroin-Lieferung. Oder einem anvisierten Knaben. Wer weiß? Als er die Scheinwerfer des Autos gesehen hat, ist er aufgestanden, hat die CD angehalten, seinen Schlüssel genommen und ist nach unten gegangen, um das Tor aufzuschließen. Unten muss es dunkler gewesen sein als sonst, weil der Mörder die Birne aus der Lampe über der Tür gedreht hatte. Vielleicht hat Chao aus diesem Grund nicht gleich erkannt, dass der Besucher nicht der war, den er erwartet hatte.

Wer es auch war, er hatte wahrscheinlich eine Waffe dabei, mit der er Chao Heng zurück in die Wohnung gezwungen hat. Sobald sie oben angekommen waren, hat er ihn mit einem stumpfen Objekt, vielleicht sogar mit der Waffe, niedergeschlagen und ihm Ketamin injiziert. Anschließend hat er gewartet, unter Umständen eine volle Stunde, bis er sicher war, dass niemand ihn beobachtet hatte, und dann hat er Chao die Treppe runtergetragen oder -geschleift und unten das Tor wieder abgeschlossen. Dank der herausgedrehten Birne konnte er Chao Heng im Schutz der Dunkelheit die paar Meter zu seinem geparkten Auto tragen. Und dann ging's ab zum Ritan-Park. Den Rest können Sie sich selbst zusammenreimen.«

Mittlerweile hatte Samson sich dem Charme Dalilas endgültig und absolut hingegeben. Qian stieß die Luft zwischen den Lippen aus. »Sie verstehen wirklich was von Vermutungen, Chef.« Er stutzte kurz und ließ sich das Szenario durch den Kopf gehen. »Woher wollen Sie wissen, dass der Mörder allein war?«

»Das weiß ich nicht.«

»Ich meine, zu zweit wäre das doch viel einfacher gewesen.«

Li nickte. »Ja, aber die ganze Sache hat etwas sehr...«, er suchte angestrengt nach dem richtigen Wort, »... Individuelles, fast Exzentrisches an sich. Ich finde, es wirkt eher wie das Werk eines einzelnen verdrehten Hirns.«

Einer der Kollegen von der Spurensicherung rief sie durch den Flur zu sich. Er hockte an der Küchentür und schabte behutsam etwas vom Teppich. »Ein Blutfleck«, erklärte er. »Sieht auch ziemlich frisch aus. Wie frisch, wird die Spektralanalyse zeigen.«

Qian sah Li mit neu erwachtem Respekt an. »Wenn das Blut von Chao stammt, dann sieht es ganz so aus, als hätten Sie Recht, Chef.« Dann verzog er das Gesicht. »Nur zu dumm, dass uns das dem Mörder kein bisschen näher bringt.«

»Alles, was wir herausfinden, bringt uns dem Mörder näher«, sagte Li gleichmütig. »Zeit, dass wir mit dem Straßenkomitee reden.«

V

Liu Xinxin, die Vorsitzende des Straßenkomitees, war eine kleine, nervöse, klapperdürre Frau von etwa sechzig Jahren. Sie lebte in einer Erdgeschosswohnung in Chao Hengs Haus. Ihr ergrauendes Haar war aus dem fein geschnittenen Gesicht in einen straffen Knoten zurückgekämmt; bekleidet war sie mit einer Schürze über einem grauen Arbeitskittel und schwarzen Hosen, die zehn Zentimeter über ihren Knöcheln endeten. Ihre Hände waren mehlbestäubt. »Kommen Sie herein«, sagte sie, als sie ihnen die Tür öffnete. Sie wischte sich mit dem Handrücken eine lose Haarsträhne aus dem Gesicht und hinterließ dabei einen Mehlstreifen auf ihrer Stirn. Sie führte die beiden Polizisten in die Küche, wo sie Klöße für das Familienessen vorbereitete. »Sie sind in einem ungünstigen Moment gekommen. Mein Mann kommt bald heim, und wenig später kommen mein Sohn und seine Frau.«

Li nickte. »Wenn es um den Tod geht, gibt es keinen günstigen Moment.«

Aus einem benachbarten Zimmer war ein lautes Krachen zu hören, gefolgt von hysterischem Gekicher, dann jagten zwei Jungen im Vorschulalter schreiend und kreischend über den Gang. »Meine Enkelkinder«, erklärte Liu Xinxin. Dann ergänzte sie hastig, um jedem Verdacht, ihre Familie sei politisch unkorrekt, vorzubeugen: »Der Ältere ist der Sohn meiner Tochter.« Ein Schatten huschte über ihr Gesicht. »Sie ist in den Wehen gestorben, und man musste ihr das Kind aus dem Leib schneiden. Mein Schwiegersohn ist mit ihrem Tod und dem Kind nicht fertig geworden, darum haben mein Sohn und seine Frau es adoptiert.«

Sie wischte die Hände an der Schürze sauber, die sie danach ablegte. Also ... Herr Chao«, begann sie. »Den hat niemand besonders gut leiden können. Kommen Sie.« Damit führte sie die beiden Polizisten in ein voll gestelltes Wohnzimmer, wo sich an einer Wand Vogelkäfige reihten. Hellgelb-weiße Vögel erfüllten das Zimmer mit ununterbrochenem lärmenden Zwitschern. Der Balkon war bis auf den letzten Zentimeter mit Pflanzen und Wäsche an einer aufgespannten Leine voll gepfropft. Die Verglasung war beschlagen. An der Wand gegenüber stand ein altes Klavier, mit den Überresten groß bedruckter Plakate beklebt, die es einstmals über und über bedeckt hatten. »Das gehört nicht mir.« Liu Xinxin war Lis Blick auf das Klavier nicht entgangen. »Es gehört dem Staat. Ursprünglich bin ich Musikerin. Ich weiß gar nicht, wie ich eigentlich in der Straßenpolitik gelandet bin, ich war bloß vierzig Jahre lang ein gutes Mitglied der Partei. Man hat mich nur zweimal zur Umerziehung geschickt. Vielleicht kennen Sie ja ein paar von meinen Liedern?« Das sagte sie zu Qian, der nicht die leiseste Idee hatte, wovon sie sprach. Er sah Li Hilfe suchend an.

Li meinte: »Wenn Sie uns vielleicht sagen könnten, was Sie geschrieben haben...«

»Ach«, erwiderte sie unbestimmt, »es sind Hunderte. Ich kann mich nicht einmal mehr an alle erinnern. In den Sechzigern hat man in Shanghai eine Sammlung meiner Lieder zusammengestellt. Alles war schon gesetzt und zur Veröffentlichung bereit. Dann kam die Kulturrevolution, und meine Lieder wurden als ›reaktionär‹ verdammt. Die offiziellen Vorgaben für alle Kompositionen haben mir nie zugesagt – hoch, schnell, hart und laut«. Bei jedem Begriff parodierte sie eckige Marschbewegungen. »Damals ist alles verloren gegangen. Vor ungefähr fünfzehn Jahren habe ich versucht, die Sammlung wieder aufzutreiben. Aber der Setzer war in der Zwischenzeit gestorben, und der Verleger wusste nichts von irgendwelchen Korrekturabzügen.« Sie ließ ein kleines, philosophisches Lächeln aufscheinen. »Ein paar Lieder haben trotzdem überlebt... ›Lasst uns unsere Welt erbauen‹ und ›Das war ich einst und das bin ich jetzt‹ und ›Unser Land‹.«

Sowohl Li als auch Qian hatten als Kinder »Unser Land« gesungen, und während Lis Jugendzeit in den achtziger Jahren war »Lasst uns unsere Welt erbauen« so populär gewesen, dass es einen landesweiten Preis gewonnen hatte. Beide erstarrten beinahe in ehrfürchtigem Staunen, dass diese so unauffällige, winzige alte Dame solche Lieder geschrieben haben sollte.

Sie bemerkte ihre Überraschung und lächelte traurig. »Wenn ich heute dreißig Jahre jünger wäre und dieselben Lieder schreiben würde, wäre ich *glanzvoll* reich und im ganzen Land berühmt, und der gute Deng Xiaoping, wäre er noch am Leben, wäre sehr zufrieden mit mir.«

Liu Xinxins Lächeln war einfach ansteckend, und Li merkte, wie sie ihm unwillkürlich sympathisch wurde. »Es war bestimmt nicht leicht für Sie«, sagte er. »Eine Frau, die in einer Männerwelt komponiert. Mein Onkel hat oft ein altes Sprichwort zitiert, das seiner Meinung nach typisch war für die Einstellung der chinesischen Männer, selbst im kommunistischen China: ›Die Tugend einer Frau ist, dass sie kein Talent besitzt.‹«

Die alte Dame grinste. »Ach ja, aber Mao hat gesagt: ›Frauen tragen die Hälfte des Himmels.‹« Ihre Worte riefen Li schlagartig und unerwartet Margaret ins Gedächtnis.

Qian war ans Klavier getreten, hob den Deckel an und starrte staunend auf die Tasten. Musik war ihm ein Mysterium. »Und auf dem hier haben Sie alle Ihre Lieder geschrieben?«, fragte er.

Melancholie überschattete ihren Blick. »Nur die neueren. Die besten habe ich auf meinem ersten Klavier geschrieben. Dieses Klavier war die Liebe meines Lebens. Meine Leidenschaft… Und längst vergangen.« Sie verstummte. »Aber eigentlich wollten Sie mir ein paar Fragen über Herrn Chao stellen.« Sie lächelte tapfer. »Also… trinken Sie Ihren Tee und fragen Sie.«

Li und Qian nippten pflichtbewusst an ihrem grünen Tee. Die Kinder waren irgendwo im Haus verschwunden, wo sie ohne Unterlass auf eine alte Dose trommelten, so hörte es sich jedenfalls an, und damit dem Gezeter der Vögel Konkurrenz machten. »Sie haben gesagt, dass ihn niemand leiden konnte«, setzte Li über den Lärm hinweg an.

»Und zwar vor allem, weil niemand ihn gekannt hat«, sagte Liu Xinxin. »Dem Landwirtschaftsministerium gehören mehrere Wohnungen in diesem Block, aber Herr Chao hat nie mit den anderen Familien zu tun gehabt. Und uns Übrigen gegenüber war er... wie soll ich es ausdrücken... ausgesprochen reserviert? Als wäre er jemand Besseres als wir. Wenn man ihm auf der Straße begegnete und ihn grüßte, hat er sofort in die andere Richtung geschaut. Er hat nie gelächelt oder jemanden gegrüßt. Ich glaube, er war ein sehr trauriger Mensch.«

»Wie kommen Sie denn darauf?« Li trank schlürfend einen Schluck Tee. Er schmeckte gut.

»Ein Mann, der niemals lächelt, muss doch traurig sein«, antwortete sie. »Und wenn man irgendwann zufällig Gelegenheit hatte, in seine Augen zu schauen, waren sie immer voller Schmerz, so als drückte eine unerträgliche Last auf seine Schultern. Natürlich kannte ihn keiner so gut wie Herr Dai, der Aufzugführer. Er ist in meinem Komitee, darum haben wir oft miteinander über Herrn Chao gesprochen.« Sie hielt inne, um nachzudenken, und verbesserte dann: »Wenn ich sage, dass Herr Dai ihn ›gekannt‹ hat, meine ich damit, dass niemand ihn so oft gesehen hat wie Herr Dai. Aber wie schon gesagt, *gekannt* hat ihn niemand.«

»Und seine Familie? Wissen Sie etwas über seine Herkunft?«

Sie schüttelte den Kopf. »Nur das, was uns bei seinem Einzug mitgeteilt wurde.«

»Und wie lange ist das her?«

»Ungefähr zwei Jahre. Er hatte ein paar Jahre in der Provinz Guangxi gearbeitet, in der Nähe von Guilin, bevor sie ihn zurück in den Norden geholt und ihm die Wohnung hier gegeben haben. Aber in den letzten sechs Monaten hat er kaum gearbeitet. Es ging ihm schlecht, glaube ich.« Sie beugte sich vertraulich vor. »Man erzählt, er sei verheiratet gewesen und geschieden worden, und er hätte irgendwo im Süden eine junge Familie.« Sie senkte die Stimme. »Er hatte eine Schwäche für junge Knaben, müssen Sie wissen.«

Li verkniff sich ein Lächeln. Er konnte sich die Gespräche ausmalen, die Liu Xinxin mit Herrn Dai und den anderen Komitee-Mitgliedern über das nächtliche Kommen und Gehen in Chaos Wohnung geführt hatte. Trotzdem hatte seine privilegierte Position in Partei und Staat die Mitglieder des Komitees bestimmt eingeschüchtert. Vielleicht hatten sie ihn der Öffentlichen Sicherheit gemeldet und eine Rüge kassiert, sich um ihre eigenen Angelegenheiten zu kümmern. Der wissenschaftliche Berater eines Staatsministers war bestimmt ein mächtiger und einflussreicher Mann, eine Art moderner Mandarin. In seinem Umkreis musste man behutsam auftreten. Li trank seinen Tee aus und stand auf. »Also, vielen Dank, Ehrenwerte Liu. Sie haben uns sehr geholfen.« Qian tat es seinem Vorgesetzten gleich und erhob sich.

»Möchten Sie nicht noch eine Tasse trinken?« Sie schien ihre Besucher nur ungern gehen lassen zu wollen.

»Wir wollen Sie nicht stören, schließlich kommt Ihre Familie bald heim.«

»Ach...« Sie wedelte wegwerfend mit der Hand. »Die kommen erst in einer Ewigkeit. Soll ich Ihnen vielleicht eines von meinen Liedern vorspielen?«

Um sie nicht zu verletzen, sagte Li ausweichend: »Wir haben leider wirklich keine Zeit mehr.«

»Nur ein einziges.« Sie war schon auf dem Weg zum Klavier und zog sich einen Hocker heran. »Sie kennen doch ganz bestimmt ›Unser Land‹. Es wurde damals in allen Schulen gesungen.«

Li und Qian sahen sich an. Es gab kein Entrinnen. »Aber wirklich nur dieses eine«, gab Li sich geschlagen.

Sie strahlte. »Sie müssen aber mitsingen.« Und während sie die einleitenden Takte spielte: »Ich singe die Strophen, und Sie singen den Refrain.«

So standen sie um das Klavier herum, sangen das von der alten Dame vor über dreißig Jahren geschriebene und komponierte Lied, und Li war froh, dass niemand diese peinliche Situation mitbekam. Er konnte sich gut vorstellen, was für Kommentare das im Büro nach sich gezogen hätte. Wenigstens konnte er sich darauf verlassen, dass Qian, dem die Situation genauso unangenehm zu sein schien, den Mund halten würde. Dann bemerkte er Liu Xinxins kleine Enkelkinder, die ihnen von der Tür aus mit großen Augen zuschauten, und einen Augenblick darauf ihre mindestens so erstaunten Eltern, die eben von der Arbeit heimkehrten. Li schloss die Augen.

Mit hochroten Wangen und ohne ihren Gedanken Worte zu verleihen, flohen sie aus der Wohnung und stiegen in ihren Jeep. Lange saßen sie schweigend nebeneinander, bevor sich ein winziger Riss in Lis eiserner Fassade zeigte. Luft stob wie in einer Explosion aus seinen Nasenlöchern. Qian sah gerade noch rechtzeitig hinüber, um mitzubekommen, wie Lis versteinerte Miene in sich zusammenfiel. Es war ansteckend. Auch seine Erstarrung löste sich. Gleich darauf lachten beide unkontrollierbar, bis ihnen Tränen über die Wangen liefen und der Bauch weh tat, fast wie zwei Buben, die zum ersten Mal einen schmutzigen Witz hören. Ihre Verlegenheit hatte sich in Luft aufgelöst. Während Li keuchend nach Luft schnappte, fragte er sich kurz, was es eigentlich zu lachen gab, bevor ihm aufging, dass sie über sich selbst lachten.

Ein energisches Klopfen am Fahrerfenster schreckte sie auf. Draußen stand ein junger uniformierter Wachtmeister. Qian kurbelte das Fenster herunter.

»Bezirkswachtmeister Wang«, stellte sich der Beamte vor

und blickte missbilligend in die beiden grinsenden Gesichter. »Das hier ist mein Rayon. Sie hätten zu mir kommen sollen, bevor Sie die Mitglieder des Straßenkomitees befragen.«

Li beugte sich heraus, und immer noch lag ein Lächeln auf seinem Gesicht. »Machen Sie sich deswegen keine Gedanken, Wang. Wir haben nur etwas Gesangsunterricht genommen.« Damit brachen er und Qian wieder in brüllendes Gelächter aus. Wang machte mit rot angelaufenem Gesicht einen zornigen Satz zurück, während Qian den Motor anließ und mit quietschenden Reifen rückwärts aus dem Gelände setzte. Das schallende Gelächter noch in den Ohren, schaute ihnen der Bezirkswachtmeister mit dem selbstgerechten Zorn eines beleidigten, engstirnigen Bürokraten nach.

Als Li und Qian in die Sektion Eins zurückkamen, zog dort eine unaufhörliche Prozession von zu vernehmenden Zeugen durch. Die Straße vor dem Haus war verstopft von Taxis, Fahrrädern, Kindern in der Obhut geduldiger Großeltern und Gruppen von Männern und Frauen, die erregt darüber diskutierten, weshalb man sie wohl herbestellt hatte. Die Menschen stammten aus allen nur denkbaren Gesellschaftsschichten: Wanderarbeiter, die vor kurzem nach Peking gekommen waren, Kleinganoven, morgendliche Besucher des Ritan-Parks – Beamte, Fabrikarbeiter, Hausfrauen, eine Armee von Rentnern. Vom Kripo-Hauptquartier in der Innenstadt hatte man zusätzliche Kriminalbeamte abgezogen, die bei den Vernehmungen helfen sollten.

Qian konnte nur mit Mühe einen Parkplatz für den Jeep finden, von dem aus er und der Stellvertretende Sektionsvorsteher Li sich durch die wartenden Mengen bis zum Eingang des Gebäudes vorkämpfen mussten. Drinnen war es nicht besser. Die Schlangen verstopften sämtliche Treppen. Auf jedem Stockwerk hatte man zusätzliche Vernehmungsräume eingerichtet, um der Situation Herr zu werden. Alle Aussagen wurden aufgenommen und niedergeschrieben, und die Mädchen in der Schreibstube arbeiteten in Schichten, damit die Papierströme nicht ins Stocken gerieten. Und so weit Li sehen konnte, als er sein Büro betrat, mündeten all diese Ströme auf seinem Schreibtisch. Schon jetzt hatten sich wahre Berge angesammelt. In allen drei Mordfällen waren schon Hunderte von Aussagen aufgenommen worden – und Hunderte, vielleicht sogar Tausende, würden noch folgen. Auf seinem Schreibtisch lagen außerdem der pathologische Befund von Chaos Autopsie, dazu eine Zusammenfassung seines beruflichen Werdegangs und seiner Laufbahn im Landwirtschaftsministerium sowie verschiedene Berichte der Spurensicherung über die diversen Tatorte. Unter einem Stapel fotokopierter Aussagen entdeckte er schließlich noch die Akte über die Nadel, die ihm von Wu herausgesucht worden war. Er fuhr sich über die Stoppelhaare und fühlte sich schon jetzt erschlagen von der Menge an Material. Eine junge Verwaltungsbeamtin trat mit einem weiteren Arm voll Vernehmungsprotokollen ein und brachte damit das Fass zum Überlaufen. Er sprang auf und hob die Hände, um ihr Einhalt zu gebieten. »Es reicht! Keine Zeugenaussagen mehr auf meinen Schreibtisch!«

Das Mädchen, eine schüchterne Neunzehnjährige, wich erschrocken zurück und sah sich hilflos um. »Wo soll ich sie dann hin tun?«

Li schaute sich im Raum um. »Dahin«, deutete er. »Auf den Boden vor dem Fenster. Sortieren Sie die Protokolle nach Fällen und machen Sie drei einzelne Stapel. Auf meinen Schreibtisch kommen nur Sachen, um die ich gebeten habe, okay?«

Sie nickte nervös und hockte sich hin, um die Stapel wie erbeten auf dem Boden aufzuschichten. Neben ihr plumpste ein weiterer dicker Stapel auf den Boden. Sie sah verblüfft auf und hörte Li sagen: »Wenn Sie schon dabei sind, können Sie den hier auch gleich sortieren.«

Jetzt, wo er wieder die Tischplatte erkennen konnte, begann Li, jene Akten zu ordnen, die er griffbereit haben wollte. Er warf einen Blick auf den Obduktionsbericht und merkte, dass er unwillkürlich an Dr. Margaret Campbell denken musste. Es waren fragmentarische Gedanken, kleine Gesprächsfetzen: »*Kein Mensch ist eine Insel*«, »*Wahrscheinlich habe ich einen Spiegel zerbrochen*«, »*Ich wollte Sie nicht mit meinem schäbigen Privatleben belästigen.*« Oder Schnappschüsse: der Ehering am Ringfinger ihrer linken Hand, die Sommersprossen auf ihrem Arm, die weich nach vorn drängenden Brüste unter der dünnen Baumwolle ihres weißen T-Shirts.

Verdrossen legte er den Obduktionsbericht beiseite und konzentrierte sich mit aller Kraft auf die Berichte der Spurensicherung. Nur stand darin nichts, was er nicht schon wusste. Erst die Spektralanalyse des Blutes aus Chaos Wohnung würde mehr verraten. Genau wie das Ergebnis seiner Anfrage an Dr. Wang. Aber beides würde erst morgen eintreffen. Er merkte, dass es ihn wurmte, warten zu müssen. Was ungewöhnlich war, denn normalerweise war er ein geduldiger Mensch. Doch irgendwie sagte ihm sein Instinkt, dass es hier auf Schnelligkeit ankam, dass die erforderliche Vorgehensweise in diesem Fall nicht darin bestehen konnte, wie üblich die pedantisch zusammengetragenen Beweise sorgfältig Schicht um Schicht anzuhäufen. Dabei verlangte seine gesamte Ausbildung und Erfahrung genau das.

Nachdenklich wanderte sein Blick über den Text aller drei Spurensicherungsberichte. Immer noch waren die an allen drei Tatorten gefundenen Marlboro-Stummel die einzigen wirklichen Beweisstücke. Die Tatsache, dass Chao rauchte und dass er Marlboro rauchte, hatte Li beschäftigt, seit er die Stummel und das Päckchen in Chaos Wohnung gefunden hatte. Demnach bestand die Möglichkeit, dass der im Park gefundene Stummel von Chao selbst geraucht worden war, quasi als letzte Zigarette, die ihm sein Mörder gewährt hatte. In diesem Fall verband, abgesehen von einem Zufall, nichts den Mord an Chao mit den beiden anderen Morden. Doch Li hielt nichts von Zufällen. Außerdem hatte man Chao unter Drogen gesetzt, und die Zigaretten waren in seiner Wohnung geblieben; wenn er also überhaupt in der Lage gewesen war zu rauchen, dann musste ihm sein Mörder die Zigarette spendiert haben, der folglich ebenfalls Marlboro rauchte. Noch ein Zufall. Schon jetzt waren das eindeutig zu viele Zufälle. Li trommelte ungeduldig mit den Fingern auf den Schreibtisch. Und bis morgen auf die Antworten zu warten, dachte er, konnte er sich einfach nicht leisten.

Die nächste Ladung Aussagen wurde hereingetragen und auf die drei Stapel unter dem Fenster verteilt. Durch die offene Tür sah er, dass draußen im großen Dienstraum immer noch hektische Aktivität herrschte. Er nahm sich die Akte über Chao und klappte sie auf. Es gab herzlich wenig über ihn zu erfahren. Geboren 1948, dem Jahr vor der Gründung der Volksrepublik China, in Nanchang in der Provinz Jiangxi. Sein Vater war Professor für Englisch, die Mutter ein Parteikader. 1966, in Lis Geburtsjahr, war Chao nach Peking gekommen und hatte sich, gerade als die Kulturrevolution über das Land fegte, an der Landwirtschaftshochschule Peking eingeschrieben. Nach zwei Jahren, in denen er Agronomie und Agrobiologie studiert hatte, wurde er von Mitstudenten denunziert, die sich den Roten Garden angeschlossen hatten, und musste die Universität verlassen. Die Wendung *von Rotgardisten denunziert* beschwor in Li Bilder von Prügelorgien, stundenlanger erzwungener Selbstkritik und endlosen Aufsätzen über eingestandene »reaktionäre Schwächen und imperiale Tendenzen« herauf. Oft war dies nur eine Umschreibung dafür, dass ein paar Halbwüchsige, aller Einschränkungen und Zwänge einer zivilisierten Gesellschaft entledigt, Gelegenheit bekamen, die dunkle und grausame Seite der menschlichen Natur zu erforschen. Rowdys und Rabauken, denen man die Möglichkeit gegeben hatte, sich durch Folter und Mord selbst auszudrücken, ohne dass sie irgendwelche Konsequenzen befürchten mussten. Schließlich reinigten sie als »Bekämpfer der Vier Alten« – der vier alten kapitalistischen Untugenden nämlich – ihr Land von Klassenfeinden. Es stand den Kindern frei, ihre Lehrer zu verhöhnen und zu quälen, ihnen Eselsmützen aufzusetzen und sie zu zwingen, sich vor der gesamten Klasse auf den Boden zu werfen. Li hatte das während seiner Grundschulzeit mit eigenen Augen gesehen. Zum Glück hatte sich der Wahnsinn, bis Li in die Mittelschule gekommen war, größtenteils gelegt. Vermutlich hatten Chao Hengs Mitstudenten auf ihm herumgehackt, weil er so weich und möglicherweise bereits offen homosexuell oder aber in seiner Sexualität noch nicht festgelegt war. Er wurde zur Umerziehung aufs Land geschickt.

Im Anschluss klaffte in seinem Lebenslauf eine Lücke von fast einem Jahr. Nichts ließ erkennen, wohin man ihn geschickt hatte. Entweder aufgrund eines außergewöhnlichen Glücksfalls oder dank irgendwelcher Beziehungen, die seine Mutter spielen lassen konnte, tauchte er plötzlich in den Vereinigten Staaten wieder auf, wo er an der Universität von Wisconsin als Student eingeschrieben war. Nachdem er 1972 in mikrobieller Genetik abgeschlossen hatte, blieb er noch ein weiteres Jahr in Amerika, um seinen Doktor in Biotechnologie zu machen. Anschließend berief man ihn als Forscher in den Verwaltungsrat des Boyce-Thompson-Instituts an der Cornell-Universität, wo er bis 1980 arbeitete, um dann nach China zurückzukehren und an genau derselben Universität zu lehren, von der man ihn zwölf Jahre zuvor verjagt hatte.

Danach hatte er ziemlich bald geheiratet, wurde aber innerhalb von drei Jahren wieder geschieden, nachdem er in der Zwischenzeit eine Tochter gezeugt hatte. Li fragte sich, wieso Chao es für notwendig erachtet hatte zu heiraten. Ganz offenbar war die Beziehung in sexueller Hinsicht von vornherein zum Scheitern verurteilt. Bestand wirklich die Notwendigkeit, sich hinter einer respektablen heterosexuellen Fassade zu verstecken? Hätte er seinen Lebensstil nicht einfach diskret weiterführen können?

Ob seine speziellen Vorlieben nun bekannt waren oder nicht, seiner Karriere hatten sie jedenfalls nicht geschadet. Er hatte an einflussreicher Stelle mitgewirkt bei der Einrichtung des Nationalen Zentrallabors für agrikulturelle Biotechnologie an der Agrarwissenschaftlichen Universität Peking, das unter der Schirmherrschaft des Landwirtschaftsministeriums stand, und während der nächsten zehn Jahre Feldstudien geleitet; erst in Peking, dann an der Versuchsstation Changping im Bezirk Hui Long Guan im Kreis Changping und schließlich in der Entwicklungsregion für Agro-Spitzentechnologie in Zhouzhou. Beinahe vier Jahre lang hatte er an einem nicht näher benannten Forschungsprojekt nahe Guilin gearbeitet, bis er 1996 nach Peking zurückbeordert und zum persönlichen wissenschaftlichen Referenten des Landwirtschaftsministers ernannt worden war. Vor sechs Monaten hatte er aus gesundheitlichen Gründen aus dem Dienst scheiden müssen.

Li klappte die Akte zu. Ein Leben, in ein paar karge Absätze gepresst. Über den Menschen selbst erfuhr man daraus nichts – weder was ihn antrieb, was ihn süchtig werden und Raubbau an seiner Gesundheit treiben ließ, noch was irgendwen dazu veranlasst hatte, ihn zu töten. Wenn er morgen Chaos *Danwei* im Landwirtschaftsministerium einen Besuch abstattete, wäre die Ernte hoffentlich wesentlich ergiebiger. Morgen und morgen und morgen! Alles erst morgen! Er streckte die Hand nach der Akte über die Nadel aus, die Wu auf seinen Schreibtisch gelegt hatte. Irgendwo in der Drogengeschichte, das sagte ihm sein Instinkt, würde er eine erste Verbindung zwischen wenigstens zweien der Morde finden.

Jemand klopfte leise an die Tür, und der Sektionsvorsteher Chen trat ein. Er schloss die Tür hinter sich. »Da draußen geht es drunter und drüber.« Dann fiel sein Blick auf die Stapel mit Protokollen unter dem Fenster. »Dieser Fall könnte uns wochenlang auf Trab halten.«

»Oder monatelang«, sagte Li düster.

»Wie geht es voran?«

»Langsam. Wenn morgen die Ergebnisse von ein paar Proben aus der Spurensicherung vorliegen, kann ich Ihnen mehr sagen. Bis dahin suchen wir immer noch nach einer Stecknadel im Heuhaufen.«

Chen nickte. »Ich habe gute Neuigkeiten. Nachdem die Autopsie, die von Dr. Campbell heute Morgen durchgeführt wurde, so erfolgreich verlaufen ist, hat Professor Jiang angeboten, dass wir ihre Dienste bis zu ihrer Abreise aus Peking in Anspruch nehmen können. Natürlich unter der Voraussetzung, dass sich das mit ihren Vorlesungen vereinbaren lässt.«

Li atmete tief und langsam ein. »Das ist sehr nett von dem Professor, Chef, aber wirklich nicht nötig.«

»Oh, aber ich habe bereits in Ihrem Namen angenommen. Ich habe den Professor gebeten, dass Dr. Campbell morgen früh auch die beiden anderen Autopsien vornehmen soll.«

Li biss die Zähne zusammen und gab sich alle Mühe, ruhig zu bleiben. »Das hätten Sie wirklich nicht tun sollen, Chef. Ich habe bereits Professor Xie gebeten, die Obduktionen vorzunehmen. Dies ist eine rein chinesische Ermittlung, in der Dr. Campbell sich nicht auskennt. Ich brauche sie nicht.«

Chen wollte sich schon über seinen jüngeren Kollegen hinwegsetzen, entschied sich aber dagegen. Li hatte sich eindeutig festgelegt, und Chen hatte in dieser Frage schon einmal seine Einwände übergangen. Vielleicht sollte er dem jungen Mann ein wenig Spielraum lassen, die Dinge auf seine Weise zu handhaben. Er seufzte. »Oh, also gut, dann werde ich dem Professor mitteilen, dass bereits andere Arrangements getroffen wurden und dass wir ihm für das Angebot danken, Dr. Campbells Dienste aber nicht weiter benötigen.« Er hielt inne und fügte dann hinzu: »Aber falls etwas Persönliches hinter Ihrer Entscheidung stecken sollte, Li Yan, dann wäre es sehr dumm, wenn Sie dadurch Ihr professionelles Urteilsvermögen beeinträchtigen ließen.«

Er ging, und Li starrte ins Leere; einerseits wünschte er sich, er hätte das Angebot angenommen, andererseits hätte in diesem Fall ganz eindeutig die Gefahr bestanden, dass etwas Persönliches daraus geworden *wäre* – und zwar auf eine Art, die sein professionelles Urteilsvermögen durchaus beeinträchtigt hätte. Margaret hatte Gefühle in ihm zum Leben erweckt, die er seit zehn Jahren um seiner beruflichen Laufbahn willen unterdrückt hatte und die er jetzt keineswegs wach werden lassen wollte. Er öffnete die Akte über die Nadel, um einen Blick auf seinen alten Gegner zu werfen.

Das Schaben der Tür reichte aus, um ihren anfälligen Schlaf zu durchdringen. Blinzelnd hob sie den Kopf von dem ungewöhnlich harten und unnachgiebigen Kissen. Ihr einer Arm war eingeschlafen und würde längst nicht so schnell aufwachen wie sie. Ihr Hals fühlte sich an wie seitlich festgeschraubt. Hinter einem verschwommenen Schleier sah sie einen Mann auf ihr Bett zukommen. Was tat der Kerl in ihrem Schlafzimmer? Angestrengt blinzelnd und mit klopfendem Herzen richtete sie sich auf und begriff, dass sie keineswegs im Bett lag. Einen kurzen panischen Moment hatte sie nicht die leiseste Idee, wo sie sein könnte, bevor ihr die Erkenntnis dämmerte. Sie war an ihrem Schreibtisch eingeschlafen, den Kopf auf den rechten Unterarm gelegt, in den nun unter Schmerzen das Blut zurückströmte.

»Alles in Ordnung?«, fragte Bob.

»Ja. Verzeihung. Ich bin wohl eingeschlafen. Gestern Nacht habe ich kaum ein Auge zugetan.«

Gestern Nacht? Wann war das gewesen? Ihr Gehirn schien keinerlei Zusammenhänge herstellen zu können. Genau wie das Blut, das langsam wieder in die Adern ihres Armes floss, bereiteten ihr die allmählich ins Bewusstsein zurücksickernden Erinnerungen an die vergangenen vierundzwanzig Stunden höllische Schmerzen – hinter den Augen, in beiden Schläfen, im Nacken. Sie erinnerte sich an die Autopsie, das Mittagessen mit Li und ihre nachfolgende Depression. Und dann fiel ihr wieder ein, wie sie zu Professor Jiang bestellt und gefragt worden war, ob sie wohl bereit wäre, zwei weitere Autopsien vorzunehmen und im Mordfall Chao Heng bei den Ermittlungen des stellvertretenden Sektionsvorstehers Li als beratende Fachkraft zur Seite zu stehen.

Diese Erinnerung ließ sie wieder aufleben. Sie erinnerte sich daran, wie sie die Professoren Tian und Bai und Dr. Mu um Verzeihung gebeten hatte, weil sie alle drei aus ihrem Büro vertrieben hatte, und ihnen in einer großzügigen Geste angeboten hatte, es zurückzugeben. Schließlich würde sie nun, da sie der Sektion Eins bei einem Mordfall helfen sollte, nicht mehr so viel Zeit an der Universität verbringen. Die Aussicht war verführerisch.

»Aber wo werden Sie Ihre Vorlesungen vorbereiten?«, hatte Veronica sie auf Dr. Mus Bitte hin gefragt.

»In meinem Hotelzimmer«, hatte Margaret geantwortet. »Dort ist es geräumig, es gibt eine Klimaanlage, ich habe Zugang zu einem Telefon, und unten gibt es ein Geschäftszentrum, wo ich mir Unterlagen kopieren, faxen oder mailen lassen kann, was immer Sie wollen.«

Die drei hielten sie ganz offensichtlich für verrückt, doch sie waren froh, wieder in ihr Büro zu kommen, und hatten ihr deshalb nicht widersprochen.

»Sie hätten ins Hotel gehen sollen«, erklärte ihr Bob.

Sie schüttelte sich, um den Kopf frei zu bekommen, löste dadurch aber lediglich eine Schmerzattacke aus, die sich anfühlte, als würde ihr der Schädel gespalten. »Autsch.« Sie massierte ihre Schläfen. »Ich weiß. Das wollte ich ja. Anscheinend habe ich nur kurz den Kopf sinken lassen, und dann... na ja, zack. Wie spät ist es?«

»Halb sechs. Professor Jiang möchte Sie sprechen.«

»Schon wieder? Was will er denn jetzt?«

Professor Jiang lächelte verlegen, als sie in sein Büro trat. Veronica saß steif auf einem Stuhl, die Hände artig im Schoß gefaltet. Sie betrachtete Margaret mit einigem Unbehagen. Der Professor deutete auf einen Sessel, und Margaret ließ sich gehorsam darauf nieder, um dann zwei Minuten lang zuzuhören, wie er mit ernster Miene auf sie einsprach. Dann lehnte er sich zurück und ließ Veronica übersetzen.

»Professor sagt, Sektionsvorsteher Chen hat angerufen und gesagt, er tut Leid, aber sein Stellvertreter glaubt, Sie sind... wie soll ich sagen?... bei den Ermittlungen nutzlos.« Sie lehnte sich zurück, hochzufrieden über ihr »nutzlos« und ohne etwas von der darin ausgedrückten Geringschätzung und Abweisung zu ahnen, die Margaret wie einen Schlag ins Gesicht empfand.

4. KAPITEL

I

Dienstagabend

Die Pekinger lassen sich zu jeder Tages- und Nachtzeit die Haare schneiden. Darum machten die weiß bekittelten Damen mit den spitzen Hüten, die sich auf der Sanlihe Lu vor den Toren des Yuyuantan-Parkes postiert hatten, auch um sechs Uhr abends noch gute Geschäfte. Kaum hatte ein Kunde seinen Sitz frei gemacht, ließ sich schon der Nächste darauf nieder. Der Gehsteig war mit schwarzen Haarsträhnen bedeckt, die von den Friseuren nach der Arbeit fein säuberlich aufgekehrt werden würden. Auch der Park war noch belebt. In Wellen schoben sich die Menschen unter dem Regenbogen durch, der den Eingang überspannte, um auf dem Heimweg von der Arbeit eine Weile bei einer der Tanzgruppen mitzumachen oder um nach den langen Stunden in der Fabrik oder im Laden ein wenig frische Luft zu schnappen. Jenseits der Bäume, von denen die Fahrradspur überschattet wurde, tobte der Feierabendverkehr.

Li radelte an den arbeitenden Friseuren vorbei und hob anschließend sein Fahrrad über eine niedrige Absperrung auf einen schattigen Abschnitt voller Büsche und Bäume, wo verschiedene gepflasterte Wege zum Fluss hinunterführten. Hier war der Verkehrslärm nur noch schwach zu hören, und die Luft war kühler, da sie während der Hitze des Tages nicht der Sonne ausgesetzt gewesen war und nun vom Wasser aufzusteigen schien, um dann in einer sanften Brise durch das Laub zu streifen. Vögel sangen in den Käfigen, die in den

Bäumen hingen, und ihre Besitzer – größtenteils alte Männer – hatten sich auf Hockern um die runden Steintische versammelt, um Karten oder chinesisches Schach zu spielen. Zwischen zwei Bäumen hatte eine Frau auf einer Leine große Schriftplakate aufgehängt, die ein paar Männer, die Hände auf dem Rücken verschränkt, ohne jeden Kommentar betrachteten. Die Frau musterte ihre Mienen interessiert, doch soweit Li das feststellen konnte, zeigten die Gesichter keinerlei erkennbare Gefühlsregung. In einer von Ranken überwucherten Pergola spielte ein alter Mann auf einer Violine, während ein paar Schritte von ihm entfernt ein junger Mann in einer Militärhose mit Tarnmuster, ein Käppi auf dem Kopf, mit toten Augen aus einer Plastikflasche Alkohol trank.

Ein wenig tiefer im Park stieß Li schließlich auf seinen Onkel, der an einem niedrigen Steintisch saß und gerade zum entscheidenden Schlag ausholte. Der Leibwächter des Königs hatte einen fatalen Fehler begangen, und der Alte Yifu war ein erbarmungsloser Sieger. Sein Pferd übersprang den Fluss, und der König saß in der Falle. »*Jiang jun!*«, rief er, begeistert über die Zangenbewegung, mit der er seinen Gegner Schachmatt gesetzt hatte. Der kratzte sich den kurz geschorenen Schädel und schüttelte ihn verwundert.

»Manchmal frage ich mich, warum ich überhaupt mit dir spiele, Alter Yifu. Gegen dich werde ich nie gewinnen.«

Der Alte Yifu lächelte. »Du wirst gewinnen«, belehrte er seinen Kontrahenten, »sobald du aufhörst zu verlieren.« Er schaute auf und sah Li näher kommen. »Li Yan.« Er sprang auf und schüttelte seinem Neffen energisch die Hand. »Wie war dein erster Tag?«

Li lächelte betreten. »Nur drei Morde, Onkel.«

Der Schachpartner seines Onkels hob einen Vogelkäfig von dem Baum, in dessen Schatten sie gespielt hatten, hängte ihn über die Lenkstange seines Fahrrads und verabschiedete sich: »Ich muss heim zum Essen. Die Aufregung hat mich hungrig gemacht.«

»*Zai jian.*« Der Alte Yifu ließ Li nicht aus den Augen. »Du machst Witze«, sagte er.

»Nein.« Li ließ sich auf den Hocker sinken, den der geschlagene Schachspieler frei gemacht hatte. »Drei. In verschiedenen Stadtteilen. Aber sie hängen irgendwie zusammen.«

Ebenso gespannt wie besorgt über diese Neuigkeit, setzte sich der Alte Yifu ihm gegenüber hin. »Du spielst eine Partie Schach mit mir und erzählst mir dabei alles.«

Li zückte seine Uhr. »Es ist schon spät, Onkel Yifu. Wir sollten essen.«

»Essen können wir hinterher. Erst erzählst du mir alles.« Er baute die Spielsteine, schlichte Holzscheiben mit schwarzen oder roten chinesischen Schriftzeichen, in der Ausgangsposition auf. »Dann essen wir.«

Li schüttelte liebevoll den Kopf. Er wusste, dass sein Onkel jede noch so kleine Einzelheit erfahren wollte, und sein Onkel wusste, dass Li ihm alles ganz genau erzählen wollte. Er schaute zu, wie der Alte die Steine zu beiden Seiten des »Flusses« aufstellte. Sein Onkel hatte einen runden Kopf mit ungewöhnlich lockigem Haar, in dem hier und da eine silberne Strähne aufblitzte, und eine eckige Schildpattbrille vor den Augen. Seine Brauen waren praktisch immer fragend hochgezogen, und meist grub ein Lächeln tiefe Furchen in seine Wangen. Stets trug er bunt gemusterte, kurzärmlige Hemden über ausgebeulten Hosen, die sich oberhalb der offenen Sandalen in Ziehharmonikafalten zusammenschoben, und war mit einer kleinen Tasche ausstaffiert, in der er eine Kanne mit grünem Tee, sein Schachspiel, ein Kartenspiel, ein Buch und die neueste Zeitung verstaut hatte. »Du beginnst.« Der Alte wedelte Li ungeduldig mit der Hand zu, und Li zog einen seiner Soldaten ein Feld vor. »Also, erzähl.«

Doch bevor Li sich über seine Mordermittlungen ausließ, lag ihm noch etwas anderes auf dem Herzen. »Heute war ein seltsamer Mann in meinem Büro«, sagte er.

»Ach?« Sein Onkel schien sich ausschließlich auf seinen Eröffnungszug zu konzentrieren.

»Ein *Fengshui*-Mann.«

»Ah.« Der Alte Yifu hatte sich offenbar entschieden und zog mit einem seiner beiden Pferde.

»Er hat behauptet, er sei ein Freund von dir.«

»Hmm-hmm, hmm-hmm.« Der Alte Yifu heuchelte Desinteresse. »Du bist dran. Pass auf.«

»Er hat gesagt, du hättest ihn geschickt.«

»Natürlich sagt er das.«

»Weil du ihn geschickt hast?«

»Warum sollte er sonst so was sagen?«

Li seufzte. »Onkel Yifu, es ist nicht so, dass ich grundsätzlich etwas gegen *Fengshui* hätte...«

»Das will ich auch nicht hoffen!« Der Alte Yifu war entrüstet.

»Im Gegenteil, ich bin überzeugt, dass die Grundlagen zum großen Teil auf unwiderlegbaren Wahrheiten beruhen und hohen praktischen Wert haben.«

»Natürlich haben sie das. Praktischen und geistigen. Mach schon, du bist am Zug!«

Li zog mit einem Pferd, um seinen Soldaten zu decken. »Die Sache ist nur so... also, du weißt ja selbst, dass die Regierung das nicht gern sieht. Jedenfalls nicht offiziell.«

»Unfug!« Der Alte Yifu ließ sich nicht beirren. »Kein Architekt, der sein Geld wert ist, zieht heutzutage ein Gebäude hoch, ohne dass ein *Fengshui*-Mann einen Blick auf seine Pläne geworfen hätte. Und zwar auch bei *offiziellen* Gebäuden.«

»Nun, das mag ja sein...« Li holte tief Luft. »Aber es ist trotzdem so, dass der Sektionsvorsteher Chen keinen *Fengs-*

hui-Mann in seinem Haus sehen will und dass er mir das deutlich gesagt hat.«

»Chen?« Der Alte schnaubte verächtlich. »Was weiß dieser alte Knacker denn schon? Überlass Chen nur mir. Dem werde ich schon den Kopf zurechtrücken.«

»Das ist noch nicht alles, Onkel Yifu...« Inzwischen stahl sich ein Anflug von Verzweiflung in Lis Stimme. Seine Trumpfkarte war eben gestochen worden. Wie konnte er seinem Onkel nur klarmachen, dass ihm der Besuch *peinlich* war? Dass sich seine Kollegen darüber ausschütteten vor Lachen? Außerdem wollte er auf keinen Fall, dass sich der Alte Yifu mit Chen anlegte. Das wäre so, als würde ein Vater den Lehrer seines Kindes zur Rechenschaft ziehen wollen. Damit würde er womöglich die Stimmung trüben, was schließlich auf Li zurückfallen würde. »Ich meine, um Chen kann ich mich auch selbst kümmern. Es ist nur so...«

Der Alte setzte mit einem Soldaten über den Fluss und knallte ihn in Lis Hälfte auf das Brett. »Nur wie?«

»Nur so... dass ich einfach zu viel zu tun habe, um mich mit solchen Dingen zu befassen«, brachte Li hilflos vor.

»Mach dir da keine Sorgen«, beruhigte ihn sein Onkel. »Ich werde dafür sorgen, dass der alte Knabe dich nicht bei der Arbeit stört. Bei drei aufzuklärenden Mordfällen sollte das *Ch'i* in deiner Umgebung so frei fließen wie nur möglich.«

Li gab sich geschlagen. Er konnte seinen Onkel nicht umstimmen, ohne ihn vor den Kopf zu stoßen, und er würde lieber sterben, als seinen Onkel vor den Kopf zu stoßen. Er achtete nicht auf seinen nächsten Zug, und der Alte Yifu stürzte sich auf seinen Soldaten wie eine hungrige Krähe auf ein Stück Aas. »Um Himmels willen, Li Yan, wenn du nicht aufpasst, wirst du mich nie beim Schach schlagen.«

»Wie soll ich denn aufpassen, wenn ich mir den Kopf über drei Mordfälle zerbrechen muss?«

»Schach befreit den Geist und reinigt den Verstand. Hinterher wirst du umso klarer denken können.« Sein Blick war fest auf das Brett gerichtet. Er sah kurz auf. »Mach schon. Du bist dran.«

Seufzend studierte Li das Brett. Der Alte Yifu sagte: »Ich habe heute einen Brief von deinem Vater bekommen. Deine Schwester ist schwanger.« Er hielt kurz inne, bevor er unheilvoll ergänzte: »Wieder.«

Li ließ das Spiel Spiel sein und sah seinen Onkel bestürzt an. »Sie wird es doch nicht bekommen, oder?« Die Vorstellung entsetzte ihn. Xiao Ling, seine Schwester, war noch starrsinniger als er. Wenn sie sich etwas erst einmal in den Kopf gesetzt hatte, dann war sie durch keine Macht der Welt davon abzubringen. Und sie hatte bereits ein Kind. Ein wunderbares vierjähriges Mädchen mit einem Lächeln, das eines Tages viele Herzen brechen würde. Einem frechen Lächeln, bei dem Grübchen in ihre Wangen traten und ihre Augen aufstrahlten. Li sah sie vor sich, wie sie ihn angrinste, ihn herausforderte, das Haar zu beiden Seiten mit Bändern zu Zöpfen zusammengefasst, die jedes Mal durch die Luft flogen, wenn sie den Kopf schief legte. Xiao Ling war mit einem Reisbauern aus der Gegend um Zigong in der Provinz Sichuan verheiratet. Die Familie wohnte bei seinen Eltern und konnte gut von ihrem Land leben. Doch die beiden wünschten sich einen Sohn – jeder wollte einen Sohn, weil ein Sohn viel wertvoller war als eine Tochter, und wegen der Ein-Kind-Politik konnte man nur das eine oder das andere haben. Darum würden, falls Xiao Ling schwanger war und darauf bestand, das Kind zu bekommen, die vor ihnen liegenden Monate unerträglich werden. Erst würde ihr Dorfkomitee jemanden schicken, der Xiao Ling zu überzeugen versuchte, dass sie die Schwangerschaft nicht fortsetzen sollte. Danach würde sie von Kadern besucht werden, die starken und zunehmenden Druck auf sie ausübten, eine Abtreibung vornehmen zu lassen. Sie würde stundenlangen psychologischen Pressionen ausgesetzt sein. Es war sogar schon vorgekommen, dass bei besonders uneinsichtigen zukünftigen Müttern Abtreibungen unter Zwang vorgenommen worden waren, normalerweise mit stillschweigender Duldung ihrer Familien. Denn wenn ein zweites Kind geboren wurde, waren drakonische Bußgelder zu entrichten, Bußgelder, die sich kaum ein Mensch leisten konnte. Auch auf andere Weise konnte die Familie bestraft werden, etwa indem sie das Anrecht auf kostenlose Schulbildung, den Anspruch auf medizinische Versorgung, ihre Unterkunft oder ihre Altersvorsorge verlor. Der Druck konnte ins Unerträgliche wachsen.

Der Alte Yifu nickte traurig. »Sie ist ein schwieriges Mädchen, deine Schwester. Sie ist fest entschlossen, das Kind zu bekommen.«

»Hat Vater mit ihr gesprochen?«

»O ja. Aber natürlich hört sie nicht auf ihn.«

»Was sagt ihr Mann dazu?« Li hatte ihn noch nie leiden können. Wie so viele Brüder war er der Ansicht, dass im Grunde kein Mann gut genug für seine Schwester war.

»Ich glaube«, antwortete sein Onkel, »dass ihm die Aussicht gefällt, möglicherweise einen Sohn zu bekommen. Er wird sie deshalb weder unterstützen noch ihr abraten.«

»Dieser Schuft!« Li kratzte sich am Kopf. »Auf mich wird sie nicht hören.« Er sah seinen Onkel an. »Der Einzige, auf den sie unter Umständen hört, bist du.«

Der Alte Yifu nickte. »Das glaubt dein Vater auch.«

»Was wirst du tun?«

»Ich werde zu ihr fahren und mit ihr reden. Aber ich werde ihr nicht sagen, was sie zu tun hat. Die Ein-Kind-Politik ist ein notwendiges Übel. Doch eine Frau hat auch das Recht, Kinder zu bekommen. Deine Schwester muss die Entscheidung selbst fällen, sie muss selbst entscheiden, was richtig ist. Und zwar nicht nur für sie oder für China, sondern für beide. Und manchmal ist das gar nicht so einfach.«

Eine Zeit lang saßen sie sich schweigend gegenüber, auf das Schachbrett starrend, doch im Geist keineswegs bei ihrem Spiel. Schließlich klatschte der Alte in die Hände, um sie beide aus ihren Gedanken zu reißen. »Du bist dran.«

Li blickte blinzelnd auf das Brett und zog, ohne nachzudenken, mit seinem Wagen, um den Elefanten seines Onkels zu bedrohen. Der Alte Yifu runzelte perplex die Stirn, weil ihm die Logik dieses Zuges nicht einleuchten wollte und er eine Finte witterte. »Also«, sagte er, »erzähl mir von deinen Morden.« Und so erzählte ihm Li alles – von der verbrannten Leiche im Park, von dem kleinen Drogendealer, den sie auf der Brache gefunden hatten, von dem Wanderarbeiter mit gebrochenem Genick in dem zum Abriss vorgesehenen *Siheyuan*. »Und worin besteht die Verbindung?«, wollte sein Onkel wissen. Li erzählte ihm von den Zigarettenstummeln. Der Alte Yifu zog erneut die Stirn in Falten. »Hmmm. Keine besonders aussagekräftige Verbindung. Kannst du beweisen, dass alle von demselben Menschen geraucht wurden?«

»Noch nicht.«

»Hmmm.«

»Was soll das heißen?«

»Das heißt hmmm.« Der Alte Yifu knöpfte Li einen weiteren Soldaten ab. »Vielleicht weisen diese Stummel tatsächlich auf eine Verbindung hin. Aber wenn du dich allzu sehr darauf konzentrierst, könntest du andere Hinweise übersehen.«

Li erzählte ihm von der Drogenverbindung und seiner Absicht, morgen mit der Nadel »zu plaudern«.

»Hmmm.«

»Was ist jetzt schon wieder?«

»Diese Drogengeschichte verbindet aber nur die Leiche im Park und den Erstochenen, richtig?«

»Richtig. Aber es könnte auch eine Verbindung zu dem Wanderarbeiter geben.«

»Das weißt du aber nicht.«

»Noch nicht, nein.« Allmählich war Lis Geduld erschöpft. »Aber wir befragen zurzeit jeden Wanderarbeiter, der sich in den letzten sechs Wochen in Peking angemeldet hat. Und wir lassen jeden Zwei-*Jiao*-Drogendealer und alle Junkies anmarschieren. Falls es ein Bindeglied gibt, werden wir es finden.«

»Natürlich.« Der Alte Yifu schlug Lis Elefanten. »Und wenn es keines gibt, dann findet ihr nichts. Und dann habt ihr sechs Monate vertan und seid keinen Schritt weiter.«

»Was willst du mir damit sagen? Dass es Zeitverschwendung ist, all diese Menschen zu vernehmen?«

»O nein, das müsst ihr unbedingt. Fleiß ist ein unverzichtbarer Bestandteil der Polizeiarbeit. ›Wo der Bauer rastlos ist, ist das Land fruchtbar.‹«

Li hatte allmählich genug von den Weisheiten seines Onkels. Er nahm mit seinem zweiten Elefanten seinem Onkel ein Pferd ab und knallte die Holzscheibe, seine erste eroberte Figur, auf den Steintisch. »*Jiang!*«, sagte er, denn er hatte den König seines Onkels ins Schach gesetzt.

»Die Sache ist die«, fuhr der Alte Yifu vollkommen ungerührt fort: »Wie der berühmte amerikanische Erfinder Thomas Alva Edison einst sagte: ›Genie besteht aus einem Prozent Inspiration und neunundneunzig Prozent Transpiration.‹ Nur wird dich ohne den einen entscheidenden Funken Inspiration aller Schweiß der Welt nirgendwohin bringen.« Er wehrte das Schach mit seinem Leibwächter ab und beobachtete, wie Li mit seinem Pferd zog, ehe er seine eigene Kanone über das Spielbrett rutschen ließ. »*Jiang si le!*«

Li starrte fassungslos auf seinen König. Es gab kein Entrinnen. Er war tatsächlich schachmatt. Mit verschränkten Armen lehnte er sich zurück. Natürlich hatte er sich nicht konzentriert. »Und wo soll ich diese Inspiration finden?«, fragte er.

»In dir selbst«, antwortete der Alte Yifu. »In deinem eigenen Wissen.« Er hielt nachdenklich inne. »Erzähl mir noch einmal, wie Chao Hengs Mörder vorgegangen ist. In der Wohnung und im Park.«

Ein weiteres Mal ging Li alle Details durch und ließ dabei auch seine Gedanken, die winzigen Anhaltspunkte, die Augenblicke des Entdeckens und der Erkenntnis Revue passieren. Die in der Stereoanlage auf Pause gedrückte CD. Das Blut auf dem Teppich. Seine Theorie, wie der Mörder sein Opfer über die Treppe hinunter und hinaus in die Dunkelheit geschleppt hatte, die er geschaffen hatte, indem er die Birne aus der Lampe drehte. Der waghalsige Mord am helllichten Tag, Lis Vision, wie der Mörder ganz gemütlich aus dem Park spaziert war, während gleichzeitig die hell lodernde Leiche seines Opfers entdeckt wurde.

»Und was sagt uns das über den Mörder?«, fragte sein Onkel. Li zog die Schultern hoch. »Es sagt uns, dass er ein sehr kluger Mann ist, der diesen Mord mit professioneller Präzision geplant und durchgeführt hat. Wären die Ermittlungen normal verlaufen, hättet ihr gar nicht entdeckt, dass das Opfer keinen Selbstmord begangen hat. Der Täter hat nicht ahnen können, dass eine zufällig in der Stadt weilende amerikanische Pathologin, die noch dazu Expertin auf dem Gebiet der Obduktion von Verbrennungsopfern ist, eingeladen würde, die Autopsie durchzuführen. Auch wenn es bei uns in China immer mehr Experten gibt, haben wir noch einen langen Weg vor uns. Nicht viele unserer Pathologen hätten erkannt, dass die Schädelfraktur keine Hitzefraktur ist. Die allerwenigsten unter unseren Pathologen haben so viel Erfahrung auf dem Gebiet des Drogenmissbrauchs, dass sie auf den Gedanken gekommen wären, neben der Heroinsucht könnte noch ein Beruhigungsmittel – dieses… Ketamin – verabreicht worden sein.« Er verstummte, schob die nie zur Ruhe kommenden Brauen in die Stirn und sah Li an, als erwartete er dessen Zustimmung.

»Du meinst also, der Mörder war ein Professioneller?« Professionelle Killer waren in China ausgesprochen dünn gesät. »In Peking?«

»Ach, wahrscheinlich kam er aus Hongkong. ›Ein Land, zwei Systeme.‹« Aus seinem Lächeln sprach leise Ironie. »Irgendein Triaden-Killer.« Der Alte Yifu stocherte mit dem Finger in Lis Richtung. »Diese beiden anderen Morde. Am Tatort waren keine Hinweise zu finden. Einer wurde mit einem einzigen Messerstich durch den Brustkorb genau ins Herz getötet. Der andere durch einen sauberen Genickbruch. Das waren keine Zufallsmorde, Li Yan.«

Lis Atem war flach geworden. Und schneller. Er bemühte sich, all das zu verarbeiten. »Wenn es Auftragsmorde waren, wäre das neben den Zigarettenstummeln eine weitere Verbindung.« Er schüttelte immer noch fassungslos den Kopf. »Aber warum? Warum sollte jemand einen Killer damit beauftragen, einen landwirtschaftlichen Berater im Ruhestand, einen unbekannten Drogendealer und einen arbeitslosen Hilfsarbeiter aus Shanghai umzubringen?«

»Sehr gut.« Der Alte Yifu wedelte mit dem Finger. »Jetzt stellst du die richtige Frage. Die entscheidende Frage. Aber bevor du die Antwort darauf erfährst, musst du noch viele kleinere Fragen beantworten. Und das bringt dich zurück zu den Zigarettenstummeln. Denn ohne die hättest du nie eine Verbindung gezogen. Andererseits – warum sollte ein Profi bei einer Sache so unvorsichtig sein, wo er ansonsten so umsichtig vorgegangen ist? Das passt doch nicht zusammen. Darauf musst du dich konzentrieren.«

Li wusste, dass ihm all das irgendwie im Kopf herumgespukt hatte, doch erst sein Onkel hatte ihm aus der Perspektive eines Unbeteiligten alles klar auseinander setzen können. Er schaute nachdenklich auf das Schachbrett, dieses Schlachtfeld, diesen Schauplatz seiner schändlichen Niederlage. Sein Onkel Yifu hatte Recht. Es ging um Konzentration. Der Alte fing an, die Steine einzusammeln, und legte sie in die Schachtel zurück.

»Und«, fuhr er fort, »was ist mit dieser amerikanischen Pathologin? Hilft sie dir auch weiterhin?«

»Nein!« Li war sofort klar, dass er zu schnell und zu vehement reagiert hatte.

Dem Alten Yifu war das natürlich nicht entgangen. »Sie möchte nicht mehr helfen?«

»Nein... Ja... Ich weiß nicht. Professor Jiang von der Universität hat angeboten, dass wir ihre Dienste weiterhin in Anspruch nehmen könnten.«

»Und du hast...«

Li sah auf seine Hände. »Ich habe gesagt, ich bräuchte sie nicht.«

»Dann bist du ein Narr.«

Li brauste zornig auf. »Wir brauchen keine Amerikanerin, die uns erklärt, was wir zu tun haben!«

»Nein. Aber du brauchst einen Ansatzpunkt. Man braucht immer einen Ansatzpunkt. Und die Erfahrung dieser Amerikanerin könnte dir zu einem Ansatzpunkt verhelfen.« Der Alte Yifu ließ die Schachtel mit den Steinen und das Schachbrett in seine Umhängetasche gleiten und erhob sich steif. »Zeit zum Essen.«

II

Ma Yonglis sämtliche Messer – zum Schälen, Schaben, Häckseln, Tranchieren – lagen aufgereiht auf der Edelstahl-Arbeitsfläche und spiegelten sich in der glänzenden Oberfläche. Eines nach dem anderen führte er durch das Schleifgerät, dreimal, viermal, fünfmal, bis sie kaum oder keinen Widerstand mehr boten und die rasiermesserscharfen Klingen blinkten. Er warf einen Blick auf die Jammergestalt seines Freundes, der ihm gegenüber auf der Arbeitsfläche saß und die Beine baumeln ließ. »Kopf hoch, Großer Li. Vielleicht kommt es ja gar nicht so weit.«

»O doch«, widersprach Li untröstlich. »Es sei denn, ich sterbe noch heute Nacht.«

»Das hört sich nach einem guten Grund an, auszugehen und sich zu Tode zu saufen. Dann sterben wir wenigstens glücklich.« Yongli hielt inne, kratzte sich am Kopf und grinste dann frech. »Wenn ich's mir recht überlege – glücklich? Das wäre für dich was ganz Neues.«

Li schnitt eine Grimasse. Er war gegen Ende von Yonglis Schicht aufgetaucht. Das Abendessen im Hotel war bereits gekocht, serviert und verzehrt worden. Für die wenigen Gäste, die zu später Stunde das rund um die Uhr geöffnete Café besuchten, würde der Nachtkoch sorgen, der gerade draußen vor der Tür eine Zigarette rauchte. Ansonsten war die Küche verlassen und finster und nur noch dort beleuchtet, wo Yongli seine Messer schliff.

»Lass mich mal raten«, sagte Yongli. »Könnte es sein, dass deine schlechte Laune etwas mit deinem Onkel Yifu zu tun hat?«

»Muss ich darauf antworten?«

»Um Himmels willen, Mann, du musst da endlich raus. Du brauchst eine Frau, du brauchst ein eigenes Leben! Der Alte Yifu ist ein reizender alter Knabe, aber du kannst nicht bis ans Ende deiner Tage mit deinem Onkel zusammenleben.« Das war nicht gerade das, was Li hören wollte. »Es wundert mich, dass er dich um diese Uhrzeit nicht längst ins Bett gesteckt hat.«

»Da sollte ich eigentlich auch sein«, erwiderte Li grimmig.

»Siehst du! Siehst du!« Yongli tänzelte um die Arbeitsfläche herum auf ihn zu. »Inzwischen hat er dich so weit gebracht, dass du sogar *denkst* wie er. Ins Bett? Scheiße, Mann, es ist erst halb elf! Die Nacht ist noch jung. Nur du verwandelst dich allmählich in einen Greis.«

»Ich muss morgen früh um sechs aufstehen. Und ich habe drei ungeklärte Mordfälle auf dem Schreibtisch.« Li atmete tief ein und seufzte. »Nur weiß ich allzu gut, dass ich kein Auge zutun würde.«

»Aha. Und so bist du in Dr. Ma Yonglis Sprechstunde gelandet, bei dem bekannten, erfahrenen Ratgeber für all jene, die an Schlaflosigkeit leiden.«

Der einzige Gegenstand in Reichweite war ein Topf, darum schleuderte Li ihn nach Ma Yongli. Sein Freund fing den Topf behände auf und grinste. »So gefällst du mir schon besser. Ein Rest von Kampfgeist. Ein bisschen Leben steckt noch in dem alten Hund.« Mit Schwung hievte er sich neben Li auf die Arbeitsfläche. »Was hat er denn jetzt schon wieder angestellt?«

»Mein erster Tag in meinem neuen Job, in meinem neuen Büro, und als ich reinkomme, sehe ich einen *Fengshui*-Mann im Schneidersitz auf meinem Schreibtisch sitzen.«

Yongli sah ihn mit großen Augen an. »Du machst Witze!« Es war nur zu deutlich, dass Li keineswegs Witze machte. »Und Onkel Yifu hat ihn geschickt?«

»Um mein Yin und Yang ins Gleichgewicht und mein *Ch'i* zum Fließen zu bringen«, verkündete Li düster.

Yongli brüllte vor Lachen, schlug sich auf die Schenkel und trommelte dann mit den Fäusten auf die Arbeitsfläche.

»Ja, ja, vielen Dank, vielen Dank«, sagte Li sarkastisch. »Genauso haben auch alle anderen im Büro reagiert.«

»Überrascht dich das?«

»Nein. Aber wenn dir das passiert und dein Chef dich antraben lässt und dir erklärt, du sollst den Kerl rausschmeißen, und dein Onkel dir daraufhin versichert, dass er deinem Chef schon den Kopf zurechtrücken wird, dann ist das nicht besonders spaßig, glaub mir.«

Immer noch kichernd stieß Yongli seinem Freund einen Ellbogen in die Rippen. »Natürlich ist es das. Mann, lass den Kopf nicht hängen, Großer Li. Du nimmst das Leben viel zu ernst.«

»Wenn sich das ganze Leben um den Tod dreht, dann nimmt man es ernst«, widersprach Li energisch.

Yongli sah ihn an und schüttelte traurig den Kopf. »Was sollen wir nur mit dir anfangen?«

Doch Li war schon wieder in seine Gedanken vertieft. »Und dann ist da noch die Sache mit meiner Schwester. Sie ist wieder schwanger und fest entschlossen, das Kind zu bekommen. Und außerdem muss ich morgen ins Büro, wo ich vor meinem Chef und einer amerikanischen Pathologin, die aus heiterem Himmel aufgetaucht ist und sich für etwas ganz Besonderes hält, mein Gesicht verlieren werde.«

»Hey, hey. Das war zu schnell für mich. Was hat *das* denn zu bedeuten?«

»Mein Chef hat diese amerikanische Pathologin gebeten, eine Autopsie für mich zu machen. Sie lehrt vorübergehend an der Universität für Öffentliche Sicherheit. Er hat sie auf einem Lehrgang in Chicago kennen gelernt. Sie tut ihm einen persönlichen Gefallen.«

»So weit, so gut.«

»Alles läuft glatt. Infolgedessen bietet die Universität uns an, ihre Dienste in Anspruch zu nehmen, bis sie wieder abreisen muss. Ich lehne ab.«

»Warum?«

»Das ist nicht so einfach.«

»Ich dachte, sie hat gute Arbeit geleistet?«

»Hat sie auch.«

»Wo liegt dann das Problem?«

»Mein Gott, du hörst dich schon an wie mein Onkel!«

»Ach.« Yongli nickte weise. »Allmählich kommt Licht in die Sache. Dein Onkel meint, du solltest das Angebot annehmen.«

»Das ich bereits ausgeschlagen habe.«

»Wenn du jetzt also antanzt und behauptest, du hättest es dir anders überlegt...«

»Dann verliere ich mein Gesicht.«

»Und wenn nicht?«

»Dann stoße ich meinen Onkel vor den Kopf.«

»Und der Himmel möge verhüten, dass du deinen Onkel vor den Kopf stößt.«

Wütend sah Li seinen Freund an. »Mein Onkel war immer gut zu mir. Ich verdanke Onkel Yifu so ziemlich alles, was ich im Leben erreicht habe. Nie, *nie* würde ich irgendetwas tun, das ihn verletzt.«

Yongli hob abwehrend die Hände. »Schon gut, schon gut. Du liebst also den alten Knaben. Aber trotzdem treibt er dich in den Wahnsinn.«

Lis Zorn erlosch so schnell, wie er aufgeflammt war. »Nein«, sagte er. »Nein, das tut er nicht.«

Eine volle Minute saßen sie schweigend nebeneinander. Dann erkundigte sich Yongli: »Also, diese amerikanische Pathologin... sie ist eine alte Scharteke, wie?«

Li blieb unverbindlich. »Eigentlich nicht.«

»Aber sie ist alt, oder?«

Li zuckte mit den Achseln. »Eigentlich nicht.«

Ein Verdacht bohrte sich wie ein Wurm durch Yonglis Gedanken. »Also, wenn sie eigentlich keine alte Scharteke ist und eigentlich auch nicht alt ist... würdest du dann sagen, dass sie jung ist? Und attraktiv?«

»Ich schätze schon. Irgendwie.«

»Irgendwie jung? Oder irgendwie attraktiv?«

»Irgendwie... beides. Sie war die *Yangguizi* bei dem Bankett gestern Abend im Quanjude, das McCord fast gesprengt hätte.«

»Aha.«

»Was soll das heißen: ›Aha‹?«

Yongli drohte mit dem Finger. »Allmählich wird mir einiges klar.«

»Nämlich?«

»Dein kleiner Kopf hat angefangen, Interesse an ihr zu zeigen, und dein großer Kopf hat ihm das verboten.«

»Ach Quatsch!«

»Wirklich? Ich kenne dich, Li Yan. Und zwar seit Jahren. Du hast Angst vor jeder Beziehung, selbst wenn es dabei nur um Sex gehen würde, weil sie nämlich deinen großen Karriereplänen in die Quere kommen könnte. Erst war es die Universität, jetzt ist es dein Job.« Yongli sprang von der Arbeitsfläche. »Weißt du, was du brauchst?«

»Du wirst es mir bestimmt gleich verraten.«

»Du solltest dich ein bisschen öfter flachlegen lassen.« Yongli schleuderte seinen hohen weißen Hut quer über die Arbeitsfläche und begann, seine Kochschürze aufzuknüpfen. »Los jetzt«, befahl er. »Du kommst mit mir.«

»Wohin?«

»In den Xanadu-Karaoke-Club.«

»Was?« Li sah ihn ungläubig an. »Du nimmst mich wohl auf den Arm.«

»Nein, ganz gewiss nicht. Es ist ein ganz neuer Club in einer Seitenstraße abseits der Xidan. Von acht Uhr abends bis acht Uhr morgens geöffnet. Der Schnaps ist billig, Frauen gibt es massig, und sie machen nicht die ganze Zeit Karaoke. Es gibt auch Livemusik.« Er zögerte. »Lotus tritt seit einiger Zeit dort auf.« Ihm entging nicht, dass Lis Miene sich augenblicklich verdüsterte. »Und halte mir keine Vorträge, in Ordnung?«

»Um Himmels willen, Ma Yongli, sie ist eine Prostituierte! Eine Hure!«

Yongli sah ihn gefährlich an. »Dafür reiß ich dir deinen beschissenen Kopf ab.« Seine Stimme war nur noch ein Flüstern.

Lis Tonfall wurde weicher. »Ich begreife nur nicht, wie du mit ihr gehen kannst, obwohl du weißt, dass sie mit anderen Männern zusammen war.«

»Ich liebe sie, in Ordnung? Ist das denn ein Verbrechen?« Yongli wandte den Blick ab und biss die Zähne zusammen. »Außerdem gibt sie all das auf. Sie macht jetzt Karriere als Sängerin.«

»Na klar.« Li ließ sich von der Arbeitsfläche gleiten. »Ich glaube, ich werde dein Angebot trotzdem ausschlagen. Ich würde mir keinen Gefallen tun, wenn ich mich in Gesellschaft einer Prostituierten zeigen würde.«

Yongli sah ihn aufgebracht an. »Kannst du nicht mal zwei Minuten lang aufhören, ein Bulle zu sein?«

»Nein, kann ich nicht. Weil ich ein Bulle bin.«

»Ach wirklich?« Yonglis Gesicht schwebte nun dicht vor Lis. »Aber du kannst aufhören, mein Freund zu sein, oder? Wenn es dir gerade passt. Wenn dir mein Mädchen nicht gefällt. So läuft der Hase also? Also gut, dann verpiss dich!« Damit machte er auf dem Absatz kehrt und stürmte zur Tür.

Li sah ihm fassungslos nach, sein Herz hämmerte unter den Rippen. »Ma Yongli!«, rief er ihm hinterher. Yongli wurde nicht einmal langsamer. »Ma Yongli!« Diesmal war es eindeutig ein Brüllen.

Yongli blieb in der Tür stehen und fuhr mit wutverzerrtem Gesicht herum. »Was?«

Geschlagene fünfzehn Sekunden starrten sie einander nur an. Dann sagte Li: »Also gut, du zahlst.«

Bis sie das Xanadu erreicht hatten, war ihr Disput im Hotel wieder vergessen. Oder wenigstens taten beide so um des lieben Friedens willen. Das Xanadu war so ziemlich der letzte Ort, an dem Li in diesem Augenblick sein wollte, aber er war ebenso bemüht, ein guter Freund zu sein, wie er bemüht war, ein guter Polizist zu sein. Manchmal war beides nicht gerade einfach.

Vor der Tür wartete schon eine längere Schlange, und sie mussten fast zwanzig Minuten anstehen, während derer sie rauchten, die vorbeischlendernden Passanten beobachteten und sich über Belanglosigkeiten unterhielten. Gruppen finsterer dreinblickender Jugendlicher schielten mit begehrlichen Blicken auf die Gruppen kichernder Mädchen in Miniröcken und Wonderbras, die ihre Sexualität mit einer Sorglosigkeit zur Schau stellten, mit der sie sich in Amerika im Handumdrehen Ärger eingehandelt hätten. Neben ihnen fühlte Li sich alt und irgendwie von ihnen abgeschottet, so als lebten sie in einer ganz anderen Welt als er. Was die Sache auf den Punkt brachte. In den letzten dreizehn Jahren hatte sich die Welt weitergedreht; sie war nicht mehr die, in der er als Zwanzigjähriger gelebt hatte. In den jungen Menschen von heute erkannte er sich kein bisschen wieder. Sie gehörten zu einem neuen Zeitalter. Alles – Werte, Erwartungen, Einkommen – hatte sich verändert. Er hingegen entstammte noch jenen schwierigen Zeiten, die durch die Exzesse der Roten Garden und die Ausrottung der Vier Alten Untugenden geprägt waren.

Schließlich konnte Yongli einen ihm bekannten Türsteher auf sich aufmerksam machen, und sie wurden durchgewunken. Der Eintritt betrug zehn Yuan, dafür war das erste Getränk umsonst. Ein rundes, rotes und nicht zu entzifferndes Symbol wurde ihnen auf den rechten Handrücken gestempelt, dann ging es an den Garderoben vorbei zur Bar, die sich über eine ganze Wand erstreckte. Im weitläufigen unteren Bereich standen dicht gedrängt Tische und Stühle, die allesamt von angeregt plaudernden, trinkenden und rauchenden jungen Menschen besetzt waren. Am anderen Ende gab es eine erhöhte Plattform mit Mikrofon, Lautsprechern und einem Karaoke-Bildschirm. Ein pickliger Junge mit einem Schopf dichter, drahtiger Haare, die ihm über die Augen fielen, sang einen undefinierbaren Pop-Song aus Taiwan. Kein Mensch hörte ihm zu. Eine Holztreppe führte zu einer Galerie hinauf, die sich über drei Wände hinzog und von der aus man auf das Parkett blicken konnte. Auch oben war alles voll. Der Lärm war ohrenbetäubend.

Sie kämpften sich an die Bar vor, Yongli wedelte mit ihren Eintrittskarten, und der Barkeeper reichte ihnen zwei große Gläser Tsingtao-Bier. Beim Trinken sah Li sich um. Woher hatten all diese Kinder nur so viel Geld? Das hier war kein billiges Vergnügen. »Sollen wir uns einen Tisch suchen?«, bellte Yongli in sein Ohr.

Li nickte und folgte Yongli, der, zwei Stufen auf einmal nehmend, die Treppe zur Galerie erklomm. Oben wandte Yongli sich an eine Kellnerin. Was immer er ihr auch sagte, sie lachte laut, und die Art, wie ihr Blick an ihm haftete, verriet deutlich, dass sie ihn attraktiv fand. Ma Yongli grinste sie an, fasste sie um die Taille, drückte sie mit einem Zwinkern an sich, und sie errötete. Er hatte eine so ungezwungene Art. Wie schon so oft fragte sich Li, was die Frauen eigentlich an ihm attraktiv fanden. In konventioneller Hinsicht sah Ma Yongli keineswegs gut aus. Aber aus seinen Augen und seinem Lächeln strahlte etwas. Etwas Spitzbübisches. Er hätte praktisch jede Frau haben können. Dennoch hatte er sich für Lotus entschieden.

Die Kellnerin schlängelte sich zwischen den Tischen bis ans andere Ende der Galerie durch und beugte sich über einen Tisch, um ein paar Worte mit den Halbwüchsigen zu wechseln, die sich dort niedergelassen hatten. Sie schauten kurz zu Yongli her, zuckten dann mit den Achseln und standen widerwillig auf, die Gläser in der Hand, um sich anderswo einen Stehplatz zu suchen. Die Kellnerin winkte

Yongli heran, und Li folgte ihm an den Tisch. Sie schenkte ihnen ein strahlendes Lächeln, wischte den Tisch ab und platzierte einen frischen Aschenbecher zwischen sie. »Rufen Sie einfach, wenn Sie noch etwas brauchen«, sagte sie.

»Worauf Sie sich verlassen können.« Yongli grinste und zwinkerte wieder, und sie errötete geschmeichelt, bevor sie zwischen den Tischen davoneilte. Er schnippte Li eine Zigarette zu. »Es ist ganz praktisch, wenn sie dich kennen.«

Li lachte. »Dass sie dich kennen, hat nichts damit zu tun. Du brauchst nur einmal zu lächeln, und die Hälfte aller Frauen in Peking liegt dir schmachtend zu Füßen.« Er zündete zwei Zigaretten für sie beide an.

»Stimmt«, bestätigte Yongli bescheiden. »Aber es schadet auch nicht, dass Lotus regelmäßig hier auftritt.«

In diesem Augenblick verstummte die Musik, und Li verspürte eine so enorme Erleichterung, als hätte er aufgehört, seinen Kopf gegen eine Wand zu schlagen. Endlich brauchten sie nicht mehr zu schreien, um sich verständlich zu machen. »Und wann tritt sie auf?«, fragte Li.

Yongli schaute auf die Uhr. »Ungefähr in einer halben Stunde. Ein Typ spielt Keyboard, ein anderer Gitarre. Außerdem haben sie eins von diesen elektronischen Rhythmus-Dingern. Sie hören sich an wie ein fünfzigköpfiges Orchester. Sie sind gut.«

Li hatte nie viel Zeit zum Musikhören gehabt, und er hatte nicht die leiseste Vorstellung, was Yongli unter »gut« verstand. Dass ein Club wie dieser hier in Yonglis Leben einen festen Bestandteil bildete, während Li sich vollkommen fehl am Platz fühlte, war bezeichnend dafür, wie sehr sie sich in den letzten Jahren auseinander entwickelt hatten. Li trank von seinem Bier und beobachtete die zahllosen Gesichter, die sich, vom Alkohol und wer weiß was sonst berauscht, angeregt unterhielten. Junge Männer und Frauen, die auf der Suche nach den verschiedensten Dingen an diesem Ort gelandet waren: nach einer Romanze, nach Sex, einem Partner, einem Ende der Einsamkeit, einem Entkommen aus der Banalität ihres Alltags. Die rituelle Suche eines Jungen nach einem Mädchen, eines Mädchens nach einem Jungen und möglicherweise nach etwas dazwischen. Doch alles strahlte etwas Trauriges, etwas Hoffnungsloses und Armseliges aus. Es wirkte aufgesetzt und unecht. Wie nächtlicher Glanz auf einem freudlosen Leben, der spätestens am Morgen verblassen würde, wenn der Lack der im artifiziellen Zwielicht ausgewählten Partner längst nicht mehr so funkelte wie am Abend zuvor. Li war einfach nur erleichtert, dass er nie in dieser Welt gelebt hatte, dass er nicht hierher gehörte. Und doch, war seine Welt denn besser? Eine Welt voller Mörder, Zuhälter und Drogendealer. Eine Welt, in der er erst vor ein paar Stunden beobachtet hatte, wie ein armer, verbrannter Mensch klinisch seziert worden war, und in der er danach dessen letzte Stunden von einem blutfleckigen Teppich bis zu seinem flammenden, qualvollen Tod im Park nachvollzogen hatte.

»Hallo.« Eine Frauenstimme riss Li aus seinen Grübeleien. Noch im Umdrehen hörte er, wie Yonglis Stuhl über den Boden schabte, und sah den massigen Chefkoch aufstehen und die Arme um Lotus' schlanke Gestalt legen. Sein Körper schien den ihren fast zu umschließen, und sie schaute sichtbar verliebt zu ihm auf, bevor er den Kopf senkte, um sie zu küssen. Dann nahm er ihre Hand und trat zurück.

»Du erinnerst dich an Li Yan.«

Li stand auf und schüttelte verlegen ihre Hand. »Natürlich«, sagte sie und lächelte Li dabei an, als wären sie alte Freunde und Yonglis Frage völlig abwegig. Ihr bodenlanges grünes Seidenkleid war auf beiden Seiten bis zur Hüfte geschlitzt und umschmiegte jede Kurve ihres Körpers bis hinauf zu den nackten Armen in ihrem ärmellosen Top, das im

Kontrast dazu Schultern und Hals schamhaft verhüllte. Auch unter dem schweren Make-up war zu erkennen, dass sie eine Schönheit war. Sie bemerkte Lis anerkennenden Blick im Nu und sagte, als wolle sie sich dafür entschuldigen: »Meine Bühnenkleidung.«

Yongli wirkte in ihrer Gesellschaft nervös. Verschwunden waren die lockere Selbstsicherheit und das strahlende Lächeln. »Ich hole dir was zu trinken«, sagte er und zog ihr einen Stuhl heraus.

»Aber ohne Alkohol«, bat sie ihn, während sie sich setzte. »Ich will beim Singen nicht lallen.« Sie schenkte Li ein warmes Lächeln.

Yongli sah sich nach der Kellnerin von vorhin um, doch die war nirgendwo zu entdecken. Er schien sich ungewöhnlich schnell zu ereifern. »Wo steckt denn das verdammte Weib?« Ärgerlich schnalzte er mit der Zunge. »Ich bin gleich wieder da.«

»Nur keine Eile«, sagte Lotus. »Ich bin in guten Händen.« Ihr Blick lag fest auf Li. Yongli eilte über die Galerie auf die Treppe zu. »Haben Sie eine Zigarette?«, fragte Lotus. Li hörte ihren starken Pekinger Akzent; sie hatte die Zunge tief in den Mund zurückgezogen, um dem »R« den typischen, fast kehligen Klang zu geben. Er hielt ihr seine Schachtel hin. Sie nahm eine Zigarette heraus, und er gab ihr Feuer. Nach einem tiefen Zug warf sie den Kopf zurück und schickte eine Rauchsäule hinauf zur Decke. Dann senkte sie den Blick wieder auf Augenhöhe und stellte fest: »Sie mögen mich nicht, stimmt's?«

Ihre Direktheit verschlug Li die Sprache. Er war ihr erst ein paar Mal begegnet. Und dabei hatte er stets die Höflichkeit gewahrt und, so hatte er wenigstens geglaubt, seine Ablehnung für sich behalten. Vielleicht hatte Yongli mit ihr darüber gesprochen, was sein Freund empfand, oder vielleicht wusste sie einfach instinktiv, was ein Polizist wohl von ihr halten würde. Es hatte wenig Sinn, etwas abzustreiten. »Nein«, erwiderte er knapp.

Nicht einmal der Anflug eines Gefühls zuckte über ihre vollkommen gefasste Miene. Sie ließ den Augenkontakt nicht abreißen. »Dabei kennen Sie mich überhaupt nicht.«

»Ich weiß, was Sie tun. Und ich weiß, was Sie sind. Das genügt.«

Yongli hatte sie kennen gelernt, als sie die halb ausländischen Touristenhotels beackerte und dabei gut an den reichen Geschäftsmännern mit einer Schwäche für asiatische Mädchen verdiente. Als Yongli im vergangenen Jahr als Chefkoch im Jingtan angefangen hatte, hatte sie dort gerade ihr festes Quartier, und er war ihr auf der Stelle verfallen.

»Was ich *war*«, korrigierte sie gleichmütig. »Was ich *getan habe*.«

»Ich verstehe«, antwortete Li kühl. »Ihre Einkünfte als Sängerin bringen demnach so viel ein, dass Sie Ihren Lebensstil aufrechterhalten können? So erzählen Sie es wenigstens Ma Yongli, nicht wahr?«

Unvermittelt beugte sie sich vor und drückte ihre Zigarette aus. »Wagen Sie es nicht, über mich zu urteilen!«, fauchte sie ihn an. »Sie wissen nichts über mich. Sie wissen nicht, was für ein Leben ich geführt habe, wie tief ich in der Scheiße gesteckt habe. Um zu überleben, würde ich alles tun. Ich kann mich nicht immer leiden. Aber Yongli mag mich. Er hat mich immer gemocht. Und er hat nie über mich geurteilt. Er behandelt mich, wie mich noch nie ein Mensch behandelt hat. Wie eine Prinzessin. Und nicht viele Mädchen dürfen sich so fühlen.« Sie lehnte sich in ihrem Stuhl zurück und atmete tief durch, um die Fassung wiederzufinden. Dann schloss sie ganz ruhig: »Wenn Sie also glauben, ich sei nicht gut für ihn oder ich liebte ihn nicht, dann täuschen Sie sich. In meinem ganzen Leben habe ich noch nie einen Menschen so geliebt wie ihn. Und ich würde ihm *niemals* wehtun.«

Mit einem winzigen Stich der Reue meinte Li sich selbst in ihren Worten zu hören, denn genauso empfand er für seinen Onkel, genauso leidenschaftlich hatte er ihn vor nicht einmal einer Stunde Yongli gegenüber verteidigt. Er hörte dieselbe Leidenschaft in Lotus' Stimme und zweifelte nicht an der Aufrichtigkeit in ihren Augen. »Ich will auch nicht, dass jemand ihm wehtut.«

»Frischer Orangensaft mit Eis, ist das gut?« Yongli stellte das Glas vor ihr auf dem Tisch ab und setzte sich. »Tut mir Leid, dass es so lange gedauert hat.«

Lotus lächelte ihn an. »Frischer Orangensaft ist wunderbar«, sagte sie. Sie trank einen großen Schluck und stellte das halb leere Glas zurück. »Aber es tut mir Leid, Geliebter, jetzt muss ich mich fertig machen.«

»Ist schon okay.« Er beugte sich zu ihr hinüber und strich mit seinen Lippen über ihre. »Viel Glück.«

»Danke.« Im Aufstehen lächelte sie Li an. »Sehen wir uns nachher noch?«

Li zuckte mit den Achseln. »Vielleicht nicht. Ich muss morgen früh raus.«

»Dann bis zum nächsten Mal.« Sie legte die Finger leicht auf Yonglis Wange und schwebte dann voller Eleganz zwischen den Tischen hindurch in Richtung Treppe. Yongli starrte ihr hingerissen mit großen Augen nach, bevor er schlagartig verlegen wurde und sich wieder zu Li umdrehte.

»Und worüber habt ihr beide geplaudert?« In seiner Stimme lag eine Spur von Unsicherheit.

»Über dich.«

»Ziemlich langweiliges Thema.«

»Das fanden wir auch, darum haben wir auch aufgehört.«

Yongli grinste. »Du willst doch nicht wirklich früh türmen, oder?«

Li nickte lächelnd. »Doch, wirklich.«

Yongli schüttelte den Kopf. »Weißt du, du solltest dich *ganz im Ernst* mal flachlegen lassen.«

»Das hast du mir schon vorhin erklärt.«

»Nein, *ganz im Ernst*. Ich meine, was ist zum Beispiel mit dieser ›jungen‹, ›attraktiven‹ amerikanischen Pathologin? Hört sich für mich an, als könnte sie dein *Ch'i* mal richtig zum Fließen bringen.«

Li lachte. »Hör schon auf! Sie ist eine *Yangguizi*.«

»Na und?« Yongli boxte ihm verspielt gegen den Arm. »Du könntest deinen Charme spielen lassen, wenn du nur wolltest. Und sie würde dir ohnmächtig zu Füßen sinken.«

III

Margaret verfluchte Li aus tiefstem Herzen. Dieser arrogante, rüpelhafte, chauvinistische Drecksack! Sobald die Aufzugtür zuglitt, drückte sie den Knopf fürs Erdgeschoss. Sie erblickte ihr Spiegelbild im polierten Messing und begriff, dass sie sich nicht mal die Mühe gemacht hatte, Makeup aufzulegen. Stattdessen hatte sie nur schnell Jeans und ein T-Shirt übergestreift, war in ihre vorne offenen Sandalen geschlüpft, hatte sich die Schlüsselkarte gegriffen und auf den Weg zum Aufzug gemacht. Ein paar junge Pagen beim Kartenspielen hatten ihr neugierig nachgeschaut, als sie an der halb offenen Tür ihres Haushaltsraums vorbeieilte. Ihr war schon früher aufgefallen, dass immer, wenn sie kam oder ging, Pagen oder Putzfrauen auf ihrem Flur waren. Die jedes Mal nickten und »*Ni hao*« sagten. Hätte sie sich länger darüber Gedanken gemacht, dann hätte sie sich vielleicht gewundert, dass sie um Mitternacht immer noch hier waren. Doch ihr Gehirn war mit anderen Dingen beschäftigt, und sie brauchte etwas zu trinken.

Li Yan wollte ihr einfach nicht aus dem Sinn: seine anfängliche Feindseligkeit, später die widerwillige Anerkennung ihrer beruflichen Fachkenntnisse, anschließend die Wärme beim Mittagessen und die unerklärliche Kälte danach, und alles gekrönt von seiner Weigerung, ihre Hilfe auch weiterhin anzunehmen. Sie konnte sich glücklich schätzen, sagte sie sich. Sie hatte ganz bestimmt keine Lust, sich irgendwem aufzudrängen, der sie nicht haben wollte. Und sie hatte keine Zeit für die Launen und Vorurteile irgendeines hochnäsigen und obendrein fremdenfeindlichen chinesischen Polizisten. Welches Wort hatte Bob dafür verwendet…? *Yangguizi*. Genau. Fremde Teufel! Das war reine, halsstarrige Xenophobie!

Den ganzen Abend schon schwirrten ihr solche Gedanken im Kopf herum: Zorn, Rache, was sie ihm an den Kopf werfen würde, wenn sie die Gelegenheit dazu bekäme. Und dann musste sie jedes Mal an ihr gemeinsames Mittagessen denken, daran, wie er sie mit verschmitzten Augen angelächelt hatte, an den sanften Klang seiner Stimme, das Englisch mit dem weichen Akzent und den so liebenswert falsch betonten Silben. Und gleich darauf machte es sie rasend, dass sie sich auf unerklärliche Weise zu ihm hingezogen fühlte, und dann rief sie sich regelmäßig ihre Beschämung ins Gedächtnis, als sie das zweite Mal an jenem Tag in Professor Jiangs Büro gerufen worden war. Und dann kochte die Wut jedes Mal aufs Neue wieder hoch.

Die Hotellobby im Südflügel war vollkommen verlassen, als sie am Empfang vorbei zu den Stufen marschierte, die in die Bar hinunterführten. Dort saßen immer noch knapp ein Dutzend Gäste zu zweit oder dritt an den Tischen, nahmen ihren Schlummertrunk und ergingen sich dabei in lockerem spätabendlichen Geplauder. Margaret achtete nicht weiter auf sie, sondern wuchtete sich auf einen Barhocker und bestellte einen Wodka Tonic mit Eis und Zitrone, um ihre Bestellung gleich darauf in einen Doppelten abzuändern. Der

Barkeeper reagierte augenblicklich, mixte ihren Drink und legte eine viereckige kleine Papierserviette vor sie hin, stellte eine Schüssel mit ungeschälten Erdnüssen daneben und ein hohes Glas darauf, dessen Wände von der Kälte des Eises sofort zu beschlagen begannen. Sie ließ kurz ihre Schlüsselkarte aufblitzen, und während er den Drink auf ihre Rechnung setzte, nahm sie einen großen Schluck Wodka, bis sie spürte, wie der Alkohol fast augenblicklich einer langen, kühlen Woge der Erleichterung gleich in ihr Blut und ihr Gehirn strömte. Sie begann sich zu entspannen, nahm eine Hand voll Nüsse und sah sich in der Bar um. An einem Tisch an der Wand gegenüber knutschte ein junges chinesisches Paar. Drei lärmende japanische Geschäftsmänner becherten Whisky aus klobigen Gläsern. Ein kleiner Mann mittleren Alters, der... Ihr Herz setzte einen Schlag aus, als sie McCord wiedererkannte. Zusammengesunken lungerte er in seinem Sessel an einem Ecktisch und sah ausgesprochen unfrisiert aus. Strähnen seines fettigen grauen Haars hatten sich aus dem Öl befreit, mit dem er es an seiner Kopfhaut festgepappt hatte, und fielen in trägen Schlingen über die schweißbeperlte Stirn. Sein Gesicht hatte die Farbe und Textur von Fensterkitt, und die blutunterlaufenen Augen kullerten trunken in ihren Höhlen herum. In seiner Hand hing gefährlich schief ein halb leeres Glas Scotch, und er schien vor sich hin zu brummeln. Sie wandte sich an den Barmann und machte eine Kopfbewegung in Richtung McCord. »Ist er schon lange hier?«

»*Sehr* lange«, sagte der Barkeeper ernst.

Sie nahm einen weiteren Schluck Wodka, ließ ihren Zorn noch einmal aufkochen und marschierte dann quer durch die Bar an McCords Tisch. »Ist hier noch frei?«, fragte sie und setzte sich, ohne seine Antwort abzuwarten.

Sein Kopf ruckte aus seinen alkoholisierten Träumen hoch, dann sah er sie verdutzt und, so hatte sie den Eindruck, beinahe verängstigt an. »Was wollen Sie?«, bellte er, wobei er seine Pupillen unter Kontrolle zu halten versuchte und sie durch das Halbdunkel der Bar anschielte.

»Margaret Campbell?«, versuchte sie seine Erinnerung zu wecken. »Dr. Margaret Campbell? Sie haben mir das Empfangsbankett verpatzt, erinnern Sie sich noch?« Er sah sie finster an. »Ich wollte mich nur noch mal bei Ihnen bedanken.«

Er zog einen Mundwinkel hoch und leerte sein Glas. »Warum scheren Sie sich nicht zum Teufel?«, lallte er. Damit stemmte er sich schwankend hoch und taumelte aus der Bar.

Einen Augenblick blieb sie wie unter Schock sitzen. Super gemacht, Margaret, sagte sie sich, dann sackte sie in ihren Sessel zurück und fühlte sich plötzlich todmüde. Während sie die letzten paar Schlucke ihres Wodkas trank, warf sie einen Blick auf die englischsprachige *China Daily*, die auf dem Platz gleich neben McCords lag. Die Schlagzeilen spülten über sie hinweg. Irgendetwas darüber, dass das Repräsentantenhaus die Entscheidung des amerikanischen Präsidenten gebilligt hatte, China weiterhin die Meistbegünstigungsklausel einzuräumen. Ein Artikel über die Verlegung eines dreitausend Kilometer langen Fiberglaskabels nach Tibet. Ein Bericht über die zwanzigprozentige Steigerung des chinesischen Reisexports in alle Welt. Nichts davon interessierte sie wirklich. Ins Bett, dachte sie. *Schlafen, und wenn es träumen wäre...* Sie durchquerte die Bar, um ihre Rechnung abzuzeichnen.

Sobald Margaret wieder in ihrem Zimmer war, schleuderte sie die Sandalen von den Füßen und zog sich sofort aus. Sie erhaschte einen Blick auf den Spiegel, wo ihre weiße Haut im kalten elektrischen Licht fast bläulich leuchtete. Beinahe hätte sie sich in dem zerbrechlichen, dürren Mädchen, das ihr da entgegenblickte, nicht wiedererkannt. Sie war eine hartgesottene, erfahrene forensische Pathologin in ihrem vierten Lebensjahrzehnt. Sie war herumgekommen, sie hatte die Welt gesehen. Und doch starrte ihr aus dem Spiegel ein Kind entgegen. Ein vom Leben missbrauchtes Kind, das sich hinter seiner Arbeit, seinem Zorn, hinter jeder sich bietenden Barriere verschanzte. Doch so splitternackt und ganz allein in einem wildfremden Hotelzimmer, Tausende Meilen von daheim entfernt, gab es keine Barrieren, hinter denen sie sich vor sich selbst verstecken konnte. Ihr fiel wieder ein, warum sie eigentlich hier war, und eine gewaltige Woge von Selbstmitleid und Einsamkeit überschwemmte sie. Die gekühlte Luft machte ihr am ganzen Leib eine Gänsehaut. Sie ließ sich auf das Bett fallen, wickelte sich in die Decke und rollte sich in die Fötuslage. Eine erste Träne tropfte auf ihr Kissen, und dann weinte sie sich in den Schlaf.

IV

Die Zhengyi-Chaussee war dunkel und verlassen, als Li sein Fahrrad an dem vergitterten Obst- und Gemüseladen neben der Einfahrt zu seinem Wohnblock vorbeischob. Eine kaum spürbare Brise durchzog die stickige, feuchte Nachtluft und brachte die Blätter über ihm zum Rascheln. Im Vorbeigehen nickte Li dem Nachtwächter in seinem kleinen Kabäuschen zu. Reihe um Reihe erhoben sich die zwölfstöckigen Wohnblocks in den trübschwarzen Himmel. Über dem Leuchten der Straßenlaternen war jenseits der Staub- und Nebelschichten in der oberen Atmosphäre kein einziger Stern zu erkennen.

Li parkte sein Fahrrad, schloss es ab und betrat den Wohnblock, in dem er mit seinen Onkel lebte – Wohnungen der gehobenen Klasse, hinter hohen, vom Ministerium errichteten Mauern gelegen und reserviert für ranghohe Angestellte des Ministeriums sowie für Polizeibeamte des höheren Dienstes. Es war schon spät, und der Aufzug war bereits abgestellt. Li schloss das Gitter unten an der Treppe auf und stieg die zwei Etagen hinauf zu ihrer Wohnung. Ihm dröhnten immer noch die Ohren von der lauten Musik im Club, und alle Geräusche klangen dumpf und wie durch Watte, doch schon als er die Tür öffnete, konnte er aus dem hinteren Schlafzimmer das tiefe, rumpelnde Schnarchen des Alten Yifu hören. Er ging zuerst in die Küche, wo er eine Flasche mit kaltem Wasser aus dem Kühlschrank holte und einen großen Schluck nahm, um den schlechten Geschmack nach Alkohol und Nikotin aus seinem Mund zu spülen, und danach in sein Schlafzimmer, wo er mindestens eine Viertelstunde auf seinem Bett saß und über den verstrichenen Tag wie auch den vor ihm liegenden nachdachte. Er war müde, aber kein bisschen schläfrig. Kopfschmerzen stachen ihn im Hinterkopf, und sein Magen brannte ätzend.

Er ließ sich nach vorn kippen und öffnete die oberste Schublade einer Kommode aus dunklem Holz. Unter einem Stapel sauberer Unterwäsche fand er die vernieteten Lederriemen, nach denen er suchte, und zog sie heraus. Nach der allerersten Anprobe hatte er sie nie wieder getragen. Damals hatte er die Schnallen neu justiert, damit sich die weichen, braunen Lederstränge eng an seine Schulter schmiegten und das Halfter fest an die Brust drückten. Es war ein Geschenk seines Lehrers in Chicago gewesen, eines Vollzeitpolizisten und Feierabenddozenten, dem er aus irgendeinem Grund sympathisch gewesen war und dem er es zu verdanken hatte, dass er ein paar Mal während der Nachtschicht hinten in einem Streifenwagen sitzen durfte. Es war eine ganz außergewöhnliche Erfahrung gewesen, beängstigend, bisweilen blutig, oft einschüchternd. Diese Nächte hatten ihm die Augen für eine vollkommen andere Kultur der Kriminalität und für Mittel zu deren Bekämpfung geöffnet, die in China unbekannt waren. Diese Polizisten waren genauso hart und skrupellos wie die Kleinkriminellen, Einbrecher und Zuhälter, Junkies und Nutten, mit denen sie zu tun hatten. Es war eine Welt, überlegte Li jetzt, fast schockiert über die Erkenntnis, mit der Margaret nur allzu vertraut sein musste. Er fragte sich, wie es möglich war, sich dieser Welt länger auszusetzen, ohne dass dies bleibende Schäden hinterließ. Er sah die weiche, sommersprossige Haut ihres Unterarms vor sich, die durch keinen BH eingeengten Brüste, die gegen die weiche Baumwolle ihres T-Shirts drückten ... es war eine immer wiederkehrende Vision, die er nicht abzuschütteln vermochte und die irgendwie ihre weiche, verletzliche Weiblichkeit unterstrich. Wie lange konnte diese Weiblichkeit in der dunklen, schleimigen, schmierigen Welt tief unter dem Fels der zivilisierten Gesellschaft Chicagos bestehen, in der sie agieren musste? Wie lange würde es dauern, bis die Schale, mit der sie sich schützen musste, sie ganz und gar umhüllte und sie so unwiderruflich hart und zynisch geworden war wie die Polizisten, mit denen er Nachtschicht geschoben hatte?

Leise schlich er über den Flur und schob behutsam die Tür zum Schlafzimmer des Alten Yifu auf. Das Schnarchen rumpelte ungerührt weiter. Um seinen Onkel aus dem Schlaf zu reißen, brauchte es etwas, das an die Zehn auf der Richterskala heranreichte. Li betrachtete das Gesicht, das halb schief und mit offenem Mund auf dem Kissen lag, und spürte, wie Liebe und Zuneigung in ihm aufwallten. Selbst im Schlaf waren die buschigen Augenbrauen fragend hochgezogen. Trotz seiner Lebenserfahrung, trotz der durchlebten Tragödien und Kämpfe hatte der Alte Yifu immer noch etwas Unschuldiges an sich, das durch die Ruhe des Schlafes noch verstärkt wurde. Sein Gesicht war auffallend glatt, fast kindlich. Einen Augenblick haderte Li mit sich. Dann riss er sich zusammen. Onkel Yifu würde nichts davon erfahren, und was er nicht wusste, konnte ihm nicht weh tun. Er ging in die Hocke und zog die unterste Schublade der Kommode auf. Rechts hinten befand sich die Schuhschachtel, die der Alte Yifu dort seit Jahren aufbewahrte. Li hob sie heraus und nahm den Deckel ab. Drinnen lagen auf einem Bett aus sorgfältig zusammengelegten Tüchern sein alter Dienstrevolver aus Tibet und eine Schachtel Patronen. Irgendwie war es dem Alten Yifu gelungen, beides über die Jahre hinweg zu behalten, und inzwischen bewahrte er sie als Andenken auf. Er hatte den Revolver im Dienst nur ein einziges Mal abgefeuert, hatte er Li erzählt, und nie damit auf einen anderen Menschen gezielt. Was immer er ansonsten von seinem Onkel geerbt haben mochte – Li wusste, dass er weder dessen gelassenes Temperament noch sein Mitgefühl besaß. In Li brannte ein geknebelter Zorn, den er meist mit aller Gewalt unterdrückte. Morgen allerdings, das war ihm klar, würde er die Kontrolle ein kleines bisschen lockern und eine Abkürzung nehmen, die weder sein Onkel noch seine Vorgesetzten gutheißen würden.

Er hob den Revolver aus der Schachtel und ließ ihn in das Halfter gleiten. Die Halterung passte wie ein Handschuh, fast als wären die beiden Dinge füreinander gemacht worden. Danach zählte Li sechs Patronen ab und ließ sie in die Hosentasche gleiten. Ganz leise setzte er den Deckel zurück auf die Schachtel, steckte sie wieder hinten in die Schublade und schob die Schublade zu. Als er aufstand, wälzte sich sein Onkel herum, und das Schnarchen setzte aus. Li hielt den Atem an. Dann signalisierte ein tiefes Grunzen, dass die Atmung wieder einsetzte, und gleich darauf rumpelte der Alte Yifu wieder selig vor sich hin, ohne zu ahnen, dass sein Neffe im Zimmer war. Li tappte auf Zehenspitzen in den Flur und zog leise die Tür hinter sich zu.

5. KAPITEL

I

Mittwochmorgen

Erst war es nur ein Glühen in der Ferne. Doch im Näherkommen erkannte er, dass das Glühen flackerte, dass Flammen im Dunkeln nach oben loderten. Er wagte sich immer näher, angestrengt durch die Hitze spähend und bemüht, die dunkle Masse in der Mitte zu erkennen. Plötzlich streckte die Masse eine Hand nach ihm aus, in der Hitze zusammengeschrumpft, klauenartig, verkohlt, und das Gesicht trat aus den Flammen hervor, den Mund zu einem stummen Schrei geöffnet, die schmelzenden Augen um Hilfe flehend. Und in einem Moment unbeschreiblichen Entsetzens erkannte er, dass er sich selbst sah.

Erschrocken fuhr er auf und blinzelte gegen die Dunkelheit an; Schweiß perlte auf seiner Stirn, glänzte auf seiner Brust und lief in einem erkaltenden Rinnsal über seinen Bauch hinunter. Er keuchte schwer. Die roten Digitalziffern auf seinem Nachttisch zeigten 2 Uhr an. Er ließ sich auf das Kissen zurückfallen und versuchte, das Bild aus seinem Kopf zu verbannen. *Ausgestreckt, als würde er Hilfe suchen,* hatte das Kindermädchen gesagt. Aber welche verquere Verbindung in seinem Unterbewusstsein hatte bewirkt, dass er sich in seinem Traum selbst in die brennende Gestalt verwandelt hatte? Er zwang sich, ruhiger zu atmen, und spürte, wie auch sein Herzschlag allmählich langsamer wurde. Schließlich schloss er die Augen und verbannte ganz bewusst alle Gedanken aus seinem Geist.

Den Rest der Nacht schlief Li so gut wie gar nicht mehr, sondern schwebte in einem traumartigen Dämmerzustand, bis um fünf Uhr früh der Wecker klingelte und er beinahe mit einem Gefühl der Erleichterung aufstand. Der Himmel war hell, doch die Sonne hatte den frühmorgendlichen Dunst noch nicht durchdrungen, darum war es grau und wunderbar kühl, als er erst in östlicher und später in nördlicher Richtung durch die Innenstadt in den Bezirk Dongcheng radelte. Es war noch zu früh, als dass Mei Yuan bereits auf ihrem Stammplatz an der Ecke zum Dongzhimennei-Boulevard gestanden hätte, darum ließ er das Frühstück ausfallen.

Die ersten der heute zu vernehmenden Zeugen sammelten sich bereits auf der Straße vor dem Hauptquartier der Sektion Eins, während die Beamten der Nachtschicht sich nach und nach verzogen, um noch einen Happen zu essen, bevor sie nach Hause und ins Bett gingen, aus dem ihre Familien gerade aufstanden.

»Guten Morgen, Li Yan, Sie sind aber elegant heute«, begrüßte ihn ein Kollege auf dem Gang. »Schon wieder ein Bewerbungsgespräch?«

Li trug einen dunkelblauen Baumwollanzug, Hosen mit modischen Bundfalten, ein frisches weißes Hemd mit offenem Kragen und frisch geputzte schwarze Schuhe. Er grinste. »Ich wollte mich nur für die Arbeit schick machen.«

»Schade, dass das dem Chef nie einfällt«, sagte der Beamte in dem sicheren Wissen, dass der Sektionsvorsteher Chen noch nicht eingetroffen war. Chen trug nie etwas anderes als ausgebeulte, am Hintern schon glänzende Hosen, ein blaues oder hellgraues Hemd und eine cremefarbene Polyester-Weste, die auch schon bessere Tage gesehen hatte. Zu Beginn seiner beruflichen Laufbahn hatte ihn einer seiner Chefs einmal als Katastrophe in Geschmacksfragen bezeichnet. Geschadet hatte ihm das allerdings nie.

In seinem Büro machte sich Li eine Tasse grünen Tee und

setzte sich an den Schreibtisch, um die Akten durchzuschauen, die sich im Lauf der Nacht darauf angesammelt hatten. Die Stapel mit den Aussage-Protokollen unter dem Fenster waren weiter in die Höhe gewachsen, obwohl seine Stellvertreter bereits die wichtigsten herausgesucht und beiseite gelegt hatten. Li zündete eine Zigarette an und machte sich an die mühsame Arbeit, die Aussagen von Drogendealern und Kleinganoven, Bauarbeitern aus ganz China und den allmorgendlichen Besuchern im Ritan-Park durchzuackern. Um sieben Uhr war er bei der dritten Tasse Tee, der fünften Zigarette und kein bisschen klüger. Die Luft in seinem Büro war rauchgeschwängert, und die Temperatur stieg mit der Sonne, die sich durch sein Fenster stahl und lange Streifen auf den Boden legte. Die Beamten von der Tagschicht hatten sich bereits der anstehenden Aufgaben angenommen. Der dritte, der an seine Tür klopfte, um ihm irgendetwas mitzuteilen und eine Bemerkung über seinen Anzug zu machen, bekam gründlich den Kopf gewaschen, sodass Li in der folgenden halben Stunde ungestört blieb. Er arbeitete gern am frühen Morgen, wo er nachdenken, überlegen und manchmal auch seine Überlegungen vom Vortag überdenken konnte. Ein neuer Tag schaffte oft Distanz und eine neue Perspektive gegenüber den Ereignissen.

Um kurz nach sieben rief er im Zentrum für forensische Beweissicherung an, wo man ihm mitteilte, dass die Testergebnisse erst in einigen Stunden vorliegen würden.

Um sieben Uhr fünfzehn klopfte schon wieder jemand an seine Tür. Li hob den Kopf und wollte schon den Unglückseligen anblaffen, der die Frechheit besaß, ihn beim Nachdenken zu stören. Doch er klappte den Mund wortlos wieder zu, als er den Sektionsvorsteher Chen eintreten sah, der wie gewohnt eine düstere Wolke hinter sich herzuziehen schien. »Guten Morgen, Li Yan.« Sobald er Lis Anzug bemerkte, blieb er stehen und zog die Stirn in Falten. »Sie wollen sich doch nicht gleich wieder anderswo bewerben, oder?«

»Nein, Chef. Ich habe nur gedacht, ich sollte mich ein bisschen rausputzen, wo ich schon eine neue Position habe.«

Chen grunzte unbeeindruckt. »Irgendwas Neues seit gestern Abend?«, fragte er.

Li schüttelte den Kopf. »Niemand weiß etwas. Niemand hat etwas gesehen. Niemand hat etwas gehört.« Er zog die Achseln hoch. »Ich melde mich bei Ihnen, sobald wir die Ergebnisse aus der Spurensicherung haben.« Chen öffnete die Tür und wollte hinausgehen. Da sagte Li: »Ach, übrigens...« Chen verharrte. »Ich habe meine Meinung geändert, was das Angebot der Universität angeht, uns mit der amerikanischen Pathologin auszuhelfen.« Er versuchte, das so beiläufig wie möglich klingen zu lassen.

»Ach wirklich?« Chen sah Li nachdenklich an. »Haben Sie zufällig mit dem Alten Yifu darüber gesprochen?«

»Ich... ich habe es ihm gegenüber erwähnt.«

»Hmm-hmm. Und er hielt es für eine gute Idee, nicht wahr?«

»Er, äh... er hat gemeint, ihre Erfahrung könnte uns von Nutzen sein.«

»Jaja. Nur schade, dass Sie eher auf den Rat Ihres Onkels hören wollen als auf meinen.«

Li sträubte sich. »Wenn es Ihr Rat gewesen wäre, hätte ich ihn keinesfalls ignoriert, Chef.«

Chen schnaubte. Er hatte Li gestern zugestanden, die Sache nach seinem Gutdünken zu handhaben, mit dem Ergebnis, dass ihm diese Entscheidung heute vom Alten Yifu um die Ohren gehauen wurde. Das wurmte. »Erst sagen wir, wir wollen sie dabeihaben, dann sagen wir, wir wollen sie nicht. Dann sagen wir, wir hätten uns anders entschieden und wollen sie doch dabeihaben. Wer weiß, ob *sie* überhaupt noch will.«

»Wir können in Hoffnung leben«, murmelte Li leise vor sich hin.

»Was war das?«

»Ich sagte, wir können nur hoffen, dass sie noch will«, sagte Li.

Chen schnaubte erneut und wollte schon aus der Tür. Dann blieb er stehen. Er drehte sich noch einmal um. »Fast hätte ich es vergessen. Der Stellvertretende Generalstaatsanwalt Zeng möchte Sie sprechen.«

»Mich?«

»Ja, Sie.«

»Weswegen?«

»Ich habe nicht die leiseste Ahnung. Aber wenn ein Generalstaatsanwalt einem Polizisten zu springen befiehlt, dann springt man. Um neun Uhr, im Gebäude der Städtischen Staatsanwaltschaft.« Damit war er draußen. Doch eine Sekunde später öffnete sich die Tür erneut, und er streckte den Kopf herein. »Wenn ich es nicht besser wüsste, dann würde ich fast vermuten, Sie hätten das schon gewusst – rausgeputzt, wie Sie sind.« Er machte die Tür wieder zu.

Li saß an seinem Schreibtisch und fragte sich, was ein Stellvertretender Generalstaatsanwalt wohl von ihm wollen könnte. Staatsanwälte gehörten zu den mächtigsten Figuren im chinesischen Rechtswesen. Es war die Volks-Staatsanwaltschaft, die auf Ersuchen der Polizei Haftbefehle ausstellte. Die Staatsanwaltschaft überprüfte außerdem die von der Polizei gesammelten Beweise und entschied, ob es aussichtsreich war, einen Fall vor Gericht zu bringen. Dort übernahm die Staatsanwaltschaft die Rolle des Anklägers. In besonders sensiblen Fällen, bei denen es um Staatsangelegenheiten, Korruption, Betrug oder Amtsmissbrauch bei der Polizei ging, war die Volks-Staatsanwaltschaft berechtigt, eigene Ermittlungen anzustellen. Es war einigermaßen ungewöhnlich, dass ein Polizeibeamter zu einem Stellvertretenden Generalstaatsanwalt gerufen wurde, es sei denn, es ging um Einzelheiten in einem vorliegenden Fall. Darum war Li nicht ganz wohl in seiner Haut.

Zwei uniformierte Soldaten mit Patronengurt über den khakigrünen Hemden standen in Habachtstellung im Schatten überdimensionaler Sonnenschirme zu beiden Seiten des Haupteingangs zur Städtischen Volks-Staatsanwaltschaft. Li stellte den Jeep auf der Straße ab und trat mit einem Gefühl der Beklemmung durch das Tor.

Die Staatsanwaltschaft war in einem modernen dreistöckigen Bau auf der Rückseite des Obersten Gerichts untergebracht, nicht weit von der Zentrale der städtischen Polizei im alten Gesandtschaftsviertel entfernt. Überall an der Front des grauen Backsteinbaus waren die Fenster aufgerissen wie nach Luft schnappende Münder. Eine Abteilung der Volksarmee, zuständig für die Bewachung öffentlicher Einrichtungen, exerzierte auf einem Grundstück vor einem riesigen Wandbild, auf dem eine ländliche Szene aus dem alten China dargestellt war. Li eilte in der zunehmenden Morgenhitze an den Soldaten vorbei und ins Haus, wo man ihn bat, kurz zu warten.

Obwohl er für neun Uhr herbestellt worden war, wurde es fast zwanzig nach neun, ehe eine Sekretärin ihn abholen kam, ihn eine Treppe hinauf, durch einen langen Gang und dann in ein Vorzimmer führte, bevor sie schließlich an die imposante Tür des Stellvertretenden Generalstaatsanwalts Zeng klopfte. »Herein«, rief Zeng, und die Sekretärin hielt Li die Tür auf. Zeng stand hinter seinem Schreibtisch auf, ein großer, dünner Mann mit stahlgrauem Haar, das er straff aus dem von einer runden Metallbrille akzentuierten Gesicht gekämmt hatte. Er war in Hemdsärmeln, sein Sakko hing über der Rückenlehne seines Sessels. Er streckte die

Hand aus. »Herzlichen Glückwunsch zu Ihrer Beförderung, Stellvertretender Sektionsvorsteher Li.«

Li schüttelte seine Hand. »Es ist mir eine Ehre, Sie kennen zu lernen, Stellvertretender Generalstaatsanwalt Zeng.«

Damit waren die Förmlichkeiten erledigt, und Zeng deutete auf einen Sessel. »Setzen Sie sich, Li.« Er wanderte um seinen Schreibtisch herum und setzte sich, einen Fuß immer noch auf dem Boden, auf eine Tischecke. Li ließ sich unbehaglich in einen Ledersessel sinken. Ein träge rotierender Deckenventilator schaufelte heiße Luft von einer Ecke des Büros in die andere. »Der zweite Tag im neuen Job, hmm?« Li nickte. »Und ein aufregender erster Tag.«

»Das war es.«

»Drei Morde in einer Nacht. Das hört sich eher nach New York als nach Peking an.« Li wusste nicht, welche Antwort darauf erwartet wurde, darum schwieg er. Zeng stand auf, trat ans Fenster und ließ die Jalousien herunter, um die Sonne auszusperren. »So ist es schon besser. Ich ertrage es nicht, wenn es hier drin so hell ist. Der Pekinger Herbst ist viel angenehmer, finden Sie nicht auch? Nicht so heiß, und das Licht wirkt viel weicher.«

»Ja.«

»Sie stammen aus Sichuan.« Auch diesmal vermochte Li nicht zu sagen, ob das als Frage oder als Feststellung gemeint war. »Eine wunderschöne Provinz. Auch wenn mir das Essen nicht zusagt. Viel zu scharf. Was sagen Sie dazu?«

Gute Frage. Li hatte keine Ahnung. »Ich kann dazu nichts sagen.«

»Wozu?«

»Zu Ihrem Geschmack, Stellvertretender Generalstaatsanwalt.«

»Nein, ich meinte Ihren Geschmack, Li. Schmeckt Ihnen dieses scharfe Essen?«

»Ausgesprochen gut.«

»Nun, Sie sind ja wohl damit aufgewachsen. Es ist bestimmt nicht leicht.«

Wieder vermochte Li ihm nicht zu folgen. Zeng schien die Themen ohne jeden nachvollziehbaren Anlass zu wechseln. Fast als würde er versuchen, Li aufs Glatteis zu führen. »Was ist bestimmt nicht leicht?«

»In die Fußstapfen eines Menschen zu treten, der bei der Polizei so angesehen war wie Ihr Onkel. Da wird viel von einem erwartet. Das hat Ihnen Probleme gemacht, nicht wahr?« Er musterte Li aufmerksam.

»Nein, nein. In die Fußstapfen meines Onkels zu treten, war mir eine Ehre und ein Privileg.« Li fühlte sich zutiefst unwohl. Was *sollte* das alles?

Zeng kehrte in seinen Sessel zurück, stützte einen Ellbogen auf und betrachtete Li nachdenklich. »Ich kann nicht behaupten, dass ich es besonders gutheiße, wenn eine amerikanische Pathologin eingesetzt wird, um Autopsien an Pekinger Mordopfern vorzunehmen. Mal abgesehen von allem anderen können wir sie nicht in den Zeugenstand rufen, wenn wir den Fall vor Gericht bringen.«

Darum ging es also. Li fragte sich kurz, woher Zeng bereits wusste, dass es sich bei dem Fall Chao Heng um einen Mord handelte und nicht um Selbstmord, doch andererseits war das eigentlich kein Geheimnis, und Zeng war immerhin Stellvertretender Generalstaatsanwalt. »Ohne ihr Fachwissen hätten wir bestimmt nicht erkannt, dass das, was ein Suizid zu sein schien, in Wirklichkeit ein Mord war. Und da Professor Xie die pathologische Untersuchung geleitet hat, wird er aussagen können, wenn wir, hoffentlich, den Fall vor Gericht bringen.« Er merkte, dass Zeng etwas dazu sagen wollte, und ergänzte hastig: »Natürlich hatte Dr. Campbells Angebot, ihm zu assistieren, keinen offiziellen Charakter. Es hat sich um einen persönlichen Gefallen gegenüber Sektionsvorsteher Chen gehandelt.«

»Ja, das ist mir zu Ohren gekommen. Mir ist auch zu Ohren gekommen, dass die Universität für Öffentliche Sicherheit Ihnen Dr. Campbells Dienste für die weiteren Ermittlungen angeboten hat – und dass Sie dieses Angebot ausgeschlagen haben.«

Er war *wirklich* auf dem Laufenden, dachte Li. »Ganz recht«, bestätigte er.

»Gut. Ich hätte es nicht für politisch opportun gehalten, die Amerikaner in dem Glauben zu wiegen, sie könnten uns beibringen, wie so was gemacht wird.«

»Zu schade.« Allmählich bekam Li wieder Oberwasser. »Denn ich habe mir die Sache heute Morgen anders überlegt und das Angebot doch noch angenommen.«

Zengs Gesicht verdüsterte sich. »Warum?«

»Nachdem ich mit meinem Onkel über die Sache gesprochen habe... ist mir aufgegangen, dass es engstirnig und kleinlich gewesen wäre, das Angebot einer derart erfahrenen Expertin auszuschlagen, nur weil sie Amerikanerin ist. Wenigstens hat mein Onkel das so gesehen. Wenn Sie aber anderer Meinung sind...«

»Mein Gott, wer bin *ich* denn, mich mit *Ihrem* Onkel auf eine Diskussion einzulassen?« Zeng war sichtlich verärgert. Ihm war anzusehen, dass er sich gern noch weiter ereifert hätte, doch er riss sich zusammen. Er taxierte Li nachdenklich. »Allmählich glaube ich schon besser zu verstehen, warum es Ihnen nicht schwer gefallen ist, in die Fußstapfen Ihres Onkels zu treten.«

»Es sind große Fußstapfen, Stellvertretender Generalstaatsanwalt. Ich habe noch einen langen Weg vor mir, ehe ich sie ausfüllen kann.«

Zeng wippte sacht in seinem Sessel vor und zurück und schaute nachdenklich zur Decke auf. Dann zückte er ein Päckchen Zigaretten und zündete sich eine an, ohne Li eine anzubieten. Abrupt beugte er sich vor und stemmte beide

Ellbogen auf den Tisch, als hätte er eine Entscheidung gefällt. »Ich möchte von Ihnen täglich einen schriftlichen Rapport über diesen Fall. Chao Heng war ein sehr angesehener Wissenschaftler und ein Berater der Regierung. Wir nehmen den Mord an ihm sehr ernst. Ich möchte, dass Sie den Bericht selbst schreiben, und zwar jeden Abend, sodass ich ihn morgens auf meinem Schreibtisch liegen habe. Ist das klar?« Li nickte. »Das wäre dann alles.« Zeng nahm sich eine Akte an und klappte sie auf. Li begriff, dass er entlassen war.

II

Eigentlich war es ganz gut, dachte Bob, dass dieser Gang so lang war. Andernfalls, davon war er überzeugt, hätte Margaret am Ende einfach kehrtgemacht und wäre zurückmarschiert. Sie schien ihren Zorn in langen, schnellen Schritten verbrennen zu müssen, und er konnte nur mühsam mit ihr Schritt halten.

»Erst sagen sie, ich soll ihnen helfen. Dann entscheidet Mr. Oberschlauberger Stellvertretender Sektionsvorsteher Li, dass ich bei seinen Ermittlungen *nutzlos* bin. ›Nutzlos‹ wohlgemerkt!«

»Bestimmt ist bei der Übersetzung etwas verloren gegangen – oder hinzugedichtet worden, Margaret. Li meint das gewiss nicht so.«

»Ach nein? Ist doch scheißegal, was er gestern Abend gemeint hat, jedenfalls hat er heute Morgen seine Meinung geändert. Vielleicht ist er aufgewacht und hat begriffen, wie unangemessen er gestern reagiert hat. Jetzt bin ich, wie es aussieht, keineswegs mehr ›nutzlos‹, plötzlich sind sie ›hocherfreut‹, meine Hilfe anzunehmen. Ich meine, als hätte ich ihnen meine Mitarbeit angeboten! *Sie* haben *mich* gebeten und mir dann erklärt, dass ich *nutzlos* bin. Das nenne ich das Gesicht verlieren! Herr im Himmel!«

»Nutzlos« war eine ausgesprochen unglückliche Wortwahl gewesen, dachte Bob. Und fast sicher darauf zurückzuführen, dass Veronica ihr Vokabular auf Kosten sprachlicher Feinheiten erweitert hatte. Taktlos zumindest. Er musste unbedingt mit ihr darüber reden. Leider war der Schaden, soweit es Margaret betraf, kaum wieder gutzumachen. Das Wort hatte sie bis ins Mark getroffen. »Was werden Sie jetzt tun?«

»Weiß ich nicht. Ich weiß nur, was ich gern tun würde. Ihnen nämlich erklären, wo sie sich ihre Hilfe hinschieben können.«

»Das würde den chinesisch-amerikanischen Beziehungen kaum zuträglich sein.«

»Ich pfeife auf die chinesisch-amerikanischen Beziehungen!«

»Sie wissen bestimmt«, sagte Bob, der allmählich außer Puste kam, »dass die meisten amerikanischen Pathologen ihren rechten Arm dafür geben würden, bei einer Mordermittlung in Peking mitarbeiten zu können.«

»Herrgott noch mal, Bob, wer hätte je von einem einarmigen Pathologen gehört?«

»Sie wissen, wie ich es meine«, erwiderte er irritiert, und sie schoss ihm ein boshaftes Lächeln zu, das ihn noch mehr irritierte. »Fakt ist, dass sich so was verdammt gut in Ihrem Lebenslauf machen würde. Meinen Sie nicht auch?«

Sie hielt abrupt und für ihn vollkommen überraschend an, sodass er anderthalb Schritte an ihr vorbei war, ehe er zum Stehen kam. Er fuhr herum. »Um Himmels willen, Margaret!«

Doch aus ihren Augen loderte eine ganz neue Eingebung. »Also, wenn ich mitspiele«, verkündete sie, »dann werden sie dafür bezahlen müssen. Mittlerweile müsste ich doch ein wenig *Guanxi* auf der Bank haben, meinen Sie nicht?«

III

Während der letzten zwei Stunden hatte Li sich mit den Kollegen beraten, die über den drei Mordfällen brüteten. Ein Schleier von Mutlosigkeit und Zigarettenrauch hatte sich über die Konferenz gesenkt. In all den Vernehmungen, Aussagen und Zeugenschilderungen war nicht einmal der Funke eines Hinweises aufgeglüht, der in irgendeiner Weise Licht in einen der drei Morde zu bringen versprach. Seit sechs Uhr früh waren Polizeibeamte durch den Ritan-Park gewandert und hatten mit allen gesprochen, die durch das Tor kamen, hatten versucht, das Gedächtnis anzukurbeln, einen – irgendeinen – Informationsfetzen ans Licht zu zerren, so klein er auch sein mochte. Nichts. Sie wussten, wer die drei Opfer waren, doch es gab kein Motiv für die Morde und keine Verbindung zwischen den Toten, abgesehen von einer sehr fadenscheinigen Drogenverbindung zwischen Chao Heng und Mao Mao. Doch bislang hatten sie nicht einmal herausfinden können, ob die beiden einander überhaupt gekannt hatten.

Kommissar Wu schlug vor, die Nadel zum Verhör in die Sektion zu bestellen. Er wusste, dass Li an der Nadel interessiert war, und hatte die Akte bereits angefordert. Auf das Gelächter, das rund um den Tisch aufstieg, war er allerdings nicht gefasst. »Was zum Teufel ist daran denn so komisch?«, wollte er verlegen wissen.

»Die Nadel wird uns überhaupt nichts verraten«, antwortete Kommissar Zhao, dessen Groll sogar seine Schüchternheit besiegte. »Denn falls er zugeben würde, dass er auch nur das Geringste über Chao Hengs Drogensucht oder über Mao Maos Bezugsquellen weiß, würde er damit verraten, dass er Verbindungen zur Drogenszene hat.«

»Und da *wir* ihm in den vergangenen fünf Jahren nichts

nachweisen konnten«, ergänzte Kommissar Qian, »wird er uns das wohl kaum auf dem Silbertablett servieren, oder?«

»Vor allem, wo wir nichts gegen ihn in der Hand haben«, bestätigte Zhao. »Nicht einmal einen Ansatzpunkt.«

Gedemütigt durch das Gelächter seiner Kollegen blickte Wu zu Li. Um sein Gesicht wenigstens halbwegs zu wahren, erklärte er: »Ich dachte ja nur, weil der Chef die Akte haben wollte…« Er wartete darauf, dass Li ihm aus der Patsche half.

»Ich stimme mit den meisten hier überein«, sagte Li. »Es hätte wenig Sinn, die Nadel herzubestellen. Aber wenn der Berg nicht zum Propheten kommt…« Er lächelte über die verständnislosen Gesichter am Tisch. Moslemische Mythologie stand in der Schule nicht auf dem Lehrplan, und keiner von seinen Kollegen hatte den Alten Yifu zum Onkel. »Ich habe gehört, dass er tagsüber im Hard Rock Café sitzt, dass sich dort sein… inoffizielles Büro befindet.«

»Sie wollen zu ihm?«, fragte Qian überrascht.

Li nickte. »Wenn wir ihn überzeugen könnten, mit uns zu reden – ganz inoffiziell… könnte uns das viel Zeit und Mühe sparen.«

»Wieso sollte er ganz inoffiziell mit uns reden?«, wollte Wu wissen.

»Weil ich ihn darum bitten werde«, antwortete Li gelassen.

Es wurde still um den Tisch, da jeder insgeheim überlegte, was genau er damit meinte. Alle wussten, dass es zwischen Li und der Nadel eine Vorgeschichte gab. Vor drei Jahren war es Li gelungen, einen Haftbefehl für die Nadel zu bekommen. Doch dann war der einzige Zeuge der Anklage auf der Wangfujing-Straße mit seinem Fahrrad unter die Räder eines Busses der Linie 4 geraten. Man hatte nicht nachweisen können, dass es kein Unfall gewesen war, und die Nadel war freigekommen.

Früher einmal hätte man Menschen wie die Nadel »überzeugt«, ihre Verbrechen zu gestehen, und sie danach dementsprechend bestraft. Doch die Zeiten hatten sich geändert. Die polizeiliche Praxis wie auch das gesamte Justizsystem wurden kritisch beobachtet. Und die konventionellen Mittel, Druck auf jemanden auszuüben, etwa durch seine Arbeitseinheit, griffen nicht bei der Nadel, die als freier Unternehmer stets behaupten konnte, alle Einnahmen mit den Marktbuden in der Liulichangxi-Straße zu erzielen.

Die Besprechung endete ebenso bedrückt, wie sie begonnen hatte. Niemand hatte eine zündende Idee, die darüber hinausging, die Vernehmungen fortzuführen und die Aussagen möglicher Zeugen aufzuzeichnen. Doch als die Beamten aus dem Konferenzraum drängten, verriet ihr halb lautes Gemurmel die Spannung, die Lis Absicht hervorrief, sich der Nadel in ihrem eigenen Bau zu stellen.

IV

Li parkte an der Tür zum Zentrum für forensische Spurensicherung und betrat das Gebäude. Im Vorzimmer zu Professor Xies Büro sah er Lily Peng mit essigsaurer Miene sitzen und zornig in einer wissenschaftlichen Zeitschrift blättern.
»Ist Dr. Campbell hier?«, fragte er.

Sie deutete mit dem Daumen zum Autopsiesaal. »Da drin. Seit *Stunden*.«

»Wollen Sie heute nicht zuschauen?« Er konnte sich ein Lächeln nicht verkneifen.

Sie sah ihn wütend an. »Kein Platz.«

Er stutzte verwirrt. »Wie meinen Sie das?«

»Schauen Sie selbst.« Damit versenkte sie sich wieder in ihre Zeitschrift.

Li schob sich durch die zwei aufeinander folgenden

Schwingtüren vor dem Autopsiesaal und stand unvermutet fünfzehn Studenten in grünen Kitteln und Gesichtsmasken gegenüber, die sich um den aufklaffenden Leichnam des Wanderarbeiters aus Shanghai scharten. Die Brusthöhle lag immer noch frei, die Kopfhaut war über das Gesicht zurückgeklappt, und das Gehirn war bereits dem Schädel entnommen worden. Bei einigen der Studenten hatten die Gesichter die gleiche Farbe wie ihre Kittel. Zwei Obduktionsassistenten waren eben dabei, den Leichnam zu reinigen. Margaret erläuterte die Prozedur.

»Die Organe werden aus dem Behälter in die Brusthöhle zurückgelegt... wie Sie sehen können. Danach wird der Brustkorb wieder zusammengefügt, und die Assistenten werden meinen Schnitt mit grobem, gewachstem Garn vernähen. Die Schädelkalotte wird wieder eingesetzt, die Kopfhaut zurück über das Gesicht gezogen und ebenfalls festgenäht. Anschließend wird der Körper abgeschrubbt, abgespritzt, trocken getupft und in einen Leichensack gesteckt, bevor er wieder ins Kühlfach kommt. Ich weiß nicht, wie das hier gehandhabt wird, aber in den Vereinigten Staaten würde dann ein Bestatter den Leichnam abholen, ihn mit Konservierungsmitteln voll pumpen, anziehen und schminken, damit er bei der Beerdigung Freunden und Familie im offenen Sarg präsentiert werden kann.«

»In diesem Fall«, mischte sich Professor Xie ein, »wird der Leichnam an die Familie in Shanghai überführt und gleich kremiert werden. In China könnten sich nur die wenigsten Menschen die Dienste eines Bestatters leisten.«

Margaret wandte sich wieder an die Studenten. »Zu schade, dass Sie gestern nicht dabei sein konnten, als wir eine Autopsie an einem Verbrennungsopfer durchgeführt haben. Es war ein äußerst interessanter Fall. Professor Xie hat dabei ein höchst nützliches Gerät eingesetzt, Kryostat genannt, das es uns ermöglicht, wesentlich schneller Befunde zu erheben.

Weiß jemand von Ihnen, was ein Kryostat ist?« Niemand meldete sich. »Im Grunde ist es ein Kühlgerät, mit dem wir praktisch ohne Zeitverzögerung Gewebeproben zum Sezieren und für die mikroskopische Untersuchung präparieren können. Es wird vor allem während chirurgischer Eingriffe eingesetzt und gibt den Ärzten die Möglichkeit, umgehend eine Diagnose zu stellen, anhand der über den weiteren Operationsverlauf entschieden wird.« Sie drehte sich um und deutete auf die Proben, die sie aus verschiedenen Organen geschnitten hatte. »Wenn wir die traditionelle Methode, sie in Paraffin oder Wachs zu gießen, anwenden, brauchen diese Proben sechs oder mehr Stunden, bis wir sie mikroskopisch untersuchen können. Erst dann können wir sie in ultradünne, allerdings haltbare Scheiben schneiden. Verwenden wir den Kryostat, schmelzen die Proben augenblicklich und sind danach nicht mehr zu gebrauchen.«

Sie sah an den Studenten vorbei und bemerkte erst jetzt, dass Li eingetreten war. »Ach, wie ich sehe, hat sich der Stellvertretende Sektionsvorsteher Li zu uns gesellt. Ein ausgezeichneter Zeitpunkt, Kommissar Li.« Sie wandte sich an ihre Studenten und verriet ihnen mit vertraulicher Miene: »Er ist in diesen Dingen ein bisschen empfindlich.«

Die Studenten kicherten und schmunzelten, während Li zu seiner extremen Verstimmung merkte, wie sein Gesicht rot anlief. Sie sprach ihn erneut an. »Ich habe die Gelegenheit genutzt, den Professor zu fragen, ob es ihn stören würde, wenn meine Studenten bei der zweiten Autopsie heute Morgen hospitieren. Wie immer war er ausgesprochen zuvorkommend. Ich finde es sehr wichtig, dass sie während ihrer Ausbildung auch solche Erfahrungen sammeln, meinen Sie nicht auch?«

»Natürlich«, antwortete er steif. »Und haben Sie zufällig auch festgestellt, woran das Opfer gestorben ist, während Sie den Studenten Ihre Fähigkeiten demonstriert haben?«

Wieder kicherten einige der Studenten verstohlen, und alle zusammen hielten gespannt den Atem an. Auch wenn Englisch nicht ihre Muttersprache war, war ihnen die aufgeladene Atmosphäre zwischen der Pathologin und dem Polizisten keineswegs entgangen.

Margaret ließ sich nicht beirren. »Dieser Mensch starb daran, dass der Schädel vom ersten Halswirbel getrennt wurde. Man bezeichnet das als atlanto-okzipitale Disartikulation. Der oberste Halswirbel, auf dem der Kopf ruht, wird als Atlas bezeichnet.« Sie lächelte zuckersüß. »Die Anatomen haben sich damals sinnreiche Namen ausgedacht, finden Sie nicht?« Damit rief sie kein Lächeln hervor. Sie zuckte mit den Achseln. »Jedenfalls ist der Atlas an zwei Stellen unten mit der okzipitalen Schädelplatte verbunden. Wenn das eine vom anderen getrennt wird, wahrscheinlich mit einem doppelten ›Plopp‹, wie wenn Sie mit den Knöcheln knacken, dann wird dabei das Rückenmark durchschnitten, und zwar durch die Kante des *Foramen magnum*, durch das es in den Kopf mündet. Der Tod tritt praktisch auf der Stelle ein, was sonst ausgesprochen selten vorkommt. In den meisten Fällen – wie auch bei dem zuvor obduzierten Toten, der mit dem Messerstich ins Herz – dauert es ein bis zwei Minuten, ehe der Tod eintritt.« Sie streifte die Schutzbrille ab, die sie sich in die Stirn geschoben hatte, und streckte und dehnte das Gummiband beim Reden. »Eine Verletzung wie diese hier findet man häufig bei Autounfällen, doch das Fehlen von anderen größeren Traumata lässt darauf schließen, dass der Tote sich zum Todeszeitpunkt nicht in einem Auto befand.«

Wieder lächelte sie, nur um erneut festzustellen, dass niemand ihren Humor teilte. Sie seufzte. »Da wir weder auf dem Hals noch im Gesicht des Opfers Druckstellen von Fingern gefunden haben, würde ich meinen, dass der Angreifer das Opfer mit den Armen umfasst hat, wobei er den einen über die Stirn gepresst und mit dem anderen im Nacken dagegen gedrückt hat, um den Kopf dann mit einer Drehbewegung nach oben und vorne zu ziehen, bis das *Foramen magnum* über die Oberkante der Wirbelsäule gerutscht ist und dabei das Rückenmark durchtrennt hat. Ein so sauberer und tödlicher Bruch, bei dem weitere größere Traumata fehlen, deutet für mich auf beachtliches Können hin.«

Das Bild, das Margaret mit ihrer Beschreibung heraufbeschworen hatte, machte alle im Raum beklommen.

»Bei unserer vorigen Autopsie...« Sie warf einen Blick auf die Uhr. »Meine Güte, wie die Zeit verfliegt, wenn man sich so amüsiert.« Die Gesichter im Raum starrten sie todernst und eindringlich an. Begriffen sie denn nicht, dass man in diesem Job nur mit Humor bei Verstand bleiben konnte? »Bei unserer vorigen Autopsie wurde das Opfer mit einem einzigen Messerstich ins Herz getötet. In diesem Fall würde ich vermuten, dass der Täter sich von hinten genähert, einen Arm um den Hals des Opfers geschlungen und das Messer mit der freien Hand aufwärts und zu sich her geführt hat. Die Klinge war wohl um die fünfundzwanzig Zentimeter lang. Sie ist unterhalb des Brustbeins in den Körper eingetreten und hat Teile des linken wie auch des rechten Ventrikels durchtrennt. Aus welcher Richtung der Stoß kam, lässt sich nicht genau ermitteln. Darum kann ich Ihnen auch nicht sagen, ob der Mörder Rechts- oder Linkshänder war. So etwas gibt's eigentlich nur im Film. Aber ich kann Ihnen versichern, dass die Zufügung einer einzigen tödlichen Wunde von dieser Qualität beachtliches Geschick erfordert.«

Sie machte eine effektvolle Pause. »Meiner Ansicht nach waren diese Morde so etwas wie Hinrichtungen, Kommissar, und wurden von einem sehr erfahrenen Profi ausgeführt.« Ihre Worte wirkten auf alle Anwesenden ausgesprochen ernüchternd.

Li erstarrte. *Du meinst also, der Mörder war ein Professioneller?*, hatte er zum Alten Yifu gesagt. *Irgendein Tria-*

den-Killer, hatte sein Onkel geantwortet. *Das waren keine Zufallsmorde, Li Yan.*

»Darf ich eine Frage stellen?«, sagte Margaret.

»Nur zu.«

»Wieso nehmen Sie an, dass das Brandopfer von gestern und die beiden Toten, die wir uns heute angesehen haben, etwas miteinander zu tun haben?«

»Wie kommen Sie denn darauf?«

»Weil Sie mich nicht gebeten hätten, die beiden Autopsien von heute durchzuführen, wenn Sie nicht annehmen würden, dass sie miteinander verbunden sind.«

Li nickte. Das klang logisch. Die Studenten warteten mit angehaltenem Atem. Er sagte: »Ich glaube, diese Dinge sollten wir nicht vor Ihren Studenten diskutieren.« Die Antwort war ein kollektives Aufstöhnen.

»Vielleicht nicht«, gestand Margaret ihm zu. Sie wandte sich an die enttäuschten Studenten, deren Neugier sie gerade erst geweckt hatte. »Geben Sie die Kittel und Masken bei den Assistenten von Professor Xie ab, wir sehen uns dann morgen früh wieder beim Unterricht.«

Während die Studenten abzogen, gingen Li, Margaret und Professor Xie vom Autopsietisch weg. Li erklärte: »An allen drei Tatorten haben wir einen einzelnen Zigarettenstummel gefunden. Immer dieselbe Marke.«

»Eine, die ich kennen könnte?«

»Marlboro.«

»Ach ja«, sagte sie. »Marlboro Country. Wo die Cowboys mit Sauerstofftanks auf dem Rücken herumreiten, weil sie sonst keine Luft mehr kriegen.« Sie verstummte kurz. »Wissen Sie, in diesem Land scheint es verflucht viele Menschen zu geben, die rauchen. Weiß man hier nicht, dass Rauchen schädlich ist?«

»Offenbar haben die amerikanischen Tabakfirmen vergessen, uns das mitzuteilen«, entgegnete Li.

»Das kann man irgendwie verstehen, nicht wahr?«, sagte sie. »Ich meine, das hier ist ein Riesenmarkt. Wenn sie China mit Zigaretten überschwemmen, können sich die Aktionäre zu Hause die Taschen mit Geld voll stopfen. Jene Aktionäre, die schon vor Jahren aufgehört haben zu rauchen, weil es ihrer Gesundheit schadet.«

Professor Xie mischte sich ein: »Und an jedem Tatort fand sich genau eine Zigarette?« Li nickte.

Margaret schnaubte. »Und Sie meinen, es könnte derselbe Mörder gewesen sein, der immer dieselbe Marke raucht und uns jedes Mal genau einen Stummel hinterlassen hat?« Ganz offenbar fand sie, dass dies die Grenzen der Glaubhaftigkeit sprengte. »Derselbe Mann, der diese Hinrichtungen so professionell und sauber ausgeführt hat? Meinen Sie, dass so ein Mensch unvorsichtig genug wäre, einen Zigarettenstummel liegen zu lassen?« Sie schüttelte den Kopf. »Mir kommt das einigermaßen unwahrscheinlich vor.«

Li zuckte mit den Achseln. »Mag sein. Aber das ändert nichts daran, dass die Stummel dort gelegen haben.«

Margaret wandte sich an Professor Xie. »Können Sie hier auch DNA-Tests durchführen?«

»Natürlich.«

Sie sah Li an. »Falls sich an den Stummeln Spuren von Speichel finden, dann können Sie die DNA vergleichen und wissen sofort, ob die Zigaretten von demselben Mann geraucht wurden.«

Li sagte: »Ich habe die Stummel gestern zum Testen gegeben. Die Ergebnisse müssten heute Nachmittag vorliegen.«

Margaret sah ihn eine Sekunde lang an und lächelte dann spröde. »Also gut, vielleicht wollte das Ei da klüger sein als die Henne.« Als er sie vollkommen verständnislos ansah, lachte sie und schüttelte den Kopf. »Tut mir Leid, vergessen Sie's. Ich wollte besonders schlau sein, und Sie haben mich drangekriegt.« Verlegenes Schweigen machte sich breit.

Margarets Lächeln erlosch. »Also... diese Zigarettenstummel sind die einzige Verbindung?«

»Nein«, antwortete Li. »Die Morde gleichen einander auch im Stil – es waren Hinrichtungen, wie Sie selbst gesagt haben. So etwas ist in China ganz ungewöhnlich. Und dann wäre da noch die Sache mit den Drogen. Wie Sie wissen, war Chao Heng heroinsüchtig. Der erste Tote, den Sie heute obduziert haben, der Mann namens Mao Mao, war ein kleiner Straßendealer.«

»Er hat auch selbst Drogen gespritzt«, fiel ihm Professor Xie ins Wort.

»Nadelspuren im linken Arm«, erläuterte Margaret.

»Gibt es sonst noch etwas, das ich wissen sollte?«, fragte Li.

Margaret zuckte mit den Achseln. »Nichts, was wirklich von Belang wäre. Sie bekommen den Bericht morgen, gleich nachdem wir die Sektionen vorgenommen haben.« Sie sah Professor Xie fragend an. Er nickte bekräftigend.

Sie begann, ihren Kittel zu lösen. »Jetzt sollte ich mich lieber waschen und umziehen.«

»Entschuldigen Sie mich.« Professor Xie verschwand, um mit seinen Assistenten zu sprechen.

Li sagte: »Ich muss ans andere Ende der Stadt und dieser Drogengeschichte nachgehen.« Er zögerte, und wieder stieg ihm das Blut in die Wangen. »Vielleicht möchten Sie ja mitkommen.«

Margaret war wie vom Blitz getroffen und ein wenig misstrauisch. »Warum?«

»Der Mann, den ich aufsuchen werde, kontrolliert den Drogenmarkt in Peking. Sein Spitzname ist ›die Nadel‹.«

Margaret sah ihn erstaunt an. »Also, wenn Sie wissen, was er da tut, warum steckt er dann nicht hinter Gittern oder liegt mit einer Kugel im Kopf sechs Fuß unter der Erde? So wird das hier doch gehandhabt, nicht wahr?«

»Wenn wir die nötigen Beweise haben.« Li konnte seine Verärgerung nur schwer unterdrücken. »Im Gegensatz zur landläufigen Meinung erschießen wir die Menschen nicht, nur weil wir sie für schuldig halten. Aber wenn sie verurteilt werden, dann ist eine Kugel in den Kopf immer noch besser, als zehn Jahre lang in der Todeszelle zu schmoren, wo jede Hoffnung und die Gesundheit zerstört werden, nur um anschließend trotzdem auf dem elektrischen Stuhl gebrutzelt zu werden. Für mich hört sich das genauso an, wie Amnesty International ›Folter‹ definieren würde.«

»Im Moment scheinen tödliche Injektionen en vogue zu sein«, antwortete Margaret und wich damit geschickt einem Streit aus. Sie wollte sich nicht auf eine Diskussion über die Todesstrafe einlassen. »Aus Ihrer Antwort schließe ich, dass Sie nichts gegen diesen Typen in der Hand haben – diese Nadel.«

»Nein«, gab Li zu.

»Und wieso wollen Sie mich dabeihaben?« Margaret wollte um alles in der Welt mitkommen, aber das würde sie Li auf gar keinen Fall verraten.

»Das will ich gar nicht … unbedingt«, erwiderte Li gelassen. Er wollte nicht so wirken, als wollte er sie um jeden Preis mitnehmen. Aber gleichzeitig wollte er auch keinesfalls abweisend wirken. »Ich dachte, vielleicht könnten Sie dabei ja was lernen.«

»Ach wirklich?« Sie zog die Überhandschuhe von den Fingern. »Zum Beispiel, wie man zwei Jahre brauchen kann, um einen Mordfall aufzuklären?«

6. KAPITEL

I

Mittwochnachmittag

Lily war die Verstimmung darüber, schon wieder als entbehrlich weggeschickt zu werden, deutlich anzumerken, da sie mit grimmiger Antipathie verfolgte, wie Li und Margaret in Lis Jeep vom Universitätsgelände brausten. Über Racheplänen brütend, marschierte sie mit forschem Schritt in Richtung Verwaltungsgebäude.

Seit ihrem Wortwechsel im Autopsiesaal wirkte Li kühl und abweisend. Margaret wusste nicht, ob das mit ihrem Seitenhieb über die zwei Jahre dauernden Ermittlungen zu tun hatte oder ob es sich dabei um eine Wiederholungsvorstellung seines gestrigen Stimmungsumschwungs handelte. Trotz der Tatsache, dass *er sie* eingeladen hatte, machte sich das starke Gefühl in ihr breit, dass ihm ihre Anwesenheit keineswegs recht war. In beklommenem Schweigen schlängelten sie sich durch den Vormittagsverkehr auf dem westlichen Abschnitt der Xuanwumen Xidajie, einer riesigen sechsspurigen Autobahnschleife entlang der äußeren Grenze der Innenstadt. Bambusgerüste umhüllten steil aufragende Betontürme. In Schwindel erregender Höhe kletterten winzige Gestalten in Blau und mit gelben Schutzhelmen in den Stahl- und Bambusgerippen herum. Riesenkräne schwenkten wie prähistorische Monster in einer Landschaft aus Beton über ihren Köpfen hin und her. Schließlich machte Margaret ihrem wachsenden Ärger über Lis Schweigen Luft. »Hören Sie, wenn Sie mich nicht dabeihaben wollen, brauchen Sie das nur zu sagen. Halten Sie einfach an, dann nehme ich ein Taxi zurück zur Universität.«

»Was reden Sie da?« Er wirkte vollkommen überrascht, machte aber keine Anstalten anzuhalten.

»Ich spreche davon, dass Ihnen jede Minute Leid tut, die Sie in meiner Gesellschaft verbringen müssen. Sie wissen es vielleicht noch nicht, aber es war nicht meine Idee, mich in Ihre Angelegenheiten einzumischen. Ich habe meine Hilfe nicht angeboten. Sie haben darum gebeten.«

»Nein.« Er schüttelte den Kopf. »Mein Chef hat darum gebeten.«

»Und Ihnen gefällt die Tatsache nicht, dass Ihr Chef glaubt, Sie könnten die Hilfe einer Ausländerin brauchen.«

»Ich brauche Ihre Hilfe nicht.« Er warf ihr einen zornigen Blick quer durch den Jeep zu.

»Ach nein? Und wie lange hätten Sie ohne mich gebraucht, bis Sie Chao Heng identifiziert hätten?«

»Wir hätten Chao Heng schon irgendwann identifiziert.« Seine Stimme klang ruhig und beherrscht.

»Na klar, in sechs Wochen oder so. Und wahrscheinlich hätten Sie dann immer noch an einen Selbstmord geglaubt. Lassen Sie mich jetzt aussteigen oder nicht?«

Li fuhr weiter. »Wissen Sie, ich verstehe wirklich nicht, wieso Sie überhaupt hierher gekommen sind.« Er wusste, dass sie irgendwo auf diesem Gebiet verletzlich war.

»Das geht Sie auch nichts an!«

Aber er ließ sich nicht beirren. »Ich meine, als ich in die Vereinigten Staaten kam, hatte ich zuvor monatelang alles darüber gelesen. Die Verfassung, Rechtswesen, Kultur... Ha.« Er lachte kurz auf. »Falls es möglich ist, die Worte *amerikanisch* und *Kultur* in einem Atemzug zu nennen.« Sie sah ihn wutentbrannt an. »Sie beschließen, nach China zu kommen, und was tun Sie? Nichts. Sie bereiten sich nicht vor, Sie wissen überhaupt nichts. Über unser

Rechtswesen, unsere Geschichte oder unsere Kultur. Sie sind fünf Minuten in unserem Land, und schon ziehen Sie auf offener Straße darüber her, wie sich die Männer hier gegenüber einer Autofahrerin aufführen. Sie suchen in einem Restaurant Streit und beleidigen damit Ihre Gastgeber, die sich in Unkosten gestürzt haben, um Sie willkommen zu heißen.«

»Mich willkommen zu heißen?« Margaret stotterte fast vor Entrüstung. »Seit ich meinen Fuß in dieses gottverdammte Land gesetzt habe, erklärt mir jeder, was ich zu tun und zu lassen habe und was ich auf keinen Fall sagen darf, um nur ja nicht eure kostbaren chinesischen Empfindlichkeiten zu verletzen. Wissen Sie was, Ihr Volk sollte allmählich mal aufwachen und zu dem Rest der Welt in jenes Zeitalter vorstoßen, das man als einundzwanzigstes Jahrhundert bezeichnet.« Sie hob rasch die Hand. »Und sparen Sie sich das mit der fünftausendjährigen Geschichte. Diese Predigt habe ich mir schon anhören müssen. Wie ihr das Papier und die Druckerpresse erfunden habt.«

»Und die Armbrust und den Regenschirm und den Seismographen und die Dampfmaschine – und alles etwa tausend Jahre, bevor die Europäer an diese Dinge gedacht haben«, sagte Li.

»Herr im Himmel«, schnaufte Margaret. »Ersparen Sie mir das. Bitte.«

Doch Li war mittlerweile richtig in Fahrt. »Und was hat Amerika der Welt gegeben? Hamburger und Hotdogs?«

Margaret fühlte sich getroffen. »Wir haben die Glühbirne erfunden, die Erzeugung von Elektrizität im kommerziellen Maßstab, das Grammofon, den Film. Wir haben die ersten Menschen auf den Mond geschickt, den Mikrochip und den PC erfunden und technische Mittel entwickelt, mit denen die Menschen in Nanosekunden rund um die Welt miteinander kommunizieren können, und wir haben Bilder vom

Mars zur Erde gefunkt, auf denen mehr zu erkennen ist als im chinesischen Fernsehen. Herr im Himmel, Ihr Volk hat nur in der Vergangenheit etwas geleistet. Sie können immer nur zurückblicken. Wir tun *jetzt* was.«

Li war vor Zorn rot angelaufen, allein die das Lenkrad umklammernden Knöchel waren weiß. »Ach ja? Und was genau *tun* Sie jetzt?« Er hob die Hand, um ihre Antwort zu unterbinden. »Nein, nein, ich werde es Ihnen sagen. Sie stapfen durch die ganze Welt wie arrogante, selbstgerechte Tyrannen oder wie selbst ernannte Polizisten, die allen anderen befehlen wollen, wie sie zu leben und sich zu benehmen haben. Und wenn wir nicht den Kopf einziehen und uns eurem Moralkodex anpassen, dann gibt's eins auf die Schnauze. Ihr predigt Freiheit und Demokratie und praktiziert rassische und politische Diskriminierung.«

»Reichlich gewagt für jemanden aus einem Land mit einer Menschenrechtsbilanz wie der chinesischen!«

Hupend und wie vom Leibhaftigen besessen, lenkte Li den Jeep unvermutet nach links. Zu ihrer Linken zog das Mao-Mausoleum an ihnen vorbei, und vor ihnen öffnete sich die riesige Fläche des Tiananmen-Platzes, wo im Hintergrund das mit orangefarbenen Schindeln gedeckte Dach des Tores des Himmlischen Friedens durch den Dunst schimmerte. »Sie brauchen gar nicht anzufangen«, schnitt er ihr das Wort ab. Oft hatte er stundenlang zugehört, wenn sein Onkel mit seinen Gefährten über Politik diskutierte, und dies hatte ihm einen ziemlich verlässlichen Überblick über die Ereignisse der vergangenen dreißig Jahre verschafft. »Als Nächstes werden Sie mir erklären, dass die Vereinigten Staaten keinerlei Anteil daran hatten, das mörderische Regime des Schahs im Iran zu unterstützen, und dass sie auch nichts mit dem Sturz des demokratisch gewählten Präsidenten von Chile zu tun hatten. Dass die Vereinigten Staaten praktisch gezwungen waren, Agent Orange und Napalm auf unschuldige vietnamesische Kinder und Frauen abzuwerfen und Operettendiktatoren zu stützen, die ihr Volk ausbluten ließen, weil das Teil ihrer strategischen Politik war.«

»Und was ist mit den Tausenden von politischen Gefangenen, die ohne jede Verhandlung in chinesischen Gefängnissen sitzen?«

»Das ist Geschichte. Ein Mythos.«

»Ach ja?« Sie schwenkte die Hand aus dem Fenster in Richtung des Platzes. »Und wahrscheinlich ist es auch ein Mythos, dass Ihre Regierung bewaffnete Soldaten und Panzer auf eben diesen Platz geschickt hat, um Hunderte von unbewaffneten und friedlich demonstrierenden Studenten niederzumähen. Oder fällt das unter ›Geschichte‹?«

»Das ist ebenso Geschichte wie der Einsatz der Nationalgarde, bei dem 1968 an der Kent State University in Ohio protestierende Studenten niedergeschossen wurden. Die beiden Ereignisse unterscheiden sich allein in der Größenordnung.« Er atmete tief und wütend durch, bevor er mit der offenen Hand oben auf das Lenkrad schlug. »Ach, verflucht, ich versuche ja gar nicht, die Vorfälle am Tiananmen-Platz zu rechtfertigen, aber die westliche Sicht der Ereignisse ist ein romantisches Märchen. Friedliebende Studenten, die für Freiheit und Demokratie demonstrierten? Pah! Kein einziges Mal haben Ihre Kameras aufgenommen, wie Gangs von bewaffneten Jugendlichen Soldaten und Polizisten, die Befehl hatten, ihnen nichts zu tun, angriffen und ermordeten, nur um den Toten die Waffen abzunehmen. Was würde Ihre Regierung wohl unternehmen, wenn sie in ihrer Existenz durch eine Million Studenten bedroht wäre, die in den Straßen von Washington randalieren und verlangen, dass der Präsident und der Kongress sich persönlich vor ihnen erklären, nur um sie vor laufenden Kameras zu beleidigen und zu demütigen? Wenn räuberische Banden Polizisten zu Tode prügeln würden und sich die Saat des Aufstands in alle fünfzig Staaten ausbreiten würde – glauben Sie, Ihre Politiker hätten alldem tatenlos zugesehen?«

Auf Lis Stirn standen Schweißperlen. In seinen Augen loderte ein eigenartiges Feuer. »Es war ein Albtraum. Ich weiß das, ich war dabei.« Die blutigen Bilder schwammen vor seinen Augen wie die Tränen, die er damals während der schicksalhaften Tage im Juni vergossen hatte – wegen der Toten, wegen seines Landes und wegen des so teuer erkauften und dennoch so deprimierenden und so wirkungslosen Endes. »Wenn ich mir dagegen das China von heute ansehe«, fuhr er fort, »sehe ich Menschen mit Geld in den Taschen, mit einem Dach über dem Kopf und Essen im Bauch, mit Schulen für ihre Kinder und einer Wirtschaft, die jedes Jahr um zehn Prozent wächst. Und ich sehe auch, was sich im Namen der Freiheit und Demokratie in der ehemaligen Sowjetunion oder im früheren Jugoslawien abspielt. Ich sehe wirtschaftlichen Niedergang, hungernde Menschen, Kinder, die an Krankheiten sterben; ich sehe Krieg und immer mehr Verbrechen und Straßen voller Tod und Zerstörung. Ich glaube nicht, dass viele Chinesen ihr jetziges Leben dagegen eintauschen wollten. Vielleicht mögen Sie den Kommunismus nicht, weil man euch im Westen mit Vorurteilen und vorgefassten Meinungen indoktriniert hat. Dennoch hat er, allen Fehlern zum Trotz, China Stabilität und Frieden gebracht, und die Bevölkerung ist gesünder, wohlhabender und besser ernährt als je zuvor in unserer Geschichte.«

Inzwischen hatten sie den Tiananmen-Platz hinter sich gelassen und fuhren durch die östliche Chang'an-Promenade nach Osten. Margaret drehte sich noch einmal um und versuchte sich vorzustellen, wie die Panzer damals durch die Straßen gerollt waren und sich Hunderttausende Studenten auf dem Platz versammelt hatten. Nur zu gut erinnerte sie sich an die Bilder, die damals wie der Blitz um die Welt gegangen waren und auf denen sich ein Student vor einem Panzer aufgebaut hatte, um ihn an der Weiterfahrt zu hindern, während der Panzerfahrer sich abmühte, um den Studenten herumzufahren, ohne ihn dabei zu verletzen. Wie viele bittere Tränen waren wohl zusammen mit dem Blut vergossen worden? Ihr war nicht entgangen, mit welcher Leidenschaft Li gesprochen hatte, und vielleicht zum ersten Mal begriff sie die schreckliche Dichotomie, die diesen Bildern innewohnte. Die Wunden hatten sich offensichtlich noch immer nicht geschlossen, und sie fragte sich, was wohl passiert wäre, wenn sich etwas Vergleichbares in den USA ereignet hätte. In den sechziger und siebziger Jahren hatten der Aufruhr und die Proteste um die Bürgerrechte und um Vietnam das Land in der Mitte gespalten. Erst jetzt, dreißig Jahre später, begannen einige dieser Narben zu verheilen. Andere schmerzten immer noch.

Sie schüttelte den Kopf. »Das ist doch idiotisch«, erkannte sie. »Wir tun genau das, weswegen die Menschen schließlich in den Krieg ziehen – wir streiten über unsere Unterschiede. Dabei sind es die Unterschiede, die uns...«, sie suchte nach den richtigen Worten, »...menschlich und einzigartig machen.« Er antwortete ihr nicht, und so fuhren sie schweigend den Jiangguomennei-Boulevard hinunter, am CITIC-Gebäude und dem World Trade Center vorbei, um dahinter auf die Rampe zur Dritten Ringstraße abzubiegen. Schließlich fragte sie: »Wohin fahren wir eigentlich?« Wenn er nur endlich reagieren würde. Irgendwie, egal auf was.

Er sagte: »Zum Hard Rock Café.« Das war alles. Die Atmosphäre blieb getrübt.

Das Hard Rock Café befand sich in einem Anbau bei den Peking Landmark Towers in der Dongsanhuan-Landstraße. Ein roter Chevy mit Stoffverdeck ragte aus dem Dach über dem Erdgeschoss, genau so, als wäre er von dem vierzehnstöckigen Hochhaus nebenan gefallen und hier stecken geblieben. Über einem Eingang mit falschen griechischen Säulen thronte ein blauer Globus mit dem Logo des Hard Rock Cafés. Weiter vorn, auf dem Gehweg, stand eine drei Meter hohe Les-Paul-Gitarre. Margaret folgte Li die schwarz-roten Stufen hinauf, ohne dabei die Hand auf das von schwarzgoldenen Gitarren getragene Geländer zu legen, aus Angst, womöglich das blank polierte Messing zu verschmieren. Sie schritten unter einem riesigen fünfzackigen roten Stern und der Aufschrift NO DRUGS AND NUCLEAR WEAPONS ALLOWED hindurch. Seit über fünfzehn Minuten hatten sie kein Wort miteinander gewechselt.

Drinnen herrschte Hochbetrieb. Angestellte in smaragdgrünen Hemden und schwarzen Jeans servierten dem neuen, jungen Jetset Pekings sowie vereinzelten neugierigen Touristen und einigen in Peking wohnenden Ausländern ein frühes Mittagessen.

Eine hübsche junge Kellnerin kam auf Li zu, und die beiden wechselten ein paar Worte. Sie machte eine Kopfbewegung hin zu einer Box am anderen Ende, und Li marschierte los. Margaret, die nicht wusste, was sie hier eigentlich sollte, folgte ihm deprimiert und verärgert. Als sie sich der Box näherten, sah sie, dass vier junge Männer darin saßen. Alle waren perfekt und teuer gekleidet, hatten sauber geschnittenes Haar und manikürte Hände. Sie waren völlig anders als alle Chinesen, denen Margaret seit ihrer Ankunft begegnet war. Sie stanken förmlich nach Geld. Als Li an ihren Tisch trat, verstummte die Unterhaltung, und einer von ihnen beendete augenblicklich das Telefonat, das er auf seinem Handy geführt hatte. Der Mann in der Ecke rechts hinten lächelte und zeigte dabei makellose Raubtierzähne; allerdings erkannte Margaret dabei, dass er nicht so jung war, wie es anfangs gewirkt hatte. Vielleicht Mitte dreißig. Sein zur Schau getragenes Selbstbewusstsein und die Art, wie die drei anderen am Tisch ihr Verhalten an ihm orientierten, ließen sofort erkennen, dass er der Mann war, den Li als »die Nadel« bezeichnet hatte. Er mochte mit Drogen handeln, aber er sah eindeutig nicht aus, als würde er welche nehmen.

»Soso«, sagte er, immer noch lächelnd. »Wenn das nicht Herr Li Yan ist, unser freundlicher Bulle von nebenan. Ich habe gehört, Sie haben sich befördern lassen, Herr Li. Herzlichen Glückwunsch.« Er hielt Li die Hand hin, doch der ignorierte sie.

»Auf ein Wort«, sagte er.

»Ach, nur eines?« Die Nadel sah kurz zu Margaret. »Und wer ist das? Ihre Freundin?«

»Eine amerikanische Beobachterin.«

»Eine Beobachterin?« Die Nadel schaute übertrieben überrascht drein. »Und was will sie so beobachten? Wie die Pekinger Polizei unschuldige Bürger belästigt?«

»Nein«, erwiderte Li gleichmütig. »Sie ist hier, um zu beobachten, wie bereitwillig unsere anständigen Bürger mit der Polizei kooperieren und wie sie den Polizisten auf diese Weise die Mühe ersparen, einen Haftbefehl zu beantragen.«

»Spricht sie Chinesisch?« Die Nadel musterte sie misstrauisch.

»Nein.«

»Hey, Mädchen, willst du ficken?« Das sagte die Nadel auf Chinesisch und an Margaret gerichtet.

Verwirrt sah Margaret zu Li. »Hat er mich gemeint?«

»Klar«, bestätigte die Nadel auf Englisch. »Ich sage gerade, wie geht Ihnen?«

»Wir müssen kurz miteinander reden.« Li ignorierte den Wortwechsel.

»Also reden Sie.«

»Vertraulich.«

»Wo?« Die Nadel wurde vorsichtig.

»Im Jeep. Das Auto steht gleich um die Ecke auf dem Parkplatz.« Die Nadel zögerte. Li sagte: »Sie haben doch nichts zu verbergen, oder? Also haben Sie auch nichts zu befürchten. Ich bin nur auf der Suche nach ein paar Informationen.«

Ein paar Sekunden lang wirkte der elegante Mann am Tisch nachdenklich, dann wischte er sich den Mund mit der Serviette ab und stand auf. »Sie haben zehn Minuten. Ich habe viel zu tun.«

Der Adjutant zu seiner Linken beeilte sich, seinen Boss hinauszulassen, dann folgte die Nadel Li und Margaret zur Tür.

»Was ist denn los?«, flüsterte Margaret Li zu.

»Wir werden nur ein wenig plaudern«, antwortete Li. Doch er sagte es in einem Tonfall, bei dem sich die Härchen auf Margarets Armen aufstellten. Und in seinen Augen lag eine eisige Kälte, die sie noch nie darin gesehen hatte.

Der Jeep stand auf dem Parkplatz des Landmark Tower Hotels. Li bat Margaret, hinten einzusteigen. Die Nadel setzte sich auf den Beifahrersitz. Li ließ den Motor an. »Hey!«, bellte die Nadel verdutzt. »Sie haben nichts davon gesagt, dass Sie irgendwohin fahren wollen.«

»Nur eine kurze Spritztour«, meinte Li ungerührt. »So können wir besser miteinander reden.« Doch während sie erst nach Süden und dann auf der Gongren-Tiyuchang-Landstraße nach Westen fuhren, sprach er kein Wort. Die Nadel wurde zusehends nervöser.

»Wohin fahren wir?«

»Dorthin, wo es ruhig und abgeschieden ist und keiner uns stört. Ich weiß, wie wichtig in Ihren Kreisen ein gutes Image ist. Sie möchten doch nicht in Gesellschaft eines Polizisten gesehen werden, oder?«

»Halten Sie augenblicklich an und lassen Sie mich aussteigen.« Die Nadel geriet in Panik. »So war das nicht vereinbart.«

Li bog in Richtung Süden auf die Dongdoqiao-Straße ab. »Sie sind nicht besonders überzeugend als braver Bürger, der mit der Polizei kooperieren möchte«, sagte Li. »Sie wollen doch bei unserer amerikanischen Beobachterin keinen falschen Eindruck erwecken, oder?«

»Ich scheiße auf Ihre amerikanische Beobachterin! Lassen Sie mich raus!« Er versuchte, die Tür aufzureißen, aber die war verriegelt.

»Was ist denn los?«, meldete sich Margaret, der die Vorgänge allmählich zu denken gaben, vom Rücksitz.

»Ach, nichts weiter«, antwortete Li. »Nur ein Routineverstoß gegen die Menschenrechte.«

Er lenkte den Jeep scharf nach rechts durch ein offenes Gatter und auf ein weitläufiges Areal, auf dem sich das riesige Pekinger Arbeiterstadion erhob. Exerzierende Soldaten, in grüne Uniformen mit Tarnmuster gekleidet, kletterten eben in Planenlaster, die anschließend in weitem Bogen durch das Areal auf die Tore zurührten, durch die Li eben hereinfuhr. Er steuerte den Jeep im Slalom durch die entgegenkommenden Lastwagen und brachte ihn vor einer der zum Stadion führenden Rampen zum Stehen. Dort stellte er den Motor ab, schaltete die Zentralverriegelung aus und wandte sich der Nadel zu. »Aussteigen«, sagte er.

Durch einen Spalt in den immensen Toren, die oben an der Rampe ins Stadion führten, konnte man einen Fleck grünes Gras und betonierte Ränge erkennen. Die Nadel sprang aus dem Jeep. »Was haben Sie eigentlich vor, Li, verdammte Scheiße?«

Li kam um die Kühlerhaube herum und packte die Nadel mit einer Hand am Aufschlag ihres Sakkos. Man konnte Stoff und Naht reißen hören. Margaret war knapp hinter den beiden. »Was tun Sie da?« Inzwischen war sie zutiefst beunruhigt.

Li schleifte die widerspenstige Nadel die Rampe hinauf, allerdings leistete der Drogendealer in Anbetracht von Lis Größe und Kraft nur symbolischen Widerstand. Hektisch schaute er sich nach irgendeinem Lebenszeichen um – einem Gesicht, einer Gestalt, einem Zeugen. Doch da war niemand. Niemand außer Margaret, die hinter ihnen die Rampe heraufgerannt kam, Li anbrüllte und wissen wollte, was zum Teufel er im Schilde führte.

Li beachtete beide nicht, sondern zerrte das Tor einen Spaltbreit auf und bugsierte die Nadel durch die Lücke. Margaret blieb einen Moment keuchend davor stehen, dann quetschte sie sich ebenfalls hindurch, gerade noch rechtzeitig, um mitzubekommen, wie Li die Nadel in die Arena hinunterschubste, quer über die Aschenbahn und auf den Rasen. Um sie herum ragten die menschenleeren Tribünen auf. Wenn die chinesische Nationalmannschaft hier Fußball spielte, drängten sich dort sechzigtausend jubelnde, brüllende Fans. Jetzt war es gespenstisch still, und die Stimmen der beiden Männer hallten in der Klangschale des Stadions wider. Margaret hörte das Tor knarzen, durch das sie hereingekommen waren, und drehte im selben Moment den Kopf, in dem es langsam zuschwang. Eine Ahnung packte sie wie mit eisigen Fingern im Nacken. »Li!«, kreischte sie. Doch Li achtete nicht auf sie. Seine Linke packte die Nadel am Hemdkragen, drehte den Stoff um und presste ihn rücksichtslos gegen die Kehle des Mannes.

Nichts war mehr von der kühlen Überheblichkeit jenes unantastbaren Mannes geblieben, der mit Drogen und menschlichem Leid schacherte. Neben Li wirkte er winzig, kindlich und wehleidig. Seine Füße berührten den Boden nur noch mit den Zehenspitzen. Mit der freien Hand zog Li einen unförmigen Revolver aus dem Schulterhalfter unter seinem Sakko und presste die Mündung gegen die Stirn der Nadel. Sein Gesicht war blass und grimmig, seine Augen waren schwarz. Margaret rannte auf den Rasen. »Hören Sie auf damit«, sagte sie ganz ruhig. Die Nadel sah kurz in panischer Angst zu ihr herüber. Vielleicht konnte sie ihm ja eine

Verbündete sein, die Zeugin, die er brauchte, um Li Einhalt zu gebieten.

Li ignorierte sie. »Ich will, dass Sie mir alles über Chao Heng und Mao Mao erzählen.« Er war vollkommen auf die Nadel konzentriert.

Einen Augenblick lang wich die Angst auf dem Gesicht des Drogenbarons absoluter Verständnislosigkeit. »Wie meinen Sie das?«

»Sie wissen so gut wie ich«, erklärte Li, »dass alles, was Sie mir jetzt erzählen, unter uns bleiben wird. Sie spricht kein Chinesisch, und ich kann Informationen, die ich Ihnen mit vorgehaltener Pistole abgepresst habe, nicht verwenden. Tun Sie uns also beiden einen Gefallen und erzählen Sie mir, was ich wissen will.«

»Ich weiß nicht, wovon Sie reden!«

Li seufzte tief. »Gut, dann müssen wir es eben auf die harte Tour machen.«

»Was denn?« Die Nadel geriet erneut in Panik. Li wirbelte den Dealer herum und zwang ihn auf die Knie. »Was zum Teufel soll das eigentlich? Das wird Sie teuer zu stehen kommen!« Die Nadel versuchte aufzustehen, doch Li drückte ihn wieder zu Boden. »Hilfe!«, schrie die Nadel Margaret auf Englisch zu.

Sie stand ein paar Schritte von den beiden entfernt, schwer atmend, die Augen vor Angst und Zorn weit aufgerissen; Angst davor, was wohl passieren würde; Zorn darüber, dass Li sie hierher geschleift hatte. »Ich mache da nicht mit«, erklärte sie.

»Brauchen Sie auch nicht«, erwiderte Li.

Sie sah sich um. Es schien nirgendwo einen Ausgang zu geben, und das Tor, durch das sie hereingekommen waren, war geschlossen. »Wenn Sie diesem Mann etwas antun, dann werde ich gegen Sie aussagen.«

»Wirklich?« Li sah zu ihr herüber. »*Er* verdient an Elend

und Tod. *Er* hat Tausende, vielleicht auch Zehntausende von Leben ruiniert, aber Sie wollen gegen *mich* aussagen?«

»Warum haben Sie mich hierher gebracht?«

Er sah sie ruhig an. »Damit Sie zuschauen.«

Die Nadel lag mittlerweile rücklings im Gras und versuchte, sich langsam aus Lis Reichweite davonzustehlen, doch in diesem Moment sah Li wieder auf ihn hinunter. »Sie bleiben, wo Sie sind«, bellte er. »Ich werde Ihnen eine Chance geben. Vielleicht sogar mehrere. Aber die Wahrscheinlichkeit wird jedes Mal geringer.« Er klappte die Trommel des Revolvers zur Seite und holte eine Patrone nach der anderen heraus, bis nur noch eine einzige in der Trommel blieb. »Ein Spiel, das unsere russischen Nachbarn erfunden haben.« Er ließ die Trommel wieder einschnappen.

»Um Himmels willen!« Margaret entfernte sich in Richtung Rasenmitte, den beiden Männern den Rücken zugewandt. Die Hände in die Hüften gestemmt, starrte sie zum Himmel auf. Physisch, das war ihr klar, konnte sie die Dinge unmöglich aufhalten. Doch sie wollte lieber tot sein, als zuschauen zu müssen.

Die Nadel folgte ihr mit Blicken, während sich ein Übelkeit erregendes Gefühl von Hoffnungslosigkeit in seiner Magengrube ausbreitete. Sie würde nichts unternehmen. Li riss ihn wieder hoch auf die Knie und setzte den Revolver unten an seinen Schädel. Die Mündung drückte kalt und hart auf seine Haut und zerrte an seinen Haaren. »Also gut, ich frage Sie noch mal«, sagte Li leise.

»Ich habe Ihnen doch erklärt, ich weiß nicht, wovon Sie reden.« Plötzlich ging der Nadel ein Licht auf. Li würde bestimmt nicht abdrücken. Nicht solange die Amerikanerin dabei war. Die Unstimmigkeiten zwischen beiden waren deutlich zu spüren. Dann spürte er mehr, als dass er es hörte, wie der Abzugsmechanismus den Hahn spannte und das Metall gegen die leere Kammer klatschte. Er konnte seine

Blase nicht mehr unter Kontrolle halten und merkte, wie heißer Urin auf seinen Schenkel schoss.

Margaret hörte das Echo des zurückschnappenden Hahns von den Rängen widerhallen und wirbelte herum, um Li ungläubig anzustarren. Irgendwie hatte sie insgeheim nicht geglaubt, dass er tatsächlich so weit gehen würde. »Jesus!« Sie hörte ihre Stimme durch das Stadion flüstern, als würde sie jemand anderem gehören.

»Erzählen Sie mir von Chao Heng«, wiederholte Li.

»Ich habe Ihnen doch gesagt...« Die Nadel brach in Tränen aus.

Knack! Der Hahn knallte gegen die nächste leere Kammer.

»Li! Um Gottes willen!«, schrie Margaret ihn an.

»Erzählen Sie.« Lis Stimme war angespannt, aber beherrscht. Er blinzelte und zuckte mit dem Kopf, weil ihm ein Schweißtropfen ins Auge lief.

Wieder spürte die Nadel das Schaben des nach hinten gleitenden Hahns. »Schon gut, schon gut, schon gut!«, kreischte er.

»Ich höre«, sagte Li.

»Chao Heng war überall bekannt.« Die Nadel schnappte nach Luft. »Er hat sich immer in den Clubs in der Stadt rumgetrieben und versucht, junge Burschen abzuschleppen. Je jünger, desto besser. Jeder hat gewusst, auf was er stand.« Jetzt brabbelte die Nadel wie ein Baby; die nackte Angst hatte seine Worte und Hemmungen gelöst wie zuvor die Muskeln seiner Blase. »Persönlich habe ich ihn nicht gekannt, nur vom Sehen. Er hat seinen Stoff über einen Typen namens Liang Daozu bezogen.«

»Einer von Ihren Leuten?«

»Ich habe keine Leute!«, brüllte er und spürte gleich darauf, wie die Mündung des Revolvers fester gegen seinen Nacken drückte. »Okay, gut, es war einer von meinen Leuten.«

»Und was ist mit Mao Mao?«

»Was soll mit dem sein?«

»Was hatte er mit Chao Heng zu tun?«

»Keine Ahnung.« Wieder bohrte sich die Mündung in seinen Nacken. »Bei allen Himmeln, ich habe nicht mal gewusst, dass die beiden sich gekannt haben! Mao Mao war Bodensatz, Abschaum der Straße. Er hat sich in ganz anderen Kreisen bewegt als ein Mensch wie Chao Heng.«

»Oder Sie.«

»Oder ich. Scheiße, ich verkaufe keinen Stoff auf der Straße. Das habe ich nie gemacht. Das ist was für Junkies und Versager wie Mao Mao.«

»Vielleicht hatte Mao Mao genau wie Chao eine Schwäche für kleine Jungs?«

Die Nadel schüttelte den Kopf. »Nicht dass ich wüsste.«

Nicht dass irgendwer davon gewusst hätte. Li hatte die Aussagen von Mao Maos Angehörigen und Freunden durchgeackert. Irgendwo hatte er Frau und Kinder und dazu eine ganze Perlenkette von Konkubinen. Allmählich wich Lis Adrenalinrausch der Enttäuschung. Die Nadel lag vor ihm auf den Knien und gestand alles und jedes. Nur würde er nichts davon gegen diesen Mann verwenden können, und nichts von alldem half ihm bei seinen Ermittlungen weiter. Nichtsdestotrotz zog er den Abzug ein weiteres Mal durch. Knack.

Die Nadel begann zu winseln. »Scheiße, Mann, was tun Sie da? Ich habe Ihnen alles gesagt, was Sie wissen wollten.«

Li schubste ihn auf den Rücken, bis die Nadel, vor Angst wie gelähmt, ungläubig zu ihm aufstarrte. Li streckte den Arm aus und zielte mit dem Revolver mitten in das Gesicht der Nadel.

»Li?« Margaret machte einen Schritt auf ihn zu. Sie hatte geglaubt, es sei alles vorbei. Die Nadel hatte eine Minute lang wie ein Wasserfall geredet und Li, so hatte sie angenommen, alles erzählt, was er wissen wollte. Trotzdem würde Li ihn nun kaltblütig umbringen.

Li zog den Hahn einmal, zweimal, dreimal durch. Die Nadel kreischte gellend auf, in einem langen, qualvollen Schrei, denn das grauenvolle Wissen, dass er sterben würde, war schlimmer als der Tod selbst.

Margaret blieb das Herz stehen. »Das war sechsmal«, sagte sie.

Die Nadel sah atemlos und ungläubig zu Li auf. Li streckte Margaret die Linke hin und öffnete die Faust. In seiner Hand lagen sechs Patronen. »Die schnelle Hand täuscht das Auge«, erklärte er gereizt.

Margaret schloss die Augen. Am liebsten hätte sie mit den Fäusten auf ihn eingeschlagen, ihn gebissen, ihm auf jede nur erdenkliche Weise Schmerzen zugefügt. »Scheißkerl«, flüsterte sie.

Li ging nicht auf ihre Bemerkung ein, sondern schob die Waffe zurück in das Halfter und ließ die Patronen in seine Tasche gleiten. Er bückte sich, zerrte die unglückselige Nadel auf die Füße und schob dann sein Gesicht an das des Dealers heran. »Vielleicht denken Sie, dass Sie heute ein bisschen das Gesicht verloren haben.« Die Nadel blieb stumm. »Ich hoffe, wenn Sie das nächste Mal in ein Stadion kommen, kriegen Sie eine echte Kugel in den Kopf. Und mit ein bisschen Glück bläst sie Ihnen das ganze Gesicht weg.« Er ließ die Nadel los, die wieder auf die Knie sackte. Angeekelt sah er auf den schwarzen Urinfleck an der Hose. »Ich wollte Sie eigentlich ins Café zurückfahren, aber ich möchte nicht, dass Sie mir den Jeep voll stinken. Und vielleicht möchten Sie sich ja lieber umziehen, bevor Sie wieder bei Ihren Jungs auftauchen.«

Die Nadel starrte mit Hass in den Augen und Mordfantasien im Herzen zu ihm auf.

II

»Bringen Sie mich auf der Stelle zurück zur Universität.« Margaret saß mit zusammengekniffenen Lippen und kochend vor Wut auf dem Beifahrersitz.

»Klar.« Li nickte, und sie fuhren eine Weile schweigend dahin.

Doch sie vermochte ihren Zorn nicht lange zu unterdrücken. »Sie hatten das genauso geplant, nicht wahr?« Er zuckte mit den Achseln. »Und irgendjemand im Stadion hat gewusst, dass wir kommen würden.«

»Ich habe Verbindungen«, bestätigte er.

»Was für ein Irrsinn«, sagte sie. »Was für ein absoluter Irrsinn. So etwas habe ich noch nie erlebt.«

»Komisch«, meinte er. »Ich habe das von ein paar Kollegen aus Chicago gelernt. Ich weiß nicht, ob sie das damals nicht extra für mich veranstaltet haben. Rückbank des Streifenwagens, eine dunkle Gasse. Ein kleiner Dealer, der irgendetwas über einen Typen weiter oben in der Kette wusste. Sie haben dem Knaben auf jeden Fall einen Mordsschrecken eingejagt. Er hat ihnen alles erzählt, was sie wissen wollten.«

Sie schoss einen Blick auf ihn ab, der ihn unter Umständen in Stein verwandelt hätte, wenn er ihn denn erwidert hätte. »Das rechtfertigt überhaupt nichts. Weder damals noch heute.«

»Wenigstens habe ich es einem Dutzend meiner Männer erspart, vielleicht sechs Wochen lang einer Verbindung nachzuspüren, die es überhaupt nicht gibt.«

»Woher wollen Sie das wissen?«

»Wenn es eine Drogenverbindung zwischen Chao Heng und Mao Mao gegeben hätte, dann hätte die Nadel davon gewusst. Und irgendwie habe ich ihm geglaubt, als er mir versichert hat, er wüsste nichts.« Er sah zu ihr hinüber. »Ich würde der Nadel keine Träne nachweinen. Der Mann wird darüber hinwegkommen.«

»Die Nadel interessiert mich einen feuchten Dreck«, entgegnete sie. »Mir geht es darum, was *ich* Ihretwegen in dem Stadion durchgemacht habe. Wenn ich gewusst hätte, dass keine Kugeln in der Trommel sind...«

»Dann wären Sie einverstanden gewesen?«

»Nein, natürlich nicht.«

»Und genau darum habe ich Sie nicht eingeweiht. Ich war nicht mal sicher, ob ich Sie überhaupt ins Stadion mitnehmen würde.«

»Ach, jetzt soll ich mich auch noch geehrt fühlen, wie? Herr im Himmel!« Sie klatschte mit der flachen Hand aufs Armaturenbrett. »Wieso *haben* Sie mich mitgenommen?«

»Sie waren derart überzeugt, dass in China Menschenrechtsverletzungen an der Tagesordnung sind, dass ich gedacht habe, vielleicht sollten Sie eine mit eigenen Augen sehen, wenn auch eine aus Amerika importierte.«

»Also, erst einmal sollten wir Menschenrechte und Bürgerrechte nicht verwechseln. Was Sie bei diesen Bullen in Amerika beobachtet haben, war ein Verstoß gegen die Bürgerrechte dieses Jungen. Und ein Verstoß gegen die Gesetze. Außerdem kann ich Ihnen versichern, dass so was nicht alltäglich ist.«

»In China auch nicht.«

»Ach ja? Es gibt in China also keine Verstöße gegen die Bürger- oder Menschenrechte?«

»Nicht in *meiner* Schicht.«

»Ach so, heute haben Sie also zum allerersten Mal so was gemacht, wie?«

»Genau.«

»Na klar.«

Er wandte den Kopf, um sich ihrer ungläubigen Miene zu stellen. »Ehrenwort.« Der ernste Ausdruck in seinen Augen brachte sie aus dem Konzept. »Persönlich hätte ich diesen Mann nur zu gern umgebracht. Als Polizist wäre das gegen alle meine Überzeugungen gewesen. Mein Onkel würde sich für mich schämen. Er würde mir vorhalten, dass man jede Zivilisation an der Stärke und Ausgewogenheit ihres Rechtssystems messen muss. Und er hätte Recht damit. Und er würde mir ganz bestimmt nicht zuhören, wenn ich ihm zu erklären versuchte, ich hätte so ein Gefühl, einen Instinkt, dass wir nicht Wochen, Monate oder gar Jahre damit zubringen dürften, diesen Mörder zu finden. Er würde mir erklären, dass ich meinem Instinkt mit anständiger Polizeiarbeit nachhelfen sollte.«

Ohne dass sie es wollte, war ihr Interesse geweckt. »Was für ein Instinkt ist das?«

»Wenn ich wüsste, was das für ein Instinkt ist, wäre das heute vielleicht gar nicht nötig gewesen. Diese Morde haben etwas ... Bizarres an sich. Da ist irgendetwas, das wir bereits wissen, das sich mir aber immer wieder entzieht. Etwas, das mir unterbewusst zu schaffen macht und das mein Bewusstsein einfach nicht erfassen will. Darum habe ich eine Abkürzung genommen, die ich nicht hätte nehmen dürfen, denn irgendwie war mir klar, dass wir keine Zeit haben.«

»Sie glauben, er wird wieder zuschlagen?«

Er zuckte mit den Achseln. »Das weiß ich nicht.« Sie hatten vor einer Ampel angehalten, und er drehte sich um, weil er ihre Miene betrachten wollte, in der er den Anflug eines Zweifels zu erkennen glaubte. »Hatten Sie noch nie einen Instinkt, was eine bestimmte Sache angeht? Den sie nicht erklären, sondern nur spüren können?«

Ihre Kehle war wie zugeschnürt, und sie wagte nicht zu sprechen, denn plötzlich fiel ihr ein, wie lange sie gegen ihre Instinkte angekämpft und treu zu Michael gestanden hatte, weit über jedes vernünftige Maß hinaus. Inzwischen verstand sie selbst kaum mehr, warum sie das getan hatte. Sie hätte es besser wissen müssen. Angestrengt löste sie ihren Blick von Li und nickte. »Ja«, antwortete sie schließlich. »Ich bin ihm nicht gefolgt.« Sie hatte die Hände im Schoß zusammengekrampft, und Li sah ihre Knöchel weiß werden. »Ich hätte ihm folgen sollen.«

Sie fuhren am oberen Ende der Wangfujing-Straße vorbei und in die Wusi-Straße hinein, durch die sie in die Jinshanquan Jie und zum hinteren Tor der Verbotenen Stadt gelangten. Plötzlich bremste der Wagen vor ihnen ab, weil er einem Kind auf der Fahrbahn ausweichen musste, und schrammte dabei seitlich mit voller Wucht und unter einem Funkenschauer an einem Trolleybus entlang, bevor er über die beiden Spuren der entgegenkommenden Fahrbahn wirbelte und sich durch die Radspur pflügte. Die dicht an dicht fahrenden Autos rutschten ineinander und verkeilten sich mit den Stoßstangen. Jeglicher Verkehr kam zum Erliegen, Hupen blökten, eine Spur der Verwüstung zog sich quer über die breite Straße. Das Kind, das den Unfall ausgelöst hatte, rannte unversehrt auf dem Gehweg gegenüber davon. Mehrere Radfahrer rappelten sich von der staubigen Straße auf und begannen die verbogenen Räder und verzogenen Rahmen zu untersuchen, auf die Autofahrer zu fluchen und sich gegenseitig zu beschuldigen. Manche bluteten aus Schürfwunden an Armen oder Stirn, andere hatten sich die Hose über dem Knie oder das Hemd am Ellbogen aufgerissen. Über den lärmenden Hupen, dem Gezeter und den aufheulenden Motoren war die ganze Zeit das nicht endende Schreien einer einzelnen Frau zu hören.

Li hatte den Jeep mitten auf der Straße quer gestellt, ein rotierendes Rotlicht auf das Dach gedrückt und sprach jetzt mit der Funkzentrale. Margaret stand unter Schock, war aber unverletzt. Sie konnte die Frau schreien hören, sah sie aber nicht. Sie stieg aus dem Jeep und begann, zwischen den Fahrzeugen und den Streitenden auf der Fahrbahn hindurchzulaufen. Um das Auto, das als erstes quer über die Straße geschleudert war, hatte sich eine Menschenmenge versammelt. Der Wagen hatte sich halb auf den Gehweg geschoben und die Schnauze in den Stamm einer Akazie gebohrt. Benommen kletterte der Fahrer aus seinem Fahrzeug. Margaret packte ihn am Arm und untersuchte die Wunde an seiner Stirn. Ihm war nichts Schlimmes passiert. Die Frau schrie immer noch, und aus der Menge vor dem Auto stieg hysterisches Geplapper auf. Als Margaret um die Kühlerhaube herumkam, erkannte sie die verbeulten Überreste eines Fahrrads unter dem Vorderrad und sah die unter dem Fahrrad klemmende Frau, der das Blut in Stößen aus einer tiefen Wunde am Oberschenkel sprudelte. Sie schrie weniger vor Schmerz als vor Angst, mit eigenen Augen ansehen zu müssen, wie das Leben aus ihr strömte. Li tauchte neben Margaret auf. »Wenn wir die Blutung nicht schnell stillen, wird sie sterben«, sagte Margaret. »Wir müssen sie da rausholen.«

Lis Stimme erhob sich dröhnend über das Chaos, und augenblicklich traten sieben oder acht Männer aus der Menge vor. Li winkte sie an den Wagen, wo sie an beiden Seiten anpackten. Als sie das Auto anhoben, begann Metall zu knirschen, und aus dem zerborstenen Kühler schoss eine Dampfsäule. Margaret packte die Frau unter beiden Achseln und zog an. Sie merkte, wie jemand ihr half. Das Fahrrad wurde beiseite gezerrt. Die Frau lag jetzt im Freien. Mit ihrer Lebenskraft ließ auch die Intensität der Schreie nach. Alles war voller Blut, das immer noch aus ihrem verletzten Bein pumpte, da ihr Herz wie wild gegen den rapiden Blutverlust durch die offene Wunde ankämpfte.

Li erklärte: »Die Krankenwagen sind unterwegs.«

»Keine Zeit!«, brüllte Margaret. »Halten Sie sie fest.« Dann trat sich diese blonde, blauäugige *Yangguizi* zu Lis Erstaunen wie auch dem aller Umstehenden die Turnschuhe von den Füßen und stellte sich auf den Schenkel der Verletzten, sodass sie mit ihrem ganzen Körpergewicht auf die Schlagader drückte. Sie packte einen der Männer, die den Wagen angehoben hatten, und hielt sich an ihm fest, um nicht das Gleichgewicht zu verlieren. Er erstarrte wie ein Reh im Scheinwerferlicht. Die Frau wand sich kreischend und versuchte Margaret abzuwerfen. »Halten Sie die Frau um Himmels willen am Boden«, befahl Margaret. »Ihre Femoralarterie ist durchtrennt. Nur so kann ich genug Druck ausüben, um die Blutung zu stillen.«

Li hockte neben dem Kopf der Frau auf der Straße, fing sanft ihre umherschlagenden Arme ein und faltete sie, bevor er, um ihre Kämpfe und Ängste zu dämpfen, ihren Kopf in seinen Schoss bettete und schnell, leise und beschwichtigend auf sie einredete. Ihr Widerstand ließ nach, sie entspannte sich und fing an zu weinen. Inzwischen hatten sich mehrere hundert Menschen auf der Straße versammelt, die sich schweigend und verwundert um sie drängten. Margaret schaute nach unten auf das Blut, das ihr langsam durch die Zehen sickerte. Sie hatte die Blutung fürs Erste eingedämmt, aber die Frau hatte eine Menge Blut verloren. Sie war etwa Mitte vierzig, stämmig gebaut und hatte die flachen Gesichtszüge einer chinesischen Bäuerin. Ihr blau bedruckter Anzug war blutdurchtränkt. Das Band, mit dem sie die Haare zurückgebunden hatte, war gelöst, weshalb sich die langen, schwarzen Strähnen wie ein Fächer über Lis Bein breiteten. Sie sah zu ihm hin und beobachtete, wie er immer weiter auf die Frau einredete und dabei ihr Gesicht streichelte. Margaret hatte keine Ahnung, was er sagte, aber sie konnte diesen sanften, aufrichtig mitfühlenden Mann unmöglich mit dem kalten, skrupellosen Individuum in Einklang bringen, das sie vor nur fünfzehn Minuten im Stadion beobachtet hatte.

In der Ferne hörten sie Sirenen heulen. Wenig später schoben sich Sanitäter mit einer Bahre durch die Schaulustigen, und Margaret brauchte nicht länger auf der Wunde zu stehen. Die Verletzte ließ Lis Hand nicht los, bis sie im Krankenwagen lag. Als er zurückkam, sah er, wie Margaret, immer noch neugierig beäugt von der Menge, ihre Schuhe aufhob. Nur widerwillig fügten sich die Zuschauer den Befehlen der uniformierten Verkehrspolizisten, die versuchten, die Straße freizumachen. Li schob die Hand sanft unter Margarets Oberarm und führte sie zurück zum Jeep, wobei ihre nackten Füße eine Spur blutiger Abdrücke hinterließen. Auf ihren Händen, ihrem T-Shirt und ihrem Hosenboden trocknete Blut. »Ich muss mich umziehen«, sagte sie.

»Ich bringe Sie zurück ins Hotel.« Li ließ den Jeep an, machte eine Kehrtwendung und fuhr zur vorigen Kreuzung zurück, um dort nach Norden abzubiegen.

III

»Ich werde hier auf Sie warten.« Li parkte auf dem Vorplatz bei der Treppe zum Haupteingang.

»Machen Sie sich nicht lächerlich. Kommen Sie mit. Sie müssen sich waschen. Sie haben Blut auf den Händen und im Gesicht.« Sie sprang aus dem Jeep, wobei sie, was nur allzu leicht war, vergaß, dass sie im Auto in einer tiefgekühlten Kunstwelt eingeschlossen gewesen waren. Staubig und heiß, fast brutal in ihrer Intensität sprang die Hitze sie vom weißen Beton aus an, und Margaret merkte, wie ihr die Knie weich wurden.

Li senkte den Blick und nahm zum ersten Mal das eingetrocknete Blut wahr, das rostfarben und verkrustet an seinen Händen klebte. Im Rückspiegel entdeckte er einen Schmierer auf seiner Wange. An seiner Hose und seiner Jacke sah er dunkle Flecken, und auf seinem weißen Hemd waren dunkelrote Spritzer. Widerwillig stieg er aus dem Jeep und folgte Margaret die Stufen hinauf, zwischen Säulen hindurch, die dieselbe Farbe hatten wie das Blut an seinen Händen, bis in die eisige Luft der Lobby. Als sie im dritten Stock den Korridor entlanggingen, sahen die Pagen sie mit großen Augen an und starrten ihnen mit offenen Mündern nach.

Ihr Zimmer war luxuriös und in verführerischen Pastelltönen gehalten, die von dem blutigen Rot der Seide am Kopfende ihres Bettes durchschnitten wurden. Es verblüffte ihn jedes Mal, welches Ausmaß an Luxus Ausländer zum Leben brauchten. Und doch war das Zimmer ohne Charakter oder Persönlichkeit, es war wie jedes Hotelzimmer in jeder Stadt auf der Welt.

Sie ließ ihre Tasche auf das Bett fallen. »Ich dusche nur schnell und ziehe mich um, dann können Sie ins Bad und sich waschen.« Sie schnappte die Fernbedienung und schaltete den Fernseher ein. »Damit Ihnen nicht langweilig wird.« Sie lächelte. Sie hatte CNN eingestellt, wo ein Bericht über eine Sturmflut in Nordkalifornien gezeigt wurde. Er hörte das Wasser in der Dusche rauschen und ging an die Kommode. Hier gab es Schminksachen, Cremes, einen Stadtplan und einen Reiseführer. Er nahm sich einen kleinen, rot eingebundenen chinesischen Sprachführer, blätterte darin herum und schlug irgendeine Seite auf. Eine Seite, auf der es um Geld ging. *Ich habe überhaupt kein Geld dabei. Kann ich mit Kreditkarte zahlen?* Kopfschüttelnd wunderte er sich, was Ausländer alles für wichtig hielten. Eine andere Seite, diesmal über das Thema »Unterhaltung«. *Möchten Sie heute Abend mit mir ausgehen? Welches ist die beste Diskothek in der Gegend?* Li lächelte. Irgendwie konnte er sich nicht vorstellen, dass Margaret einen dieser Sätze aussprechen würde.

Er nahm eine Haarbürste und zupfte ein paar der golden glänzenden Haare zwischen den Borsten hervor. Die Haare waren weich und dünn. Er hielt sie an die Nase und roch Margarets Duft. Aus einem Impuls heraus, den er nicht hätte erklären können, wickelte er die Haare um seinen Zeigefinger zu einer Locke, die er dann sorgsam in seine Brusttasche und zwischen die Seiten eines kleinen Notizbuches schob.

Das Wasserrauschen stoppte schlagartig, und die Badezimmertür ging quietschend einen Spalt weit auf. In dem Spiegel über der Kommode konnte er durch den Türspalt ein blassgelbes Handtuch über der Schiebetür der Dusche hängen sehen. Plötzlich rutschte es aus seinem Gesichtsfeld, und er sah Margarets nackten, im Licht nass glänzenden Körper mit leicht gespreizten Beinen in der Badewanne stehen; schlank, weiß und verlockend. Ihre festen, hohen Brüste bebten, als sie sich mit kräftigen Bewegungen trocken rubbelte. Schnell wandte er den Blick ab, schamhaft errötend und mit schlechtem Gewissen, weil er sie beobachtet hatte. Doch gleich darauf lagen seine Augen wieder auf ihr, und er sah sie aus der Wanne treten, obwohl das Wasser noch in winzigen Tröpfchen an dem hell gelockten Dreieck zwischen ihren Schenkeln hing. Sie drehte sich auf einem Fußballen herum, und für einen winzigen Moment erblickte er die rosafarbenen Pfirsichhälften ihres Hinterns und die festen Muskeln, die oben von den Schenkeln verjüngend nach innen verliefen. Er folgte dem geschwungenen Rücken aufwärts bis zu elegant gerundeten Schultern und stellte erst dann fest, dass sie den Kopf gedreht hatte und ihn im Spiegel dabei beobachtete, wie er sie beobachtete.

Augenblicklich und zu Tode beschämt senkte er den Blick, fast wie ein kleiner Junge, der dabei erwischt worden ist, wie er seine Schwester beim Ausziehen beobachtet. Das Herz hämmerte unter seinen Rippen, und seine Hände zitterten. Was sollte er ihr sagen? Wie konnte er sich dafür entschuldigen? Er blickte auf und stellte fest, dass sie sich aus seinem Blickfeld zurückgezogen hatte. Aber sie hatte die Tür nicht zugemacht. Und da kam ihm der Gedanke, dass sie es genossen hatte, von ihm beobachtet zu werden. Sie hatte von Anfang an gewusst, dass er sie sehen konnte, und es vielleicht sogar darauf angelegt. Er stellte sich ans Fenster und versuchte, seine Gefühle ihr gegenüber zu analysieren. Sie waren zutiefst zwiespältig. Sie irritierte ihn, sie war arrogant... und auf unerklärliche Weise attraktiv. Sie machte ihn wütend und provozierte ihn. Manchmal hätte er ihr am liebsten eine Ohrfeige verpasst, dann wiederum hätte er sie liebend gern berührt und ihre weiche, porzellanweiße Haut gestreichelt, die Hände durch ihr Haar geschoben, ihre Lippen auf seinen gespürt. Doch mehr als alles andere zog ihn die Provokation in diesen blassblauen Augen an, die ihn ununterbrochen herauszufordern schienen, zu einem Wettstreit des Intellekts, der Kulturen, der Rassen. Er beschloss, nichts zu sagen und sich zu benehmen, als hätte weder er sie noch sie ihn ertappt.

Als sie aus dem Bad trat, trug sie ein hellgelbes, ärmelloses Baumwollkleid mit eckigem Ausschnitt, das von der schmalen Taille zu einem weiten Saum knapp oberhalb der Knie auslief. An den Füßen hatte sie cremefarbene, vorne offene Sandalen mit schmalen Absätzen, die den eleganten Schwung ihrer Waden noch zu unterstreichen schienen. Ihre Haut glühte rosa, und ihre Sommersprossen wirkten irgendwie dunkler und deutlicher sichtbar. Den Kopf zur Seite geneigt, sodass ihre Haare in nassen Strähnen herabhingen, trocknete sie sich mit einem Handtuch ab. In diesem Augenblick, so ganz ungeschminkt, mit vom Duschen nassem Haar und in ihrem schlichten hellen, zitronengelben Kleid fand er sie einfach bezaubernd. Seine Kehle war wie zugeschnürt, und ihm fiel einfach nicht ein, was er zu ihr sagen sollte.

»Sie dürfen jetzt rein«, sagte sie mit einer Kopfbewegung zum Bad, als wäre gar nichts gewesen. »Was machen Sie mit Ihren Sachen?«

»Ich werde bei meiner Wohnung vorbeifahren und mich umziehen müssen.« Er strich an ihr vorbei, roch dabei ihr Parfüm und verschwand im Bad, um sich die Hände zu waschen.

Auf der Fahrt zu seiner Wohnung fragte er sie, ob sie am Nachmittag noch Unterricht hatte.

»Nein«, antwortete sie. »Ich muss mich nur auf morgen vorbereiten. Obwohl auch das eigentlich nicht nötig ist. Ich habe den Stoff schon ein Dutzend Mal vorgetragen.« Sie zögerte. »Warum?«

Er wirkte verlegen. »Ich dachte, dass Sie vielleicht mitkommen wollten ins Büro. Die Ergebnisse des DNA-Tests an den Zigarettenstummeln müssten inzwischen vorliegen. Und eine Spektralanalyse des Blutes, das wir gestern auf dem Teppich in Chao Hengs Wohnung gefunden haben.«

»*Seines* Blutes?« Ihre Neugier war geweckt.

»Das wird sich zeigen«, antwortete er.

Einen Moment schwieg sie nachdenklich, dann sagte sie: »Ja, das würde mir gefallen.« Sie hielt inne. »Erzählen Sie mir mehr über das Blut in seiner Wohnung.«

Und so erzählte er ihr alles. Von der auf Pause gedrückten CD, der leeren Flasche auf dem Balkon, den Zigarettenstummeln im Aschenbecher, der Lampe mit der fehlenden Birne über dem Hauseingang. Er skizzierte ihr ein Bild dessen, was seiner Ansicht nach in jener Nacht vorgefallen war: Wie Chao Heng mit vorgehaltener Waffe in seine Wohnung gedrängt, dann niedergeschlagen und unter Drogen gesetzt worden war; wie sich auf dem Teppich ein Blutfleck gebildet hatte, der seiner Überzeugung nach nur von Chao stammen konnte und der, wie die Spektralanalyse bestätigen würde, etwa zwölf bis vierzehn Stunden alt sein müsste; wie der Mörder den leblosen Körper des landwirtschaftlichen Beraters die Treppe hinuntergetragen und das Tor zur Treppe hinter sich abgesperrt hatte; wie er zum Park gefahren war und dort lange unter den Bäumen gewartet hatte und wie er schließlich sein Opfer angesteckt hatte, um Sekunden, bevor der lodernde Leib entdeckt wurde, unerkannt zu entkommen.

Sie saß vor ihm und hörte ihm schweigend zu. »Ich hatte nicht bedacht, wie viel Planung das alles erfordert haben muss. Jedenfalls nicht in allen Einzelheiten. In meinem Beruf konzentriert man sich derart auf die Details des Sterbens, dass man sich kaum Gedanken über das Motiv oder die Durchführung der Tat macht.« Sie verstummte wieder und überlegte erneut. »Wenn man darüber nachdenkt, ist das eigentlich kaum zu glauben. Warum sollte jemand solche Mühen auf sich nehmen? Ich meine, es hat nicht mal wie ein besonders überzeugender Selbstmord gewirkt.« Sie betrachtete die Frage im Geist von allen Seiten. »Sind Sie sicher, dass diese drei Morde miteinander zu tun haben?«

»Nein, keineswegs.«

»Zugegeben, alle drei wurden professionell hingerichtet, aber die beiden anderen Morde wirken schlicht, unkompliziert, fast belanglos. Der Mord an Chao Heng hingegen wirkt... wie ein bizarres Ritual und wurde, wenn Ihre Annahme richtig ist, minutiös geplant und ausgeführt.« Sie drehte sich zu ihm um. »Eine Drogenverbindung schließen Sie inzwischen aus, richtig?« Er nickte. »Dann beruht die Verknüpfung ausschließlich auf den Zigarettenstummeln.« Er nickte noch mal. »Und das ist weiß Gott verdammt schräg.« Sie zog die Stirn in Falten. »Irgendwas stimmt da nicht. Irgendwas stimmt da *ganz und gar* nicht.« Einen flüchtigen Augenblick lang konnte sie seine Besessenheit nachvollziehen, wurde sie von einem ebenso flüchtigen wie kurzlebigen Gefühl erfasst, das er vielleicht als Instinkt bezeichnet hätte. Ein beklemmendes, vages und doch ausgesprochen reizvolles Gefühl. »Erzählen Sie mir von Chao Heng.«

Auf der Fahrt über die Chang'an-Promenade rekapitulierte er die Details aus der Akte, die man ihm über Chao Heng zusammengestellt hatte. »Aus gesundheitlichen Gründen pensioniert?«, überlegte sie. »Was hatte er denn?«

»Keine Ahnung. In seinem Badezimmerschrank haben sich die Medikamente gestapelt.« Er bog in die Zhengyi-Chaussee ein und parkte auf der Straße vor den Polizeiwohnungen. »In fünf Minuten bin ich wieder da«, versprach er.

Sie sah ihm nach und bemerkte dabei zum ersten Mal, wie schmal seine Hüften im Vergleich zu den breiten Schultern waren und wie wohl gestaltet sein kantiger Kopf wirkte. An den Bewegungen seiner trainierten und geschmeidigen Muskeln erkannte sie, dass er fit sein musste. Gewöhnlich interessierte sie an einem Mann der Körper zuallerletzt. Normalerweise fühlte sie sich zuerst von den Augen angesprochen. Fenster zur Seele. An den Augen ließ sich so viel über die Persönlichkeit eines Menschen erkennen: der Humor, die Wärme oder der Mangel an beidem. Sie hatte einen Hang zu intellektuellen Männern mit Humor. Sie sollten männlich wirken, aber mit »Machos« konnte sie nichts anfangen. Li war launisch, abweisend und aufbrausend, doch etwas in seinen Augen verriet ihr, dass sie ihn mögen würde, wenn sie ihm nur näher kommen könnte. An seiner Männlichkeit gab es nicht den geringsten Zweifel, dennoch hatte er etwas Empfindsames – vielleicht sogar Empfindliches – an sich, das sich durch seine Neigung zum Erröten verriet. Ihm war das natürlich peinlich, sie hingegen fand es bezaubernd. Sein schlechtes Gewissen, als sie ihn dabei erwischt hatte, wie er sie heimlich beobachtete, hatte sie erheitert. Doch einen Augenblick lang war da noch mehr gewesen, ein eigenartiges Gefühl der Begierde, das sich in ihrer Magengrube breit gemacht hatte. Jetzt meldete sich dieses Gefühl wieder; sie merkte, wie ihr heiß wurde und sie rot anlief. Sie atmete tief durch und schloss die Augen. Das kam überhaupt nicht in

Frage. Sie war nicht aus Chicago geflohen und hatte den Menschen, der sie gewesen war, mitsamt ihrem in Trümmern liegenden Leben hinter sich gelassen, nur um sich in einen verdammten chinesischen Polizisten mit ausgeprägtem Minderwertigkeitskomplex und einer wahrscheinlich unheilbaren Xenophobie zu verlieben.

Widerwillig konzentrierte sie sich von neuem auf die Morde und erschuf in Gedanken das Bild von Chaos Apartment, das Li ihr gemalt hatte. Falls Chao der Schlüssel zu den drei Morden war, dann mussten sich in seinem Leben und Lebensstil, in seiner Arbeit und Wohnung Anhaltspunkte dafür finden lassen. Doch das Öffnen der Fahrertür riss sie aus ihren Gedanken. Li trug ein frisches, kurzärmliges weißes Hemd, dessen oberster Knopf offen stand, und korrekt gebügelte schwarze Hosen über braunen Schuhen. »Sehr elegant«, bemerkte sie. »Wer bügelt für Sie? Ihr Onkel?«

»Das tue ich selbst.« Er errötete und überspielte seine Verlegenheit, indem er schnell seinen Gurt anlegte und den Motor anließ. Margaret beobachtete ihn mit gemischten Gefühlen. In den letzten Stunden hatte er sie das gesamte emotionale Spektrum durchleben lassen, von an Hass grenzendem Zorn bis zu zart erblühender Lust und Zuneigung. Dieser Mann konnte einen zum Wahnsinn treiben.

IV

Die Zentrale der Sektion Eins wurde immer noch von möglichen Zeugen belagert, die herbestellt worden waren, um ihre Aussage zu machen. Die Büros und Gänge des Gebäudes kochten förmlich in der Nachmittagshitze. In allen Korridoren warteten Menschen auf den aufgereihten Stühlen oder mit dem Rücken an die Wand gelehnt auf dem Boden hockend. Zigarettenrauch hing in langen, waagerechten Schwaden in der Luft wie schwerer Nebel. Beamte wie Vernommene waren nörgelig und übermüdet. Selbst das billige Allzweck-Schreibpapier, das die Sekretärinnen in ihre Schreibmaschinen klemmten, wirkte schlaff. Als Li und Margaret die Treppe zum obersten Stock hinaufstiegen, stieg die Temperatur mit ihnen, und bis sie den Dienstraum der Kriminalbeamten erreicht hatten, klebte Li das Hemd in einer spitz zulaufenden Linie am Rücken und war vor Schweiß halb durchsichtig. Deutlich konnte Margaret die miteinander verwobenen Muskeln der Schultern und des oberen Rückens erkennen. Sie kannte jeden Einzelnen davon beim Namen, schließlich hatte sie sich alle in den langen Stunden der Vorbereitung auf ihre Anatomieprüfungen eingeprägt: Trapezius oder Kapuzenmuskel, *Latissimus dorsi, Erector spinae*. Sie wusste genau, wie sie überlappend geschichtet waren und wie sie unter der Haut aussahen. Sie hatte sie noch nie anders als aus dem anatomischen Blickwinkel betrachtet. Bis jetzt. Die Art, wie sie gegen den feuchten, halb durchsichtigen Stoff von Lis Hemd drückten, hatte etwas Animalisches, Erotisches und Attraktives an sich. Sie verfluchte sich im Stillen. Was um Himmels willen war eigentlich mit ihr los? Mühsam wandte sie den Blick ab.

Li fiel das Herz in die Hose, als er in den Dienstraum seiner Kollegen trat und bemerkte, wie alle Gesichter erwartungsvoll aufleuchteten. Die Tür zu seinem Büro stand einen Spalt weit offen, und das Zimmer dahinter schien zu glühen und voller Sonne zu sein, obwohl seine Fenster, wie er wusste, nach Nordosten gingen und die Sonne nur am Morgen schräg durch die Scheiben fiel. Alle Hälse bogen sich, um seine Reaktion mitzubekommen, als er die Tür aufdrückte. Sein Büro war nicht wiederzuerkennen. Alle Möbel waren umgestellt worden. Auf einem Tischchen in der Ecke thronte ein riesiges Aquarium. Das Fensterbrett war auf ganzer

Länge mit blühenden Topfpflanzen dekoriert. Von der anderen Ecke her breitete ein kleiner Baum in einem Porzellantopf seine fleischigen Blätter tief ins Zimmer aus. Lis Schreibtisch zeigte jetzt zur Tür und stand quer zum Fenster, das jetzt zu seiner Linken war. Das Aktenregal, das hinter der Tür geklemmt hatte, war in die Ecke gegenüber geschoben worden. Der Boden war mit Tüchern voller Farbkleckse abgedeckt, und auf einer Trittleiter stand ein Maler in einem Overall und verstrich knallgelbe Farbe auf den cremefarbenen Wänden, die unter den Jahren und dem Zigarettenrauch ergraut waren. Das zuvor verklemmte Fenster stand weit offen – bestimmt, dachte Li zornig, damit die Farbdämpfe abziehen konnten.

Der *Fengshui*-Mann vom Tag zuvor saß schon wieder im Schneidersitz zwischen den Aktenbergen auf Lis Schreibtisch und betrachtete einen großen Papierbogen, den er vor sich ausgebreitet hatte. Lächelnd sah er zu Li auf. »*Viel* besser. Gefällt es Ihnen?« Er streckte ihm den Bogen entgegen. »Mein Plan. Se-ehr gutes *Fengshui*.« Er lächelte die Wände an. »Gelb. Die Farbe der Sonne. Die Farbe des Lebens. Das wird Ihren Geist beflügeln und Ihr *Ch'i* anregen. Wer sich gut fühlt, arbeitet auch besser.« Er grinste und bleckte dabei die verfaulten Zähne. »Ihre Männer sind sehr gut. Sie können se-ehr schnell Möbel umstellen.«

Li traute seinen Ohren nicht. »Sie haben die Möbel von meinen Leuten umstellen lassen?« In seinem Rücken hörte er seine Mannschaft losprusten. Er blickte auf das Aquarium und das Pflanzensortiment. »Wer bezahlt das alles?«

»Ihr Onkel hat gesagt, ich soll keine Kosten scheuen. Ich glaube, er hat Sie wirklich sehr gern.«

Li wurde heiß vor Zorn. Er sah auf den Maler, der das Gespräch voller Interesse verfolgte. »Sie da«, sagte er. »Raus hier.«

»Aber ich bin noch nicht fertig«, protestierte der Maler.

»Egal. Packen Sie Ihre Tücher ein, nehmen Sie Ihre Farbe und Ihre Leiter und verschwinden Sie. In diesem Büro wird gearbeitet, und ich stecke mitten in einem Mordfall.«

»Aber wenn die Farbe erst einmal getrocknet ist, wird man die Anschlüsse sehen.« Der Maler sah, wie sich Lis Augen vor Wut weiteten. »Schon gut, schon gut. Ich bin gleich weg.« Er kletterte von der Leiter und begann, sein Zeug zusammenzuräumen.

Li nahm den Alten am Arm und ermunterte ihn, von seinem Schreibtisch herabzusteigen. »Sagen Sie meinem Onkel herzlichen Dank«, meinte er, bemüht, seinen Ärger im Zaum zu halten, »aber ich muss jetzt arbeiten, darum müssen Sie gehen.«

»Ich schicke den Maler am Wochenende noch mal her«, sagte der *Fengshui*-Mann.

Li atmete scharf ein und ballte die Fäuste. »Gehen Sie endlich.«

»Gut«, sagte der *Fengshui*-Mann. Er ließ die Augen durch das Büro wandern und nickte zufrieden. »Sie werden sich viel besser fühlen.«

Die an der Tür versammelten Kriminalbeamten teilten sich wie das Rote Meer, um ihn durchzulassen. Margaret stand lächelnd gleich daneben. Auch wenn sie kein Wort verstanden hatte, wusste sie haargenau, was hier vorgefallen war. Der Maler klapperte mit seiner Leiter, schnappte seinen Farbeimer und eilte hinter dem *Fengshui*-Mann hinterher. Aufgebracht starrte Li in die Gesichter hinter der Tür. »Was gibt's denn da zu glotzen?«

Wu antwortete ihm: »Nichts, Chef.« Er musterte das Zimmer wohlgefällig und nickte zustimmend. »Se-ehr große Verbesserung.« Die anderen brachen in schallendes Gelächter aus.

»Raus!« Li schüttelte den Kopf und verkniff sich das Lächeln, da er endlich, wenn auch widerwillig, die Komik der

Situation erkannte. Dann rief er ihnen nach: »Und wenn ihr mir noch mal so ein Ei legt, dann verrate ich dem *Fengshui*-Mann eure Adressen!« Er schob die Tür zu.

Margaret meinte: »So sieht es *wirklich* viel besser aus. Oder es sähe wenigstens besser aus, wenn Sie ihn hätten fertig streichen lassen.«

»Fangen Sie nicht auch noch an.« Er schaute auf die hoch gestapelten Zeugenaussagen unter dem Fenster. Seit heute Morgen schienen sie sich verdoppelt zu haben. Wieder war sein Schreibtisch mit Akten und Papieren zugeschüttet. »Sehen Sie sich das an. Bis wir diese Ermittlungen abgeschlossen haben, bin ich in Papier ertrunken.« Jemand klopfte an die Tür. »Was denn?«, rief er.

Qian streckte verlegen den Kopf herein. »Verzeihung, Chef. Ich dachte, Sie möchten vielleicht den Vorab-Bericht aus der Spurensicherung sehen. Das Fax ist vor einer Stunde gekommen.«

Li schnappte sich die Blätter und überflog die undeutlich wiedergegebenen, winzigen chinesischen Schriftzeichen, mit denen ihm die Ergebnisse der DNA-Tests und der Analyse des Blutes aus Chao Hengs Wohnung mitgeteilt wurden. Er sah zu Margaret auf. »Das Blut auf dem Teppich *war* von Chao Heng. Und soweit sie das bestimmen können, wurde es zwischen Montag Abend und Dienstag Morgen vergossen.«

»Was für Ihre Theorie sprechen würde«, sagte sie.

Er nickte und verstummte, um das Fax weiter zu lesen. Dann stellte er sich ihrem Blick, und aus seiner Stimme sprach unterdrückte Erregung. »Die DNA der Speichelspuren stimmt an allen drei Zigarettenstummeln überein.«

»Mein Gott«, sagte Margaret. »Sie wurden also *wirklich* alle von demselben Typen umgebracht.«

Sie saß an seinem Schreibtisch und drehte den Stuhl gemächlich hin und her. Der Dienstraum draußen war leer. Die Polizisten waren mit Li im Konferenzraum und besprachen, welche Fortschritte es gab. Sie schaute auf die unregelmäßige Linie an der Wand, wo die frische gelbe Farbe aufhörte und die alte Farbe anfing, und musste lächeln. Sein Onkel Yifu war jedenfalls hartnäckig. Sie fragte sich, ob er überhaupt eine Ahnung hatte, wie peinlich Li die ganze Sache war, und schloss aus allem, was sie über ihn erfahren hatte, dass er es wahrscheinlich ganz genau wusste. Ihr Blick fiel auf die Faxe auf Lis Schreibtisch, und sie sann darüber nach, wie es einem Menschen möglich sein konnte, diese fremdartigen, komplexen Piktogramme zu entziffern. Irgendwo hatte sie gelesen, dass in China zwar verschiedene Sprachen gesprochen wurden, dass die geschriebene Sprache, die Schriftzeichen jedoch überall gleich blieben. Man verwendete für dasselbe Zeichen einfach ein anderes Wort. Natürlich wurde inzwischen an allen Schulen das Pekinger Mandarin gelehrt.

Irgendwo tief im Gebäude hörte sie gedämpft Telefone klingeln, Stimmen streiten und Schreibmaschinen klappern. Sie schloss die Augen und taumelte augenblicklich rückwärts durch einen tiefschwarzen Abgrund.

Sofort, so glaubte sie wenigstens, riss sie die Augen wieder auf. Sie hatte gar nicht gemerkt, wie müde sie war. Ihr Gehirn hatte sich immer noch nicht an die Pekinger Zeit angepasst. Sie schaute auf ihre Uhr und erkannte erschrocken, dass ihr zwanzig Minuten fehlten. Blinzelnd versuchte sie sich auf irgendwas zu konzentrieren. Die Zigarettenstummel. Auf dem Schreibtisch lag ein Päckchen Zigaretten. Sie nahm es und zog eine Zigarette heraus. Der Tabak roch stark, bitter, rauchig. Sie musste an dampfenden Kaffee auf einer heißen Herdplatte denken. Dann untersuchte sie das blasse Muster auf dem korkfarbenen Filter, den roten Markennamen auf weißem Grund gleich darüber. An allen drei Tatorten jeweils ein einziger Stummel. Alle von demselben

Menschen geraucht. Was störte sie so sehr daran? Natürlich wusste sie das. Kein Profi wäre so unvorsichtig. Und doch musste es sich um einen Profi-Killer handeln. Dann kam ihr plötzlich die Erleuchtung, und sie setzte sich mit klopfendem Herzen auf. Die Erkenntnis hatte sich ihr nur so lange entzogen, weil sie so offensichtlich war.

Draußen waren Stimmen zu hören; die Beamten kamen von ihrer Konferenz zurück. Li erschien in der Tür.

»Ich hatte eben eine Erleuchtung«, sagte sie.

»Sind Sie hungrig?«, fragte er, als hätte er sie nicht gehört.

Daran hatte sie noch gar keinen Gedanken verschwendet, doch jetzt merkte sie, dass ihr der Magen knurrte. »Ja. Hören Sie, das hier ist wichtig.«

»Gut. Ich habe den ganzen Tag noch nichts gegessen. Wir holen uns etwas in der Bude an der Ecke, und dann fahre ich zum Landwirtschaftsministerium. Wenn Sie mitkommen möchten...«

»Sie werden mich kaum daran hindern können.« Sie stand auf. »Li Yan... wollen Sie mir jetzt zuhören oder nicht?«

Er hielt ihr die Tür auf. »Erzählen Sie es unterwegs.« Aber beim Umdrehen verfing sich die Kette seiner Taschenuhr in der Klinke und riss. »Verflucht!«

Sie besah sich die Kette. »Es ist nur ein Glied gebrochen. Das kann man reparieren.«

»Später.« Er ließ die Kette mitsamt Uhr von seinem Gürtel gleiten und in die oberste Schreibtischschublade fallen. Dann sah er, dass sie eine Armbanduhr trug, und tippte mit dem Finger auf sein Handgelenk. »Sie können mich auf dem Laufenden halten.«

Als sie schließlich draußen im Gang waren, musste sie sich anstrengen, um mit ihm Schritt zu halten. Er schien frische Energie und Entschlossenheit getankt zu haben. »Ich habe eben unterbunden, dass wir weiter Zeit und Kraft darauf verschwenden, nach einer Drogenverbindung zu suchen. Auf diese Weise hält sich wenigstens der Papierkram in Grenzen.«

»Li Yan... Diese Zigarettenstummel...«

»Was ist damit?«

Jetzt waren sie auf der Treppe. »Ich glaube, ich weiß, warum sie am Tatort gelassen wurden.«

Li blieb stehen. »Warum?«

»Weil Sie sie finden *sollten*. Sie *sollten* eine Verbindung ziehen.«

»Warum?«, wiederholte Li.

»Das weiß ich nicht. Sonst wären wir nicht hier. Aber es ergibt erheblich mehr Sinn, als zu glauben, dass jemand, der in jeder anderen Hinsicht so vorsichtig und penibel vorgeht, in diesem Fall so sorglos sein könnte.«

Li blieb stehen und dachte darüber nach. Er stand eine Stufe unter ihr, und ihr wurde bewusst, dass sich ihre Augen auf gleicher Höhe befanden. Doch er sah sie nicht an. Gedankenversunken starrte er ins Leere. Das gab ihr Gelegenheit, ihn aus der Nähe zu mustern. Die anfänglich als hässlich empfundenen Gesichtszüge kamen ihr mittlerweile kräftig vor. Eine energische Nase, ein gut umrandeter Mund, deutliche Brauen, schöne mandelförmige Augen, die so braun und warm waren, dass die Iris kaum von der Pupille zu unterscheiden war. Sein kräftiger Unterkiefer hatte am Kinn ein Grübchen, und sein flach geschnittenes Haar betonte die kantige Schädelform. Seine Haut hatte die Farbe von hellem Teakholz und erstaunlich wenige Falten, abgesehen von den Lachfältchen um Augen und Mund.

Er merkte, dass sie ihn ansah, und einen Moment lang schauten sie sich einfach nur in die Augen. Bis ihn die Verlegenheit übermannte.

»Ein interessanter Gedanke«, meinte er fast wegwerfend. »Aber er bringt uns nicht weiter.« Er drehte sich um und ging weiter die Treppe hinab.

Sie schoss ihm nach. »Aber ja doch. Wenn Sie diese Verbindung ziehen sollten, dann heißt das, dass es dafür auch ein Motiv geben muss.«

»Natürlich«, sagte Li. »Aber wir wissen trotzdem nicht, wie dieses Motiv aussieht. Wir brauchen mehr Informationen.«

Margaret schnalzte verärgert mit der Zunge. »Ach so, vielen Dank für diesen Hinweis, das hilft uns wirklich weiter.«

Ihr sarkastischer Tonfall und die spitze Zunge wurden ihm allmählich vertraut. Er beschloss, sich dumm zu stellen. »Das tut er auch«, bestätigte er, als hätte er ihre Ironie gar nicht bemerkt. Als er sie entnervt aufseufzen hörte, lächelte er still in sich hinein. Vielleicht lernte er allmählich, ihr auf angemessene Weise zu begegnen.

Mei Yuan saß auf einem Hocker an ihrer *Jian Bing*-«Bude« an der Ecke zum Dongzhimennei-Boulevard. Es war wenig los, aber das störte sie nicht. Auf diese Weise hatte sie Muße zum Lesen. Sie war fast durch mit ihrer Ausgabe der *Meditationen* und löste sich nur widerwillig aus dem kalten mittelalterlichen Holland in ihrer Fantasie, als ein dunkelblauer Pekinger Jeep am Bordstein anhielt und eine blasse, blonde Westlerin in einem zitronengelben Kleid auf der Beifahrerseite ausstieg. Dann sah sie Li um die Kühlerhaube herumkommen, und ein Lächeln breitete sich auf ihrem Gesicht aus. »Hallo, Li Yan, haben Sie schon gegessen?«

»Ja, ich habe gegessen, Mei Yuan. Aber ich bin hungrig.«

»Gut. Ich mache Ihnen ein *Jian Bing*.« Sie zündete die Gasflamme unter ihrem Kocher an und sah auf Margaret. »Oder gleich zwei?«

»Zwei«, bestätigte Li. Dann sagte er auf Englisch: »Mei Yuan, dies ist Dr. Margaret Campbell, eine Gerichtsmedizinerin aus den Vereinigten Staaten.«

»Aha.« Mei Yuan streckte ihr die plumpe Hand entgegen. »Sind Sie geschäftlich oder auf Urlaub hier?«

Margaret war perplex über das perfekte Englisch, das so fließend über die Lippen jener Frau kam, die sie für eine Straßenverkäuferin vom Land gehalten hatte. »Ich halte zurzeit Vorlesungen an der Volksuniversität für Öffentliche Sicherheit«, sagte sie.

»Sind Sie praktizierende Pathologin oder Hochschullehrerin?«

Wieder war Margaret erstaunt. »Praktizierend«, antwortete sie. »Die Vorlesungen halte ich nur nebenbei.« Und dann: »Sie sprechen ausgezeichnet Englisch.«

»Danke«, sagte Mei Yuan. »Ich habe inzwischen leider nur noch selten Gelegenheit, es zu üben. Mein Englisch ist, wie Sie es ausdrücken würden, ein wenig eingerostet.«

»Nein, ganz bestimmt nicht.« Margaret sah Li fragend an.

»Mei Yuan hat Ende der Fünfzigerjahre an der Universität Peking einen Abschluss in Kunst und Literatur gemacht«, erläuterte er.

Mei Yuan ergänzte ohne sichtbare Reue: »Aber mein Leben hat keinen akademischen Verlauf genommen. Den größten Teil habe ich in der Provinz Hunan auf dem Land verbracht. Ich bin erst vor ein paar Jahren nach Peking zurückgekehrt, nachdem mein Mann gestorben war.« Sie wandte sich wieder an Li. »Sie haben das Frühstück ausfallen lassen.«

»Ich war zu früh für Sie dran.«

»Ich glaube eher, dass mein Rätsel vielleicht zu schwer für Sie war. Sie wollten mir aus dem Weg gehen.«

Li lachte. »Nein, bestimmt nicht. Ich habe es schon gestern Nachmittag gelöst.«

»Was gelöst?«, mischte sich Margaret ein.

Li schüttelte lächelnd den Kopf. »Wir beide spielen eine Art Wettspiel miteinander«, erklärte er. »Normalerweise frühstücke ich hier auf dem Weg zur Arbeit. Dann stellt Mei Yuan mir eine Frage oder ein Rätsel. Ich habe bis zum nächsten Morgen Zeit, es zu lösen. Wenn ich die richtige Lösung gefunden habe, darf ich ihr eines stellen. Eine Art Gedankenspiel.«

Mei Yuan lachte. »Eher ein gedankenloses Spiel. Für Menschen, die so früh am Morgen nichts Besseres zu tun haben.«

»Und was war das für ein Rätsel?« Margaret war neugierig geworden.

»Es sind zwei Männer«, sagte Li. »Einer ist der Hüter aller Bücher und hat deshalb Zugriff auf alles Wissen. Wissen ist Macht, darum ist er sehr mächtig. Der andere hat bloß zwei Stöcke. Trotzdem geben diese Stöcke ihm mehr Macht als dem anderen. Warum?«

Margaret dachte kurz nach. »Das ist doch einfach«, sagte sie.

Li sah sie skeptisch an. »Na klar.«

»Bei uns daheim gibt es ein Sprichwort, jemand sei so arm, dass er nicht mal zwei Pennys aneinander reiben könnte. Wenn man dagegen zwei Stöcke aneinander reiben kann, kann man damit Feuer machen. Und wenn man Feuer machen kann, kann man damit Bücher verbrennen und das Wissen auslöschen, das darin enthalten ist. Man kann Wissen entziehen, so wie man Macht entziehen kann.«

Mei Yuan klatschte hocherfreut in die Hände. »Sehr gut.«

Li war baff und musste ihr widerwillig Hochachtung zollen. »Ich habe den ganzen Tag gebraucht, um darauf zu kommen.«

Margaret grinste und fragte Mei Yuan, während die ihre *Jian Bings* zubereitete, welches Buch sie gerade lese.

»Meditationen«, sagte sie.

»Von Descartes?« Margaret war schon wieder perplex.

Mei Yuan nickte. »Haben Sie es gelesen?«

»Nein. Wahrscheinlich hätte ich es lesen sollen. Aber es gibt so viele Bücher. Man kann unmöglich alle lesen.«

»Wenn ich einen Wunsch im Leben frei hätte«, verkündete Mei Yuan, »dann würde ich mir wünschen, dass ich den Rest meines Lebens ausschließlich mit Lesen verbringen dürfte.«

Li musste an die Bücher denken, die aufgereiht an den Wänden von Chao Hengs Wohnung standen, und fragte sich, ob er wohl alle gelesen hatte.

Margaret biss in ihr *Jian Bing* und zermahlte es vorsichtig zwischen den Zähnen. »Hmm«, urteilte sie dann enthusiastisch. »Das schmeckt großartig.« Um gleich nachzufragen: »Ich werde mir doch hoffentlich nicht den Mund daran verbrennen?«

Li lachte. »Diesmal nicht. Diesmal brennt nur der Chili ein kleines bisschen nach.« Und sie spürte, wie die Wärme und der angenehme Geschmack ihren Mund ausfüllten.

Mei Yuan reichte Li seine Portion. »Und«, fragte sie, »haben Sie heute was für mich?«

Li hatte den Mund voll mit *Jian Bing*. Er zuckte entschuldigend mit den Schultern. »Ich hatte keine Gelegenheit, mir was auszudenken, Mei Yuan. Ich sitze über einer wichtigen Ermittlung.«

Sie drohte ihm mit dem Finger. »Das ist keine Entschuldigung.«

»Also gut.« Sein Gehirn arbeitete auf Hochtouren. »Wie wäre es damit? Ein Mann begeht in einer einzigen Nacht drei perfekte Morde. Nichts verbindet die Taten miteinander oder mit ihm. Aber bei jedem Opfer hinterlässt er absichtlich einen Hinweis, der belegt, dass alle von demselben Menschen getötet wurden. Warum?«

»Das ist nicht fair«, sagte Margaret.

Mei Yuan sah sie verdutzt an. »Kennen Sie die Antwort darauf?«

»Nein.«

»Dann muss es wirklich schwierig sein.« Sie sann kurz darüber nach. »Was für einen Hinweis hinterlässt er?«

»Einen Zigarettenstummel. Er ist klug genug, um zu wissen, dass auf dem Papier Speichelspuren zurückbleiben werden und dass die Polizei herausfinden wird, ob der Speichel an allen Stummeln von demselben Menschen stammt.«

Sie sah sie beide abwechselnd an. »Ist das wirklich so?«

Li nickte grimmig. »Leider.«

»Dann werde ich darüber nachdenken«, versprach Mei Yuan ernst. »Und wenn wir uns morgen treffen, werde ich Ihnen erzählen, zu welchem Schluss ich gekommen bin.«

Li lächelte. »Ich hoffe nur, dass ich bis dahin die Antwort weiß, damit ich Ihnen sagen kann, ob Sie Recht haben oder nicht.«

Während sie sich im Jeep durch das Chaos von Bussen und Fahrrädern auf der schmalen Chaoyangmen-Nanxiaojie-Straße in Richtung Norden schoben, sagte Margaret: »Warum verkauft eine Frau wie sie Pfannkuchen an der Straßenecke?«

Li zuckte mit den Achseln. »Die Kulturrevolution hat das Leben vieler Chinesen zerstört. Ihres war nur eins davon.«

Margaret schüttelte verständnislos den Kopf. »Was genau *war* eigentlich die Kulturrevolution?« Augenblicklich schämte sie sich für ihre Unwissenheit. »Ich meine, ich weiß, dass ich das eigentlich wissen sollte. Aber es war vor so langer Zeit und so weit weg... von Amerika aus gesehen wenigstens.« Sie warf Li einen kurzen Blick zu. »Mein Gott, bevor ich hierher kam, war mir nie bewusst, wie wenig ich über den Rest der Welt weiß.«

Li erwiderte ihren Blick und dachte kurz nach. »Wissen Sie, wie es ist, wenn man als junger Mensch das Gefühl hat, sein Leben nicht selbst in Händen zu halten, weil alles von irgendwelchen Greisen bestimmt wird? Und dass man, wenn man erst alt genug ist, die Dinge zu verändern, zu alt sein wird, um sie noch zu genießen? Also, die Kulturrevolution hat genau das auf den Kopf gestellt. Sie gab den Jungen die Macht, die Dinge zu verändern, solange sie noch jung waren.« Die Erinnerungen aus seiner Kindheit kamen augenblicklich wieder hoch und ließen ihn in der Hitze erschaudern.

»Aus ganz China kamen die jungen Menschen nach Peking, um Rotgardisten zu werden und vor Mao auf dem Tiananmen-Platz Paraden abzuhalten. Mao war für sie die ›rote, rote Sonne im Herzen‹. In Wahrheit waren sie jedoch einfach Kinder, die keinerlei Disziplin mehr unterworfen waren. Sie drehten durch. Sie griffen Menschen an, nur weil sie ›Intellektuelle‹ waren. Sie drangen in fremde Häuser ein und übernahmen die Wohnungen. Man musste sich ›kritisieren‹ lassen, und vielleicht musste man eine ›Selbstkritik‹ verfassen, oder vielleicht wurde man in einer ›Kampfsitzung‹ gequält oder einfach so zusammengeschlagen. Zahllose wurden eingekerkert oder in Arbeitslager geschickt. Andere wurden umgebracht – kaltblütig ermordet. Und die Mörder brauchten nichts zu befürchten, weil das Rechtssystem in Scherben lag und die meisten Polizisten im Gefängnis saßen oder zum Arbeitseinsatz auf das Land verbannt worden waren.«

Margaret versuchte sich vorzustellen, wie die Menschen wohl gelebt hatten, nachdem jeder Zwang einer zivilisierten Gesellschaft aufgehoben und die Macht in die Hände von randalierenden Kindern gegeben worden war. Aber sie schaffte es einfach nicht.

»Den schlimmsten und primitivsten Instinkten der menschlichen Natur wurde freier Lauf gelassen«, fuhr Li fort. »Und Sie wissen, wie grausam Kinder sein können. In meiner Klasse in der Grundschule haben die älteren Kinder den Lehrer gezwungen, sich mit einer Narrenkappe vor die Klasse zu setzen und ununterbrochen zu wiederholen: ›Ich bin ein Kuh-Dämon.‹ Anfangs findet man das lustig. Aber wenn der Lehrer totgetreten im Speisesaal aufgefunden wird, kriegt man es doch mit der Angst zu tun.

Die Dinge waren außer Kontrolle geraten. Selbst die extremistischen Parteikader, die das Ganze in Bewegung gesetzt hatten, weil sie glaubten, die Entwicklung in ihrem Sinne steuern zu können, hatten die Kontrolle verloren. Die meisten politischen Führer waren aus ihren Ämtern gefegt worden, darunter auch Deng Xiaoping. Und schließlich musste die Armee eingreifen, um ein Mindestmaß an Ordnung wiederherzustellen. Doch bis dahin waren zwölf Jahre vergangen. Zwölf Jahre des Wahnsinns. Ein Jahr bevor es begann, wurde ich geboren. Ich war dreizehn, als damit Schluss war, und meine Familie war zerstört.«

Margaret war entsetzt. »Wie meinen Sie das, zerstört?«

»Meine Eltern waren ins Arbeitslager geschickt worden. Man hatte sie als ›Rechtsabweichler‹ denunziert. Sie waren gebildet, müssen Sie wissen. Meine Mutter ist dort gestorben, und mein Vater verließ das Lager als gebrochener Mensch. Mein Onkel Yifu war damals Polizist in Peking. Er wurde denunziert und kam drei Jahre ins Gefängnis.«

Margaret fühlte sich wie gelähmt. »Ich hatte ja keine Ahnung. Ich hatte ja gar keine Ahnung.«

Sie dachte an all die Chinesen, die ihr seit ihrer Ankunft begegnet waren. Jeder Einzelne davon hatte die Kulturrevolution durchlebt. Manche von ihnen waren wahrscheinlich Rotgardisten gewesen, andere ihre Opfer. Jetzt, so hatte man den Eindruck, lebten und arbeiteten sie zusammen, als wäre nie etwas gewesen. »Wie schaffen die Menschen das?«, fragte sie. »Ich meine, wieder miteinander zu leben. Die Rotgardisten und die Menschen, die sie schikaniert haben.« Eine Gesellschaft, die an der schweren Last von Schuld und Rache zu tragen hatte.

Li zuckte mit den Achseln. »Das weiß ich auch nicht. Es schien damals ganz natürlich. Wie wenn man nach langer Krankheit gesund wird. Man lebte einfach sein Leben weiter. Damals sprachen die Menschen kaum darüber. Inzwischen tun sie es, wenn man sie direkt fragt. Für viele waren die Jahre als Rotgardist die aufregendste Zeit ihres Lebens. Sie reisten durch das ganze Land. Sie brauchten weder Fahrkarten noch ihr Essen zu bezahlen. Die Leute hatten Angst vor ihnen. Sie waren mächtig.

Wissen Sie, vielleicht ist das wie bei alten Kriegsveteranen – ganz gleich, ob sie Schlimmes oder Schönes erlebt haben, ihre Erfahrungen waren so intensiv, dass alles danach wie ein matter Abklatsch erscheint.«

»Und ihre Opfer?«

»Wenn der Krieg zu Ende ist, hört man mit dem Kämpfen auf«, sagte Li. »Dann fängt man mit dem Frieden an.«

Margaret war nicht sicher, ob sie das auch so philosophisch gesehen hätte. »Was ist Mei Yuan passiert?«

»Sie wurde in ein Arbeitslager in Hunan geschickt, wo sie mit den Bauern auf den Feldern arbeiten musste. Aber in mancher Hinsicht hatte sie Glück.«

»Glück!«

»Ihr Mann wurde in dasselbe Lager geschickt. Im Gegensatz zu vielen anderen wurden sie nicht getrennt.« Seine Miene verdüsterte sich. Sie bemerkte es augenblicklich.

»Was denn?«

Er zog die Schultern hoch. »In anderer Hinsicht hatte sie weniger Glück.« Seine Stimme stockte. »Man hat ihnen ihren kleinen Buben weggenommen. Mei Yuan hat ihn nie wiedergesehen.«

Einen Arm grüßend ausgestreckt, erhob sich gleich hinter dem Tor des Landwirtschaftsministeriums in der Hepinglidong-Straße eine turmhohe Marmorstatue des Vorsitzenden

Mao mit Mantel und Arbeitermütze. Das Ministerium selbst, auf dem weitläufigen, belaubten Gelände hinter dem Tor gelegen, befand sich in einem massigen Betonbau. Vor den Steinpfosten des Tores stand mit steinerner Miene ein Wachposten der Volksarmee und beobachtete finster eine Gruppe von mehreren Dutzend Schulkindern, die auf dem Gehsteig einen langen Tisch aufgebaut hatten. Ein Streifen weißen Leinens lief längs darüber, und die Kinder versuchten die Passanten zu überreden, mit ihrer Unterschrift irgendeine Forderung für den Naturschutz zu unterstützen.

Li fuhr an den Schulkindern und dem Wachposten vorbei und stellte den Jeep im Schatten eines ausladenden Baumes auf dem Ministeriumsgelände ab. Dann sagte er: »Vielleicht sollten Sie hier auf mich warten. Es ist vielleicht nicht geschickt, wenn ich Sie in ein Regierungsgebäude mitnehme.«

Sie nickte. »Kein Problem.« Dann sah sie ihn im Gebäude verschwinden und dachte lange über die Kulturrevolution und darüber nach, was es wohl bedeutet hatte, als Kind den Eltern entrissen zu werden und in einer Welt aufzuwachsen, wo alle Normen des zivilisierten Verhaltens auf den Kopf gestellt waren. Bis zum Alter von dreizehn Jahren hatte Li nichts anderes gekannt. Was hätte er damals wohl ›normal‹ gefunden? Sie überlegte, wer ihn wohl aufgezogen hatte, während seine Eltern im Arbeitslager waren. Hatte er Brüder oder Schwestern?

Nach einiger Zeit merkte sie, dass sie sich wieder gegen ein überwältigendes Schlafbedürfnis wehren musste, denn sie wollte nicht, dass Li sie bei seiner Rückkehr schnarchend im Jeep vorfand. Also stieg sie aus und schlenderte durch das Tor auf die Straße, um nachzusehen, für welche Forderungen die Kinder eintraten. Unter großen grünen chinesischen Schriftzeichen war auf einem langen weißen Banner auch eine Erklärung auf Englisch zu lesen. Sie sammelten eine Million Unterschriften zur Unterstützung einer internationalen Initiative gegen die zunehmende Ausbreitung der Wüsten auf der Erde.

Fast augenblicklich war Margaret umringt von lärmenden weiblichen Teenagern, die sie an der Hand nahmen und an den Tisch zogen. Eine Lehrerin lächelte sie von der anderen Tischseite an und reichte ihr einen roten Filzstift. Was soll's?, dachte sie. Das Anliegen erschien ihr durchaus vernünftig. Sie warf einen kurzen Blick auf die farbenfrohen Unterschriften in Schriftzeichen überall auf dem Stoff, dann beugte sie sich vor und setzte ihren Namen in lateinischen Buchstaben mit weiten Schlaufen darunter. Alle Kinder drängten sich um sie und schauten ihr verwundert zu, denn ihre Unterschrift erregte gleichermaßen Erstaunen und Erheiterung.

Die Mädchen wollten zu gern ihr embryonenhaftes Englisch ausprobieren. »Du England?«

»Nein, aus Amerika.«

»Amerika! Coca-Cola. Big Mac.«

Margaret lächelte spröde. Vielleicht hatte Li Recht. Vielleicht verstand der Rest der Welt das tatsächlich als Amerikas Beitrag zur internationalen Kultur. In einem Land, dessen kulinarische Kreationen unterschiedlichste Köstlichkeiten wie aromatisch duftende Enten und »wie Honig schmeckendes« Lamm umfassten, wirkten Blubberlimo und Hamburger wahrscheinlich ziemlich plump. Aber andererseits, überlegte sie, warteten immer lange Schlangen vor den McDonald's-Restaurants, die sie in Peking gesehen hatte.

Gerade als sie sich wieder zum Tor umwandte, hielt ein Taxi an, und eine vertraute Gestalt stieg aus. Schwer schwitzend und keuchend unter der Anstrengung, seinen Leib aus dem Fahrzeug zu wuchten, beugte sich McCord anschließend durch das Fenster, um den Fahrer zu bezahlen. Als das Taxi abfuhr und er durch das Tor des Landwirtschaftsministeriums stapfte, trat Margaret an seine Seite. »So sieht man sich wieder«, sagte sie.

Verdutzt blieb er stehen und sah sie mit Augen wie ein verängstigtes Karnickel an. Als er merkte, dass sie es war, entspannte er sich und feixte. »Was zum Teufel machen *Sie* denn hier?«

»Das wollte ich Sie auch gerade fragen.«

»Ich arbeite hier, haben Sie das vergessen?«

»Natürlich.« Sie holte Luft. »Gestern Abend in der Bar waren Sie ausgesprochen unhöflich.« Er sah sie verständnislos an. »Wahrscheinlich erinnern Sie sich nicht mal daran.«

»Und was *tun* Sie hier?«, hakte er nach.

»Ach, nichts Besonderes. Wahrscheinlich trifft es die Sache am besten, wenn ich sage, dass ich mein Fachwissen in den Dienst des Kampfes gegen das Verbrechen in China stelle.« Er zog die Stirn in Falten. »Ich habe die Autopsie an einem Ermordeten vorgenommen, der hier gearbeitet hat.«

McCord blieb abrupt stehen. »*Sie* haben die Autopsie an Chao Heng vorgenommen?«

»Ja. Warum? Haben Sie ihn gekannt?«

Ohne ihren Blick zu erwidern, zerrte McCord ein schmuddliges weißes Taschentuch hervor und wischte sich damit das Gesicht trocken. »Fünf Jahre lang habe ich mit ihm zusammengearbeitet. Ein echter Freak.« Dann sah er sie ausgesprochen seltsam an. »Ich dachte, er hätte sich selbst umgebracht.«

Doch sie ging im Geist bereits alles durch, was Li ihr über Chao Heng erzählt hatte, und sah plötzlich eine Verbindung, die ihr bis dahin gar nicht aufgefallen war. »Moment mal. Nach seinem Jahr in Wisconsin war er sieben Jahre lang im Boyce-Thompson-Institut an der Cornell-Universität. Ist das nicht das Institut, aus dem man Sie rausgeschmissen hat?«

»Man hat mich nirgendwo ›rausgeschmissen‹.«

»Sie kennen ihn also schon aus dieser Zeit?«

»Und wenn? Das ist schließlich kein Verbrechen.« Er tupfte sich erregt mit dem Taschentuch das Gesicht ab. »Sie wollen doch hoffentlich nicht andeuten, dass ich irgendwas mit seiner Ermordung zu tun hätte, oder?«

»Natürlich nicht. Ich bezweifle, dass Sie ein Streichholz lang genug ruhig halten können, um es anzuzünden.«

Sein Mund verzog sich angewidert. »Warum verpissen Sie sich nicht?«

»Das«, erwiderte Margaret, »haben Sie mich schon mal gefragt. Und wissen Sie was? Ich kann mir keinen einzigen Grund denken, warum ich das tun sollte.«

Einen Moment sah er sie hasserfüllt an, und sie konnte die Gedanken durch sein Gehirn ziehen sehen wie Wolken im Wind. Doch er wollte keinen davon preisgeben. Dann schaute er sie plötzlich wieder mit diesen Karnickelaugen an, machte auf dem Absatz kehrt und eilte davon zum Hauptgebäude. In der Tür kam er an Li vorbei, grüßte ihn aber nicht. Li ging über das Gelände auf die wartende Margaret zu.

»Sie erneuern alte Freundschaften?«, fragte er.

»Wissen Sie was? Dieser Mann geht mir schwer auf die Nerven«, erklärte Margaret.

»Er schien auch nicht besonders glücklich, Sie zu sehen.« Gemeinsam gingen sie zum Jeep. »Wissen Sie, dass er gemeinsam mit Chao Heng am Superreis-Projekt geforscht hat?«

»Das hat er mir eben erzählt. Also nicht ganz so ausführlich. Aber ich habe mir denken können, dass es das war.« Sie sah ihn an. »Haben Sie da drin irgendwas Neues erfahren?«

Li seufzte. »Nicht viel mehr, als wir bereits wissen. Nur dass Chao dafür verantwortlich war, jenes Forschungsprojekt zu organisieren, das schließlich zur Entwicklung des neuen Reises geführt hat. Offenbar war McCord auf sein Betreiben hin dazu gestoßen. Anscheinend haben sich die beiden in den Vereinigten Staaten kennen gelernt.«

»Ja, sie waren beide am Boyce-Thompson-Institut. Das habe ich mir eben zusammengereimt.«

Li kletterte auf den Fahrersitz und ließ den Motor an. »Die Technologie für den Superreis wurde größtenteils in der Entwicklungsregion für Agro-Spitzentechnologie bei Zhouzhou südlich von Peking entwickelt. Danach haben beide ein paar Jahre im Süden nahe Guilin in Guangxi verbracht, wo sie Feldversuche durchgeführt haben. Chao ist dort geblieben, bis er nach Peking zurückgekehrt ist, weil er zum Berater des Landwirtschaftsministers berufen worden war.«

Margaret ließ sich das durch den Kopf gehen. »Können Sie mir Chaos Wohnung zeigen?«

»Wir haben sie schon von oben bis unten durchsucht.«

»Ich weiß... ich würde sie nur gern mal anschauen.« Sie sah ihm offen in die Augen. »Tun Sie's einfach für mich. Bitte.«

Er sah das Flehen in den so unwahrscheinlich hellblauen Augen und wusste, dass er ihr nicht widerstehen konnte. »Wie spät ist es?«, fragte er.

Sie schaute auf die Uhr. »Kurz nach vier.«

»Also gut. Ich muss noch zum Bahnhof, um die Fahrkarte für meinen Onkel zu besorgen. Danach fahren wir zu Chaos Wohnung.«

7. KAPITEL

I

Mittwoch, früher Abend

Auf der zweiten Ringstraße wälzte sich der Verkehr Stoßstange an Stoßstange durch den spätnachmittäglichen, abgasgeschwängerten Dunst in Richtung Süden. Li holte eine Schachtel Zigaretten aus dem Handschuhfach. »Stört es Sie, wenn ich rauche?«

Margaret starrte angewidert auf die Zigaretten. »Um ehrlich zu sein, ja.« Dann gab sie sich versöhnlich: »Na ja, ich schätze, wenn Sie das Fenster runterkurbeln...«

»Dann nutzt uns die Klimaanlage nichts.« Er ließ das Päckchen ins Handschuhfach zurückfallen. »In China«, erklärte er, »gilt es als schlechtes Benehmen, jemandem die Erlaubnis zum Rauchen zu verwehren.«

»Warum haben Sie dann gefragt?«

»Aus Höflichkeit.«

»Also, in den Staaten hält man es für unhöflich, von jemandem zu verlangen, dass er fremden Zigarettenrauch einatmen soll.«

Er lächelte. »Wir sind wirklich so gut wie nie einer Meinung, nicht wahr?«

»Also, in dieser Beziehung gibt es bis dato eindeutig noch Raum für Verbesserungen.«

Er hupte ein gelbes Taxi an und wechselte die Spur, um ein paar Meter herauszuschinden. »Was war da am Abend eigentlich los?«, fragte er.

»An welchem Abend?«

»Dem Abend Ihres Banketts.«

»Ach, das mit McCord?« Er nickte. »Dieser Typ ist ein absolutes Ekel.«

»Wieso haben Sie ihn dann eingeladen?«

»Was?« Sie war fassungslos. »Wie in aller Welt kommen Sie denn darauf?«

»Ich dachte, Sie kannten ihn.«

»Er hat versucht, mich in der Bar des Freundschaftshotels anzubaggern. Lily hat ihm verraten, dass wir zu einem Empfangsbankett gehen würden, und er ist einfach dort aufgetaucht.« Sie machte ihrem Groll Luft. »Herr im Himmel!«

»Aber Sie haben sich auf einen Streit mit ihm eingelassen.«

»Ich habe mich nicht auf einen Streit mit ihm eingelassen. Ich habe mit ihm über seine Arbeit diskutiert.«

Li war überrascht. »Aber er ist Wissenschaftler.«

»Er ist Biotechnologe. Er pfuscht am genetischen Bauplan unserer Nahrungsmittel herum und erwartet von uns, dass wir das essen.«

»Er war für die Entwicklung des Superreises verantwortlich. Was ist daran falsch? Dadurch werden Millionen von hungrigen Menschen satt.«

»Natürlich berufen sich alle Wissenschaftler auf dieses Argument.« Sie bremste sich. Eins nach dem anderen, ermahnte sie sich. »Wissen Sie, was Genmanipulation ist?«

Er zuckte mit den Achseln, denn es widerstrebte ihm, ihr seine Ahnungslosigkeit einzugestehen. »Nicht genau.«

»Wissen Sie auch, warum nicht?« Das tat er nicht. »Weil viele Wissenschaftler der Auffassung sind, wir Laien seien zu blöd, um ihre Arbeit zu verstehen. In Wahrheit ist alles ganz einfach. Aber sie wollen uns lieber nichts erklären, denn wenn wir verstehen würden, was sie da machen, bekämen wir es vielleicht mit der Angst.«

Er sah sie von der Seite an. »Sie scheinen ziemlich viel darüber zu wissen.«

»O ja.« Sie klang verbittert. »Ich habe fast sieben Jahre damit gelebt.« Sie musste an Michaels leidenschaftlichen Ernst denken, den sie, angesteckt von seinem Eifer und Enthusiasmus, geteilt hatte. Merkwürdig, fiel ihr jetzt auf, dass diese Leidenschaft immer noch in ihr lebte, während all ihre Gefühle für Michael dahingewelkt und abgestorben waren.

Er erkannte die Verbitterung wieder, die ihm schon in dem Sichuan-Restaurant an ihr aufgefallen war, und entsann sich, dass sie erzählt hatte, ihr Mann hielte Vorlesungen in Genetik. Er spürte, dass er damals und heute irgendwie denselben bloßliegenden Nerv berührt hatte. »Dann erklären Sie es mir.«

»Sie wissen, was die DNA ist?«

»Halbwegs.«

»Sie ist lediglich ein Code. Eine Sequenz von Genen, in der die Natur jedes einzelnen Lebewesens festgelegt ist – seine Substanz, seine Eigenschaften. Also angenommen, Sie bauen Tomaten an, und all Ihre Tomaten werden von einer bestimmten Raupenart angefressen. Was tun Sie?«

»Keine Ahnung. Die Tomaten mit Insektengift besprühen, nehme ich an, um die Raupen umzubringen.«

»Genau das tun die Menschen seit Jahren. Das Problem dabei ist, dass Sie dadurch die Nahrung vergiften, die Umwelt vergiften und dass Sie der Spaß einen Haufen Geld kostet. Aber jetzt entdecken Sie, dass eine bestimmte von Ihnen angebaute Kartoffelsorte nie von diesen Raupen angefressen wird. Im Gegenteil, diese Kartoffeln werden eindeutig von den Tieren gemieden. Wie Sie herausfinden, ist das darauf zurückzuführen, dass die Kartoffel in ihrem genetischen Code ein Gen besitzt, das eine für die Raupen giftige Substanz produziert. Wunderbar, sagt Ihr freundlicher Genforscher von nebenan, da haben Sie doch die Lösung für Ihr

Problem. Sie schneiden das Gift produzierende Gen aus der Kartoffel und pflanzen es in die DNA der Tomate ein. Und Bingo, schon haben Sie eine Tomate, die von den Raupen gemieden wird wie die Pest.«

»Das hört sich doch sehr gut an.«

»Natürlich. Aber behalten Sie diese Sache mal kurz im Hinterkopf. Denn Sie haben noch ein zweites Problem mit Ihren Tomaten. Sie reifen zu schnell. Bis sie gepflückt, verpackt und im Laden angekommen sind, fangen sie schon an zu faulen. Wieder kommt der Genforscher daher, der inzwischen Ihr bester Freund geworden ist, und sagt, er habe in der DNA Ihrer Tomaten das Gen identifiziert, das sie schrumplig und faul werden lässt. Er verspricht Ihnen, dass er dieses Gen entfernen, umbauen und wieder in die Tomate einsetzen kann, sodass sie an der Rispe später reift und wochen-, vielleicht sogar monatelang frisch bleibt. Problem gelöst.«

Der Verkehr war zum Erliegen gekommen. Li lehnte sich auf das Lenkrad und schaute sie an. »Ich dachte, Sie wollten mir verkaufen, dass Genmanipulation etwas Schlechtes sei.«

»O nein, ich behaupte nicht, dass der Gedanke an sich keinen praktischen Nutzen hätte. Ich behaupte nur, dass die gegenwärtige Praxis katastrophale Folgen haben könnte.«

»Warum?«

»Also, Sie sind jetzt überzeugt, soeben die perfekte Tomate erschaffen zu haben. Sie ist unempfindlich gegen Raupen, sie lässt sich lange im Laden lagern, und Sie haben ein Vermögen an Insektenvernichtungsmitteln gespart. Doch die neue Technologie gibt es nicht umsonst. Die Firma, für die Ihr Genforscher arbeitet, hat für die Forschung und Entwicklung Millionen ausgegeben, und diese Kosten werden an Sie weitergegeben. Und die Kosten sind nicht mit einer Zahlung abgegolten, denn diese DNA wird nicht auf natürlichem Wege vererbt. Sie müssen also jedes Jahr neues Saatgut kaufen.

Dann finden Sie heraus, dass jenes Gift, das in der Kartoffel für den Menschen unschädlich war, in der Tomate eine Verbindung mit einer anderen Substanz eingegangen ist und nun ein Gemisch bildet, gegen das Tausende von Menschen allergisch sind. Manche sterben sogar daran. Und als Sie das Gen modifiziert haben, um die Reifung und das Faulen zu verlangsamen? Damit haben Sie zugleich den Geschmack ruiniert. Also selbst wenn die Kunden auf Ihre Tomaten nicht allergisch reagieren, so schmecken sie ihnen nicht. Sie sind ruiniert.«

Sie musste grinsen, als sie seine Miene sah. »Aber wissen Sie noch was? Während die Genforscher all diese Gene hin und her geschoben haben, haben sie noch ein Gen eingeschleust, das überhaupt nichts mit Ihrer Tomate oder Ihrer Kartoffel zu tun hatte. Man bezeichnet so etwas als ›Marker-Gen‹. Es dient einzig und allein dazu, dass sich die Ergebnisse der verschiedenen Genmanipulationen leicht und problemlos nachprüfen lassen. Nun ist die Bakterie, der dieses Gen entnommen wurde, ganz zufällig gegen ein Antibiotikum resistent, das oft bei Menschen zur Behandlung tödlicher Krankheiten eingesetzt wird. Was geschieht also jetzt? Jene Menschen, die Ihre Tomaten essen und nicht an einer allergischen Reaktion sterben, werden resistent gegen gewisse Typen von Antibiotika und sterben vielleicht irgendwann an Krankheiten, die man jahrzehntelang unter Kontrolle hatte.«

Er starrte sie ungläubig an. »Aber bestimmt hätte man die Tomate doch vorher getestet? Man hätte diese Probleme vorhergesehen und die Tomaten nicht mehr angebaut.« Eine Hupsinfonie erschallte hinter ihnen. Der Verkehr hatte sich von der Stelle bewegt, Li aber nicht. Eilig legte er den Gang ein und fuhr mit einem Satz an.

»Das sollte man eigentlich meinen, oder?«, erwiderte Margaret. »Aber die Firmen, die das Geld für die Forschung und Entwicklung bereitgestellt haben, wollen dieses Geld wieder verdienen. Und die Wissenschaftler, die an der Entwicklung gearbeitet haben, sind so arrogant, dass sie glauben, ihre höchstens fünfzehn Jahre alte Technologie könnte ein ökologisches Gleichgewicht ersetzen, das die Natur im Verlauf von drei Milliarden Jahren entwickelt hat.

Alle werden darum liebend gern sämtliche Beweise ignorieren oder ihre Existenz leugnen. Sie müssen wissen, dass man bereits eine genetisch manipulierte Sojabohnenart entdeckt hat, die bei manchen Menschen allergische Reaktionen auslösen kann. Dann hatten wir in den Vereinigten Staaten noch eine Bakterie, die nach einer genetischen Manipulation große Mengen eines Nahrungszusatzes produziert hat, an dem siebenunddreißig Menschen gestorben und weitere fünfzehnhundert unheilbar erkrankt sind.

Nutzpflanzen, die nach einer Genmanipulation resistent gegen Herbizide und Pestizide sind, können diese Resistenz durch ungesteuerte Bestäubung weitergeben und dadurch ein ›Super-Unkraut‹ schaffen, das den genetisch unveränderten Nutzpflanzen im Kampf um den Boden haushoch überlegen ist.

Ach, und wissen Sie noch was...?« Schon bei dem Gedanken rümpfte sie angewidert die Nase. »Inzwischen nimmt man auch Gene von Tieren und Fischen und setzt sie in Pflanzen ein. Eine Kartoffel mit Hühnergenen, die sie widerstandsfähiger gegen Krankheiten machen. Ganz reizend, wenn Sie Vegetarier sind. Tomaten mit Genen aus einer *Flunder* – ist das zu glauben! –, um Frostschäden zu reduzieren. Um ein eingebautes Insektenvernichtungsmittel zu erschaffen, hat man in manche Nutzpflanzen sogar jenes Gen eingebaut, mit dem Skorpione ihr Gift erzeugen.«

Li nickte. »Eine Delikatesse in China.«

Sie sah ihn verdutzt an. »Was?«

»Skorpion. Frittiert. Er wird aus medizinischen Gründen gegessen.«

»Sie machen Witze.«

»Nein«, widersprach er ganz ernst. »Das ist wahr. Aber ich würde sie nicht empfehlen. Sie schmecken beschissen.«

»Ja, und ich kann mir nur zu gut vorstellen, wie die Toxingene in meinem Haferbrei schmecken würden.« Ihr Lächeln erstarb. »Das Schlimme ist, dass all das nur die Spitze des Eisberges darstellt, Li. Indem die Wissenschaftler genetisch veränderte Nutzpflanzen auf den Markt bringen, lassen sie Unmengen von Bakterien und Viren auf die Umwelt los. Dabei haben sie nicht die leiseste Ahnung, welche langfristigen Auswirkungen das haben könnte. Herrgott, vielleicht gibt es in zehn Jahren kein einziges Nahrungsmittel mehr auf dem Planeten, an dessen Genmaterial nicht herumgepfuscht worden ist – und keiner von uns kann irgendwas dagegen unternehmen.« Sie holte tief Luft. »Und wissen Sie auch warum?«

»Warum?«

Sie zögerte um des Effekts willen die Antwort hinaus. »Geld. Das ist der einzige Antrieb für diese ganze Wissenschaft. Inzwischen ist die biotechnologische Forschung insgesamt rund einhundert *Milliarden* Dollar wert. Uns will man weismachen, das geschehe ›zum Besten der Menschheit‹, um die Millionen Hungernden auf der Welt zu ernähren. Aber es gibt nicht den Hauch eines Beweises dafür, dass die Gentechnik auf Dauer billiger oder produktiver sein wird.

Als die großen biochemischen Labors in den Vereinigten Staaten Probleme mit den Aufsichtsbehörden bekamen, haben sie ihre Projekte einfach in andere Weltgegenden verlagert. Zum Beispiel nach China. In Länder, wo es kaum oder keine Vorschriften für die kommerzielle Einführung von genetisch manipulierten Pflanzen gibt. Und wissen Sie, was besonders interessant ist? Wenn eine dieser Firmen eine Pflanzenart auf den Markt bringt, die gegen ein bestimmtes Pflanzenvernichtungsmittel resistent ist, wer produziert dann wohl dieses Pflanzenvernichtungsmittel?«

»Dieselbe Firma?«

»Jetzt haben Sie's begriffen. Und anstatt die Unmengen von Herbiziden, mit denen wir unseren Planeten vergiften, zu verringern, werden wir noch mehr davon verwenden, weil die von uns angebauten Pflanzen ja dagegen resistent sind.«

Sie schlug sich mit den Handflächen auf die Schenkel. »Mein Gott, ich könnte heulen vor Wut! Und diese gottverdammten Wissenschaftler! Philanthropen? Na klar. Sie würden schlicht alles tun, nur damit die Gelder der Biotechnologie-Firmen weiter fließen und sie weiter Gott spielen können. Und glauben Sie bloß nicht an dieses Märchen, dass solche Nutzpflanzen die Kosten für die Dritte Welt senken und die Erträge erhöhen würden. Denken Sie nur an den Typen mit den Tomaten, der nun jedes Jahr neues Saatgut kaufen muss. Genau so wird es den Bauern in der Dritten Welt auch ergehen. Und von wem werden sie das Saatgut kaufen müssen? Natürlich von den Biotechnologie-Firmen – die dadurch auch über den Preis bestimmen können.«

Li schüttelte den Kopf. »Das ist alles ein bisschen viel für mich. Ich meine, ich weiß nur, dass der Superreis vor drei Jahren eingeführt wurde und dass die Produktion sich seither verdoppelt hat. Kein Chinese muss mehr hungern. Zum ersten Mal überhaupt exportieren wir im großen Stil Nahrungsmittel in andere Länder.«

Margaret zuckte mit den Achseln; ihre Leidenschaft hatte sich schließlich erschöpft. Und sie fragte sich, wozu sie sich überhaupt so ereifert hatte. Sie konnte nicht das Geringste tun, um den Lauf der Dinge zu ändern. »Wahrscheinlich«, seufzte sie. »Wie gesagt, es ist nicht so, als könnte diese Technologie nicht auch etwas Gutes haben. Mir geben nur die möglichen langfristigen Folgen zu denken. Die Konsequenzen, die wir unmöglich vorhersagen können, werden unsere Kinder oder Kindeskinder treffen.«

Li knurrte und schlug mit der Faust aufs Lenkrad. Der Verkehr war wieder ins Stocken geraten. »Wie spät ist es?«, fragte er.

»Schon kurz nach halb fünf.«

Er schüttelte den Kopf. »In diesem Tempo brauchen wir bis heute Abend. Er ließ das Fenster herunter, pflanzte das Rotlicht aufs Dach, schaltete es ein und aktivierte die Sirene. »Festhalten«, sagte er und begann sich aus dem Verkehrschaos auf die Fahrradspur zu schieben, wo er Tempo zulegte, bis die Fahrräder in panischer Angst zur Seite stoben. Er warf ihr einen kurzen Blick zu. »Würde Sie es auch stören, wenn ich eine Zigarette rauche, solange das Fenster unten ist? Nach allem, was Sie mir erzählt haben, kann es unmöglich so schädlich sein wie essen.«

»Darauf würde ich mich nicht verlassen«, erwiderte sie. »Sie würden mir nicht glauben, was für Gene man schon in Tabakpflanzen eingebaut hat.«

II

Der große gepflasterte Vorplatz des Pekinger Bahnhofs war zur Stoßzeit gesteckt voll mit Pendlern. Zwei moderne Uhrentürme erhoben sich, von einer gigantischen digitalen Leuchtanzeige getrennt, über der breiten Treppe zum Haupteingang, wo unter dem wachsamen Auge uniformierter Polizisten das Gepäck durch ein Röntgengerät geschleust wurde. Li schob den Jeep mit der Schnauze über den Gehweg und auf den Platz, wobei er sich hupend mit Taxis und Bussen anlegte. Mittlerweile hatte er die Sirene wieder ausgeschaltet und das Rotlicht vom Dach geholt. Er war also nur ein anonymer Pekinger Bürger in einem Pekinger Jeep.

Ein paar Mädchen waren gerade dabei, mit altmodischen Reisigbesen und neumodischen Schaufeln, die ihre Mäuler aufrissen und zuklappten wie hungrige Hunde, den Müll zusammenzufegen, und brüllten dem Jeep Verwünschungen entgegen, weil sie von ihrem Platz vertrieben wurden. Sie waren bestimmt nicht älter als siebzehn oder achtzehn und trugen unförmige blaue Overalls und weiße T-Shirts. Mund und Nase hatten sie mit großen hellblauen Tüchern verhüllt, um sich vor dem Staub zu schützen, der beim Fegen vom Beton aufstieg. Rote motorisierte Gepäckwagen schlängelten sich zwischen den Menschen hindurch. Die Koffer rundum aufgestapelt, saßen Gruppen von Reisenden geduldig im Schatten schwarzer Schirme auf den Stufen. Margaret folgte Li in die Schalterhalle im Westflügel des Bahnhofs.

Von den Schalterluken an der Rückwand der Halle wanden sich lange Warteschlangen über die Fliesen. Über jedem Fenster war in chinesischen Schriftzeichen das Fahrziel angegeben, und Margaret fragte sich, woher ein ahnungsloser ausländischer Tourist wissen sollte, an welchem Schalter er sich anstellen musste. Eine eigenartig abgehackte nasale Frauenstimme dröhnte monoton über das Stimmengewirr hinweg und meldete abfahrende und ankommende Züge. Li stellte sich hinten in einer Schlange an und begann augenblicklich, ungeduldig mit dem Fuß zu klopfen.

»Wohin fährt Ihr Onkel eigentlich?«, fragte sie, eher um irgendetwas zu sagen als aus echtem Interesse.

»Nach Sichuan«, antwortete er zerstreut.

»Da kommt Ihre Familie her, richtig?«

»Er besucht erst meinen Vater in Wanxian, dann fährt er weiter nach Zigong, um mit meiner Schwester zu sprechen.«

Etwas an der Art, wie er das Wort »sprechen« betonte, erregte ihre Neugier. »Gibt es Probleme?«

»Sie ist schwanger.«

»Und das ist ein Problem?«

»Sie stellen zu viele Fragen.«

»Ich muss meine Nase eben überall reinstecken.« Sie wartete ab.

Er seufzte. »Sie hat bereits ein Kind.« Er bemerkte Margarets verblüfftes Stirnrunzeln. »Sie haben noch nie von der chinesischen Ein-Kind-Politik gehört?«

»Ach so.« Ihr dämmerte etwas. Natürlich hatte sie davon gehört. Und sie hatte sich immer gefragt, wie es möglich war, eine solche Politik durchzusetzen. »Was kann einer Frau denn passieren, wenn sie ein zweites Kind bekommt?«

»Wenn man heiratet«, erklärte er, »wird man gebeten, eine öffentliche Zusicherung abzugeben, dass man nur ein Kind bekommen wird. Man unterschreibt eine so genannte ›Verpflichtungserklärung‹. Im Gegenzug erhält man finanzielle und andere Privilegien – bevorzugte Behandlung bei der Ausbildung und bei der medizinischen Versorgung des Kindes, ein höheres Einkommen, eine bessere Wohnung. Gleichzeitig wird starker Druck ausgeübt, sich sterilisieren zu lassen. Wenn man dann trotzdem mehr als ein Kind bekommt, verliert man alle Vorzüge und möglicherweise sogar die Wohnung.« Er schüttelte langsam und offenkundig besorgt den Kopf. »Und während der zweiten Schwangerschaft wird zusätzlich Druck ausgeübt, psychologischer, manchmal auch physischer Druck, das Kind abtreiben zu lassen. Die Konsequenzen können so oder so schrecklich sein.«

Margaret versuchte sich auszumalen, die amerikanische Regierung würde den Menschen vorschreiben wollen, wie viele Kinder sie bekommen durften. Es ging nicht. Aber gleichzeitig wusste sie, welche Folgen ein ungehindertes Bevölkerungswachstum in einem Land haben konnte, in dem bereits ein Viertel der Weltbevölkerung lebte. Hungersnöte, wirtschaftlicher Niedergang. Es war eine grausame Zwangslage. »Wird sie das Kind bekommen?« Er nickte. »Und hat sie mit ihrem Mann zusammen diese ›Verpflichtungserklärung‹ unterschrieben?«

»Ja.«

»Warum ist sie dann so fest entschlossen, noch ein Kind zu bekommen?«

»Weil das erste Kind ein Mädchen ist.«

Margaret verzog das Gesicht. »Und? Was ist schlecht an einem Mädchen? Manche Menschen wären der Meinung, dass sie einem Buben eindeutig vorzuziehen sind.« Sie grinste. »Und meiner bescheidenen Meinung nach spricht manches für diese Ansicht.«

»Nicht in China.«

Sie sah, dass es ihm ernst war. »Mein Gott. Warum denn nicht?«

»Ach, das ist nicht leicht zu erklären.« Er wedelte in einer Geste der Vergeblichkeit mit der Hand. »Es hat mit dem Konfuzianismus und dem althergebrachten Glauben der Chinesen an Ahnenverehrung zu tun. Aber vielleicht spielt ein ganz praktischer Grund die wichtigste Rolle. Traditionell zieht ein Sohn nach der Hochzeit mit seiner neuen Frau in das Haus seiner Eltern, und wenn die Eltern älter werden, sorgt das junge Paar für sie. Wenn man dagegen nur eine Tochter hat, dann wird die bei den Eltern ihres Mannes wohnen, und man hat im Alter niemanden, der für einen sorgt.«

»Aber wenn alle nur ein Kind bekommen und alle Kinder nur Söhne sind, dann wird es keine Frauen geben, die der nächsten Generation Leben geben.«

Er zuckte mit den Achseln. »Ich sage nur, wie es ist. Die Waisenhäuser sind voller kleiner Mädchen, die auf irgendeiner Türschwelle abgelegt wurden.«

»Ihr Onkel wird ihr also ausreden, das Kind zu bekommen?«

»Ich weiß nicht, was mein Onkel ihr raten wird. Ich weiß nicht mal, ob er das selbst schon weiß. Aber was er ihr auch sagt, sie wird auf ihn hören, mehr als sie auf irgendwen sonst hören würde.« Er streckte sich, um die Schlange zu überblicken. Sie schienen keinen Zentimeter vorangekommen zu sein. »Das bringt doch nichts.« Er zog die Mappe mit seinem Polizeiausweis aus der hinteren Hosentasche und drängte sich an den Kopf der Schlange vor.

Margaret verfolgte aus der Ferne, wie einige Wartende ihn zu beschimpfen begannen. Lächelnd sah sie, wie er sich umdrehte und ihre Proteste mit ein paar scharfen Worten und seinem erhobenen Ausweis zum Verstummen brachte. *Aber manche sind gleicher als andere*, dachte sie voller Ironie.

Das Ticket in der Hand, kam er mit schnellen Schritten auf sie zu, und sie folgte ihm hinaus auf den übervollen Vorplatz. »Bitte entschuldigen Sie, aber ich muss meinem Onkel erst die Fahrkarte bringen.« Er sah zu dem näheren der beiden Uhrentürme auf. »Sein Zug fährt schon in drei Stunden.«

»Wie lange wird er wegbleiben?«

»Ach, morgen Abend ist er wieder da.«

»Ein kurzes Gespräch.«

Li zog die Schultern hoch. »Er wird ihr sagen, was er zu sagen hat, und dann wieder abfahren. Letzten Endes ist es ihre Entscheidung.«

Sie stiegen in den Jeep. »Was sollte sie *Ihrer* Meinung nach machen?« Sie musterte ihn genau, denn seine Erwiderung interessierte sie sehr.

»*Meiner* Meinung nach hätte sie nicht schwanger werden sollen«, sagte er.

»Das ist keine Antwort auf meine Frage.«

Er sah sie ernst an. »Es ist nicht mein Problem. Ich habe selbst genug am Hals.« Und sie merkte, wie er einen Schleier über einen Teil seines Wesens zog, den er auf keinen Fall offenbaren wollte.

Als er den ersten Gang einlegte und losfuhr, musste er

gleich darauf scharf bremsen, weil eine Frau von etwa dreißig Jahren einen Kinderwagen vor ihrer Kühlerhaube vorbeischob. Es war ein merkwürdiger, unförmiger Kinderwagen aus Holz mit zwei sich anblickenden Bänken und einem kleinen rechteckigen Tisch dazwischen. Selbst gemacht, hätte Margaret vielleicht geglaubt, hätte sie nicht schon mehrere davon gesehen. Doch nur eine Bank war besetzt. Die andere, leere, war ein plastisches Symbol für die Frustrationen, denen chinesische Eltern ausgesetzt waren. Li schien das gar nicht wahrzunehmen; er wartete nur darauf, dass die Mutter an ihnen vorbeiging, die sie dabei wütend ansah. Dann legte er den Gang ein zweites Mal ein und zwängte den Jeep auf den westwärts fließenden Verkehrsstrom auf der Beijingzhanxi-Straße.

III

Singvögel in Bambuskäfigen hingen an den Nadelbäumen und jubelten mit den jaulenden Rezitationen von Arien aus der Pekingoper um die Wette. Die Stimmen in östlichen Dissonanzen vereint, sang eine Gruppe von etwa zwölf alten Männern, begleitet vom Zupfen und Sirren uralter chinesischer Instrumente, hinter den bebenden Glyzinien in jener Pergola, in der Li gestern einen betrunkenen Jugendlichen dabei beobachtet hatte, wie er Alkohol aus einer Plastikflasche trank. Derselbe weiß bekittelte Barbier wie gestern schnippelte unter den Bäumen an seinen Kunden herum und ließ Flocken schwarzen Haares auf die sonnendurchglühte, staubige Erde segeln. An den Baumstämmen lehnten Fahrräder, deren Besitzer sich zum Karten- oder Schachspiel zusammengesetzt hatten. Irgendwo in der Ferne, aus den Tiefen des Parks, dröhnte insistenter und deplazierter Disco-Beat.

Li und Margaret wanderten durch das scheckige Licht des sonnigen Spätnachmittags. Li erzählte: »In diesem Park gibt es einen See, den Jadesee, in dem das Schwimmen offiziell erlaubt ist. Im Winter friert er zu, und man kann darauf Schlittschuh laufen. Doch an einer Seite wird ein Loch ins Eis gehackt, damit die Badenden ins eisige Wasser tauchen können. Mein Onkel tut das jeden Morgen.«

Margaret bibberte bei dem bloßen Gedanken. Li legte eine Hand auf ihren Arm, um sie zur Ruhe zu bringen. Sie sah kurz zu ihm auf und folgte dann seinem Blick zu einem Mann mit dunklem, lockigem Haar, der mit leicht gespreizten Beinen im Schatten stand und ganz langsam ein Schwert über seinem Kopf schwang, ehe er die Spitze in einem langen Bogen um hundertachtzig Grad auf den Boden senkte. In perfekter Zeitlupe rotierte er auf dem Ballen eines Fußes, das andere Bein an die Brust gezogen, und schwang in der Drehung das Schwert hoch und am Körper vorbei nach rechts außen, bis die Klinge genau auf Li und Margaret zielte und er den erhobenen Fuß mit lautem Stampfen aufsetzte. Der Alte sah sie wütend und mit zornig brennenden Augen an, um dann in ein breites Grinsen auszubrechen. »Li Yan«, sagte er. »Hast du meine Fahrkarte besorgt?«

Li zog die Fahrkarte aus der Tasche und streckte sie ihm beim Näherkommen entgegen. »Der Zug fährt um acht.«

Der Alte Yifu sah an ihm vorbei auf Margaret. »Und Sie sind bestimmt Dr. Campbell«, sagte er in fast akzentfreiem Englisch. Er senkte das Schwert und reichte ihr die Hand. »Ich bin sehr erfreut, Sie kennen zu lernen.«

Margaret schüttelte seine Hand, überrascht, dass dieser grinsende, verhutzelte, Schwerter schwingende Alte Lis legendärer Onkel Yifu sein sollte.

»Mein Onkel Yifu«, sagte Li.

»Ich habe schon viel von Ihnen gehört... Herr...« Margaret wusste nicht, wie sie ihn ansprechen sollte.

»Nennen Sie mich einfach Alter Yifu. Wenn man mein Alter erreicht hat, ist die Anrede ›Alt‹ für die Menschen ein Zeichen von Ehrerbietung.«

Margaret lachte. »Das wird mir bestimmt nicht leicht fallen. Bei uns in Amerika würde es als abfällig oder beleidigend gelten, jemanden als ›Alten‹ zu bezeichnen.«

Er nahm sie am Arm und führte sie zu dem niedrigen Steintisch, wo die Schachfiguren schon aufgebaut auf dem Brett standen. »Mag sein, aber in China wird man hoch geachtet, wenn man alt ist. Alter wird gleichgesetzt mit Weisheit.« Er grinste. »Bei uns gibt es ein Sprichwort: ›Alter Ingwer schmeckt am besten.‹ Bitte setzen Sie sich.« Er deutete auf einen mit Leinwand bespannten Klappstuhl. »Im Grunde müsste ich in meinem fortgeschrittenen Alter sehr weise sein. Und natürlich nimmt jeder das an.« Er legte sein Schwert auf dem Boden ab und ließ sich ihr gegenüber nieder, bevor er sich vertraulich über den Tisch beugte. »Ich wäre *wirklich* sehr weise, wenn ich mich an alles erinnern könnte, was ich mal gewusst habe.« Er seufzte traurig. »Das Problem ist, dass ich inzwischen eine ganze Menge vergessen habe.« Dann ergänzte er mit funkelnden Augen: »Darum lerne ich immer noch englische Vokabeln. Das hilft mir, die freien Stellen aufzufüllen, die all die vergessenen Dinge in meinem Kopf hinterlassen haben.«

»Also, wie man einer Dame schmeichelt, haben Sie jedenfalls nicht vergessen.« Sie erwiderte sein Lächeln, denn sie fand ihn schon jetzt ausgesprochen sympathisch.

»Pah«, meinte er wegwerfend. »Als würde mir das noch viel nützen.« Er zog eine Braue hoch und nickte zu Li hin. »Wenn nur mein Neffe ein wenig davon geerbt hätte. Aber er kommt ganz nach seinem Vater. Viel zu langsam in Herzensdingen.« Er sah Li an. »Wie alt bist du inzwischen, Li Yan?«

Li war peinlich betreten. »Du weißt genau, wie alt ich bin, Onkel.«

Mit verschmitzter Miene wandte sich der Alte Yifu wieder an Margaret. »Dreiunddreißig und immer noch ledig. Nicht einmal eine Freundin hat er. Wer stets nur strebend sich bemüht, wird früh schon alt und unbeliebt, das ist meine Meinung.«

Margaret verkniff sich ein Lächeln und weidete sich an Lis Verlegenheit.

»Zum Glück hat er wenigstens meinen Rat befolgt«, sagte der Alte Yifu.

»Welchen Rat?«

»Onkel, ich finde, du solltest jetzt heimfahren und packen«, mischte Li sich ein.

Der Alte Yifu beachtete ihn gar nicht. »Bei seinen Ermittlungen auf Ihre Hilfe zurückzugreifen.«

Li wünschte sich, der Boden würde ihn verschlingen. Margaret sah ihn mit hochgezogener Braue an und wandte sich dann wieder an den Alten Yifu. »Ach, das war also Ihre Idee, wie?«

»Nun... Sagen wir, ich habe ihn in dieser Richtung ermutigt.« Der Alte Yifu bleckte in einem breiten Grinsen die Zähne. »Jetzt begreife ich auch, warum es nicht *so* schwer war, ihn zu überzeugen. Er hat mir verschwiegen, wie attraktiv Sie sind.«

»Vielleicht empfindet er das anders.«

»Ach, ich glaube, wenn er anders empfinden würde, dann würde er jetzt nicht so rot werden.«

Li hatte das Gefühl, vor Verlegenheit dahinzuwelken. Seufzend und mit zusammengebissenen Zähnen starrte er durch die Bäume in die Ferne. Margaret amüsierte sich königlich.

Der Alte Yifu fragte: »Spielen Sie Schach?«

»Dazu hast du keine Zeit, Onkel. Dein Zug fährt um acht. Und es ist bereits halb sechs.«

»Natürlich habe ich Zeit.«

Margaret betrachtete das Spielbrett. »Ich glaube, das Schach, das Sie spielen, unterscheidet sich ein wenig von der Version, die ich kenne.«

»Nein, nein, nein. Es ist ganz ähnlich. Statt Ihrer geschnitzten Figuren nehmen wir diese hölzernen Scheiben. Die Zeichen darauf sagen uns, was für ein Stein es ist.«

»Sie kann keine chinesischen Schriftzeichen lesen, Onkel. Wenn die Steine erst mal die Ausgangsposition verlassen haben, wird sie nicht mehr wissen, was sie bedeuten.«

»Ich glaube, das ist kein Problem.« In Margarets Stimme schwang eine leise Schärfe mit. »Ich habe ein ziemlich gutes visuelles Gedächtnis.«

»Gut, gut.« Der Alte Yifu klatschte erfreut in die Hände und begann, ihr das Spielbrett und die Regeln zu erklären. Statt die Figuren von Feld zu Feld zu bewegen, zog man auf den Schnittlinien entlang. Es gab einen König, allerdings keine Dame, dafür aber zwei Leibwächter. Das vier Felder große Quadrat in der Mitte der Grundlinie begrenzte den Bewegungsraum des Königs – der bei jedem Zug im rechten Winkel ein Feld weiterwandern konnte. Die gleichen Regeln galten auch für die Leibwächter, die sich allerdings auch diagonal bewegen konnten. Die Bauern hießen Soldaten, der Springer wurde zum Pferd und bewegte sich genau wie beim Schach, nur dass er keinen anderen Stein überspringen konnte. Es gab ein paar Abweichungen, was Namen und Zugmöglichkeiten betraf, aber im Wesentlichen war es das gleiche Spiel, das Margaret in den Vereinigten Staaten spielte. Das Brett allerdings wurde in der Mitte horizontal von einem breiten Streifen durchschnitten, der einen Fluss darstellen sollte. Und man »schlug« die Figuren nicht, man »aß« sie.

Margaret bekam die roten Steine, der Alte Yifu die schwarzen. Li hatte sich damit abgefunden, dass das Spiel stattfinden würde, lehnte sich seufzend mit dem Rücken gegen den Stamm des Baumes, der das Spielbrett überschattete, und verschränkte die Arme. »Wie gefällt dir dein Büro?«, fragte der Alte Yifu, während Margaret den ersten Zug machte.

»Gut«, antwortete Li.

»Gut? Nur *gut*? Der *Fengshui*-Mann hat mir seine Pläne gezeigt. Ich finde sie exzellent. In diesem Büro wirst du hervorragend arbeiten können.«

»Ja, natürlich. Vielen Dank, Onkel.«

Der Alte Yifu sah Margaret spitzbübisch an. »Ich höre da eine gewisse Skepsis heraus. Er hält seinen Onkel für einen abergläubischen alten Narren.«

»Dann ist er der Narr«, sagte Margaret. »*Fengshui* oder nicht, meiner Meinung nach sind all diese Veränderungen durchaus angebracht.«

»Natürlich. Aberglaube erwächst aus der Ausübung von Wahrheiten. Nicht umgekehrt.« Er brachte sein Pferd ins Spiel. »Sie sind dran.« Und während sie über ihren nächsten Zug nachsann, sagte er: »Ich habe die Amerikaner immer sehr bewundert. Wie die Chinesen sind sie ein sehr praktisches Volk. Aber sie sind außerdem noch Träumer, die versuchen, ihre Träume wahr zu machen. Was keineswegs praktisch ist.« Er zuckte mit den Achseln. »Doch andererseits ist es ihnen gelungen, so viele ihrer Träume wahr werden zu lassen. Ich finde, es ist gut, einen Traum zu haben. Auf diese Weise hat man ein Ziel und kann sich auf etwas konzentrieren.«

»Ist das nicht ein etwas zu ›individualistisches‹ Konzept für ein kommunistisches System?« Margaret fuhr mit dem Wagen seitlich über die Grundlinie.

»Anderen Ideen gegenüber intolerant zu sein ist eine schlechte amerikanische Angewohnheit, der Sie nicht nachgeben sollten, Dr. Campbell. Man muss stets pragmatisch bleiben. Als junger Mann war ich selbst ein überzeugter

Marxist. Jetzt bin ich wohl eher ein Liberaler. Wir entwickeln uns alle weiter.«

»Hat nicht irgendwer gesagt, wer mit zwanzig kein Marxist ist, hat kein Herz, und wer mit sechzig nicht konservativ ist, hat keinen Verstand?«

Er lächelte erfreut. »Diesen Spruch kenne ich noch nicht. Er ist sehr klug.«

»Sehr paraphrasiert, finde ich. Ich weiß nicht, woher er kommt.«

»Die Wortwahl ist unbedeutend, solange die Bedeutung offenkundig ist. Und eine Wahrheit bleibt eine Wahrheit, ganz gleich, wer sie sagt.« Einer seiner Soldaten aß einen ihrer Soldaten.

Li seufzte theatralisch, um seine Ungeduld zu signalisieren, doch die beiden ignorierten ihn. Margaret rutschte mit ihrem Elefanten diagonal vor, aß einen Soldaten des Alten Yifu und bedrohte sein vorderes Pferd. Er war zu einem Abwehrzug gezwungen und musste ihr die Initiative überlassen. »Li Yan hat mir erzählt, dass Sie während der Kulturrevolution im Gefängnis waren«, sagte sie.

»Ach ja?«

Zu ihrer Enttäuschung zeigte der Alte Yifu keine Neigung, darüber zu sprechen. »Drei Jahre lang, hat Li Yan erzählt.«

»Wie es aussieht, erzählt er eine Menge.«

Sie hatten dabei keinen Augenkontakt. Beide konzentrierten sich ganz auf das Spielbrett, feilten an ihrem nächsten Zug und schoben hier einen Stein herum, übersprangen dort den Fluss.

»Sie waren bestimmt verbittert.«

Er aß ihren Elefanten. »Warum?«

»Sie haben drei Jahre Ihres Lebens verloren.« Sie stürzte sich auf das angreifende Pferd und öffnete seinen Wagen dadurch ihren Attacken. Wieder wurde er in die Defensive gezwungen.

»Nein. Ich habe damals viel über die menschliche Natur gelernt. Ich habe sogar mehr über mich selbst gelernt. Manchmal kann das Lernen ein schwieriger, fast schmerzhafter Prozess sein. Aber man sollte sich nie dagegen sträuben.« Er überlegte lange und versperrte dann mit seinem Leibwächter den Weg zu seinem Wagen. »Außerdem war ich nur anderthalb Jahre im Gefängnis.«

»Mir hast du immer erzählt, es seien drei gewesen«, mischte sich Li überrascht ein.

»Mein Körper war drei Jahre lang dort. Aber die Hälfte der Zeit habe ich geschlafen, und wenn ich geschlafen habe, habe ich geträumt, und wenn ich geträumt habe, konnte mich niemand dort festhalten. Denn in meinen Träumen war ich frei. Frei, meine Kindheit zu besuchen und mit meinen Eltern zu reden, frei, all die Orte zu besuchen, die ich in meinem Leben geliebt habe: die hohen Berge Tibets, das Gelbe Meer, das an die Ufer Jiangsus schlägt, das Hongkong meiner Kindheit, wo die Sonne blutrot im Südchinesischen Meer versinkt. An diese Dinge kann niemand rühren, die kann einem niemand wegnehmen. Solange man sie hat, hat man auch seine Freiheit.«

Margarets Blick zuckte vom Spielfeld hoch und erfasste den Alten Yifu, der sich allem Anschein nach immer noch ganz und gar auf das Spiel konzentrierte. Was für grauenvolle Erfahrungen musste er gemacht haben! Und doch hatte er sich entschlossen, die Vergangenheit positiv zu sehen. Vielleicht wären die Schilderungen von Folter und Verfolgung zu schmerzhaft oder zu einfach gewesen. Stattdessen erinnerte er sich lieber an die alltäglichen Fluchten von damals, mit denen er seine Hoffnung aufrecht und seinen Verstand gesund erhalten hatte.

»Ich bedaure nur«, sagte er, »dass ich während dieser Jahre von meiner Frau getrennt war. Danach blieb uns nur noch so wenig Zeit zusammen.«

Und sie sah, wie seine Augen feucht wurden und ihm das Blut in die Wangen stieg. *Mein Onkel hat ihren Verlust nie wirklich verwunden,* hatte Li ihr erzählt. Geschwind zog sie mit ihrem Pferd, um einen weiteren seiner Soldaten zu essen, wodurch sie das Tempo des Spiels und die Gesprächsstimmung veränderte. »Sie sind also in Hongkong aufgewachsen?«, fragte sie.

»Meine Familie stammte ursprünglich aus Kanton. Aber wir hatten seit fast zwei Generationen in Hongkong gelebt und waren für chinesische Verhältnisse durchaus wohlhabend. Li Yans Vater und ich waren in der Mittelschule, bis die Japaner einmarschierten und wir als Flüchtlinge nach China umsiedelten. Wir landeten schließlich in Sichuan, und dort habe ich die Mittelschule abgeschlossen, bevor ich an die amerikanische Universität in Peking ging.«

Er ließ sich ködern und beging den Fehler, ihr Pferd zu essen. Sie rutschte mit dem Wagen über zwei Drittel des Brettes. »Schach!«

»Mein Gott!« Der Alte Yifu schien ehrlich überrascht, dann sah er zu ihr auf und lächelte listig. »Jetzt verstehe ich«, sagte er. »So viele Fragen. Sie wollten mich nur ablenken.«

»Ich?« erwiderte Margaret mit Unschuldsmiene und gespieltem Entsetzen.

Der Alte Yifu brachte sein übrig gebliebenes Pferd ins Spiel und blockierte damit ihren Zugriff auf den König. Ihm blieb im Grunde nichts anderes übrig, auch wenn er dadurch seinen anderen Wagen ungedeckt ihrem Angriff aussetzte. Er schüttelte traurig den Kopf. »Ich kann meine Abdankung nahen sehen.«

Margaret aß vollkommen skrupellos seinen Wagen. »Sie haben in Ihrem Leben bestimmt schon viele Veränderungen mitgemacht.«

Doch er konzentrierte sich jetzt ganz auf seinen nächsten

Zug und antwortete erst, nachdem er mit dem Elefanten gezogen hatte, sodass der einen Soldaten bedrohte. »Alles hat sich verändert«, sagte er, »außer dem Charakter der Chinesen. Ich glaube, dass dies möglicherweise die einzige große Konstante bleiben wird.«

»Und was halten Sie vom heutigen China?«

»Es verändert sich weiter. Diesmal schneller. Ob zum Besseren oder zum Schlechteren, weiß ich nicht. Aber die Menschen haben mehr Geld in der Tasche, sie haben einen vollen Bauch und Kleider am Leib. Und jeder hat ein Dach über dem Kopf. Ich kann mich an Zeiten erinnern, in denen das anders war.«

Margaret lächelte. Es war ganz offensichtlich, durch wen Li beeinflusst wurde. Sie zog mit dem Pferd auf eine Position, wo sie den König des Alten Yifu bedrohte, falls er ihren Soldaten aß, und er seinen Elefanten verlor, wenn er es unterließ. »Ich habe irgendwo gelesen, dass in fünfzig Jahren, wenn der Niedergang des Westens weiter fortschreitet und der Osten sich weiter entwickelt, China das reichste und mächtigste Land der Erde sein wird.« Er tüftelte immer noch an seinem nächsten Zug. »Sind Sie auch der Meinung?«

Er nahm ihren Soldaten und gestand damit in letzter Konsequenz seine Niederlage ein. »Das ist schwer zu sagen. China hat eine sehr lange Geschichte; die heutige Epoche ist nur ein kleines Glied in einer langen Kette, die sich fünftausend Jahre zurück erstreckt. Das wird allein die Zeit erweisen. Als man Mao einmal gefragt hat, was er von der Französischen Revolution halte, hat er geantwortet: ›Es ist noch zu früh, das zu entscheiden.‹ Wie könnte ich da die Zukunft Chinas vorhersagen?« Er lächelte, als sie mit ihrem Wagen zog.

»Schachmatt«, sagte sie.

Er räumte seine Niederlage mit einem kurzen Achselzucken und einem Nicken ein, doch aus seinem Lächeln sprach aufrichtige Freude. »Herzlichen Glückwunsch. Ich bin seit vielen Jahren nicht mehr geschlagen worden. Man wird selbstgefällig. Ich freue mich schon auf weitere Partien gegen Sie.«

»Es wird mir ein Vergnügen sein.«

»Wenn nur mein Neffe ein so würdiger Gegner wäre.«

»Vielleicht hätte ich einen besseren Lehrer gebraucht...«, warf Li ein, getroffen durch den Tadel seines Onkels.

»Die Regeln kann man jedem Esel beibringen«, belehrte ihn der Alte Yifu. »Aber die Intelligenz, sie zu nutzen, muss er schon selbst mitbringen.« Er begann die Schachsteine in den alten Pappkarton zurückzulegen. »Außerdem kann ich es mir nicht leisten, hier mit dir zu plaudern und meine Zeit zu vergeuden. Ich muss zum Zug. Und ich muss mich beeilen.« Er zwinkerte Margaret zu.

IV

Der uniformierte Beamte sperrte ihnen die Tür auf und ließ sie in Chao Hengs Wohnung. Immer noch lag dieser eigenartige antiseptische Geruch in der Luft, bemerkte Li. Sie gingen um den mittlerweile mit weißem Kreppband markierten Blutfleck auf dem Teppich herum und traten ins Wohnzimmer. »Wonach suchen Sie eigentlich?«, fragte er Margaret.

Sie schüttelte den Kopf. »Das weiß ich nicht wirklich. Ich habe genau wie Sie das Gefühl, dass Chao Heng die zentrale Figur in diesem Fall ist. Ich weiß nicht, wie die beiden anderen damit verknüpft sind, aber sie kommen mir... irgendwie nebensächlich vor. Es muss irgendwas geben, das wir bis jetzt übersehen haben. Etwas, das wir schon über ihn wissen oder wissen sollten. Etwas in seiner Wohnung vielleicht. Etwas an seiner bizarren Hinrichtung.«

Li hatte dem Alten Yifu angeboten, ihn zur Wohnung zurückzufahren, doch der hatte sein Fahrrad dabeigehabt und erklärt, er habe bereits gepackt und brauche nur noch seine Tasche abzuholen. Er würde mit dem Taxi zum Bahnhof fahren, der sowieso gleich um die Ecke lag.

Die beiden hatten sich umarmt, ein merkwürdig anrührender Augenblick, vor allem, weil noch kurz zuvor solche Spannungen zwischen ihnen geherrscht hatten. Sie sprachen kaum etwas. »Richte Xiao Ling meine besten Grüße aus«, hatte Li gesagt.

Auf der Fahrt zu Chaos Wohnung hatte Li kein Wort gesprochen, denn er war mit den Gedanken, nahm sie an, ganz bei seiner Schwester und der Mission, die sein Onkel auf Geheiß seines Vaters unternahm. Jetzt, in der Wohnung selbst, wirkte er missmutig und zerstreut. Margaret wusste nur zu gut, wie schwer es manchmal war, sich auf die Arbeit zu konzentrieren, wenn einem persönliche Probleme zusetzten. Sie wusste, dass sie seinen Geist wieder in Gang bringen musste. »Sie glauben also, er hat hier draußen auf dem Balkon gesessen«, sagte sie, »und auf seinen späten Besucher gewartet?« Li nickte. Die Bierflasche und die Zigarettenstummel im Aschenbecher waren immer noch an Ort und Stelle. »Und die CD ist wo?«

Er ging durch das Zimmer zur Mini-Hifi-Anlage und entdeckte, dass die Jungs von der Spurensicherung vergessen hatten, sie auszuschalten.

»Können Sie mal das Stück auflegen, das zuletzt gespielt wurde?«

Er zuckte mit den Achseln, tippte die Stücke durch bis Nummer neun und drückte auf »Play«. Während die Sopranstimme durch die Wohnung schallte, schlenderte Margaret ans Regal und fuhr mit den Fingern über ein paar Buchrücken mit ihr bekannten Titeln. *DNA-infizierende Substanzen bei Pflanzen, Risiko-Abschätzung in der Biogenetik, Pflanzen-Virologie.* Titel, die auch daheim in Michaels Regal gestanden hatten. Dieselben Titel, die Li vierundzwanzig Stunden zuvor so befremdet hatten. Sie ließ die Hände in die eng geschnittenen Taschen ihres Kleides gleiten und trat hinaus auf den Balkon. Sie betrachtete die leere Bierflasche, die Zigarettenpackung und fragte sich, womit er seine Zigaretten wohl angezündet hatte. Dann fiel ihr das Feuerzeug ein, das sie unter seinen Habseligkeiten gefunden hatten. Und dann geschah etwas in ihrem Kopf, ganz spontan, eine Salve von elektrischen Funken stellte Verbindungen her, die ihr bewusst nie in den Sinn gekommen wären. All die Daten, die das Gehirn im Gefrierfach abgelegt hat und die von irgendeinem vorprogrammierten Instinkt aufgetaut werden. Sie konnte den *Jian Bing* schmecken, die salzige Süße der *Hoi-Sin*-Soße, das Brennen von Chili, die Schärfe der Frühlingszwiebel. Und sie sah Mei Yuans rundes, lächelndes Gesicht vor sich. Sie wirbelte herum, um festzustellen, wo Li abgeblieben war. Er hatte das Zimmer verlassen. Sie eilte in den Flur und rief nach ihm. »Hier drin«, antwortete er, und sie folgte ihm in die Küche.

»Mei Yuans Rätsel«, sagte sie.

Er sah sie verständnislos an. »Was ist damit?«

Sie schüttelte zornig den Kopf. »Ich bin noch am Nachdenken. Passen Sie auf.« Sie suchte nach den richtigen Worten. »Der Mann mit den zwei Stöcken. Wenn er die Bücher verbrennen würde, dann aus einem bestimmten Grund, richtig?«

»Um sie zu zerstören.«

»Ganz genau. Damit der Hüter der Bücher keinen Zugriff mehr darauf hätte. Er könnte nicht mehr feststellen, was darin gestanden hat.«

Li zog die Schultern hoch. »Und?«

»Und warum sollte jemand Chao Heng anzünden?«

»Damit es wie ein Selbstmord aussieht.«

»Nein. Das war nur ein Nebeneffekt. Ich habe mal eine Autopsie an der Leiche einer verbrannten Frau vorgenommen, die man aus einem Unfallauto gezogen hat. Wie sich herausstellte, hatte sie eine Kugel im Leib. Und das hat sie umgebracht. Der Kerl, der sie niedergeschossen hatte, hatte sie ins Auto gesetzt, es angezündet und im Straßengraben landen lassen. Damit wollte er vertuschen, dass er sie erschossen hatte. Vielleicht hat er geglaubt, die Flammen würden alle Beweise vernichten.« Sie fuhr mit den Händen durch ihr Haar. »Verstehen Sie, was ich meine?«

Li ließ sich das durch den Kopf gehen. »Sie glauben also, der Mörder wollte irgendwelche Beweise vernichten?« Er stutzte. »Beweise wofür? Chao ist weder erschossen noch erstochen worden, und ihm wurde auch nicht das Genick gebrochen. Er hat eins über den Kopf gekriegt und hatte Beruhigungsmittel im Blut. Wenn der Sinn der Übung war, ihn anzuzünden, um das zu verheimlichen, dann war der Mörder damit nicht besonders erfolgreich, nicht wahr?«

Margarets Gehirn arbeitete auf Hochtouren. Aber es drehte sich im Kreis. »Nein«, musste sie zugeben. »Nein, das war er nicht.« Sie hatte das Gefühl, für einen Moment etwas Kostbares und Flüchtiges in Händen gehalten und gleich wieder verloren zu haben. So wie wenn ein Gesicht in der Erinnerung zur Unkenntlichkeit verblasst ist und man es einfach nicht mehr vor Augen rufen kann. »Scheiße, ich weiß es einfach nicht«, sagte sie gedämpft. »Aber da ist irgendwas. Warum führen Sie mich nicht einfach mal durch die Wohnung? Nein, warum spielen wir die Ereignisse nicht einfach so nach, wie sie Ihrer Meinung nach abgelaufen sind?«

»Wozu?«

»Um die Sache aus einem anderen Blickwinkel zu betrachten. Vielleicht haben Sie irgendwas gesehen, das ich ganz anders sehen könnte. Vielleicht sehen Sie beim zweiten Mal etwas ganz anders als zuvor.«

Er war nicht überzeugt, dennoch zuckte er mit den Achseln und sagte: »In Ordnung.«

Sie legten also wieder *Samson und Dalila* auf und gingen auf den Balkon. Margaret setzte sich auf Chaos Stuhl, von wo aus sie in den Hof hinuntersehen konnte. Während Chao hier gesessen hatte, hatte sie sich in ihrem Hotelbett herumgewälzt, ging ihr auf. All das war nicht einmal achtundvierzig Stunden her. Als sie in China gelandet war, hatte er noch gelebt.

»Er muss die Scheinwerfer des ankommenden Autos gesehen haben«, erläuterte Li. »Der Aufzug war abgeschaltet, also muss er nach unten gegangen sein, um seinen Besucher hereinzulassen.«

»Dann gehen wir.«

Sie durchquerten das Wohnzimmer, und Li stellte die CD auf Pause.

»Wir kommen gleich wieder«, sagte er zu dem Polizisten im Gang.

Sie traten ins Treppenhaus und gingen die fünf Stockwerke nach unten. Das Tor am unteren Ende war verschlossen. »Haben Sie keinen Schlüssel?«, fragte Margaret irritiert.

»Nein. Der Mörder muss ihn mitgenommen und das Tor damit aufgeschlossen haben, als er Chao abtransportiert hat.«

»Und dann hat er hinter sich wieder abgeschlossen?« Irgendwie kam ihr das unwahrscheinlich vor.

»Vielleicht. Jedenfalls war es abgeschlossen, als wir gestern hier angekommen sind. Vielleicht hat aber auch einer der anderen Bewohner am Morgen entdeckt, dass es offen stand, und es abgeschlossen.«

Sie verdrehten die Hälse, weil sie um die Wand des Aufzugschachtes herum sehen wollten, doch sie versperrte ihnen absolut jeden Blick auf die Eingangshalle und die Haustür dahinter. »Chao hat seinen Besucher also erst gesehen, als er direkt vor dem Tor stand«, schloss Margaret. »Er hat nicht gesehen, wie er die Halle durchquert hat, und hat darum auch keinen Schreck gekriegt, dass es jemand anders war, als er erwartet hatte.«

»Moment mal. Da habe ich möglicherweise einen Fehler gemacht«, gestand Li unvermittelt. »Ich bin davon ausgegangen, dass Chao jemand anderen erwartet hat und dass ihm sein Mörder unbekannt war. Aber wenn es jemand war, den er kannte, ein neuer Lieferant vielleicht oder jemand, der ihm Jungs anschleppen sollte, dann hätte der Mörder zu diesem Zeitpunkt seine Absicht noch nicht zu erkennen geben brauchen.«

»Und falls Chao ihn gekannt hat, dann hat er ihn wahrscheinlich in seine Wohnung eingeladen«, ergänzte Margaret.

»Der Besucher hätte ihn also nicht mit vorgehaltener Waffe zum Hochgehen zwingen müssen.« Vielleicht war diese Übung doch nicht völlig nutzlos. Wie oft hatte sein Onkel ihm eingebläut, dass die Antwort fast immer im Detail lag.

Sie gingen die Treppen wieder hoch und in die Wohnung, wo sie vor dem Blutfleck auf dem Teppich stehen blieben. »Der Mörder hat offensichtlich keinen großen Wert auf höfliches Geplauder gelegt«, stellte Margaret fest. »Es sieht so aus, als hätte er Chao Heng eins übergezogen, sobald sie in der Wohnung waren. Die Ausmaße der Prellung und des Bruches könnten für Ihre Theorie sprechen, dass er vielleicht mit dem Pistolenlauf zugeschlagen hat. Danach muss er ihm sofort das Ketamin injiziert haben. Er konnte nicht wissen, wie fest er Chao Heng getroffen hatte und wie lange er bewusstlos bleiben würde. Also muss er ihm den linken Schuh ausgezogen, den Socken runtergerollt haben und auf Chaos ausgetretenen Nadelpfaden in die Vene vorgedrungen sein. Entweder hat er ihn also sehr gut gekannt, oder er hat ihn gründlich untersucht. Danach hat er den Socken wieder hochgerollt und den Schuh wieder angezogen. Und dann?«

»Dann hat er gewartet«, sagte Li.

»Warum?«

»Er muss ein paar Stunden vor der Morgendämmerung gekommen sein. Hier zu warten, war sicherer, als gleich in den Park zu fahren.«

»Also gut. Aber bei Sonnenaufgang musste er Chao schon in den Park geschafft haben.«

»Sagt man nicht, dass die Stunde vor der Morgendämmerung die Dunkelste ist?«, fragte Li.

»Schon«, erwiderte Margaret. »Und ich hatte in den letzten Nächten reichlich Gelegenheit, mich davon zu überzeugen.« Sie überlegte kurz. »Er ist also irgendwann zwischen drei und vier Uhr morgens mit Chao losgefahren. Um sein Opfer im Schutz der Dunkelheit in den Park schaffen zu können und um dort zu sein, wenn die Tore geöffnet wurden. Wie hat er ihn die Treppe hinuntergeschafft?«

»Wahrscheinlich auf seiner Schulter.«

»Über fünf Etagen? Dieser Typ muss wirklich in Form gewesen sein. Aber wir wollen nichts überstürzen. Er kann also bis zu zwei Stunden in der Wohnung geblieben sein, richtig? Hätte er da nicht irgendwelche Spuren hinterlassen? Beim Kaffee trinken, pinkeln oder Zigarette rauchen?«

Li zuckte mit den Achseln. »Ich persönlich vermute, dass er Handschuhe getragen hat. Einen Kaffee getrunken oder eine Zigarette geraucht hat er bestimmt nicht, denn er ist Profi. Falls er wirklich gepinkelt hat, ist das längst weggespült.«

»Ich würde mich trotzdem gern mal umsehen«, sagte Margaret.

Fast eine Viertelstunde brachten sie damit zu, die Wohnung Zimmer für Zimmer abzugehen, ohne irgendetwas zu finden, bevor sie schließlich ins Bad kamen. Es war noch genauso schmutzig, wie Li es in Erinnerung hatte. Die Cremes und Salben in halb ausgedrückten Tuben, der blutfleckige Rasierer, der besprenkelte Spiegel über dem Waschbecken. Die benutzten Handtücher hingen immer noch über dem Badewannenrand, waren aber inzwischen getrocknet. Margaret öffnete die Tür des Medizinschränkchens. »Jesus«, sagte sie und zog die Plastikröhrchen und Pillenfläschchen heraus. Sie sah Li an. »Wissen Sie, was das ist?«

Er schüttelte den Kopf. »Der Mann war krank.«

»Das war er ganz bestimmt.« Sie rasselte mit einer Flasche vor seinem Gesicht herum. »Epivir. Auch bekannt als 3 TC. Ein Reverse-Transkriptase-Hemmer. Wissen Sie, was das ist?«

»Keine Ahnung.«

»Reverse Transkriptase ist ein viruseigenes Enzym, das zur Replikation der DNA benötigt wird.« Sie schüttelte ein Plastikröhrchen, dass die Pillen darin herumklapperten wie getrocknete Bohnen. »Crixivan. Ein Protease-Hemmer; ein weiteres Enzym, das zur Replikation benötigt wird.« Sie nahm eine dritte Flasche in die Hand. »Und AZT. Also, im Westen gibt es kaum jemanden, der noch nicht davon gehört hat.«

Er tappte immer noch im Dunkeln.

»Zusammen eingenommen, bilden diese drei Medikamente die Kombinationstherapie, mit der man inzwischen das HIV-Virus bekämpft. Gemeinsam verhindern sie, dass das Virus sich reproduzieren kann.« Sie atmete durch. »Es sieht ganz so aus, als hätte unser Freund Chao Heng Aids gehabt.«

Auf der Fahrt nach unten beobachtete der Aufzugführer sie mit derselben aufdringlichen Neugier wie auf der Fahrt nach oben. Es störte ihn erkennbar, dass sie Englisch sprachen und er nicht mitbekam, was sie sagten.

Währenddessen begann Li sich insgeheim mit Margarets Idee anzufreunden, dass Chao verbrannt worden war, um irgendetwas zu vertuschen. »Glauben Sie, dass Chao vielleicht verbrannt wurde, weil damit verschleiert werden sollte, dass er Aids hatte?«

Margaret glaubte das nicht. Sie verwarf ihre ursprüngliche Annahme mit denselben Argumenten wie zuvor Li. »Falls ja, dann hat er keine gute Arbeit geleistet. Damit wir keine Blut- oder Gewebeproben zum Testen bekommen, hätte er sein Opfer wirklich zu Asche verbrennen müssen. Außerdem wird bei einer Autopsie normalerweise kein Aids-Test vorgenommen, es sei denn, es liegen irgendwelche Anhaltspunkte dafür vor. Und sie haben die Medikamente in seinem Bad stehen lassen. Das wäre ein ziemlich grober Schnitzer. Aber vor allem, was sollte das bringen? Warum sollte irgendjemand verheimlichen wollen, dass Chao Heng Aids hatte?«

Ihm fiel auch kein plausibler Grund ein. Er überdachte ihre Antwort noch einmal und runzelte die Stirn. »Warum sagen Sie ›sie‹, wenn wir doch ziemlich sicher sind, dass der Mörder allein war?«

»Weil er ein Auftragskiller war, richtig? Ich meine, darin sind wir uns doch einig, oder? Also hatte er persönlich nichts gegen seine Opfer. Jemand anders wollte sie aus dem Weg räumen. Eben ›sie‹. Es würde uns sehr weiterhelfen, wenn wir wüssten warum.«

Dies war einer der grundlegenden Unterschiede, dachte Li, zwischen der amerikanischen und der chinesischen Vorgehensweise. Die Amerikaner konzentrierten sich vor allem auf das Motiv. Die Chinesen zogen es vor, ihre Beweise Stein um Stein aufeinander zu schichten, bis das entstehende Gebäude in sich ganz und gar schlüssig war. Das »Warum« war kein Schlüssel zur Antwort, es war die Antwort selbst. Vielleicht konnten sie, indem sie zusammenarbeiteten, die Vorteile beider Systeme nutzen.

Sie inspizierten die Eingangshalle, prüften noch mal die Lampe über der Tür und folgten dann dem Weg des Mörders zu seinem Auto, wo jetzt Lis Jeep parkte. Mit einem prüfenden Blick nach oben stellte Margaret fest, dass die Bäume entlang des Gehwegs das Licht der Straßenlaternen abschirmten und dass der Mörder, wenn die Lampe über der Tür funktionsunfähig gemacht war, Chaos Körper in tiefem Schatten die fünf Meter zu seinem Fahrzeug tragen konnte.

»Können wir zum Park fahren?«, fragte sie. »Der Spur dieses Typen bis dorthin folgen, wo er den armen alten Chao angesteckt hat?«

»Wird Ihnen Chao Heng allmählich sympathisch?«, fragte er überrascht.

Margaret zuckte mit den Achseln. »Wahrscheinlich war er kein besonders netter Mensch, Li Yan. Aber er war dabei, an Aids zu sterben, und jemand hat ihn bei lebendigem Leib verbrannt. Ich weiß nicht, ob er das wirklich verdient hatte.« Sie hielt inne. »Und, fahren Sie mich zum Park?«

»Also gut.« Er stieg gerade rechtzeitig in den Jeep, um mitzubekommen, wie er über Funk gerufen wurde. Er meldete sich, und als Margaret auf der Beifahrerseite in den Wagen kletterte, lauschte er bereits stirnrunzelnd der übermittelten Nachricht.

»Wir müssen zurück in die Zentrale«, sagte er nachdenklich. »Der Chef will mich sehen. Dringend.«

»Weshalb?«

Er zog die Stirn in Falten. »Weiß ich nicht. Das haben sie nicht gesagt.«

V

Die Luft im obersten Stockwerk der Sektion Eins war zum Schneiden vor Zigarettenqualm und Anspannung. Margaret war aufgefallen, dass Lilys Fahrerin Shimei draußen auf der Straße in ihrem BMW wartete. Lily hatte sich in einer Ecke des Kripo-Büros niedergelassen und erwartete Margaret mit einem überheblichen Lächeln.

Li hatte sie gar nicht bemerkt. Als er in den Dienstraum der Kommissare trat, nahm er nur die Atmosphäre darin wahr. Er spürte Beklemmung, Angst, Erwartung. Bei seinem Eintritt sahen seine Kollegen zur Begrüßung mit grimmiger Miene zu ihm auf. »Was ist denn los?«, fragte er.

Wu antwortete ihm. »Die Nadel und so ein oberschlauer Anwalt sind beim Chef.« Er wartete eine Sekunde ab, bis Li die Neuigkeit verdaut hatte. »Und der Chef will Sie augenblicklich sprechen.«

Li blieb ungerührt. Er nickte, trat wieder in den Gang und marschierte geradewegs in Chens Büro. Margaret sah Lily in der Hoffnung auf eine Erklärung an. »Was ist denn los?«

»Stellvertretender Sektionsvorsteher Li hat gro-oßes Problem«, erklärte sie glücklich. »Ich komme Sie abholen. Warte schon sehr lange.«

»Gut, dann können Sie auch noch etwas länger warten«, fuhr Margaret sie an.

Die Nadel und sein Anwalt saßen in weichen Sesseln am Fenster. Der Anwalt war noch jung, etwa dreißig Jahre alt, und gehörte zu jener neuen Garde von Rechtsvertretern, welche die jüngsten Veränderungen im Rechtssystem – durch die den Angeklagten schon früher das Recht auf einen Anwalt zugestanden wurde – in klingende Münze umwandelten. Sein maßgeschneiderter Anzug und der teure Haarschnitt ließen ihn selbstbewusst und eitel wirken. Die Nadel musterte Li mit glimmendem Hass. Chen saß mit grauem und strengem Gesicht hinter seinem Schreibtisch.

Li nickte der Nadel und dem Anwalt freundlich zu. »Sie wollten mich sprechen, Chef?«

»Von diesem Herrn und seinem juristischen Beistand werden schwere Anschuldigungen gegen Sie erhoben, Li.« Chen sprach mit Grabesstimme. Er bat Li nicht, Platz zu nehmen.

Li zog erstaunt die Brauen hoch. »Was für Anschuldigungen denn?«

Der Anwalt mischte sich ein. »Sie haben meinen Mandanten gezwungen, Sie ins Pekinger Arbeiterstadion zu begleiten. Dort haben Sie eine einzelne Patrone in den Lauf eines Revolvers geschoben, diesen Revolver an die Schläfe meines Mandanten gesetzt und wiederholt abgedrückt, bis mein Mandant Ihnen erzählt hat, was Sie wissen wollten.«

Li lachte. »Sie nehmen mich auf den Arm! Einen *Revolver?*« Er sah Chen an. »Sie wissen, dass wir seit Urzeiten keine Revolver mehr einsetzen, Chef. Wir verwenden halbautomatische Pistolen, die den Beamten nur mit Ihrer Sondergenehmigung ausgehändigt werden.« Chen entspannte sich sichtlich. »Und welche Informationen könnte ich ihm wohl unter Zwang entreißen, die er als verantwortungsvoller Mitbürger nicht von sich aus mitteilen würde?«

»Du Scheißer!«, zischte die Nadel, doch sein Anwalt legte beschwichtigend die Hand auf seinen Arm.

»Aber Sie sind mit ihm ins Arbeiterstadion gefahren?«, erkundigte sich Chen.

»Natürlich. Aber ich habe ihn in keiner Weise gezwungen. Ich habe ihn im Hard Rock Café aufgesucht und gefragt, ob ich mit ihm reden könne. An die zweihundert Zeugen müssen gesehen haben, wie er aus freien Stücken mit mir nach draußen gekommen ist. Ins Stadion sind wir gefahren, um ungestört zu sein, schließlich war er nicht allzu versessen darauf, dass man ihn in der Öffentlichkeit mit einem Polizisten reden sieht.« Er wandte sich an die Nadel. »Das sei nicht gut fürs Image, haben Sie gesagt, nicht wahr?«

Die Nadel sah ihn zornig an. Sein Anwalt sagte: »Es gab eine Zeugin.«

Li zog die Stirn in Falten. »Eine Zeugin?« Und dann: »Ach, Sie meinen die ›Beobachterin‹. Dr. Campbell ist eine amerikanische Pathologin, die uns bei einem Fall hilft.«

»Wo ist sie, Li?«, wollte Chen wissen.

»Draußen im Büro.« Zum ersten Mal schien er sich nicht ganz wohl in seiner Haut zu fühlen. Bei einer genaueren Inspektion seiner so unverzagten Fassade hätten sich möglicherweise Haarrisse finden lassen. Chen nahm den Hörer und bat darum, Margaret in sein Büro zu bringen. Sie warteten in angespanntem Schweigen. Dann klopfte es an der Tür, und Margaret trat zaghaft ins Zimmer. Sie sah die Nadel, und ihr wurde augenblicklich schlecht.

Chen fragte: »Sprechen alle Anwesenden Englisch?« Der Anwalt der Nadel nickte. Chen wandte sich an Margaret. »Ich bedaure außerordentlich, dass wir Sie in diese Sache hineinziehen müssen, Dr. Campbell. Aber diese Herren hier erheben schwere Anschuldigungen, was das Verhalten des Stellvertretenden Sektionsvorstehers Li angeht. Vielleicht können Sie dazu beitragen, den Sachverhalt zu klären.«

Margaret spürte, wie ihr das Blut in die Wangen schoss. Sie sah kurz zu Li hinüber. Doch der wich ihrem Blick konsequent aus. »Natürlich«, sagte sie.

»Kennen Sie diesen Herrn?« Chen deutete auf die Nadel.

»Natürlich. Der Stellvertretende Sektionsvorsteher Li hat sich heute Morgen mit ihm unterhalten.«

»Wo?«

»Wir haben ihn im Hard Rock Café getroffen und...« Ihr Zögern war kaum hörbar, trotzdem hatte sie das Gefühl, es würde sich über Minuten hinziehen. »...sind dann zu irgendeinem Stadion gefahren.« Wieder warf sie Li einen Blick zu, doch dessen Miene verriet nichts.

»Was geschah dann?«

»Wir sind ins Stadion gegangen.«

»Und?«

»Das weiß ich nicht. Sie haben Chinesisch gesprochen. Ich weiß nicht, was sie gesagt haben.« Bis jetzt entsprach alles, was sie gesagt hatte, der Wahrheit.

Chen atmete tief durch. »Angeblich hat Li dort einen Revolver, den er mit einer einzelnen Patrone geladen hatte, an den Kopf dieses Mannes gesetzt und wiederholt abgedrückt. War dem so?«

Wieder schien ihr Zögern kein Ende nehmen zu wollen. »*Ich* habe nichts Derartiges gesehen«, antwortete sie schließlich. Das entsprach wenigstens teilweise der Wahrheit. Sie hatte den beiden schließlich den Rücken zugedreht, oder nicht?

Lange sagte niemand ein Wort. Margaret konnte gedämpfte Stimmen aus einem anderen Stockwerk und das entfernte Brummen und Hupen des Verkehrs auf dem Dongzhimennei-Boulevard hören. Die Nadel sah den Anwalt an. Sein Englisch hatte nicht ausgereicht, dem Wortwechsel zu folgen. Doch sein Anwalt saß steif und mit verkniffenen Lippen neben ihm. Chen beugte sich über seinen Schreibtisch zur Nadel vor und sagte: »Und jetzt verziehen Sie sich, verfluchte Scheiße, bevor ich Sie wegen falscher Anschuldigungen gegen die Polizei anzeige.«

Li war schockiert. Obwohl er Chen inzwischen viele Jahre kannte, hatte er ihn noch nie fluchen hören. Die Nadel wurde von dem Anwalt aus dem Sessel hochgezerrt und durchbohrte Margaret dabei mit hasserfüllten Blicken, bevor sie sich widerwillig zur Tür ziehen ließ. Die beiden Männer verließen den Raum.

Wieder blieb es lange still. Chen sah Li bitterböse an und fragte auf Chinesisch: »Was ist da los, Li?«

Li zog die Schultern hoch. »Ich habe nicht die leiseste Idee, Chef.«

»So wird bei uns nicht gearbeitet.«

»Natürlich nicht.«

Dann wandte sich Chen an Margaret und sagte auf Englisch: »Vielen Dank, Dr. Campbell. Sie haben uns sehr geholfen.«

Und gleich darauf wieder auf Chinesisch zu Li: »Wenn so etwas noch mal vorkommt, fliegen Sie hochkant raus.«

Im Gang fuhr Margaret Li an: »Ich möchte mit Ihnen reden.«

Er wusste, was jetzt kommen würde, und seufzte: »Kann das nicht warten?«

»Sofort!«

Sie marschierten in den Dienstraum der Kommissare, wo sich ihnen gespannte Gesichter entgegenreckten. Mit einem Gesicht wie Donnergrollen in den Gewitterwolken, die sich in der Hitze draußen auftürmten, marschierte Margaret geradewegs durch den Raum in Lis Büro. Widerwillig und zur Enttäuschung seiner Kollegen folgte Li ihr auf dem Fuß und schloss die Tür hinter ihnen.

»Sie Schwein!« Margaret spuckte ihn beinahe an. »Darum haben Sie mich heute Morgen also mitgenommen. Damit ich für Sie lügen kann!«

Li zog unschuldig die Schultern hoch. »Woher hätte ich wissen sollen, dass Sie für mich lügen würden?« Wütend kniff sie die Augen zusammen; am liebsten hätte sie mit aller Kraft auf ihn eingeschlagen und -getreten, um ihm so weh zu tun wie nur möglich. »Warum haben Sie es denn getan?«, fragte er nach.

Sie wandte den Kopf ab und zählte im Stillen bis fünf, um nicht die Beherrschung zu verlieren. »Gute Frage. Das würde ich selbst gern wissen. Ich glaube...« Sie versuchte, tief und ruhig zu atmen. »Ich glaube, weil ich nicht wollte, dass sich Ihr Onkel für Sie schämen muss.« Einer plötzlichen Eingebung folgend wirbelte sie mit blitzenden Augen herum. »Haben Sie mich etwa deshalb heute Nachmittag zu ihm mitgenommen? Damit ich ihn sympathisch finde und nicht möchte, dass er durch das Verhalten seines Neffen entehrt wird?«

»Natürlich nicht.«

»Ich kann nicht fassen, wie blöd ich war, dass mir heute Morgen nicht aufgegangen ist, wozu Sie mich in dieses Stadion mitgenommen haben. Sie *wollten* eine Zeugin. Jemanden von unanfechtbarem Ruf. Eine Person, von der Sie *wussten*, dass sie Sie nicht hängen lassen würde, ganz egal, ob sie Ihr Vorgehen billigt oder nicht.« Sie wartete auf irgendeine Reaktion. Es kam keine. »Wollen Sie das etwa leugnen?«

Er wusste nicht, was er darauf antworten sollte. Ein paar Sekunden stand sie mit glühenden Augen vor ihm, dann begann sie ganz unvermittelt zu lachen. Er sah sie verwundert an. »Was ist denn so komisch?«

»Sie. Nein, nicht Sie. Ich. Weil ich Sie tatsächlich für schüchtern gehalten habe. Und einfühlsam.«

»Das bin ich auch«, protestierte er, wobei sich ein Lächeln über sein Gesicht ausbreitete.

»Sie« – sie stieß mit dem Finger in seine Richtung – »sind ein egoistischer, unsensibler, berechnender, kaltschnäuziger Schweinehund. Und Sie werden mich sofort zum Essen einladen, weil ich verdammt noch mal am Verhungern bin!«

Als der BMW am Westrand des Tiananmen-Platzes nach Süden bog, war es sieben Uhr dreißig. Am Abendhimmel sammelten sich hohe, finstere Gewitterwolken. Das Licht war eigenartig rosa, so als wäre die Welt mit einem farbigen Film überzogen. Die Atmosphäre war drückend, die Hitze beinahe unerträglich. Heiße Böen fegten durch Menschengruppen auf dem Platz und ließen die Papierdrachen hoch in den blaugrauen Himmel über der Großen Halle des Volkes schießen.

Auch im Wagen war die Atmosphäre bedrückend. Lily war sichtbar verärgert, dass man sie nicht darüber ins Bild gesetzt hatte, was sich im Büro des Sektionsvorstehers Chen abgespielt hatte. Und es gefiel ihr noch weniger, dass man sie von der Verabredung ausgeschlossen hatte, die Li und Margaret für den Abend getroffen hatten. Margaret hatte Lily Peng gründlich satt, und ihr letzter Wortwechsel war knapp und heftig gewesen. Sie vermochte nicht mehr zu sagen, ob man Lily beauftragt hatte, sie zu überwachen, oder ob sie einfach nur anmaßend und sensationslüstern war. Als dritte Möglichkeit zog Margaret inzwischen in Erwägung, dass Lily vielleicht eifersüchtig war, dass sie sich insgeheim Hoffnungen auf den Stellvertretenden Sektionsvorsteher Li machte. Was immer auch der wahre Grund sein mochte, Margaret konnte es kaum erwarten, ihre Betreuerin abzuschütteln.

Sie bogen ab auf den Westlichen Qianmen-Boulevard und fuhren weiter in Richtung Universität, um Margarets Fahrrad abzuholen. Shimei, die unscheinbare Fahrerin, hatte versichert, dass es in den Kofferraum passen würde. Lily hatte darauf bestanden, Margaret zum Hotel zurückzufahren, und Margaret hatte ihr nicht widersprochen. Außerdem musste sie ins Zentrum für forensische Beweissicherung schauen und Professor Xie bitten, Chaos Blut auf eine Aids-Infektion zu testen. Anschließend würde sie auf einen Sprung ins Hotel zurückfahren, dort duschen, sich umziehen und dann ein Taxi nehmen, um Li in der Wangfujing-Straße vor dem Foreign Language Bookstore zu treffen.

Die Aussicht freute und begeisterte sie. Inzwischen vermochte sie überhaupt nicht mehr zu sagen, was sie für ihn empfand. Sie wusste nur, dass zum ersten Mal seit Monaten ihr Verstand gefordert war, ihre Emotionen erwacht waren und sie sich wieder lebendig fühlte.

8. KAPITEL

I

Mittwochabend

Der Himmel über dem Foreign Language Bookstore in der Wangfujing-Straße war Unheil verheißend dunkel, denn die Abenddämmerung verflüchtigte sich viel zu früh zwischen den schwarzen Wolken, die sich über ihnen ansammelten. Die Hitze war atemberaubend. Zum dritten Mal an diesem Tag durchtränkte der Schweiß Lis Hemd. Auf dem Weg vom Bahnhof hierher war ihm an einem Hochhaus eine digitale Anzeigetafel aufgefallen, auf der abwechselnd Uhrzeit und Temperatur aufleuchteten: 20:10 und 37°C. Irgendwann heute Nacht, das wusste er, würden Blitze den Himmel erhellen, Donner würde krachen und über die Stadt hinwegrollen, und es würde regnen. Sturzbäche von warmem Regen, der die Kanäle überschwemmen und den Staub der vergangenen Wochen wegwaschen würde. Und danach wäre es frischer, kühler, und man konnte endlich wieder atmen.

Nachdem er seinen Bericht für den Stellvertretenden Generalstaatsanwalt fertiggestellt hatte, war er ganz unerwartet am Bahnhof aufgetaucht, um seinen Onkel zum Zug zu bringen. Der Alte Yifu hatte erfreut gewirkt, ihn zu sehen. Überrascht, aber angenehm. Still und ernst war der Alte gewesen, und die beiden hatten sich die Hand gegeben, ehe Lis Onkel in den Sichuan-Express gestiegen war, wo er seinen Platz unter den rauchenden, essenden, spuckenden Reisenden einnahm, die sich in sein Abteil in der Dritten Klasse zwängten. Li hatte gewartet, bis der Zug vom Bahnsteig weggerollt war und im trüben Abendlicht Fahrt aufgenommen hatte. Eine abgrundtiefe Niedergeschlagenheit hatte sich über ihn gelegt wie eine vollkommen unerklärliche, düstere Vorahnung. Am liebsten hätte er den Zug zurückgerufen und seinen Onkel angefleht, nicht zu fahren. Dass seine Schwester und ihr Mann selbst auf sich aufpassen konnten. Sein Onkel kam ihm irgendwie so gebrechlich vor. Alt auf eine Weise, wie Li sie noch nie an ihm wahrgenommen hatte. *Ich bedaure nur, dass ich während dieser Jahre von meiner Frau getrennt war. Danach blieb uns nur noch so wenig Zeit zusammen*, hatte er Margaret erklärt. Noch nie hatte Li ihn so über seinen Verlust sprechen hören. Bis dahin hatte er seine Trauer immer tief im Herzen bewahrt.

Ein rotes Taxi hielt am Bordstein, und Margaret stieg aus dem Fond. Als Li sie sah, hob sich seine Stimmung. Sie hatte einen Hauch von Make-up aufgelegt, ihre Lippen wirkten warm und rot, und das leichte Braun auf ihren Lidern betonte dezent das Blau ihrer Augen. Jetzt trug sie eine leichte, luftige Baumwollhose, die ihren Hintern umschmiegte und an den Knöcheln schmal auslief. Ihre Füße steckten in weißen Tennisschuhen, und als Oberteil hatte sie eine kurzärmlige Bluse angezogen, die sie in den Hosenbund gesteckt hatte. Durch den Spalt ihres Dekolletees konnte man gerade noch den Ansatz ihrer dadurch umso voller wirkenden Brüste erkennen. Ihr Haar fiel in einer Kaskade von Kringeln und Locken über ihre Schultern. Mit einem strahlenden, gut gelaunten Lächeln kam sie auf ihn zugelaufen, und einen Moment glaubte er, sie würde ihm um den Hals fallen und ihn küssen. Der Gedanke bereitete ihm Unbehagen und Freude zugleich. Doch sie blieb kurz vor ihm stehen. »Hallo«, sagte sie.

»Hallo«, antwortete Li plötzlich verlegen. Er fand sie bezaubernd.

Schon als das Taxi angehalten hatte, hatte Margaret ihn vor dem Eingang der Buchhandlung stehen sehen. Auch er hatte sich umgezogen und trug nun ein rotes Hemd aus gebürsteter Baumwolle über rehbraunen Bundfaltenhosen. Rot stand ihm gut. Kräftig und lebhaft hob es sich von seinen tiefschwarzen Haaren ab. Irgendwie hatte er zerstreut gewirkt, während er auf sie gewartet hatte, und seine Miene hatte etwas Trauriges ausgestrahlt. Doch als er sie sah, hellte sich sein Gesicht auf, und als er lächelte, kitzelte es in ihrem Magen. Sie musste der Versuchung widerstehen, sich auf die Zehenspitzen zu stellen und ihn zu küssen, was die natürliche, instinktive Reaktion auf jenes Gefühl von Zuneigung gewesen wäre, bei dem ihr so schwach und warm zumute wurde. Stattdessen hakte sie sich bei ihm unter und sagte: »Und wohin gehen wir?«

»Nicht weit«, antwortete er und führte sie auf der Westseite der Straße nach Norden.

Die Wangfujing-Straße war *die* Einkaufsstraße in Peking, hier reihten sich große Kaufhäuser, Boutiquen, Fotostudios und Juweliere aneinander. Alle hatten noch geöffnet und machten gute Geschäfte dank der Heerscharen abendlicher Einkäufer, die sich auf den Gehwegen aneinander vorbeischoben und in die Fastfood-Restaurants drängten, um ihre schwer verdienten Yuan für etwas zu essen und unnützen Tand auszugeben. Trolleybusse, Taxis, Privatautos und Fahrräder verstopften die Fahrbahn. Die Ostseite der Straße wurde gerade auf der ganzen Länge neu gestaltet. Li erklärte: »Hier drunter wird gerade eine dreihundert Meter lange Straße auf drei Ebenen gebaut.«

»Wozu?«, fragte Margaret.

»Für noch mehr Läden. Zurzeit können die Chinesen ihr Geld gar nicht schnell genug ausgeben. Aber andererseits war die Wangfujing schon immer ein Platz für die Reichen. Sie ist nach zehn Wohnhöfen benannt, die hier während der Ming-Dynastie für Prinzen und Adlige erbaut wurden, und der dazugehörigen Süßwasserquelle.«

Plötzlich nahm Margaret ein rauchiges, süßes Aroma wahr, das in der stickigen Nachtluft hing. »Hmm«, sagte sie, »das riecht aber gut.«

Er lächelte, und sie bogen ab nach Westen in die Dong'anmen-Straße. Margaret blieb staunend stehen, um das farbenfrohe Bild in sich aufzunehmen. »Der Dong'anmen-Nachtmarkt«, erklärte Li.

Auf der Nordseite der Straße erstreckten sich, so weit das Auge blickte, unzählige Imbissbuden. Hunderte, vielleicht Tausende von Besuchern drängten sich davor und eilten von Bude zu Bude, um hier ein warmes Gericht, dort Geflügel am Spieß, in Butter gebratene Eier oder Nudeln zu kaufen. Unter Dutzenden von aufgespannten Zeltdächern, die dicht an dicht unter den Bäumen aufgestellt waren, sammelte sich der Rauch aus dem heißen Öl der riesigen, über offenen Grills aufgehängten Woks. Alle möglichen Speisen wurden hier gegart oder frittiert. Unförmige Kupferkessel auf heißen Platten ließen zischend ihren Dampf in den Nachthimmel aufsteigen und kochendes Wasser aus den langen Schnäbeln in Schalen mit fester, süßer Mandelpaste tropfen. Li lenkte Margaret mit sanftem Druck durch die Menge, vorbei an zahllosen Buden, die mit Fleisch- und Gemüsespießen, ganzen Fischen oder gegrillten, auf Ess-Stäbchen geschobenen Babywachteln mitsamt Kopf und Beinen beladen waren. Dutzende von Köchen in weißen Kitteln und mit weißen Mützen schwitzten über den auf heißen Kohlen dampfenden Bottichen und zogen Bambusgestelle voller gedämpfter Brötchen heraus, die teils mit pikantem Fleisch, teils mit süßer Lotuspaste gefüllt waren. Reis, Nudeln oder Suppe wurden in Schüsseln serviert, und überall am Straßenrand standen Eimer für das schmutzige Geschirr. Man kaufte, aß und trank, wo man gerade saß oder stand. Es war ebenso sehr ein Ort der Begegnung wie der leiblichen Genüsse, an dem sich ganze Familien mit ihren Freunden trafen, um unter den in den Bäumen aufgehängten Lichtern zu essen und zu plaudern.

Die Köche riefen Li und Margaret im Vorbeigehen zu und winkten sie herbei, ihre Angebote zu probieren. Ein Yuan pro Kostprobe, erläuterte Li. Die Einkünfte bemaßen sich nach dem Volumen des Verkauften. Es war ein Fest für die Augen wie für den Magen, und schon beim bloßen Anblick der vielen Speisen lief Margaret das Wasser im Mund zusammen. »Nehmen Sie sich, was Sie wollen«, sagte Li. »Sie brauchen nur darauf zu zeigen, dann holen wir es uns.«

Sie aßen Reis mit gegrilltem Saté in wunderbar würziger Erdnuss-Soße, gebratene Eier im Teigmantel, Nudeln und geraspeltes, süßsauer eingelegtes Gemüse. Zwischen den Gängen labten sie sich an großen, auf Ess-Stäbchen gespießten Wassermelonenstücken, die den Gaumen wieder neutralisierten. Sie probierten Spießchen mit mariniertem Schweinefleisch, andere mit Rindfleisch, mit Sesam und Soja paniert und frittiert, in Körnern gewälzte und über rot glühenden Kohlen geschmorte Ananasstückchen, Suppe und das Mandelpasten-Dessert.

»Stopp, Stopp! Ich kann nicht mehr«, wehrte sich Margaret schließlich lachend. »Bringen Sie mich weg von hier. Sonst platze ich.« Man konnte nirgendwo hinschauen, ohne probieren zu wollen.

Li grinste. »Ihre Augen sind größer als Ihr Magen.«

»Wenn ich nicht aufpasse, ist mein Magen so groß, dass er in kein einziges Kleid mehr passt.«

Ganz selbstverständlich und ohne darüber nachzudenken hängte sie sich an seinem Oberarm ein. Und als sie sich umdrehte, spürte sie, wie ihre Brüste über seinen Unterarm strichen, in einer winzigen, kitzligen, aufregenden Berührung, bei der sie tief in ihrem Inneren Lust aufkeimen spürte. Ihr war klar, dass ihm die Berührung ebenso wenig entgangen war, denn sie merkte, wie er sich anspannte. Sie ließ seinen

Arm los, und sie lösten sich unsicher und verlegen voneinander, bevor sie sich schließlich in Bewegung setzten. Im Geist überschlug sie, wie viel sie ausgegeben hatten. Alles in allem hatte Li für ihr Essen etwa fünfundzwanzig Yuan bezahlt, knapp über drei Dollar. Und mit einem stechenden Gewissensbiss fiel ihr ein, wie schlecht die Chinesen, verglichen mit den reichen Westlern, entlohnt wurden. Fünfundzwanzig Yuan waren für ihn wahrscheinlich ein Haufen Geld. Sie beschloss, dass beim nächsten Mal *sie ihn* einladen würde. Gemächlich schlenderten sie in Richtung der Verbotenen Stadt durch die Menge. Wieder nahm sie seinen Arm und sah zu ihm auf. Wie hatte sie ihn nur für hässlich halten können? »Wie kommt es, dass Sie nicht verheiratet sind?«, fragte sie.

Er kam weder aus dem Tritt, noch zuckte er mit der Wimper. »In China ist es politisch gewollt, dass die Menschen nicht so jung heiraten.«

Sie sah ihn skeptisch an. »Und darum haben *Sie* nicht geheiratet?«

Er wurde rot. »Eigentlich nicht. Wahrscheinlich bin ich nur noch keiner Frau begegnet, die ich heiraten wollte.«

»Polizisten«, stellte sie fest. »Sie sind doch überall auf der Welt gleich. Es ist nicht nur ein Job, nicht wahr? Sondern Ihr Leben.«

Bis vor ein paar Stunden hätte Li geglaubt, dass genau das auf ihn zutraf. Sein verwitweter Onkel war ihm stets ein Vorbild gewesen. Allein stehend, unermüdlich und letzten Endes erfolgreich. Seiner Tante war Li nie begegnet, und er hatte sich den Alten Yifu und seine Gemahlin nie wirklich gemeinsam vorgestellt. Wie sehr Yifu seine Frau vermisste, hatte Li allein daraus geschlossen, dass sein Onkel nie über sie sprach. Doch heute im Park hatte der Alte Yifu Margaret einen tieferen Einblick in sein Innerstes gewährt als seinem Neffen während der gesamten vergangenen zwölf

Jahre. Und zum ersten Mal hatte Li begriffen, dass es der Verlust seiner Frau war, der Yifu all die Jahre keine Ruhe gelassen hatte. Seine Arbeit und sein Streben nach Erfolg waren nichts als ein Mittel gewesen, um die Leere zu füllen, die ihr Tod hinterlassen hatte. All das hätte er liebend gern für fünf kostbare Minuten mit ihr zusammen hingegeben. Seitdem fragte sich Li, was *ihn* wohl antrieb. Wenn es in *seinem* Leben eine Leere gab, dann war sie von Anfang an da gewesen. Er konnte sich nicht daran erinnern, sein Leben jemals mit einem geliebten Menschen geteilt zu haben. Was wahre Liebe bedeutet, hatte er nie erfahren, denn schon als kleines Kind hatte man ihn von seinen Eltern getrennt, ihm die Mutter entrissen und sie nie wieder zurückgegeben. Sein Job, wurde ihm jetzt klar, war kein Leben, er war die Alternative zu einem Leben.

Margaret hatte mitbekommen, wie die Schwermut sich blitzschnell und einem Schleier gleich über ihn senkte, wie seine dunklen Augen tief und sehnsüchtig, beinahe melancholisch wurden. »Ich gebe Ihnen einen Yuan dafür«, sagte sie.

»Hmm?« Er sah sie zerstreut an.

»Für Ihre Gedanken.«

Er riss sich in die Gegenwart zurück und rang sich ein Lächeln ab. »Das wären sie nicht wert.« Und dann schnell, um das Thema zu wechseln: »Haben Sie Durst?«

Sie nickte. »Irrsinnig.« So viel salziges, süßes Essen.

»Wir gehen Tee trinken. Ich weiß auch schon wo.«

Die Sanwei-Buchhandlung lag in einer kleinen Seitenstraße abseits des Fuxingmennei-Boulevards, etwa auf der Höhe des Kulturpalastes der Nationalitäten. Hier war es dunkel, weit ausgreifende Laubbäume schirmten das Licht der Straßenlaternen ab, und der Straßenlärm auf dem Boulevard wurde von einer Baumreihe zwischen Gehweg und Fahrradspur gedämpft. Dunkle *Hutongs* verloren sich in einem Gewirr von staubigen, verfallenen *Siheyuan*-Höfen, die während des Baus an einem neuen Abschnitt der U-Bahn hinter hohen Bauzäunen verschwunden waren und nun nach langer Zeit wieder zum Vorschein kamen. Allenthalben waren die Familien aus den überfüllten, miefigen Kammern geflohen, die sie in den winzigen Häusern bewohnten, und auf die Gehwege geströmt, wo sie nun auf den Mauern hockten, Tee tranken und plauderten. In kleinen Gruppen hockten die Männer in der stickigen Hitze der Nacht beim Schachspiel unter den Bäumen, und die Kinder zehrten mit lärmenden Fangspielen auf den Bürgersteigen ihre überschüssige Energie und die Geduld ihrer Mütter auf.

Li und Margaret waren mit einem Bus der Linie 4 am unteren Ende der Wangfujing-Straße losgefahren. Für Margaret war es eine ganz neue Erfahrung – ausschließlich Stehplätze, eingezwängt zwischen fremden Leibern in einem langen Gelenkwagen, staunende Mienen, die sie mit ungenierter Neugier anglotzten. *Yangguizi* fuhren nie mit dem Bus. So etwas hatte es noch nie gegeben. Und diese hier war besonders auffällig. Blond und blauäugig. Ein winziges Kind, an die Mutterbrust gekrallt, konnte aus Angst, die fremdländische Teufelin könnte es entführen, die ganze Fahrt über nicht den Blick von ihr abwenden.

Sie verpassten die Haltestelle an der Fuxingmen und mussten ein Stück zurücklaufen, an den Gebäuden von Radio Peking und der Peking Telecom vorbei, ehe sie durch eine Fußgängerunterführung auf die dunkle, verfallene Südseite der Straße wechseln konnten. Das Sanwei, wörtlich übersetzt die »drei Geschmäcker«, wie Li erklärte, lag mit seinem unauffälligen Fenster und dem düsteren Eingang genau hinter einer Bushaltestelle. Eine an der Wand lehnende Tafel versprach jeden Donnerstagabend eine Jazzband. Margarets Meinung nach ein merkwürdiger Veranstaltungsort. »Das ist alles?«, fragte sie. »Eine Tasse Tee in einer Buchhandlung? Und wenn wir morgen kommen, werden wir zusätzlich mit Jazz beschallt?«

Er lächelte. »Der Teesalon ist oben.«

Dann führte er sie in die kleine Eingangshalle. Ein paar Stufen tiefer und hinter einer gläsernen Doppeltür lag die Buchhandlung mit ihren zahllosen Regalreihen voller Bücher, wo die Verkäufer gemütlich durch die Gänge schlenderten. Kunden waren nur wenige zu sehen. Sie bogen links ab durch eine Tür und stiegen über eine dämmrige Treppe hinauf in eine andere Welt.

Der Raum oben schien aus einer anderen Zeit zu stammen, so friedvoll und still wirkte er in seiner schummrigen Eleganz, klösterlich und unwirklich, eine Oase inmitten des feuchtwarmen Verfalls auf der Straße draußen. An der hohen Decke drehten sich Ventilatoren träge im Gleichtakt und hielten die Papierlaternen in Bewegung, die über den Tischen und Stühlen aus lackiertem, dunklem Holz baumelten. Auf der einen Seite verlief zwischen einer niedrigen Mauer und ein paar hohen Säulen ein schmaler Gang. Auf der anderen hatte man kunstvoll geschnitzte Stellwände so platziert, dass sie vertraulich wirkende Nischen bildeten. Auf allen nutzbaren Stellflächen grünten Topfpflanzen, und auf allen Tischen standen Vasen. An den Wänden hingen moderne wie auch traditionelle chinesische Gemälde.

Ein junges Mädchen hieß sie oben an der Treppe willkommen und führte sie über den gefliesten Boden an einen abgeschirmten Tisch. Außer ihnen war kein einziger Gast zu sehen. Das Rauschen des Verkehrs drang wie eine halb verblasste Erinnerung an ihr Ohr, und die Klimaanlage erlöste sie von der nächtlichen Hitze. Das Mädchen entzündete die Kerze auf ihrem Tisch und reichte jedem von ihnen eine Speisekarte. Margaret traute sich kaum laut zu sprechen; sie fühlte sich wie in einer Kirche. »Das ist ja unglaublich«, flüsterte sie. »Kein Mensch würde so was hier vermuten.«

»Hierher kommen viele Schriftsteller und Künstler«, erwiderte er. »Und Musiker. Am Wochenende ist es gesteckt voll, und normalerweise spielt auch Musik. Aber so früh in der Woche ist nichts los.« Das flackernde Kerzenlicht spiegelte sich in seinen Augen wie in glänzenden schwarzen Kohlen. »Was möchten Sie trinken?«

»Am liebsten Tee.«

Er bestellte, und das Mädchen brachte ein Tablett voller Leckereien, aus denen sie auswählen durften. Margaret entschied sich für ein Tellerchen mit gerösteten Sonnenblumenkernen. Der Tee wurde in bunt gemusterten Porzellantassen mit Deckel serviert, die auf tiefen Untertassen standen. Aus einem schweren, altmodisch aussehenden Messing-Teekessel wurde Wasser auf die grünen Blätter in ihren Tassen gegossen. Danach wurde der Kessel auf ihrem Tisch abgestellt, damit sie nach Belieben nachgießen konnten. Die grünen Blätter trieben an der Wasseroberfläche, wo sie sich voll sogen und dabei größer und fleischiger wurden. Li setzte die Deckel wieder auf die Tassen. »Wir müssen ein paar Minuten warten.«

Eine Weile saßen sie sich schweigend gegenüber. Es war kein beklemmendes Schweigen, weder verlegen noch unsicher, sondern ausgesprochen angenehm. Irgendwie schienen keine Worte nötig zu sein. Li schaute auf ihre Hände, die zusammengefaltet auf dem Tisch lagen. Es faszinierte ihn, wie rosa das Fleisch unter den Nägeln leuchtete, wie feingliedrig die Finger wirkten, die sonst mit Autopsie-Instrumenten hantierten und Leichen aufschnitten, um dem Tod seine Geheimnisse zu entreißen.

»Was in aller Welt hat Sie dazu getrieben, Ärztin zu werden?«, fragte er unvermittelt und beinahe ohne es zu wollen. Augenblicklich bereute er seine Frage, da er fürchtete, sie würde ihm den rüden Ton übel nehmen.

Doch sie lachte nur. »Warum? Ist das so schlimm?«

»Entschuldigen Sie«, sagte er. »Ich wollte nicht...« Er ließ den Satz unvollendet und schüttelte den Kopf. »Wissen Sie, als Sie Ihren Studenten verraten haben, dass ich auf Autopsien empfindlich reagiere, hatten Sie vollkommen Recht.«

Sie sah ihn überrascht an. »Sie haben doch bestimmt schon Dutzende miterlebt.«

»Habe ich. Und jedes Mal könnte ich kotzen.«

Sie musste lächeln. »Armer Mensch.«

»Ich kann mir einfach nicht vorstellen, wie jemand freiwillig so etwas tun kann. Tote aufschneiden. Oder auch Lebende. Ehrlich gesagt ist das wahrscheinlich noch schlimmer. Krankheiten und Krebs. Und ständig stirbt irgendwer.«

»Genau das hat *mir* so zugesetzt«, gestand sie. »Dass mir die Menschen unter den Händen wegsterben. Da hat man es mit den Toten viel leichter. An denen hängt man längst nicht so sehr.« Sie nahm den Deckel von ihrer Tasse und nippte an ihrem Tee. Er war immer noch sehr heiß und zugleich wunderbar erfrischend. »Früher habe ich geglaubt, die Medizin sei eine Berufung. Sie wissen schon, dass man dazu geboren sein muss. Inzwischen bin ich in der Beziehung ziemlich abgebrüht. Den meisten Ärzten, die ich kenne, geht es nur ums Geld. Schon seit ich denken kann, wollte ich immer nur Ärztin werden. Den Menschen helfen, Leben retten, Schmerzen lindern. Aber so läuft das nicht. Nie hat man genug Geld und nie genug Zeit. Wenn man fertig studiert hat, glaubt man, alles zu wissen, aber dann begreift man, dass man überhaupt nichts weiß. So viel man auch kann, es reicht nie aus.

Als ich im Universitätskrankenhaus in der Notaufnahme gearbeitet habe, ist fast jeden Tag jemand in meiner Obhut gestorben. Opfer von Messerstechereien, Überfällen, arme Schweine, die man aus Schrottautos gezogen hatte, überfahrene Kinder, Brände, Selbstmorde. Die ganze Palette. Bei manchen baumelten Arme oder Beine nur noch an einer

Muskelfaser. Andere waren von Kopf bis Fuß verbrannt, so schlimm, dass sie überhaupt nichts mehr gespürt haben. Diese Leute reden mit dir, und du weißt etwas, das sie nicht wissen – dass sie in ein paar Stunden nicht mehr am Leben sein werden. Man spricht viel über traumatisierte Patienten. Doch die meisten Ärzte sind genauso traumatisiert. Man kann das nicht unbegrenzt aufnehmen, Li Yan, ohne dass man sich irgendwann in eine Art Roboter verwandelt.

Die Toten? Die sind weg. Wohin, weiß ich nicht. Aber der Körper ist nur ein Gefäß, und ich kann ihn kaltblütig und ungerührt und mit klinischer Distanz sezieren, denn wer immer dieser Mensch auch gewesen sein mag, er hat seinen Körper verlassen.«

Ihr Tee kühlte allmählich ab, darum nahm sie diesmal einen tiefen Schluck und knabberte dann an ihren Sonnenblumenkernen.

»Ich glaube, Ärzte sind irgendwie ein bisschen wie Polizisten«, sagte Li. »Keinerlei Familienleben.«

Margaret warf ihm einen kurzen Blick zu, ehe sie die Augen wieder abwandte. »Nein«, bestätigte sie. »Kein Familienleben, das einen Funken wert wäre.«

Er nahm all seinen Mut zusammen und wagte sich in jenes unbekannte und möglicherweise tückische Terrain vor, dem er bereits zweimal nahe gekommen war. »Sind Sie und Ihr Mann deshalb geschieden?«

Sie stellte sich ganz offen seinem Blick. »O nein, wir sind nicht geschieden«, antwortete sie.

Das überraschte, verwirrte und enttäuschte ihn gleichzeitig. »Aber Sie haben doch gesagt, Sie sind nicht mehr...«

»Er ist tot«, unterbrach sie ihn.

»Oh.« Li begriff, dass er eben auf eine Landmine getreten war. »Das tut mir Leid.«

»Das braucht es nicht. Mir tut es nämlich nicht Leid.« Doch ihre Stimme war zum Zerreißen gespannt. Sie bremste sich und blieb ein paar Atemzüge still, während sie auf ihre Hände starrte. Dann sagte sie: »Michael war ein gut aussehender Mann. Alle Mädchen himmelten ihn an, und als wir uns verlobten, waren alle meine Freundinnen der Auffassung, ich müsste im siebten Himmel schweben. Ich glaubte das auch. Doch was weiß man mit vierundzwanzig schon vom Leben?« Sie atmete tief und bebend ein. »Er war ein paar Jahre älter als ich, darum habe ich wohl zu ihm aufgesehen. Er war so intelligent und konnte so leidenschaftlich in seinen Überzeugungen sein. Vor allem, wenn es um Genetik ging. Und ständig stieß er das Establishment vor den Kopf, indem er unbequeme Ansichten äußerte, ohne ein Blatt vor den Mund zu nehmen, auch wenn ihn das seine Karriere kostete. Darum musste er auch Vorlesungen an der Roosevelt halten, obwohl er es viel weiter hätte bringen können. Ich habe ihn für seine Prinzipientreue bewundert.« Bei der Erinnerung schlich sich ein Hauch von Zärtlichkeit und Melancholie in ihr Lächeln.

»Am Anfang saßen wir oft bis spät in die Nacht zusammen, rauchten Gras, tranken Bier und verbesserten die Welt. Wie Teenager. Im Grunde waren wir große Kinder.

Doch dann fraß uns das Leben allmählich auf. Jedenfalls mich. Sie wissen selbst, wie so was geht. Man bekommt seinen ersten Job. Man steht auf der untersten Sprosse der Leiter. Das wissen die da oben natürlich, darum lassen sie einen malochen bis zum Umfallen. Und man selbst weiß es auch, darum malocht man auch bis zum Umfallen, denn schließlich will man auf der Leiter höher klettern. Michael wollte Kinder, ich nicht. Noch nicht, jedenfalls. Ich wollte noch so viel erreichen im Leben. Ich wollte nicht alles wegwerfen, um nichts als eine Mutter zu sein. Für Kinder war später noch Zeit, so glaubte ich wenigstens.

Vielleicht war es also meine Schuld, dass er anfing, sich mit anderen Frauen einzulassen. Aber ich könnte mir vorstellen, dass er das schon von Anfang an getan hat. Ich hatte bloß keine Ahnung, bis bei der Verhandlung alles ans Licht kam.« Sie hielt inne, denn sie fragte sich, warum sie ihm das alles erzählte. Es kam ihr so leicht über die Lippen, es floss aus ihr heraus wie Blut aus einer offenen Wunde oder vielleicht wie Eiter aus einem geplatzten Geschwür.

Sie blickte auf und erkannte, dass er sie wie hypnotisiert mit seinen tiefen, dunklen und mitfühlenden Augen anschaute. Dann wurde ihre Aufmerksamkeit für einen Moment durch das Mädchen abgelenkt, das sie bedient hatte und nun gelangweilt zwischen den Tischen herumschlurfte, hier einen Stuhl zurechtrückend, den sie vielleicht schon ein Dutzend Mal zurechtgerückt hatte, dort ein Stäubchen von einer Tischplatte fegend und in Gedanken ganz bei einem Leben, von dem Li und Margaret nie etwas erfahren würden.

»Ich hätte es aus meiner Studentenzeit wissen müssen«, fuhr Margaret fort. »Immer gab es irgendeinen Dozenten, oft jünger als die anderen, wenn auch nicht notwendigerweise, den alle Mädchen anhimmelten. Und ein Semester lang, vielleicht sogar ein ganzes Jahr, hatte eine von ihnen dann eine leidenschaftliche Affäre mit diesem Mann. Sie hätten so vieles gemeinsam, erzählten sie ihren Freundinnen regelmäßig. Er sei so intelligent, so reif, so erfahren. Bis zum Ende des Jahres war das Mädchen dann regelmäßig erwachsen geworden und hatte den Kerl verlassen, woraufhin er im nächsten Jahr die nächste leidenschaftliche Affäre mit einer Studentin anfing, einem jungen Mädchen mit glänzenden Augen, das ihn für so intelligent, so reif und so erfahren halten würde.« Margarets Lächeln wirkte bitter und traurig. »Michael war so ein Dozent. Jedes Jahr eine neue Studentin oder auch zwei. Mit denen blieb er dann bis tief in die Nacht auf, rauchte Gras, trank Bier und verbesserte die Welt. Während ich als Assistenzärztin fünfundneunzig Wochenstunden schuftete, um endlich vorwärts zu kommen.« Ihre Augen füllten sich mit Tränen, und einen Augenblick lang bekam sie Panik, weil sie befürchtete, gleich loszuheulen. Sie blinzelte hektisch, und ein paar salzige Tropfen fielen auf die lackierte Tischplatte. Aus Verlegenheit leerte sie ihre Teetasse bis zu den dicken grünen Blättern, die zum Tassenboden abgesunken waren. Wortlos schenkte Li ihr Wasser nach, dann spürte sie, wie seine Hand sich tröstend, warm und trocken auf ihre legte. Sie blinzelte ihn an und lächelte tapfer. »Verzeihung, ich wollte wirklich nicht...« Sie seufzte. »Ich hätte gar nicht davon anfangen sollen.«

»Schon gut«, sagte er leise. »Erzählen Sie weiter, wenn Sie möchten. Und wenn nicht, dann hören Sie auf.«

Sie zog ihre Hand unter seiner weg, kramte ein Taschentuch aus ihrer Handtasche, tupfte sich damit die Augen trocken und atmete ein paar Mal tief durch, um sich zu beruhigen. »Ich habe erst davon erfahren«, sagte sie, »als die Polizei ihn verhaftet hat.« Sie erinnerte sich noch allzu gut an jenen Abend. »Damals habe ich für das Büro des Gerichtsmediziners in Cook County gearbeitet. Ich hatte bis tief in die Nacht zu tun. Als ich nach Hause kam, war Michael noch wach. Er hatte einen Haufen Gras geraucht und benahm sich ausgesprochen merkwürdig. Es hatte einen Mord auf dem Universitätsgelände gegeben, und zwar im Studentenwohnheim. Das Opfer war eine seiner Studentinnen, die erst vergewaltigt und dann totgeschlagen worden war. Wir hatten tags zuvor darüber gesprochen. Er schien ziemlich schockiert. Ich schlief irgendwann auf dem Sofa ein, und das Nächste, was ich mitbekam, war, dass die Polizei vor unserer Tür stand. Um sechs Uhr früh. Ich war noch völlig verschlafen. Ich begriff gar nicht richtig, was sich da abspielte. Sie haben Michael seine Rechte vorgelesen, ihm Handschellen angelegt und ihn mitgenommen. Er sagte immer nur: ›Ich war es nicht, Mags, ich war es nicht.‹« Sie sah zu Li auf, und in ihren Augen lag ein Anflug von etwas, das sich für ihn beinahe wie Scham ausnahm. »Und ich habe ihm geglaubt. Ich wollte es wenigstens.«

Sie schüttelte den Kopf. »Die Verhandlung war ein einziger Albtraum. Natürlich plädierte er auf nicht schuldig. Allerdings sprachen überwältigende forensische Beweise und die DNA-Tests gegen ihn. Die Anklage behauptete, er hätte getrunken und die Zurückweisung nicht ertragen, als das Mädchen ihn abblitzen ließ. Sie meinten, er sei es gewohnt gewesen, bei jungen Mädchen Erfolg zu haben, bei diesen attraktiven, leicht zu beeindruckenden Studentinnen, die ihm Jahr um Jahr zu Füßen lagen. Eine ganze Prozession davon zog durch den Zeugenstand und schilderte die jeweiligen Affären in bilderreichen Einzelheiten.« Sie brauchte ein paar Sekunden, um die Beherrschung wiederzufinden. »Entscheidend ist, ich wusste, dass sie die Wahrheit sagten. Mit jedem Wort. Genau so war Michael gestrickt. Ich war stinkwütend – auf mich selbst, weil ich das nicht selbst erkannt hatte. All das passte so gut zu Michael. Ich konnte nur nicht glauben, dass er ein Mörder war. Meine Familie, meine Freunde, alle waren meiner Meinung. Er war ein mieses Schwein. Klar. Aber jemanden umbringen? Michael? Nein, doch nicht Michael. Nicht der liebe, süße, kluge Michael mit all seinen großartigen liberalen Idealen und seiner Sorge um die gesamte Menschheit.

Ich unternahm also alles in meiner Macht Stehende, um die Beweise gegen ihn zu unterminieren. Das Blut, das Sperma, die am Tatort gesammelten Fasern. Alles war verunreinigt. Schlampige Polizeiarbeit, behauptete ich. Seine Verteidiger leisteten gute Arbeit. Aber sie waren nicht gut genug. Er war nicht O.J. Simpson. Die Allerbesten konnte er sich nicht leisten. Der Prozess dauerte drei Wochen und verschlang unseren letzten Penny. Wir verloren die Wohnung, das Auto. Ich zog zu einer Freundin.« Sie verstummte und versank eine Weile in Gedanken. »Die Jury befand ihn für schuldig, und er bekam lebenslänglich. Doch er behauptete immer noch: ›Ich war es nicht, Mags. Du musst mir glauben, ich war es nicht.‹« Ich fing also an, überall Geld zu borgen, um eine Berufung anzuleiern. Aber wir kamen nicht voran, und bei jedem meiner Besuche im Gefängnis wirkte er noch deprimierter. Und dann, eines Nachts, bekam ich einen Anruf. Er hatte sich in seiner Zelle erhängt. Er war tot. Alles war vorüber, und ich konnte weiterhin glauben, dass er unschuldig war. Das Opfer eines schrecklichen Justizirrtums. So bezeichneten es meine Verwandten und Freunde. Sie waren mir eine echte Stütze. Ich habe zwölf Stunden lang geweint, bis mir alles so weh tat, dass ich überhaupt nichts mehr gespürt habe.

Doch am nächsten Tag flattert mir dieser Brief ins Haus. In seiner Handschrift. Auf der Stelle war mir alles klar. Es war, als wäre er von den Toten auferstanden; dabei hatte ich mich noch gar nicht daran gewöhnt, dass er nicht mehr am Leben war. Es stand nicht viel drin.« Sie biss sich auf die Unterlippe und rief sich den Text ins Gedächtnis. »Liebe Mags, ich kann dir gar nicht sagen, wie Leid mir das alles tut. Aber ich kann einfach nicht so weiterleben. Ich wollte sie doch nicht umbringen. Bitte glaub mir das. Ich werde dich immer lieben. Mikey.« Große, stille Tränen rannen über Margarets Wangen. »Er konnte so nicht weiterleben. Aber er hat verflucht gut dafür gesorgt, dass ich es muss. Als wollte er die gesamte Schuld auf mich abwälzen. Er hat das Mädchen umgebracht. Erst hat er sie vergewaltigt, dann hat er immer und immer wieder auf sie eingeschlagen, bis er ihr den Schädel zertrümmert hat. Er hatte mich die ganze Zeit über angelogen. Warum hat er mich nicht noch ein letztes Mal anlügen können?« Sie steckte ihre Faust in den Mund und biss mit aller Kraft auf die Knöchel. Li beugte sich vor, zog die Faust sanft zurück und hielt ihre Hand, bis sie zu schluchzen begann und ihre Tränen in dicken, schweren Tropfen auf den Tisch fielen, wo sie im flackernden Kerzenlicht glitzerten.

Mehrere Minuten verstrichen, bis sie wieder sprechen konnte. Ihr Taschentuch war durchnässt, ihre Augen waren rot und geschwollen, die Wangen fleckig. »Ich habe noch keinem Menschen davon erzählt«, gestand sie. »Von dem Brief. Es war einfacher, alle weiterhin an seine Lüge glauben zu lassen oder ihnen wenigstens keinen Anhaltspunkt zu geben, weshalb sie es nicht tun sollten.«

»Hilft es?«, fragte er vorsichtig. »Dass Sie mir davon erzählt haben?«

»Es sieht vielleicht nicht danach aus.« Sie lachte heiser. »Aber so gut habe ich mich seit Monaten nicht gefühlt.«

Sie wusste nicht, warum sie ausgerechnet ihm davon erzählt hatte. Vielleicht, weil er ein Fremder war, der nicht das Geringste mit ihrem Leben daheim, mit ihrer Familie oder ihren Freunden zu tun hatte; vielleicht weil sie in ein paar Wochen in ein Flugzeug steigen würde, über den Pazifik zurückfliegen und ihn nie wiedersehen würde; vielleicht weil sie sich ihm nahe fühlte, weil die tiefen, dunklen Augen und die Empfindsamkeit darin sie anzogen. Und vielleicht, weil es höchste Zeit gewesen war, dass sie irgendwem davon erzählte. Egal wem. Sie hatte die Last ihrer Schuld, der Verletzung und der Verwirrung einfach nicht länger schultern können. Schon jetzt spürte sie, wie ihr das Gewicht abgenommen wurde. Sie war froh, dass sie es Li erzählt hatte, und in diesem Moment fühlte sie sich ihm enger verbunden als irgendjemandem sonst in den letzten Jahren.

Auch Li fragte sich, warum sie ausgerechnet ihm das erzählt hatte. Es war beinahe beängstigend, der Adressat einer so persönlichen Botschaft zu sein, die Qualen eines anderen so deutlich zu spüren. Doch gleichzeitig empfand er das als Privileg. Sie hatte ihm ihre verwundbarste Stelle offenbart, ihm ihr ganzes Vertrauen geschenkt, auch wenn sie in gerade mal fünf Wochen in ein Flugzeug steigen und aus seinem Leben verschwinden würde. In den dreiunddreißig Jahren seines Lebens hatte er sich noch nie derart zu einem Menschen hingezogen gefühlt wie zu Margaret. Er hatte Angst davor, etwas zu sagen oder zu tun, das diesen Augenblick womöglich verderben oder beenden könnte. Ihre Hand fühlte sich so klein in seiner an. Er strich mit dem Daumen behutsam über das Mekongdelta blauer Adern, das sich über den Handrücken ausbreitete, und spürte das Pulsieren ihres Blutes. Am liebsten hätte er sie ganz und gar an sich gedrückt, um ihre Lebendigkeit, ihre Wärme zu spüren und sie zu beschützen. Aber er unternahm nichts. Und sagte nichts.

Nach einer Weile seufzte sie leise und entzog ihm die Hand, um in ihrer Handtasche nach einem neuen Taschentuch zu suchen. Sie fand keines mehr. »Ich sehe bestimmt grässlich aus«, vermutete sie.

»Nicht schlimmer als sonst.« Er lächelte.

Sie erwiderte sein Lächeln, doch ihres war wässrig und verletzlich. »Ich glaube, jetzt könnte ich einen Drink vertragen«, befand sie. »Und zwar etwas Stärkeres als Tee.«

II

Draußen lag ein Gefühl von Erwartung in der Luft. Der Regen war so nahe, dass man ihn beinahe mit Händen greifen konnte. Immer noch drängten sich die Familien auf den Gehsteigen und unter den Bäumen, doch die Stimmung war gedämpfter: Die Kinder kuschelten sich in die Schöße der Mütter, die Spielkarten schienen wie erstarrt in den Händen zu liegen. Die Männer saßen schweigend und rauchend zusammen; der heiße Wind von vorhin hatte sich gelegt, und der Zigarettenrauch stieg in ungestörten Schnörkeln auf.

Staub und Feuchtigkeit hingen in der Luft, die von den Flutlichtern auf einer Baustelle jenseits der breiten Straße blau getüncht wurde. Große gelbe Kräne ragten reglos darüber auf und schienen auf die ersten Tropfen zu warten. Auf der Straße wälzte sich der Verkehr in endlosen, langsamen Schlangen dahin. In den Bäumen schrien die Zikaden. Alles und jeder, so konnte man meinen, wartete auf den Regen.

Li und Margaret spazierten langsam in Richtung Osten, vorbei an grell erleuchteten Friseurläden und kleinen Schuh- und Unterwäschegeschäften, aus deren Schaufenstern große, rechteckige Lichtteppiche auf das dunkle Trottoir fielen. In den kleinen Seitenstraßen war Lärm aus Restaurantküchen zu hören, wo inzwischen das Geschirr gespült wurde. Lis Hand umfasste ihre, und sie überließ sie ihm nur zu gern, denn die Wärme und Kraft seines Griffes spendeten ihr Trost und Mut. Er kenne eine Bar, sagte er, in Xidan. Dort würden sie etwas zu trinken bekommen. Schweigend wanderten sie weiter. Ihm schwirrte noch der Kopf von dem, was sie ihm gegenüber offenbart hatte. Sie hingegen war glücklich, an nichts denken zu müssen, den Kopf vollkommen frei zu haben; frei von Reue, Trauer, Schmerz. Sie kamen an einem kleinen Schuh- und Schlüsselreparaturdienst vorbei, durch dessen Fenster man in die Werkstatt blicken konnte, wo ein alter Mann in schmierigem Overall über einem letzten Auftrag schwitzte. Neben der Fräsmaschine hingen Reihen von ungeschliffenen Schlüsselmustern.

Margaret blieb stehen und zog ihre Hand aus Lis. Er drehte sich um und sah, wie sie konzentriert und mit angespannter Miene in das Fenster blickte. Er versuchte zu erkennen, was sie dort sah, konnte aber nichts entdecken als den Alten bei seiner Arbeit und die Schlüsselsätze an den verschiedenen Haken. »Was ist denn?«

Verzogen hatten sich die Wolken vor ihren Augen, die nun hell im Licht des Ladens erstrahlten. »Der Schlüssel«, sagte sie. »Der Schlüssel zu dem Tor unten an der Treppe. Der Mörder muss damit das Tor aufgeschlossen haben, richtig? Ob er hinterher abgesperrt hat oder nicht, ist unwichtig. Viel wichtiger ist, dass er ihn nicht im Schloss stecken oder auf den Boden fallen gelassen hat. Er muss ihn eingesteckt haben.«

Für Li kam das wie ein Blitz aus heiterem Himmel. »Moment mal. Langsam«, sagte er. »Wovon sprechen Sie?«

»Können wir in den Park fahren?«

»Was, jetzt?«

»Genau.«

»Aber es ist stockfinster. Und der Park ist geschlossen.«

»Das hat den Mörder nicht davon abgehalten, hineinzugelangen.« In ihren Augen loderte ein eigenartiges Feuer. »Bitte, Li Yan. Das könnte wichtig sein.«

Sie weigerte sich, das näher auszuführen, während sie mit dem Taxi zurück zur Sektion Eins fuhren, um einen Einsatzwagen und eine Taschenlampe zu holen. Vielleicht täuschte sie sich ja, schränkte sie ein. Sie wollte mit ihm den Tathergang nachstellen. Entweder würde dann alles zusammenpassen oder eben nicht. Er drang nicht weiter in sie.

Sie fuhren durch die menschenleeren Straßen des Gesandtschaftsviertels rund um den Ritan-Park, wo die Straßenlaternen von den Alleebäumen verdunkelt wurden und wo hinter hohen Mauern und verschlossenen Toren die Lichter der Botschaften blinkten. In der Guanghua-Straße, wo sich tagsüber Marktschreier und fliegende Händler drängten, waren die Parktore ebenfalls geschlossen, abgesperrt und abweisend. Dahinter lag in der Dunkelheit das düstere Grün des Parks.

»Das ist doch verrückt«, sagte Li. »Kann das nicht bis morgen früh warten?«

»Nein.« Margaret sprang aus dem Jeep und machte sich daran, über das Tor zu klettern. »Kommen Sie schon«, rief sie ihm zu. »Das geht ganz leicht. Und vergessen Sie die Taschenlampe nicht.«

Li seufzte und tat wie geheißen. Er fragte sich, ob er wohl auch so nachgiebig gewesen wäre, wenn sie ihm nicht vor einer Stunde dieses Geständnis gemacht und in ihm nicht diese intensiven Gefühle geweckt hätte... was für Gefühle eigentlich? Er hatte keine Ahnung. Etwas Vergleichbares hatte er noch nie empfunden.

Er kletterte problemlos über das Tor und landete mit einem Sprung auf der anderen Seite. Ein lang gestreckter, breiter Weg verlor sich, von Bäumen und Parkbänken gesäumt, nördlich von ihnen in der Dunkelheit. Sobald sie tiefer in den Park vorgedrungen waren und die Straßenlaternen sie nicht mehr erreichten, schaltete er die Taschenlampe ein, um sie durch das Geflecht von Pfaden zu lotsen, auf denen sie irgendwann an den See gelangen würden.

Der Park, der tagsüber so offen und freundlich wirkte, wenn Ruhe und Entspannung suchende Menschen ihn im Sonnenschein bevölkerten, erschien im Dunkeln eigenartig bedrohlich – Nachttiere raschelten im Unterholz, eine Eule heulte gespenstisch, und als sie sich dem See näherten, landete etwas mit einem Platsch im Wasser. Der süßliche Duft der Kiefern lag schwer in der schwülen Nachtluft, und die schlaff und leblos am Ufer stehenden Weiden ließen ihre Blätter im reglosen Wasser treiben. Der Strahl aus Lis Taschenlampe erfasste die Brücke zum Pavillon, die sich weiß im schwarzen Wasser spiegelte. »Hier entlang.« Er nahm sie an der Hand und führte sie um das Ostufer des Sees zu dem ungepflasterten Weg, der zu jener Lichtung hinaufführte, wo die Zwillinge und ihre Babysitterin vor nicht einmal achtundvierzig Stunden über den brennenden Körper Chao Hengs gestolpert waren. Zwischen zwei Pfosten war gelbes Plastikband gespannt worden, um die Öffentlichkeit am Betreten der Lichtung zu hindern. Li stieg darüber hinweg, und

Margaret folgte ihm auf die Lichtung. Eine im Taschenlampenlicht aufstrahlende Kreidemarkierung kennzeichnete immer noch den Tatort. In der Mitte der Lichtung war ein verkohlter Fleck zu erkennen, aber der Gestank nach Verbranntem war längst dem würzig stechenden Duft der Fichten und Akazien gewichen. Dennoch strahlte der Ort, all seiner Nuancen beraubt, in seiner Einfarbigkeit im kalten elektrischen Licht etwas Trostloses und Gespenstisches aus. Plötzlich und vollkommen unerwartet zuckte ein Blitz vom Himmel, dem gleich darauf das gar nicht so weit entfernte Grollen des Donners folgte. Die ersten fetten Regentropfen begannen zu fallen und bildeten winzige Krater im Staub.

»Wir sollten uns besser beeilen«, sagte Li. »Sonst werden wir patschnass.«

Doch Margaret beachtete ihn überhaupt nicht. Sie umrundete aufmerksam die Lichtung, zupfte an den am Rand wachsenden Büschen und blieb schließlich genau gegenüber dem Weg stehen, auf dem sie heraufgekommen waren. Li hatte ihre Runde mit dem Strahl der Taschenlampe begleitet. »Er hat Handschuhe getragen, nicht wahr?«, sagte sie.

Li nickte. »Er hat keine Fingerabdrücke hinterlassen – weder in der Wohnung noch auf dem Benzinkanister. Er muss welche getragen haben.«

»Gut. Er hat Chao also im Dunkeln hierher geschafft. Dann hat er sich hingesetzt, eine einzige Zigarette geraucht und auf den Tagesanbruch gewartet. Wann haben die Kinder den brennenden Leib entdeckt...?«

»Gegen sechs Uhr dreißig.«

»Also etwa eine halbe Stunde nach Öffnung des Parks?« Li nickte. »Er hat Chao mit Benzin übergossen und ein Streichholz angezündet. Er wollte, dass der Körper noch in Flammen entdeckt wird. Warum? Womöglich aufgrund eines makabren Sinns für Dramatik; oder vielleicht um eine Ablenkung zu schaffen, die es ihm ermöglichen würde, unbemerkt zu entkommen.« Sie drehte sich um. »Er verzieht sich in dieser Richtung, durch das Unterholz, richtig? Denn auf dem Weg, über den die Zwillinge heraufkamen, hat ihn niemand gesehen.« Sie schlug sich in die Sträucher und Büsche, weg von der Lichtung. Li eilte ihr nach. »Irgendwo da drüben wird er bestimmt auf einen Weg stoßen«, rief sie ihm zu, wobei sie mit der Hand vage in die Dunkelheit deutete. Der Regen fiel immer noch in einzelnen dicken Tropfen, die sie hätten zählen können, wenn ihnen der Sinn danach gestanden hätte. Der nächste Blitz, und diesmal klang der Donner noch näher. »Aber mit einem Paar Handschuhe wird er kaum unbemerkt entkommen, oder? Nicht an einem schwülheißen Sommermorgen. Er hätte sie in die Taschen stopfen können, aber es könnte auch sein, dass ihm irgendwas dazwischen gekommen ist und er das nicht getan hat.« Sie wühlte sich weiter durchs Unterholz. Li blieb ihr auf den Fersen. »Irgendeine Laune des Schicksals. Der Alarm wird früher ausgelöst, als er berechnet hat. Am Tor steht ein Polizist und hält jeden auf, der den Park verlassen will. Der Mörder möchte nicht mit einem Paar Handschuhe in der Tasche erwischt werden, vor allem, wenn an den Handschuhen Benzin- oder sogar Blutflecke sind. Er schmeißt sie also weg, er schleudert sie einfach tief ins Gebüsch.« Sie imitierte die Bewegung. »Ist doch egal, wenn sie gefunden werden. Man wird sie unmöglich mit ihm in Verbindung bringen können. Doch dann fällt ihm etwas ein. Verdammt! Er hat immer noch den Schlüssel zu dem Tor an der Treppe von Chaos Haus in der Tasche. Also, dadurch *könnte* er mit dem Opfer in Verbindung gebracht werden, falls er aufgehalten wird. Das ist zwar nicht sehr wahrscheinlich, aber dieser Typ geht kein Risiko ein. Seine Waffe hat er bestimmt im Auto gelassen. Er arbeitet ganz penibel. Er ist ein Profi. Und dies ist ein loser Faden. Er schleudert also den Schlüssel seinen Handschuhen hinterher ins Gebüsch. Niemand wird ihn je finden.

Ach Quatsch, wer sollte überhaupt danach suchen? Und wenn, dann würde niemand wissen, was das für ein Schlüssel ist. Nur irgendein Schlüssel. Es kümmert ihn also nicht, dass er keine Handschuhe mehr trägt und dass seine Fingerabdrücke darauf sein werden.«

Ihr Gesicht leuchtete vor Aufregung im Schein der Taschenlampe. Lis Gehirn arbeitete auf Hochtouren, um zu verarbeiten, was sie gesagt hatte. Einen Augenblick schloss er die Augen, um die beschriebene Szene besser vor sich zu sehen. Ganz deutlich erkannte er die Gestalt eines Mannes, der sich durch das Unterholz schlug. Noch im Laufen schälte er die Handschuhe von seinen Fingern. Er schleuderte sie so weit weg wie nur möglich, doch dann blieb er abrupt stehen, weil ihm der Schlüssel eingefallen war. Er holte ihn aus der Tasche, sah ihn einen Moment lang nachdenklich an, drehte sich dann um und schleuderte ihn in die entgegengesetzte Richtung, bevor er weiterrannte, fort von den knisternden Flammen und dem Qualm in seinem Rücken. Li öffnete die Augen, und für einen Sekundenbruchteil wurde die Nacht zum Tag, bevor der Donner über ihnen knallte und der Regen wie mit Peitschen auf sie einschlug, durch die Blätter prasselte und den Staub unter ihren Füßen in Schlamm verwandelte. Margarets Gesicht war wie in einem Fotoblitz erstarrt, und dieses Abbild hatte sich in seine Augen gebrannt und blieb in seinem Gedächtnis haften, auch nachdem er blinzelte, um wieder etwas zu sehen.

»Ich meine, vielleicht hat sich alles auch ganz anders zugetragen«, schränkte Margaret ein. »Aber möglich ist es. Oder? Und wenn es so war, dann müssten diese Handschuhe und der Schlüssel hier irgendwo liegen.« Inzwischen musste sie gegen das Rauschen des Regens anschreien. »Sollen wir suchen?«

»War er Rechts- oder Linkshänder?«

Sie zog die Stirn in Falten. »Wie bitte?«

»Der Mörder. Können Sie das feststellen? Vielleicht anhand des Winkels, aus dem er Chao niedergeschlagen hat?«

»Nein.« Sie schüttelte den Kopf. »Nicht mit Sicherheit. Aber dem Gesetz der Wahrscheinlichkeit nach müsste er Rechtshänder gewesen sein. Warum?«

»Es könnte sich darauf auswirken, wohin er die Handschuhe und den Schlüssel geworfen hat.«

»Sie halten es also für möglich?«

Er nickte. »Ich halte es für möglich.«

Sie grinste, wofür er sie am liebsten an Ort und Stelle geküsst, ihr Gesicht in seine Hände genommen und seine Lippen auf ihre gedrückt hätte. Der Regen strömte ihr inzwischen übers Gesicht, und ihr Haar war glatt vor Nässe. Ihre Seidenbluse klebte an den Konturen ihrer Brüste, deren harte, aufgerichtete Brustwarzen gegen den weichen, nassen Stoff drängten. Sie trug immer noch keinen BH. »Sollen wir suchen?«, wiederholte sie.

»Es regnet!«, lachte er fassungslos. »Und ich sollte eine offizielle Suche organisieren.«

»Wir sind sowieso schon nass. Und wenn Sie die halbe Pekinger Polizei anrücken lassen wollen, dann wäre es vielleicht ganz gut, wenn wir wenigstens einen Handschuh vorzuweisen hätten.« Sie kramte in ihrer Handtasche. »Irgendwo da drin muss ich eine Schlüssellampe haben!« Was sie zum Lachen brachte. »Das nenne ich Ironie des Schicksals, wie? Eine Schlüssellampe!« Sie fand sie. »Sie suchen rechts, ich suche links. Wenn wir in den nächsten zehn Minuten nichts finden, dann können Sie die Kavallerie rufen.«

Noch bevor er Zeit hatte, ihr zu widersprechen, war sie verschwunden, hatte sich durch das Gesträuch gezwängt, dem bleistiftdünnen Lichtstrahl nach. Er schüttelte den Kopf. Sie war ganz in ihrem Element. Als hätte sie sich, indem sie ihm im Teesalon ihre Geschichte erzählte, eine immense Last von den Schultern geladen. Sie brauchte gar keinen Alkohol. Sie schwebte auch so über allen Wolken. Und er fragte sich, was in aller Welt er da eigentlich tat, bis auf die Haut durchnässt, in der Dunkelheit durchs Gebüsch kriechend, um etwas aufzuspüren, das wahrscheinlich nichts als eine Illusion war, ein Hirngespinst zweier überaktiver Fantasien in einer emotional aufgeheizten Nacht.

Er kämpfte sich durch die Büsche zu seiner Rechten und tastete dabei den Boden mit dem Lichtstrahl ab. Es war so lange trocken gewesen und der Boden so hart gebacken, dass der Regen nicht gleich versickerte. Er bildete große Pfützen und füllte alle Furchen und Risse. Der nächste taghelle Blitz erstrahlte über dem Park und spiegelte sich in jedem regennassen Zweig und Blatt. Einen Moment glaubte er eine Gestalt zwischen den Bäumen herumhuschen zu sehen, eine winzig kurze Bewegung wie ein halbes Dutzend Einzelbilder in einem uralten Schwarzweißfilm. Er hatte die Orientierung verloren. Es war wohl Margaret gewesen. Er rief nach ihr, doch der Regen war immer noch ohrenbetäubend, darum konnte er nicht feststellen, ob sie ihm geantwortet hatte oder nicht. Kopfschüttelnd wischte er den Regen aus seinen Augen und drang dann weiter vor, den Taschenlampenstrahl von einer Seite zur anderen schwenkend. Er wollte die Zeit von seiner Uhr ablesen, aber die steckte nicht in seiner Hosentasche, und dann fiel ihm ein, dass ihm die Kette heute abgerissen war. Bestimmt war er inzwischen länger als zehn Minuten in der Dunkelheit und Nässe herumgestolpert, dachte er. Er drehte sich um und überlegte, in welcher Richtung es wohl zur Lichtung zurückging. Dabei glitt der Strahl der Taschenlampe über etwas, das in den Zweigen eines Busches hing. Er richtete das Licht noch einmal darauf. Es sah aus wie ein toter Vogel. Er arbeitete sich durch das Unterholz bis dorthin vor, und als er die Hand danach ausstreckte, fiel es zu Boden. Er ging in die Hocke und leuchtete es an.

Ein durchnässter Lederhandschuh. »Hallo!«, rief er. »Margaret! Ich habe einen gefunden!« Er hörte sie von hinten näher kommen und drehte sich gerade zu ihr um, als eine Faust in sein Gesicht knallte. Der Schreck raubte ihm die Besinnung, er kippte hintenüber und versuchte, Blut und Regen aus den Augen zu zwinkern. Die Taschenlampe flog klappernd davon ins Gebüsch. Er sah einen düsteren Schatten über sich aufragen. Dann knallte die Faust ein zweites Mal in sein Gesicht. Und noch einmal. Mit voller Wucht. Brutaler Wucht. Sein Angreifer war stark und ausgesprochen schnell. Li sah, wie die Faust zurückgezogen wurde, und wusste, dass er sie unmöglich aufhalten konnte.

»Li Yan?« Er hörte Margarets Stimme über dem Trommeln des Regens. »Li Yan, wo stecken Sie?«

Die Faust hielt inne und verharrte einen Moment lang unschlüssig in der Luft, um sich dann in Finger und Daumen aufzulösen, die an ihm vorbei zu Boden stürzten wie ein Falke, der nach seiner Beute greift. Den Handschuh umklammernd, zogen sie sich wieder zurück. Diesmal zerrissen Blitz und Donner beinahe gleichzeitig und in einem ohrenbetäubenden Krachen den Himmel über ihren Köpfen. Einen winzigen Moment lang verharrten Li und der Angreifer wie versteinert im kalten blauen Licht und starrten einander in die Augen. Dann wurde es wieder dunkel, und der Mann war verschwunden, hastig durch die Büsche geflohen, während sein Bild Li vor Augen blieb, genau wie zuvor Margarets.

»Herrgott noch mal, Li Yan, wo stecken Sie denn?« Er wuchtete sich auf die Knie und kam dann mühsam auf die Füße. Margarets bleistiftdünner Lichtstrahl erfasste sein Gesicht. Er hörte, wie sie nach Luft schnappte. »Um Gottes willen! Was ist denn passiert?«

III

See und Pavillon wurden von den Scheinwerfern, die man auf Stativen zwischen den Bäumen aufgestellt hatte, in scharfe Scherenschnitte verwandelt. Das unregelmäßige Kreiseln der Lichter auf Polizei- und Krankenwagen spiegelte sich in den geriffelten Mustern auf dem Wasser. Das Knacksen der Funkgeräte in den Polizeiautos erfüllte die Nachtluft und wetteiferte mit den Zikaden, die ihr Gezirpe wieder aufgenommen hatten, sobald es aufgehört hatte zu regnen. Li saß auf dem Fahrersitz des Jeeps, hatte die Tür weit geöffnet und ließ sich von einem Sanitäter das Gesicht behandeln: eine aufgeplatzte Lippe, eine blutige Nase – wahrscheinlich gebrochen, vermutete Margaret –, eine blau fleckige und geschwollene Wange und eine drei Zentimeter lange Platzwunde über der linken Braue, die mit zwei Stichen genäht werden musste.

Margaret beobachtete vom Seeufer aus, wie Kommissar Qian die uniformierten Polizisten in Gruppen zusammenstellte und das umliegende Gelände in Quadranten auf- und unterteilte, die Zentimeter für Zentimeter auf Händen und Knien abgesucht werden sollten. Sie sah auf die Uhr. Es war fünf nach halb zwölf. Nach dem Regen hatte es sich abgekühlt, und eine leichte Brise brachte die Blätter zum Rascheln. Ihr Haar und ihre Kleidung waren praktisch getrocknet. Der nach der wochenlangen Dürre pergamenttrockene Boden hatte das ganze Regenwasser aufgesogen, und es war kaum zu glauben, dass hier vor nicht einmal einer Stunde eine wahre Sintflut geherrscht hatte. Margaret sah kurz zu Li hinüber und spürte einen weiteren Gewissensbiss. All das wäre nicht passiert, wenn sie nicht gewesen wäre, wenn er ihr nicht nachgegeben hätte, als sie darauf bestanden hatte, ganz allein im strömenden Regen nach den Handschuhen zu suchen.

Gerade als der Sanitäter fertig war, kam Qian von den Suchtrupps zu Li herüber. Ehrfürchtig musterte er das zerschundene Gesicht seines Vorgesetzten. »Er hat Sie ganz schön zugerichtet, Chef.«

»Sie sollten mal sehen, wie mein Gesicht seine Faust zugerichtet hat«, erwiderte Li grimmig.

Qian lachte. »Gut, dass Sie Ihren Humor nicht verloren haben.« Li sah ihn zornig an, und Qians Lächeln erlosch. »Was glauben Sie, weshalb er Sie angegriffen hat?«

»Weil ich einen der Handschuhe gefunden hatte«, knurrte Li.

»Und Sie glauben, deshalb war er auch hier? Um nach den Handschuhen zu suchen?«

Li schüttelte den Kopf. »Ich weiß es nicht. Möglich. Er könnte uns auch gefolgt sein. Eins steht jedenfalls fest. Als er gesehen hat, wie wir das Gebüsch absuchten, hat er sich verdammt schnell zusammengereimt, was wir da tun. Und jetzt hat er mindestens einen der Handschuhe, vielleicht sogar beide, und unter Umständen den Schlüssel noch dazu, falls der je hier gewesen ist.«

»Mann, Chef, warum haben Sie nicht einfach einen Suchtrupp gerufen, als Sie sich all das zurechtgelegt haben, statt ganz allein im Dunkeln und im Regen rumzukrabbeln?« Er warf Margaret einen Blick zu. »Na ja, wenigstens fast ganz allein.« Er sah Li wieder an, entdeckte den warnenden Ausdruck in seinen Augen, und beschloss, die Sache auf sich beruhen zu lassen. »Ich schicke die Leute jetzt los«, erklärte er mit einem Kopfnicken zu den Uniformierten. Dann verzog er sich, Anweisungen rufend.

Li zündete eine Zigarette an und sah im Aufblicken Margaret auf sich zukommen. »Sparen Sie sich Ihre Kommentare, dass das meiner Gesundheit schadet«, sagte er. »Mich in Ihrer Nähe aufzuhalten, schadet mir eindeutig mehr.« Er lächelte spröde und verzog dann vor Schmerz das Gesicht.

»Sie sollten sich eine Warnung des Gesundheitsministers auf die Stirn stempeln lassen.«

Doch sein Versuch, die Sache mit Humor zu nehmen, schien ihre Gewissensbisse nur zu verstärken. »Bitte verzeihen Sie mir«, sagte sie. »Ich weiß, das alles ist meine Schuld.«

»Sie haben keine drei Menschen ermordet und sich auch nicht in den Park geschlichen, um einen Polizeibeamten zu überfallen. Warum sollte da alles Ihre Schuld sein?«

»Weil Sie ohne mich überhaupt nicht im Park gewesen wären. Und weil Sie ganz bestimmt nicht im Regen durch die Büsche gestolpert wären, um nach einer Nadel im Heuhaufen zu suchen.«

»Aber ich habe die Nadel gefunden«, sagte er. »Wenigstens eine.«

»Und sie dann wieder verloren.«

Er sah sie besorgt an und zögerte einen Moment. »Was hat er Ihrer Ansicht nach hier gewollt? Der Mann, der mich angegriffen hat.«

»Dasselbe wie wir.«

»Warum hat er nicht schon gestern Nacht gesucht?«

Sie stutzte und dachte darüber nach, dann runzelte sie die Stirn und erwiderte ängstlich seinen Blick. »Sie glauben, er ist uns hierher gefolgt?« Er neigte den Kopf zur Seite und zog eine Braue hoch. Er wollte sich da nicht festlegen. »Denn wenn das der Fall war, bedeutet das, dass er uns beobachtet hat.« Unter einem Schauder stellten sich die Härchen an ihren Armen auf. »Eine gruselige Vorstellung. Warum sollte er so was tun?«

Li zuckte mit den Achseln. »Keine Ahnung. Vielleicht will er überwachen, ob wir Fortschritte machen. Wenn wir ihm oder der Wahrheit zu nahe kommen, dann greift er ein. So wie heute Nacht.«

Margaret spürte, wie sich auch ihre Nackenhaare aufstellten, während sie sich umschaute und sich fragte, ob er sich wohl immer noch irgendwo da draußen versteckte und sie beobachtete. »Haben Sie sein Gesicht überhaupt gesehen?«, fragte sie.

»Nur einen Augenblick«, sagte Li. »Im Blitzlicht.« Immer noch stand ihm der Anblick des Gesichts lebhaft vor Augen, bleich, blau getönt wie das Antlitz eines Toten, verzerrt vor Angst und... Wut. Ja, genau, Wut. Aber warum war er eigentlich so wütend gewesen?, fragte sich Li. Auf sich selbst vielleicht? Weil er den Fehler mit den Handschuhen überhaupt begangen hatte?

»Würden Sie ihn wiedererkennen?«

»Das kann ich nicht sagen. Er hatte das Gesicht eines Teufels. Es war, als hätte ich dem Tod selbst ins Auge gesehen. Irgendwie kam er mir nicht menschlich vor.« Er schüttelte den Kopf. »Es ist schwer zu erklären.«

Und in diesem Augenblick begriff Margaret, dass Li geglaubt hatte, sterben zu müssen. Er war vollkommen unvorbereitet attackiert und von einer stahlharten Faust zu Boden geschlagen worden. Benommen und hilflos auf dem Boden liegend, genau unter seinem Angreifer, der bedrohlich über ihm aufgeragt war, hatte er glauben müssen, dass der Mann ihn umbringen wollte. Was hatte den Mann abgehalten? War es wirklich nur ihre Stimme gewesen, die durch den Regen nach Li gerufen hatte? Was hätte *sie* unternehmen können? Sie hätte er genauso leicht umbringen können. Doch andererseits, erkannte sie, hatte er sich keineswegs wie ein Profikiller verhalten. Er hatte auf einen Impuls hin gehandelt. Nichts von alldem war geplant gewesen. Er hatte lediglich auf die momentane Situation reagiert und versucht, einen gleichermaßen untypischen Fehler auszubügeln, den er fast achtundvierzig Stunden zuvor begangen hatte. Vielleicht hatte ihn ihre Stimme einfach zur Besinnung kommen lassen, woraufhin er sich verzogen hatte, um seine Wunden zu lecken. Denn genau so war er, dachte sie. Wie ein verwundetes Tier. Ein Profikiller, der einen einzigen winzigen Fehler gemacht und ihn dann notdürftig kaschiert hatte. Und das machte ihn so gefährlich.

In einem Streifenwagen traf ein uniformierter Beamter ein, der Li eine Einkaufstüte mit frischen Sachen überreichte – Jeans, Turnschuhe und ein weißes Hemd, alles aus seiner Wohnung. Li zog sich auf dem Rücksitz des Jeeps um. »Ich sollte Sie ins Hotel zurückfahren«, rief er Margaret zu.

»Nicht nötig«, erwiderte sie. »Ich bin schon wieder trocken.« Sie fuhr sich mit der Hand durch die Haare, um die Lockenmasse zu entwirren. »Außerdem würde ich sowieso kein Auge zutun, weil ich mich immerzu fragen würde, ob sie wohl was gefunden haben.« Allmählich kamen ihr Zweifel, ob sie je wieder schlafen würde. »Was meinen Sie, wie lange das dauern wird?«

Li kletterte aus dem Jeep und sah zu dem Abhang hinüber, wo die Polizeischeinwerfer die Nacht zum Tage machten. Die Beamten arbeiteten sich in Gruppen durch die Büsche vor, Zentimeter um Zentimeter absuchend, wobei sie sich über dem Dröhnen des Generators und dem Kreischen der Zikaden mit Rufen verständigen mussten. »Es ist kein besonders großes Gebiet. Ein paar Stunden vielleicht. Wenn sie nichts finden, stellen wir Wachposten auf und rücken morgen mit einer frischen Mannschaft an, die ein größeres Gebiet absucht.« Er war froh, dass sie nicht ins Hotel wollte, nicht nur weil er in ihrer Nähe bleiben wollte, sondern weil er nach den Ereignissen in dieser Nacht Angst um sie hatte. Angst vor den heimlichen Blicken, die sie beobachteten, die ihnen nachspürten. Die Ermittlungen waren gefährlich geworden, deshalb war ihm bewusst, dass er gleich morgen früh alle Verbindungen zwischen ihm und ihr kappen musste.

Gerade als er die nächste Zigarette anzündete, hörte er einen Ruf oben am Abhang. Er ließ die Zigarette fallen und lief den Weg hinauf zu dem jungen Beamten, der aus dem Gebüsch gekrochen kam und mit einer Plastikzange einen einzelnen Handschuh hielt. Der Mörder hatte also nicht beide Handschuhe erwischt. Kurzfristig bereitete Li diese Erkenntnis Befriedigung. Qian eilte zu dem Beamten, ließ den Handschuh in einen Plastikbeutel für Beweismittel fallen und versiegelte ihn. Dann reichte er den Beutel an Li weiter. »Kommt Ihnen der vertraut vor?«

»Kann ich nicht sagen. Ich habe den anderen nur ein paar Sekunden gesehen.« Er betrachtete ihn genauer. Es war ein schlichter brauner Lederhandschuh mit Futter aus gekämmter Baumwolle und immer noch feucht vom Regen, auch wenn er allmählich trocken und steif wurde.

Margaret tauchte an seiner Schulter auf. »Darf ich mal sehen?« Er reichte ihr den Beutel, und sie musterte den Handschuh ausgiebig durch das transparente Plastik hindurch. »Da«, sagte sie und zupfte ein Firmenwappen hervor, das sich knapp hinter der Öffnung im Saum eingerollt hatte. Sie hielt es gegen das Licht. »*Made in Hongkong*«, las sie vor. »Und da, gleich hier im Daumen...« Sie stülpte das Futter um, sodass er den kleinen, dunklen Fleck erkennen konnte. »Das könnte Blut sein.« Sie drehte den Handschuh um. »Er ist kaum getragen.«

»Woher wissen Sie das?«, fragte Li.

»Leder dehnt sich beim Tragen, es nimmt die Form der Hände an. Dieser Handschuh sieht aus wie frisch von der Stange. Sehen Sie, die Nähte sind so gut wie gar nicht verzogen. Wahrscheinlich hat er die Handschuhe extra für diesen Auftrag gekauft.«

»In Hongkong?«

»Dort wurden sie hergestellt. Es sind teure Handschuhe; wahrscheinlich bekommt man so etwas in China nicht so leicht. Wenn überhaupt. Aber da kennen Sie sich bestimmt besser aus als ich.«

Li nickte nachdenklich. Er nahm den Beutel und reichte ihn an Qian zurück, dann wechselten die beiden ein paar Worte. Margaret folgte ihnen den Abhang hinunter zum Jeep. »Und jetzt?«

»Der Handschuh geht sofort zur Analyse in die Spurensicherung. Und wir warten, bis der Schlüssel gefunden wird. Oder auch nicht.« Er steckte sich eine Zigarette an und taxierte Margaret. »Sie hatten Recht mit den Handschuhen. Hoffen wir, dass Sie mit dem Schlüssel ebenfalls Recht hatten.«

Es war kurz vor halb eins, als der Ruf, auf den sie gewartet hatten, endlich ertönte. Der Schlüssel hatte verborgen zwischen den Wurzeln eines kleinen Strauches gelegen, etwa zehn Meter von der Stelle entfernt, an der sie den Handschuh gefunden hatten. Gespannt sah Li dem kleinen Plastikbeutel entgegen, der ihm im Schein der Flutlichtlampen von einem triumphierenden Kommissar Qian gebracht wurde. Falls das Glück ihnen hold war, könnte sich ihnen durch den Schlüssel erheblich mehr erschließen als nur Chao Hengs Treppentor. Er drehte sich um und sah Margaret mit glänzenden Augen auf den hoch erhobenen Schlüssel in seiner Hand starren. Am liebsten hätte er sie geküsst. Allein wäre er nie auf den Gedanken gekommen, der sie zu diesem Fund geführt hatte. Sie arbeitete mit den gleichen Gedankenprozessen wie er. Sie visualisierte die Dinge, so hatte es den Anschein, auf die gleiche Weise. Doch hatte sie in ihrer Fantasie einen Sprung gemacht, der ihm nie in den Sinn gekommen wäre. Einen gewagten, abwegigen Sprung ins Dunkle. So abwegig, dass er den Gedanken, selbst wenn es sein eigener gewesen wäre, wahrscheinlich verworfen hätte. Vielleicht hatte sie weniger Angst, sich zu irren, als er.

Die Fahrt zum Zentrum des Kriminaltechnischen Dienstes in der Pao Jü Hutong war für Margaret ein Aha-Erlebnis, ein erster Einblick in das Straßenleben jenes wahren Pekings, das sich hinter den Fassaden und Reklametafeln des neuen Chinas versteckte. Selbst zu dieser späten Stunde brodelte auf den Straßen das Leben, strömten die Menschen nach dem Regen aus ihren dampfig heißen Häusern wieder in die vergleichsweise kühlen *Hutongs*. Lis Jeep fuhr dem Lieferwagen der Spurensicherung hinterher, und die vier Scheinwerfer tasteten die schmalen Gassen und *Siheyuans* ab, wo sie für winzige Augenblicke Familien erfassten, die an Tischen auf dem Bürgersteig speisten, einen in seinem Sessel lungernden Mann, der auf den flackernden bläulichen Schein seines Fernsehers starrte, offene Fenster, deren Licht sich über den Asphalt ergoss und durch die Speisen an die Kartenspieler draußen hinausgereicht wurden, Radfahrer, die im Scheinwerferlicht der vorbeirasenden Einsatzwagen dahinschaukelten. Margaret spähte aus dem Seitenfenster auf der Beifahrerseite auf die vorbeiziehenden Gesichter und sah, wie sie angestarrt wurde. Teils begriffsstutzig, teils feindselig und manchmal einfach nur neugierig. Die Pekinger, dachte Margaret im Stillen, hatten eine Schwäche fürs Haareschneiden. Überall machten die Barbiere noch gute Geschäfte. Sie warf einen Blick auf die Uhr. Es war fast ein Uhr nachts.

Li schien es plötzlich eilig zu haben. Rund um sein linkes Auge war das Gesicht angeschwollen. Die Haut leuchtete tieflila. Doch die Augen selbst waren hellwach und lebendig und strahlten eindringlich. Er konnte es kaum erwarten, diesen Mann zu fassen.

Sie ließen den Jeep auf der Straße stehen und rannten die Rampe hinauf durch die riesigen offenen Tore, an den bewaffneten Wachposten vorbei bis in die verschlungenen Gedärme der gerichtsmedizinischen Labore. »Ein paar Minuten nur, Li, nicht mehr«, versicherte ihm der leitende Beamte. Sie warteten in einem Büro im Erdgeschoss, wo sich

Li auf die Schreibtischkante setzte und rastlos die Beine baumeln ließ. Margaret erinnerte sich an Bobs Vortrag über die drei Gs – Geduld, Geduld und nochmals Geduld. *Die drei Dinge, die man unbedingt braucht, um in diesem Land zu überleben*, hatte er gesagt. Li schien keines von den dreien mehr aufbringen zu können. Sie musterte sein Gesicht. »Irgendwo muss es hier Zaubernuss geben.«

»Was geben?«, fragte er.

»Das lässt die Schwellung zurückgehen und verhindert, dass Ihr Gesicht bis morgen früh blau und grün anläuft.«

Sie unterhielt sich eine Weile mit einem Laborassistenten, der schließlich abzog und ein paar Minuten später eine Flasche mit klarer Flüssigkeit und einige große Wattebäusche brachte. Sie tränkte einen Ballen und befahl Li, ihn auf sein Gesicht zu drücken. Er widersprach nicht, doch mit der freien Hand schüttelte er eine Zigarette aus der Packung und zündete sie an. Er hatte genau einmal daran gezogen, da kam der leitende Beamte der Spurensicherung keuchend und mit vor Anstrengung rotem Gesicht angelaufen.

»Ein einzelner Zeigefinger. Verschmiert. Unbrauchbar.«

»Scheiße!« Li sah aus, als müsste er sich gleich übergeben.

»Moment, Moment«, tadelte ihn der Spurensicherungs-Beamte. »Außerdem haben wir noch einen Daumen.« Er hielt ein Papier mit der Vergrößerung des Abdrucks hoch. »Er stammt nicht von Chao und ist wie gemalt.«

IV

Als Li und Margaret wieder auf die Pao Jü Hutong traten, war es nach zwei Uhr morgens. Inzwischen hatte es sich abgekühlt, und die Luft war frisch und angenehm zu atmen. Zum ersten Mal seit ihrer Ankunft konnte Margaret Sterne am Himmel erkennen. Sie war müde, aber kein bisschen schläfrig. Stattdessen empfand sie ein eigenartiges Hochgefühl. Der Handschuh und der Schlüssel hatten sie ein großes Stück weitergebracht. Ein Beamter war zu Chao Hengs Adresse geschickt worden, um nachzuprüfen, ob der Schlüssel in das Schloss unten an der Treppe passte. Er passte. Eine eingehende forensische Untersuchung des Handschuhs hatte oben im Innenfutter des Mittelfingers einen kleinen Blutfleck zu Tage gefördert. Vielleicht von einem winzigen Schnitt oder einem abgerissenen Häutchen. Trotzdem reichte das, um einen DNA-Abgleich mit dem Speichel an den Zigarettenstummeln vorzunehmen. Dieser Test würde am Morgen im Zentrum für forensische Spurensicherung durchgeführt werden – wo man außerdem das Blut am Handschuh mit den Blutproben vergleichen würde, die man Chao Hengs Leichnam entnommen hatte. Falls beide Tests positiv ausfielen, wäre damit schlüssig bewiesen, dass der Träger des Handschuhs etwas mit dem Mord an Chao und an den beiden anderen Opfern zu tun hatte. Der Daumenabdruck auf dem Schlüssel war nach Hongkong gefaxt worden. Es bestand die Möglichkeit, dass sie schon morgen Vormittag die Identität des Mörders kennen würden.

Obwohl er in eine eher einseitige Prügelei verstrickt worden war, wirkte Li euphorisch. Immer noch presste er den Wattebausch mit Zaubernuss-Extrakt auf sein Gesicht. »Lassen Sie mal sehen«, sagte Margaret, als sie beim Jeep angekommen waren. Sie nahm die Hand von seinem Gesicht und stellte sich auf die Zehenspitzen, um die Schwellung genauer in Augenschein nehmen zu können. Ihr Gesicht war nur Zentimeter von seinem entfernt. Warm spürte er ihren Atem auf seiner Wange. Er sah sie kurz an, doch sie konzentrierte sich ausschließlich auf seine Verletzungen. »Die Schwellung ist schon zurückgegangen«, sagte sie. »Morgen früh werden Sie nicht mehr ganz so Furcht erregend aussehen.«

Doch dass sie vom nächsten Morgen sprach, deprimierte ihn nur. Er würde ihr beibringen müssen, dass sie ihm nicht länger bei den Ermittlungen helfen durfte. Das war zu gefährlich. Seine Vorgesetzten würden es untersagen. Er wusste, wie sie reagieren würde. Wütend und verletzt. Schließlich stünde er ohne sie nicht so dicht davor, den Fall zu knacken. Wieder sah er sie an. Ihre Miene wirkte offen, begeistert und glücklich. Heute Abend hatte sie Geister ihrer Vergangenheit exorziert, hatte sie ihm ihre Qualen anvertraut. Und morgen... Er schloss die Augen und seufzte. Wenn diese Nacht nur nie enden würde!

Sie lachte. »Warum seufzen Sie so? Sie sollten stolz auf sich sein.«

Gezwungen erwiderte er ihr Lächeln. »Ich bin stolz auf uns beide«, verbesserte er. »Wir sind ein gutes Team.«

»Stimmt.« Sie nickte. »Ich übernehme das Denken, und Sie stecken die Prügel ein. Das machen Sie ganz ausgezeichnet.«

Er grinste und holte ironisch zu einem Schlag aus. Und als sie abwehrend den Arm hochriss, packte er sie, zog sie an sich und drückte sie mit dem Rücken gegen die Seitenwand des Jeeps. Beide erstarrten in Erwartung jenes Augenblicks, mit dem sie schon den ganzen Abend geliebäugelt hatten. Doch der Augenblick verstrich unerfüllt, weil sie spröde lächelnd eine Kopfbewegung hin zu den beiden bewaffneten Wachposten machte, die ihnen vom Tor aus zuschauten. »Ich glaube, wenn wir nicht aufpassen, haben sie wirklich was zu schauen.«

Er blickte bedauernd auf die Posten. »Soll ich Sie zurück ins Freundschaft bringen?«

»Sie wollten mich auf einen Drink einladen«, erwiderte sie. »Bevor irgendwer auf die Wahnsinnsidee kam, im Regen und in der Dunkelheit auf allen vieren durch den Ritan-Park zu krabbeln. Was meinen Sie, hat diese Bar immer noch offen?«

Er schüttelte den Kopf. »So spät nicht mehr. Aber ich weiß, wo noch etwas offen ist.«

So früh am Morgen brauchte man nicht mehr Schlange zu stehen, um ins Xanadu zu kommen. Li hatte schon halb befürchtet, es könnte geschlossen sein. Doch immer noch kamen und gingen die Gäste. Auf dem Gehsteig standen die Jugendlichen rauchend und schwatzend in Gruppen herum. Mit verstohlener Neugier musterten sie Li Yan und die *Yangguizi*, die sich durch die Menschen drängten und an den Türstehern vorbei in den Club vorstießen. Li nahm sein Portemonnaie heraus und wollte bezahlen, doch sie wurden weitergewunken. Drinnen war die Musik immer noch laut, doch der späten Stunde entsprechend deutlich langsamer. Margaret nahm seinen Arm und rief ihm ins Ohr: »Ich hätte nicht gedacht, dass so was Ihr Ding ist!«

»Ist es auch nicht«, rief er zurück. »Aber Sie wollten was zu trinken. Und woanders kriegen wir jetzt nichts mehr.«

Er führte sie an die Bar. Auf der unteren Etage waren die meisten Tische noch voll besetzt, und durch die aufsteigenden Rauchschwaden konnte Li erkennen, dass auch auf der Galerie nichts frei war. »Was möchten Sie trinken?«

»Wodka Tonic mit Eis und Zitrone. Aber diesmal zahle ich.« Sie holte ein paar Scheine heraus.

Er winkte ab. »Nein, nein.«

»Ja, ja«, widersprach sie. »Sie haben mich zum Essen eingeladen, ich lade Sie zum Trinken ein.«

»Nein.« Er wollte das Geld einfach nicht nehmen.

»Ich dachte, ihr Chinesen glaubt an die Gleichheit«, sagte sie. »In China tragen die Frauen die Hälfte des Himmels. Hat das nicht Mao gesagt?« Im selben Moment drückte sie ihm die Scheine in die Hand. »Sie besorgen die Drinks, ich bezahle. Und ich sichere uns den Tisch da drüben, wo die Leute eben gehen.« Damit zischte sie ab, um den Tisch mit Beschlag zu belegen.

Sie ließ sich sofort in einen Stuhl fallen und kam damit knapp einem Dreigespann von zwei Mädchen und einem mürrischen Knaben zuvor, die unten an der Treppe gewartet hatten. Sie funkelten Margaret grollend an und zogen ab. Als Margaret sich umsah, fiel ihr auf, dass sie durchaus Aufmerksamkeit erregte. Soweit sie erkennen konnte, war sie die einzige Ausländerin in der Bar, und soweit sie wusste, war sie vielleicht die einzige, die je hier gewesen war. Der Laden sah nicht so aus wie der typische Zwischenstopp auf den Trampelpfaden der Pauschaltouristen. Alle Gesichter an den umstehenden Tischen waren ihr zugewandt und betrachteten sie mit glasigem, schamlosem Interesse, bis sie lächelte und damit den plötzlich verlegenen Mienen ein scheues Lächeln wie von schüchternen Kindern entlockte.

Auf der Bühne sang ein atemberaubend gut aussehendes Mädchen in einem beidseitig hochgeschlitzten, sexy Seidenkleid ein klagendes Lied, begleitet von einem Gitarristen und einem Keyboard-Spieler, der aus seinem Kasten vorprogrammierte, synthetische Computermusik hervorzauberte. Die Hintergrundmusik klang professionell. Die Sängerin selbst war schauderhaft. Margaret schaute ihr ebenso entsetzt wie peinlich berührt zu. Sie hatte absolut kein Talent zum Singen. Doch außer ihr schien das niemandem aufzufallen, oder falls doch, dann war es den Leuten egal. Li kam mit ihrem Wodka und einem großen Brandy und ließ sich ihr gegenüber nieder. Sie machte eine knappe Kopfbewegung in Richtung der Sängerin. »Hübsches Gesicht. Grauenhafte Stimme.«

Li lächelte. »Die Freundin meines besten Freundes.«

Margaret hätte sich um ein Haar an ihrem Wodka verschluckt. »Sie nehmen mich auf den Arm.«

Er zuckte mit den Achseln. »Machen Sie sich keine Gedanken. Ich kann sie nicht besonders gut leiden.«

Sie sah ihn neugierig an. »Und sie ist wirklich die Freundin Ihres besten Freundes?« Er nickte. »Mögen Sie ihren Gesang nicht, oder sie überhaupt?«

»Beides.«

»Warum mögen Sie sie nicht?«

»Weil sie eine Prostituierte ist und er verrückt nach ihr ist und weil sie ihm irgendwann wehtun wird.«

Erstaunt, aber mit ganz neuen Augen betrachtete Margaret das Mädchen. »Aber sie sieht... fantastisch aus. Warum sollte sie ihr Talent als Prostituierte verschleudern?«

»Sie haben sie singen gehört«, erwiderte Li. »Außerdem ist sie keine billige Straßennutte. Sie trifft ausschließlich diskrete Verabredungen hinter geschlossenen Schlafzimmertüren in erstklassigen Hotels. Wahrscheinlich macht sie damit einen Haufen Geld.« Er zuckte mit den Schultern. »Ein Mädchen wie sie... Sie macht einfach das Beste aus dem, was sie hat – solange sie es hat.« Er sah sie auf der Bühne stehen, mit geschlossenen Augen, in ihre traurige Scheinwelt entrückt und Herz und Seele ganz und gar in die schmalzigen Verse einer beliebten taiwanesischen Ballade legend. Was für ein Arrangement, fragte er sich, hatte sie wohl mit dem Manager getroffen, damit er ihr erlaubte, hier zu singen und wenigstens zeitweise jener verkommenen Welt voller grapschender, sexuell frustrierter ausländischer Geschäftsleute zu entkommen? Beinahe tat sie ihm Leid. Er hatte ihr geglaubt, als sie ihm eröffnet hatte, sie liebe Ma Yongli. *Er behandelt mich, wie mich noch nie ein Mensch behandelt hat. Wie eine Prinzessin.* Zuwider war ihm nur die Wirkung, die *sie* auf *Yongli* hatte, denn sie verwandelte ihn von einem selbstbewussten, draufgängerischen jungen Mann mit einem boshaften, wenn auch leicht pubertären Sinn für Humor in einen Gigolo und kriecherischen Lakaien, dessen gesamtes Selbstvertrauen in einer Gischt von Selbstzweifeln zerstoben war. In Yonglis Kopf lief irgendetwas ab, das ihn glauben ließ, sie sei zu gut für ihn. Er konnte sein Glück nicht glauben und ihm erst recht nicht trauen. Er bot einen erbärmlichen Anblick, bei dem sich Li der Magen umdrehte und für den er Lotus verantwortlich machte, obwohl die Schuld vielleicht eher bei Yongli lag.

»Soso. Wie ich sehe, hast du meinen Rat beherzigt und dir endlich eine Frau gesucht.« Li drehte sich um und sah zu seiner Überraschung in Yonglis großes, rundes, grinsendes Gesicht. Doch das Lächeln verschwand augenblicklich. »Bei allen Göttern, was ist dir zugestoßen? Sag bloß, sie verprügelt dich jetzt schon?«

Li grinste. »Ich habe bei einer Auseinandersetzung mit einem Bösewicht den Kürzeren gezogen.«

Yongli schüttelte verwundert den Kopf. »Muss ein ganz schöner Brocken gewesen sein, um dir derart eins überzuziehen.«

»Er hat mich überrumpelt«, gestand Li.

Margaret verfolgte den Wortwechsel mit Interesse. Sie konnte sich ziemlich gut vorstellen, worüber die beiden sprachen. Einen Moment war sie verblüfft gewesen, weil ihr das Gesicht dieses rundlichen, schroffen Mannes, der da an ihrem Tisch aufgetaucht war, irgendwie vertraut vorkam. Dann hatte sie ihn eingeordnet. Er war an jenem ersten Abend mit Li zusammen im Enten-Restaurant gewesen. Es war nicht zu übersehen, dass die beiden sich mochten. Der Mann drehte sich grinsend zu Margaret um, die sich angezogen fühlte von seinem ansteckenden Lächeln und dem Lachen in seinen Augen und zurückgrinste. »Willst du mich nicht vorstellen?«, sagte er auf Englisch mit schwerem amerikanischem Akzent zu Li.

»Ma Yongli, das ist Dr. Margaret Campbell.«

Yongli nahm ihre Hand und berührte den Handrücken

kaum spürbar mit den Lippen. »*Enchanté, madame*«, sagte er. »Das habe ich in der Schweiz gelernt. Es ist französisch.«

»Ich weiß«, erwiderte Margaret. »*Et moi, je suis enchanté aussi à faire votre connaissance, monsieur.*«

»Halt! Moment!« Yongli riss die Hände hoch. »Ich kann nicht mehr als *Je suis enchanté, madame*. Mir hat noch nie jemand auf Französisch geantwortet.« Er lachte. »Ich bin beeindruckt.« Dann beugte er sich vertraulich vor. »Ehrlich gesagt kenne ich noch einen Satz, aber den sagt man nicht in anständiger Gesellschaft. Und Li Yan kann ziemlich empfindlich sein. Er gehört schon längst ins Bett, müssen Sie wissen.«

»Ich weiß. Das ist meine Schuld«, erwiderte Margaret. »Ich halte ihn wach. Aber sein Onkel ist verreist, er wird also keinen Ärger bekommen.«

»Ach so.« Ma Yongli sah Li viel sagend an. »Wenn die Maus weg ist, tanzen die Katzen auf dem Tisch.«

Li sah ihn an. »Ich glaube, es ist andersherum, Ma Yongli.«

»Ach ja«, sagte Yongli zu Margaret, »ich bringe meine Katzen und Mäuse immer durcheinander. Was möchten Sie trinken?«

Margaret hob ihr Glas an. Es war fast leer. »Einen Wodka Tonic.«

Yongli deutete auf Lis Glas. »Brandy«, sagte er. Und dann zu Margaret: »Das müssen wir feiern. Ich habe Li so lange mit keiner Frau mehr gesehen, dass ich mich schon gefragt habe, ob er vielleicht schwul ist. Bin gleich zurück.« Damit war er unterwegs zur Bar.

Li grinste leicht verlegen. »Beachten Sie ihn gar nicht. Er ist ein Idiot.«

»Er ist nett.«

Li spürte einen eifersüchtigen Stich. »Wahrscheinlich finden Sie, dass er gut aussieht. So wie die meisten Frauen.«

»Nein.« Sie schüttelte ernst den Kopf. »Aber er ist attraktiv. Was hat er in der Schweiz gemacht?«

»Eine Lehre als Koch. Er war auch eine Zeit lang in den Vereinigten Staaten.«

»Ach.« Margaret zog eine Braue hoch. »Er kann auch kochen? Das macht ihn *sehr* attraktiv.« Sie hatte augenblicklich jenen abweisenden Blick bemerkt, den Männer bekommen, wenn sie eifersüchtig werden, und es gefiel ihr, dass Li ihretwegen Eifersucht empfand. Wenn er nur gewusst hätte, dass Yongli nicht halb so attraktiv war wie er – in ihren Augen wenigstens.

Sie begann sich zu entspannen, und der Alkohol schien ihr ausgesprochen schnell zu Kopf zu steigen. Vielleicht war sie einfach übermüdet. Von den letzten zweiundsiebzig Stunden hatte sie höchstens eine Hand voll schlafend verbracht.

Yongli kehrte mit den vollen Gläsern zurück und ließ sich mit einem Bier an ihrem Tisch nieder. »Und«, fragte er Margaret, »haben Sie in letzter Zeit jemand Interessanten aufgeschnitten?«

»Ach, nur ein Brandopfer, eine Stichverletzung und eine atlanto-okzipitale Disartikulation. Möchten Sie auch die ekligen Details hören?«

Yongli schüttelte den Kopf und meinte entschieden: »Nein danke.«

»Das ist mein Problem«, sagte Margaret. »Die einzig interessanten Menschen, mit denen ich näher in Kontakt komme, sind tot. Die Lebenden verlieren augenblicklich das Interesse, sobald sie hören, womit ich meinen Lebensunterhalt verdiene. Sie denken, ich hätte es nur auf ihren Körper abgesehen.«

Yongli lachte. »Mit meinen Organen dürfen Sie jederzeit spielen.«

»An einem Mann interessiert mich vor allem das Gehirn«, belehrte sie ihn. »Nur dass die meisten das Geräusch der Knochensäge nicht ausstehen können.«

»Hey!« Er hob die Hände und grinste kopfschüttelnd. »Gegen Sie habe ich keine Chance, wie?«

»Nein.« Sie hob ihr Glas. »Cheers.«

Alle tranken. Li gefiel es, wie Margaret seinen Freund hatte auflaufen lassen. Normalerweise war Yongli zu schnell für seine Mitmenschen. Und die Frauen lachten lieber über seine Scherze, statt es mit ihm aufnehmen zu wollen. Sie fing beim Trinken seinen Blick auf, und beide fühlten sich für einen Augenblick miteinander verbunden.

Vereinzelt wurde im Club geklatscht, denn Lotus war mit ihrem Lied fertig und überschwemmte die Gäste mit Dankesbekundungen. Für heute Abend sei Schluss, erklärte sie und trat von der Bühne. Margaret vermochte nicht genau zu sagen, ob die Leute ihr aufgrund ihrer Darbietung applaudiert hatten oder aus Erleichterung, weil sie endlich vorüber war. Mit rotem Gesicht und ein wenig außer Atem kam Lotus an ihren Tisch. Yongli war augenblicklich aufgesprungen und zog ihr einen Stuhl heraus. »Ich hole dir was zu trinken. Was möchtest du?«

»Weißwein.« Während der vielen Mahlzeiten in den Restaurants der ausländischen Hotels hatte Lotus gelernt, Geschmack an Wein zu finden. Sie sah Margaret gespannt an und wartete darauf, dass sie ihr vorgestellt wurde.

Yongli sagte auf Englisch: »Lotus, dies ist Li Yans Freundin...«

»Margaret«, ergänzte Margaret.

Lotus gab ihr die Hand. »Seh' e'freut zu sehen«, sagte sie.

»Lotus spricht nur wenig Englisch«, erklärte Yongli beinahe entschuldigend.

»Sie spricht wesentlich besser Englisch als ich Chinesisch«, erwiderte Margaret.

Während Yongli zur Bar abzog, nahm Lotus Platz. Ganz offenbar war sie fasziniert von Margaret und buhlte vom ersten Moment an um deren Zuneigung. »Sie mögen mein Gesang?«

Unter anderen Umständen hätte Margaret vielleicht doppeldeutig, möglicherweise ironisch oder gar sarkastisch geantwortet. Aber irgendwie sprach aus Lotus' Frage eine solche Unschuld, dass sie es nicht übers Herz brachte, anders als mit einer überzeugenden Lüge zu antworten. »Sehr«, versicherte sie.

Lotus strahlte vor Freude. »Danke.« Sie streckte die Hand aus und betastete Margarets Haar, als wäre es aus reinem Gold. »Ihr Haa' seh' schön.« Dann sah sie Margaret ohne jede Scheu ins Gesicht. »Und Ihr Augen so blau. Sie seh' schön Dame.«

»Danke.«

»*Bukeqi.*« Margaret zog die Stirn in Falten. Es hörte sich an wie *Buh keh tschi*.

Li erläuterte: »Das heißt ›gern geschehen‹.«

Lotus nahm Margarets Hand und fuhr zärtlich mit den Fingern über ihren Unterarm. »Ich nie Haut so weiß sehen. So viele Schönheitpunkt.«

»Sommersprossen.« Margaret lachte. »Als Kind habe ich sie gehasst. Ich fand sie grässlich.«

»Nein, nein. Seh' schön.« Sie wandte sich an Li. »Du seh' glücklich.«

Li errötete. »O nein, wir sind nicht... ich meine, Margaret ist eine Kollegin. Von der Arbeit.«

»Was haben Sie ihr geantwortet?« Für Margaret kam Lis Wechsel ins Chinesische vollkommen überraschend.

»Dass wir nur zusammen arbeiten.« Er errötete erneut. Lotus' Gegenwart hatte ihn ganz und gar aus dem Konzept gebracht.

»Sie Polizei?«, fragte Lotus Margaret ungläubig.

»Nein. Ärztin.«

»Ah. Sie heilen sein Gesicht?«

»So ungefähr.« Lächelnd sah sie Li ins zerschlagene und angeschwollene Gesicht.

Yongli kam mit zwei Flaschen Champagner in einem Eiskübel und vier Gläsern an den Tisch zurück. Lotus schnappte nach Luft und vergaß vor Begeisterung, Englisch zu sprechen. »Champagner! Wofür, Geliebter?«

»Wir feiern.«

»Und was feiern wir?«

»Ach, die Tatsache, dass es drei Uhr früh ist und der Große Li noch nicht im Bett liegt. Die Tatsache, dass er immer noch unterwegs ist, und zwar mit einer *Frau*...«

»Hör schon auf«, fiel ihm Li ins Wort.

»Sie ist Ärztin«, protestierte Lotus.

Yongli beugte sich vertraulich vor. »Das erzählt sie immer. In Wahrheit schneidet sie für ihr Leben gern Tote auf.«

Lotus sah Margaret entsetzt an. Margaret fragte: »Was wird da geredet? Könnte mir jemand freundlicherweise übersetzen?«

»Ma Yongli macht sich nur wieder zum Narren«, erklärte Li.

»Tue ich nicht.« Er zog den Korken aus einer der Flaschen und füllte die Gläser, bis der Sekt über den Rand schäumte und auf den Tisch floss. »Ich möchte nur einen Toast ausbringen.« Er zog seinen Stuhl neben den von Lotus und erhob sein tropfendes Glas. »Auf die zwei schönsten Frauen im Xanadu. Wahrscheinlich in Peking. Möglicherweise in ganz China.«

Margaret sah sich um. »An welchem Tisch sitzt denn die zweite?«

Lotus lachte, legte ihr die Hand auf den Arm und erläuterte, als sei Margaret begriffsstutzig: »Er meint mich *und* Sie.«

Margaret vermutete, dass es unfair wäre, aus den wenigen Worten, die ein Mensch in einer fremden Sprache kannte, auf dessen Intelligenz zu schließen. Sie studierte Lotus' fast kindliches Ergötzen darüber, sie belehren zu müssen. Gut möglich, dachte sie, dass Lotus sich in diesem Augenblick fragte, wie jemand, der so dumm war, Ärztin sein konnte. »Ach so«, sagte sie lächelnd und mit erhobenem Glas. »Also, darauf trinke ich.«

Und sobald sie die erste Flasche geleert hatten, öffnete Yongli die zweite, bis Margaret immer öfter den Gesprächsfaden verlor. Der Champagner auf den Wodka und beides auf ihren Schlafmangel führte dazu, dass der Club ganz langsam um sie zu rotieren begann. Alle schienen viel zu lachen, sogar Li, der ihrer Erfahrung nach nicht leicht zum Lachen zu bringen war. Im Grunde hatte sie keine Ahnung, was sie da redete. Sie beantwortete, so hatte sie den Eindruck, pausenlos dumme Fragen über Amerika, über ihr Einkommen, über ... sie wusste nicht mehr was. Jedes Mal, wenn sie ihr Glas erhob, schien es wie von Zauberhand neu gefüllt. Stand da etwa schon die dritte Flasche auf dem Tisch?

Es schien viel, viel Zeit vergangen zu sein, und Lotus hielt sie am Arm fest, und sie glaubte, sie seien unterwegs zur Toilette. Sie stiegen eine lange Treppe hoch, und beinahe wäre sie dabei gestürzt. Irgendwo in der Ferne hörte sie Lis Stimme. Er schien sie zu rufen. Er hielt das für keine gute Idee, ganz gleich, was sie da tat. Perverserweise verstärkte das nur ihren Entschluss, es zu tun. Und plötzlich wurde sie von grellem Licht geblendet, Gesichter sahen zu ihr auf, und sie hörte ein Rauschen wie von fließendem Wasser. Nur dass da kein fließendes Wasser war. Es hörte sich nur so an. Dann ging ihr auf, dass es Applaus war. Lotus drückte ihr etwas in die Hand. Eine schwere Röhre mit einem Drahtball oben dran. »Was ist das?«, fragte sie und hörte ihre Stimme durch den Club dröhnen. Wieder fließendes Wasser.

Lotus drehte sie nach links, wo sie einen blauen Bildschirm sah, auf dem wie festgefroren ein Wort stand. *Yesterday...* Der Klang einer akustischen Gitarre. Lotus' Stimme. »Sie singen.« Doch sie brachte kein Wort heraus und verpasste die erste Zeile, weshalb Lotus sich vorbeugte und an ihrer Stelle sang. *Now it look a though they hee to stay...* Plötzlich konnte sie nur noch Michaels Gesicht vor sich sehen. Und nur noch seine Stimme hören. *Ich war es nicht, Mags.* Und sie spürte, wie Lotus' groteske Parodie des Beatles-Songs sich in ihr Bewusstsein bohrte, wo sie jedes einzelne Wort wie ein Schlag ins Gesicht traf, bis ihr heiße Tränen übers Gesicht liefen. Sie hatte geglaubt, das Schlimmste überwunden zu haben. Doch Michael schien sie bis an ihr Lebensende verfolgen zu wollen. Jetzt nahm er sie in den Arm und sagte ihr leise etwas ins Ohr, auch wenn sie nicht verstehen konnte, was. Er führte sie die steilen Stufen hinunter, an dem fließenden Wasser vorbei. Sie spürte frische kühle Luft im Gesicht. Sie sah zu ihm auf und erwartete kraftlos eine neue Tirade eindringlicher Unschuldsbeteuerungen. Aber es war gar nicht Michael. Natürlich, fiel ihr wieder ein, sie war ja in China. Und Michael war tot. Und diese Menschen redeten in einer fremden Sprache auf sie ein.

»Wohin bringst du sie, Li?« Yongli war selbst nicht gerade nüchtern.

»In die Wohnung.«

»Brauchst du Hilfe?«, fragte Lotus.

Li nickte. »Ja. Bitte.«

Das Erste, was sie bewusst wahrnahm, war der Geruch von Zigarettenrauch und Kaffee. Ganz langsam begann sich um sie herum ein Zimmer herauszuschälen, das in Form und Größe an Chao Hengs Wohnzimmer erinnerte. Durch die Glasscheiben, die den Balkon am anderen Ende des Raumes einschlossen, konnte sie leicht im Wind schwankende Baumwipfel erkennen, in deren Laub sich das Licht der Straßenlaternen spiegelte. Im Zimmer selbst war es ziemlich düster. Eine einsame matte Lampe in einer fernen Ecke. Sie versuchte herauszufinden, worauf sie lag. Auf einer Couch, erkannte sie, und zwar halb sitzend, halb liegend, den Kopf zur Seite geknickt. Als sie an ihrer Seite eine Bewegung spürte, drehte sie den Kopf und sah Lotus, die mit einer Tasse voll dampfend heißem Kaffee vor ihr kniete und sie zu überreden versuchte, davon zu trinken. Allerdings schlug ihr der Geruch fatal auf den Magen. »Klo«, keuchte sie und fragte sich halb, ob ihre Stimme wohl auszudrücken vermochte, wie dringend die Bitte war. Offenbar schon, denn augenblicklich halfen ihr ein paar Hände auf die Beine. Und ihrem Gefühl nach brauchte sie nicht weit zu taumeln, um in einen Raum zu gelangen, wo sich in weißen Fliesen gleißendes, kaltes Licht brach. Das unangenehme Gefühl in ihrem Magen kam ihr abrupt wieder ins Bewusstsein, weshalb sie sich auf die Knie fallen ließ und sich am Rand von etwas Weißem, Hartem festkrallte, während Mund und Schlund von einem ekelhaften, brennenden Gefühl verätzt wurden. Dann war sie wieder auf den Beinen, und jemand spritzte ihr Wasser ins Gesicht, und dann wurde es dunkel um sie herum.

Li stand schwankend in der Wohnungstür. Yongli zwinkerte ihm zu. »Bis dann, Kumpel. Sag ihr, es war allein meine Schuld. Ich hätte den Champagner nicht kaufen dürfen.«

»Er hat sie sehr traurig gemacht«, sagte Lotus. »Ich glaube, sie hat vielleicht eine große Tragödie durchlebt.«

Li nickte. »Mag sein.« Lotus beugte sich vor, gab ihm einen zarten Kuss auf die Wange, und er bereute alles, was er über sie gesagt und gedacht hatte. Er wusste nicht, wie er diese Nacht hätte überstehen sollen, wenn Lotus ihm nicht geholfen hätte. »Danke«, sagte er.

Sie drückte seine Hand. Sie wünschte sich so sehr, dass er sie mochte. »Bis bald.«

Li schloss die Tür hinter den beiden und ging durch den Flur zurück ins Schlafzimmer seines Onkels. Im Halbdunkel der Straßenbeleuchtung sah er, dass sie schon jetzt die Decke beiseite gestrampelt hatte. Lotus hatte sie ausgezogen und war mit den Worten ins Wohnzimmer getreten: »Sie hat sehr schöne Brüste. Ich wünschte, ich hätte so schöne Brüste wie sie.« Es *waren* schöne Brüste, voll und weiß und mit kleinen, dunkelroten Aureolen. Einen Arm hatte sie achtlos über die Brust gelegt. Die Decke hatte sich um ihr eines Bein gewickelt, wodurch das andere frei lag und das Dreieck fester blonder Locken dazwischen zu sehen war. Ihm fiel wieder ein, wie er sie im Hotel im Spiegel beobachtet hatte. Damals hatte sie gewollt, dass er sie sah. Jetzt spürte er die gleiche schmerzhafte Begierde. Er ließ sich auf der Bettkante nieder und betrachtete ihr blasses Gesicht, das wenigstens im Moment ungetrübt war von ihrer unglücklichen Vergangenheit und ihrer ungewissen Zukunft. Zärtlich fuhr er mit den Fingern die Umrisse nach. Sie hatte in kürzester Zeit so vieles in ihm verändert. Wie er sich selbst sah, seinen Beruf, seinen Onkel. Als hätte er geschlafen und sie ihn wach gerüttelt. Zuvor hatte er kein Leben gewollt, jetzt schon. Er beugte sich vor, küsste sie auf die Stirn und entwirrte die Decke, um sie ordentlich zuzudecken. Als er das Zimmer verließ, zog er die Tür leise hinter sich zu und blieb ein paar Minuten mit geschlossenen Augen und tief atmend im Flur stehen. Er hörte das Blut in seinen Adern brausen. Er hörte den Zigarettenschleim in seinen Lungen knacken. Er hörte das Ticktack der Uhr im Wohnzimmer. Er hörte sein Leben wie Sand zwischen seinen Fingern zerrinnen. Und er ballte die Faust, um es festzuhalten. Es war zu kostbar, um es einfach wegzuwerfen.

9. KAPITEL

I

Donnerstagmorgen

Sie spürte, dass etwas Warmes auf ihr lag, ähnlich einer elektrischen Heizdecke, nur dass es vollkommen gewichtslos zu sein schien. Die Luft war heiß, und sie konnte kaum atmen. Sie versuchte, die Lider zu öffnen, doch Licht und Schmerz rammten sich in ihr Gehirn wie ein weiß glühender Schürhaken. Keuchend kniff sie die Augen wieder zu. Um sie dann langsam, unendlich langsam und unter Schmerzen wieder zu öffnen, bis die Welt in einer verschwommenen Palette von Farben auf sie einstürzte. Ihre Pupillen waren immer noch geweitet, darum waren die Bilder ausgewaschen und ohne feste Umrisse. Sie kämpfte gegen die Schmerzen in ihrem Kopf an, um ihr Blickfeld klar zu bekommen, und als ihre Pupillen sich endlich verspätet zusammenzogen, erkannte sie, dass die »Heizdecke« in Wahrheit ein Sonnenstrahl war, der erst schräg durchs Fenster und dann quer über ihr Bett fiel, wo er ihre weiße, nackte Haut erwärmte. Ihr Verstand arbeitete genauso langsam wie ihre Augen, darum brauchte sie ein paar Sekunden, bevor die Erkenntnis, dass sie keine Kleider trug, sie mit voller Wucht traf. Mit klopfendem Herzen schoss sie hoch, wobei die Schmerzen in ihrer Schläfe sie trafen wie ein Schlag mit der Eisenstange. Sie presste die Fingerspitzen gegen den Kopf und schloss die Augen, um den Schmerz mit aller Kraft zurückzudrängen. Ganz langsam öffnete sie die Augen wieder und sah sich um. Sie hatte keine Ahnung, wo sie war, wer sie ausgezogen hatte oder wo ihre Kleider steckten.

An der Wand über der Kommode hingen gerahmte Fotografien. Ein junger Mann und eine junge Frau in Mao-Anzügen und mit Arbeitermützen, die in die Kamera grinsten. Eine Familie mit einem etwa zwölf Jahre alten Jungen und einem etwas jüngeren Mädchen. Der Junge war ihr auf schwer zu fassende Weise vertraut. Ein zweites Paar. Nein, dasselbe Paar wie auf dem anderen Foto, nur älter. Die Frau sah zu dem Mann auf und lächelte ihn liebevoll an. Er grinste in die Kamera. Er trug eine grüne Polizeiuniform, und Margaret war sofort klar, dass dies der Alte Yifu sein musste. Direkt darüber hing ein altmodisches Porträtfoto der Frau. Seiner Frau, wie Margaret annahm. Auf ihren Lippen lag das allerzärtlichste Lächeln, ihre Augen waren dunkel, aber heiter, und in ihrem schlichten Äußeren lag eine Schönheit, die von innen zu kommen schien. Die Worte des Alten Yifu kamen ihr in den Sinn. *Danach blieb uns nur noch so wenig Zeit zusammen.* Niedergeschlagenheit senkte sich wie eine Wolke über Margaret. Warum mussten die Menschen sterben?

Sie war also in Onkel Yifus Zimmer. Was war gestern Abend passiert? Sie konnte sich noch erinnern, dass sie im Xanadu gewesen waren. Champagner und Gelächter. Viel mehr war da nicht. O Gott, dachte sie. Wie damals während des Studiums. Nur dass sie inzwischen zehn Jahre älter war und zehn Jahre schlechter damit zurechtkam. Sie sah ihre Kleider ordentlich zusammengefaltet auf einem Stuhl liegen und rappelte sich unsicher auf, um langsam hineinzuschlüpfen. Irgendwo in der Wohnung hörte sie jemanden herumhantieren. Das Klappern eines Wasserkessels auf dem Herd, das Scheppern von Geschirr. Sie wagte sich in den Flur vor und entdeckte eine offene Tür und ein Bad dahinter. Sie trat ein, erblickte sich im Spiegel und wünschte, der Anblick wäre ihr erspart geblieben. Ihr Gesicht sah aus wie aus Gips. Aus dem Kaltwasserhahn rann spuckend lauwarmes Wasser, das sie sich ins Gesicht spritzte, um das Blut in die Haut zurückzulocken und etwas Farbe in ihre Wangen zu bringen. Sie ließ ein wenig Wasser im Mund kreisen, um den ekligen Geschmack loszuwerden und die am Gaumen klebende Zunge zu lösen.

Mit verschleiertem Blick tappte sie in die Küche, wo sie auf Li stieß, der gerade Tee kochte. Sein Anblick traf sie wie ein Schlag. Wenn überhaupt, sah er noch schlimmer aus als sie. Verschorftes Blut schuppte sich über den Rissen in seiner Lippe, auf Wange und Braue. Dank der Zaubernuss war die Schwellung zurückgegangen, und der Bluterguss färbte sich bereits gelblich. In ein, zwei Tagen wäre er verschwunden, doch im Moment war es nicht gerade der Ton, der einem Gesicht stand, aus dem ansonsten jede Farbe gewichen war. Er sah sie verlegen an. »Tee?«

Sie nickte und verwünschte sich augenblicklich dafür, weil bei der Bewegung der Schmerz in ihre Schläfen knallte. »Was...« Sie zögerte, denn sie fürchtete sich vor der Frage. »Was war gestern Abend?«

»Wir haben alle zu viel getrunken.«

»Ich glaube, darauf wäre ich auch allein gekommen. Und sonst?«

Er zuckte mit den Achseln. »Sie hielten es für eine gute Idee, Karaoke zu singen.«

Das nackte Grauen packte sie. »Das ist nicht Ihr Ernst! Ich habe doch nicht... ich meine, ich bin doch nicht wirklich aufgestanden und habe gesungen?«

»Nein. Lotus hat gesungen, und Sie haben währenddessen Ihren Gefühlen freien Lauf gelassen.« Ungläubig und beschämt schloss sie die Augen. Er sagte: »Dann sind wir hierher gefahren.«

»Wir? Wer wir?«

»Alle vier. Ma Yongli war der Meinung, ein schwarzer Kaffee würde Ihnen gut tun. Leider schien er den gegenteiligen Effekt zu haben.«

»O Gott. Ich habe mich doch nicht übergeben?« Er nickte, und sie wäre am liebsten gestorben vor Scham. »Das tut mir wirklich schrecklich Leid.«

Er lächelte. »Schon gut. Lotus hat sich um Sie gekümmert.«

»Ist sie noch da?«

»Nein. Die beiden sind vor ungefähr einer Stunde gegangen.« Er reichte ihr eine Tasse grünen Tee. Sie nippte an dem heißen, würzigen Getränk und fühlte sich augenblicklich besser.

Sie traute sich kaum, ihm in die Augen zu sehen. »Haben wir ...? Habe ich ...?« Sie gab den Versuch auf, die Frage nur anzudeuten. »Wer hat mich ausgezogen?«

»Lotus hat Sie ins Bett gesteckt, bevor sie gegangen ist.«

Margaret fühlte sich unbeschreiblich erleichtert. Nicht weil nichts zwischen ihnen vorgefallen war. Sondern weil sie sich, wenn etwas passiert wäre, an nichts erinnert hätte. Unter ihrer Scham und ihrem Kater empfand sie immer noch dasselbe für ihn wie gestern Abend. Am liebsten hätte sie sich auf der Stelle, Trost und Zuspruch suchend, in seine Arme geworfen. Doch jetzt, im kalten Tageslicht, wirkten beide verlegen, und keiner wusste, was er sagen sollte. Noch fehlte ihnen die lockere Vertrautheit von Menschen, die einander wirklich nahe gekommen sind, die nicht nur sich selbst, sondern auch dem anderen eingestanden haben, was genau sie empfinden. Sie trank einen zweiten Schluck Tee und sah sich suchend in der Küche um. Er hielt ihre Handtasche hoch. »Suchen Sie die hier?«

»Ja.« Sie klappte sie auf, kramte ein Päckchen Kopfschmerztabletten hervor und spülte zwei davon mit einem Schluck Tee hinunter. In fünfzehn bis zwanzig Minuten würde sie sich hoffentlich wieder halbwegs menschlich fühlen. Sie sah auf ihre Uhr. »Herr im Himmel! Ist es schon so spät?« Es war halb zehn. »Ich habe um neun Uhr eine Vorlesung!«

»Sie *hatten* um neun Uhr eine Vorlesung«, korrigierte Li. »Soll ich Ihnen ein Taxi rufen?«

Er sah das Taxi unten auf die Straße biegen und spürte immer noch das Brennen auf seiner Wange, wo sie ihm einen schnellen Abschiedskuss hingedrückt hatte. Er fragte sich, wann er sie wiedersehen würde, *ob* er sie wiedersehen würde. Natürlich würde er Ärger bekommen, weil er sie mit nach Hause genommen hatte. Bestimmt hatte der Wache schiebende Polizist das gleich heute Morgen gemeldet. Aber er hatte sie in diesem Zustand unmöglich allein im Hotel lassen können, und er sorgte sich insgeheim immer noch um ihre Sicherheit. Falls der Mann, der ihn gestern Abend attackiert hatte, ihnen gefolgt war, hätte er dadurch erfahren, wo sie wohnte. Wahrscheinlich wusste er ohnehin eine ganze Menge, und zwar über sie beide. Li sah die Straße hinauf und hinunter. Gleich unter seinem Fenster war eine Reihe von Autos im Schatten der Bäume schräg auf dem Bürgersteig geparkt. Eine größere Gruppe von uniformierten Beamten trat eben aus der Akademie auf der gegenüberliegenden Straßenseite, und Verkehrspolizisten stoppten den Verkehr, um die Männer über die Straße zu lassen. Frauen schlenderten mit ihren Kinderwagen über den parkähnlichen Grünstreifen zwischen den beiden Fahrspuren. Alte Männer saßen auf ihren Bänken, starrten in die Luft und rauchten Zigaretten. Er hätte gern gewusst, ob er in genau diesem Moment von irgendwelchen Blicken beobachtet wurde. Es war ein verstörender Gedanke.

Der Regen der vergangenen Nacht hatte den Staub und den Dunst wenigstens teilweise aus der Luft gewaschen, darum schmeckte sie frischer als üblich, als er wie jeden Tag in Richtung Norden auf der Chaoyangmen Nanxiaojie zur Arbeit radelte. Der Himmel über seinem Kopf war blau, nicht fahlgrau wie sonst, und die Sonne brannte heiß auf seiner Haut. Immer noch war er in Gedanken bei Margaret. War sie enttäuscht gewesen, dass in der vergangenen Nacht nicht mehr zwischen ihnen vorgefallen war? Er fand, dass sie eher erleichtert gewirkt hatte. Merkwürdig, überlegte er, wie sie scheinbar immer wieder gegen irgendwelche vertraulichen Gesten ankämpfen musste, so als kannten sie einander schon ewig, fast wie ein altes Liebespaar. Oft schien es ihm, als wollte sie ihn berühren oder küssen und hielte sich im letzten Moment zurück, so als fiele ihr plötzlich ein, dass sie ihn im Grunde kaum kannte. Vielleicht war es ja auch so, dass diese lockere Vertraulichkeit lediglich eine Angewohnheit war, die nach den langen Jahren an der Seite ihres Mannes schwer abzustellen war und letzten Endes gar nichts mit Li selbst zu tun hatte.

An der Ecke zur Dongzhimennei winkte er Mei Yuan im Vorbeifahren zu und rief laut: »Tut mir Leid, heute Morgen geht es nicht.« Sie sprang auf und winkte ihn herbei, wobei die Geste fast beschwörend wirkte. Doch er war bereits in den Verkehrsstrom eingetaucht, der jetzt die Hauptstraße querte. »Später!«, rief er zurück.

In den Gängen der Sektion Eins drängten sich immer noch die Bürger, die darauf warteten, wegen des Wanderarbeiters aus Shanghai vernommen zu werden oder auszusagen, was sie vor zwei Tagen im Ritan-Park beobachtet oder auch nicht beobachtet hatten. Im Dienstraum der Kommissare befand sich niemand außer Qian, der seinen Bericht über die nächtlichen Ereignisse im Park abfasste. Er wirkte erregt und zeigte mit dem Kinn auf die Tür zu Lis Büro. »Der Chef wartet da drin auf Sie.«

Li wappnete sich und trat selbstbewusst durch die Tür. »Guten Morgen, Chef. Gestern Abend sind wir ein großes Stück vorangekommen.«

Chen saß an Lis Schreibtisch und blätterte gedankenverloren in einem Stapel von Berichten, die dort auf Li warteten. Er sah auf und fragte grimmig: »In persönlicher oder beruflicher Hinsicht?«

»Wie meinen Sie das?«

»Ach, sparen Sie sich das, Li!« Chen knallte die flache Hand auf den Schreibtisch. »Wir wissen beide, dass Dr. Campbell gestern Abend in Ihrer Wohnung übernachtet hat. Was in Gottes Namen haben Sie sich dabei gedacht?«

»Sie hatte etwas zu viel getrunken, Chef. Es ging ihr nicht gut, darum habe ich sie bei mir übernachten lassen. Mehr war nicht dabei. Sie hat im Zimmer des Alten Yifu geschlafen.«

»Verdammt noch mal, Li. Sie ist *Ausländerin!* Und Sie sind ein Vertreter unseres Staates!«

»Meine Beziehung zu Dr. Campbell beschränkt sich ausschließlich auf unsere Arbeit, Chef«, protestierte Li.

»Dann ist es höchste Zeit, dass Sie aufhören, Ihre Arbeit mit nach Hause zu nehmen.« Chen schoss hoch. »Haben Sie auch nur eine Vorstellung davon, welche Verwicklungen das nach sich ziehen könnte? Ich habe bereits einen Anruf von der Universität bekommen, wo man sich mit dem Gedanken trägt, Dr. Campbell umgehend nach Hause zu schicken. Ich fühle mich für all das verantwortlich. Schließlich habe ich zu allererst um Ihre Hilfe gebeten. Und die Schuld gebe ich ausschließlich Ihnen, nicht ihr. Denn Sie hätten es schließlich besser wissen müssen.«

Lis Kopf sackte nach vorn, sein Widerstand welkte dahin. »Bitte verzeihen Sie, Chef. Ich dachte, es wäre am besten so. Vor allem nach dem Angriff auf mich gestern Abend. Ich habe es für nicht ausgeschlossen gehalten, dass sie in Gefahr ist.«

Doch Chens Wut war noch nicht verraucht. »Zu den Ereignissen von gestern Abend kommen wir gleich«, fuhr er Li an. »Fakt ist, dass ich mir Gedanken mache, ob ich Disziplinarmaßnahmen gegen Sie verhängen muss, Li. Vor allem, da erst gestern eine offizielle Beschwerde über Sie eingereicht wurde.«

»Wenn Sie von der Nadel sprechen...«

»Beleidigen Sie mich nicht, indem Sie alles abstreiten«, warnte Chen. »Und was den gestrigen Abend angeht – hätten Sie sich an die entsprechenden Richtlinien gehalten, hätte man Sie erst gar nicht angegriffen, und Sie hätten Dr. Campbell keiner Gefahr ausgesetzt.« Er drehte sich zum Fenster um und wedelte erbost mit den Händen. »Mein Gott, Li, Sie sind noch nicht mal drei Tage in diesem Job. Ich dachte, Sie hätten das begriffen. Wir arbeiten hier im Team. Ihre Aufgabe ist es, das Team zu führen. Sie haben keinen Freibrief, sich auf einen persönlichen Kreuzzug zu begeben und drauflos zu ballern wie ein... amerikanischer Bulle. Und wenn Sie das nicht begreifen, dann werde ich persönlich dafür sorgen, dass Sie bis zu Ihrer Pensionierung den Verkehr auf dem Tiananmen regeln dürfen.« Er sah Li wutentbrannt an. »Und?«

»Chef?«

»*Haben Sie verstanden?*«

»Ja, Chef.«

Chen atmete tief durch und ließ ein wenig von seiner aufgestauten Spannung ab. Er setzte sich wieder in Lis Sessel. »Mal abgesehen von allem, was ich eben gesagt habe, war das gestern ziemlich gute Arbeit. Der Handschuh, der Schlüssel und der Daumenabdruck.«

»Leider ist das alles nicht auf meinem Mist gewachsen, Chef«, gestand Li. »Das war Dr. Campbells Idee.« Chen sah ihn kurz an. »Sie hatte außerdem den Verdacht, dass Chao vielleicht Aids gehabt haben könnte – wegen der Medikamente, die wir in seiner Wohnung gefunden haben. Wir haben gestern weitere Bluttests angeordnet, um das zu überprüfen. Die Ergebnisse müssten heute im Lauf des Tages vorliegen.«

»Dr. Campbell war offenbar *sehr* fleißig.« In Chens Stimme lag eine leichte Schärfe. »Und offenbar hatte sie auch sehr oft Recht.« Er nahm seufzend einen Ordner vom Schreibtisch und reichte ihn Li. »Das haben uns die Kollegen in Hongkong vor ungefähr zehn Minuten per Fax geschickt.«

Li klappte den Ordner auf und starrte auf das Schwarzweißbild jenes Mannes, der in der vergangenen Nacht sein Gesicht so übel zugerichtet hatte. Er spürte, wie es ihn eiskalt überlief.

II

Vor dem Verwaltungsbau der Universität stieg Margaret aus dem Taxi. Sie hatte es schon längst nicht mehr eilig. Dazu war es zu spät. Die Vorlesung, die sie hätte halten sollen, wäre vor über einer Stunde zu Ende gewesen. Sie war mit dem Taxi von Lis Wohnung zurück zum Hotel gefahren, wo sie geduscht, sich umgezogen und ihre Unterlagen zusammengesucht hatte, um anschließend ein zweites Taxi zur Universität zu nehmen. Ihr Haar war noch nicht ganz trocken, und sie trug mehr Make-up als üblich, um die tiefen Spuren der vergangenen Nacht zu überdecken. Ihr Kopf dröhnte immer noch, und ihr Magen war ausgesprochen empfindlich. Als sie drinnen die Marmorstufen erklomm, hörte sie das Klick-klick herunterkommender Schritte. Sie sah nach oben und erblickte Lily Peng.

»Hallo«, grüßte Margaret etwas außer Atem. »Sie wissen nicht zufällig, wo Bob steckt...?« Doch Lily erwiderte nicht einmal ihren Blick, sondern ging einfach an ihr vorbei. Wortlos verschwand sie durch die Tür. Margaret war perplex. Normalerweise wahrten die Chinesen stets die Umgangsformen, selbst wenn sie wütend auf jemanden waren.

Sie ging weiter hinauf und dann den Korridor hinunter zu jenem Büro, das sie gestern den Professoren Tian, Bai und Dr. Mu zurückgegeben hatte. Nur Dr. Mu war anwesend. »Hallo«, wiederholte Margaret. »Wissen Sie, wo Bob ist?« Dr. Mu starrte sie an, als hätte sie zwei Köpfe. Natürlich, fiel es Margaret wieder ein, sie sprach ja kein Englisch. »B-o-b«, wiederholte sie langsam und beide Bs betonend. Es hörte sich lächerlich an. »Vergessen Sie's.« Sie eilte über den Gang zu Professor Jiangs Büro. Gerade als sie an die Tür zum Vorzimmer klopfen wollte, öffnete jemand von innen, und sie wäre um ein Haar mit Veronica zusammengeprallt. »Ach, hallo«, sagte Margaret. »Ich bin auf der Suche nach Bob.«

Veronica musterte sie kühl und antwortete: »Er hält Vorlesung.« Dann quetschte sie sich ohne ein weiteres Wort an Margaret vorbei.

Allmählich bekam Margaret große Beklemmungen. Der schmerzende Kopf wurde immer schwerer, so schwer, dass ihr unter dem Gewicht der Hals wehzutun begann. Seufzend machte sie kehrt, ging die Treppe hinunter und dann über das Universitätsgelände zu den Vorlesungssälen. In einem Vorlesungssaal sammelte Bob eben seine Unterlagen zusammen. Als sie eintrat, sah er kurz auf und versenkte sich dann wieder in seine Notizen. »Überrascht mich, dass Sie sich überhaupt die Mühe gemacht haben, hier aufzutauchen«, sagte er und blickte betont auf seine Uhr. »Ich meine, Sie kommen schließlich nur zwei Stunden zu spät für Ihre Vorlesung.«

»Scheiße, es tut mir Leid, Bob. Ich habe verschlafen.«

»Sollten Sie das nicht eher im Plural sagen?«

Margaret wurde knallrot. »Verzeihung?«

»Damit will ich nur andeuten, dass Sie wahrscheinlich nicht in Ihr Hotel zurückgefahren sind, um dort zu schlafen, nachdem Sie in der Wohnung von Kommissar Li übernachtet hatten. Ich meine, wäre es nicht treffender zu sagen, dass Sie *beide* verschlafen haben? Und zwar gemeinsam? In seiner Wohnung?«

Augenblicklich verwandelte sich Margarets Verlegenheit in blanken Zorn. Woher in aller Welt wusste er, wo sie die Nacht verbracht hatte? »Ich meine, es wäre treffender zu sagen, dass Sie das nichts angeht«, entgegnete sie.

Er knallte die Unterlagen auf das Katheder und drehte sich mit zornfunkelnden Augen zu ihr um. »Also, ich meine, es wäre absolut *unzutreffend*, das zu sagen. Wenn man bedenkt, dass ich in letzter Minute Ihre Vorlesung übernehmen und anschließend eine halbe Stunde in Professor Jiangs Büro verbringen musste, wo ich mir irgendwelche Ausreden für Sie einfallen lassen durfte.«

»Was – weiß denn wirklich *jeder*, wo ich die Nacht verbracht habe?«

»Ja.«

»Woher denn?« Sie konnte es immer noch nicht fassen.

»Lily Peng.«

»Was? Wollen Sie damit sagen, die kleine Schlampe hat uns nachspioniert?«

»Machen Sie Lily das nicht zum Vorwurf«, erwiderte Bob barsch. »Sie tut nur ihre Arbeit.«

»Jesus Christus, ist es in diesem Land etwa verboten, bei jemandem zu übernachten?«

»Also, um genau zu sein, ja«, erklärte Bob und nahm ihr damit allen Wind aus den Segeln. »In China ist es gesetzlich vorgeschrieben, dass man sich jedes Mal, wenn man seinen Aufenthaltsort ändert, bei der Öffentlichen Sicherheit meldet. Aus rechtlichen Gründen fällt darunter auch die Anmeldung in einem Hotel. Sie haben die vergangene Nacht nicht in Ihrem Hotel verbracht. Rein theoretisch haben Sie damit gegen das Gesetz verstoßen. Lily hat ihren Aufenthaltsort der Öffentlichen Sicherheit gemeldet, und die hat ihn an Ihren *Danwei* hier an der Universität weitergemeldet. Professor Jiang und jeder andere in dieser Fakultät fühlt sich durch ihr Betragen persönlich gekränkt. Man betrachtet Ihr Verhalten als äußerst ungehörig, und ich kann dem nur zustimmen.«

»Scheiße!« Die Hände in die Hüften gestemmt, baute sich Margaret vor ihm auf und sah ungläubig zur Decke. »Das ist doch ein Albtraum.«

»Nein«, erwiderte Bob ärgerlich, »das ist China. Und es ist die reine Wirklichkeit. Ich dachte, Sie hätten die Unterlagen vom OICJ gelesen.«

Sie brachte nicht die Kraft auf, sich seinem Blick zu stellen. »Ich habe gesagt, ich hätte sie bekommen. Ich habe nicht behauptet, dass ich sie gelesen hätte.« Sie hörte ihn entnervt nach Luft schnappen. »Hören Sie, es tut mir Leid, okay? Ich bin bloß hergekommen, um ein bisschen zu unterrichten und um einen Haufen Scheiße daheim zu vergessen. Mir war ja nicht klar, dass Big Brother mich auf meiner Reise begleiten würde.«

»Es ist nicht ein allmächtiger Staat, der Sie hier ausspioniert«, fuhr Bob sie an. »Sondern einfach jeder. Ihr Nachbar, Ihr Portier, der Aufzugführer. Das Straßenkomitee, der Straßenpolizist, die Arbeitseinheit. Die ganze Gesellschaft überwacht sich gegenseitig. Natürlich hätten Sie all das gewusst, wenn ..«

»Ich weiß, ich weiß«, fiel sie ihm ins Wort. »Wenn ich meine Unterlagen gelesen hätte.«

»Nun, es freut mich, dass *Sie* die Sache so locker nehmen können. Das OICJ wird es nämlich nicht tun, da können Sie sicher sein. Dort hat man über viele Jahre daran gearbeitet, gute Beziehungen in China aufzubauen, und unter Umständen haben Sie in einer einzigen Nacht alles wieder zunichte gemacht.«

»In einer Nacht der Leidenschaft, wie?«, höhnte sie. »Ich meine, das glauben hier doch alle, oder? Vielleicht wird es

Sie interessieren, dass dem keineswegs so war. Es ist gar nichts passiert. Ich habe in dem einen Zimmer geschlafen, er in einem anderen.«

»Das interessiert mich nicht im Geringsten«, erwiderte Bob. »Und wenn Sie meinen, dass es hier allein darum ginge, dann haben Sie nichts begriffen.«

»Und was sollte ich begreifen, Bob?« Sie hielt ihren Zorn an der kurzen Leine.

»Sie sollten begreifen, dass Sie hier ein Gast sind, der die Gastfreundschaft seiner Gastgeber missbraucht hat.« Er zielte durch den Vorlesungsraum mit dem Finger auf sie. »Seit Sie hier angekommen sind, haben Sie nicht das geringste Interesse an diesem Land oder seiner Kultur gezeigt. Ich hatte geglaubt, dass es Brücken bauen könnte, wenn Sie Kommissar Li bei seinen Ermittlungen helfen. Stattdessen hat das zu einer Katastrophe geführt.«

Ganz offenkundig hatte er keine Ahnung, wie viel sie tatsächlich zu den Ermittlungen beigetragen hatte. Sie fragte sich, ob es wohl irgendetwas geändert hätte, wenn er es gewusst hätte, schloss aber aus seiner gegenwärtigen Verfassung, dass das eher unwahrscheinlich war.

»Ich schlage vor«, fuhr er fort, »dass Sie sich während der nächsten fünf Wochen vom Stellvertretenden Sektionsvorsteher Li und seinen Ermittlungen fern halten. Ich würde Ihnen auch raten, sich von Professor Jiang fern zu halten. Ich konnte ihn nur mit Mühe davon abbringen, Sie in das nächste Flugzeug Richtung Heimat zu setzen.«

»Ach ja?«, fuhr Margaret ihn an. »Wissen Sie was? Sie hätten sich die Mühe sparen können. Ich werde mir selbst einen Platz buchen.« Sie schleuderte ihm ihre Unterlagen entgegen, die raschelnd in der stillen Luft zu Boden segelten. »Ich kündige.«

III

Aus Hongkong waren weitere Einzelheiten bekannt worden. Jener Mann, der während der vergangenen Nacht mehrmals seine Faust in Lis Gesicht gerammt hatte, jener Mann, dessen Gesicht Li nun von dem Fax auf seinem Schreibtisch anstarrte, war unter dem Namen Johnny Ren bekannt. Schon als Jugendlicher hatte er im Alter von zwölf Jahren eine lange Liste von Vorstrafen angesammelt, die auch Vergewaltigung und Raub umfasste. Ein reizender Knabe, dachte Li. Inzwischen war Johnny Ren dreißig und seit über acht Jahren nicht mehr verhaftet worden. Die Kollegen in Hongkong nahmen allerdings nicht an, dass er unversehens auf den Pfad der Tugend zurückgekehrt war. Ihre Informationen ließen vielmehr darauf schließen, dass ihn eine von Kowloon aus operierende Triaden-Gang unter die Fittiche genommen hatte, und man vermutete, dass er an mindestens einem halben Dutzend Bandenmorden beteiligt gewesen war, die sich Anfang der neunziger Jahre ereignet hatten. Aufgrund der Auskünfte ihrer V-Männer glaubten die dortigen Kriminalbeamten, dass er inzwischen als freier »Mechaniker«, also als Profikiller, arbeitete. Allerdings hatten sie keine Beweise, die das untermauerten. Offiziell bezog Johnny Ren sein Einkommen über eine Beteiligung an einer Restaurantkette. Er lebte in Saus und Braus, besaß eine teure Wohnung nahe der Rennbahn auf Hongkong Island und hatte ein Boot im Yachthafen liegen. Er fuhr ein Mercedes Coupé und besaß einen Toyota Landcruiser. Er trug Anzüge von Versace und rauchte amerikanische Zigaretten. Li konnte sich schon denken, welche Marke. Jemand bei der Polizei von Hongkong hatte seine Hausaufgaben über Johnny Ren gemacht. Aber zurzeit war Johnny nicht daheim, schon seit mehreren Wochen hatte ihn niemand mehr gesehen.

Jemand klopfte an Lis Tür, und Qian streckte den Kopf herein. »Es sind alle da, Chef.«

»Haben Sie das ganze Zeug kopieren lassen?«

»Ja. Es wird eben im Konferenzraum ausgeteilt.«

»Gut. Ich bin gleich da.« Li sammelte seine Papiere zusammen und stand auf. Er schloss einen Moment die Augen, atmete tief durch und sah Johnny Rens Gesicht vor sich, so wie in der Nacht im Park. Der Anblick hatte sich in sein Gedächtnis gebrannt. Ein von Zorn und Hass verzerrtes Gesicht, über ihn gebeugt und nur Zentimeter von seinem entfernt, sodass Li der faulige Raucheratem in die Nase gestiegen war. Auch wenn Johnny Ren sich im Verlauf vieler Jahre professionelle Selbstbeherrschung angeeignet hatte, im Park hatte er sie verloren. Er hatte Li umbringen wollen. Immer und immer wieder hatte er seine Faust in Lis Gesicht jagen wollen, bis der Knochen gesplittert wäre und nachgegeben und sich das weiche Hirn dahinter in Matsch verwandelt hätte. In Rens Augen hatte Li seinen eigenen Tod gesehen. Ren hatte einen Fehler gemacht, und Li hatte dafür bezahlen sollen.

Li schlug die Augen auf und merkte, dass ihm der Schweiß ausgebrochen war. Nie zuvor war ihm eine so ungehemmte und brutale Bösartigkeit begegnet. Er wollte sie unschädlich machen und radikal auslöschen. Er drehte sich zur Tür um und sah Yongli in den Dienstraum für die Kommissare stürzen. Sein Freund wirkte eigenartig verzagt und fast gehetzt. Li war überrascht, ihn hier zu sehen. Yongli hatte ihn noch nie in der Arbeit besucht. Li ging ihm entgegen. »Hallo, Kumpel, was tust du hier?« Jetzt erkannte er, dass Yonglis Gesicht grau wie Fensterkitt war und dass tiefe, dunkle Ringe unter seinen Augen lagen.

»Ich brauche deine Hilfe, Großer Li.« Yongli hörte sich jämmerlich an. Wie ein kleiner Junge, der genau weiß, dass ihm seine Eltern den Gefallen, um den er sie bitten will, abschlagen werden.

»Was ist denn? Steckst du in Schwierigkeiten?« So hatte Li seinen Freund noch nie erlebt.

»Es geht um Lotus.«

Li spürte, wie ihn alle Kraft verließ. Das hätte er sich denken können. Yongli konnte mit fast allem fertig werden, was das Leben ihm zwischen die Beine warf. Aber Lotus... »Was ist denn mit ihr?«

»Sie ist verhaftet worden.«

Qian tauchte schwer atmend in der Tür auf. Er verzog das Gesicht und machte eine Kopfbewegung zum Gang hin. »Der Chef hat beschlossen, diesmal dabei zu sein, Chef. Ich glaube, er wird allmählich ungeduldig.«

»Ich bin unterwegs«, sagte Li. Und zu Yongli: »Hör zu, das muss warten. Ich habe eine Konferenz.«

Doch Yongli schien ihn gar nicht zu hören. Er sagte: »Als wir heute früh aus deiner Wohnung abgefahren sind, sind wir noch mal zurück ins Xanadu. Kurz vor fünf haben die Bullen eine Razzia gemacht. Als wollten sie eine Lasterhöhle ausheben. Sie haben uns alle mitgenommen.«

»Ma Yongli, dafür habe ich jetzt einfach keine Zeit.« Li ging zur Tür, dicht gefolgt von Yongli.

»Sie haben Drogen in ihrer Handtasche gefunden. Heroin. Sie sagt, sie hätte keine Ahnung, wie es dorthin gekommen ist.«

»Das sagen sie immer.« Li verlor allmählich die Geduld. Er sah seine schlimmsten Vorurteile gegenüber Lotus bestätigt. Yongli immer noch im Kielwasser, eilte er den Korridor hinunter.

»Ich glaube ihr, Li Yan. Mit Drogen hat sie nichts am Hut. Nie gehabt. Und jetzt hat man sie verhaftet. Sie könnte für Jahre ins Gefängnis wandern. Scheiße, man hat schon Leute für weniger hingerichtet!«

Li bremste vor der Tür zum Konferenzraum ab und sah seinen Freund an. »Hör zu, ich habe dir immer gesagt, dass sie dich irgendwann in Schwierigkeiten bringen wird. Von Anfang an. Mal ehrlich, was soll ich deiner Meinung nach denn unternehmen? Ich habe einen dreifachen Mord aufzuklären und einen Konferenzraum voller Polizisten, die auf mich warten. Und du willst, dass ich alles stehen und liegen lasse, um eine Hure mit einer Tasche voll Heroin aus dem Knast zu hauen?« Kaum hatte er die Worte ausgesprochen, bereute er sie auch schon.

Farbe stieg in Yonglis bleiche Wangen, und sein Blick wurde eisig. »Ganz gleich, was du von Lotus hältst – ich bin derjenige, der dich um Hilfe bittet. Ich dachte, wir seien Freunde, Li Yan. Oder habe ich mir da was vorgemacht?«

»Hör zu, tu mir das nicht an«, flehte Li. »Du weißt genauso gut wie ich, dass sie in einer anderen Sektion gelandet ist. Dort hätte ich nicht den geringsten Einfluss...«

»Du wirst also nichts unternehmen?«

Die Tür zum Konferenzraum ging auf, und Chen stand vor ihnen. »Stellvertretender Sektionsvorsteher Li«, erklärte er streng, »ich habe in dreißig Minuten eine Konferenz.«

»Bin schon unterwegs, Chef«, sagte Li. »Zwei Sekunden noch.«

»Erdsekunden, hoffe ich?«, fragte Chen sarkastisch und ließ die Tür zuschwingen, ohne eine Antwort abzuwarten.

Li atmete tief durch und wandte sich wieder Yongli zu. »Pass auf, ich werde sehen, was ich tun kann, okay?«

Yongli sah ihn skeptisch an. »Na klar, natürlich sagst du so was, oder? Hauptsache, du hast mich vom Hals.«

»Ach komm«, fuhr Li ihn an. »Spar dir den Quatsch. Ich habe gesagt, ich werde sehen, was ich tun kann.«

Jetzt mischte sich die Qual in Yonglis Augen mit Verachtung. »So lange kann ich nicht warten.« Er drehte sich um und marschierte mit schnellen Schritten davon. Li kam sich unendlich schäbig vor. Er verdrehte die Augen und stieß die Luft durch die Zähne aus. Das hatte Yongli nicht verdient.

Und er musste daran denken, wie nett Lotus gestern Abend zu Margaret gewesen war. Er würde sich mal umhören. Bei nächster Gelegenheit. Dann machte er kehrt und trat in den Konferenzraum.

Ein Dutzend Kollegen und der Sektionsvorsteher Chen saßen rund um den Tisch und warteten auf ihn. Ein Rauchschleier hing wie eine finstere Wolke über der Gruppe und schien Chens Laune auszudrücken. »Verzeihen Sie die Verspätung«, sagte Li. Er ließ sich auf seinen Stuhl fallen und zündete eine Zigarette an. »Sie alle haben Kopien von den Unterlagen aus Hongkong.« Er zog das gefaxte Porträt Johnny Rens heraus. »Prägen Sie sich dieses Gesicht gut ein«, sagte er. »Das ist unser Mörder. Ich erwarte, dass ich bis heute Mittag die endgültige forensische Bestätigung dafür habe. Aber ich habe nicht den geringsten Zweifel, dass er unser Mann ist. Er ist sehr gut und sehr gefährlich. Und er hält sich immer noch hier in Peking auf. Oder hat sich zumindest noch gestern Nacht hier aufgehalten.« Er rieb über seine blauen Flecken. »Ich will dieses Gesicht morgen auf der Titelseite jeder Zeitung in ganz China sehen. Ich will es in jeder Nachrichtensendung auf jedem Fernsehsender sehen. Ich will, dass es an jedes Polizeirevier, an jeden Bahnhof und an jeden Grenzübergang gefaxt wird. Der Mann ist bewaffnet und gefährlich. Wir werden die Bereitschaftspolizei, die Grenzpolizei, die Verkehrs- und Bahnpolizei *und* die Armee informieren. Er soll keinen Schritt mehr tun können, ohne dass ihn jemand erkennt. Ich will, dass alle Hotels, Herbergen und Pensionen in der Stadt überprüft werden. Irgendwo muss er schließlich schlafen. Irgendwer muss ihn gesehen haben. Irgendwer weiß, wo er steckt. Es ist nur eine Frage der Zeit. Kommissar Qian, ich möchte, dass Sie das alles koordinieren.«

Wu lehnte sich auf seinem Stuhl zurück und ließ die Hand mit der Zigarette von der Armlehne baumeln. Die Sonnenbrille in die Stirn geschoben, kaute er nachdenklich auf dem unvermeidlichen Kaugummi herum. »Wir haben immer noch kein Motiv für den Mord, oder, Chef?«

»Geld«, sagte Li. »Er ist ein Profi. Wahrscheinlich hält er sich selbst für einen armen Jungen, der es bis ganz oben geschafft hat. In Wahrheit ist er ein böser Bube, der ganz unten gelandet ist. Wir wissen allerdings nicht, wer ihn beauftragt hat und warum. Und wenn wir ihn kriegen, wird er uns das kaum verraten.«

»Also versuchen wir in der Zwischenzeit weiterhin, die Verbindung zwischen unseren drei Opfern zu finden?«, fragte Wu.

»Es sei denn, Sie hätten eine bessere Idee.« Die hatte Wu nicht. »Also, gibt es an dieser Front irgendwas Neues?« Rund um den Tisch wurden die Köpfe geschüttelt. »Also gut, dann machen wir weiter mit den Vernehmungen. Es gibt allerdings einen neuen Anhaltspunkt für einen möglicherweise wichtigen Beweis. Vielleicht hatte Chao Aids. Ich erwarte noch heute die Ergebnisse des Bluttests, der das bestätigen soll. Wir wissen, dass er einen Hang zu jungen Knaben hatte. Bis gestern Nachmittag haben wir uns darauf konzentriert, eine Drogenverbindung zwischen Chao und Mao Mao zu ziehen. Dank unseres guten Freundes, der Nadel, haben wir diese Möglichkeit inzwischen ausschließen können.« Die Beamten rund um den Tisch sahen auf Chen, der aber keinerlei Regung zeigte. »Vielleicht gibt es irgendwo ein schwules Bindeglied. Jemand mit Aids, der sich rächen will. Ich weiß, dass es weder bei unserem Drogendealer noch bei dem Wanderarbeiter irgendwelche Hinweise auf Homosexualität gibt. Aber andererseits haben wir auch nicht spezifisch danach gesucht. Ich werde darum an beiden Leichen Blutproben vornehmen und auf Aids untersuchen lassen. Zhao«, er wandte sich an den jungen Kommissar, »wir müssen uns daran machen, die Jungen aufzustöbern, die regelmäßig in Chaos Wohnung waren. Und falls sie Chao von jemandem ins Haus geliefert wurden, dann müssen wir wissen, von wem, und verdammt bald mit ihm reden.«

»Ist praktisch schon erledigt, Chef.« Zhao kritzelte etwas in sein Notizbuch.

»Gut.« Li ließ sich zurücksinken. »Noch irgendwelche Ideen, Fragen, Vorschläge?«

Wu blies gemächlich einen Rauchstrahl zum Deckenventilator hoch und beobachtete, wie er in der Brise zerstob. »Ja, ich hätte da noch eine Frage«, sagte er. »Arbeitet diese attraktive amerikanische Pathologin immer noch mit an dem Fall?« Seine Kollegen unterdrückten ein ungläubiges Lachen. »Weil, ich meine, Sie verstehen, Chef, dann wäre es nicht fair, dass Sie die Dame ganz für sich allein behalten. Manche von uns haben das Gefühl, wir könnten ebenfalls von ihrer Erfahrung profitieren.« Er verzog keine Miene dabei, so als hätte er die Frage vollkommen ernst gemeint.

Chen dagegen zog ein Gesicht wie saure Milch. Li antwortete: »Um ehrlich zu sein, Kommissar Wu, ich glaube, Sie würden mehr davon profitieren, ein paar Jahre lang Erfahrungen als Verkehrspolizist auf dem Tiananmen-Platz zu sammeln.« Was den übrigen erlaubte, ihrem aufgestauten Gelächter freien Lauf zu lassen. »Wobei wir beide uns wahrscheinlich abwechseln könnten.« Weiteres Gelächter. Li sah zu Chen, auf dessen Gesicht sich der kaum wahrnehmbare Schimmer eines Lächelns zeigte. »Und um Ihre Frage zu beantworten, Wu, Dr. Campbell wird uns bei den Ermittlungen nicht weiter assistieren.« Er klappte seinen Ordner zu. »Das wäre alles, oder gibt es noch etwas?« Es gab nichts. »Also gut, machen wir uns auf die Jagd nach Johnny Ren.«

Während die Stühle über den Boden schabten und die Zigaretten in den Aschenbechern ausgedrückt wurden, sagte Li: »Ach, eines noch. Sorgen Sie dafür, dass die Papierberge in meinem Büro auf ein absolutes Minimum beschränkt bleiben, okay? Nur das Allerwichtigste, bitte. Da drin liegt schon genug, um mich die nächsten fünf Jahre rund um die Uhr beschäftigt zu halten.«

Die Beamten drängten aus dem Zimmer. Chen kam um den Tisch herum und legte Li leicht die Hand auf die Schulter. »Halten Sie mich über die weitere Entwicklung auf dem Laufenden.«

Nachdem alle gegangen waren, blieb Li noch kurz sitzen und merkte, wie ihn eine eigenartige, schmerzliche Melancholie erfasste. Er nahm seinen Ordner und zwang sich aufzustehen. Plötzlich schien er jede Energie verloren zu haben. Vielleicht, sagte er sich, war es einfach der Kater. Langsam kehrte er über den Gang in sein Büro zurück. Er hatte zwar mit einem Scherz auf Wus Frage nach Margaret reagiert, doch dadurch war er gezwungen gewesen, der Wahrheit ins Gesicht zu sehen – dass es, nachdem sie ihnen nicht mehr bei den Ermittlungen half, keinen Grund für ihn gab, sie weiterhin zu sehen. Zumindest keinen beruflichen Grund. Und sein Job machte es nicht wahrscheinlich, dass er in näherer Zukunft viel freie Zeit haben würde. In nicht einmal fünf Wochen würde sie nach Hause fliegen, und er würde sie wohl nie wiedersehen. Es wäre demzufolge sinnlos, während der wenigen Stunden, die ihnen bis dahin vergönnt sein könnten, irgendeine Beziehung aufbauen zu wollen. Worüber sollten sie auch sprechen, wenn sie nicht mehr über den Fall diskutieren konnten? Es war nicht so, als hätten sie besonders viel gemeinsam. Im Gegenteil, es war reiner Wahnsinn, dass er jemals in Betracht gezogen hatte, es könnte irgendetwas zwischen ihnen geben, das die Grundlage für eine Beziehung bilden könnte. Vielleicht war es am besten, wenn der Sache sofort ein Ende gemacht wurde. Doch so überzeugend er sich das auch vorsagte, er blieb absolut unüberzeugt. Der Gedanke, dass sie vielleicht für alle Zeit aus seinem Leben verschwunden war, deprimierte ihn zutiefst.

Auf dem Gang war die Hölle los – Polizeibeamte, Sekretärinnen, Zeugen, klingelnde Telefone; irgendwo das Geräusch eines unermüdlich arbeitenden Kopierers und das Fiepen eines Fax-Apparates, der Bilder aus dem Äther ausspuckte. Als Li auf die Tür zum Dienstraum der Kriminalbeamten zuging, stieß ein Mann mit ihm zusammen und schlug ihm dabei die Akte aus der Hand. Schnell und ohne jede Entschuldigung ging er weiter. Fluchend bückte sich Li, um die Papiere aufzuheben, die aus seinem Ordner geflattert waren. Dabei erhaschte er für einen Sekundenbruchteil einen Blick auf das bleiche, angespannte Gesicht des Mannes, der Lis Blick um jeden Preis ausweichen wollte. Aus der Hocke heraus drehte Li sich um und sah der Gestalt nach, die durch den Gang verschwand. Ein Gesicht trieb in sein Bewusstsein: ein vor Zorn und Rachedurst verzerrtes Gesicht; ein Gesicht in Schwarz und Weiß auf einem Fax; ein Gesicht, das ihn eben jetzt von einem Blatt Papier auf dem Boden anstarrte; das Gesicht des Mannes, mit dem er eben zusammengeprallt war.

»Hey!«, brüllte er. »Halt! Haltet den Mann!«

Mehrere Menschen drehten sich um und starrten ihn erstaunt an. Nur der Mann am Ende des Ganges nicht. Er begann zu rennen und hatte die Treppe erreicht, noch bevor Li aufgesprungen war. Li schoss los wie ein Sprinter nach dem Startschuss, eine Fährte von zu Boden segelnden Papieren legend. Jemand kam ihm in die Quere und knallte nach einem heftigen Zusammenstoß gegen die Wand. »Aus dem Weg!«, brüllte Li. »Aus dem Weg, verfluchte Scheiße!« Links und rechts gingen die Menschen in Deckung. Polizisten streckten ihre Köpfe aus der Tür.

»Was ist denn los, verflucht noch mal?«, rief jemand.

Li hatte die Treppe erreicht und konnte Johnny Rens Schritte im Stockwerk darunter hören. Er entdeckte den Zipfel eines Versace-Sakkos, erhaschte einen Blick auf einen teuren Haarschnitt, sah ein kurz nach oben gedrehtes Gesicht aufblitzen. Zwei Stufen auf einmal nehmend, brüllte er die Menschen an, den Weg frei zu machen. Von oben hörte er eine Stimme rufen: »Was zum Teufel ist da los, Li!« Vielleicht war es Chen. Doch er würde bestimmt nicht stehen bleiben, um eine Erklärung abzugeben. Außer Atem war er unten an der Treppe angelangt, dann knallte die Hitze draußen durch den Eingang und traf ihn wie ein Fausthieb. Einen Moment nahm ihm der Kontrast zwischen dem düsteren Inneren der Sektion Eins und der weißglühend sengenden Vormittagssonne die Sicht. Er schirmte die Augen mit erhobenem Arm ab und schaute nach rechts und links.

Von Johnny Ren war nichts zu sehen. Irgendwo rechts hörte Li eine Mülltonne scheppern. Er folgte dem Lärm, an der Polizeigarage mit dem roten Dach vorbei in eine schmale Gasse hinter den Läden der Chaoyangmen Nanxiaojie. Weit hinten erspähte er die fliehende Gestalt des Marlboro-Mannes. Eine Tonne rollte noch leise im Staub herum, wo sie ihren stinkenden Inhalt in die Sonne ergossen hatte. Li setzte mit einem Sprung darüber hinweg und jagte, den Schweiß mit dem Ärmel von der Stirn wischend, Johnny Ren in der Gasse hinterher. Am anderen Ende sah er Ren nach rechts abbiegen. Links wäre er auf die breite Chaoyangmen Nanxiaojie gestoßen. Rechts gelangte er in ein Labyrinth von *Hutongs*, die sich durch ein Gewirr von halb verfallenen Höfen und noch schmäleren Gässchen wanden und schlängelten. Bis Li die Abzweigung erreicht hatte, war Ren bereits wie vom Erdboden verschluckt. Doch seine Schritte waren noch zu hören. Lis Lungen drohten zu platzen, so verzweifelt versuchten sie, Sauerstoff zu schöpfen, und zum ersten Mal in seinem Leben bedauerte er, Raucher zu sein. Sein einziger Trost war, dass Johnny Ren ebenfalls rauchte und seine Qualen teilen würde. Inzwischen lief Li langsamer, die Ausschweifungen der vergangenen Nacht forderten ihren Tribut. Sein Schädel dröhnte. Er rannte um eine Ecke und krachte in einen dahinschaukelnden Radfahrer, der in einer Welt pubertärer Fantasien gefangen war. Irgendwie verhakte sich Lis Bein auf fatale Weise mit dem Vorderrad, er strauchelte, stürzte schließlich und landete dabei genau auf dem jugendlichen Radler. Der Junge war höchstens dreizehn oder vierzehn Jahre alt und stieß einen Schmerzensschrei aus, während er gleichzeitig hektisch versuchte, unter diesem großen, schweren Mann hervorzukrabbeln, der wie aus heiterem Himmel auf ihn heruntergekracht war. Fluchend rappelte Li sich auf. Blut sickerte aus einer Schürfwunde an seinem Ellbogen, und seine Hose war am Knie aufgerissen. Der Junge brüllte immer noch. Li packte ihn an den Schultern. »Ist dir was passiert, Kleiner?«

Doch der Junge sorgte sich ausschließlich um sein Fahrrad. »Schauen Sie mein Rad an! Schauen Sie sich an, was Sie mit meinem Rad gemacht haben, Sie Irrer!« Das Vorderrad hatte einen massiven Achter.

Li atmete erleichtert aus. Räder ließen sich reparieren oder ersetzen. »Ich bin Polizeibeamter«, keuchte er. »Lauf um die Ecke zum Polizeirevier und warte dort auf mich.« Dann begann er wieder zu rennen.

»Wer's glaubt!«, rief ihm der Junge nach. »Sie sind ein verdammter Irrer!«

Zwanzig Meter weiter gelangte Li an eine Kreuzung. Nach Luft ringend blieb er stehen und schaute nach rechts und links. Nichts. Bäume, die sich leicht im Wind bewegten. Zu hören war nur das Rasseln seines Atems und das gedämpfte Rauschen des Verkehrs auf dem Dongzhimennei-Boulevard. Er wandte sich nach rechts, kam dort an einigen Bogentoren zu baufälligen *Siheyuans* auf beiden Seiten vorbei und warf durch jedes einen Blick. In einem der Eingänge entdeckte er eine Alte, die mit ihrem Strohbesen den Hof fegte. Er hielt ihr seinen Polizeiausweis unter die Nase. »Polizei«, sagte er. »Haben Sie gerade einen Mann in einem dunklen Anzug gesehen? Er muss hier vorbeigekommen sein.«

Sie schüttelte den Kopf. »Ich habe niemanden gesehen«, antwortete sie. »Außer ein paar kleinen Jungs vor ungefähr zehn Minuten.«

Er machte auf dem Absatz kehrt, eilte zurück bis zu der Kreuzung, wo er nach rechts abgebogen war, und lief diesmal vor zur Dongzhimennei. Auf der Straße wälzte sich der Verkehr dahin, auf der Radspur drängelten die Radfahrer, auf dem Gehweg schoben sich die Fußgänger zwischen einigen Straßenkehrern und Gemüseverkäufern hindurch. Niemand würdigte ihn eines Blickes, als er schwer atmend und mit schweißnassem Gesicht dort stand und erst in die eine, dann in die andere Richtung starrte. Johnny Ren war verschwunden.

»Seid ihr eigentlich alle blind?«, tobte er vor seinen Beamten, als er wieder zurück war. »Ihr spaziert aus einer Konferenz, in der es einzig und allein um diesen Typen geht. Jeder von euch hat ein Foto von ihm in seiner Akte. Und trotzdem kommt ihr hier rein und merkt nicht mal, wie er aus meinem Büro spaziert?«

Alle standen wie belämmert vor ihm. Im ganzen Haus kochte die Gerüchteküche. Zuallererst hatte Li einen Zwischenstopp in Chens Büro eingelegt, wo er bewaffnete Wachposten an allen Eingängen gefordert und außerdem verlangt hatte, dass jeder, der im Haus ein oder aus ging, sich ausweisen müsse. »Ich fasse es einfach nicht, wie frech dieser Kerl ist, Chef. Wir sitzen im Konferenzraum, wo wir überlegen, wie wir ihn schnappen können, und er marschiert geradewegs und vollkommen ungerührt in unsere Sektion und hat alle Zeit der Welt, um mein ganzes Büro zu filzen.«

»Fehlt irgendwas?«, fragte Chen.

»Das weiß ich nicht. Ich muss erst meinen Schreibtisch durchsuchen.«

Keiner seiner Untergebenen konnte sagen, ob Ren irgendetwas in der Hand getragen hatte, als er aus Lis Büro gekommen war. »Wir dachten, es sei jemand aus der Verwaltung unten«, sagte Wu. »Keiner hat auf ihn geachtet.«

Li knallte die Tür zu seinem Büro zu und kochte vor Wut. Er sah sich im Zimmer um und merkte, wie ihm schlecht wurde. Irgendwie war alles befleckt, schmutzig, verunreinigt. Johnny Ren war entweder überaus selbstbewusst, oder er war schlicht wahnsinnig. Wahrscheinlich beides. Jedenfalls hatte er eindeutig keine hohe Meinung von der Polizei.

Li ließ sich in seinen Stuhl sinken und durchwühlte die Papiere auf seinem Schreibtisch. Soweit er erkennen konnte, fehlte nichts, aber während der vergangenen zwei Tage war so viel auf seinem Schreibtisch abgeladen worden, dass er selbst nicht genau wusste, was alles dort gelegen hatte. Er sah sich um. Im Zimmer schien alles an seinem gewohnten Platz zu sein. Die Stapel mit Niederschriften unter dem Fenster sahen genauso aus wie zuvor. Er ging die Schubladen durch. Stifte, Notizblöcke, ein Adressbuch, Briefklammern, ein Hefter, alte Berichte seines Vorgängers, die er längst hätte wegräumen sollen, ein Päckchen Kaugummi, ein paar Briefe. Alles wirkte unberührt. Was in aller Welt hatte Johnny Ren gesucht? Und warum hatte er sich dafür in die Höhle des Löwen gewagt? Was für ein Motiv konnte es dafür geben?

Jemand klopfte zaghaft an die Tür, dann tauchte Zhao auf. Er wirkte nervös. »Verzeihen Sie die Störung, Chef. Während Sie weg waren, hat das Büro des Stellvertretenden Generalstaatsanwalts angerufen. Offenbar stört sich der Generalstaatsanwalt daran, dass in dem Bericht, den er heute Morgen erhalten hat, nichts von den Ereignissen der vergangenen Nacht steht – denen im Ritan-Park.«

Li schloss die Augen. »Scheiße!« Wie zum Teufel hatte der Stellvertretende Generalstaatsanwalt Zeng schon jetzt davon erfahren können? Li hatte wenig Neigung verspürt, um ein Uhr früh seinen Bericht über die gestrigen Ereignisse noch einmal zu überarbeiten. Jetzt würde er dafür büßen müssen. Er eilte zur Tür. Zhao machte ihm sofort den Weg frei. »Qian«, bellte er. »Haben Sie den Bericht über die Vorfälle der vergangenen Nacht fertig?«

»Gerade eben«, antwortete Qian.

»Sehr gut. Lassen Sie ihn kopieren und rufen Sie einen Kurier, der ihn augenblicklich zur Städtischen Staatsanwaltschaft bringt. Ich werde einstweilen die wichtigsten Fakten telefonisch durchgeben.«

Leise fluchend knallte er die Tür zu und ließ sich wieder auf seinen Stuhl fallen. Er streckte die Hand nach seinem Notizbuch aus und zögerte dann. Wenn er zuvor im Zentrum für Spurensicherung anrief, könnte er vielleicht auch die Ergebnisse des Aids-Tests vorweisen. Falls er die in seinen Bericht einschloss, würde das Zeng möglicherweise besänftigen, da er dadurch das Gefühl bekam, auch über die allerneuesten Entwicklungen informiert zu werden. Li nahm den Hörer in die Hand und ließ sich mit Professor Xie verbinden. Während er wartete, fasste er in Gedanken die bisherigen Ergebnisse zusammen, die er Zeng anschließend vortragen wollte: Sie hatten eine Drogenverbindung zwischen den drei Morden ausgeschlossen, doch aufgrund der Möglichkeit, dass Chao Aids hatte, eröffnete sich die Möglichkeit zu einer homosexuellen Verbindung; sie hatten den Mörder so gut wie sicher als einen Triaden-Killer aus Hongkong identifiziert, der Johnny Ren hieß, sich immer noch in Peking aufhielt und offenbar um jeden Preis wissen wollte, wie dicht die Polizei ihm auf den Fersen war. »Professor Xie.« Die Stimme in seinem Ohr riss ihn aus seinen Überlegungen.

»Professor, hier spricht der Stellvertretende Sektionsvorsteher Li. Können Sie mir sagen, wann wir mit den Ergebnissen des Aids-Tests rechnen können?«

»Welches Aids-Tests, Stellvertretender Sektionsvorsteher?«

Li stutzte. »Den an Chaos Blut. Dr. Campbell hat ihn gestern angeordnet.«

»Nicht bei mir.«

»Das verstehe ich nicht.« Damit hatte er Li kalt erwischt. »Sie hat mir erzählt, sie hätte gestern Abend kurz nach neunzehn Uhr mit Ihnen gesprochen.«

»Das stimmt leider nicht. Und bedauerlicherweise können wir einen solchen Test nicht mehr vornehmen. Chaos Überreste wurden heute Morgen eingeäschert, zusammen mit allen Gewebeproben.«

»Was?« Li konnte nicht glauben, was er da hörte. »Der Leichnam war ein Beweisstück. Man vernichtet doch keine Beweisstücke während der Ermittlungen in einem Mordfall.«

Am anderen Ende der Leitung blieb es lange still. Als der Professor schließlich antwortete, klang seine Stimme irgendwie gepresst. »Soweit mir bekannt ist, wollte seine Familie die Überreste nicht in Empfang nehmen.«

»Das hat überhaupt nichts damit zu tun. Chaos Leichnam war Eigentum des chinesischen Volkes, und zwar bis zu unserer Freigabe.«

»Meine Fakultät hatte die Genehmigung, den Leichnam zu beseitigen.«

»Von wem?«

»Entschuldigen Sie, Stellvertretender Sektionsvorsteher, aber ich muss jetzt los. Ich bin mitten in einer Autopsie.« Der Professor legte auf.

Li blieb eine volle halbe Minute mit dem Hörer in der Hand sitzen, bevor er schließlich ebenfalls auflegte. Irgendetwas stimmte da ganz und gar nicht. Instinktiv fuhr seine Hand an den Gürtel, um nach dem Lederbeutel mit seiner Uhr zu tasten. Er war nicht da. »Verdammt.« Ihm fiel ein, dass er die Kette gestern abgerissen hatte. Wohin hatte er sie gelegt? In die Schublade oben rechts. Er zog sie auf. Die Uhr war nicht mehr da. Er tastete die Schublade ab. Sie war ganz eindeutig verschwunden. Schnell sah er die anderen Schubladen durch. Nirgendwo eine Uhr. Als er die Schubladen zum ersten Mal durchgesehen hatte, war ihm nicht aufgefallen, dass sie fort war, denn er hatte kurzfristig vergessen, dass er sie dorthin gelegt hatte. Jetzt stellten sich seine Nackenhaare auf. Aus irgendeinem unerfindlichen Grund musste Johnny Ren sie eingesteckt haben.

IV

Margaret fuhr mit dem Fahrrad in Richtung Norden. Ihr war heiß, sie war müde, zornig und verletzt, und das Denken schmerzte. Solange sie ihren Geist leer hielt, konnte sie auch ihre Gefühle in Schach halten und war in der Lage, wenigstens zeitweise der Welt zu entfliehen. Diesem Land allerdings konnte sie nicht entfliehen. Wenigstens noch nicht. Ihr Flug ging erst am nächsten Morgen.

Als sie nach ihrem Zusammenstoß mit Bob über den Campus geeilt war, um ein Taxi zu besorgen, hatte sie Lily erblickt und einen kleinen Umweg eingeschlagen. Lily hatte sie kommen sehen und war, allen Anstrengungen zum Trotz, rot angelaufen. Margaret machte es kurz und schmerzlos und setzte dabei ein exotisches Gemisch von Ausdrücken ein, die selbst ihrer Mutter die Schamesröte ins Gesicht getrieben hätten. Selbst ihr Vater, ein Experte im Gebrauch farbenfroher Sprache, wäre schockiert gewesen. Doch die Befriedigung, die Margaret aus der verbalen Geißelung der überheblichen Ex-Rotgardistin zog, hielt nicht lange vor. Kaum war sie in ihr Hotel zurückgekommen, hatte sie sich aufs Bett geworfen und fast eine volle Stunde lang geweint. Ihre Kopfschmerzen hatten sich auch durch eine heiße Dusche nicht lindern lassen. Durch einen Anruf im Büro der Fluglinie hatte sie eine Umbuchung des Rückflugs auf den folgenden Morgen erreicht. Damit sei allerdings ein erheblicher Aufschlag auf den Flugpreis verbunden, hatte das Mädchen gewarnt. Das sei ihr schnuppe, hatte Margaret erwidert.

Nun suchte sie, mit einer Straßenkarte und einem Reiseführer im Fahrradkorb, nach einem Entkommen aus dieser Stadt, nach einer Gelegenheit, ein wenig allein zu sein, nach ein wenig Zeit, sich über ihre Gefühle klar zu werden, ohne dass sie ständig unterbrochen wurde. Sie kam an der Pekinger Niederlassung von Apple Computers vorbei und landete hustend in den Abgaswolken, die hinten aus einem Diesellaster rülpsten. Sie war inzwischen schon fast eine Dreiviertelstunde unterwegs, doch auf der in der Karte eingezeichneten Route schien sie kaum vorangekommen zu sein. Alle Straßen kamen ihr viel länger vor, als sie auf dem Papier zu sein schienen.

Nachdem sie weitere zwanzig Minuten durch geschäftige Marktstraßen und Heerscharen hungriger Radler auf dem Weg zum Mittagessen gekreuzt war, gelangte sie an eine große Nord-Süd-Ost-West-Kreuzung und erblickte diagonal dahinter die Tore des Yuanmingyuan-Parks, des Gartens der Vollkommenheit und des Lichts. Allerdings wirkte der Park nicht im Geringsten vollkommen. Er sah staubig und vernachlässigt aus, wie ein matter Abklatsch jenes königlichen Lustgartens, der er während der mittleren Jahre der Qing-Dynastie gewesen war. Damals war die leicht hügelige Parklandschaft mit vergoldeten Hallen, Türmen und Pavillons durchsetzt gewesen, in deren Mitte sich eine Ansammlung von Marmorpalästen im europäischen Stil befunden hatte, die allesamt nach dem Vorbild des Versailler Schlosses gestaltet worden waren – ein erstes Experiment in der Kunst der internationalen Kooperation. Doch nachdem der

Park Ende des neunzehnten Jahrhunderts im Verlauf von vierzig Jahren zweimal von britischen und französischen Truppen geplündert worden war, war von alledem nichts mehr übrig außer ein paar weißen Marmorskeletten und einigen von Unkraut überwucherten Lilientümpeln.

Margaret ließ ihr Fahrrad am Tor stehen und folgte den Wegen, die von der Stadtverwaltung durch den Park angelegt worden waren. An einem See vorbei, wo einsame, wie rote Drachen geformte Tretboote am Ufer schaukelten. An Buden vorbei, in denen die grell geschminkten Verkäuferinnen müßig hinter ihren auf hohen Theken aufgereihten billigen Souvenirs plauschten. Auf Schritt und Tritt hingen ramponierte Lautsprecher an Laternenpfählen und Holzpfosten und beschallten alle Wege mit kratzig klingenden chinesischen Grabgesängen, dargeboten von gezupften Saiteninstrumenten. Die historischen Sehenswürdigkeiten waren überlaufen, doch mit Hilfe des Übersichtsplanes hinten auf ihrer Eintrittskarte gelang es Margaret, eine schmale Allee abseits der ausgetretenen Touristenpfade ausfindig zu machen, die direkt in das als Ackerland genutzte Herz des Parks führte. Endlich fern von den Menschenmassen und nur noch leise von der in der Brise wehenden Trauermusik verfolgt, wurde sie langsamer und ließ sich schließlich im Schatten einiger spindeldürrer Birken nieder, die am Ufer eines brackigen, von Fröschen übervölkerten Tümpels standen. Zu beiden Seiten erstreckten sich im Dunst schimmernde Reisfelder in die Ferne. Grüne Reisschösslinge streckten die Spitzen aus dem reglosen braunen Wasser. Der Anblick ließ sie an McCord und seinen Superreis denken, mit dem er Millionen von Hungernden sättigen wollte. Sie schnaubte verächtlich. Interessierten sich Menschen wie McCord denn wirklich für die Millionen von Hungernden? Vielleicht war sie nur zynisch, doch ihr drängte sich unweigerlich die Vermutung auf, dass die Kranken, die Sterbenden und Hungernden nur einen praktischen Vorwand für jene Forscher darstellten, die sich ein möglichst dickes Stück aus dem Forschungsgelder-Kuchen sichern wollten. Sie dachte an Chao und seine Zusammenarbeit mit McCord, die schon während ihrer gemeinsamen Zeit am Boyce-Thompson-Institut begonnen hatte. Wie dieses zufällige Zusammentreffen erst McCord nach China, dann zur Entwicklung des Superreises und anschließend zu Chaos Aufstieg in den Beraterstab des Landwirtschaftsministers geführt hatte. Und Chaos Tod hatte sie schließlich hierher geführt, in den Garten der Vollkommenheit und des Lichts, wo sie jetzt traurig auf den genetisch modifizierten Reis starrte, dessen grüne Sprossen aus dem reglosen braunen Wasser ragten.

All diese Gedanken gingen ihr im Kopf herum und überdeckten das, woran sie auf gar keinen Fall denken wollte. Li Yan. Wenn man sie schon so heruntergeputzt hatte, weil sie die Nacht in seiner Wohnung verbracht hatte, was für Zornestiraden waren dann wohl auf ihn herabgeregnet? Er musste gewusst haben, dass dies Konsequenzen haben würde. Sie war schließlich nur eine dumme Amerikanerin, die keine Ahnung von den Regeln hatte. Er war Chinese und von Berufs wegen darauf bedacht, dass die Regeln eingehalten wurden. Warum also hatte er sie mit in seine Wohnung genommen, wo er sie doch problemlos im Freundschaftshotel hätte absetzen können? Sie hatte Angst davor, diese Frage zu stellen. Angst zu glauben, er könnte für sie vielleicht dasselbe empfinden wie sie für ihn. Aber andererseits, was *empfand* sie eigentlich für ihn? Was *konnte* sie so kurz nach Michaels Tod überhaupt für ihn empfinden? Bestand nicht die Gefahr, dass sie sich dem erstbesten Mann, der irgendein Interesse an ihr zeigte, an den Hals warf, einfach nur um die Leere auszufüllen, die Michael hinterlassen hatte?

Sie wusste es einfach nicht mehr. Sie war es leid, ihre Gefühle analysieren zu wollen, sie in einen Zusammenhang einbinden zu wollen. Sie wusste nur, was sie spürte, und bei der Vorstellung, Li nie wiederzusehen, spürte sie Übelkeit. Wenn sie zurück ins Hotel kam, blieb ihr gerade noch Zeit zum Packen, Essen und Schlafen. Und morgen früh war sie fort. Auf dem Rückweg nach Chicago, zurück in den Trümmerhaufen jenes Lebens, dem sie vor vier Tagen entflohen war. Waren es wirklich nur vier Tage gewesen? Ihr kamen sie wie vier ganze Leben vor. Sie hatte das Gefühl, Li schon ewig zu kennen. Hatte sie ihn an jenem ersten Tag, als ihr Wagen ihn von seinem Fahrrad geschleudert hatte, wirklich hässlich, primitiv und unattraktiv gefunden? Damals hatte er getobt vor Wut. So zornig hatte sie ihn seither kein zweites Mal gesehen. Sie dachte daran, wie viele Stunden sie in seiner Gesellschaft verbracht hatte, wie oft sie sich dabei ertappt hatte, dass sie ihn berühren oder küssen wollte, vollkommen unverfänglich und voller Zuneigung. Ohne große Hintergedanken. Es war ihr so natürlich vorgekommen, dass es ihr schwer gefallen war, sich zurückzuhalten. Sie musste daran denken, wie sie durch die Badezimmertür in ihrem Hotel im Spiegel einen Blick auf sein Gesicht erhascht hatte, wohl wissend, dass er sie dabei beobachten konnte, wie sie aus der Dusche kam. Ein winziger erotischer Schauer war bei dieser Vorstellung durch ihre Lenden gejagt.

Doch all diese kleinen Gedankenspiele und Fantasien hatten sich nun erledigt. Was für eine Zukunft hätte sich ihnen auch eröffnet? Ein paar gestohlene Nächte voller Leidenschaft, ein kurzfristiger Abbau ihrer sexuellen Frustration. Und dann Adieu. Für sie gab es keine Zukunft in China. Für ihn gab es keine Zukunft außerhalb. Was sollte das alles also? All dieses Kopfzerbrechen über eine Beziehung, die es weder gab noch je geben konnte.

Sie nahm einen Kiesel in die Hand, schleuderte ihn in die Mitte des Tümpels und bewirkte damit, dass die Frösche von ihren Ruheblättern in das unbewegte Wasser hüpften.

Wenn sie überhaupt etwas bewirkt hatte, dann das, alles ins Chaos zu stürzen. Sie war nach China gekommen, um zu entkommen. Doch sie hatte sich kein bisschen auf die Anforderungen vorbereitet, die sich ihr stellen würden, und keinerlei Willen gezeigt, die Kluft zu überbrücken. Sie hatte einen Mann kennen gelernt, den sie attraktiv fand, doch dies war weder die Zeit noch der Ort dafür. Außerdem war sie keinesfalls bereit für eine neue Beziehung. Jedenfalls hätte sie ihrer Schwester oder ihrer besten Freundin genau diesen Rat gegeben. Stürz dich nicht gleich in eine neue Beziehung. Damit versuchst du nur zu kompensieren. Lass eine Weile die Finger von den Männern. Unternimm etwas und genieß das Leben. Sie lächelte wehmütig. Wie oft war der Rat, den man anderen Menschen geben würde, genau der, den man selbst am allerwenigsten befolgen wollte. Sie stand auf. Denk einfach nicht daran, ermahnte sie sich. Morgen früh nimmst du ein Taxi zum Flughafen und steigst in dein Flugzeug. Wenn du erst mal in der Luft bist, kannst du über dein weiteres Leben nachdenken. Schau einfach nicht zurück. Wenigstens nicht, bevor du weit genug weg bist, um das Ganze aus der richtigen Perspektive zu betrachten. Wie die Reisfelder, die sie beim Landeanflug gesehen hatte und in denen, entsann sie sich, die Sonne in einem zerbrochenen Mosaik wie von Spiegelscherben geglänzt hatte. Wie anders sahen die Felder von hier unten aus – grüne Schösslinge, die aus dem Schlammwasser aufragten. Im Leben, so konnte man meinen, kam es immer nur auf die richtige Perspektive an. Und sie fragte sich, aus welcher Perspektive sie wohl irgendwann Michael sehen würde.

Doch schon jetzt fühlte sie sich erleichtert, weil der Yuanmingyuan ihre Sicht auf die Ereignisse der vergangenen Tage verändert hatte. Das Geheimnis bestand darin, einfach nicht darüber nachzudenken. Das Schlimmste, was vor ihr lag, war die Rückfahrt mit dem Fahrrad zum Freundschaftshotel.

10. KAPITEL

I

Donnerstagnachmittag

Sie konzentrierte sich auf das Auf und Ab ihrer Beine, darauf, die Radfahrer im Auge zu behalten, die zu beiden Seiten mit staunenden Blicken an ihr vorbeizogen, und auf die Autofahrer, die es scheinbar darauf angelegt hatten, sie auf den Asphalt zu schubsen oder mit ihrem Gehupe ihre Trommelfelle zum Platzen zu bringen. Und sie nahm die Klänge und Ansichten dieser fremden Stadt in sich auf wie eine Filmszene, die aus einem fahrenden Auto heraus gedreht wurde. Mit einem schmerzhaften Stich begriff Margaret, dass sie Peking vermissen würde. Diese Stadt, das spürte sie, hätte sie in der Seele berührt, wenn sie länger hier geblieben wäre. *Das darfst du nicht einmal denken!* Die Worte dröhnten ihr im Kopf wie der Tadel einer höheren Instanz. Dabei kam der Rat, das wusste sie, von ihr selbst. Und sie befolgte ihn.

Sie näherte sich dem Hotel von Norden her, kam dabei am Freundschaftspalast vorbei, in dessen schattigem Park Vögel in ihren Käfigen sangen, und lenkte das Rad schließlich auf den Autoparkplatz, der in der sengenden Nachmittagssonne ein ausgesprochen heißer und ungemütlicher Ort war. Eine Hupe erklang, doch sie achtete nicht darauf. Dauernd wurde wegen irgendwas gehupt. Die Hupe erklang wieder. Zweimal kurz und drängend, einmal länger. Sie drehte sich um und sah einen dunkelblauen Jeep mit Pekinger Kennzeichen hinter ihr einbiegen und neben ihr anhalten. Ihr Herz machte einen Satz, als sie Li hinter dem Lenkrad sitzen sah. Das Fenster auf der Fahrerseite wurde heruntergelassen, und er schaltete den Motor aus. Wohlwollend musterte er sie. Die blauen Flecken auf seinem zerschundenen Gesicht sahen längst nicht mehr so schlimm aus. »Ich habe Sie von der Universität abholen wollen«, sagte er. »Man hat mir erklärt, Sie hätten gekündigt.«

Sie nickte. »Ich fliege morgen früh um neun Uhr dreißig.«

Er empfand sie als kalt und abweisend. Er hätte sie gern gefragt, warum sie gekündigt hatte, warum sie nach Hause wollte, doch dazu fehlte ihm der Mut. »Ich habe nur eine kurze Nachfrage«, sagte er. »Wegen des Aids-Tests.«

Ihre Enttäuschung schlug in Zorn um. »Ganz im Ernst, das interessiert mich nicht mehr. Ich helfe Ihnen nicht mehr bei Ihren Ermittlungen, und es ist mir absolut egal, ob Chaos Test positiv ausgefallen ist oder nicht.«

Weil ihr Tonfall ihn verletzte, antwortete Li ebenso barsch: »Das könnte ich Ihnen auch gar nicht sagen, selbst wenn ich wollte... weil Sie diesen Test nie angefordert haben.«

»Was?« Entrüstet und aufgebracht sah sie ihn an.

»Behauptet jedenfalls Professor Xie.«

»Also, das ist doch lächerlich. Ich habe gestern Abend mit ihm telefoniert, als ich hergefahren bin, um mich umzuziehen.«

»Und dabei haben Sie ihn gebeten, eine Probe von Chao Hengs Blut auf Aids zu testen?«

»Natürlich.«

»Er behauptet, das hätten Sie nicht.«

»Dann ist er ein verdammter Lügner!«

»Möchten Sie *ihm* das sagen?«

»Sie werden mich kaum daran hindern können.« Sie ließ den Radständer ausschnappen, schob das Sperrschloss zwischen die Speichen des Hinterrades und marschierte um den

Jeep herum auf die Beifahrerseite. Kaum hatte sie sich auf den Sitz fallen lassen, knallte sie die Tür zu und sah Li wütend an. »Und Sie glauben ihm, oder?«

»Nein«, antwortete er schlicht.

Sie sah ihn ein paar Sekunden lang an. »Was wird da gespielt, Li Yan?«

»Jemand möchte nicht, dass wir Chao Hengs Blut auf Aids testen.«

»Professor Xie?« Margaret konnte es nicht glauben.

»Auf Anweisung von jemand anderem.«

»Und von wem?«

»Ich habe keine Ahnung.«

»Aber... warum?«

»Das weiß ich auch nicht.«

Sie schüttelte den Kopf. »Das ist doch absurd. Sie sind bei der Polizei. Wie könnte irgendwer Sie daran hindern, einen Bluttest vornehmen zu lassen?«

»Indem er den Leichnam mitsamt allen Blut- und Gewebeproben vernichtet.«

»Sie machen Witze!«

»Heute Morgen. Man hat alles eingeäschert.«

Margaret konnte es einfach nicht fassen. »Das ist doch nicht möglich. Ich meine, in den meisten Bundesstaaten der USA müssen *sämtliche* toxikologischen Proben mindestens ein Jahr lang aufbewahrt werden. Und bei einem Mordfall fünf Jahre lang.«

»Auch in China ist es nicht üblich, Beweise zu vernichten«, erwiderte Li. »In diesem Fall wurde die Erlaubnis, alle Überreste zu verbrennen, aufgrund eines ›Fehlers in der Verwaltung‹ erteilt.« Er hatte den ganzen Vormittag gebraucht, um das zu eruieren. Man hatte ihm sogar das Formular gezeigt. Eine Angestellte habe den falschen Namen eingetippt, hatte man ihm erklärt.

Sie schüttelte den Kopf. »Und das glauben Sie?«

»Nein.« Er schloss die Augen und atmete tief durch, um seinen Zorn unter Kontrolle zu halten. »Da hat sich jemand ziemlich viel Mühe gemacht, um seine Spuren zu verwischen. Aber es gibt einen losen Faden.« Er machte eine kurze Pause. »Sie.«

»Mich?«

»Sie haben gestern Abend Professor Xie gebeten, einen Aids-Test vorzunehmen – lange bevor er die Anweisung erhielt, den Leichnam und die Proben zu vernichten.«

»Aber wenn er das leugnet...«

»Darum hätte ich gern eine beeidete Aussage von Ihnen, bevor Sie abfliegen. Ich weiß, dass auch dann nur Ihr Wort gegen seines steht...«

»Sie irren sich«, unterbrach ihn Margaret. »Es gab eine Zeugin.«

Li zog die Stirn in Falten. »Wen?«

»Lily Peng. Sie wollte unbedingt mitkommen, als ich mit Professor Xie gesprochen habe.«

Lis Gehirn arbeitete auf Hochtouren. »Also, in dem Fall kann er uns nicht entkommen, oder?« Er überdachte die Sache noch einmal. »Und das bedeutet, dass ich Sie und Lily einsetzen kann, um ihm Angst zu machen. Wenn Ratten Angst bekommen, quieken sie manchmal. Möchten Sie ihn immer noch sprechen?«

Margaret zögerte. Es war verlockend, ja zu sagen, sich wieder einzumischen und allen Emotionen, die sie während der letzten drei Stunden so mühsam eingedämmt hatte, wieder freien Lauf zu lassen. »Ich glaube, das wäre der Universität gar nicht recht«, meinte sie zaghaft.

»Mit der Universität hat das nichts zu tun. Sie sind eine wichtige Zeugin.«

»Ja dann... habe ich wohl keine andere Wahl. Wollen Sie das damit sagen?«

»Das will ich damit sagen.«

»Dann habe ich ja gar keine Wahl, oder?« In ihren Augen war der Funke eines Lächelns zu erkennen.

Er grinste. »Nein«, bestätigte er. »Haben Sie nicht.«

In nicht einmal fünfzehn Minuten waren sie zum Zentrum für forensische Beweissicherung gelangt. Während der ersten fünf sprach keiner von beiden ein Wort.

Margaret bereute ihren Entschluss augenblicklich. Sie wusste ganz genau, dass sie sich hätte weigern können und dass Li sie bestimmt nicht gezwungen hätte. Es war ein törichter Entschluss gewesen. Was konnte ihr diese Sache denn einbringen außer Ärger und Liebeskummer? Es hatte sich doch nichts verändert. Sie würde trotzdem morgen früh um neun Uhr dreißig abfliegen. Sie würde Li nie wiedersehen. Sie würde nie wieder nach China kommen. Was interessierten sie denn die Morde an Chao Heng, an irgendeinem Drogendealer und einem arbeitslosen Wanderarbeiter aus Shanghai? Was tat es zur Sache, dass irgendwer versuchte, Lis Ermittlungen zu durchkreuzen? Wen interessierte das schon?

Li sagte: »Wir haben den Mörder anhand der Fingerabdrücke identifiziert.«

In dem Augenblick wusste sie, dass es sie sehr wohl interessierte. Sie hätte nicht sagen können warum, nur dass es so war. »Wer ist es?«

»Ein Triaden-Killer, genau wie mein Onkel von Anfang an vermutet hat. Die DNA im Inneren des Handschuhs stimmt mit der DNA an den Zigarettenstummeln überein. Es gibt also keinen Zweifel. Er heißt Johnny Ren. Und er ist heute Morgen in die Zentrale der Sektion Eins spaziert und hat meine Taschenuhr aus der Schreibtischschublade geklaut.«

Margaret sah ihn perplex an. »Wie ...? Warum?«

»Keine Ahnung.« Li machte diese Sache sichtlich zu schaffen. »Er ist uns gefolgt – Ihnen und mir. Auf Schritt und Tritt. Gestern Abend hätte er mich fast umgebracht. Und das heute war eine Botschaft. Dass er tun und lassen kann, was ihm gefällt, und dass wir nicht das Geringste dagegen unternehmen können.«

»Sie glauben, deshalb hat er Ihre Uhr genommen? Um das deutlich zu machen?«

Li zog die Schultern hoch. »Vielleicht. Ich weiß es nicht. Vielleicht ist er einfach ein durchgeknallter Drecksack. Aber wenn er meint, wir würden ihn nicht erwischen, dann hat er sich getäuscht. Morgen früh ist sein Gesicht in China so bekannt wie das von Mao Zedong.«

Sie saßen schweigend nebeneinander, während sich Margarets Gedanken überschlugen. »Aber er kann doch unmöglich angeordnet haben, dass der Aids-Test verhindert wird. Oder?«

Li schüttelte den Kopf. »Nein. Das muss entweder sein Auftraggeber oder ein anderer Gehilfe getan haben.«

»Jedenfalls jemand mit großem Einfluss«, schloss Margaret. »Einen Pathologen einzuschüchtern und es fertig zu bringen, dass alle Beweismittel vernichtet werden!«

Li nickte ernst und sah sie dann von der Seite an. Sie hatten vor einer Ampel angehalten. »Allmählich bekomme ich ein ziemlich unangenehmes Gefühl bei der Sache«, bekannte er. »Es sieht fast so aus, als hätten Sie mit Ihrer Vermutung, man habe mit Chaos Verbrennung etwas verbergen wollen, ziemlich nahe bei der Wahrheit gelegen. Die Täter haben einfach nur falsch eingeschätzt, wie viel Schaden das Feuer anrichten würde.«

Als sie im Zentrum eintrafen, befand sich Professor Xie gerade mitten in einer Autopsie. Er sah auf, als die Tür aufschwang, und Margaret entging nicht, dass ihm hinter seiner Atemmaske das Blut in die Wangen schoss. In seinen Augen entdeckte sie etwas, das an Panik grenzte. Doch nach außen hin blieb er kühl, schob die Maske herab, wandte sich an seine Assistenten und bat sie, kurz hinauszugehen. Li

wartete ab, bis sie die Tür hinter sich geschlossen hatten.
»Professor, bleiben Sie bei Ihrer Behauptung, dass Dr. Campbell Sie gestern Abend nicht gebeten hat, eine Probe von Chao Hengs Blut auf Aids testen zu lassen?«

Der Professor lächelte nervös und sah Margaret an. »Nein, natürlich nicht«, antwortete er. »Bestimmt hat Dr. Campbell darum gebeten. Aber wie Sie wissen, sind meine Englischkenntnisse beschränkt...«

»Wir haben drei Autopsien zusammen vorgenommen, ohne dass es jemals Probleme wegen Ihrer Englischkenntnisse gegeben hätte«, wandte Margaret ein. »Und gestern Abend hatte ich ebenso wenig den Eindruck, dass Sie meine Bitte irgendwie missverstanden hätten. Bestimmt wird Wachtmeisterin Lily Peng das bestätigen.«

Das Gesicht des Professors wurde kreidebleich. Li sagte: »Professor Xie, Sie stecken bis zum Hals in Schwierigkeiten. Sollten Sie versucht haben, Beweise zu vernichten oder zu vertuschen, dann wären Sie an einem Mord beteiligt.«

Der Professor blieb stocksteif stehen, und er antwortete leise und in rasend schnellem Chinesisch. »Ich habe damit nichts zu tun, Stellvertretender Sektionsvorsteher Li. Ich tue, was man mir aufträgt. Nicht mehr, nicht weniger. Ich habe keine Ahnung, was hier vorgeht. Aber wenn Sie versuchen, mich in einen Skandal zu verwickeln, dann werden Sie noch viel größere Schwierigkeiten bekommen, das versichere ich Ihnen.« Margaret sah das Skalpell in seiner Hand beben, während er redete.

»Wollen Sie mir drohen, Professor?« Li klang gelassen und ruhig.

»Nein, ich erkläre Ihnen nur, wie die Dinge liegen. Und es handelt sich um Dinge, auf die wir beide keinen Einfluss haben.«

»Das werden wir noch sehen.« Li machte auf dem Absatz kehrt und ging zur Tür, womit er Margaret vollkommen überraschte. Sie hatte keine Ahnung, was gesprochen worden war, doch der Tonfall war unverkennbar feindselig gewesen. Sie zog ihre Braue in einer Frage an Professor Xie hoch, die ausschließlich in Körpersprache formuliert war. Schließlich hatten sie gemeinsam drei Autopsien vorgenommen. Das verband auf gewisse Weise. Der Professor reagierte mit einem kaum wahrnehmbaren Achselzucken, aus dem die Bitte um Verzeihung zu sprechen schien. Mit einem Seufzen folgte Margaret Li nach draußen. Gerade als er aus der Kühle des Gebäudes in die grelle Hitze der Nachmittagssonne trat, holte sie ihn ein.

»Was war da eben los?«, fragte sie.

»Er hat mich gewarnt.«

»Was, Sie meinen, er hat Ihnen gedroht?«

»Nein.« Li lächelte grimmig. »Er hat mich gewarnt.«

Margaret schüttelte den Kopf. »Das verstehe ich nicht. Ich meine, können Sie ihn nicht einfach wegen Behinderung der polizeilichen Ermittlungen verhaften?«

»Ein solches Gesetz haben wir nicht.«

»Und was passiert, wenn sich jemand weigert, mit der Polizei zusammenzuarbeiten?«

Ihre Naivität brachte Li zum Lächeln. »In China weigert man sich nicht, mit der Polizei zusammenzuarbeiten.«

Margaret brauchte einen Augenblick, bis sie das verdaut hatte. »Aber genau das hat Professor Xie doch eben getan?«, fragte sie.

Lis Lächeln erlosch. »Nein. Er hat sich nicht geweigert, mit uns zusammenzuarbeiten. Er hat bloß gelogen.«

»Wo ist sie jetzt?« Chen stand mit zornsprühenden Augen hinter seinem Schreibtisch, raffte Papiere zusammen und stopfte sie in seinen Aktenkoffer.

»In meinem Büro.«

»Sie sind verrückt, Li«, tobte Chen. »Ich habe Ihnen erklärt, dass sie bei dieser Ermittlung keine Rolle mehr spielen wird.«

»Sie ist eine Zeugin. Ich nehme ihre Aussage auf.«

»Die was beweisen soll? Dass die Englischkenntnisse von Professor Xie zu wünschen übrig lassen? Um Gottes willen, Li, welchen Grund könnte der Professor denn haben, absichtlich Beweise zu vernichten oder eine Blutprobe nicht durchzuführen?«

»Keinen.«

»Da sehen Sie es.«

»Man hat es ihm befohlen.«

Chens Lachen klang hohl und humorlos. »Was soll das denn werden? Eine Verschwörungstheorie? Allmählich glaube ich, Dr. Campbell ist der größte Fehler, den ich je begangen habe.« Er kam hinter dem Schreibtisch hervor und nahm sein Jackett von dem Haken hinten an der Tür.

»Mit Dr. Campbell hat das nichts zu tun.«

»Da haben Sie Recht. Das hat es wirklich nicht. Dies sind Ermittlungen, die von der Sektion Eins der Kriminalpolizei der Städtischen Polizei Peking vorgenommen werden.« Ärgerlich rückte er das Jackett gerade.

»Die Sache ist, dass jemand uns daran hindern wollte, Chaos Blut zu untersuchen, Chef.«

»Nun, wenn das stimmt, dann ist es ihm gelungen, nicht wahr?« Er sah auf seine Uhr. »Hören Sie, ich habe einen Termin im Büro des Generalstaatsanwalts. Ich komme sowieso schon zu spät.« Er blieb in der Tür stehen und warf einen letzten, abfälligen Blick auf Li. »Vielleicht möchten Sie ja, dass ich dem Stellvertretenden Generalstaatsanwalt Zeng von Ihrer Verschwörungstheorie erzähle – schließlich scheinen Sie in diesem Fall ja ziemlich eng mit ihm zusammenzuarbeiten.«

Li folgte ihm auf den Gang, ohne auf den Seitenhieb zu

reagieren. »Chef, ich glaube, das Ergebnis dieses Bluttests wäre der Schlüssel zu dem gesamten Fall gewesen.«

»Dann suchen Sie nach einem zweiten Schlüssel. Irgendwo gibt es immer eine Hintertür.« Ohne aus dem Tritt zu geraten, sah Chen ein zweites Mal auf die Uhr. »Und schicken Sie um Himmels willen diese Amerikanerin fort. Ich habe gehört, sie hat an der Universität aufgehört.«

»Sie hat einen Heimflug für morgen früh gebucht.«

»Gut. Sorgen Sie dafür, dass sie auch wirklich fliegt.«

Li blieb stehen und sah Chen nach, bis er am Ende des Ganges verschwand, dann bog er ab in den Dienstraum der Kriminalbeamten und marschierte geradewegs in sein eigenes Büro, ohne auf die neugierigen Blicke seiner Kollegen zu reagieren. Er knallte die Tür hinter sich zu. Margaret saß an seinem Schreibtisch und kippelte langsam auf dem Stuhl vor und zurück.

»Eine komische Vorstellung, dass er hier gewesen ist«, sagte sie. Sie nahm eine Kopie von Johnny Rens Foto vom Tisch. »Ich nehme an, das ist er?« Li nickte. »Er sieht ganz und gar nicht so aus, wie ich ihn mir vorgestellt habe.«

»Wie haben Sie ihn sich denn vorgestellt?«

»Nicht chinesisch. Ich weiß nicht warum. Mir war klar, dass er Chinese sein muss, trotzdem hatte ich ein ganz anderes Bild im Kopf.« Wieder betrachtete sie das Foto. »Er hat böse Augen, nicht wahr? Ganz ohne Licht. Praktisch tot.« Sie sah auf. »Was hat Chen gesagt?«

»Er glaubt nicht an eine Verschwörung.«

»Überrascht Sie das?«

»Eigentlich nicht. Er findet, Professor Xies Erklärung klingt ganz plausibel.«

»Und was machen wir jetzt?«

»*Ich* für meinen Teil werde weiter versuchen, Johnny Ren zu schnappen. Und Sie für Ihren Teil werden morgen früh nach Hause fliegen.« Er sah sie an und wandte dann plötzlich verlegen den Blick ab. Die Hände in den Hosentaschen vergraben, schlenderte er ans Fenster, bis sich das Schweigen im Raum ins Unendliche zu dehnen schien.

Schließlich sagte sie: »Natürlich gäbe es noch eine andere Möglichkeit, an Chao Hengs Krankengeschichte heranzukommen.«

Mit gerunzelter Stirn drehte er sich um. »Wie meinen Sie das?«

»Nun, wahrscheinlich hatte er auch einen Arzt. Ich meine, woher hätte er sonst so viele verschreibungspflichtige Medikamente bekommen?«

Li schüttelte ungläubig den Kopf. Der Gedanke war so nahe liegend – warum waren sie beide erst jetzt darauf gekommen? Dann lächelte er still in sich hinein.

»Was ist so komisch?«, fragte sie.

»Der Alte Chen«, sagte er. »Er ist ein alter Brummbär, aber bestimmt nicht dumm. Ich habe ihm gesagt, dass ich glaube, der Schlüssel zu dem Mord an Chao läge in seinem Blut. Er hat gesagt…«, Li bemühte sich, die genauen Worte wiederzugeben, »›dann suchen Sie nach einem zweiten Schlüssel. Irgendwo gibt es immer eine Hintertür.‹«

»Solange Sie mich helfen lassen, sie aufzuschließen.« Margaret zog flehend eine Braue hoch.

»Sie dürfen Ihr Flugzeug nicht verpassen.«

»In…«, sie sah auf die Uhr, »…siebzehneinhalb Stunden kann eine Menge passieren.«

II

Li bog mit dem Jeep auf den Beijingzhan-Boulevard, an dessen Ende sich die zwei Türme des Pekinger Bahnhofs erhoben, wo irgendwann heute Abend der Alte Yifu aus Sichuan eintreffen würde. Li war auf Umwegen nach Chongwenmen

gefahren, um den Stau zu umgehen, der wie jeden Nachmittag die zweite Ringstraße verstopfte. Schließlich hatte er den Mut aufgebracht, Margaret zu fragen, weshalb sie bei der Universität gekündigt hatte. Und sie hatte ihm alles erzählt: von der ausgefallenen Vorlesung, von der ablehnenden Haltung Jiangs und seiner Angestellten ihr gegenüber, von ihrem Streit mit Bob. Jetzt schüttelte er den Kopf und sagte: »Das tut mir wirklich schrecklich Leid, Margaret.«
»Wieso? Es ist nicht Ihre Schuld.«
»Wenn ich Sie ins Hotel und nicht in meine Wohnung gebracht hätte, wäre all das nicht passiert.«
»Wenn ich mich nicht betrunken hätte...« Sie brauchte den Satz nicht zu Ende zu sprechen. »Also, wie dem auch sei, eigentlich gebe ich dieser kleinen Schlampe Lily Peng die Schuld. Die hat uns schließlich verpfiffen.«
Li zuckte mit den Achseln. »Wenn sie es nicht getan hätte, dann jemand anderer – der Wach habende Polizist in meinem Wohnblock, die Angestellten im Freundschaftshotel... Aber deswegen hätten Sie nicht alles hinschmeißen müssen.«
Sie seufzte. »O doch. Ich könnte mir gut vorstellen, dass Bobs scheinheiliges Getue der letzte Auslöser war, doch die Bombe hat schon zu ticken angefangen, als ich aus dem Flugzeug gestiegen bin. Ich hätte nie herkommen sollen, Li Yan. Ich kam aus einem völlig verkehrten Grund – um meinem chaotischen Leben daheim zu entfliehen, nicht weil ich wirklich nach China wollte. Und Bob hatte vollkommen Recht. Ich habe nicht das nötige Interesse gezeigt, ich habe mich nicht gründlich genug vorbereitet. Ich kam hier an, befrachtet mit der populären und paranoiden amerikanischen Propaganda gegen China und den Kommunismus – und ohne irgendetwas lernen zu wollen.« Sie sah zu ihm hinüber und lächelte bedauernd. »Wenn ich Ihnen nicht begegnet wäre, wenn Sie mich nicht so provoziert und mich gezwungen hätten, Augen und Geist zu öffnen, dann hätte ich die

sechs Wochen hier wahrscheinlich wie eine Art Roboter abgeleistet und nicht das Geringste von diesem Land mitbekommen. Und ich wäre als genau dieselbe heimgekommen, als die ich abgeflogen bin. Und bei meiner Rückkehr hätte dasselbe vergeudete Leben auf mich gewartet wie zuvor. Doch diese vier Tage haben mich verändert. Wenn ich morgen heimfliege, wird ein anderer Mensch in Chicago aus dem Flugzeug steigen. Und ich werde nicht in mein altes vergeudetes Leben zurückkehren. Ich werde ein neues anfangen.« Sie starrte auf ihre Hände. »Ich wünschte nur…« Doch sie konnte den Satz, zu dem sie angesetzt hatte, nicht beenden und zog stattdessen hilflos die Achseln hoch. »Und warum *haben* Sie mich in Ihre Wohnung mitgenommen?«

Er blickte starr geradeaus, während er um den Bahnhof herumfuhr und an der Kreuzung links auf die Chongwenmen-Dong-Straße einbog. Wie gern hätte er ihr gesagt, dass er ihr nahe sein musste, dass sie nicht abfliegen durfte, dass allein ihre Anwesenheit, ihr Duft in seiner Wohnung allen Zorn aufwog, der mit Sicherheit von oben auf ihn herabregnen würde. Doch stattdessen sagte er: »Ich habe mich um Ihre Sicherheit gesorgt, schließlich ist Johnny Ren noch auf freiem Fuß.«

»Ach«, sagte sie, irgendwie enttäuscht, dass das alles sein sollte. »Haben Sie das auch Ihrem Chef erklärt?«

Li nickte. »Es hat ihn nicht beeindruckt.«

Margaret ging die Galle über. »Wissen Sie, was mich an dieser ganzen Missbilligung am meisten ärgert? Gut, ich habe die Nacht in Ihrer Wohnung verbracht, aber in aller Unschuld. Nur dass kein Mensch das glaubt. Irgendwie haben sie alle was Lüsternes an sich.«

Li lächelte. »Und wenn einen die Menschen schon schuldig sprechen, möchte man wenigstens das Vergnügen haben, das Verbrechen auch zu begehen.«

Margaret drehte sich zu ihm um und sah ihn neugierig an. »Vergnügen?«

Doch er sah immer noch auf die Straße. »Zu schade, dass wir das nie erfahren werden.« Nach einer Sekunde blickte er kurz zu ihr herüber, doch sie hatte den Kopf bereits wieder abgewandt, sodass er ihre Reaktion nicht einschätzen konnte. Tatsächlich klopfte ihr das Herz bis zum Hals. Bekundete er wirklich Bedauern darüber, dass sie nicht miteinander geschlafen hatten? Natürlich nur auf die für ihn typische verschlüsselte Weise, doch paradoxerweise war er dabei zugleich ganz untypisch direkt. Am liebsten hätte sie ihn an den Ohren gepackt und ihm befohlen, klar und deutlich zu sagen, was er wirklich meinte, auszudrücken, was er empfand. Doch ihr war bewusst, dass auch sie noch nicht den Mut dazu aufgebracht hatte. Warum war das nur so schwierig? Aber das wusste sie natürlich. Es war die Angst. Ihre Angst davor, sich in eine Beziehung ohne jede Zukunft zu stürzen, vor allem, wo sie immer noch an den Wunden leckte, die sie sich in ihrer letzten Beziehung zugezogen hatte. Seine Angst, überhaupt eine Beziehung einzugehen. Vermutlich hatte sein Beruf ihn schon so lange ganz und gar in Anspruch genommen, dass er vollkommen vergessen hatte, wie er sich in Gegenwart einer Frau verhalten sollte.

Sie bogen von der Xihuashi-Straße auf das Grundstück ab, über dem der Wohnblock mit Chaos Wohnung aufragte. Li parkte den Jeep im Schatten der Bäume, und Margaret folgte ihm zur Tür der Erdgeschosswohnung, in der die Vorsitzende Liu Xinxin wohnte. Liu Xinxin öffnete die Tür nur einen kleinen Spalt und musterte Li grimmig, bis ihr dämmerte, wer da vor ihr stand.

»Kommissar Li«, sagte sie. Dann sah sie fragend auf Margaret.

»Vorsitzende Liu, das ist Dr. Campbell, eine amerikanische Pathologin, die uns bei den Ermittlungen hilft. Sprechen Sie Englisch?«

Liu Xinxins Gesicht hellte sich auf. »O ja. Aber ich bin jetzt langsam. Ich nicht habe viel Übung.« Sie reichte Margaret die Hand. »Bin erfreut Sie sehen, Doctah Cambo.«

Margaret schüttelte ihre Hand. »Das Vergnügen ist ganz meinerseits.«

»Bitte Sie kommen rein.« Sie führte Li und Margaret in ihr Wohnzimmer. Ihre zwei Enkel hockten auf dem Teppich und spielten mit einer grob geschnitzten und handbemalten Spielzeug-Dampflok. Ehrfürchtig starrten sie Margaret an. »Tee?«, fragte Xinxin.

»Das ist sehr freundlich«, sagte Li, »aber leider haben wir heute nur wenig Zeit.« Er hatte keine Lust, wieder zu einer inbrünstigen Darbietung von »Unser Land« mit Klavierbegleitung genötigt zu werden. »Ich wollte nur nachfragen, ob Sie uns sagen könnten, wie Chao Hengs Arzt hieß.«

»Hah!« Liu Xinxin wedelte abfällig mit der Hand. »Sehr komisch Mann, dieses Chao Heng. Er ist Wissenschaft, erzogen in Westen.« Sie nickte zu Margaret hin, als wollte sie sagen: *Sie sollten das wissen, Sie kommen aus dem Westen.* »Alles modern, modern. Teuer Hifi. CD-Spieler. Handy. Aber er nicht mag modern Medizin. Er mag traditionell chinesisch Kräutermedizin. Er geht Tongrentan.«

Margaret sah Li an. »Was ist das?«

»Ein Geschäft für traditionelle chinesische Medizin. Einer jener Läden, wo man einen Jahreslohn für eine fünfzig Jahre alte Ginseng-Wurzel zahlt.« Er wandte sich wieder an Liu Xinxin. »Welche Filiale?«

»Dazhalan.«

»Ich begreife das nicht«, sagte Margaret. »Er ging nicht zum Arzt, sondern lieber in einen Kräuterladen?«

Li schüttelte den Kopf. »Dort gibt es auch Ärzte. Meistens sind sie pensioniert. Auf diese Weise bessern sie ihre Rente auf.«

»Und sie verschreiben Heilkräuter?«

»Traditionell chinesisch Medizin«, korrigierte Liu Xinxin. »Sehr gut Medizin. Macht gesund ganz schnell.«

»Also, die Reverse-Transkriptase- und Protease-Hemmer hat er jedenfalls nicht aus dem Kräuterladen«, sagte Margaret.

Dazhalan war ein Dschungel von Straßenmärkten und Kuriositätenläden in den schmalen mittelalterlichen *Hutongs* gleich südlich des Qianmen. Li und Margaret schoben sich durch die hektischen Käufermassen. An jeder Ecke quäkte blecherne Musik aus aufgehängten Lautsprechern. Rote und gelbe Schriftzeichen-Banner waren im Zickzack über ihren Köpfen aufgespannt. Die Ladenfassaden waren fantastische Schöpfungen mit Ziegelvordächern über geschwungenen Gesimsen, die wiederum von verschnörkelten und bunt bemalten Pfeilern und Säulen getragen wurden. »Während der Ming-Dynastie«, erläuterte Li, »gab es hier drei große Weidentore, die während der Nacht die Innere Stadt abschlossen. Wörtlich übersetzt bedeutet Dazhalan ›großer Zaun‹. Im Peking der Kaiserzeit waren in der Stadtmitte keine Läden und Theater zugelassen. Folglich wurden sie gleich vor den Toren eröffnet. Hierher kamen die Menschen während der langweiligen Pekinger Nächte.«

Sie kamen an einem vierhundert Jahre alten Kaufhaus vorbei, in dem eingelegte Gemüse und Soßen verkauft wurden, an einem Restaurant, in dem Leckerbissen der Kaiserzeit serviert wurden, und an einem Laden, der seit über hundert Jahren mit Seide, Wolle und Pelzen handelte. »Früher war dies das Rotlichtviertel«, sagte ihr Li. »Bis die Kommunisten 1949 alle Bordelle schlossen und die Mädchen zum Arbeiten in die Fabriken schickten.« Plötzlich fielen ihm Lotus und sein Versprechen Yongli gegenüber ein. Er fluchte still in sich hinein, doch im Moment war er nicht in der Lage, irgendetwas zu unternehmen.

Löwen aus weißem Marmor bewachten unter einem farbenfrohen und verzierten Vorbau den Eingang zum Tongrentan, jenem seit 1669 beurkundeten Geschäft und Lieferanten traditioneller Heilmittel und Kräutermischungen. Allerdings war es den Löwen nicht gelungen, mehrere junge Männer zu verjagen, die sich in den Schatten des Vordaches verzogen und auf dem kühlen Marmor zusammengerollt hatten, um dort den Nachmittag zu verschlafen. Li und Margaret stiegen über einen laut schnarchenden älteren Mann hinweg und schoben sich dann durch die Glastür in das äußerst angenehm gekühlte Innere.

Das Geschäft entsprach in keiner Weise Margarets Erwartungen. Irgendwie hatte die Erwähnung von traditioneller chinesischer Medizin in ihr das Bild eines düsteren, schmuddligen Ladens heraufbeschworen, wo das Tageslicht nur durch alte Holzfensterläden hereindrang und ein alter Mann mit dünnem weißem Bart hinter einer hohen Theke voller Krüge und Flaschen mit exotischen Pillen und Mittelchen auf seine Kunden wartete. Stattdessen war der Laden groß, hell und modern. Eine Galerie im oberen Stock wurde von rot-goldenen Säulen getragen und blickte auf den Laden im Erdgeschoss, wo Pillen und Salben in ganz gewöhnlichen Kartons in neonbeleuchteten Glasschränken ausgestellt waren. Hoch über ihnen hingen riesige, gläserne und mit langen gelben Quasten behangene Lampenschirme, auf denen Szenen aus dem kaiserlichen China dargestellt waren. Die Heilmittel selbst allerdings überstiegen ihre wildesten Fantasien: getrocknete Seepferdchen und Seeschnecken, Tigerknochen, Nashorn-Pulver und Schlangenwein, Heilmittel gegen alles und jedes, von Angstzuständen bis zur Enzephalitis – so wurde jedenfalls behauptet.

Gleich hinter der Eingangstür wand sich eine lange Schlange von geduldig Wartenden quer durch den ganzen Laden. Das Ziel ihres Wartens war die Konsultation eines alten Mannes mit verkniffenem Gesicht, der in einer Bude zu ihrer Linken hockte. Dieser pensionierte Arzt hatte offenbar keine Eile, seine Ratschlüsse zu erteilen, und Li hatte bestimmt nicht die Absicht zu warten, bis er an die Reihe kam. Mit erhobenem Polizeiausweis drängelte er vor an die Spitze der Schlange. Margaret eilte ihm hinterher, was ihr teils befremdete, teils auch feindselige Blicke eintrug. Doch niemand äußerte sein Missfallen. Nachdem ein Mädchen von ungefähr zwanzig Jahren mit bleichem Gesicht und fleckigen Wangen aus der Kabine gekommen war, ein Rezept in der Hand zerdrückend und mit zutiefst verstörter Miene, traten Li und Margaret ein. Der alte Arzt besah sich gründlich Lis Polizeiausweis, bevor er eingehend Lis Gesicht musterte und beide aufforderte, sich zu setzen. Margaret würdigte er kaum eines Blickes. »Was kann ich für Sie tun, Kommissar?«, fragte er.

»Ich interessiere mich für einen Ihrer Patienten, Chao Heng.«

Der Arzt machte eine winzige Kopfbewegung zu Margaret hin. »Wer ist sie?«

»Eine amerikanische Ärztin. Eine Pathologin, die uns bei einem Fall hilft.«

Der Alte wandte sich an Margaret und betrachtete sie mit frisch erwachtem Interesse. »Wo haben Sie studiert?«, fragte er sie in perfektem Englisch.

Sie war überrascht. »An der Universität von Illinois.«

»Ah. Ich war einige Zeit an der Universität von Kalifornien, in der Davis Medical School. Ein Forschungsprojekt über Nierenkrebs mit meinem sehr guten Freund Dr. Hibbard Williams. Er ist auf Nephrologie spezialisiert. Vielleicht haben Sie von ihm gehört?«

»Leider nein.« Sie runzelte die Stirn. »Ich dachte, Sie praktizieren traditionelle chinesische Medizin?«

»Ich habe sowohl die chinesische als auch die westliche

Medizin studiert. Beide können viel voneinander lernen. Was ist Ihr Fachgebiet?«

»Verbrennungsopfer.«

Er rümpfte angeekelt die Nase. »Wie unangenehm.«

Li mischte sich wieder ein. »Chao Heng hat Sie also konsultiert? Ist das richtig?«

Der Arzt nickte. »Mr. Chao, ja.«

»Soweit ich erfahren habe, ging es ihm in letzter Zeit nicht gut.«

»Ist ihm etwas zugestoßen?«

»Er wurde ermordet.«

»Aha.« Das schien den Arzt wenig zu beeindrucken. »Wie bedauerlich. Aber er wäre sowieso gestorben.«

»Woran?«, fragte Margaret.

»Ich habe keine Ahnung. Ich habe seine Symptome ungefähr sechs Monate lang behandelt, aber nichts hat bei ihm gewirkt. Schließlich habe ich ihm vorgeschlagen, einen ehemaligen Kollegen von mir im Peking-Krankenhaus in der Dahua Lu aufzusuchen. Das schien ihm nicht zu gefallen. Er glaubte nur an die traditionelle Medizin. Doch ich konnte nichts mehr für ihn tun.«

»Was für Symptome hatte er denn?« Margarets Neugier war erwacht.

»Viele verschiedene.« Der alte Arzt schüttelte den Kopf. »Er litt an Erschöpfung und Durchfall, und er bekam immer wieder Fieber. Wiederholt trat Soor bei ihm auf, und er wurde von einem Husten gequält, der einfach nicht verschwinden wollte. Später schwollen außerdem die Lymphknoten in seinen Leisten und Achselhöhlen an. In letzter Zeit hat er viel Gewicht verloren. Einige der Symptome reagierten auf die Behandlung, wenigstens zeitweise. Aber früher oder später kamen alle wieder zurück.«

Sie sah ihn ernst an. »Das weist alles auf eine HIV-Infektion hin. Hat er sich jemals auf Aids testen lassen?«

»Ja, ich glaube, im Peking-Krankenhaus hat man ihn auf HIV getestet. Damals habe ich ihn wohl das letzte Mal gesehen.«

»Und?«, fragte Margaret.

»Und was?«, erwiderte der Alte gereizt.

»War der Test positiv?«

»O nein.« Der alte Kräutermann kratzte sich am Kinn. »Mr. Chao hatte kein Aids.«

III

Li parkte den Jeep im Schatten der Bäume am östlichen Ende der Dongjiaominxiang-Gasse, einen Steinwurf von dem Hintereingang zur Zentrale der Stadtpolizei entfernt, wo Li und Margaret am vergangenen Montag ihren ersten Zusammenstoß gehabt hatten. Sie sah die Straße hinunter auf den Ziegelbau, in dem sich das Hauptquartier der Kriminalpolizei befand, und auf den Torbogen, durch den man auf das Gelände gelangte. Waren wirklich erst drei Tage seit dieser ersten Begegnung vergangen? Sie sagte zu Li: »Dort sind wir das allererste Mal aufeinander getroffen, nicht wahr?« Sie grinste. »Im wahrsten Sinn des Wortes.«

»Ja.« Er lächelte, weil er daran denken musste, wie wütend er damals gewesen war. »Ich war auf dem Weg zu meinem Vorstellungsgespräch für diesen Job. Oder wenigstens habe ich das geglaubt. Den ganzen Morgen hatte ich meine Uniform gebügelt, damit ich aussehe wie aus dem Ei gepellt. Stattdessen kam ich dreckig, mit aufgerissenem Ellbogen und nassem Hemd an, weil ich das Blut wegzuwaschen versucht habe.«

Margaret lachte. Darum war er so verärgert gewesen. »Sie haben die Stelle trotzdem bekommen, oder? Wahrscheinlich waren ihre Vorgesetzten der Auffassung, dass Sie wie ein Mann der Tat aussehen.«

»Ich hätte die Stelle so oder so bekommen. Ich hatte bloß Glück, dass sie ihre Meinung nicht geändert haben, als sie gesehen haben, in welcher Verfassung ich war.«

Sie berührte den Arm an der aufgeschürften Stelle, und die Berührung ihrer Finger brannte sich wie Feuer in seine Haut. »Es hat lange gebraucht, um zu heilen«, urteilte sie.

»Das ist eine frische Wunde.«

»Ach.« Das schien sie zu überraschen. »Hat Sie schon wieder ein Mädchen vom Fahrrad geschubst?«

Er lächelte. »Das ist eine lange Geschichte.«

»Dann erzählen Sie mir die lieber nicht. Denn wir haben nicht mehr viel Zeit.« Sie hatte das als Spaß gemeint, doch kaum hatte sie die Worte ausgesprochen, merkten beide, wie zutreffend sie waren, und beide litten, ohne es sich einzugestehen, unter ihrer unaufhaltsam näher rückenden Abreise.

Schweigend gingen sie weiter unter dem Laubdach der Bäume entlang in Richtung Osten, bis sie links in die Dahua Lu abbogen. Es war eine lange, nach Norden verlaufende Straße mit ausladenden Bäumen auf der linken Straßenseite, die den Eingang zum Dongdan-Park überschatteten. Das Peking-Krankenhaus, eine moderne, weitläufige Anlage mit weißen zwei- und fünfstöckigen Gebäuden, lag auf der Westseite hinter hohen, weiß gestrichenen Zäunen. Auf der Straße waren überall weiß uniformierte Krankenschwestern zu sehen und gelegentlich ein ankommender oder abfahrender Krankenwagen. Ein alter Mann in Pantoffeln und hellem Pyjama, das Gesicht grau wie die Asche seiner Zigarette, schlurfte an einem der Tore herum und blies Rauch in den vorabendlichen Himmel. Sie gingen an dem Raucher vorbei auf das Gelände, und Li fragte einen uniformierten Soldaten in einem Wachhäuschen nach dem Weg zum Verwaltungstrakt.

Als sie dort angekommen waren, unterhielt sich Li mehrere Minuten mit einer Empfangsdame, ehe sie in ein Wartezimmer im dritten Stock hinaufgeführt wurden, wo sie sich selbst überlassen blieben. Es war ein quadratischer Raum mit niedrigen, khakigrünen Sofas an den Wänden und Glastischen mit Spitzendeckchen – den standardisierten Fabrikmöbeln, die überall in China die Empfangsräume zierten. Nach zehn Minuten erschien ein Empfangschef, der händeschüttelnd Visitenkarten mit Li tauschte und sich höflich nach der Absicht ihres Besuches erkundigte. Margaret verfolgte den rituellen chinesischen Austausch und war redlich bemüht, sich in allen drei Gs gleichzeitig zu üben. Der Wortwechsel schien kein Ende zu nehmen. Schließlich verschwand der Empfangschef wieder, und Margaret fragte Li, was nun geschehen würde. »Er geht, um einen Termin mit dem Verwaltungschef zu vereinbaren«, sagte er. »Und er lässt uns Tee bringen.«

»Tee?«

»Es könnte länger dauern.«

Tatsächlich dauerte es mehrere Tassen und weitere zwanzig Minuten, bis der Verwaltungschef mit einer Entourage von Assistenten und dem Empfangschef auftauchte, der diesmal die Vorstellung übernahm. Weiteres rituelles Händeschütteln und Kartentauschen. Dann setzten sich alle wieder, Li und Margaret auf der einen Seite des Raumes, das Empfangskomitee auf der anderen. Alle warfen verstohlen neugierige Blicke in ihre Richtung, äußerten sich aber nicht weiter.

Während des folgenden Wortwechsels zwischen Li und dem Verwaltungschef musste Margaret in frustrierter Ahnungslosigkeit auf ihrem Platz ausharren. Das Gespräch dauerte nicht lang. Sie sah Li sichtbar erbleichen, dann erhob sich der Verwaltungschef und gab damit zu erkennen, dass die Unterhaltung beendet war. Wieder rituelles Händeschütteln, dann wurden sie ins Erdgeschoss hinunterbegleitet. Sie konnte es kaum erwarten, Li zu fragen, was gesprochen worden war, doch der Empfangschef war fest entschlossen, sie persönlich hinauszugeleiten, und an der Empfangstheke mussten noch ein paar Formulare ausgefüllt werden. Mühsam zügelte sie ihre Ungeduld.

Mit schnellen Schritten, die Hände tief in den Taschen vergraben, stürmte Li auf dem gleichen Weg über die Dahua Lu zurück. Margaret musste sich anstrengen, um mit ihm Schritt zu halten. »Was haben sie denn gesagt?« Sie platzte fast vor Neugier, er hingegen war unerträglich verschlossen und ganz in die düsteren, geheimen Gedanken versunken, die hinter der tief gefurchten Stirn durch seinen Kopf zogen. Sie kamen beim Jeep an, und er setzte sich wortlos hinter das Steuer. »Herr im Himmel, Li Yan!«

Er sah sie an. »Sind Sie hungrig?«

»Was?«

»Ich könnte jedenfalls einen *Jian Bing* vertragen. Ich habe den ganzen Tag noch nichts gegessen.«

»Ich auch nicht, aber ich möchte vor allem erfahren, was man Ihnen im Krankenhaus erzählt hat.«

»Mei Yuan steht bestimmt noch mit ihrem Wagen an der Ecke zum Dongzhimennei«, sagte er. Er startete den Motor und lenkte den Jeep auf die Straße. Sie waren in nördlicher Richtung gefahren, die Dahua Lu entlang, und bogen eben nach Osten auf den Jianguomennei-Boulevard ein, als er bemerkte: »Anscheinend hat man Chao auf alles Mögliche getestet.« Er spulte im Geist noch einmal das kurze Gespräch ab, das er mit dem Verwaltungschef geführt hatte. »Aber manchmal kamen einfach keine Ergebnisse aus dem Labor. Irgendwann wurde dann seine gesamte Patientenakte aus dem Peking-Krankenhaus abgeholt, und er wurde als stationärer Patient im Militärkrankenhaus 301 aufgenommen.«

Margaret wartete. Doch Li war fertig, ohne dass sie etwas mit dieser Auskunft anfangen konnte. »Und was ist das Militärkrankenhaus 301?« fragte sie.

»Ein Hochsicherheits-Krankenhaus für hoch gestellte Persönlichkeiten. Dort werden die Topleute der Regierung und der Verwaltung behandelt. Deng Xiaoping lag dort während seiner letzten Tage.«

Margaret stutzte. »Aber Chao war doch keine hoch gestellte Persönlichkeit, oder?«

»Nein.«

»Wie kommt es dann, dass er dort behandelt wurde?«

»Ich weiß es nicht. Für mich ergibt das alles keinen Sinn.«

Margaret überlegte. »Vermutlich konnte er nur ins Militärkrankenhaus 301 verlegt werden, wenn jemand mit sehr viel Einfluss das arrangiert hat, richtig?« Li nickte. »Jemand ganz oben in der Regierung oder in der Verwaltung?« Li nickte wieder, und zum ersten Mal begriff Margaret, wieso Li sich so verschlossen hatte. »Stoßen wir hier vielleicht auf Gelände vor, das uns gefährlich werden könnte?« In ihrem Magen bildete sich ein faustgroßer Knoten.

»Ich hatte schon den ganzen Tag ein mulmiges Gefühl«, sagte Li. Er atmete tief durch. »Und es will einfach nicht weggehen.«

Er hupte noch öfter als sonst, während er den Jeep durch den Verkehr auf der Chaoyangmen-Nanxiaojie-Straße fädelte. Normalerweise steuerte er sein Fahrrad und kein Auto durch diese Straße.

»Aber Sie werden doch trotzdem Einblick in seine Krankenakte nehmen können?«

Li schien daran zu zweifeln. »Ich weiß es nicht. Ich habe keine Erfahrung und vielleicht auch gar nicht die Berechtigung, mich mit einer derartigen Institution anzulegen.«

»In den Staaten würden wir die Akte einfach unter Strafandrohung anfordern.«

»Wir sind hier in China, nicht in den Staaten.«

»Sie haben doch selbst gesagt, dass in China jeder mit der Polizei zusammenarbeitet.«

»Natürlich werde ich die Akte anfordern«, erwiderte er.

»Und wenn man sie Ihnen nicht aushändigt?«

»Dann wird man dafür einen guten Grund angeben müssen.« Das klang wesentlich tapferer, als er sich fühlte. Er kam sich vor wie ein schlechter Schwimmer, der vom Strand abgetrieben wurde und schon lange keinen Boden mehr unter den Füßen spürt.

»Also gut«, sagte Margaret. »Denken wir die Sache mal durch. Wir haben es hier mit jemandem zu tun, der große Macht und viel Einfluss besitzt. Jemand mit so viel Gewicht, dass er Chao in ein Hochsicherheits-Krankenhaus verlegen lassen kann. Vielleicht hat dieser Mensch auch Johnny Ren den Mordauftrag erteilt und versucht nun mit aller Gewalt zu verhindern, dass Sie herausfinden, warum. Aber er ist kein allmächtiges oder gar unfehlbares Wesen. Er hat schon mehrere Fehler gemacht. Zum Beispiel hat er Mist gebaut, als er die Beweise beiseite schaffen wollte, wenn Chao Heng denn ein Beweisstück war. Ganz offensichtlich hat er geglaubt, es würde genügen, den Leichnam zu verbrennen, um das zu zerstören, was in Chaos Blut war und was er geheim halten wollte. Doch er hat sich getäuscht. Dann wurde höllisch gepfuscht, als man uns daran hindern wollte, den Aids-Test vornehmen zu lassen. Den Leichnam einäschern, du lieber Himmel, mitsamt sämtlichen Proben! Ein Irrtum in der Verwaltung? Wenn da jemand wirklich nachbohrt, hält das keine fünf Minuten.«

»Aber er hatte kein Aids. Das wissen wir. Warum wollten sie den Test dann unbedingt verhindern?«

»Damit wir irgendetwas anderes nicht finden. Etwas, das wir nicht finden sollen.«

»Und was?«

Margaret schüttelte frustriert den Kopf. »Das weiß ich nicht.«

»Und was ist mit den beiden anderen Morden? Der DNA-Test beweist, dass alle drei von Johnny Ren umgebracht wurden. Was verbindet sie?« Li spürte, wie er Kopfschmerzen bekam. Je weiter sie vordrangen, desto schlammiger wurde das Wasser.

»Das weiß ich nicht«, wiederholte Margaret. Allmählich wurde ihr klar, wie wenig sie überhaupt wussten. »Ich weiß nur, dass jemand Ihre Ermittlungen Schritt für Schritt verfolgt haben muss. Jemand, der in allen Einzelheiten über Ihr Vorgehen Bescheid wusste und der genau begriff, was für Konsequenzen jeder Ihrer Schritte haben würde.«

Li stutzte. »Wie kommen Sie darauf?«

»Woher hätte Johnny Ren sonst gewusst, wer den Fall bearbeitet? Woher hätte er gewusst, wen er verfolgen muss? Woher hätte jemand von den Ergebnissen der Autopsie erfahren sollen oder dass Sie einen Aids-Test angefordert hatten? Ich meine, wer außerhalb Ihrer Abteilung wusste über diese Dinge Bescheid?«

»Niemand«, wehrte Li aggressiv ab. Er konnte nicht glauben, dass sie andeuten wollte, jemand in der Sektion Eins wäre in die Sache verwickelt. Dann kam ihm ein Gedanke, der sein Blut zu Eis gefrieren ließ. »Außer ...« Er wagte ihn nicht einmal auszusprechen.

»Außer wem?« Als er nicht antworten wollte, wiederholte Margaret: »Außer wem, Li Yan?«

»Dem Stellvertretenden Generalstaatsanwalt Zeng.«

Sie zog konsterniert die Brauen zusammen. »Wer?«

»Die Generalstaatsanwälte entsprechen im Rang etwa Ihren District Attorneys. Sie entscheiden darüber, ob ein Fall vor Gericht gebracht wird oder nicht. Zeng hat mich gebeten, ihn mit detaillierten Tagesberichten über die Fortschritte in diesem Fall auf dem Laufenden zu halten. Er schien sowieso schon eine Menge darüber zu wissen.« Er sah Margaret an. »Ich meine, das war zwar ungewöhnlich, aber schließlich ist er Stellvertretender Generalstaatsanwalt. Ich habe mir nie was dabei gedacht.«

Margaret pfiff leise durch die Zähne. »Also, das verrät uns wenigstens etwas.«

»Und was?«

»Unser Mann ist mächtig genug, um einen Staatsanwalt gefügig zu machen.« Sie sah Li besorgt an. »Das macht ihn zu einem ziemlich gefährlichen Gegner.«

»Vielen Dank für die aufbauenden Worte«, erwiderte Li trocken.

Sie lächelte und dachte gleichzeitig, dass sie wenigstens noch lächeln konnte. Allerdings erlosch ihr Lächeln, als ihr einfiel, dass sie morgen früh in ein Flugzeug steigen würde und Li die Sache von da an allein durchstehen musste. Sie wollte nicht weg. Sie wünschte, er könnte mit ihr ins Flugzeug steigen, und sie beide könnten all das hinter sich lassen. Das Spiel war kein Spiel mehr. Es war finsterer, Furcht einflößender Ernst geworden.

Li bog nach rechts auf den Dongzhimennei-Boulevard ab und hielt am Straßenrand neben Mei Yuans *Jian-Bing*-Häuschen an. Sobald Mei Yuan sah, wer da ausstieg, sprang sie von ihrem Hocker auf. Sie grinste Margaret breit an und sagte zu Li: »Sie kommen heute aber spät zum Frühstück.«

Li schüttelte den Kopf. »Nein, wir kommen ganz früh zum Frühstück von morgen.« Margaret sah auf die Uhr. Es war kurz vor achtzehn Uhr. »Zwei *Jian Bing*«, sagte Li. »Es war ein langer Tag.«

»In der Tat«, erwiderte Mei Yuan und machte sich an die Zubereitung. »Ich warte schon seit Stunden auf Sie. Ich habe eine Lösung für Ihr Rätsel.«

Li und Margaret tauschten einen Blick. »Das mit den drei Morden und den Zigarettenstummeln?«, fragte Margaret.

Mei Yuan nickte. »Sie haben gesagt, er hätte die Zigarettenstummel absichtlich neben den Leichen liegen lassen, weil er wusste, dass man sie finden und die DNA vergleichen würde.«

»Ganz recht«, sagte Li. »Und warum?«

»Also, die Lösung liegt so klar auf der Hand«, sagte Mei Yuan, »dass ich nicht weiß, ob ich die Frage nicht falsch verstanden habe.«

Margaret konnte es kaum erwarten. »Warum hat er das Ihrer Meinung nach getan?«

Mei Yuan zuckte mit den Achseln. »Weil Sie glauben sollten, die drei Morde hätten etwas miteinander zu tun – während es in Wahrheit gar keine Verbindung gibt.«

Li zog die Stirn in Falten. »Aber warum sollte er so was tun?«

»Moment mal«, mischte sich Margaret ein. »Sie haben mir selbst erzählt, dass Sie einmal Tausende von Zeugen vernommen haben, um einen Mann zu finden, der bei einem Einbruch eine ganze Familie umgebracht hatte. Wie lange haben Sie damals gebraucht?«

»Zwei Jahre.«

»Und wie lange hätten Sie wohl gebraucht, um all die Wanderarbeiter aus Shanghai, die kleinen Drogendealer und Straßenstricher aufzuspüren?«

Jetzt dämmerte es Li. »So lange, dass ich monatelang am falschen Fleck gesucht hätte, um eine Verbindung herzustellen, die es gar nicht gibt! Mein Gott!« Es war so einfach. Doch jeder, der den *Modus Operandi* der chinesischen Polizei kannte, würde wissen, dass man zuerst in einer mühsamen, pedantischen Prozedur Informationen sammeln würde, selbst wenn das Monate, ja vielleicht Jahre dauern konnte. »Die einzige Verbindung ist, dass es keine Verbindung gibt«, sagte er. Wie Schuppen fiel es ihm von den Augen. Er drückte Mei Yuan so fest an sich, dass Margaret einen eifersüchtigen

Stich spürte. »Wie in aller Welt sind Sie darauf gekommen, Mei Yuan?«

Sie glühte vor Stolz über Lis Lob. »Vielleicht«, antwortete sie, »weil ich es nicht musste.«

11. KAPITEL

I

Donnerstagabend

Die Sonne tauchte im Westen ein, und rotes Licht hing, von der heißen, schwülen Luft gespiegelt, wie ein Schleier über der Stadt, bevor die Dunkelheit sich wie ein Vorhang von Osten her über das Mittlere Königreich zog. Unter ihnen glitzerten die Lichter der Großstadt in der Dämmerung. Die roten Hecklichter der Autos erstreckten sich in endlosen Schlangen nach Osten und Westen, Norden und Süden, und das Knurren der Motoren drang als fernes Grummeln zu ihnen herauf. Irgendwo dort unten, dachte Margaret, drängten sich die Menschen vor den Buden des Dong'anmen-Nachtmarktes und ließen sich ihr Essen schmecken, glücklich und zufrieden nach einem langen Arbeitstag. Sie wünschte, sie wäre auch dort.

Sie waren durch das Südtor in den Jingshan-Park gelangt, fast genau gegenüber jener Stelle, wo die Frau mit dem blau bedruckten Kleid vom Fahrrad geschleudert worden war und Margaret sich auf ihr Bein gestellt hatte, um die Blutung aus der durchtrennten Schlagader zu stoppen. Sie hatten den Park betreten, als die meisten Besucher ihn bereits wieder verließen. In einer Stunde würde er geschlossen werden. Drinnen waren sie einem gewundenen Pfad durch die Bäume hinauf zu dem Pavillon gefolgt, der auf der Kuppe des Aussichtshügels stand. Auf halbem Wege hatten sie kurz angehalten und sich zu einer Menschenmenge gestellt, die einer Greisin in einem schwarzen Pyjama bei ihren unglaublichen

Verrenkungen zuschaute. Die alte Dame hatte eine Matte auf dem Boden ausgebreitet und, auf dem Rücken liegend, beide Füße unter ein Holz hinter ihrem Hals geklemmt, wodurch sie sich praktisch zu halber Größe zusammengefaltet hatte. Die Menge hielt bewundernd den Atem an, dann gab es kurzen Applaus. Die alte Dame verzog keine Miene, trotzdem schien sie es eindeutig zu genießen, die Geschmeidigkeit ihrer Gelenke und Muskeln vorzuführen. Margaret tippte, dass sie weit über achtzig war.

Der Pavillon – orange gedeckte, geschwungene Simse über kastanienbraun-goldenen Säulen, spätabendliches, warmes Sonnenlicht auf kaltem Marmor – war menschenleer, als sie dort ankamen. Wenn man unter dem Dach einmal im Kreis ging, bot sich ein uneingeschränkter Panoramablick auf die Stadt unter ihnen. Margaret fand es atemberaubend.

Li hockte auf den Stufen, den Blick nach Süden über das symmetrische Flickwerk der Dächer in der Verbotenen Stadt hinweg auf die riesige Freifläche des Tiananmen-Platzes gerichtet. Er kam gern hierher, erklärte er ihr, und zwar am liebsten spätabends, wenn es ruhig war und er beobachten konnte, wie die Stadt mit dem Einbruch der Dunkelheit zum Leben erwachte. Dies sei der friedlichste Fleck in Peking, behauptete er, darum könne er hier am freiesten und klarsten denken. Sie setzte sich so dicht neben ihn, dass ihre Arme sich berührten und sie seinen männlichen, erdigen Duft einatmete, wobei sie die von ihm ausgehende Hitze spüren konnte.

Lange blieben beide still. Um sie herum flitzten und kreisten Schwalben durch das Halblicht, und weiter unten, zwischen den Bäumen, stieg das rhythmische Kreischen der Zikaden in die Abendluft auf.

Schließlich sagte er: »Ich habe Angst, Margaret.«

Sie wandte ihm den Kopf zu und musterte sein kühnes und so markantes Profil. »Wovor?«, fragte sie leise.

»Wenn ich das wüsste, hätte ich keine Angst«, antwortete er. »Ich habe einfach ein unangenehmes Gefühl im Bauch. Ich glaube, wir sind beide in Gefahr.«

»In was für einer Gefahr?«

»Zu viel zu wissen.«

Margaret schnaubte kurz frustriert. »Aber wir wissen so gut wie nichts. Was wissen wir denn schon?«

»Wir wissen, dass jemand, der sehr mächtig und sehr einflussreich ist, Chao Heng ermorden ließ, um irgendetwas zu vertuschen. Wir wissen, dass ein professioneller Killer den Auftrag bekommen hat und dass dieser Killer zwei weitere, absolut unschuldige Menschen getötet hat, und zwar einzig und allein, um unsere Ermittlungen zu erschweren. Wir wissen oder glauben zu wissen, dass es eine Verschwörung gibt, um den Verlauf unserer Ermittlungen zu manipulieren, und dass einer der höchsten juristischen Beamten in unserem Land darin verwickelt ist. Und wir wissen, dass der Mörder irgendwo da draußen herumläuft und uns dabei beobachtet, wie wir ihm immer näher kommen.« Er atmete aus. »Wir wissen eindeutig zu viel.«

Trotz der Hitze erschauderte sie. Zum ersten Mal konnte sie seine Angst schmecken, und ihr war klar, dass diese Angst echt war. »Was werden sie deiner Meinung nach unternehmen? Werden sie versuchen, uns umzubringen?« Irgendwie war es ein Schock, dass sie diese Möglichkeit auch nur in Erwägung zog. Bis jetzt war ihr noch gar nicht in den Sinn gekommen, dass sie tatsächlich in Gefahr schweben könnten.

»Ich weiß es nicht«, antwortete Li. »Bestimmt haben sie Angst vor uns, weil wir schon jetzt zu viel wissen oder weil sie annehmen, dass wir noch mehr herausfinden werden. Und wir wissen, dass diese Menschen keine Skrupel haben. Ganz gleich, was sie verbergen wollen, sie haben drei Menschen getötet, um ihr Geheimnis zu wahren. Wenn sie drei Leben dafür opfern, dann opfern sie bestimmt auch drei oder dreißig oder dreihundert weitere. Wie soll man eine Linie ziehen, die man bereits überschritten hat?«

Schweigend saßen sie nebeneinander, jeder in seine Gedanken versunken, bis Margaret ihren Arm durch seinen schob und sich Trost suchend an ihn schmiegte. Von unten kroch die Dunkelheit zwischen den Bäumen herauf, geheimnisvoll, alles verhüllend und unheilschwanger. Margaret fühlte sich umzingelt. Abgeschnitten. Was zuvor friedlich gewirkt hatte, war plötzlich bedrohlich. Unten, unter den gleißenden Lichtern der Stadt, lebten die Menschen ihr Leben weiter, dort aßen sie, liebten sie, lachten oder schliefen sie. Familien trafen sich vor den bläulich flackernden Fernsehern in den *Hutongs*, aßen Klöße, tranken Bier dazu und amüsierten sich über irgendwelche Sendungen. Ein ganz normales Leben. Ein Leben, das weder ihr noch Li vergönnt war. So nah und doch unerreichbar… Sie hatte Bertoluccis Film gesehen und konnte mit einem Mal die Einsamkeit des letzten Kaisers Pu Yi nachvollziehen, so vollkommen abgeschottet hinter den Mauern der Verbotenen Stadt, die jetzt unter ihr ausgebreitet im Halbdunkel lag. Die Normalität schien in greifbarer Nähe und blieb doch immer ungreifbar.

Ihr Blick wanderte weiter nach Westen, wo sich das letzte Tageslicht in einem langen, schmalen See spiegelte. Sie zog die Stirn in Falten, weil sie den See nicht einordnen konnte. Ihr war nicht bewusst gewesen, dass es mitten in der Stadt ein so großes Gewässer gab. »Was ist das für ein See?«, fragte sie. »Ich kann mich nicht erinnern, ihn irgendwann von der Straße aus gesehen zu haben.«

Er folgte ihrem Blick. »Zhongnanhai«, antwortete er. »Die neue Verbotene Stadt. Dort leben und arbeiten unsere Führer. Man kann die Stadt nicht sehen, weil sie hinter hohen Mauern verborgen liegt, genau wie die alte Verbotene Stadt.«

Sie schaute auf den dunklen, unzugänglichen See und

fragte sich, ob vielleicht in einer der vielen Villen, die unter die Bäume gekauert die Ufer säumten, die Antwort auf all ihre Fragen zu finden war. Die Scheinwerfer eines Autos zuckten kurz über das Wasser und bogen dann in die Einfahrt zu einer weit entfernten Villa, aus der Licht durch die schräg stehenden Jalousien nach draußen drang. Sie schloss die Augen und ließ ihren Kopf auf seine Schulter sinken.

Fast eine Stunde hatten sie auf dem Aussichtshügel ausgeharrt. Schließlich versank die Sonne hinter der welligen Silhouette einer dunklen, lilafarbenen Hügelkette, und die Sterne begannen am dunkelblauen Firmament zu funkeln. Li hatte mehrere Zigaretten geraucht, und während der letzten vierzig Minuten hatten sie kaum gesprochen. Margaret hatte immer noch ihren Arm durch seinen geschoben, und ihr Kopf ruhte immer noch auf seiner Schulter. Inzwischen erschien ihr die Dunkelheit nicht mehr so bedrohlich. Sie hatte sich über sie gelegt wie eine Decke, unter der Margaret sich behütet und geborgen fühlte. »Noch etwas macht mir Angst«, gestand Li schließlich.

Sie wartete auf eine weitere Erklärung, doch er blieb still. »Was denn?«, fragte sie schließlich.

Er schluckte und sah ihr ins Gesicht. »Dich zu verlieren«, antwortete er.

Sie spürte, wie ihr das Blut warm durch den Körper strömte, verbunden mit einem inneren Beben, das irgendwo zwischen Angst und Lust lag. Sie begriff, welche Überwindung es ihn gekostet hatte, seine Gefühle auszusprechen. Solange man seine Gefühle für sich allein behält, können sie einen nicht verletzen. Sie können nicht gegen einen verwendet oder zurückgewiesen oder lächerlich gemacht werden. Doch sobald man sie mitgeteilt hat, wird man verwundbar. Und einmal ausgesprochen, können die Worte nie wieder zurückgenommen werden. Ihr Mund war ausgetrocknet, ihre

Kehle wie zugeschnürt. Ihre Stimme klang heiser. »Ich will dich auch nicht verlieren.« Sie flüsterte beinahe. Jetzt hatte auch sie es zugegeben. Sie waren gleichermaßen verletzlich, sie hatten den Geist aus der Flasche gelassen.

Er hob die Hand, legte sie an ihr Gesicht und streichelte mit den Fingern zärtlich die blasse, weiche Haut ihrer Wange. Dann fuhr er durch ihre goldenen Locken und spürte dabei die Form ihres Schädels unter dem weichen, seidigen Haar. Er hob auch die andere Hand, schmiegte sie um ihr Gesicht und zog ihren Kopf näher zu sich heran. Sie legte ihre Hände locker auf seine Arme und schloss die Augen, als seine Lippen einmal, zweimal über ihre strichen. Dann öffnete sie ihren Mund, um seine Zunge einzulassen – weich, warm und rauchig. Und dann hielten sie sich fest in den Armen, und der erste zaghafte Kuss machte einer wütenden, fast verzweifelten Leidenschaft Platz. Sie lösten sich kurz voneinander, ganz außer Atem, und verschlangen einander mit rastlosen, hungrigen Blicken. Und dann küssten sie sich wieder. Drängend. Als wollten sie übereinander herfallen. Die Körper dicht aneinander gepresst. Er spürte, wie ihr fester Busen gegen seine Brust drückte. Jetzt waren sie auf den Knien, seine Erektion presste sich in ihren Bauch. Sie wollte ihn in sich spüren. Sie wollte ihn in sich aufnehmen und ihn dort festhalten. Sie wollte ihn ganz und gar besitzen.

Das Knacken eines Zweiges unter einem Fuß durchbrach den Chor der Zikaden weiter unten, und die Lust schlug augenblicklich in nackte Angst um. Sie fuhren auseinander, und Li sprang auf. Dann wurde er von einer Taschenlampe geblendet und hob eine Hand, um seine Augen abzuschirmen. »Wer ist da?«, rief er.

Der Lichtstrahl wurde gesenkt, und ein alter Mann stieg unsicher ein paar Schritte zu ihnen herauf. Er ließ den Strahl der Lampe kurz über Margaret zucken und sagte dann zu Li: »Die Tore schließen in fünf Minuten.«

Auf dem steilen Weg zwischen den Bäumen hindurch nach unten schob Margaret ihre Hand in seine. Seine Finger fühlten sich groß und kräftig an, und sie drückten ihre kurz und sanft. Die Aufseher am Eingangstor warteten ungeduldig darauf, endlich abschließen zu können, und warfen ihnen finstere Blicke zu, als sie den Park verließen und blinzelnd in das Licht der grellen Straßenlaternen auf der Jingshanquan-Straße traten. Der Verkehr war dicht, und auf den Bürgersteigen mischten sich die abendlichen Spaziergänger mit den Teenagern, die ziellos in kichernden Grüppchen vorbeischlenderten. Trotz des Trubels auf der Straße fühlten sich Li und Margaret augenblicklich verletzlich, ungeschützt und allen Blicken ausgesetzt. Er nahm ihren Arm, um sie im Laufschritt über die Straße zu führen, wobei sie, unter einem Chor von Hupen, nur knapp den vorbeizischenden Autos auswichen. Sie schafften es bis zur Straßenmitte, wo sie in dem scheinbar endlosen Verkehrsstrom Schiffbruch erlitten und zusammen mit einigen anderen auf der schmalen Mittellinie ausharren mussten, während die Autos haarscharf an ihren Zehen vorbeifuhren. Schließlich erspähten sie eine Lücke und stürzten sich hinein. Von der anderen Seite her überquerte eine Frau mit Fahrrad und einem Vogel im Käfig die Fahrbahn, verlor aber in ihrer Panik, über die Straße zu gelangen, die Gewalt über ihren Lenker. Das Vorderrad klappte zur Seite und verdrehte sich. Vor Schreck ließ die Frau den Käfig los, der auf die Straße fiel und dessen Tür aufsprang. Bremsen kreischten, Hupen quäkten, dann kam der Verkehr zum Stehen. Ein großer schwarz-weißer Vogel, vielleicht das Haustier der gesamten Familie und viele Wochenlöhne wert, flog mit klatschenden Schwingen vom Asphalt auf. Die Frau kreischte los und versuchte, ihn einzufangen. Ihre Finger bekamen die Federn noch zu fassen, konnten das Tier aber nicht festhalten; der Vogel stieg über ihrer ausgestreckten Hand höher und breitete die Schwingen aus, um zur gegenüberliegenden Straßenseite zu entfliehen. Als er über Margarets Kopf hinwegflog, sprang sie hoch und versuchte, ihn zu schnappen. Mit panisch in der Luft klatschenden Flügeln entkam er ihrem Griff und flatterte in die Nacht davon in Richtung Park. Die Frau bejammerte lautstark ihren Verlust und versuchte dabei, ihr Fahrrad im Gleichgewicht zu halten, während gleichzeitig die Einkäufe aus ihrem Korb über den Asphalt kullerten. Margaret bückte sich, um ihr zu helfen, doch Li packte sie an der Hand und schleifte sie weiter. »Wir müssen weg. Hier sieht man uns zu deutlich.«

Als sie den Bürgersteig erreicht hatten, drehte sich Margaret noch einmal um. Die Frau klaubte immer noch ihre Habseligkeiten von der Straße auf, während um sie herum ungeduldig gehupt wurde. Tränen strömten über ihr Gesicht. Ihr Verlust, dachte Margaret, hatte etwas beinahe Tragisches an sich. Sie wie auch Margaret hätten es um ein Haar geschafft, den Vogel aus der Luft zu holen. Margaret meinte, beinahe das Schlagen seines Herzens gespürt zu haben, als ihre Finger über die hektisch atmende Brust gestrichen hatten. Der Instinkt hatte das Tier fliehen lassen. Doch in der freien Natur, das wusste Margaret, würde es sterben.

Li zog sie mit sich über den Bürgersteig und bog bald nach Süden in die dunkle, stille Beichang-Straße ein, wo er den Jeep unter ein paar Bäumen abgestellt hatte. Sie blieben vor dem Auto am Rinnstein stehen und begannen, ohne dass einer von beiden bewusst den Entschluss gefasst hätte, sich wieder zu küssen, wodurch schlagartig die Lust und Leidenschaft aus dem Park wieder aufflammten. Außer Atem lösten sie sich voneinander; sie nahm sein Gesicht zwischen beide Hände und sah ängstlich zu ihm auf. »Was sollen wir jetzt tun, Li Yan?«

Es war eine große Frage, eine Frage, die viele Fragen einschloss. Eine Frage, die er unmöglich beantworten konnte.

Vor allem musste er sie in Sicherheit bringen, erst dann konnte er überlegen, was er als Nächstes unternehmen sollte. »Eigentlich sollte ich dich ins Freundschaftshotel zurückbringen«, sagte er.

»Ich will bei dir bleiben.«

»Nur ein paar Stunden.«

»Ich will bei dir bleiben«, beharrte sie und küsste ihn, bevor sie den Kopf schüttelte und über sich selbst lachte. »Ist das zu glauben? Ich höre mich wie ein kleines Mädchen an.« Sie brauchte einen Augenblick, bis sie sich gesammelt hatte. »Ich will dich lieben. Ich will mit dir schlafen. Aber wir können nirgendwohin. Weder zu mir noch zu dir.«

Li grinste. »Wie wär's mit der Rückbank des Jeeps?«

Margaret lachte. »Das würde ich nicht riskieren. Wahrscheinlich hat sich Lily Peng im Kofferraum versteckt.« Dann erlosch ihr Lächeln, denn beide erkannten, dass alle Witze der Welt nicht jenen Moment aufschieben konnten, in dem sie der Wahrheit ins Gesicht sehen mussten. Sie hatten keine Zukunft. Und ihr machte der Gedanke Angst, dass sie ihn vielleicht nie wiedersehen würde, wenn sie sich jetzt trennten. Wie der aus dem Käfig entflogene Vogel würde er ihr entgleiten und für alle Zeit in der Nacht verschwinden. Er öffnete ihr die Tür. »Was willst du jetzt unternehmen?«, fragte sie.

»Ich brauche etwas Zeit zum Nachdenken. Und dann werde ich meinen Onkel um Rat fragen. Er kommt heute Abend heim.«

II

Li sah Margaret über den Vorplatz des Freundschaftshotels und die Stufen zum Eingang hinauflaufen. Immer noch schmeckte er ihre Lippen auf seinen. Seine Kehle war wie zugeschnürt, und seine Augen brannten. Ihm war bewusst, dass er sie nicht wiedersehen würde, und das Gefühl des Verlusts war viel schmerzhafter, als er sich hätte ausmalen können. Trotzdem war es von größter Wichtigkeit, dass sie hier blieb, fern von ihm, bis ihr Flugzeug sie morgen früh in Sicherheit brachte. Die Mächte, die gegen ihn in Stellung gegangen waren, würden sie nur zu gerne ziehen lassen. Erst dann konnten sie sich ganz und gar auf Li konzentrieren – so wie er sich auf sie konzentrieren würde. Er hatte keine Ahnung, wie weit oder wie tief die Fäulnis schon vorgedrungen oder wodurch sie verursacht worden war, aber er wusste, dass er niemandem mehr vertrauen konnte und dass ein schwerer Weg vor ihm lag. Er jagte den Motor hoch und raste mit quietschenden Reifen davon.

Oben an der Treppe drehte Margaret sich um und sah den Jeep in die Nacht davonschießen. Immer noch klangen ihr Lis Worte im Ohr. *Geh direkt auf dein Zimmer. Schließ die Tür ab. Mach niemandem auf, nicht einmal dem Zimmerservice. Warte auf meinen Anruf. Wenn ich nicht anrufe, fährst du morgen früh mit dem Taxi direkt zum Flughafen und steigst in dein Flugzeug.* Ihr war klar, dass er nicht die Absicht hatte anzurufen, denn er meinte, wenn sie nicht in seiner Nähe war, wäre sie in Sicherheit, solange sie nur morgen früh mit dem Flugzeug nach Hause zurückkehrte. Sie hingegen hatte nicht die Absicht heimzufliegen. Ihr Visum galt noch weitere fünf Wochen. Was sie für Li empfand, hatte sie seit langem für keinen Mann mehr empfunden. Und sie würde sich auf gar keinen Fall die Chance entgehen lassen, nachdem sie so viel durchgemacht hatte, wenigstens ein paar Wochen lang glücklich zu sein. Schließlich, dachte sie, konnte sie morgen schon tot sein, oder nächste Woche oder nächstes Jahr. Wofür hätte sie dann auf Sicherheit gespielt? Für ein paar weitere leere Tage, Wochen, Monate? Falls sie irgendetwas aus dem vergangenen Jahr gelernt hatte, dann, dass man die schönen Dinge im Leben genießen musste, solange es ging, denn sie – oder man selbst – konnten morgen schon verschwunden sein.

Sie ging über den polierten Marmorboden zum Empfang, um ihren Schlüssel zu holen.

»Margaret.«

Sie drehte sich um und sah zu ihrer Überraschung Bob aus einem Sessel, in dem er ungeduldig Zeitung lesend auf sie gewartet hatte, aufstehen und durch das Foyer herankommen. Es war keine angenehme Überraschung. »Was wollen *Sie* denn?«, fragte sie, während sie die kurze Treppe zu den Aufzügen hinaufeilte.

Er lief ihr nach. »Ich habe mir Sorgen um Sie gemacht. Herr im Himmel, Margaret, was haben Sie getrieben? Die Öffentliche Sicherheit hat heute Nachmittag in der Universität nach Ihnen gesucht.«

Sie blieb stehen und sah ihn finster an. »Was reden Sie da?«

»Wie ich gehört habe, haben Sie einen Platz für die erste Maschine morgen früh gebucht.«

»Was Sie nicht sagen«, erwiderte sie verächtlich. »Ich habe die Buchung gleich nach unserem kurzen Wortwechsel heute Morgen vornehmen lassen. Allerdings habe ich meine Meinung inzwischen geändert.«

Er sah sie verdutzt an. »Aber das geht nicht.«

»Ich kann tun und lassen, was ich will.« Sie drückte auf den Aufzugknopf.

»Nicht ohne Visum.«

»Mein Visum ist noch fünf Wochen gültig.«

»Genau darum geht es. Das stimmt nicht. Diese Typen kamen von der Visa-Abteilung. Allem Anschein nach gilt Ihr Visum nur noch bis zu Ihrem Abflug morgen.«

Der Lift kam an, und die Türen glitten auf. Sie starrte Bob ungläubig an. »Aber das können die doch nicht machen.«

»O doch, sie können, Margaret.« Er legte tröstend die Hand auf ihre Schulter. »Was ist eigentlich los?«

Sie schüttelte seine Hand ab. »Das geht Sie verdammt noch mal nichts an«, antwortete sie und hielt die Tränen so lange zurück, bis sie in den Aufzug gestiegen und den Knopf für ihr Stockwerk gedrückt hatte. Kaum war die Tür zugeglitten, da flossen sie heiß und salzig, und ein tiefes Schluchzen zerriss ihr fast die Brust. Das war unfair. Wie konnte man sie zwingen abzureisen? Welches Recht hatten sie dazu? Dennoch wusste sie, dass sie nichts dagegen unternehmen konnte, und sah sich auf einen Schlag aller Möglichkeiten beraubt.

Immer noch schluchzend lief sie an zwei fassungslosen Zimmermädchen vorbei zu ihrem Zimmer. Drinnen legte sie die Türkette vor, ließ sich auf die Bettkante sacken und ihren Tränen endlich freien Lauf. Sie fühlte sich so unendlich ohnmächtig, fast wie ein Kind, das von einem Erwachsenen herumschikaniert wird. Das Läuten des Telefons schreckte sie auf. Li konnte das nicht sein. Sie ließ es zwei-, dreimal klingeln, wobei die Angst wie ein Tumor in ihr anwuchs, dann nahm sie den Hörer ab.

»Hallo?«

»Dr. Campbell?« Ein amerikanischer Akzent, eine vage vertraute Stimme.

»Wer ist da?«

»Dr. McCord.«

Die Erleichterung war beinahe überwältigend. »McCord? Was zum Teufel wollen Sie von mir?«

»Ich muss Sie sehen.«

»Nie im Leben.« Ihre Angst verwandelte sich in Zorn. »Sie haben mir schließlich selbst zweimal erklärt, ich soll mich verpissen. Oder haben Sie das vergessen? Wieso sollte ich Sie sehen wollen?«

»Weil ich weiß, warum Chao Heng umgebracht wurde.

Und weil ich glaube, dass ich als Nächster an der Reihe sein könnte.«

Sie hielt den Atem an. Die Angst in seiner Stimme war unüberhörbar. »Wir können uns unten in der Bar treffen.«

»Nein«, widersprach er sofort. »Zu viele Menschen. Nehmen Sie ein Taxi zum Tiantan-Park – zum Himmelstempel. Wir treffen uns am Osttor.«

Ihre Angst meldete sich zurück. »Nein. Warten Sie einen Moment...«

Doch er hörte ihr gar nicht zu. »Passen Sie um Himmels willen auf, dass Ihnen niemand folgt. Wir sehen uns dort in einer halben Stunde.« Er legte auf, und im Zimmer wurde es so still, dass sie ihren Herzschlag hören konnte.

Li trieb mit dem Verkehr über den Fuxingmennei-Boulevard auf das Tor des Himmlischen Friedens zu. Zu beiden Seiten erhellten von Flutlichtern angestrahlte Gebäude die Straße. Wieder waren die Menschen auf die Straßen geströmt, um der Hitze ihrer Wohnungen zu entfliehen. Die Bürgersteige waren voll, und unter den Bäumen auf der Südseite hatten sich Familien niedergelassen. Li sah die Hecklichter der Autos über Kilometer hinweg mit der diesig schimmernden Nacht verschmelzen. Irgendwo in der Stadt saß Johnny Ren, behielt ihn geduldig im Auge und wartete auf weitere Instruktionen. Von wem? Bestimmt konnte der Stellvertretende Generalstaatsanwalt Zeng nicht mehr schlafen vor Angst, dass Li möglicherweise schon etwas von seiner Verstrickung in diesen Fall ahnte. Irgendwo an einem dunklen und geheimen Ort, in einer der Schaltzentralen der Macht, mussten die Geldgeber schlotternd ihre Bloßstellung fürchten. Aber worin bestand diese Bloßstellung? Seine Unwissenheit erschien Li geradezu unermesslich. Ganz gleich, was er wirklich wusste oder was er ihrer Meinung nach wusste, er war weit von jeder wirklichen Erkenntnis entfernt.

Wie sollte er ohne den geringsten Beweis Ermittlungen gegen einen Stellvertretenden Generalstaatsanwalt einleiten? Wer würde ihn decken? Und wer war möglicherweise noch in die Sache verwickelt? Chen doch bestimmt nicht? Andererseits hatte er verdächtig schnell die Idee abgetan, dass Chaos Leichnam absichtlich vernichtet worden war, dass Professor Xie unter Umständen ein Komplize bei der Einäscherung der Blut- und Gewebeproben gewesen sein könnte. An welcher Entdeckung wollte man ihn mit aller Macht hindern, und wer würde dadurch am meisten verlieren?

Li war klar, dass er den Rat seines Onkels brauchte. Der Alte Yifu würde sich alles, was er zu sagen hatte, vorurteilsfrei und unvoreingenommen anhören. Er würde Lis Instinkt vertrauen und zugleich einen anderen Blickwinkel einbringen. Seine langjährige Erfahrung bei der Polizei und im Rechtswesen, seine Fähigkeit, ruhig zu analysieren und einander widersprechende Beweise einzuordnen, würden Li unschätzbare Hilfe leisten. Und diese Hilfe brauchte er im Moment mehr als je zuvor in seinem Leben.

Er fuhr am Tor des Himmlischen Friedens vorbei, wo Maos Porträt unerbittlich auf die Menschen auf dem Tiananmen-Platz und auf sein eigenes Mausoleum herabsah, einem strengen allmächtigen Vater gleich, an den man sich mittlerweile voller Liebe erinnerte und dessen Exzesse und Fehler man längst vergeben und vergessen hatte. An den Toren des Ministeriums für Öffentliche Sicherheit vorbei und dann nach rechts in die schattige Abgeschiedenheit der Zhengyi-Chaussee. Augenblicklich trat Li auf die Bremse und brachte den Jeep zum Stehen. Am anderen Ende der Straße, genau vor dem Tor zu den ministeriumseigenen Polizeiwohnungen, wo er mit seinem Onkel wohnte, drehten sich die Blau- und Rotlichter mehrerer Streifenwagen und eines Krankenwagens. Die Straße war abgesperrt, und auf dem Bürgersteig standen mehrere Beamte in Uniform. Li spürte, wie sich sein Magen zu einem ängstlichen Knoten zusammenzog und ihm der kalte Schweiß auf der Stirn ausbrach. Er knallte den Fuß aufs Gaspedal und jagte den Jeep die Straße hinunter, bis er mit quietschenden Bremsen hinter dem Krankenwagen zum Stehen kam. Als er aus dem Auto sprang, drehten sich die uniformierten Beamten erstaunt um. »Was ist passiert?«, wollte er wissen.

»Es hat einen Mord gegeben«, meldete der ranghöchste Beamte.

Mit einem Blick nach oben erkannte Li, dass alle Lichter in seiner Wohnung brannten und dass sich Schatten hinter den Fenstern bewegten. Er fing an zu rennen. »Moment, Sie können da nicht hoch!« Der Beamte wollte ihn aufhalten, doch Li riss sich los.

»Ich wohne dort!«

Er rannte zum Eingang seines Wohnblocks, doch von dem Wachposten am Tor war keine Spur zu sehen. Im Erdgeschoss des Gebäudes wimmelte es dagegen nur so von uniformierten Beamten. Zwei Stufen auf einmal nehmend, raste Li die Treppe hoch. In seinem Rücken hörte er jemanden sagen: »Da ist Li. Das müssen wir sofort in die Wohnung melden.«

Als er im ersten Stock ankam, war dort ebenfalls alles voller uniformierter Beamter. Die Tür zu seiner Wohnung stand sperrangelweit offen. Innen sah er noch mehr Menschen in Uniform und Zivil, außerdem weiß behandschuhte Männer von der Spurensicherung. Die meisten Gesichter kannte er. Alle starrten ihn bewegungslos an wie in einem plötzlich angehaltenen Film. Die Stille, die nur vom gelegentlichen Krächzen eines Funkgeräts durchbrochen wurde, war gespenstisch. Li drängte zwischen den uniformierten Gestalten durch in die Wohnung. Immer noch keine Regung, kein Wort. Er lief durch den Flur und warf einen Blick ins Wohnzimmer. Dort lag alles in Scherben, die Möbel waren umgestürzt, der Fernseher war zertrümmert worden. Angst schnürte Li die Kehle zu. Er rannte weiter zum Bad, wo sich die meisten Kriminal- und Spurensicherungsbeamten versammelt zu haben schienen. Kommissar Wu verstellte ihm, manisch auf einem Kaugummi kauend, den Weg. Er sah bleich und entsetzt aus, und aus seinem Blick sprach vollkommene Verständnislosigkeit.

»Was ist denn passiert, Wu?« Lis Stimme war heiser, fast ein Flüstern. Er räusperte sich.

Wu antwortete ihm nicht. Er machte ihm schweigend den Weg frei, sodass Li erst das Blut auf den weißen Kacheln sehen konnte und dann in der trockenen Badewanne die Leiche des Alten Yifu, gepfählt von seinem eigenen zeremoniellen Schwert, das jemand mit solcher Wucht durch seinen Leib gestoßen hatte, dass es auch das Plastik der Wanne durchstoßen und sich in die Dielenbretter gebohrt hatte. Der Schock ließ Li augenblicklich die Tränen in die Augen schießen, dann begann er zu zittern. Er sah Wu an.

»Er hat ihnen einen verdammt guten Kampf geliefert«, sagte Wu.

Li wollte am liebsten losbrüllen. Er wollte seine Faust in die glotzenden Gesichter und in die Wände schlagen, er wollte zutreten. Er wollte alles und jeden in seiner Reichweite so übel zurichten wie nur möglich. *Er hat ihnen einen verdammt guten Kampf geliefert.* Nur dass dies Lis Kampf war, nicht Yifus. Warum hatten sie das getan? Was in aller Welt bezweckten sie damit, seinen Onkel umzubringen? Wu trat verlegen von einem Fuß auf den anderen. »Ich habe einen Haftbefehl gegen Sie, Li. Ausgestellt von der Städtischen Staatsanwaltschaft.«

Jetzt begriff Li, dass dies nur ein Traum sein konnte. Ein Albtraum, aus dem er bestimmt gleich erwachen würde. »Einen Haftbefehl?« Sogar seine eigene Stimme hörte sich fremd an.

»Wegen des Mordes an Li Li Peng.«

Li vermochte diese neue Wendung seines Albtraums nur mühsam nachzuvollziehen. »Lily?«, hörte er sich sagen.

»Man hat ihr in ihrer Wohnung den Schädel eingeschlagen«, antwortete Wu, fast als wäre das die natürlichste Sache der Welt. »Außerdem muss ich Sie leider festnehmen, weil Sie unter Verdacht stehen, Ihren Onkel und den Wach habenden Beamten unten am Tor ermordet zu haben.«

Li blickte auf den Leichnam seines Onkels, dessen leblose Augen blind zur Decke aufsahen, dann schaute er wieder Wu an. »Sie glauben, *ich* hätte das getan?« Sein Atem ging immer schneller, und er ahnte, dass er jeden Moment die Kontrolle über sich verlieren konnte. Er klammerte sich an den hauchdünnen Faden, der ihn noch mit der Wirklichkeit zu verbinden schien. Wann würde er endlich aufwachen?

Wu wirkte peinlich berührt. »Um ehrlich zu sein, Li Yan, ich glaube keine Sekunde lang, dass Sie das getan haben. Irgendwas davon. Aber wir haben Beweise, darum müssen wir uns an die Vorschriften halten.«

»Was für Beweise?« Vor Zorn bekam er kaum Luft. Inzwischen fühlte er sich wie gelähmt, wie am Boden festgewachsen.

Wu gab einem Beamten der Beweissicherung einen Wink und bekam einen Plastikbeutel mit Lis Taschenuhr überreicht, deren Lederbeutel mit dunklen Blutflecken besprenkelt war. »Die hier hat man in Li Li Pengs Wohnung neben ihrer Leiche gefunden.«

Li stierte ihn an wie ein von Dämonen Besessener. »Die Uhr wurde heute Morgen aus meinem Schreibtisch gestohlen. Als wir alle im Konferenzraum waren und Johnny Ren sich in mein Büro geschlichen hat.«

»Wir haben allein Ihre Aussage, dass das Johnny Ren war. Wir alle haben nur irgendeinen Kerl gesehen. Niemand hat ihn erkannt. Und warum sollte er Li Li umbringen?«

Die Antwort darauf kannte Li bereits. Sie hätte bezeugen

können, dass Margaret die Bluttests angefordert hatte. »Und warum sollte *ich* Li Li umbringen?« Er konnte selbst kaum glauben, dass er diese Frage stellen musste.

»Sie hat der Öffentlichen Sicherheit gemeldet, dass die amerikanische Pathologin die vergangene Nacht in Ihrer Wohnung verbracht hat.« Wu zuckte verlegen mit den Achseln. »Das wird man jedenfalls behaupten.«

Wenn die ganze Sache nicht so grotesk gewesen wäre, hätte Li darüber lachen müssen. »Deshalb habe ich sie umgebracht? Das wird behauptet? Weil Sie mich bei meinem Vorgesetzten angeschwärzt hat?«

Wu streckte die Hand aus und bekam einen zweiten durchsichtigen Plastikbeutel gereicht. Er enthielt ein blutiges Taschentuch. »Wie Sie sehen, ist an der Ecke Li Li Pengs Name eingestickt. Ich gehe davon aus, dass das Blut darauf von ihr stammt, was ein Test beweisen wird. Man hat es in Ihrem Schlafzimmer gefunden.« Er hob rasch die Hand, um Lis Proteste zu unterbinden. »Und bevor Sie noch irgendwas sagen – mir ist die ganze Angelegenheit genauso unangenehm wie Ihnen. Trotzdem werde ich Sie festnehmen müssen.«

»Lassen Sie mich den Haftbefehl sehen.«

»Was?« Wu war fassungslos.

Li streckte die Hand aus. »Zeigen Sie mir einfach den Haftbefehl.«

Seufzend holte Wu ihn aus seiner Tasche. Li faltete ihn auf und sah auf die Unterschrift. »Der Stellvertretende Generalstaatsanwalt Zeng.« Er sah Wu an und schwenkte den Haftbefehl vor dessen Nase herum. »Das ist Ihr Mann. Er will mir das alles unterschieben.«

»Was?« Jetzt war es an Wu, ihn ungläubig anzustarren, und Li begriff augenblicklich, wie lächerlich das klingen musste. In diesem Moment wurde ihm klar, wie raffiniert alles eingefädelt worden war. Man wollte ihn aus dem Verkehr ziehen. Man wollte ihn und seine Ermittlungen diskreditieren. Man wollte die Sektion Eins mit einem Skandal und schmierigen Mordermittlungen in den eigenen Reihen überziehen, um den Mord an Chao Heng vergessen zu machen – selbst falls Li sich letztendlich als unschuldig erweisen sollte. Er sah auf die Beamten, die ihn anstierten wie einen Verrückten. Dann schaute er auf seinen Onkel. Wie gern hätte er ihn in die Arme geschlossen, ihm erklärt, wie Leid ihm alles tat, und ihn um Vergebung gebeten. Er merkte, wie ihm Tränen in die Augen traten, und blinzelte sie zurück. Was hatte ihm der Alte Yifu immer eingebläut? *Taten sind in jedem Fall besser als Tatenlosigkeit. Führe statt dich führen zu lassen.* Er drehte sich um und schob sich ins Schlafzimmer seines Onkels. »Was zum Teufel tun Sie da, Li?«, rief Wu ihm nach.

Die unterste Schublade des Nachtkästchens stand halb offen, so als hätte sein Onkel möglicherweise vergeblich versucht, seinen Revolver herauszuholen. Li hatte ihn nicht entladen. Er hatte eigentlich vorgehabt, die Patronen während der vergangenen Nacht in die Schachtel zurückzulegen, doch dann war Margaret mit in die Wohnung gekommen, und er hatte es vergessen. Der Revolver lag immer noch dort, ganz hinten, in ein Tuch gewickelt und in einer alten Schuhschachtel.

Wu folgte ihm auf den Fuß. »Kommen Sie, Li. Ich bringe Sie jetzt in die Sektion Eins.«

Li richtete sich auf, fuhr herum, packte Wu am Kragen und drückte den Lauf des Revolvers gegen seine Schläfe. »Ich verschwinde jetzt, Wu. Und Sie kommen mit.«

»Machen Sie doch keine Dummheiten, Li. Sie wissen so gut wie ich, dass Sie mich nicht erschießen werden.«

Doch Lis Blick war kalt und dunkel geworden. Er sah Wu, ohne zu blinzeln, in die Augen. »Wenn Sie glauben, dass ich zu diesem Blutbad hier fähig war, Kommissar... dann sollten Sie lieber auch glauben, dass ich fähig bin, Ihnen den

Kopf wegzupusten. Wenn Sie mich auf die Probe stellen wollen, nur zu.«

Wu brauchte nur eine Sekunde zum Überlegen. »Wahrscheinlich haben Sie Recht«, bestätigte er.

»Also sagen Sie den anderen, sie sollen den Weg frei machen.«

»Sie haben ihn gehört. Raus aus der Wohnung!«, brüllte Wu augenblicklich. Niemand rührte sich vom Fleck. »Sofort!«

Widerstrebend zogen sich die uniformierten und nicht uniformierten Beamten gemeinsam mit den Kollegen von der Spurensicherung aus der Wohnung ins Treppenhaus zurück. Li drehte Wu herum, drückte den Revolver in seinen Nacken und ließ ihn hinterhergehen. Sie bogen in Lis Schlafzimmer ab, wo er Wu rückwärts bis zur Kommode zog. »Holen Sie mein Halfter aus der obersten Schublade«, befahl er. Wu tat wie geheißen. »Nehmen Sie ihn.«

Draußen auf dem Treppenabsatz drückten sich die Polizisten an die Wand, um sie durchzulassen. »Niemand versucht irgendwas«, mahnte Wu. »Bitte keine Heldentaten. Ich habe eine Frau und Kinder, die mich wiedersehen wollen.«

»Das ist mir neu«, sagte Li.

Wu lächelte grimmig. »Also gut, wir haben uns getrennt. Dann habe ich eben gelogen. Das ist noch lange kein Grund, einen Menschen umzubringen.«

Li führte ihn Stufe um Stufe die Treppe hinunter. »Wenn ich Sie so reden höre, brauche ich keinen Grund.«

»Ach, hören Sie doch auf, Li«, sagte Wu. »Ich tue nur meine Arbeit. Sie würden ebenso handeln. Das wissen Sie genau. Ich meine, ich glaube nicht, dass irgendetwas davon Bestand haben wird. Aber Sie tun sich im Moment wirklich keinen Gefallen.«

»Ich kann mich schließlich nicht darauf verlassen, dass Sie

mir einen tun.« Damit drückte Li den Lauf fester gegen Wus Schädel.

»Schon gut, schon gut«, sagte Wu. »Wie Sie wollen.«

Sie passierten die schweigend staunenden Polizisten im Erdgeschoss und traten dann durch die Haustür hinaus in die heiße Nacht, wobei Wu allen immer wieder leise einschärfte, Ruhe zu bewahren. Die uniformierten Beamten auf der Straße sahen verwundert zu ihnen her, als Li seine Geisel zum Jeep führte. »Also gut, Jungs«, sagte Wu. »Keine Tricks jetzt, okay? Wir lassen ihn einfach laufen, in Ordnung?«

Li schnappte sich sein Halfter, schubste Wu von sich weg, ohne den Revolver abzusenken, und riss die Fahrertür zum Jeep auf. Er beugte sich seitlich hinein und ließ den Motor an. Dann sah er Wu in die Augen. »Ich habe es nicht getan.«

Wu hob beide Hände. »Ich sage ja gar nichts. Jetzt hauen Sie schon ab.«

Li sprang in den Wagen, warf Revolver und Halfter auf den Beifahrersitz, legte den Rückwärtsgang ein, und der Jeep kreischte rückwärts über die Straße davon, dass der Rauch in weißen Wolken unter den Reifen aufstieg. Eine kleine Furt durchschnitt auf halber Strecke den breiten Grünstreifen in der Mitte der Straße. Er bremste dahinter ab, legte den ersten Gang ein, ließ den Jeep herumwirbeln auf die andere Fahrspur und brauste in Richtung Norden davon, auf die hellen Lichter der Östlichen Chang'an-Promenade zu. Das Einzige, was er sah, waren die Augen des Alten Yifu, die leblos zur Decke starrten. *Er hat ihnen einen verdammt guten Kampf geliefert*, hatte Wu gesagt. Li konnte es sich vorstellen. Der alte Mann hatte sein Leben bestimmt nicht billig hergegeben. Endlich ließ Li den Tränen um seinen Onkel freien Lauf.

Und dann wurde ihm zu seinem Entsetzen klar, dass diese Leute, wenn sie Lily umgebracht hatten, nur weil sie dabei gewesen war, als Margaret die Bluttests anforderte, auch Margaret würden umbringen müssen.

III

Margarets Taxi setzte sie in der Tiantandong-Chaussee vor dem Osttor zum Himmelstempel ab. Allerdings hatte die Tiantandong-Chaussee überhaupt nichts Himmlisches an sich. Es war eine breite Straße, die gerade saniert wurde und in der es darum keine Straßenbeleuchtung gab. Schutt- und Abfallhaufen säumten die Gehwege. Jenseits der verlassenen Fahrradspur rauschte in einigem Abstand der Verkehr. Reihen abweisend wirkender Wohnblocks auf der Straßenseite gegenüber warfen ein bleiches Licht auf den Asphalt. In der Ferne erhoben sich exotische, an traditioneller chinesischer Architektur orientierte Neubauten im Flutlicht vor dem Nachthimmel. Eine andere Welt. Hinter dem Zaun lag der Park in brütender Dunkelheit.

Trotz der Hitze begann Margaret zu zittern. Außer ihr war kein Mensch zu sehen. Sie fühlte sich verletzlich und bereute schon jetzt ihren Entschluss herzukommen. Von McCord war weit und breit nichts zu erkennen. Sie ging ans Tor und schaute zwischen den Stäben hindurch. Heute Nacht schien der Mond, darum konnte sie, nachdem sich ihre Augen an das fahle Licht gewöhnt hatten, hinter einem zweiten Tor eine lange Reihe von Zypressen erkennen, die auf einen fernen Tempel mit drei Dächern zuführten. Eine heiße Echsenhand auf ihrem Arm ließ sie erschrocken aufkreischen. Mit klopfendem Herzen fuhr sie herum und entdeckte McCord an ihrer Seite. »Herr im Himmel! Mussten Sie sich dermaßen anschleichen?«

»Psst.« Er legte einen Finger an die Lippen. »Kommen Sie.« Er drückte gegen das Tor, das leise aufschwang. »Schnell.« Sie sah die Schweißperlen auf seiner Stirn, roch seinen alkoholsauren Atem, konnte seine Furcht fast mit Händen greifen. Mit nackter Angst in den nach rechts und links zuckenden Augen drehte er sich um und schloss das Tor hinter ihnen. Dann huschte er eilig zum inneren Tor weiter. Sie eilte ihm nach.

»Wohin gehen wir?«

»In den Park. Dort sind wir sicher – falls man uns nicht gefolgt ist.«

Das kleine Tor neben der Kasse war unverschlossen. Er hielt es ihr auf und führte sie eilig weg von der hell beschienenen Zypressenallee. Immer weiter wurden ihre Pupillen, immer besser erkannten sie die aus dem fahlen Mondschein hochwachsenden Schatten, die sich über den Park legten, und immer weiter entfernten sich die Lichter der Stadt.

»Herrgott noch mal, McCord, was Sie mir zu sagen haben, können Sie mir auch hier sagen.«

»Sobald wir im Gang sind«, flüsterte er außer Atem. »Da ist es sicherer.«

Der »Gang« war eine lange gepflasterte, auf Steinplatten gelegte Passage, die mit einigen Knicken über ein paar hundert Meter auf den Tempel zulief. Ein steiles Ziegeldach erstreckte sich darüber, das auf kastanienbraunen Pfeilern und einem Unterbau aus kunstvoll gemusterten blauen, grünen und gelben Streben ruhte. Margaret und McCord gingen unter einem Backsteintor mit blassgrünem Dach hindurch, durchquerten den Schatten eines ausladenden Baumes und stiegen am anderen Ende eine breite Treppe hinauf. McCord wirkte erleichtert. Hier sei es dunkel, erklärte er, und sicher. Durch die Pfeiler hindurch konnten sie rundum den Park im Mondschein liegen sehen – und obendrein jeden, der sich zu nähern versuchte. Trotzdem war McCord offenbar nicht in der Lage, an einem Fleck zu bleiben und seine Ansprache loszuwerden. Er wirkte getrieben, nervös und rastlos, fast schon hysterisch. Erregt lief er weiter durch den Gang, an langen Reihen verrammelter und verriegelter Theken vorbei, wo tagsüber die Händler den Touristen billige Souvenirs verkauften. Doch wenigstens war sein Schritt langsamer geworden, und er erschien nachdenklicher, die Hände tief in die Taschen seines Sakkos geschoben. Nervös sah er zu ihr herüber, während sie sich Mühe gab, mit ihm Schritt zu halten. Ihr war anzusehen, dass sie mit ihrer Geduld allmählich am Ende war. »Ich brauche Ihre Hilfe«, sagte er schließlich, als hätte er für diese Bitte erst Mut sammeln müssen.

»Wobei?«

»Ich möchte, dass Sie mit mir zur amerikanischen Botschaft gehen. Mit mir will man da nichts mehr zu schaffen haben.« Er lachte verdrossen. »Sieht so aus, als hätte ich sämtliche Brücken zu den guten alten USA abgebrochen. Aber Ihnen wird man glauben.«

»Was glauben?«

»Dass man versucht, mich umzubringen.«

Margaret begriff nicht. »*Wer* versucht, Sie umzubringen?«

»Dieselben Menschen, die Chao Heng und all die anderen umgebracht haben. Sie werden nichts unversucht lassen, um alles zu vertuschen.« Er zog ein Tuch aus der Tasche und wischte sich damit über Hals und Stirn. Sein Atem kam jetzt in kurzen asthmatischen Stößen, die in seiner Kehle pfiffen. »Obwohl ich weiß Gott keinen Sinn darin erkennen kann. Sie werden sterben, genau wie alle anderen.« Seine kaltschnäuzige Art, über den Tod zu sprechen, ließ Margaret so frösteln, dass ihr eine Gänsehaut über die Arme kroch. Er sah sie wieder an, konnte sich ihrem Blick aber nicht lange stellen. »Ich habe wirklich nichts davon gewusst. Das schwöre ich bei Gott. Nicht bis zu jenem Abend im Pekingenten-Restaurant. Da hat man mich mit einem Auto abgeholt. Es hat vor der Tür gewartet. Und mich nach Zhongnanhai gebracht. Sie wissen, was das ist?«

»Die neue Verbotene Stadt.«

Er nickte. »Wo die hohen Tiere hocken.« Er fummelte eine Packung Zigaretten aus der Tasche, zündete eine davon an und saugte den Rauch durch den knackenden Schleim in seinen Bronchien tief in die Lunge. »Eigentlich habe ich vor Jahren aufgehört«, sagte er. »Aber inzwischen denke ich mir, was soll's.« Er zog wieder. »Die Sache ist, Chao wollte an die Öffentlichkeit gehen. Er hatte nichts mehr zu verlieren, verstehen Sie?«

Margaret schüttelte den Kopf. McCord schwafelte wirres Zeug. »Ich habe keine Ahnung, wovon Sie sprechen«, erwiderte sie.

»Pang Xiaosheng«, sagte er und stocherte dabei mit der Zigarette in ihre Richtung. »Von dem haben Sie doch gehört?«

»Entfernt.« Margaret versuchte, ihr Gedächtnis anzukurbeln. Bob hatte ihn irgendwann erwähnt. »Der Landwirtschaftsminister. Der Ihre Forschungen am Superreis gesponsert hat.«

»Der Ex-Landwirtschaftsminister«, korrigierte McCord. »Der zukünftige Führer Chinas.« Er grinste grimmig. »Das hat er wenigstens geglaubt.«

Margaret verlor die Geduld. »Ich verstehe immer noch kein Wort, McCord.«

»O bitte.« Er sah sie mit einem widerlichen Grinsen an. »Nennen Sie mich ruhig Doktor. Oder auch Mister. Nur keine Förmlichkeiten.«

»Hören Sie...« Sie blieb stehen und baute sich vor ihm auf. »Entweder, Sie erklären mir jetzt, was das alles soll, oder ich gehe. Und zwar sofort.«

»Moment, immer ruhig bleiben.« Er ließ die Asche auf das Kopfsteinpflaster regnen. »Ich komme gleich zur Sache, okay?« Sie hatten das Ende des Ganges erreicht, von wo aus ein gepflasterter Weg hügelaufwärts durch ein geschwungenes Tor zu dem Tempel dahinter führte. Ein eigenartiges Lächeln breitete sich über McCords Gesicht aus. »Jeesus«, sagte er. »Wissen Sie, wo wir sind?«

»In einem Park?«

Er überhörte ihren sarkastischen Tonfall. »Das habe ich gar nicht bedacht«, meinte er. »Irgendwie wirklich ironisch. Kommen Sie her.« Er stieg die Rampe hinauf und ging unter dem Bogen hindurch. Seufzend blieb sie einen Moment stehen, ehe sie ihm folgte, verärgert und verdrossen. Sie traten aus dem Schatten des Tores auf eine silbern schimmernde Marmorfläche, die in drei Ebenen zu den blau-goldenen Dächern aufstieg, die übereinander vierzig Meter hoch in den Pekinger Himmel aufragten. McCord schlenderte über den Pflasterboden auf den Tempel zu, gefolgt von seinem bläulich leuchtenden Mondschatten. Er schnippte die Zigarette weg, die rote Funken über den Marmor regnen ließ. Plötzlich wirkte er winzig, verglichen mit den Dingen um ihn herum. Er streckte die Arme zu beiden Seiten aus wie ein Vogel und wirbelte mit einem irren Grinsen auf dem Gesicht zu ihr herum. »Ich fühle mich wie im Licht des Himmels gebadet«, verkündete er. »Willkommen in der Halle der Ernteopfer!« Dann drehte er sich wieder um, legte den Kopf in den Nacken und blickte auf zu dem hohen Tempel, der über ihm aufragte. Er lachte laut. »Der Himmelssohn kam jedes Jahr zweimal hierher, um zu beten. Das erste Mal am fünfzehnten Tag des ersten Mond-Monats, um für eine gute Ernte zu bitten.« Wieder wandte er sich ihr zu, immer noch mit dem idiotischen Grinsen im Gesicht, doch nun sah sie Tränen in seinen Augen glänzen. »Und dann wieder zur Wintersonnenwende, um für die empfangenen Wohltaten zu danken.« Plötzlich löste sich sein Grinsen in Nichts auf, er stolperte auf sie zu, und die Tränen liefen ihm lautlos über die Wangen. »Pang Xiaosheng brauchte nicht um eine gute Ernte zu beten. Er hat sie von mir designen lassen.« Er schüttelte den Kopf und fügte verbittert hinzu: »Und er wird ganz bestimmt nicht für die empfangenen Wohltaten danken wollen.«

Margaret stand stocksteif da, gefangen in diesem gleichzeitig beängstigenden und traurigen Schauspiel, das ihr wie eine auf antiker Bühne dargebotene Tragödie vorkam, wie der bizarre Auftritt eines grotesken Clowns. »Möchten Sie mir erzählen, was eigentlich vorgefallen ist, Dr. McCord?« Sie hatte ganz leise gefragt, trotzdem hallte ihr Flüstern von den Terrassen wider.

McCord wirkte völlig aufgelöst und im Schatten der Halle der Ernteopfer winzig klein und unbedeutend. »Chao Heng hatte damals im Auftrag des Landwirtschaftsministeriums das Forschungsprogramm für den Superreis ins Leben gerufen. Er war Pangs Mann. Und Chao Heng hat mich ins Boot geholt. Wobei er einen Handel mit meinem Arbeitgeber Grogan Industries abgeschlossen hat. Die stellten nur zu gern das Geld zur Verfügung, weil Pang es eilig hatte und ihnen im Gegenzug freie Hand lassen würde. Anders als in den USA, wo sich die Umweltbehörden in alles eingemischt hätten. Das war die Gelegenheit, all ihre Theorien in großem Maßstab in die Praxis umzusetzen. Wenn alles gut ging, würden sie das Patent für den Superreis und die Möglichkeit bekommen, ihn weltweit zu verkaufen. Ein milliardenschweres Geschäft. Milliarden und Abermilliarden. Und die Chinesen? Tja, die wären glücklich, weil sie endlich genug zu essen hätten, und Pang konnte sich als der Mann verkaufen, der sie ins nächste Jahrtausend führen würde. Und ich? Ich war der Mann, der den Superreis erschaffen würde. Und ich habe ihn erschaffen.«

Er wandte sich wieder ab, wanderte über die Steinplatten davon und sprach weiter in die Nacht: »Mein Gott, es war so schön. Ein Reiskorn, das weder gegen Insekten noch gegen Krankheiten oder Pilze anfällig ist. Unzerstörbar. Eine garantierte Ernte von hundert Prozent der ausgesäten Menge.«

»Und wie haben Sie das geschafft?«, fragte Margaret.

Er wirbelte mit strahlenden Augen herum. »Wie ich das geschafft habe? Es war so einfach, dass es einfach perfekt war. Ich habe ein Choleratoxin-Gen genommen – Sie wissen schon, jenes Gen, das die Cholera so verflucht tödlich macht – und in den Reis implantiert.«

Margaret sah ihn schockiert an. »Aber das ist... Wahnsinn.«

McCord schüttelte den Kopf und konnte sich nur mühsam das Lachen über ihr Entsetzen verkneifen. »Nein, keineswegs«, sagte er. »Das Choleratoxin hat alles abgetötet. Insekten, Bakterien, Viren, Pilze.«

»Und die Menschen?«

»Das war ja gerade das Schöne daran. Sobald der Reis gekocht war, war das Gen entschärft, und der Reis schmeckte so gut wie eh und je. Aber das wirklich Raffinierte daran war, wie ich das Gen in den Reis hineinbekommen habe. Ausgesprochen geschickt, mit der allerneuesten Technik.« Er wackelte mit dem kleinen Finger. »Wissen Sie noch?«

»Aber ja«, antwortete sie trocken. »Ihr kleiner Penis.«

Er grinste. »Ich habe also mein Choleratoxin-Gen genommen, es hinten an einen freundlichen Virus geklebt und in die Zelle eingeführt, damit es sich in der DNA des Reises vermehrt.«

»Ein *freundliches* Virus?« Margaret war die Skepsis deutlich anzuhören.

Seine Stirn bewölkte sich. »Natürlich. In diesem Fall das Blumenkohl-Mosaik-Virus. Das die Muster auf den Blättern des Blumenkohls macht. Wir verspeisen das schon seit Tausenden von Jahren, ohne dass es je jemandem geschadet hätte.«

»Sie haben es also für eine gute Idee gehalten, den Menschen Choleratoxin-Gene und Blumenkohl-Viren vorzusetzen, während sie Reis zu essen glaubten?«

»Es hat funktioniert. Und es war absolut harmlos.« Mc-

Cord wirkte beinahe aggressiv in seiner Abwehrhaltung. »Wir haben im Süden ausgiebige Feldversuche durchgeführt. Das Forschungsteam hat ein ganzes Jahr lang von dem Zeug gelebt, bevor wir die Ergebnisse auch nur publiziert haben. Die Ernten waren exorbitant, und der Geschmack war ausgezeichnet.« Jetzt war er an der Reihe, sarkastisch zu werden. »Und kein Einziger ist an dem Choleratoxin oder dem Mosaik-Virus gestorben.« Er zündete die nächste Zigarette an. »Also haben wir den Reis vor drei Jahren im großen Maßstab angebaut. Überall in China. Die Ergebnisse waren phänomenal, Dr. Campbell. Phänomenal. Die Erntemenge stieg um hundert Prozent. Adieu Hunger.«

»Und hallo Profit.«

»Warum zum Teufel auch nicht!« McCord baute sich vor ihr auf. »Wer das Geld aufbringt und das Risiko eingeht, sollte schließlich auch den Gewinn einstreichen dürfen.«

»Wieso habe ich nur das Gefühl, dass es irgendwo in Ihrer Zukunft ein ›Aber‹ gibt?«, fragte Margaret.

Er sah sie verdrießlich an und zog mehrmals tief an seiner Zigarette, bevor er weitersprach. »Kein Mensch hat mir erzählt, dass Chao krank wurde. Vor fast einem Jahr. Erst nahm man an, es sei Aids. Er hatte eine Schwäche für kleine Jungs, müssen Sie wissen.« Er rümpfte angeekelt die Nase. »Anfangs behandelte man ihn gegen Aids, aber es war kein Aids, darum fingen sie an, sich Sorgen zu machen, und Pang ließ ihn ins Militärkrankenhaus 301 einweisen.« Er stand vor ihr, starrte auf den Boden und keuchte wie nach einem Marathonlauf. »Es war ein verdammtes neues Virus, von dem noch nie jemand was gehört hatte. Ein Retrovirus. Das fünf Jahre oder länger im Gehirn schlummert. Man ahnt nicht mal, dass es da ist. Dann beschließt es ohne jeden Grund, dich fertig zu machen. Ein bisschen wie Aids, nur schlimmer. Und noch schwerer festzunageln, weil es schneller mutiert als man ›Hab dich‹ sagen kann.« Er sah ihr in die

Augen, stellte sich ihrem Blick und hielt ihm so lange stand, bis ihr plötzlich die Wahrheit dämmerte.

»O Gott«, flüsterte sie. »Es sitzt in dem Reis.« Ihr stellten sich alle Haare im Nacken und an Armen und Beinen auf.

Seine Augen füllten sich wieder mit Wasser, und er schnippte die Zigarette in die Nacht davon. »Irgendwie«, setzte er an, »irgendwo in dem ganzen Prozess hat sich unser unschuldiges Blumenkohl-Mosaik-Virus an einen zweiten, wahrscheinlich ebenso harmlosen Virus in unserer Versuchsstation gekoppelt.« Er stockte, um Luft zu holen, die mittlerweile in immer kürzeren Stößen kam. »Und schon hatten wir eine Mutation. Ein drittes und diesmal tödliches Virus. Man hat es Reis-X-Virus getauft. RXV. Und es ist ein Teil des genetischen Bauplans unseres Reises. Wir hatten nicht die leiseste Ahnung, dass es da ist.«

Es blieb lange still, während Margaret zu verarbeiten versuchte, was er ihr eben erzählt hatte. Sie spürte das Blut in ihren Augen, in ihrem Hals, in ihrer Magengrube pulsieren. Ihr war sterbenselend »Sie wollen damit sagen, das Virus ist immer noch im Reis?«, fragte sie schließlich. Er nickte. »In dem Reis, den die Menschen anbauen und essen?« Er nickte noch mal. »Und jeder, der den Reis isst, hat das Virus schon oder wird es kriegen... dieses RXV?«

Angestrengt löste er seinen Blick für eine Sekunde von seinen Füßen und starrte in die Bäume. Seine Stimme bebte. »Natürlich wird er erst in ein paar Jahren aktiv werden. Chao hatte den Reis schon jahrelang gegessen, bevor er im großen Maßstab angebaut wurde.«

Margaret konnte sich das Ausmaß dessen, was er da sagte, beim besten Willen nicht vorstellen. »Aber das wären ja über eine Milliarde Menschen«, keuchte sie.

Er zuckte mit den Achseln. »Noch mehr. Der Superreis wurde in alle Welt exportiert. Und wenn das Virus erst mal draußen ist, wer weiß, auf welche Weise es noch übertragen werden kann? Vielleicht reden wir hier von der Hälfte der Weltbevölkerung oder noch mehr.«

In diesem Augenblick schmetterte Margaret die grauenvolle Erkenntnis nieder, dass auch sie von dem Reis gegessen hatte. Im ersten Moment wollte sie es einfach nicht wahrhaben. Das musste doch ein Irrtum sein, das musste sich doch irgendwie rückgängig machen lassen. Es war doch nicht möglich, dass sie sterben musste, nur weil sie Reis gegessen hatte. Sie fühlte sich genau wie damals, als sie erfahren hatte, dass Michael gestorben war. Sie konnte das einfach nicht hinnehmen. Es schien ihr vollkommen ausgeschlossen. Sie wirbelte auf dem Absatz zu McCord herum, und ihre Angst verwandelte sich erst in Ärger und dann in nackten Zorn.

»Ihr Arschlöcher!«, schrie sie ihn an, sodass ihre Stimme von allen Marmorflächen widerhallte und in die heiße, nach Kiefern duftende Nacht aufstieg. »Ihr verfluchten Arschlöcher! Ihr habt geglaubt, in drei Jahren das zustande zu bringen, wozu die Natur drei *Milliarden* Jahre gebraucht hat! Ihr habt geglaubt, ihr könntet Gott spielen, verflucht noch mal!«

McCord zuckte zusammen, blieb aber lange stumm. »Die Ironie dabei ist«, sagte er schließlich, »dass ich seit meiner Kindheit keinen Reis gegessen habe. Ich bin allergisch gegen das Zeug.«

Margaret war zwischen Verzweiflung und Wut hin und her gerissen. Sie wollte sich auf ihn stürzen, sie wollte ihn schlagen, ihn treten, sein Gesicht zerkratzen. Aber die Verzweiflung raubte ihr alle Kraft, sodass sie hilflos in der Nacht stehen blieb, wie erschlagen und erdrückt von dem Wissen, das er ihr anvertraut hatte – dass sie den Tod gegessen hatte und es keine Möglichkeit gab, das ungeschehen zu machen; dass sie vor ihrem eigenen Tod vielleicht mehr als zwei Milliarden Menschen würde sterben sehen; und dass sie an alledem nicht das Geringste ändern konnte.

Heiße, salzige Tränen standen ihr in den Augen und ließen das Abbild McCords vor ihr verschwimmen und verblassen. »Warum machen sie sich überhaupt die Mühe, das alles vertuschen zu wollen?«, fragte sie ohne jede Hoffnung. »Was wollen sie damit erreichen?«

»Weil sie Angst haben und weil sie dumm sind«, antwortete er. »Grogan hat sich ausgerechnet, dass man zwei Jahre rausschinden könnte, um ein Heilmittel zu finden, falls sie bis dahin die Sache unter dem Teppich halten können.«

»Das ist doch Wahnsinn!«

»Das habe ich ihnen auch erklärt. Mein Gott, seit fast zwei Dekaden sucht die Welt nach einem Heilmittel gegen Aids, und diese Leute meinen, sie könnten in zwei Jahren was gegen RXV finden?« Er schnaubte verächtlich. »Aber Pang Xiaosheng hat sich darauf eingelassen, vor allem, weil ihm nichts anderes übrig blieb. Sobald die chinesische Führung erfährt, was er da angestellt hat, ist er ein toter Mann. Und Chao... na ja, Chao wäre sowieso gestorben, darum wollte er die Welt aufklären. Also hat Grogan diesen Profi aus Hongkong einfliegen lassen. Einen Triaden-Killer, der in China absolut unsichtbar bleiben würde, so haben sie wenigstens geglaubt. Er hat Chao erledigt, aber er ist davon ausgegangen, dass er ihn nur anzustecken braucht, um alle Beweise zu vernichten. Doch dann sind Sie dahergekommen und haben ihn aufgeschnitten und Blutproben angefordert. Die Sache fing an, aus dem Ruder zu laufen...«

Durch all ihre Emotionen – Selbstmitleid, Grauen, Entsetzen – hindurch sendete ihr Hirn winzige Alarmsignale an ihr Bewusstsein. Sie zwang sich, innezuhalten, nachzudenken, sich zu konzentrieren. Sie starrte ihn an, bis sie ihn vollkommen verunsichert hatte. »Wieso zum Teufel glotzen Sie mich so an?«, wollte er vorwurfsvoll wissen.

»Die Tore zum Park hätten nicht offen sein dürfen, oder? So spät am Abend hätten sie abgeschlossen sein müssen.«

Jetzt arbeitete ihr Gehirn auf Hochtouren. Sie sah sich um. Große rote, mit Gold beschlagene Türen versperrten alle Zugänge rund um die Marmorterrasse, abgesehen von dem einen Tor, durch das sie von dem überdachten Gang aus hereingekommen waren. Sie deutete mit dem Finger darauf. »Auch das da hätte eigentlich abgeschlossen sein müssen, oder?« Vielleicht blieben ihr gar keine fünf Jahre mehr. Vielleicht nicht einmal fünf Minuten. Sie fuhr zu ihm herum. »Sie wollten nie mit mir zur amerikanischen Botschaft, oder?« Wie hatte sie nur so blöd sein können! »Sie Dreckskerl, Sie haben mich reingelegt! Darum haben Sie mir das alles erzählt, oder? Es ist egal, dass ich es weiß. Denn Sie werden mich umbringen.«

Er trat einen Schritt auf sie zu. »Man hat mich dazu gezwungen.« Sein Kinn bebte, und seine Augen wirkten jetzt düster und gefährlich. »Man hat mir befohlen, Sie einfach nur herzubringen. Es hieß Sie oder ich. Und Sie werden schließlich sowieso sterben.«

»Irgendwann müssen wir alle sterben«, erwiderte sie bitter.

Er kam noch einen Schritt auf sie zu.

Sie machte einen Schritt zurück.

»Keinen Schritt weiter«, zischte sie ihn an.

»Hey, *ich* werde es nicht tun.« Es schien ihn zu schockieren, dass sie ihm so etwas zutraute. »Ich habe noch nie jemanden verletzt.«

»Natürlich nicht. Sie haben bloß die halbe Weltbevölkerung mit einem tödlichen Virus infiziert.«

»Ach, hören Sie doch auf.« Er kam immer noch auf sie zu, während sie immer weiter zurückwich. »Das war schließlich keine Absicht. Es war ein Unfall.« Seine Augen schossen hektisch hin und her. »Es tut mir Leid, okay?«

Doch sie hörte ihm nicht mehr zu. Sie sah an McCord vorbei. Sie war sicher, in der Dunkelheit jenseits des Tempels eine Bewegung bemerkt zu haben.

Ein dumpfes Krachen zerfetzte die Nachtluft, McCord kippte vornüber, versuchte sich im Fallen an Margaret festzuklammern, zog sie dadurch nach unten und schubste sie schließlich nach hinten, sodass er genau auf ihr landete. Etwas Hartes klapperte über die Steinfliesen davon, und sie spürte etwas Warmes, Feuchtes, Klebriges an den Händen. Blut, begriff sie. Sie wollte laut aufschreien, bekam aber keine Luft. Sie arbeitete sich unter McCords leblosem Körper hervor und versuchte aufzustehen, nur rutschten ihr die Füße in dem dunklen Blutfleck weg, der sich langsam über die Steine ausbreitete. Sie stürzte wieder hin und blickte im Fallen in McCords weite, tote Augen. Der Tod hatte einen Ausdruck vollkommener Fassungslosigkeit in sein Gesicht gemeißelt. Diesmal machte sich ihr Schrei Luft, ohne dass sie es überhaupt wollte. Sie krabbelte auf allen vieren weg von seiner Leiche, bis ihre Hand zufällig auf etwas Kaltem und Hartem landete – jenem Gegenstand, der nach McCords Sturz über den Marmor geklappert war. Eine kleine Pistole. Sie packte sie, kam auf die Knie und sah eine Gestalt neben der Halle der Ernteopfer aus dem Schatten treten. Die Waffe mit ausgestreckten Armen hochreißend und mit beiden Händen umklammernd, schloss sie die Augen und feuerte einmal, zweimal, dreimal in die Richtung der näher kommenden Silhouette. Als sie die Augen wieder öffnete, konnte sie allerdings nichts und niemanden mehr sehen. Sie sprang auf, stopfte die Pistole in den Bund ihrer Jeans und rannte schlitternd und blutige Fußstapfen hinterlassend los. Quer über die Marmorterrasse hin zu dem Tor, durch das sie von dem überdachten Gang hereingekommen waren. Die ganze Zeit über wartete sie darauf, eine Kugel in ihrem Rücken zu spüren. Doch es kam keine.

In der Dunkelheit des überdachten Ganges fühlte sie sich fürs Erste sicherer. Sie blieb stehen, schnappte nach Luft und blickte sich um. Noch immer konnte sie nichts erkennen, doch sie hatte bestimmt nicht die Absicht, länger zu warten. Sie drehte sich um und begann wieder zu laufen, auf immer schwächer werdenden Beinen, die unter ihr nachzugeben drohten, vorbei an den vorüberflitzenden Säulen und die verschwommenen Schatten der Bäume düster und Unheil verkündend im Rücken. Sie hörte nichts außer dem angestrengten Rasseln in ihrer Lunge und dem Schmatzen ihrer Schuhe auf dem Kopfsteinpflaster. Dann wagte sie einen kurzen Blick über die Schulter. Im Schatten, vielleicht hundert Meter von ihr entfernt, meinte sie eine Gestalt zu erkennen. Sie stieß einen kleinen Angstschrei aus und wäre um ein Haar über die Stufen am Ende des Ganges gestolpert.

Sie taumelte durch das Tor mit dem grünen Dach und sah die Zypressen-Allee vor sich liegen, gut sichtbar und vom Mond beschienen. Dahinter funkelten die Lichter der Stadt. Sie kamen ihr unendlich weit entfernt vor. Ihr war klar, dass sie es nie im Leben bis dorthin schaffen würde. Irgendwo in der Dunkelheit des überdachten Ganges hörte sie etwas klappern, was ihr die Kraft gab, ihre Beine wieder in Bewegung zu setzen. Sie stolperte mehr, als dass sie rannte, keuchend und mit mörderischem Seitenstechen. Der zu Kopf steigende Duft der Pinien wirkte in der heißen Nachtluft beinahe berauschend, wie eine Droge, die ihr jeden Lebenswillen raubte. Es wäre so viel einfacher, aufzugeben, sich fallen zu lassen und auf den Tod zu warten. Doch jetzt wurde sie von etwas angetrieben, das weit über bloße Angst, weit über bloßen Zorn hinausging. Sie musste um jeden Preis überleben, denn sie hatte der Welt etwas mitzuteilen.

Sie erreichte das erste Tor. Nur dass es jetzt verschlossen war. Sie hielt sich am Gitter fest und spürte, wie die Beine unter ihr einknickten und Tränen der Verzweiflung über ihr Gesicht strömten. Das Tor war vielleicht zwei bis zweieinhalb Meter hoch. Sich hochzuziehen, ging weit über ihre Kräfte. Sie war sicher, auf dem breiten Weg in ihrem Rücken

Schritte zu hören, doch sie brachte nicht den Mut auf, sich umzudrehen. Dann sah sie die großen runden Angeln an den Torpfosten. Groß genug, um einen Fuß darauf abzusetzen. Unter ohnmächtigem Schluchzen stellte sie erst den einen, dann den anderen Fuß auf die Angeln und drückte sich nach oben, bis sie einen Arm oben über das Gitter strecken konnte, an dem sie sich emporzog, um schließlich mit lautem Scheppern auf der anderen Seite herunterzupurzeln und bäuchlings auf dem warmen Asphalt zu landen. Ihr Knie tat höllisch weh. Die Jeans waren zerrissen, und sie war überzeugt, dass Blut ihr Schienbein verklebte. Sie sah durch die Gitter zurück und entdeckte eine Gestalt, die zwischen den Zypressen hindurch auf sie zugelaufen kam. Die Silhouette war noch fünfzig, vielleicht auch sechzig Meter entfernt.

Das genügte, um sie auf die Füße kommen und die zehn, fünfzehn Meter zum äußeren Tor humpeln zu lassen. Auch dieses Tor war jetzt verschlossen. Sie wusste nicht, wie sie jemals die Kraft aufbringen sollte, es zu übersteigen. Mit einem kraftlosen Sprung bekam sie die obere Querstrebe zu fassen. Im Licht der Laternen auf der anderen Straßenseite konnte sie das Blut an ihren Händen sehen. Ihre Füße rutschten ab und suchten strampelnd nach einer Stütze, doch hier waren die Angeln kleiner. »Komm schon, komm schon, komm schon!«, feuerte sie sich an. Ihr rechter Fuß fand mit einem einzigen Zeh Halt. Doch dieser kleine Hebelpunkt reichte aus, um das andere Bein hoch und über den Balken zu schwingen. Einen Augenblick hing sie so in der Luft und wartete auf den Schuss, der ihr Ende bedeuten würde. Doch immer noch war nichts zu hören, also wuchtete sie sich mit letzter Kraft über das Tor und ließ sich auf den Bürgersteig fallen.

Diesmal vergeudete sie keine Zeit. Augenblicklich war sie auf den Beinen und humpelte über die menschenleere Radspur zu den Autos auf den Fahrspuren. Sie sah etwas Gelbes aufblitzen. Ein Taxi. Einer jener klobigen Minivans, die man hier »Brotauto« nannte, weil sie wie Brotlaibe aussahen. Mit beiden Armen wedelnd, stellte sie sich ins Scheinwerferlicht, bis das Fahrzeug quietschend zum Stehen kam und der Fahrer aufgebracht hupte. Ohne auf seine Flüche zu achten, rannte sie auf die Beifahrerseite, zog die Schiebetür auf und ließ sich ins Innere fallen. Er drehte sich erstaunt zu dieser blonden, blauäugigen und blutverschmierten *Yangguizi* mit ihrem verdreckten und tränenüberströmten Gesicht um, die ihn unablässig anbrüllte: »Zum Freundschaftshotel! Zum Freundschaftshotel!« Er sah die Pistole in ihrem Hosenbund stecken und beschloss, sich nicht mit ihr anzulegen. Mit einem Knirschen legte er den ersten Gang ein und beschleunigte in Richtung Norden, auf die Lichter der Stadt zu.

IV

Bis das Brotauto das Freundschaftshotel erreicht hatte, war Margarets Hysterie einer tiefen, schwarzen Depression gewichen. Sie war physisch und emotional wie betäubt. Die Angst hatte sich verflüchtigt, und nun wurde sie nur noch von einem einzigen Gefühl verzehrt: einem düster brodelnden Zorn. Sie wollte Gerechtigkeit, Rache. Sie wollte diese Menschen bloßstellen: Grogan Industries, Pang Xiaosheng und mit ihnen all ihre Komplizen bei diesem Irrsinn. Sie empfand nichts als Abscheu für deren schöne neue genmanipulierte Welt, die über sie das Todesurteil gesprochen hatte und die das Überleben der menschlichen Rasse überhaupt bedrohte. Sie verabscheute sie für ihre Geldgier, für ihren Machthunger, für die kaltschnäuzige Arroganz, mit der die Wissenschaftler die ganze Welt in ein Labor verwandelt und die gesamte Menschheit als Versuchskaninchen missbraucht hatten. Und vor allem verabscheute sie diese Menschen für ihre Feigheit im Angesicht ihres katastrophalen Scheiterns. Sie würden, so hatte es den Anschein, noch tiefer sinken, nur um ihre Schuld zu vertuschen, um sich ihrer Verantwortung zu entziehen. Und Margaret war klar, dass sie mittlerweile als Einzige die Fackel trug, die Licht auf ihr schändliches Tun werfen konnte, und dass ihre Gegner deshalb alles in ihrer Macht Stehende unternehmen würden, um sie zu eliminieren. Dennoch fühlte sie sich weder eingeschüchtert noch verängstigt. Denn sie war bereits tot. Das Schlimmste hatte man ihr bereits angetan. Zweimal konnte man sie nicht umbringen. Und das Schlimmste, was ihr jetzt noch passieren konnte, war zu scheitern.

Sie ließ das Taxi hundert Meter vor dem Hotel anhalten und drückte dem Fahrer ein paar Scheine in die Hand. Viel zu viel, aber er würde deshalb bestimmt keine Diskussion anfangen. Er war einfach nur froh, sie aus dem Taxi zu haben, damit er so schnell wie möglich bei der Öffentlichen Sicherheit melden konnte, dass er gezwungen worden war, eine hysterische, verrückte und blutverschmierte Ausländerin mitzunehmen, die eine Waffe bei sich trug. So etwas passierte in Peking nicht jeden Tag. Er steckte sich eine Zigarette an, fuhr nervös paffend davon und sah sie erleichtert im Rückspiegel kleiner werden.

Sie blieb einen Moment an einem dunklen Fleck zwischen zwei Straßenlaternen stehen und überlegte, wie sie jetzt weiter vorgehen sollte. Es war noch zu früh, hoffte sie, als dass jemand im Hotel auf sie warten würde. Doch sobald sie so blutüberströmt dort auftauchte und um ihren Schlüssel bat, würden die Angestellten am Empfang die Öffentliche Sicherheit anrufen – wahrscheinlich etwa zur gleichen Zeit wie der Taxifahrer, der sie die ganze Fahrt über nervös im Rückspiegel beobachtet hatte. Trotzdem wollte sie sich um jeden Preis umziehen und ihren Pass holen. Denn wenn sie zu dieser Nachtstunde an die Tür der amerikanischen Botschaft hämmern würde, dann wollte sie sich problemlos ausweisen können.

Sie musste kurz an Li denken; sie fragte sich, wie es ihm inzwischen ergangen war, was sein Onkel ihm wohl geraten hatte. Und ihr wurde übel bei dem Gedanken, dass er womöglich nur noch zwei Jahre zu leben hatte, ehe das Reisvirus beginnen würde, sein Leben zu zerstören. Und nicht nur Lis Leben. Das von allen Menschen in diesem Land und von Millionen außerhalb. Sie konnte sich beim besten Willen nicht vorstellen, wie Ärzte und Krankenhäuser damit fertig werden sollten. Es würde nicht gehen. Es war ein Albtraum, der alle Vorstellungskraft und jedes Begriffsvermögen überstieg. Ihr Blick wanderte über den Verkehr, über die vorbeischaukelnden Radfahrer, über die erleuchteten Fenster in den Wohnblöcken. All diese Menschen. Und keiner von ihnen ahnte, dass sie alle bereits den Keim zu ihrer Vernichtung in sich trugen.

Die Last dieses Wissens erdrückte sie förmlich. Sie musste sie abwerfen, sie musste sich mitteilen. Aber wer würde es hören wollen? Sie konnte keinen Trost spenden, sie konnte keine Hoffnung verbreiten. Das Geheimnis, das sie mit anderen teilen wollte, war das ihres nahenden Todes.

Bittere Tränen brannten sich über ihr Gesicht, als sie sich den Lichtern ihres Hotels zuwandte und entschlossen auf den hell beleuchteten Vorplatz zuging. Als sie auf ihrem Weg zur Treppe die Schatten der Anzeigetafeln durchquerte, von denen das Gelände umgeben war, löste sich eine Gestalt aus der Dunkelheit, die ihr den Weg verstellte und ihren Namen flüsterte. Vor Schreck wäre sie beinahe in Ohnmacht gefallen. Der Mann machte einen Schritt auf sie zu, und sein Gesicht geriet in den Lichtkegel einer Straßenlaterne. Es war Ma Yongli. Er war eindeutig entsetzt über ihren Anblick und starrte sie mit offenem Mund an. »Was ist mit Ihnen passiert? Ist alles in Ordnung?«

»Es geht schon.« Sie konnte nur mit Mühe den Drang unterdrücken, sich in seine Arme zu stürzen und loszuheulen. »Ich muss mich umziehen und meinen Pass holen.« Ihr Gehirn, so hatte es den Anschein, war außerstande, mehr als einen Gedankengang gleichzeitig zu verarbeiten. Jede Abweichung nach links oder rechts konnte dazu führen, dass andere Gedanken sie überfluteten und lähmten. Ihre Stimme klang gepresst und überaus höflich. Sie klammerte sich an einen Strohhalm und erklärte absurderweise: »Ich muss zur amerikanischen Botschaft. Wissen Sie, wo die ist?«

»Sie können nicht ins Hotel«, sagte Yongli. »Da drin wartet die Polizei auf Sie.«

Sie runzelte überrascht die Stirn. Sie fühlte sich, als wäre sie betrunken und als drehte sich um sie herum alles. »Wieso ist die jetzt schon da?«

»Es ist etwas passiert«, flüsterte Yongli. »Etwas Furchtbares. Li hat mich geschickt.« Er nahm sie am Arm. »Ich bringe Sie zu ihm.« Sie ließ sich von ihm durch die Dunkelheit und weg vom Hotel führen. Sie bogen in eine Seitenstraße ein, wo ein klappriger alter Honda am Rinnstein parkte. Er öffnete ihr die Tür, und sie ließ sich auf den Beifahrersitz fallen wie ein Roboter, der darauf programmiert war, ihm zu gehorchen. Ihr einziger Gedanke war, dass auch Yongli das Virus in sich trug; dass auch sein Leben viel zu früh zu Ende gehen würde. Ihre Tränen flossen lautlos in der Dunkelheit. Dabei gab es noch so viel zu erleben. Vielleicht wäre es ja leichter für jene, die als Erste gehen mussten. Leichter, als weiterzuleben, während alle um einen herum starben, und dabei zu wissen, dass man ebenfalls bald an die Reihe kommen würde. Bestimmt war nur eines schlimmer als der Tod, nämlich das Wissen, dass der eigene Tod ebenfalls kurz bevorstand.

»Und mit Ihnen ist ganz bestimmt alles in Ordnung?« Yongli legte die Hand auf ihren Arm.

Sie nickte. »Ja.«

Er sah sie lange im Dunkeln an, dann startete er den Motor und fuhr vorsichtig los in die Nacht.

Der Honda arbeitete sich behutsam durch das Gewirr verfallener *Hutongs* vor und fing dabei mit seinen Scheinwerfern das Leben in den Seitenstraßen ein – die Kartenspiele und familiären Mahlzeiten, die herumsitzenden, rauchenden und plaudernden Grüppchen. Männer in Unterhemden starrten neugierig dem langsam vorbeifahrenden Auto hinterher, die Augen glasig im Licht. Sie alle waren tot, dachte Margaret. Sie wussten es nur noch nicht.

Sie befanden sich irgendwo im Norden der Stadt. Margaret hatte keine Ahnung wo. Es war ihr auch egal. Seit über zehn Minuten hatten sie die hellen Lichter der Hauptstraße hinter sich gelassen. Yongli bog erst links, dann rechts ab, wodurch sie in ein schmales Sträßchen gelangten, das einen leichten Abhang hinabführte. Strommasten stiegen über ihnen auf, an denen die Kabel in tiefen Schlingen entlangliefen. Straßenbeleuchtung gab es hier allerdings keine. Der Asphalt war von Schlaglöchern übersät. Margaret erkannte, dass die bröckelnden Mauern alle paar Meter mit riesigen, weißen eingekreisten Schriftzeichen gekennzeichnet waren. Schließlich erwachte ihre Neugier wieder zum Leben. »Wo sind wir? Was ist das hier?«

»Der Bezirk Xicheng«, antwortete Yongli. »Diese ganzen Hutongs sind zum Tode verurteilt, als Abbruchgebäude markiert. Sie werden abgerissen, um neuen Arbeiterwohnungen Platz zu machen.« Kurz vor dem Ende der Straße fuhr er den Wagen auf einen schmalen Bürgersteig und ließ sie aussteigen. Er stieg ebenfalls aus, nahm sie am Arm und führte sie durch eine weitere menschenleere Straße, wobei er sich immer wieder umdrehte, um sicherzugehen, dass sie nicht beobachtet wurden. Doch der gesamte Abschnitt war bereits in Vorbereitung der Abrissarbeiten geräumt worden. Nirgendwo war eine Menschenseele zu sehen. Sie bogen durch ein eingestürztes Hoftor in einen Hof voller Schutt. Hier war es stockfinster, darum mussten sie sich Schritt für Schritt bis ans andere Ende vortasten. Alle Fenster waren verrammelt, und in der Luft lag der stechende Gestank von faulendem Müll und altem Abwasser. Yongli schubste mit dem Fuß einen kaputten Kinderwagen beiseite und klopfte vorsichtig an eine klinkenlose Holztür. Kurz darauf hörten sie von innen eine leise Frauenstimme. Yongli antwortete flüsternd, und die Tür öffnete sich knarzend. Lotus sah sie an, bleich und verängstigt. Selbst ohne jedes Make-up war sie sehr hübsch. Sie erkannte, in welchem Zustand Margaret sich befand, und winkte beide herein. »Schnell«, sagte sie. »Schnell, komm rein.« Yongli schob Margaret mit sanftem Druck vorwärts, und Lotus nahm sie bei der Hand, um sie ins finstere Innere des Hauses zu führen. »Du okay?«, fragte sie. Margaret nickte, doch das konnte Lotus im Dunkeln nicht sehen. Ebenso fürsorglich wie vorsichtig geleitete sie Margaret über den Boden, der übersät war mit den Überbleibseln eines fremden Lebens, bis in ein winziges Hinterzimmer, wo in einer Ecke eine Kerze blakte und flackernde Schatten über die Wände tanzen ließ. Hinter ihnen schloss Yongli, wie Margaret hörte, die Tür.

Li saß auf einem Feldbett, die Knie an die Brust gezogen und eine Zigarette rauchend. Margaret bemerkte die Tränenspuren auf seinem Gesicht. Er sah grauenvoll aus. Sein Kiefer klappte herunter, als er das Blut auf ihren Jeans und ihrer Bluse sah, dann warf er die Zigarette weg, streckte die Beine vom Bett und kam mit drei schnellen Schritten auf sie zu. Er hielt sie an den Schultern fest. »Mein Gott, Margaret, was ist denn passiert?« Sie sah in sein Gesicht, las die Sorge in seinen Augen und spürte die Wärme seiner Hände auf ihrer Schulter.

»Es ist nicht mein Blut«, antwortete sie mit tonloser Stimme, die jemand anderem zu gehören schien. »Sondern das von McCord. Sie haben ihn umgebracht.« Sie sah noch, wie sich Falten zwischen seine Brauen gruben, dann verschwamm sein Gesicht, weil sie die Tränen nicht länger zurückhalten konnte. Die Beine klappten ihr weg, und sie spürte seine Arme um ihren Leib, die sie hochhoben, sie eilig durch das flackernde Licht zum Bett trugen und sie dort hinlegten. Ihre Tränen wurden von sanften Fingern weggewischt, und sie sah sein Gesicht dicht über ihr. Von weiter weg schauten Lotus und Yongli zu wie körperlose Masken im Schatten.

»Soll ich ihr irgendwas holen?«, hörte sie Lotus sagen, allerdings auf Chinesisch, und sie begriff nicht, warum sich die Laute nicht zu Worten formen wollten.

Li schüttelte den Kopf. »Ich glaube nicht. Wir haben jede Menge Wasser. Du solltest dich jetzt auf den Weg machen.«

Yongli zog sie mit sanfter Gewalt fort. »Komm.«

»Ich möchte sie nicht so hier lassen.«

»Sie ist in guten Händen«, versicherte Yongli. Und an Li gewandt: »Wir sind bei Tagesanbruch wieder da. Falls nicht, dann weißt du, dass wir geschnappt worden sind.«

Li nickte grimmig. »Danke«, sagte er. Er wandte sich um, und die beiden Männer tauschten einen Blick aus, der alle Worte überflüssig machte.

»Ich bringe ihr ein paar frische Sachen mit«, versprach Lotus, bevor sie sich von Yongli an der Hand durch das vordere Zimmer in den Hof ziehen ließ.

Sobald er hörte, wie die Tür geschlossen wurde, wandte sich Li wieder Margaret zu, doch die hatte die Augen zugemacht und schlief.

Als sie aus dem befremdlichen, dunklen, traumlosen Abgrund auftauchte, in den sie gestürzt war, lag sie zusammengerollt auf dem Feldbett, während Li am anderen Ende kauerte und die nächste Zigarette rauchte. In der Ecke brannte immer noch eine Kerze. Er drehte sich um, weil sie sich auf den Ellbogen aufstützte. »Wie lange habe ich geschlafen?«

Er zuckte mit den Achseln. »Vielleicht eine Stunde. Ich weiß nicht, wie spät es ist.«

Sie schielte im tanzenden Halbdunkel auf ihre Armbanduhr. »Kurz nach eins.« Sie schwang die Beine vom Bett, setzte sich auf und rieb sich die Augen. Er rutschte an ihre Seite, legte einen Arm um sie, und sie ließ ihren Kopf gegen seine Schulter sinken. Sein vertrauter, herbsüßer Geruch gab ihr das Gefühl von Sicherheit. »Was tun wir hier?«, fragte sie. »Was ist passiert?«

Sie spürte, wie er erstarrte, ehe er tief und bebend einatmete. »Man hat mich reingelegt, Margaret«, erklärte er. »Und ich bin ihnen direkt in die Falle gelaufen. Ich hatte nicht die leiseste Ahnung.« Sie hob den Kopf und zog ihn zurück, damit sie ihn ansehen konnte. Seine Augen waren nass und wichen ihrem Blick aus. »Sie haben Lily umgebracht und meinen Onkel ermordet...«

Margaret entfuhr ein winziger, unfreiwilliger Schrei. »O Gott, nein...!« Doch nicht diesen netten, harmlosen alten Mann. »Aber warum? Warum sollte ihn jemand umbringen?«

Lautlose Tränen flossen über Lis Wangen. »Damit es so aussieht, als hätte ich es getan.« Er schnappte zornig nach Luft. »Als ob ich so etwas tun könnte.« Er wandte sich ihr zu, und seine schmerzverzerrte Miene verriet nur zu deutlich, wie aussichtslos ihre Situation war. »Ich weiß nicht warum, Margaret. Aber ich habe das Gefühl, es ist meine Schuld, so als hätte ich einen Fehler begangen und mein Onkel wäre noch am Leben, wenn ich irgendetwas anders gemacht hätte. Ich weiß nicht, welchen Grund es geben könnte, einen alten Mann umbringen zu wollen, nur um mich in Misskredit zu bringen und meine Ermittlungen zu stoppen. Wenn ich wüsste, worauf wir da gestoßen sind, würde ich es vielleicht verstehen.« Seine Verzweiflung berührte sie zutiefst.

Sie senkte den Kopf und blickte zu Boden. Am liebsten hätte sie ihr Geheimnis, das so viel Schmerz, Grauen und Hoffnungslosigkeit mit sich bringen würde, für sich behalten. Sie wünschte, sie könnte es ganz für sich allein in ihrem Herzen bergen, bis sie irgendwann eines Morgens aufwachen würde und sich alles in Wohlgefallen aufgelöst hätte. Doch sie wusste, dass das nicht passieren würde. Und sie wusste, dass sie es ihm sagen musste. Sie sah wieder auf und wischte die Tränen aus seinem Gesicht. Er sollte sie aufsparen, dachte sie, denn er würde noch so viele vergießen müssen. »*Ich* weiß es«, sagte sie. »Ich weiß, wer es war und warum er es getan hat.«

12. KAPITEL

I

Freitag

Li blickte starr in die tintenschwarze Dunkelheit. Die Kerzen waren längst alle niedergebrannt. Nur der bittere Wachsgeruch war ihnen geblieben. Er musste daran denken, wie sehr er sich als kleiner Junge vor der Dunkelheit gefürchtet hatte, vor all den Geistern und Monstern, die sie in seiner kindlichen Fantasie barg. Später hatte er aufgehört, sich zu fürchten, weil er erkannt hatte, dass die wahren Monster im Inneren lauerten: Angst und Hochmut, Gier und Bösartigkeit. Nur hatte jetzt jemand diese Monster freigelassen, und sie zogen eine Spur der Verwüstung über die Welt, neuzeitlichen Dinosauriern gleich, die alles in ihrer Nähe verschlangen und auslöschten. Irgendwo da draußen warteten sie auf ihn, suchten sie nach ihm. Allerdings lebten sie, anders als die Monster seiner Kindheit, nicht im Dunklen. Sie arbeiteten in Büros und lebten in eleganten Wohnungen. Sie hatten Frauen oder Männer, Brüder, Schwestern, Kinder. Sie kontrollierten und manipulierten das Leben ihrer Mitmenschen, beuteten die Schwachen aus, ließen die Hungernden darben und betrogen andere um die Früchte ihrer Arbeit. Und sie hielten sich für Götter. Lis Hass auf diese Menschen wurde allein von seiner Angst um jene, die er liebte, übertroffen. Der Alte Yifu; tot. Sein Vater, seine Schwester, ihr kleines Mädchen, ihr ungeborenes Kind; über sie alle war das Todesurteil bereits gefällt. Margaret. Er konnte ihren leisen, regelmäßigen Atem hören. Sie schlief jetzt, doch auch ihr drohte ein grauenvoller Tod. Er dachte an sein Land. An die unzähligen Menschen, ihre Hoffnungen, ihre Ziele, ihr Leben, ihre Liebe. Er konnte ihre Gesichter im Dunkeln sehen. Die glücklichen, unschuldigen Kinder, die nicht ahnten, dass sie jede Zukunft verloren hatten. Nach fünftausend Jahren Geschichte waren sie plötzlich in einer Sackgasse gelandet. Am liebsten hätte er brüllend und mit bloßen Händen die Mauern um sie herum eingerissen. Am liebsten hätte er diese Monster bei lebendigem Leib zerfetzt. Aber er rührte sich nicht. Er gab keinen Mucks von sich. Tote wehren sich nicht mehr. Einst hätte er das vielleicht für wahr gehalten. Aber dieser Tote würde sehr wohl kämpfen – bis ans Ende seiner Kräfte, bis zum letzten Atemzug, jede einzelne Sekunde lang, die ihm noch blieb.

Er und Margaret hatten fast zwei Stunden lang geredet, bevor sie schließlich ihrer Erschöpfung erlegen war und es ihm allein überlassen blieb, all das zu verarbeiten, was sie ihm erzählt hatte. Angst, Zorn, Selbstmitleid und neuerlicher Zorn waren in Wellen über ihn hereingebrochen, bis schließlich nichts als nackte Verzweiflung und ein Gefühl des Ausgebranntseins übrig geblieben waren. Sie hatte ihn überzeugt, dass sie gar keine andere Möglichkeit hatten, als in den Schutz der amerikanischen Botschaft zu fliehen. Von dort aus würden sie der Welt ihre Geschichte erzählen können. Nur so konnten sie der Sache ein Ende bereiten, nur so konnten sie Grogan Industries und Pang Xiaosheng Einhalt gebieten und mit ihnen all jenen, deren Schweigen man sich erkauft hatte.

Li war alles andere als begeistert von dieser Idee. Dass er gezwungen sein sollte, sich vor den Menschen seines eigenen Volkes zu verstecken, dass er sich unter die Fittiche einer fremden Macht flüchten musste, um die Wahrheit aufzudecken, gab ihm das Gefühl, ein Verräter zu sein. Aber auch er sah keine andere Möglichkeit. Er war diskreditiert, er war entehrt, und er war auf der Flucht vor seinen eigenen Kollegen wie auch vor einem professionellen Killer, der jene Frau ins Visier genommen hatte, die Li liebte.

Der Gedanke ließ ihn erstarren. Die Frau, die er liebte? Er zündete ein Streichholz an und betrachtete Margaret, die schlafend an seiner Seite lag. Sie wirkte absolut friedlich. Wie konnte er sie lieben? Wie konnte er eine Frau lieben, die er erst seit fünf Tagen kannte, die einer anderen Rasse, einer anderen Kultur angehörte? Erst als ihm das Streichholz die Finger verbrannte, ließ er es zu Boden fallen. Doch das Bild ihres Gesichts blieb wie eingebrannt auf seiner Netzhaut. Er streckte die Hand nach ihr aus und sah im Geist, wie seine Finger ganz leicht über ihre vollen Lippen strichen. Er war noch nie wirklich verliebt gewesen, darum wusste er nicht genau, wie man sich dabei fühlte oder fühlen sollte. Er wusste nur, dass er noch nie in seinem Leben irgendeinem Menschen gegenüber so etwas empfunden hatte. Er kuschelte sich neben sie, schob seine Knie zwischen ihre und zog sie, um sie auf keinen Fall aufzuwecken, ganz sanft an seine Brust, bis er sich um sie gelegt hatte wie ein Schutzpanzer. Das Gesicht in ihrem Haar vergraben, atmete er ihren Duft ein. Er hatte keine Ahnung, was genau er für sie empfand, doch der Begriff »Liebe« kam ihm nicht abwegiger vor als irgendein anderer. Und zum ersten Mal seit vielen Stunden hatte er das Gefühl, von seinen Qualen erlöst zu sein. Mit ihr in seinen Armen wäre er gern und glücklich gestorben. Allerdings kam ihm der Schlaf zuvor. Sterben wäre zu einfach gewesen.

Margaret wachte abrupt auf und stemmte sich sofort auf einen Ellbogen hoch. Feiner Staub schwebte in den Streifen blassgelben Lichts, die in unregelmäßigen Abständen das Zimmer durchschnitten. Li stand am Fenster und starrte angestrengt durch die Lücken zwischen den Brettern, mit denen es vernagelt war. Der blaue Rauch seiner Zigarette schlängelte sich gemächlich aufwärts und verblasste im Sonnenlicht, das durch die Spalten hereinfiel, zu hellem Grau. Sie fühlte sich eigenartig ausgeruht. Ironischerweise hatte sie seit ihrer Ankunft in China nie so gut geschlafen wie in dieser Nacht.

Als er hörte, wie sie sich regte, drehte er sich um. Sie hatte keine Ahnung, das war ihm klar, dass er die Nacht oder wenigstens die letzten Nachtstunden an sie geschmiegt verbracht hatte. Ihm fiel auf, wie schön sie aussah, obwohl sie noch ganz verschlafen war. Sie war alles, was ihm geblieben war. Er durfte sie auf keinen Fall so im Stich lassen, wie er seinen Onkel im Stich gelassen hatte. Er musste sie um jeden Preis in Sicherheit bringen.

»Was ist denn?« Sein Blick machte ihr Sorgen.

»Yongli und Lotus sind da«, antwortete er und bahnte sich auf ein leises Klopfen hin einen Weg durch das vordere Zimmer, um ihnen zu öffnen.

Margaret setzte sich auf und rieb sich den Schlaf aus den Augen, während Lotus durch das andere Zimmer hereinkam. Sie schleppte einen schweren Koffer, den sie so auf den Boden knallen ließ, dass eine Staubwolke aufwirbelte. »Ich bringen Kleider und Sachen zu waschen«, sagte sie. Damit klappte sie den Deckel auf und holte eine tiefe Metallschüssel sowie einen fünf Liter fassenden Kanister heraus. Sie stellte beides auf dem Bett neben Margaret ab und füllte die Schüssel mit Wasser aus dem Kanister, bevor sie ihr einen Toilettenbeutel aus Plastik überreichte, in dem Seife und ein Waschlappen, eine halb leere Tube Zahnpasta und eine Bürste lagen. »Sie waschen. Dann ziehen Sie an.« Sie zauberte ein hellblaues Baumwollkleid mit Aufschlägen am V-Ausschnitt und einem Taillengürtel hervor, wie es Margaret schon an vielen jungen chinesischen Frauen gesehen hatte. »Ich glaube, das passen. Zu groß für mich.«

Margaret lächelte. Dagegen ließ sich nichts sagen. Lotus war winzig. Neben ihr kam sich Margaret wie ein Koloss vor.

Lotus schwenkte ein Höschen vor ihrer Nase und grinste. »Die da auch. Sie sauber.« Sie durchquerte das Zimmer und zog die zerfetzten Überreste eines Vorhangs vor die Tür. »Männer draußen bleiben. Ich helfe.«

Margaret streifte die blutverschmierten Sachen ab. Sie brauchte mehrere Schüsseln Wasser, um das getrocknete, klebrige, rostfarbene Blut von Händen, Armen und Hals zu waschen. Dann überspülte sie ihr Gesicht mit sauberem Wasser und trocknete sich mit einem kleinen, rauen Handtuch ab. Lotus schaute ihr voller Bewunderung zu. »Du hast seh' schön Busen«, sagte sie. »Ich gar kein Busen«, ergänzte sie traurig, wobei sie ihre Brüste umfasste und anzuheben versuchte. »Muss Wonderbra tragen für Ausschnitt.«

Margaret lächelte. »Sie sind sehr schön, so wie Sie sind, Lotus«, erklärte sie ihr.

Lotus senkte verlegen den Blick und errötete geschmeichelt. »*Xie Xie*«, sagte sie.

»*Bukeqi*«, erwiderte Margaret.

Lotus sah sie verdutzt an, dann lächelte sie erstaunt und mit weit aufgerissenen Augen. »Sie sprechen seh' gut chinesisch.«

Das blaue Kleid passte Margaret beinahe perfekt, der Gürtel schlang sich eng um die Taille, und der Saum endete eine Handbreit unter dem Knie. Lotus hatte eine Auswahl an Sandalen im Koffer. »Ich leihe von meiner Cousine und meiner Mutter«, sagte sie. »Verschieden Größe. Ich hoffe eines passt.«

Ein Paar cremefarbener Pumps-Sandalen schmiegte sich wie angegossen um ihre Füße, das Leder war eingelaufen, weich und bequem. Margaret bekam noch eine passende cremefarbene Ledertasche mit langem Schulterträger dazu.

Lotus hatte Schminke und ein kleines Fläschchen Eau de Cologne hineingepackt. »Schöne Frauen müssen sein immer schön«, verkündete sie. Margaret legte die Tasche neben ihren alten Sachen auf dem Bett ab und entdeckte tief in dem schmutzigen Kleiderhaufen McCords Revolver. Aus einem Impuls heraus ließ sie ihn in die Handtasche gleiten, dann drehte sie sich wieder zu Lotus um. Sie reichte ihr die Hand und drückte sie dankbar.

»Vielen Dank, Lotus. Ich weiß nicht, wie ich Ihnen das jemals vergelten kann.«

»Ach, das ga' nichts«, beteuerte Lotus. »Du meine Freundin.« Sie schlossen sich fest in die Arme und lösten sich erst wieder voneinander, als sie draußen laute Stimmen hörten. Li und Yongli stritten sich aus irgendeinem Grund. Gleich darauf riss Li den Vorhang zurück und stürzte herein, Yongli an seiner Seite.

»Ma Yongli will uns nicht zur Botschaft bringen«, beschwerte sich Li. Seine Wangen waren gerötet.

Fassungslos sah Margaret Yongli an. »Aber warum denn nicht?«

»Weil das zu gefährlich ist«, antwortete Yongli. »Wohin werdet ihr aller Voraussicht nach fliehen? In die amerikanische Botschaft. Sie werden überall sein und nur auf euch warten.«

Ängstlich sah Margaret Li an. »Wahrscheinlich hat er Recht.«

Li nickte widerwillig. Margaret sah wieder Yongli an. »Trotzdem müssen wir es versuchen, Ma Yongli. Wir können nicht ewig hier blieben. Wenn es nicht möglich sein sollte, in die Botschaft zu gelangen, dann müssen wir uns was anderes ausdenken.«

Lotus wandte sich an Yongli. »Hey, Geliebter, das ist doch gar kein Problem«, sagte sie auf Chinesisch. »Li Yan und Margaret können im Auto bleiben. Wir gehen einmal um die

Botschaft herum, um festzustellen, ob wir Polizisten sehen. Wenn wir nach neun Uhr hingehen, fallen wir bestimmt nicht auf. Dann steht immer eine lange Schlange um ein Visum an.«

Li sah zu Yongli, der kurz zu zögern schien, bevor er sich mit einem widerwilligen Nicken einverstanden erklärte. Lotus konnte er einfach nichts abschlagen.

»Was ist los?«, fragte Margaret.«

»Wir bleiben im Auto«, antwortete Li. »Sie schauen sich die Sache mal an.«

Die Fahrt zum Gesandtschaftsviertel Ritan war angespannt. Li und Margaret hockten mit eingezogenen Köpfen hinten im Honda unter zwei Strohhüten, die sie tief ins Gesicht gezogen hatten. Li trug eine leichte Jacke über seinem Hemd, um das Schulterhalfter mit dem Revolver des Alten Yifu zu verbergen. Lotus saß vorne mit Yongli und plapperte ununterbrochen, um ihn zu beruhigen. Yongli, gereizt und nervös, fuhr so schlecht, dass er um Haaresbreite genau vor einem Verkehrspolizisten auf dem Jiangoumennei-Boulevard einen Bus gerammt hätte. »Ganz ruhig, Geliebter«, mahnte Lotus ihn und legte beschwichtigend die Hand auf seinen Arm. Er atmete tief durch, versuchte sich zu entspannen, und brachte dabei sogar ein halbes Lächeln zustande.

Schon jetzt drückte die Hitze auf die Stadt, und die Sonne knallte auf ihrer Fahrt in Richtung Osten durch die Windschutzscheibe. Auf dem Rücksitz suchte Margaret Lis Hand und hielt sie mit aller Kraft fest. Doch beide schwiegen. Sie überquerten die Straßenüberführung am Dongdanbei-Boulevard und kamen am CITIC-Gebäude vorbei, nicht ohne an jeder roten Ampel nervös auf den Polstern herumzurutschen oder, in Yonglis Fall, mit den Fingern aufs Lenkrad zu trommeln. Die großen Boulevards waren voller Polizisten, dauernd rollten blau-weiße Streifenwagen vorbei, und die Beamten in Grün hielten aufmerksam und mit scharfem Auge Ausschau. Die Menschen auf der Straße hingegen waren glücklich in ihrer Unwissenheit und gingen fröhlich ihren Alltagsgeschäften nach, ohne etwas von einem RXV-Virus zu ahnen, der schlafend in ihren Zellen lag, genauso wenig wie von den verzweifelten Bemühungen eines Polizisten und einer amerikanischen Pathologin, sie aufzuklären.

Verstohlen sah Margaret zu Li hinüber. »Hast du es Yongli gesagt?«, flüsterte sie.

Er schüttelte den Kopf. »Ich wusste nicht wie.«

Es ist furchtbar, jemandem erklären zu müssen, dass er sterben muss. Inzwischen hatte Margaret ein schlechtes Gewissen, weil sie sich gestern Abend, nachdem sie ihre Last Li aufgeladen hatte, so erleichtert gefühlt hatte.

Sie passierten den *Friendship Store* und gelangten gleich darauf an die Kreuzung mit der Dongdoqiao-Straße, wo Yongli links ausscherte, den Verkehrsfluss durchschnitt und über die Fahrbahn hinweg auf die nach Westen führende Radspur umdrehte, um das Auto dort auf einem freien Parkplatz abzustellen. Als er sich umdrehte, glänzte Schweiß auf seinem Gesicht. »Ihr wartet hier. Wir nähern uns der Botschaft von der Seidenstraße aus, dann sagen wir euch, wie es aussieht.«

Li schüttelte den Kopf. »Nein. Es ist zu verdächtig, wenn wir beide im Auto sitzen bleiben.« Er beugte sich über Margaret hinweg, um aus dem Fenster zu sehen. »Wir warten da drin auf euch.« Er deutete auf ein französisch anmutendes Café namens Deli France.

Li und Margaret beobachteten kurz, wie Lotus und Yongli sich durch den langen, hektischen Markt in der Seidenstraße schoben und aufdringlichen Straßenhändlern und osteuropäischen Touristen auswichen, die dort im großen Stil billige Waren aufkauften, um sie per Bahn nach Russland zurückzuschaffen. Es war eine schmale Straße, in der sich zu beiden Seiten die Buden drängten. Farbenfrohe, mit chinesischen Drachen bestickte Gewänder hingen an Kleiderstangen und Trennwänden; große Stoffballen wurden en gros oder nach Metern verkauft. Die Händler rauchten und krakeelten und spuckten und kippten die alten Teeblätter aus ihren Bechern auf den Bürgersteig. Dächer aus Wellplastik schirmten sie vor der Sonne ab. Es war der ideale Zugang zur amerikanischen Botschaft, lärmend und voller Menschen. Am oberen Ende, wo die schmale Straße in eine breitere Allee mündete, würde sich das Ende jener Schlange befinden, die sich jeden Tag vor der Visa-Abteilung der Botschaft bildete. Li nahm Margarets Hand und führte sie in das Café, wo er zwei Cappuccinos bestellte. Sie warteten schweigend.

Möglicherweise verstrichen nur zwanzig Minuten, ehe Yongli und Lotus wiederkehrten. Es kam ihnen nur viel länger vor. Die beiden ließen sich auf die Stühle neben Li und Margaret fallen, und Yongli schüttelte den Kopf. »Da wimmelt es von Bullen, Li Yan. Ihr würdet nicht mal auf hundert Meter an den Eingang herankommen.«

Margaret brauchte keine Übersetzung, um zu wissen, was er gesagt hatte. Obwohl sie tief im Herzen nichts anderes erwartet hatte, war sie enttäuscht. Sie spürte, wie sich eine schleichende Mutlosigkeit in ihr ausbreitete. »Und was machen wir jetzt?«

Yongli antwortete ihr auf Englisch. »Ich habe nachgedacht. Die nächste internationale Grenze ist die zur Mongolei. Es gibt einen Zug nach Datong, von dort aus ist es nicht mehr weit. Die Gegend ist abgelegen, und die Grenze ist mehrere tausend Kilometer lang. Sie können sie nicht überall überwachen.«

II

Yongli brauchte vier Stunden, um ihnen Fahrkarten zu besorgen. Bei seiner Rückkehr war er bleich und ernst. »Alles voller Polizei«, sagte er zu Li. »Und dein Gesicht hängt überall im Bahnhof aus.« Er zuckte resigniert mit den Achseln. Sie hatten nichts anderes erwartet. Es gab nichts weiter zu sagen.

Lotus kochte Reis auf einem kleinen Gasring, der oben an einem Campingkanister angebracht war. Sie füllte ihn in vier Schalen, doch weder Li noch Margaret rührten ihre an, was Lotus ebenso überraschte wie beleidigte. Stattdessen stürzten sich die beiden gierig auf das Obst, das Yongli ihnen für die Reise gekauft hatte. Margaret wiederum beobachtete schweigend und hilflos, wie Lotus und Yongli den Reis mit Holzstäbchen aus ihren Schalen in den Mund schaufelten. Sie sah zu Li hinüber, der es nicht einmal fertig brachte, ihnen zuzuschauen. Es hatte keinen Sinn, ihnen zu raten, den Reis nicht zu essen. Der Schaden war bereits angerichtet. Auch bei Li und Margaret. Aber Margaret musste immerzu an die Choleratoxin-Gene, das Blumenkohl-Mosaik-Virus, die RXV-Viren und weiß Gott was sonst noch in den Chromosomen dieser kleinen weißen Körnchen denken. Bei dem Gedanken wurde ihr körperlich übel.

Sie aßen in angespanntem Schweigen, jeder in seine eigenen Gedanken versunken, bis Yongli schließlich zu der Straßenkarte griff, die er besorgt hatte, und sie auf dem Feldbett ausbreitete. Er ließ die Zugkarten darauf fallen. »Drei Fahrkarten«, sagte er. »Der Zug fährt kurz nach Mitternacht aus Peking ab und kommt morgen früh um sieben Uhr fünfzehn in Datong an.« Er fuhr die Strecke mit dem Finger nach und tippte auf den Punkt auf der Karte, der die Stadt Datong an der Grenze zwischen der Provinz Shanxi und der Inneren

Mongolei darstellte. »Tagsüber müsst ihr euch verstecken, während ich ein Auto besorge. Sobald es dunkel wird, fahren wir los und durchqueren in der Nacht die Innere Mongolei. Wir müssten die Grenze zur Äußeren Mongolei noch vor Tagesanbruch erreichen. Dort setze ich euch ab, dann bringe ich das Auto zurück und fahre heim nach Peking. Niemand wird mitbekommen, dass ihr weg seid.«

Margaret betrachtete die Karte mit einer düsteren Vorahnung. Selbst unter der Annahme, dass sie es ungesehen über die Grenze schafften, läge vor ihnen noch der lange und schwierige Weg über das gebirgige Land bis nach Ulan Bator. Sie hatten keine Pässe, kaum Geld, und falls es ihnen gelang, ihr Ziel zu erreichen, würden sie versuchen müssen, sich irgendwie Zugang zu einer der westlichen Botschaften zu verschaffen. Es war ein aussichtsloses Unterfangen. »Zu Fuß schaffen wir es nie im Leben bis nach Ulan Bator«, prophezeite sie.

Li sagte: »Ich dachte, wir nehmen den Zug.«

»Natürlich«, erwiderte Margaret. »Dass ich da nicht gleich daraufgekommen bin.« Und Li fand, dass aus ihrem Ton wieder etwas von jener Margaret sprach, die er inzwischen so gut kannte und liebte. »Und wenn wir aufgehalten werden, so ohne Pass?«

Li zuckte mit den Achseln. »Dann wird man uns vermutlich verhaften. Hast du eine bessere Idee?«

Die hatte sie nicht. Sie sah zu Yongli. »Lass es uns wenigstens allein versuchen, Ma Yongli. Du brauchst kein unnötiges Risiko einzugehen. Wir kommen schon allein zur Grenze.«

Yongli schüttelte den Kopf. »Nein, das schafft ihr nicht. Überall hängen Fahndungsplakate mit Li Yans Bild. Und sein Gesicht wird auf allen Fernsehsendern ausgestrahlt. Es wäre praktisch unmöglich für ihn, unerkannt ein Auto zu mieten. Sogar in Datong. Außerdem sucht die Polizei nach einem Pärchen, nicht nach drei Leuten. Darum ist es sicherer für euch.« Er drehte sich um und lächelte Lotus an. »Lotus wird im Hotel anrufen und ausrichten, ich sei krank. In zwei Tagen bin ich wieder hier. Sie werden kaum merken, dass ich überhaupt weg war.« Er grinste und wirkte plötzlich ebenfalls wieder wie der alte Yongli. »Kein Problem.«

Unendlich langsam kroch der Rest des Tages in der heißen, stickigen Enge des verlassenen Hauses vorüber. Draußen färbte sich der Himmel zinnfarben, die Luft bekam einen seltsamen Stich ins Lilafarbene, Temperatur und Luftfeuchtigkeit stiegen, und aus dem Osten fuhr ein heißer Wind heran, der an den Brettern vor dem Fenster rüttelte. Ein Gewitter braute sich zusammen, und die ohnehin gespannte Atmosphäre wurde zunehmend bedrückender.

Zusammengerollt auf dem Feldbett liegend, fiel Margaret immer wieder in einen unruhigen Schlaf. Einmal sah sie beim Aufwachen Lotus und Yongli in der Zimmerecke hocken und miteinander flüstern. Li stand am Fenster und schaute ebenso angespannt wie beharrlich durch die Spalten zwischen den Brettern. Ein andermal wachte sie kurz und benommen auf und stellte fest, dass Lotus weg war. Yongli hockte mit dem Rücken an der Wand und rauchte mit geschlossenen Augen eine Zigarette. Li stand immer noch am Fenster.

Sie träumte von ihrer Kindheit, von den langen Sommerferien im Haus ihrer Großeltern in Neuengland. Selbstgemachte Limonade mit zerstoßenem Eis, im Schatten der dicht belaubten Kastanien am See getrunken. Sie sah sich auf dem Arm ihres Großvaters schaukeln, eines kräftigen, braun gebrannten Mannes, dessen silberner Backenbart sich hell von seinem dunklen, ledrigen Gesicht abhob. Ihr Bruder beim Angeln am Ende des alten hölzernen Anlegestegs. Und plötzlich war er verschwunden, nur seine Hilfeschreie und das verzweifelte Strampeln im Wasser waren zu hören. Er schien unendlich weit weg zu sein, und niemand achtete auf ihn. Sie rannte um ihre Eltern und Großeltern herum und brüllte sie an. Jake war ins Wasser gefallen. Jake war am Ertrinken. Doch die Erwachsenen schienen sich ausschließlich für den Inhalt eines großen geflochtenen Picknickkorbes zu interessieren, der auf dem Rasen stand. Außer Großvater, der in seinem Liegestuhl schlief. Sie rüttelte ihn am Arm, jenem Arm, auf dem sie geschaukelt hatte. Doch Großvater rührte sich nicht. Sie schüttelte ihn, brüllte und kreischte ihn an, bis sein Kopf zur Seite kippte und der Strohhut auf der Krempe den Abhang hinunterkullerte. Die Augen waren weit offen, aber sie sah kein Leben darin. Aus einem Nasenloch floss ein dünnes Blutrinnsal.

Sie riss den Mund zu einem Schrei auf, aber kein Laut war zu hören. Und plötzlich regnete es, in schweren, dicken Tropfen, die auf der Haut brannten, und ein paar Männer in Ölzeug zerrten Jake aus dem Wasser. Auch seine Augen waren offen, aus seiner Nase rann eine grüne Schleimspur, so wie aus der ihres Großvaters Blut geflossen war. Sein Mund war weit aufgerissen, und ein großer Fisch mit vorquellenden Augen kämpfte mit aller Kraft darum, ihm zu entkommen.

Abrupt und mit klopfendem Herzen wachte Margaret auf; sie hörte den Regen auf das löchrige Ziegeldach des baufälligen Hauses hämmern. Draußen war es finster. Die unstete Flamme einer Kerze duckte sich flackernd und warf dabei ihr Licht mal in diese, mal in jene Ecke des düsteren Raumes. Li hatte seinen Wachposten am Fenster aufgegeben und saß am anderen Ende des Feldbetts. Yongli hockte immer noch an der Wand und rauchte. Lotus kauerte auf dem Boden und packte Essen und Kleider in eine lederne Reisetasche. Als Margaret die Füße auf den Boden stellte, sah Lotus auf. »Du okay?«, fragte sie besorgt.

Margaret nickte und wischte einen dünnen Schweißfilm von ihrer Schläfe. »Nur schlecht geträumt«, erwiderte sie.

Lotus erhob sich und setzte sich neben sie auf das Bett. In der Hand hielt sie etwas Schwarzes, Weiches, Glänzendes. »Das für dich«, sagte sie. »Du heute Nacht das tragen.« Es war eine schulterlange schwarze Perücke mit Ponyschnitt. »Ich leihe von einem Freund im Theater. Gut, ja?« Margaret schob ihre Haare hoch und setzte die Perücke auf. Sie saß unangenehm eng. Sie zog einen gesprungenen Schminkspiegel aus ihrer Handtasche und betrachtete sich im Kerzenlicht. Der Kontrast der blassen, sommersprossigen Haut zu den schwarzblauen Haaren war verblüffend.

»Ich sehe lächerlich aus«, verkündete sie.

»Nein. Wir verstecken runde Augen mit Schminke und decken Punkt zu mit Puder. Du siehst aus wie chinesisch Mädchen.«

Margaret sah zu Li hinüber. Er zuckte mit den Achseln. »Es ist dunkel. Der Zug ist schlecht beleuchtet.«

Lotus sah ihn an, zögerte kurz und sagte dann auf Chinesisch: »Li Yan... Ich hatte noch keine Gelegenheit, dir zu danken.«

Er zog die Stirn in Falten. »Wofür? Du hilfst schließlich uns.«

»Dass du mich aus der Haft geholt hast«, sagte sie.

Er sah sie verständnislos an. »Welche Haft?«

Yonglis Stimme drang aus der dunklen Ecke zu ihm. »Sie wurde von der Öffentlichen Sicherheit festgenommen, hast du das vergessen? Ich habe dich um Hilfe gebeten. Du hast gesagt, du würdest sehen, was du tun kannst.« In seiner Stimme schwang ein aggressiver Unterton mit, der Hauch eines Vorwurfs.

Li spürte einen schmerzhaften Gewissensbiss, als er sich an die Begegnung erinnerte. »Bitte verzeih mir«, bat er.

»Aber ich hatte überhaupt keine Gelegenheit, irgendetwas zu unternehmen.«

Zutiefst erstaunt runzelte Lotus die Stirn. »Aber sie haben mich laufen lassen. Sie haben mir erklärt, es sei ein Missverständnis. Ich habe gedacht...«

»Es *war* doch auch ein Missverständnis, oder?«, fiel ihr Yongli ins Wort.

Lotus sah Li direkt in die Augen. Es schien ihr wichtig zu sein, dass er ihr glaubte. »Sie haben behauptet, ich hätte Heroin in der Tasche. Aber ich habe noch nie im Leben Heroin genommen, Li Yan. Das schwöre ich beim Himmel.«

Li war die ganze Geschichte unangenehm, beinahe peinlich. »Dann muss es sich um einen Irrtum gehandelt haben, genau wie Yongli gesagt hat. Vielleicht hat die Tasche jemand anderem gehört.«

»Was redet ihr da?«, fragte Margaret, die es irritierte, dass das Gespräch auf Chinesisch geführt wurde. Sie spürte die Spannung in ihren Worten.

»Nichts Wichtiges«, wehrte Li ab. »Alte Geschichten. Jetzt sollten wir nur nach vorn schauen, nicht zurück.« Seine Worte waren eher an Lotus und Yongli als an Margaret gerichtet.

Ein lautes Krachen von draußen ließ alle erstarren. Li machte einen Satz und löschte augenblicklich die Kerze. Die Dunkelheit, die sie umgab, war fast zu greifen, so als könnten sie die Nacht mit Händen packen und um ihren Körper schlingen. Nichts war zu hören außer dem Trommeln des Regens auf dem Dach und dem Klappern und Zerren des Windes an den Holzbrettern vor dem Fenster. Margaret hörte jemanden über den Boden ins vordere Zimmer tapsen. Dicht neben ihr ging Lotus' schneller Atem. Sie streckte die Hand aus, fand die von Lotus, drückte sie und spürte, wie Lotus ihren Arm mit der anderen Hand umklammerte und sich mit den Fingern daran festkrallte.

Kaum wahrnehmbares graues Licht gab dem Zimmer um sie herum Gestalt, während sie horchten, wie die Haustür aufgeschoben wurde. Margaret sah Yongli durch das Zimmer zur Zwischentür schleichen, wo er sich bückte, eine Holzlatte aufhob und sie wie einen Knüppel in beide Hände nahm. Dann knallte die Tür zu, und sie hockten wieder in der Dunkelheit, deren Schwärze ihnen Angst machte. Das Ratschen eines Streichholzes auf einer Reibfläche war zu hören, eine winzige Explosion und eine aufstrahlende Flamme brannten sich durch die Dunkelheit, dann kehrte Li zurück, mit einer Hand die Flamme vor dem Luftzug seiner Bewegung abschirmend. »Ein paar Ziegel sind vom Dach gefallen«, berichtete er und bückte sich, um die Kerze wieder anzuzünden. Bis zu diesem Augenblick hatte keiner von ihnen begriffen, wie blank ihre Nerven wirklich lagen.

Yongli ließ die Holzlatte fallen, die er aufgehoben hatte, und spähte auf seine Uhr. »Es ist sowieso Zeit zu gehen«, erklärte er.

III

Immer noch fiel der Regen auf die durchtränkte Hauptstadt. In den nass glänzenden Straßen spiegelten sich sämtliche Lichter der Stadt wie in frischem, noch nicht getrocknetem Lack. In der Ferne rollte der Donner zwischen den unregelmäßig aufleuchtenden Blitzen. Auf der Straße schienen, wenn überhaupt, noch mehr Polizisten zu patrouillieren als zuvor. Li wusste, dass man in der Öffentlichen Sicherheit mit einer schnellen Festnahme gerechnet hatte und dass der politische Druck durch die ungeduldigen und zunehmend panischen Beteiligten an dem Vertuschungsversuch dazu beitragen würde, die Fahndungsmaßnahmen noch zu verstärken. Er zog eine grimmige Befriedigung aus der Tatsache, dass sie, indem sie sich der Polizei immer länger entzogen, Pang und Zeng wie auch die Geschäftsführer von Grogan Industries in immer größere Aufregung versetzten. Doch die Angst vor einer Bloßstellung würde diese Menschen umso gefährlicher machen, fast wie in die Enge getriebene Tiger. Die größte unmittelbare Gefahr drohte Li, Yongli und Margaret am Bahnhof. Alle Fluchtrouten würden strengstens überwacht werden. Li dankte dem Himmel, dass er ausgerechnet heute Nacht auf sie herabweinte.

Einen Moment lang fragte er sich, wo Johnny Ren wohl steckte. Seit er wusste, wer den Killer beauftragt hatte, überraschte es Li nicht mehr, dass Ren sich so frei bewegen und jeder Entdeckung entziehen konnte. Bestimmt war er längst verschwunden und irgendwo außerhalb der Grenzen des Mittleren Königreiches in Sicherheit.

Er strich über den Bart, der seine Oberlippe und sein Kinn zierte und sich fremd und ungewohnt zwischen seinen Fingern anfühlte – eine weitere Gabe von Lotus' Freund im Theater. Inzwischen plagte ihn sein Gewissen, weil er sie in der Vergangenheit so schlecht behandelt und überhaupt nichts unternommen hatte, als Yongli ihn um Hilfe gebeten hatte. Ohne Lotus hätten sie es nie so weit geschafft.

Sie parkten das Auto ein paar Straßen vom Bahnhof entfernt und eilten, in Regenzeug gehüllt, unter schwarzen Schirmen durch den sporadischen nächtlichen Verkehr. Der Bahnhofsvorplatz war leer. Ein paar Reisende warteten auf Taxis und zogen sich solange in die Bushäuschen und unter die Vordächer der Verkaufsstände zurück, wo tagsüber den durstigen Passagieren Obst, Gemüse und kalte Getränke verkauft wurden. Am Haupteingang, wo das Gepäck durchleuchtet wurde und die Beamten der Eisenbahnpolizei hier und da die Papiere der Fahrgäste prüften, hatte sich eine Schlange gebildet, die bis in die Nacht hinausreichte.

»Da kommen wir nie vorbei«, flüsterte Yongli, während

sie sich dem Ende der Schlange näherten. »Wenn sie eure Papiere sehen wollen...«

Doch Lotus zeigte mehr innere Stärke. »Du hast es selbst gesagt, Ma Yongli. Sie suchen nach Li Yan und einer *Yangguizi*. Nicht nach zwei chinesischen Pärchen.« Sie sah kurz auf Margaret. Die hatte ein wasserabweisendes Tuch über ihre Perücke gebunden. Sie war wenig kunstvoll geschminkt, aber im schlechten Licht der Bahnhofshalle konnte sie auf den ersten Blick als Chinesin durchgehen. Li Yans Bart wirkte überzeugender. Lotus hoffte nur, dass seine Hutkrempe und der Schirm den Regen abhielten. Sie wollte sich nicht darauf verlassen, dass der Kleber auch im Feuchten hielt.

Während sie sich Schritt für Schritt auf die Gepäckkontrolle zubewegten, stellten sich hinten weitere Reisende an. Immer noch prasselte der Regen auf sie nieder und erstickte die Gespräche in der Schlange. Doch er bewirkte auch, dass die Beamten, die alle Wartenden überprüfen sollten, nach dem stundenlangen Vor und Zurück im Regen weniger gewissenhaft vorgingen, als sie es ansonsten vielleicht gewesen wären. Sie überflogen kurz die Dokumente eines jungen Pärchens vor ihnen und winkten Li und die anderen dann ohne einen zweiten Blick weiter. Yongli ließ die Reisetasche durchleuchten, dann hatten sie es in den Bahnhof geschafft. Er zitterte und war bleich, doch er wirkte ungeheuer erleichtert. Ohne sich noch einmal umzudrehen, eilten sie weiter zu dem Tor vor ihrem Bahnsteig. Der Zug stand schon ungeduldig schnaufend und dampfend da und paffte immense Qualmwolken in die Nacht. Auf dem Bahnsteig drängelten sich die Fahrgäste auf der Suche nach einem freien Abteil, Freunde und Verwandte küssten und umarmten sich zum Abschied, Kinder winkten Onkeln, Tanten und Eltern nach, die sich auf eine lange Reise begaben, alles unter dem wachsamen Auge der gestrengen Schaffnerin an der Fahrkartenkontrolle. Li kannte die Sorte nur zu gut. Herrschsüchtig, bürokratisch, unbeugsam. Um genau drei Minuten nach Mitternacht würde sie gnadenlos alle Tore zudonnern und jeden, der zu spät kam, ausschließen, selbst wenn der Zug Verspätung hatte. Sie prüfte ihre Fahrkarten und winkte sie barsch weiter.

Auf dem Bahnsteig schloss Lotus Yongli fest in die Arme, küsste ihn und mahnte ihn dann, sein Gesicht mit beiden Händen umfassend, vorsichtig zu sein und bald zu ihr zurückzukommen. Seine Kehle war wie zugeschnürt, und seine Stimme zitterte. »Für dich würde ich einfach alles tun, Lotus«, flüsterte er. »Alles. Ich liebe dich.«

Sie gab Li einen Kuss auf die Wange und bat ihn, auf ihren Mann aufzupassen. Danach umarmte sie Margaret lange und innig. Als sich die beiden voneinander lösten, sagte sie nur: »Viel Glück.« Sie biss sich auf die Lippe, während die anderen einstiegen. Yongli beugte sich noch einmal herunter und gab ihr einen letzten Kuss. Dann gellte eine Pfeife, und Lotus machte widerwillig kehrt und eilte zur Bahnhofshalle zurück, bevor das Tor geschlossen wurde. Mit Tränen in den Augen sah Yongli ihr nach. Schließlich drehte er sich wieder um, und gemeinsam arbeiteten sie sich in die überfüllte Dritte Klasse vor, wo sie sich einen Platz zwischen den nassen Reisenden suchten, die sich in alle Ecken drückten und Körbe mit Essen und Teeflaschen öffneten, um es sich gemütlich zu machen und sich auf die lange Reise vorzubereiten. Margaret hörte, wie jemand geräuschvoll Schleim aus seiner Lunge hoch räusperte und ihn auf den Boden klatschen ließ. Sie schauderte vor Ekel, wagte aber nicht hinzusehen, sondern hielt den Kopf gesenkt, damit ihr Gesicht von dem schwarzen Vorhang ihrer Perücke abgeschirmt wurde. Sie betete inständig, dass niemand sie ansprechen würde, und zuckte vor Schreck zusammen, als Li ihr zuflüsterte: »Wenn du schlafen kannst, dann lehn dich einfach an meine Schulter.« Sie nickte, und er legte den Arm um sie. Er betastete unsicher seinen Bart, um sicherzugehen, dass er nicht abgefallen war, und schaute dann zu Yongli hinüber. Doch Yongli war in seine eigene Welt versunken und saß ans Fenster gedrückt, wo er ein Loch in den Beschlag auf der Scheibe rieb, um nach draußen schauen zu können. Dabei gab es im matten Licht des Bahnsteigs kaum etwas zu sehen.

Wieder erschallte eine Pfeife, weiter vorne blinkte ein Licht auf, der Zug fuhr mit einem Stöhnen an und begann sich wie unter Schmerzen aus dem Bahnhof zu schieben, um dann quietschend und knarzend Geschwindigkeit aufzunehmen. Als sie das Bahnhofsgebäude hinter sich gelassen hatten und schaukelnd über unzählige Weichen ratterten, neigte Margaret den Kopf ein wenig zur Seite, um aus dem klaren Fleck zu sehen, den Yongli ins Fenster gerieben hatte. Regentropfen prasselten gegen die Scheibe und ließen die Lichter der Stadt in wackligen, zackigen Strähnen über das Glas laufen. Einen Moment lang ließ ein Blitz die Silhouette der Stadt scharf hervortreten. Vor nicht einmal einer Woche war sie in der Hitze eines Montagnachmittags in Peking angekommen, in der Hoffnung, wenigstens sechs Wochen lang einem Leben zu entfliehen, das ihr kaum mehr lebenswert erschienen war. Jetzt, gerade fünf Tage später, fuhr sie im Regen und im Dunkeln wieder ab, eine Flüchtige, die ein Leben zu bewahren versuchte, das ihr umso lebenswerter erschien, seit es mit einem Todesurteil behaftet war. Sie klammerte sich an Li fest. Sie würde nicht einmal versuchen, ihre Gefühle für ihn zu analysieren. Es zählte einzig und allein, dass sie mit ihm zusammen sein wollte. So viel sie auch verloren hatte, sie hatte trotzdem etwas ungeheuer Wertvolles gefunden. Etwas, für das es sich zu leben lohnte – selbst wenn dieses Leben nicht von langer Dauer sein sollte.

13. KAPITEL

I

Samstag

Gelber Smog hing wie ein Schleier über der Skyline aus Hochhäusern und Fabrikschornsteinen, die ihren Rauch in den Himmel rülpsten, wo sich der Kohlequalm in der Morgendämmerung mit dem aufsteigenden Nebel und dem von der Wüste herangewehten Staub zu einem schwefelgelben Cocktail verband.

Während ihr Zug rumpelnd und scheppernd in die Industriestadt Datong einfuhr, erwachte Margaret aus ihrem unruhigen Schlaf und fand sich immer noch an Lis Schulter geschmiegt wieder, dessen Arm sie fest und geborgen hielt. Im Waggon waberte dichter Zigarettennebel, und die Fahrgäste klaubten hustend und schnaubend ihre Habseligkeiten zusammen. Der Boden war mit Orangenschalen und Einwickelpapier übersät und klebte von Spucke. Yongli lehnte immer noch am Fenster und starrte wie ein Blinder durch die verschmierte Scheibe hinaus ins Nichts. Margaret streckte die Hand aus und legte sie auf seinen Arm. Er drehte sich um, sie lächelte, und er unternahm einen kläglichen Versuch, ihr Lächeln zu erwidern. Sobald der Zug mit einem Schaudern am Bahnsteig zum Stehen kam, stand Li auf und wies mit einer Kopfbewegung zur Tür. Margaret und Yongli folgten ihm in den Gang und dann nach draußen auf den Bahnsteig, wo sie vom Strom der Fahrgäste durch die Kartenkontrolle und hinaus auf den belebten Vorplatz geschwemmt wurden. Die Köpfe tief gesenkt, eilten sie an zwei Streife gehenden Polizisten vorbei auf die Straße.

Die Stadt erwachte bereits zum Leben. Die Straßen waren voller Menschen, die auf den Gehwegen im Dunst werkelten, Budenbesitzer, die Gemüse sortierten oder Kleider arrangierten, Blechschmiede, die ihren Hammer erschallen ließen, Fahrradmechaniker, die neue Speichen einzogen. Fahrzeuge tauchten für wenige Sekunden mit noch eingeschaltetem Standlicht aus dem Nebel auf und waren gleich wieder verschwunden. Die Gebäude wirkten substanzlos und gespenstisch, und die Menschen bewegten sich wie Geister auf den Gehwegen. Es war kühler als in Peking und trocken. Vor allem aber schienen sie in einem anderen Land und beinahe einem anderen Jahrhundert gelandet zu sein. Die Stadt war so, wie Margaret sich das Chicago der Dreißigerjahre vorgestellt hätte. Selbst die chinesischen Autos wirkten altmodisch und wie aus einer anderen Ära. Mit Maschinenpistolen bewaffnete Männer in dunklen Mänteln und mit breitkrempigen Hüten hätten sich nahtlos ins Bild gefügt.

Eine Arbeitskolonne in Eisenbahn-Overalls trottete vorbei. Li tippte Yongli auf die Schulter, um ihn aus seiner weltvergessenen Träumerei zu reißen. »Komm mit.« Er sprach mit der Autorität eines Mannes, der weiß, was er tut.

»Wohin gehen wir?«, fragte Margaret.

»Ich habe keine Ahnung«, gestand Li. »Irgendwohin, wo man uns nicht sieht.« Gleich darauf folgten sie der Arbeitskolonne in diskretem Abstand durch ein Eisentor in einer hohen Mauer und dann quer über einen großen Zusammenfluss verschiedener Gleise, über denen Signale rot und grün durch den Nebel leuchteten und wo gelegentlich das Knirschen von Metall auf Metall zu hören war, wenn eine Weiche umgestellt wurde. Sie verloren die Arbeiter aus dem Blick und wanderten weiter über die Gleise, auf die dunklen Schatten einer Reihe verlassener Schuppen zu. Hier waren die Schienen rostig, und zwischen den Schwellen wucherten Gras und Unkraut in die Höhe. Ausrangierte Waggons standen, zu langen Zügen zusammengekoppelt, vor sich hin rostend vor den Schuppen.

Li zog sich in einen davon hoch und stieß die Tür mit einem Tritt auf. Drinnen roch es modrig und feucht. Mit Yonglis Hilfe wuchtete auch Margaret sich hoch und folgte Li in den Gang. Es war ein alter Schlafwagen mit Klappbetten auf zwei Ebenen, ohne Bettzeug und jeder Bequemlichkeit beraubt, die diese Pritschen früher einmal ausgezeichnet haben mochte. Dafür war der Waggon einigermaßen sauber und schien trotz des modrigen Geruchs Schutz vor den Elementen und vor Nässe zu bieten. Li schob die Tür zu einem der Abteile auf und schaute hinein. »Das geht schon«, sagte er. Mit den Schuppen im Rücken und dem freien Blick über die Gleisanlage in Richtung Stadt würden sie jeden sehen können, der sich zu nähern versuchte. Er ließ ihre Reisetasche auf eines der Betten fallen und setzte sich, um eine Zigarette anzuzünden und langsam seinen Schnurrbart abzuschälen. Margaret trat ans Fenster und schaute durch die staubige Scheibe in die Sonne, die sich langsam über der Stadt erhob und die morgendliche Verbindung von Nebel und Qualm auflöste. Erleichtert zog sie ihre Perücke ab und schüttelte ihr Haar über die Schultern. Yongli blieb in der Tür stehen.

»Ich werde versuchen, uns einen fahrbaren Untersatz zu besorgen«, sagte er zu Li. »Das könnte länger dauern.«

Li nickte und drückte ihm ein mit Gummi zusammengehaltenes Bündel Banknoten in die Hand. »Schau zu, ob du auch Zigaretten bekommen kannst«, sagte er. Yongli wandte sich zum Gehen. Li rief ihm nach, und er drehte sich noch einmal um. »Ich bin dir wirklich sehr dankbar, Ma Yongli.« Er zögerte. »Und bitte verzeih mir. Ich habe mich in Lotus getäuscht.«

Ein schmerzvoller Ausdruck trat in Yonglis Augen, dann wandte er den Blick ab und rang sichtlich um Worte. »Das hast du«, sagte er schließlich nur, dann drehte er ihnen wieder den Rücken zu. Sie hörten seine Schritte durch den Gang hallen, und gleich darauf sahen sie seine große, rundliche Gestalt über die Gleise stapfen und schließlich ohne einen Blick zurück im Nebel verschwinden.

»Er wirkt sehr niedergeschlagen«, sagte Margaret schließlich.

Li zog tief an seiner Zigarette, bis der Tabak knisternd verglühte. »Ma Yongli ist sehr extrovertiert. Manchmal ist er fast... manisch. Er hat unglaubliche Hochphasen. Aber auch schreckliche Tiefphasen. Er wird darüber hinwegkommen.« Er zerquetschte die Zigarette unter der Sohle. »Ich muss versuchen zu schlafen. Ich habe heute Nacht kein Auge zugemacht.« Er sah sie an. »Kommst du zurecht?«

Sie nickte, und er rollte sich auf dem Bett zusammen und war nach wenigen Augenblicken eingeschlafen. Sie betrachtete sein ruhendes Gesicht, in dem alle Spannung aus den Muskeln gewichen war. Er kam ihr so unschuldig, fast kindlich vor, dass sie ihn am liebsten im Arm gewiegt, ihn getröstet und bemuttert hätte. Schnell wandte sie die Augen ab, weil Tränen ihre Sicht verschwimmen ließen. Daran durfte sie nicht denken, ermahnte sie sich. Es hatte keinen Sinn, Ungeschehenes zu bereuen. Jeder musste irgendwann sterben. Das Sterben war nicht das Entscheidende. Zu leben, und was man mit seinem Leben anfing, war entscheidend. Sie musste versuchen, sich an diesen Gedanken zu klammern.

Nach einer Weile setzte sie sich ihm gegenüber hin und sah ihm lange beim Schlafen zu, labte sich an seinem Anblick und genoss das einfache Vergnügen, in seiner Nähe zu sein, ganz friedlich und ohne Angst. Es kam ihr vor, als fürchtete sie den Tod kaum mehr. Sie fürchtete viel mehr, das bisschen

Leben zu verlieren, das ihr noch geblieben war, auch nur eine einzige kostbare Sekunde zu vergeuden. Das Schlimmste war das Wissen, dass sie aller Wahrscheinlichkeit noch länger zu leben hatte als Li. Sie trat die Sandalen von ihren Füßen und kuschelte sich auf dem Bett an ihn, legte den Arm um ihn, drückte ihn an sich und spürte, wie die Wärme seines Körpers ihren durchdrang. Ironischerweise fühlte sie sich zum ersten Mal seit Jahren wirklich glücklich, beinahe euphorisch. Sie ließ sich in eine Traumwelt gleiten, wo absolut alles möglich war, wo es selbst in den schwärzesten menschlichen Momenten noch einen Hoffnungsschimmer gab. Und in diesem Moment begriff sie, dass sie ihn liebte.

Er stieg langsam aus dem Schlaf auf wie ein Taucher aus der Tiefe und durchbrach schließlich die Oberfläche ins Bewusstwein, wo rund um ihn sanfte Blasen aufstiegen und er nach dem befremdlichen, unterwasserartigen Halbdunkel eines tiefen, ungestörten Schlafes die Wärme und das Licht der Sonne in aller Kraft und Helligkeit spürte. Irgendwann spürte er auch ihren weichen Körper, der ihn umschmiegte, drehte sich vorsichtig um, um sie nicht aufzuwecken, und entdeckte ihr Gesicht gleich neben seinem. Der langsame, sanfte Rhythmus ihres Atems setzte sich ohne Unterbrechung fort. Sie war so bezaubernd, dass es schon fast schmerzte. Die feine Linie ihrer Nase, der Bogen ihrer Brauen, ihr zerbrechlich wirkendes Kinn, die über die Nase gesprenkelten Sommersprossen. Liebevoll strich er eine Locke aus ihrer Stirn. Ihr Atem fuhr heiß über seine Haut. Er beugte sich vor, um sie zu küssen, und sah ihre Lider zucken. Er machte die Augen im selben Moment zu, in dem sie ihre aufschlug.

Sie sah ihn schlafend daliegen, das Gesicht nur Zentimeter von ihr entfernt, den Kopf leicht zur Seite geneigt, als wollte er sie gerade küssen. Sie verspürte ein seltsames Ziehen, als ihr wieder einfiel, was sie kurz vor dem Einschlafen gedacht hatte. Sie beugte den Kopf vor, um ihn zu küssen, sah seine Lider zucken, und schloss ihre Augen im selben Moment, in dem er seine öffnete.

Er lächelte, als er sah, dass sie die Augen zugemacht hatte. Dann, nach einem Augenblick, öffneten sie sich wieder, und sie erwiderte sein Lächeln. Er küsste sie ganz zärtlich und spürte dabei ihre samtigen, nachgiebigen Lippen auf seinen. Sie reagierte und öffnete den Mund, als könne sie es kaum erwarten, ihn in sich aufzunehmen. Inzwischen wurden beide von etwas angetrieben, das jenseits jeder Leidenschaft oder Lust lag. Jenseits der Zeit. Denn es schien keinen Grund zur Eile zu geben, dafür aber jeden Grund, mit allen Sinnen zu genießen. Die Sonne glühte durch das verschmierte Fenster des stillgelegten Waggons herein und ließ Licht und Wärme über ihre Leiber fließen, die sich im Einklang bewegten, zusammengefügt durch Liebe und Traurigkeit, Zuneigung und Tod. Ihre Brüste füllten seine Hände und seinen Mund, und ihre Haut schmeckte süß auf seiner Zunge. Sie ertastete die unzähligen feinen Muskeln in seinem Rücken und dann die festen Hinterbacken, die sie umfasste und näher zu sich herzog, um ihn noch tiefer in sich zu spüren. Er war so schön, dass sie ihn nie wieder loslassen wollte. Während er sich langsam im Rhythmus ihrer Herzen bewegte, füllte er sie ganz und gar aus. Ihr Stöhnen klang beinahe wie ein Schluchzen. Es war ein Genuss, der schon an Pein grenzte, der kaum mehr auszuhalten war. Ihre Finger bohrten sich in seinen Rücken, um ihn dort zu halten, um ihn tiefer zu ziehen, um ihn ganz und gar zu verschlingen, bis er schließlich in ihr explodierte und sie jede Kontrolle über sich verlor, während eine ekstatische Woge nach der anderen über ihre durch jahrelange Gleichgültigkeit betäubten Sinne hereinbrach. Ein Rausch der Muskeln und Nerven, der dem Gehirn jeden unabhängigen Gedanken verwehrte und beiden jede Hemmung und Scham raubte. Nichts war mehr oder wäre jemals wieder von Bedeutung.

Nackt, außer Atem und nass geschwitzt lagen sie sich in den Armen und ließen die Sonne durch das Fenster auf ihre Haut brennen. Zehn, vielleicht fünfzehn Minuten sprach keiner von beiden ein Wort. Keiner wollte den Bann brechen, keiner wollte sie aus dieser weltfernen Euphorie zurückkreißen in die gefährliche Gegenwart. Schließlich tastete Li nach einer Zigarette und blies kurz darauf Rauch zur nikotinfleckigen Decke hoch. Er fragte: »Gibt es irgendeine Hoffnung?«

Sie drehte den Kopf, um ihn anzusehen. Sie konnte ihm erklären, dass man möglicherweise rechtzeitig ein Heilmittel finden würde, dass RXV vielleicht viel einfacher zu heilen war als Aids, aber das war wenig wahrscheinlich, und welchen Sinn hätte es, ihm falsche Hoffnungen zu machen? Doch dann bremste sie sich; plötzlich begann ihr Herz hektisch zu schlagen. Wenn du nach Hoffnung suchst, dachte sie, dann wirst du welche finden. Denn es gibt keinen Ort der Welt ohne jedes Licht. Ohne nachzudenken, hatte sie McCords Hoffnungslosigkeit, seine düstere Verzweiflung übernommen. Doch jetzt spielte sie die Szene, die sie mit ihm auf dem vom Mondschein beleuchteten Marmor aufgeführt hatte, in Gedanken noch einmal durch und entdeckte zum ersten Mal ein winziges Licht.

Li sah dieses Licht aus ihren Augen leuchten. Er hatte ohne jede Hoffnung nach Hoffnung gefragt und wurde nun Zeuge des unerwarteten Effekts, den seine Frage auf sie hatte. »Was ist denn?«

Sie setzte sich auf. »Wieso haben sie ihn umgebracht?«
»Wen?«
»McCord. Er war auf ihrer Seite. Er war einer von ihnen.« Sie sah ihn mit hellen Augen an, in denen plötzlich eine neue Erkenntnis aufstrahlte. »Weil er in Panik geraten ist. Des-

halb. Er war wie eine geladene Waffe. Er hat keinen Sinn mehr darin gesehen, das Ganze geheim zu halten – im Gegensatz zu ihnen. Ich habe ihn sogar gefragt, wieso sie sich eigentlich die Mühe machen. Er meinte, sie seien dumm. Aber diese Leute sind nicht dumm. Sie würden nicht so verzweifelt versuchen, alles zu vertuschen, wenn sie keinen Sinn darin sehen würden. Und wenn sie glauben, dass es Hoffnung gibt, dann muss es auch welche geben.«

Li schüttelte den Kopf. »Ich verstehe dich nicht.«

Durch ihren Kopf rasten noch einmal McCords Geständnisse im Schatten der Halle der Ernteopfer. *Das Forschungsteam hat ein ganzes Jahr lang von dem Zeug gelebt, bevor wir die Ergebnisse auch nur publiziert haben*, hatte er gesagt. *Und kein Einziger ist an dem Choleratoxin oder dem Mosaik-Virus gestorben.* »Alle haben von dem Reis gegessen«, sagte sie. »Damals, vor fünf Jahren. Aber soweit wir wissen, wäre nur Chao daran gestorben.« In ihrer Aufregung kam ihr kurz der Gedanke, dass es keine größere Dummheit gab als die Selbsttäuschung. Aber dies war keine falsche Hoffnung, davon war sie überzeugt. »Vielleicht«, sagte sie, »infizieren sich nicht alle, die den Reis essen, mit dem Virus. Vielleicht müssen nicht alle sterben, die sich mit dem Virus infiziert haben. Vielleicht glauben sie tatsächlich, dass es dank der riesigen Ressourcen, über die Grogan Industries verfügt, eine Aussicht auf Heilung gibt. Warum sollten sie sonst auf Zeit spielen?« Sie fühlte sich wie ein Gefangener in der Todeszelle, der in letzter Sekunde einen Aufschub bekommen hat. Der Tod war hinausgezögert, vielleicht nur eine Zeit lang, vielleicht bis er sie irgendwann trotzdem traf. Aber das Urteil war nicht mehr unumstößlich.

»Du meinst, du glaubst, dass wir nicht sterben müssen?«

»Natürlich müssen wir sterben! Jeder muss mal sterben! Aber vielleicht, nur vielleicht, werden wir nicht an RXV sterben.« Und mit der Hoffnung kehrte auch ihr Zorn zurück. »Und genau deshalb muss die Welt davon erfahren. Wir können nicht alles in den Händen von Grogan Industries belassen.« Sie warf den Kopf zurück und schnaubte verärgert. »Und weißt du, was wirklich ironisch dabei ist? Die Gier nach Profit, die in erster Linie zur Entwicklung des Superreises geführt hat, wird auch das Motiv sein, das die Entwicklung eines Heilmittels vorantreiben wird. Mit einem Heilmittel gegen irgendwelche seltenen Krankheiten lässt sich nichts verdienen. Aber stell dir nur vor, wie viel man kassieren kann, wenn man ein Virus vernichtet, das die Hälfte der Weltbevölkerung umzubringen droht!«

Sie suchte seine Augen nach einem Anzeichen dafür ab, dass er ihre Aufregung, ihre Hoffnung teilte. Doch er kam ihr unendlich weit weg vor. Erst nach einer Weile kehrte er von jenem fernen Ort zurück und stellte sich ihrem Blick: »Wir dürfen sie um keinen Preis damit durchkommen lassen«, sagte er. »Weder Grogan noch Pang noch irgendwen sonst.« Vor seinem inneren Auge sah er seinen Onkel, von seinem eigenen Schwert durchbohrt.

»Nein, das dürfen wir nicht«, bekräftigte Margaret.

Li schaute sie eine Minute lang schweigend an. Dann sagte er: »Ich liebe dich, amerikanische Lady.«

Das Herz schlug ihr bis zum Hals. Ihre Stimme wurde zu einem heiseren Flüstern. »Ich liebe dich auch, China-Mann.«

Danach hielten sie sich lange in den Armen, auf jenem Klappbett im Abteil eines ausrangierten Schlafwagens in dieser Industriestadt im Norden Chinas, und umarmten dabei zum ersten Mal die Hoffnung auf eine gemeinsame Zukunft.

II

Yongli kehrte am späten Nachmittag zurück. Li und Margaret hatten etwas von dem Obst gegessen, das Lotus in ihre Reisetasche gepackt hatte, und sie hatten scheinbar endlos geredet. Sie erzählte ihm von ihrer Kindheit im Norden von Illinois, von den Sommern in Neuengland, von jenem Tag, an dem ihr Großvater einen Schlaganfall erlitt und ihr Bruder im See ertrank. Er erzählte von seiner Kindheit in Sichuan, von dem Grauen, während der Kulturrevolution aufzuwachsen, vom Verlust seiner Mutter. Sie hatten einander so viel mitzuteilen, und keiner von beiden vermochte zu sagen, wie viel Zeit ihnen dafür bleiben würde.

Sie sahen Yongli über die rostigen Gleise hetzen, sich ängstlich umblickend, immer gefolgt von seinem länger werdenden Schatten. Sie hörten ihn in den Waggon klettern und dann seine schweren Schritte im Gang. Keuchend und schwitzend tauchte er vor ihrem Abteil auf. »Das war viel schwerer, als ich gedacht habe«, sagte er. »Aber ich habe uns ein Gefährt besorgt.« Er zog ein paar Päckchen Zigaretten aus der Tasche und ließ sie auf eines der Betten fallen. Margaret reichte ihm eine Wasserflasche, aus der er dankbar trank. Er wischte sich den Mund mit dem Ärmel ab und ließ sich auf das Bett fallen. »Hat mich meine letzten Mäuse gekostet. Es ist keine Limousine, aber es sollte die Reise hin und zurück überstehen. Um kurz nach zehn muss ich das Ding abholen.«

Bis zehn Uhr abends schien es noch eine Ewigkeit hin zu sein. Schleppend zog sich der Nachmittag in den Abend weiter, doch immer noch lag zehn Uhr in weiter Ferne. Yonglis Rückkehr hatte Lis und Margarets Unterhaltung abgeschnitten. Immer wieder sah sie zu ihm hin, doch Lis Freund hockte nur in der Ecke und rauchte. Er spürte doch bestimmt, dass seine Anwesenheit störend wirkte? Er war mürrisch und in sich gekehrt, vollkommen anders als der junge Mann, den sie in jener Nacht im Xanadu kennen gelernt hatte, wo er das verbale Duell mit ihr, diesen Wettstreit des Intellekts, sichtlich genossen hatte. Aber andererseits schien auch Li, trotz der neu gewonnenen Aussicht auf Hoffnung, in Trübsinn versunken zu sein. Vielleicht wirkte das ansteckend. Das fahle Licht, das Datong unter der im Westen sinkenden Sonne überzog, schien die allgemeine Stimmung wiederzugeben. Zwei Stunden zuvor hatten sie die Arbeitskolonne, der sie am Morgen gefolgt waren, von ihrer Kleinbaustelle in Richtung Norden zurückkehren sehen, heim zu einem heißen Mahl, einem Glas Bier und der abendlichen Entspannung vor dem Fernseher. Jetzt senkte sich die Dunkelheit herab, und das einzige Licht im Abteil war das matte Glimmen, das von den fernen Straßenlaternen bis zu ihnen herüberdrang.

Schließlich, kurz nach halb zehn, stand Yongli auf. »Ich gehe jetzt den Wagen holen«, verkündete er. »In einer halben Stunde treffen wir uns vor dem Tor.« Dann war er ohne ein weiteres Wort in der Dunkelheit verschwunden.

Margaret sah Li besorgt an. »Hat er was?«

Li zuckte mit den Achseln. »Weiß ich nicht.« Gewöhnlich konnte man Yongli kaum zum Schweigen bringen oder ihm die schlechten Witze verbieten. Aber andererseits gab es nicht viel zu bereden und noch weniger zu lachen. Falls man sie erwischte, würde Yongli wahrscheinlich hingerichtet werden. Es war durchaus möglich, dass man in Peking bereits nach ihm suchte. Schließlich war bekannt, dass sie beide befreundet waren. Trotzdem war die schlechte Laune seines Freundes befremdlich und uncharakteristisch für ihn. Li sah Margaret an. »Ich finde das schrecklich«, sagte er. »Ich finde es schrecklich, meinem Freund das anzutun. Ich will nicht weglaufen.«

Kurz nach zehn schlichen sie vorsichtig über die Schienen. Sie hörten einen Zug aus der Ferne herankommen und sahen die Dampf- und Rauchwolken in den Lichtern aufsteigen. Wiederholt gellte die Pfeife durch die Dunkelheit. Li nahm Margaret am Arm und führte sie zu einer nicht einzusehenden Stelle zwischen zwei Weichen, wo sie niedergekauert den Zug in Richtung Bahnhof vorbeifahren sahen. Sobald der letzte Waggon verschwunden war, rannten sie über die restlichen Gleise und eine asphaltierte Rampe hinauf zu dem großen Eisentor, durch das sie am Morgen hereingekommen waren. Li spähte auf die Straße. Alles war still, nur ab und zu rumpelte ein Lieferwagen vorbei. Unter den Laternen bildeten sich die ersten Nebelhöfe, und die feuchte Luft ließ sie frösteln. »Wir warten im Schutz der Mauer, bis er kommt«, sagte Li, und so blieben sie im Schatten verborgen, von wo aus sie schräg auf die Straße sehen konnten.

Um halb elf war immer noch nichts von Yongli zu sehen, und beide wurden allmählich nervös. »Und wenn er angehalten wurde?«, sagte Margaret. »Wie sollten wir das mitbekommen? Wir könnten stundenlang hier warten. Und wenn er redet...«

»Er wird nicht reden«, fiel Li ihr ins Wort, doch sie sah, dass er sich ebenfalls Sorgen machte, und sie hörte, wie angespannt seine Stimme klang.

Weitere zehn Minuten verstrichen, dann sahen sie die Lichter eines Fahrzeugs langsam neben dem Bürgersteig heranrollen. Da die Straße eine leichte Biegung machte, war der Strahl der Scheinwerfer genau auf sie gerichtet. Sie pressten sich in den Schatten der Mauer, und erst als das Auto näher kam und die Lichter an ihnen vorüberglitten, beugte sich Li vor und wagte einen Blick hinaus. Er zuckte augenblicklich zurück. »Polizei«, flüsterte er.

Das leise Brummen des in niedrigem Gang rollenden Wagens wanderte langsam weiter, und Li riskierte einen zweiten Blick. Es war ein Streifenwagen mit uniformierten Polizisten, und er fuhr, ohne anzuhalten, die Straße entlang.

»Glaubst du, sie haben nach uns gesucht?«, flüsterte Margaret.

Er schüttelte den Kopf. »Wenn sie gewusst hätten, dass wir hier irgendwo stecken, dann hätten sie auch gewusst, wo sie suchen müssen.«

Zehn weitere qualvolle Minuten verstrichen, bevor ein uralter Pritschenwagen über die Straße auf sie zugerumpelt kam und mit quietschenden Bremsen vor dem Tor stoppte. Yongli beugte sich vom Fahrersitz herüber und winkte ihnen durch das offene Fenster auf der Beifahrerseite. Li nahm Margaret bei der Hand, dann rannten beide über den Gehweg und sprangen auf die Sitzbank des Lieferwagens. »Wo zum Teufel hast du gesteckt?«

Yongli warf frustriert die Arme hoch. »Wir haben kein verdammtes Benzin gefunden. Der Typ hat mir für eine Tankladung das letzte Geld aus der Tasche gezogen, und wir mussten einen Riesenumweg fahren, um sie zu besorgen. Ich habe hinten noch ein paar Kanister. Er sagt, wenn man uns mit dem Auto erwischt, wird er behaupten, es sei ihm gestohlen worden.« Er legte den ersten Gang ein, und sie fuhren los.

»Ist alles in Ordnung?«, fragte Margaret ängstlich.

Li nickte. »Es gab Probleme mit dem Benzin. Aber es ist alles geregelt.«

Yongli holte die Straßenkarte aus seinem Hemd und streckte sie über Margaret hinweg Li hin. »Du kannst uns lotsen.«

Li schaltete die Innenbeleuchtung ein und überflog kurz die große, nagelneue Karte des Mittleren Königreiches. Er schnaubte. »Es gibt nur eine einzige Straße. Die nach Erhlien.«

»Dann pass auf, dass wir auf der bleiben.« Yonglis düstere Stimmung war in Erregung umgeschlagen. Er wirkte aufgedreht, beinahe hektisch. Er warf Margaret ein Päckchen Zigaretten zu. »Da, zünd mir eine an.« Sie reichte die Zigaretten an Li weiter, der zwei anzündete und Yongli eine zurückgab. Yongli rammte den Hebel in den vierten Gang, und sie nahmen langsam Tempo auf, entlang der Eisenbahnstrecke in Richtung Norden tuckernd, auf die menschenleeren Weiten der Inneren Mongolei und die nördlichen Ausläufer der Wüste Gobi zu.

Ausgesprochen erleichtert ließen sie die Lichter der Stadt hinter sich. Die Straße verlief zwischen den Hügeln am äußersten Zipfel der Provinz Shanxi und durchschnitt dann die Überreste einer riesigen, verfallenen Mauer, die sich im Osten und Westen in der Ferne verlor. »Die berühmte Chinesische Mauer«, erläuterte Li. Besonders großartig wirkte sie hier allerdings nicht, wo man sie einfach hatte verfallen lassen und kaum mehr als ein Haufen Schutt und Steine zu sehen war. Eine Zeit lang folgte die Straße ihrem Verlauf, dann schwenkte sie erneut in Richtung Norden, ließ die Hügel hinter sich und tauchte ein in die dunkle, endlose Leere dahinter.

III

Es waren noch knapp fünfhundert Kilometer bis zur Staatsgrenze der Mongolei, die man einst als Äußere Mongolei bezeichnet hatte, weil sie außerhalb des Mittleren Königreiches lag. Sie hofften, die Kilometer in etwas mehr als sechs Stunden zurückzulegen, bevor Yongli sie so dicht wie möglich an der Grenze absetzen würde, damit Li und Margaret sie noch im Schutz der Dunkelheit überqueren konnten. Doch keiner von ihnen hatte die Möglichkeit einer Reifenpanne in Betracht gezogen, die sie nach drei Stunden Fahrt aufhalten sollte, oder die unerfreuliche Tatsache, dass ihr Pritschenwagen nicht mit einem Wagenheber ausgerüstet war.

Yongli trat wütend gegen den Reifen. Er wusste, dass er vor der Abfahrt nach einem Wagenheber hätte schauen müssen. Sie hatten zwar ein Wagenkreuz, um die Muttern zu lösen, aber nichts, womit sie den Wagen anheben konnten, um das Rad abzuziehen. Wie zum Hohn war der Ersatzreifen praktisch neu und prall gefüllt.

Der Lieferwagen stand schief am Straßenrand und war mit dem der Straße abgewandten Hinterrad eingeknickt. Schimmerndes Mondlicht strich über die endlos wogende Steppe. Nur das Rascheln des Windes im Gras war zu hören. Es war ein Wind, der sich weich auf der Haut anfühlte und den süßen Duft wilder Blumen mit sich trug. Ein unendlicher schwarzer Himmel, mit Sternen besetzt wie mit Juwelen, erhob sich in einer hohen Kuppel, in der die strahlende Silbersichel des Mondes langsam übers Firmament wanderte. Die Straße verlor sich vor und hinter ihnen am Horizont. Sie waren gestrandet und ungeschützt, sie konnten nirgendwohin gehen und sich nirgendwo verstecken.

Yongli war beinahe außer sich vor Zorn und Selbstvorwürfen. »Es ist hoffnungslos, es ist absolut hoffnungslos«, sagte er immer wieder. »Und es ist allein meine Schuld.« Allmählich ging er Margaret damit auf die Nerven.

Li hatte ihr Vehikel einer ausgiebigen Inspektion unterzogen – unter den Sitzen, unter der Motorhaube, falls der Wagenheber innen über dem Motor befestigt war, auch unter der Heckklappe, für den Fall, dass sich dort ein versteckter Stauraum befand. Doch sie fanden nichts. Und die Ladefläche war komplett leer. Nichts, was man irgendwie als Wagenheber verwenden konnte. Li saß nachdenklich rauchend am Straßenrand und starrte in die Ferne. Seit der Panne hatte er kaum ein Wort gesprochen.

Margaret hatte eine Idee. »Wo verläuft eigentlich die Eisenbahnstrecke?«, fragte sie unvermittelt. »Wir sind ihr doch fast die ganze Zeit gefolgt.«

»Da drüben.« Li deutete nach rechts, doch sie konnte nichts erkennen.

»Vielleicht finden wir dort alte Schwellen – ihr wisst schon, ausgediente Holzbalken – oder kleine Schienenstücke, mit denen wir den Wagen hochhebeln könnten.«

Li war augenblicklich aufgesprungen. »Du hast Recht«, sagte er. Dann wandte er sich an Yongli. »Du gehst nach Süden, ich gehe nach Norden. Wenn du innerhalb einer Stunde nichts findest, kehrst du um.« Yongli nickte und lief augenblicklich los in Richtung Eisenbahnstrecke. Li sagte zu Margaret: »Kommst du allein zurecht?«

Sie schüttelte den Kopf. »Nein, ich komme mit dir.«

Erst eilten sie im Dauerlauf die Schienen entlang, doch bald reduzierte sich ihr Tempo zu einem schnellen Gehen, und auch so hatte Margaret Mühe, auf dem unebenen Boden mit Li Schritt zu halten. Sie sprachen kaum, sondern sparten sich den Atem auf. Li schätzte, dass sie in einer Stunde vielleicht zehn Kilometer zurückgelegt hatten, doch sie fanden nichts. Die Erkenntnis, dass sie ihre Zeit vergeudet hatten, verbunden mit der Aussicht auf eine weitere verschenkte Stunde für den Rückweg, wirkte demoralisierend. Keiner von beiden sprach es aus, aber beide wussten, dass man sie bestimmt sehen und melden würde, falls der Wagen morgen früh noch dort stand. Und dann wäre es nur noch eine Frage der Zeit, bis die Polizei sie aufsammeln würde.

Mutlos wandte sich Li in die Richtung, aus der sie gekommen waren. Margaret fasste nach seinem Arm. Er blieb stehen, und einen Moment lang sahen sie einander wortlos und mit unausgesprochener Verzweiflung in die Augen. Dann zog er sie an sich, hielt sie fest und spürte, wie sich die Konturen ihres Körpers in seinen schmiegten. Sie küssten sich.

Ein langer, hungriger Kuss voller Schmerz und Leidenschaft, der in beiden eine Gier auslöste, die sie unmöglich stillen konnten. Nicht hier. Nicht jetzt.

Als sie schließlich wieder beim Auto angekommen waren, wartete Yongli bereits verärgert und frustriert auf sie. »Wo zum Teufel habt ihr gesteckt?«, brüllte er Li an. »Ich habe einen ganzen Scheißstapel mit Schwellen gefunden, nicht mal zwei Kilometer von hier entfernt. Ich bin sofort zurückgerannt und hab mir die Lunge aus dem Leib gebrüllt, um euch aufzuhalten.«

Li schüttelte den Kopf. »Wir haben dich nicht gehört.«

»Und jetzt haben wir fast zwei beschissene Stunden vertan!«

»Dann sollten wir jetzt keine Zeit mehr verlieren«, wehrte Li verärgert ab. Natürlich war das Pech, aber man konnte niemandem einen Vorwurf machen, und er nahm Yongli seine Feindseligkeit übel.

Diesmal liefen sie alle zusammen die Bahnstrecke entlang bis zu der Stelle, an der die Eisenbahnschwellen aufgestapelt waren, wobei Li Margaret nach Luft schnappend erklärte, was vorgefallen war. Als sie den Stapel erreicht hatten, musterte Li ihn kritisch. »Wir brauchen zwei«, urteilte er. »Eine müssen wir längs zwischen die Räder legen, weil wir sonst keinen Hebel ansetzen können.«

Yongli sagte: »Sie sind zu schwer für einen allein. Ich habe es schon versucht. Wir müssen zweimal gehen.«

Sie brauchten weitere dreißig Minuten, um beide Schwellen zum Auto zurückzutransportieren. Margaret kam sich schrecklich überflüssig vor, wie ein Passagier, der keinerlei Hilfe leisten kann. Darum blieb sie beim Auto, um die Muttern zu lösen, während Li und Yongli sich auf den Weg machten, um die zweite Schwelle zu holen. Die Muttern loszudrehen, stellte sich als wesentlich schwieriger heraus, als sie gedacht hatte. Irgendein Kraftprotz oder eine Maschine hatte sie viel zu fest angezogen. Sie machte erst Fortschritte, als sie das Wagenkreuz im Winkel von fünfundvierzig Grad auf die Mutter setzte und sich auf das Ende der Stange stellte, wo sie immer wieder in die Knie ging, um mehr Druck auszuüben. Das erste Knarzen, verbunden mit einer halben Drehung, erschien ihr wie eine gigantische Leistung. Bis die beiden Männer mit der zweiten Schwelle zurückkehrten, hatte sie sämtliche Muttern gelöst, sich dabei ein Schienbein von oben bis unten aufgeschürft und war mit einem dünnen Schweißfilm überzogen. Aber sie beschwerte sich nicht. Denn sie sah die vor Anstrengung verzerrten Gesichter der Männer und die Schweißbäche, die ihnen in die Augen liefen und vom Kinn tropften.

Der Rest des Unterfangens erwies sich als erstaunlich einfach. Die zweite Schwelle wurde im rechten Winkel auf die erste gelegt, wobei das eine Ende genau unter der verstärkten Ansatzstelle für den Wagenheber zu liegen kam. Li und Margaret balancierten ihr gemeinsames Gewicht auf dem anderen Ende und hoben dadurch das Heck des Lieferwagens um einige Zentimeter an, sodass Yongli das kaputte Rad abstreifen und den Ersatzreifen aufziehen konnte. Sobald die Muttern angeschraubt waren, senkten sie das Heck wieder ab, und Yongli zog die Schrauben nochmals fest.

Sie hatten mehr als drei Stunden verloren, und im Osten zeigte sich bereits der erste Schein der Morgendämmerung. Yongli geriet beinahe in Panik. »Kommt schon!«, brüllte er und sprang ins Führerhaus, um den Motor anzulassen. Doch Li blieb einfach stehen, keuchend, mit verschmiertem und schweißfleckigem Gesicht. »Bis wir zur Grenze kommen, ist es heller Tag«, sagte er. »Also müssen wir uns irgendwo bis heute Abend verstecken.«

»Scheiße!« Frustriert donnerte Yongli die Faust auf das Lenkrad.

14. KAPITEL

I

Sonntag

Die Welt drehte sich weiter nach Osten, und die Sonne glitt über den fernen Horizont in den Himmel. Eine fremdartige, trostlose Schönheit strahlte von diesem Tagesanbruch in der Wüste aus, wo die Sonne jedes der sacht wogenden Gräser an einer Seite gelb bemalte, während der auffrischende und abebbende Wind durch die langen Halme fuhr wie eine unsichtbare Hand, die über die Oberfläche eines endlosen Ozeans hinwegstrich. Der graue Pritschenwagen ratterte und rumpelte stetig nordwärts, eine lange Schleppe grauen Staubs hinter sich her ziehend, die sich in der vorherrschenden Brise in westlicher Richtung verlor. Wie ein Pfeil schnitt die Straße durch die Steppe, schnurgerade, ohne eine einzige Kurve, unbeirrt dem Norden, den Bergen und der Mongolei zu. Die ganze Nacht über hatten sie kein einziges anderes Fahrzeug gesehen.

Sie durchfuhren zwei kleine Dörfer mit adretten Ziegelhäusern, gepflegten Blumenbeeten und von Schösslingen gesäumten Straßen. Doch nirgendwo regte sich ein Lebenszeichen. Es war noch früh, noch vor sechs Uhr. Eine Stunde später begannen sich die Bauten eines größeren Ortes schimmernd am fernen Horizont abzuzeichnen. Die Sonne stand inzwischen am Himmel, und in der Kabine wurde es allmählich wärmer. Li war, gegen die Türsäule gelehnt, eingeschlafen. Margaret saß zwischen den beiden Männern und starrte, in einem Nebel unzusammenhängender Gedanken und zum Teil trauriger Erinnerungen verloren, in die Ferne. Yongli zog die Karte vom Armaturenbrett und warf einen Blick darauf, während er das Auto mit einer Hand auf Kurs hielt. Das musste Erhlien sein, hinter dem in nicht einmal zwei Kilometern Entfernung die Grenze verlief. Hier wurden die nach Norden und Süden verkehrenden Züge in riesige Schuppen rangiert, wo die Fahrwerke gewechselt wurden, um sie den unterschiedlichen Spurweiten in der ehemaligen Sowjetunion und in China anzupassen. Yongli atmete erleichtert aus. Sie hatten etwas Zeit wettgemacht und hinkten ihrem ursprünglichen Plan vielleicht noch zwei Stunden hinterher.

Als sie sich dem Ort näherten, fragte Margaret: »Könnten wir hier Halt machen?«

Yongli sah sie überrascht an. »Warum?«

»Ich muss mich frisch machen.«

Zum ersten Mal seit beinahe drei Tagen sah sie ihn aufrichtig lächeln. »Das ist nicht gerade der Zeitpunkt, um sich frisch zu machen«, sagte er.

Sie lachte. »Ich muss auf die Toilette.« Sie verzog das Gesicht und presste sich die Hand auf den Bauch. »Ich kriege schon Krämpfe. Wahrscheinlich weil wir gestern so viel Obst gegessen haben. Ich würde ja sagen, halt einfach am Straßenrand an, aber ich kann nirgendwo einen Busch entdecken.« Sie grinste verlegen.

Er lächelte. »Natürlich. Wir werden schon irgendwas finden.«

Li schlief immer noch, als sie Erhlien erreichten. Es war ein nettes kleines Städtchen mit einem Postamt, einem großen Hotel, einer Hemdenfabrik, einem riesigen Rangierbahnhof und langen Zeilen geduckter Backsteinhäuser mit Ziegeldächern. Die Menschen waren bereits auf den Straßen und unterwegs – breite, hochwangige mongolische Gesichter mit gebräunter, lederartiger Haut. Eine Arbeitskolonne, die eben einen Zaun anstrich, blickte neugierig auf, als der Lieferwagen vor dem Hotel zum Stehen kam.

»Da drin müsstest du dich ›frisch machen‹ können«, sagte Yongli und stieg aus, um Margaret auf seiner Seite herauszulassen, damit sie Li nicht aufweckten.

Eine in Zweierreihen vorbeispazierende Schulklasse mit frischen Gesichtern und strahlend weißen Blusen staunte mit offenen Mündern, als eine blonde, blauäugige *Yangguizi* über die Straße eilte und im Hotel verschwand. Aufgeregtes Geschnatter hallte über die Straße. Yongli blickte kurz in die Kabine auf den schlafenden Li und zögerte einen Moment, ehe er leise wieder einstieg.

Als Margaret wenig später wieder aus dem Hotel trat und ihre Handtasche über die Schulter schlang, hatten sich etwa vierzig bis fünfzig Einwohner auf der Straße versammelt, denn die Kunde von ihrer Ankunft hatte sich wie ein Lauffeuer in der Stadt verbreitet. Gewöhnlich wurde die Monotonie des Alltags allein von der Ankunft des zweimal täglich verkehrenden Zuges aus der Mongolei durchbrochen. Dies hier war etwas Außergewöhnliches, das man nicht verpassen durfte. Immer mehr Menschen eilten über die Straße heran, um sich zu den Gaffern zu gesellen und möglichst ebenfalls einen Blick zu erhaschen. Verdutzt blieb Margaret auf der Vortreppe stehen, unsicher, wie sie darauf reagieren sollte. Sie lächelte nervös, doch die Gesichter, die sie anstarrten, verzogen keine Miene. »*Ni han*«, sagte sie und erntete damit zu ihrer Überraschung Applaus.

Li wachte abrupt auf, blinzelte angestrengt und versuchte, sich zurechtzufinden. »Was zum Teufel ist da los?«, fragte er.

Yongli sagte: »Sie musste sich ›frisch machen‹.« Li zog die Stirn in Falten. Yongli erklärte: »Auf die Toilette.«

Li schaute auf die Menge, die sich draußen versammelt hatte. »O Gott«, entfuhr es ihm. »Das können wir nun überhaupt nicht brauchen.« Margaret eilte über die Straße herbei, und Yongli sprang aus dem Auto, um sie einsteigen zu lassen. »Was zum Teufel hast du dir dabei gedacht?«, fuhr Li sie an.

Seine Worte trafen sie wie eine Ohrfeige. »Ich musste auf die Toilette«, verteidigte sie sich verletzt.

»Und wie lange wird es deiner Meinung nach dauern, bis die Öffentliche Sicherheit erfährt, dass eine blonde, blauäugige Ausländerin im Hotel war? Jetzt wissen sie, wo wir sind. Wir können keinesfalls mehr bis heute Abend warten. Wir müssen die Grenze so schnell wie möglich überqueren.«

Schweigend und mit rotem Gesicht saß Margaret neben ihm, getroffen von seinem Tadel und wohl wissend, dass er durchaus gerechtfertigt war. Doch Yongli kam ihr zu Hilfe. »Lass sie, Li«, sagte er. »Wenn sie sich am Straßenrand hingehockt hätte, hätte das noch viel mehr Aufsehen erregt.« Er warf ihm die Karte zu. »Ich habe mir die Sache angesehen. Die Hauptstraße überquert die Grenze ein paar Kilometer weiter nördlich. Dort gibt es bestimmt Grenzkontrollen. Aber wenn wir diese kleine Straße in Richtung Westen fahren...«, er beugte sich zur Seite und tippte mit dem Finger darauf, »...kommen wir wahrscheinlich nahe genug an die Grenze, um das Gelände überblicken zu können, ohne dass wir dabei unerlaubt das Land verlassen würden.«

Li besah sich die Route, auf die Yongli gezeigt hatte. Das klang vernünftig. Er nickte. »In Ordnung.«

Als sie auf der kleinen Landstraße, die eigentlich ein besserer Feldweg war, in westlicher Richtung aus der Stadt fuhren, sah er zu Margaret hinüber; er wollte sich entschuldigen, wusste aber nicht wie. Sie wich seinem Blick konsequent aus. Sie hatte ein schlechtes Gewissen, sie schämte sich und war wütend auf sich selbst, weil sie durch ihre Gedankenlosigkeit alle in Gefahr gebracht hatte. Sie hätte sich problemlos auf freier Strecke hinter den Wagen kauern können. Schließlich fuhr sowieso niemand auf der Straße, und sie hätte jedes Fahrzeug über Kilometer hinweg gesehen, lange bevor sie selbst gesehen worden wäre. Sie spürte, wie seine Hand ihre suchte und sie behutsam drückte. Sie erwiderte den Druck und hätte ihn am liebsten geküsst und umarmt und ihn um Verzeihung gebeten. Aber sie tat es nicht. Stattdessen saß sie reglos da und starrte durch die Windschutzscheibe auf die endlose Weite, die sich vor ihnen erstreckte.

Erhlien war hinter ihnen im heiß schimmernden Dunst verschwunden. Der aufgewirbelte Staub wurde jetzt vom Wind vor ihnen her geweht und reduzierte die Sicht auf zehn bis zwanzig Meter. Yongli tastete nach einer Zigarette und zündete sie an. Ihr fiel auf, dass seine Hände zitterten. »Ist alles okay?«, fragte sie ihn.

»Klar«, antwortete er, ohne sie anzusehen. Er war leichenblass.

Plötzlich schälte sich vor ihnen ein dunkler Schatten aus dem Straßenstaub.

»Was zum Teufel ist das?« Li schoss hoch, und Yongli donnerte den Fuß auf die Bremse, sodass sie schlitternd zum Stehen kamen. Der Motor erstarb, und die eintretende, nur vom Sirren des Windes im Gras durchbrochene Stille wirkte beinahe gespenstisch. Wortlos saßen sie da und verfolgten, wie sich der Staub verzog und ein schwarzer Mercedes zum Vorschein kam, der ihnen ungefähr zwanzig Meter entfernt frontal gegenüberstand. Ein Mann schien hinter dem Lenkrad zu sitzen, eine einsame Silhouette vor der Unendlichkeit von Himmel und Grasland.

»Wer ist das?«, flüsterte Margaret, als könnte der Mann in dem anderen Auto sie hören.

»Ich weiß es nicht«, antwortete Li, doch er hatte eine Ahnung, bei der ihm fast schlecht vor Angst wurde.

Yongli machte mit bebenden Fingern die Zigarette aus, und die Insassen beider Fahrzeuge blickten einander beinahe eine Minute lang an, ohne dass sich jemand gerührt hätte. Dann öffnete der Fahrer im Auto gegenüber die Tür und trat auf die Straße. Noch immer konnten sie sein Gesicht nicht erkennen. Er trug einen dunklen Anzug mit offenem, im Wind wehendem Sakko und ein weißes Hemd mit Krawatte und begann langsam und ganz ruhig auf den Pritschenlaster zuzugehen. Li blieb wie gelähmt sitzen, alle Muskeln und Sehnen angespannt, und starrte angestrengt durch die staubige Windschutzscheibe auf die näher kommende Gestalt.

»Scheiße!«, zischte er leise.

»Was denn?« Margaret stand inzwischen Todesängste aus.

»Das ist Johnny Ren.«

Beinahe als hätte er ihn gehört, blieb Ren stehen, holte eine rot-weiße Marlboropackung heraus und zündete eine Zigarette an. Dann kam er weiter auf sie zu, wobei der Wind den Zigarettenrauch wegpeitschte.

Li fasste unter seine Jacke, um den Revolver seines Onkels aus dem Schulterhalfter zu holen. Seine Finger erstarrten auf dem Leder des leeren Halfters. Die Waffe war weg. Langsam drehte er sich um und erkannte, dass Yongli damit auf ihn zielte. Margaret saß vollkommen reglos zwischen beiden und wagte nicht, sich zu rühren. Sie hatte keine Ahnung, was sich hier abspielte oder warum es geschah.

»Sie haben mir gesagt, sie würden sie erschießen«, flüsterte Yongli. Eine Träne rann lautlos über seine Wange. Er wünschte sich so sehr, Li würde ihn verstehen, würde begreifen, dass er einen guten Grund gehabt hatte. »Du hast gesagt, du würdest ihr helfen, aber mir war klar, dass du nichts unternehmen würdest. Und ich habe Recht behalten. Sie sind noch am selben Tag zu mir gekommen. Haben mir klargemacht, dass ich mich entscheiden muss. Für Lotus oder dich. Wenn ich nicht zugestimmt hätte, dann würde sie immer noch da drin sitzen, in irgendeiner Zelle. Und nächste

Woche, oder nächsten Monat, hätte sie eine Kugel in den Kopf bekommen.« Li *musste* ihn einfach verstehen – er hatte einfach nicht anders handeln können. »Ich hatte keine andere Wahl«, sagte er. »Ich liebe sie.« Sein Gesicht war jetzt tränennass. »Bitte verzeih mir, Li Yan.«

Johnny Ren stand inzwischen vor der Beifahrerseite des Pritschenlasters und zielte mit der Pistole auf Li. »Raus«, sagte er. An einer Seite der Stirn klebte ein großes rosa Pflaster. Er war nervös, und unter seinen misstrauischen Augen waren dunkle Ringe. Li fiel ein, wie dieses Gesicht im verregneten Park über ihm geschwebt hatte, er erinnerte sich an die Entschlossenheit in diesen Augen, an die eiserne Faust, die immer wieder in sein Gesicht gedroschen hatte. Diese Verbrecher hatten doch noch gewonnen. Ihm war schlecht. So viele vergeudete Leben. Und wozu? Um einen Aufschub für die panischen Geschäftsführer von Grogan Industries, für Pang und seine Ambitionen zu erkaufen. Um vielleicht ein Heilmittel zu finden, mit dem sie in letzter Sekunde durchs Netz schlüpfen konnten. Tief verzweifelt angesichts der Erkenntnis, dass niemand je erfahren würde, was er und Margaret wussten, rutschte er von seinem Sitz auf die staubige Straße. Gewissenlose, geldgierige Männer würden ihrer gerechten Strafe entkommen. Ren schwenkte kurz die Mündung seiner Waffe auf Margaret, die daraufhin hinter Li aus dem Auto kletterte. Li quälte die Vorstellung, dass eine Kugel dieses bleiche, sommersprossige Fleisch durchschneiden und ihr Blut in den Staub dieser Einöde sickern würde. Hoffentlich musste sie keine Schmerzen leiden. Sie hatte genug Schmerz in ihrem Leben ertragen müssen. Er sah zu ihr hinüber, doch sie starrte wie gebannt auf Ren, einen so befremdlichen, wilden Ausdruck in den Augen, dass ihn das gebrochene Eisblau ihrer Iris beinahe frösteln ließ.

Yongli kam um den Wagen herum zu ihnen, den Revolver locker in der Hand haltend. Verlegen wich er Lis Blick aus.

Johnny Ren streckte die freie Hand aus. »Geben Sie mir die Waffe«, sagte er, ohne den Blick von Li abzuwenden. Gehorsam legte Yongli den Revolver in seine Hand. Ren wog ihn nachdenklich, als wollte er sein Gewicht schätzen, spannte dann den Hammer, sah kurz zur Seite und schoss Yongli zweimal in die Brust. Noch bevor der junge Koch zu Boden gesunken war, sah Ren schon wieder auf Li. Ren brauchte seine Arbeit nicht zu kontrollieren. Er wusste, dass Yongli tot war.

Li wie auch Margaret traf der Schock wie ein Hammerschlag. Eben noch war Yonglis Gesicht von warmen, nassen Tränen der Reue und Qual überströmt gewesen. Jetzt trockneten sie im Wind, der durch sein Haar fuhr, während Yongli selbst tot im Staub lag, umgeben von einer langsam größer werdenden dunklen Lache. Leben ließ sich so leicht nehmen, der menschliche Leib war ein so zerbrechliches Gefäß für all die Gedanken, Schmerzen und Erinnerungen, die er in sich trug.

Johnny Ren sah kurz zu Margaret, blickte in die Augen, die ihn wie hypnotisiert beobachteten, und kam einen Moment lang aus dem Konzept. Dann lächelte er und tippte auf das Pflaster an seiner Stirn. »Ein Glückstreffer im Dunkeln«, sagte er. »Ein Glückstreffer für mich. Pech für Sie.«

Sein Blick fuhr wieder zurück zu Li. Es gab noch etwas zu erledigen. Danach würde er sich vielleicht ein wenig Spaß gönnen. »Bye-bye«, sagte er.

Li spürte den Schuss wie einen Schlag und verfolgte fassungslos, wie das Blut aus dem kleinen runden Loch sickerte, das plötzlich mitten in Rens Stirn aufgetaucht war. In Johnny Rens Miene war eine winzige Spur von Überraschung zu erkennen, als seine Beine unter ihm nachgaben und er vornüber auf die Straße kippte. Li erkannte, dass Rens Hinterkopf zum größten Teil zertrümmert war. Er drehte sich um und sah McCords Waffe in Margarets Hand zittern. Und immer noch wehte der Wind, beugte die hohen Gräser und flüsterte unablässig durch die weite Leere. Das einzige Geräusch auf der ganzen weiten Welt, hätte man meinen können.

Schweigend und geduldig beobachtete Margaret von der Kabine ihres Wagens aus, wie Li den Mercedes durchsuchte, gewissenhaft wie ein Polizist auf der Suche nach einem Beweisstück. Was er, überlegte sie, schließlich auch war. Sie hatte keine Ahnung, wonach er suchte oder warum. Sie vermutete, dass er sein Gehirn mit irgendetwas beschäftigen wollte, das ihn den Verrat seines Freundes vergessen und das keinen Platz für Reue oder Trauer ließ. Seit er ihr vorsichtig die Waffe aus der Hand genommen, sie umarmt und ihr befohlen hatte, im Auto zu warten, hatten sie kein Wort gesprochen. Ohne jedes Gefühl und ohne nachzufragen hatte sie seiner Bitte entsprochen. Sie hatte noch nie das Blut eines lebenden Menschen vergossen, und der Schock nach der Tat war größer, als sie gedacht hatte. Im Moment fühlte sie sich einfach nur betäubt, doch ihr war klar, dass der Schmerz noch kommen würde.

Ein Objekt, kaum größer als eine Zigarettenschachtel, in der Hand, tauchte Li wieder aus dem Auto auf. Er schien mit dem Finger darauf herumzudrücken und hielt es dann an sein Ohr. Sie brauchte ein, zwei Sekunden, um zu begreifen, worum es sich handelte, dann sprang sie aus der Kabine und rannte die etwa zwanzig Meter zum Mercedes. Außer Atem entriss sie es ihm und prüfte die Anzeige. »Wir haben Empfang«, sagte sie.

Er nickte. »Die Batterie ist praktisch leer.«

Sie sah ihn an. »Und wen rufen wir an?« Noch während sie die Frage stellte, sah sie das Kabel in seiner anderen Hand hängen und hinter ihm, auf dem Rücksitz des Mercedes, Johnny Rens *Apple Powerbook* liegen. Sie drückte Li das

Handy in die Hand, rutschte auf den Rücksitz und klappte den Laptop auf ihrem Schoß auf. Das Betriebssystem brauchte unerträglich lange zum Laden, ehe auf dem Bildschirm die verschiedenen Optionen auftauchten. Sie wagte kaum hinzuschauen. Doch, da war es. Das Symbol für den Internet Explorer. »Jesus...« Sie sah zu Lis verdutztem Gesicht im Türrahmen auf. »Wir brauchen niemanden anzurufen. Wir können online gehen. Wir können die ganze verdammte Geschichte ins Internet setzen, dann weiß die ganze Welt über Grogan Industries und Pang und RXV Bescheid.«

Li begriff augenblicklich, was ihre Worte bedeuteten. »Weißt du wie?«, fragte er ängstlich.

»Ich glaube schon.« Sie tippte eine Tastenkombination ein und öffnete ein leeres Dokument, in das sie ihre Geschichte schreiben konnten. »Verrückt«, keuchte sie mit vor Begeisterung strahlendem Gesicht. »Wir sind so weit von allem weg wie überhaupt denkbar...«, sie sah aus dem Fenster auf die endlose Weite voller Gras und Wüste, »...und trotzdem können wir mit der ganzen Welt sprechen – mit Millionen von Menschen gleichzeitig.«

Der Computer piepte und sie erstarrte.

Besorgt über ihre entsetzte Miene, beugte Li sich ins Auto. »Was ist denn?«

»Auch hier ist der Akku fast leer.« Ein Fenster auf dem Bildschirm eröffnete ihr, dass sie nur noch fünfzehn Minuten Arbeitszeit hatte. »Mein Gott, wie soll ich in fünfzehn Minuten alles erklären?« Sie begann wie wild auf die Tastatur einzuhämmern.

Li konnte nichts tun, außer ihr ängstlich und frustriert zuzuschauen und abzuwarten. Er ging um den Mercedes herum, wobei er es sorgsam vermied, in Richtung ihres Lastwagens zu sehen. Er brachte es immer noch nicht über sich, an Yongli zu denken, ganz zu schweigen davon, dass er den im Staub liegenden Leichnam seines Freundes sehen wollte.

Das ununterbrochene Klick-klack der Computertasten akzentuierte das sanfte Rauschen des Windes. Durch die Windschutzscheibe hindurch sah er die Konzentration in Margarets Gesicht, ihre Anspannung. Er hörte den Computer erneut piepen und sah ihre Panik.

»Nur noch fünf Minuten. Scheiße, wir müssen online gehen! Gib mir das Handy!« Ihre Stimme klang schrill und eindringlich. Er eilte um das Auto herum und reichte ihr das Telefon. Sie stöpselte es in den Modem-Ausgang hinten am Powerbook und klickte auf das Internet-Symbol. Fast augenblicklich folgte die Melodie des Tonwahlsignals, darauf das vertraute Rauschen zweier Computer, die über den Äther miteinander kommunizieren – wobei Rens Passwort und Identifizierung automatisch von seiner Software gesendet wurden. Wenig später stand die Verbindung.

Ehrfürchtig beobachtete Li, wie ihre Finger über die Tastatur tanzten, wie ihr Blick zwischen Bildschirm und Tasten hin und her zuckte, wie ihre Lippen sich in unregelmäßigem Abstand zu einer Grimasse verzogen. Dann hörte er sie nach Luft schnappen, als der Computerbildschirm schlagartig schwarz wurde und aus dem Lautsprecher des Handys das einsame hohe Pfeifen einer unterbrochenen Verbindung zu hören war. Sie ließ sich in den Sitz zurücksinken und schloss die Augen.

»Und?«, fragte Li. Er war nicht sicher, ob er ihre Antwort hören wollte.

Langsam schlug sie die Augen auf und sah ihn an. »Ich habe es an jede Website, an jedes Nachrichtenforum und jede E-Mail-Adresse geschickt, die mir eingefallen ist. Jetzt ist es draußen, Li Yan. Es ist nicht mehr allein unser Geheimnis.«

Der Zaun, der die Grenze markierte, zog sich nach Osten und Westen, so weit das Auge blickte. Dahinter lag die Mongolei. Ein paar Kilometer im Nordosten befand sich die

Stadt Dzamin Uüd, wo sie einen Zug nach Ulan Bator nehmen konnten. Auf einer kleinen Anhöhe blieben sie stehen und schauten über die Leere. Sie hatten nicht nur den Mercedes, den Pritschenlaster und die beiden Toten hinter sich gelassen, sondern auch das Hochgefühl, ihr Geheimnis der Welt mitgeteilt zu haben. Nun standen sie einer Zukunft gegenüber, die nichts als freudlose Ungewissheit bot.

Li schaute zurück. Im Süden lag China in all seiner unermesslichen Vielfalt. Sein Land. Seine Heimat. Mit jedem Wort der Erklärung und mit jedem einzelnen Schritt, den er auf ein anderes Land zugegangen war, hatte bittere Reue sein Herz schwer werden lassen. Jetzt spürte er die Augen seiner Ahnen auf sich liegen, die ihn über fünf Jahrtausende hinweg beobachteten. Er war ihnen gegenüber verantwortlich, genau wie seinem Land und dem Eid, den er als Polizeibeamter abgelegt hatte. Er konnte sich nicht einfach davonschleichen. Gut, Margaret hatte der Welt ihre Geschichte mitgeteilt, doch er hatte in China noch etwas zu erledigen.

Er sah sie an, sah ihr schweiß- und tränennasses Gesicht, die von Müdigkeit und vom Tod Yonglis gequälten Augen. Und er legte die flache Hand auf ihre Wange, die sich glatt und kühl anfühlte. Er wünschte von ganzem Herzen, es gäbe eine andere Möglichkeit.

Er zog ein Bündel Dollarscheine aus der hinteren Hosentasche und drückte sie in ihre Hand. »Sie werden Dollars nehmen«, sagte er. »Dollars nehmen sie immer.« Er schaute an ihr vorbei auf die trostlosen Weiten der Mongolei. »Bis Dzamin Uüd sind es nur ein paar Kilometer. Schaffst du das allein?« Sie nahm die Dollars ohne jede Überraschung an sich und nickte. Ihr war klar gewesen, dass er nicht mit ihr nach Ulan Bator kommen würde. Sie hatte es in seinen Augen gesehen, in seiner Berührung gespürt. Und sie wusste auch warum. Sie verstand ihn. An seiner Stelle hätte sie ebenso gehandelt.

»Ich werde dich immer lieben«, sagte sie.

Er schaffte es nicht, ihren Blick zu erwidern. Wie konnte er ihr begreiflich machen, wie schwer ihm diese Entscheidung fiel. »Selbst wenn sie ein Heilmittel finden, was wäre das für ein Leben, als Fremder in einem fremden Land, als Flüchtling vor meinem eigenen Volk?«

»Ich weiß«, sagte sie.

Er suchte in ihrem Blick nach Verständnis, erblickte aber nur das Spiegelbild seiner eigenen Qualen.

»Ich muss einfach zurück, ich muss meinen Namen reinwaschen, die Lügen wegfegen. Wenn ich das nicht täte, würden sie mir dann jemals glauben?«

»Ich weiß.«

»Das bin ich meinem Onkel schuldig. Und mir selbst.« Ihm war klar, dass das bedeutete, sie zu verlieren. Und dies war die schwerste Entscheidung seines ganzen Lebens. »Margaret...«

»Geh einfach«, sagte sie und biss sich auf die Lippen, um die Tränen aufzuhalten.

Einen Augenblick lang standen sie sich schweigend gegenüber, während der Wind an ihren Kleidern zerrte und ihr Haar hinter ihrem Rücken in der Sonne flatterte wie eine goldene Freiheitsfahne. Er beugte sich vor, um sie zu küssen, sie umarmten sich und hielten sich lange aneinander fest. Schließlich lösten sie sich voneinander, langsam und Stück für Stück, so als zerrissen sie ein Band, das sie fest aneinander geschmiedet hatte. Ohne ein weiteres Wort wandte er sich um und ging durch das Gras davon, das wie Wasser am Ufer auf und ab wogte. In der Ferne konnte er als schwarze Punkte den abgestellten Pritschenwagen und den Mercedes sehen, die einzigen Akzente am Horizont, der sich ansonsten ohne jede Unterbrechung unter dem tiefen, unermesslich weiten blauen Himmel dahinzog. Dort lagen sein toter Freund und sein toter Feind. Hinter ihm lag seine Liebe. Vor ihm nichts als Ungewissheit.

Er wartete auf ihren Ruf und drehte sich im Geist schon um, sah sie durch das hohe Gras hinterherlaufen, um ihm zu sagen, dass sie mit ihm kommen wollte. Doch niemand rief, und er wusste, dass er sich nicht umdrehen durfte, weil er sonst nicht weitergehen konnte, weil er es sonst nicht fertig bringen würde, sie ganz allein auf die gefahrvolle Reise durch ein feindseliges Land zu schicken. Dabei war der Drang, sich umzudrehen, beinahe übermächtig. Er wusste, dass sie immer noch auf der Anhöhe stehen und ihm nachschauen würde. Er warf einen Blick über die rechte Schulter, eine vollkommen ungewollte Bewegung. Nur ein einziger Blick. Doch sie war weg. Den Abhang hinunter, außer Sichtweite, auf den Zaun zu, resolut und fest entschlossen, keine Schwäche zu zeigen. Beinahe meinte er ihr vorgerecktes Kinn zu sehen. Dann hörte er ein Geräusch, schaute nach links und sah Margaret an seiner Seite gehen. Lächelnd sagte sie: »Du hast doch nicht wirklich geglaubt, ich würde dich einfach so gehen lassen, oder? Ich meine, ich wollte schon immer mal ein chinesisches Gefängnis von innen sehen.« Sie hielt ihn am Arm fest, sodass er stehen bleiben musste. Ihr Lächeln verblasste. »Wie immer unsere Zukunft auch aussehen mag, ich will sie mit dir teilen.«

REUTERS: SONNTAG, 21. JUNI; WASHINGTON D.C.
AMERIKANISCHE ÄRZTIN WARNT
VOR NEUEM VIRUS

Eine in der Volksrepublik China arbeitende amerikanische Ärztin hat in der vergangenen Nacht die Existenz eines neuen Virus bekannt gemacht, das unter Umständen die Hälfte der Weltbevölkerung befallen haben könnte.

Laut Dr. Margaret Campbell, einer forensischen Pathologin aus Chicago, mutierte das Virus mit der Bezeichnung RXV bei der Entwicklung des genmanipulierten Superreises, der vor drei Jahren in der Volksrepublik China eingeführt wurde. Die neue Reissorte, dank derer die Erträge um bis zu hundert Prozent gesteigert wurden und durch die China zu einem wichtigen Reis-Exporteur aufgestiegen ist, wurde während fünf Jahre dauernder Forschungen durch Grogan Industries, einen Konzern mit Stammsitz in den Vereinigten Staaten, entwickelt.

Aus dem Unternehmen gibt es bislang noch keinen Kommentar zu dem Artikel, der in der Nacht zum Sonntag auf über zehn Internet-Sites veröffentlicht wurde und in dem der Firma vorgeworfen wird, nicht einmal vor Mord zurückgeschreckt zu haben, um die Entdeckung des Virus zu verhindern.

Dr. Campbell beschreibt das Virus als Aids ähnlich, aber wesentlich gefährlicher, da RXV beim Verzehr des Reises aufgenommen werde und eine Latenzzeit von bis zu fünf Jahren habe, bevor es das Immunsystem angreife und zerstöre. Ihrer Meinung nach könnte die Welt in weniger als zwei Jahren einer Katastrophe gegenüberstehen, wie es sie in der gesamten Menschheitsgeschichte noch nie gegeben hat.

Zur Stunde liegt noch keine offizielle Stellungnahme der Regierung in Peking vor.

REUTERS: DIENSTAG, 23. JUNI; PEKING, VR CHINA:
MITGLIED DES POLITBÜROS VERHAFTET

Unter dem Diplomatischen Corps der USA in Peking kursieren Gerüchte, dass Pang Xiaosheng, der von gut informierten Kreisen als nächster Führer der Volksrepublik gehandelt wurde, heute unter der Anklage des Mordes und der Bestechung verhaftet wurde.

Allgemeiner Auffassung nach soll Pang, ein führendes Mitglied des Politbüros, nach umfangreichen Ermittlungen bezüglich einer Mordserie in der chinesischen Hauptstadt festgenommen worden sein.

Von offizieller Seite wurde allerdings keine Stellungnahme abgegeben, weshalb in bestimmten Kreisen spekuliert wird, dass Pangs mutmaßliche Festnahme in Zusammenhang mit der Inhaftierung von fünf in Peking ansässigen leitenden Angestellten des international tätigen Biotech-Konzerns Grogan Industries steht.

Pang war Landwirtschaftsminister und maßgeblich an der Einführung des genetisch modifizierten Superreises beteiligt, der in den Neunzigerjahren von Grogan Industries in China entwickelt wurde. Behauptungen, der genetisch modifizierte Reis übertrage ein tödliches Virus, das unter Umständen die Hälfte der Weltbevölkerung infiziert haben könnte, haben eine Panik in China ausgelöst und in der internationalen Gemeinschaft große Besorgnis hervorgerufen.

REUTERS: DIENSTAG, 23. JUNI; PEKING, VR CHINA:
HOCHRANGIGER JUSTIZBEAMTER UNTER
KORRUPTIONSVERDACHT

Der zweithöchste Justizbeamte in Peking, der Stellvertretende Generalstaatsanwalt Zeng Hsun, wurde heute unter dem Verdacht der passiven Bestechung verhaftet.

Gegen Zeng wird innerhalb der nächsten drei Wochen unter Ausschluss der Öffentlichkeit verhandelt. Falls er für schuldig befunden wird, könnte er mit dem Tode bestraft werden. Was genau ihm zur Last gelegt wird, wurde noch nicht bekannt gegeben.

REUTERS: MITTWOCH 24. JUNI; PEKING, VR CHINA:
CHINA WENDET SICH AN WHO

Die chinesische Regierung hat heute die Weltgesundheitsorganisation WHO um Hilfe beim Kampf gegen RXV gebeten, jenes durch genmanipulierten Reis übertragene Virus, das angeblich innerhalb der nächsten zwei bis fünf Jahre die Hälfte der Weltbevölkerung auslöschen könnte.

Es wird damit gerechnet, dass innerhalb der nächsten Stunden ein von der WHO während der letzten zwei Tage zusammengestelltes Team medizinischer Experten in Richtung Peking aufbrechen wird. Die chinesischen Behörden haben uneingeschränkten Zugriff auf alle Unterlagen zugesagt, die mit der Entwicklung des so genannten Superreises zusammenhängen.

Da möglicherweise über eine Milliarde Chinesen mit dem Virus infiziert ist und die ersten Symptome innerhalb der nächsten zwei Jahre erwartet werden, gestaltet sich die Suche nach einem Heilmittel als Wettlauf gegen die Zeit.

REUTERS: DONNERSTAG, 25. JUNI;
LOS ANGELES, KALIFORNIEN:
FIRMA WECKT HOFFNUNG AUF RXV-HEILMITTEL

Das Biotech-Unternehmen Grogan Industries mit Stammsitz in Kalifornien hat heute angekündigt, 100 Millionen Dollar in die Forschung für ein Mittel gegen RXV zu investieren.

Die Ankündigung kommt weniger als 24 Stunden nachdem das Unternehmen die Betriebsleiter seiner chinesischen Niederlassung entlassen und deren Handlungsweise aufs Schärfste verurteilt hat. Die Betriebsleiter sind gegenwärtig in Peking, VR China, inhaftiert und stehen dort unter Mordanklage.

Ein Sprecher von Grogan Industries teilte mit: »Unser Unternehmen kann zwar keine Verantwortung für etwaige illegale Aktivitäten von leitenden Angestellten übernehmen, die aus eigenem Antrieb gehandelt haben, dennoch fühlen wir uns moralisch verpflichtet, die Suche nach einem Mittel gegen RXV anzuführen.«

Weiter meinte er: »Zu diesem Zweck sind wir bereit, aus eigenen Mitteln 100 Millionen Dollar aufzubringen.«

Da einige der weltweit führenden Genetiker und Virologen für das Unternehmen arbeiten, zeigt sich Grogan Industries zuversichtlich, innerhalb der zweijährigen Zeitspanne, die nach Ansicht der meisten Experten bis zum Ausbruch des Virus verbleibt, die Grundlagen für ein Heilmittel finden zu können.

Nach Meinung von Branchenkennern würde ein Heilmittel gegen RXV der patentierenden Firma Milliardengewinne einbringen.

Ende der Meldung...

Danksagung

Dieser Roman ist ein Werk der Fiktion, doch der Hintergrund ist authentisch und die zugrunde liegenden Annahmen sind beängstigend gut vorstellbar. Bei den erforderlichen umfassenden Recherchen wurde mir von den hier Genannten unverzichtbare Hilfe geleistet, und zwar mit einem Eifer und einer Großzügigkeit, für die ich ewig in ihrer Schuld stehen werde: Dr. Richard H. Ward, Professor der Kriminologie und außerordentlicher Rektor der University of Illinois, Chicago; Professor Joe Cummins, Emeritus des Lehrstuhls für Genetik, University of Western Ontario; Zhenxiong »Joe« Zhou, Office of International Criminal Justice, Chicago; Professor Dai Yisheng, ehemaliger Direktor des Vierten Chinesischen Instituts für Fragestellungen polizeilicher Vorgehensweisen, Peking; Professor He Jiahong, Doktor der Gerichtswissenschaften und Professor für Jura, juristische Fakultät der chinesischen Volksuniversität; Professor Yijun Pi, stellvertretender Direktor des Instituts für Rechtssoziologie und Jugendkriminalität, chinesische Universität für politische Wissenschaften und Jura; Professor Wang Dazhong, Dekan der Fakultät für Kriminalistik, chinesische Volksuniversität für Öffentliche Sicherheit; Mr. Chen Jun, Generalsekretär des Östlichen Film- und Fernsehproduktionszentrums, Peking; Polizeirat Wu He Ping, Ministerium für Öffentliche Sicherheit, Peking; Dr. med. Steven C. Campman, Mitglied des Verwaltungsrates der Northern California Forensic Pathology; Dr. med. Dr. phil. Robert D. Cardiff, Professor der Pathologie, Mitglied im Verwaltungsrat der medizinischen Fakultät der University of California, Davis; Kevin Sinclair, Autor und Journalist bei der South China Morning Post; Liu Xu und seine Mutter Shimei Jiang, die in Peking meine unermüdlichen Sherpas waren.

Meine Dankesliste wäre nicht komplett ohne die wichtigste Informationsquelle überhaupt – das Internet. Ohne das Internet wäre ich mit vielen meiner Ratgeber und Helfer nie in Verbindung gekommen. Es wäre mir auch nicht möglich gewesen, so schnell und ungehindert an die Informationen zu gelangen, die erforderlich waren, um meine Geschichte mit einem detaillierten und authentischen Hintergrund zu versehen.

BLANVALET

JAMES DICKEY

Tokio, März 1945. Als Sergeant Muldrow bei einem Angriffsflug abgeschossen wird, hat er nur ein Ziel: zu überleben. Und das um jeden Preis...

»*Ein großartiger Roman und eine erstklassige Abenteuergeschichte.*«
Newsweek

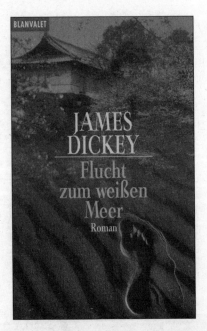

James Dickey. Flucht zum weißen Meer   35116